Tom Egeland

# TABU

Thriller

Deutsch
von Günther Frauenlob
und Maike Dörries



GOLDMANN

Die Originalausgabe erschien 1997
unter dem Titel »Trollspeilet«
bei Aschehoug & Co., Oslo

FSC
Mix
Produktgruppe aus vorbildlich bewirtschafteten Wäldern und anderen kontrollierten Herkünften
Zert.-Nr. SGS-COC-1940
www.fsc.org
© 1996 Forest Stewardship Council

Verlagsgruppe Random House FSC-DEU-0100
Das für dieses Buch verwendete FSC-zertifizierte Papier
*München Super* liefert Mochenwangen.

1. Auflage
Deutsche Erstausgabe April 2008

Umschlaggestaltung: Design Team München
Umschlagfoto: Getty Images / Haas
und Getty Images / PIER
Redaktion: Kristina Lake-Zapp
IK · Herstellung: Str.
Satz: Uhl + Massopust, Aalen
Druck und Bindung: GGP Media GmbH, Pößneck
Printed in Germany
ISBN 978-3-442-46573-6

www.goldmann-verlag.de

*Seht, nun fangen wir an. Wenn wir am Ende der Geschichte sind, wissen wir mehr als jetzt, denn es war ein böser Kobold! Es war einer der allerärgsten, es war der Teufel! Eines Tages war er recht bei Laune, denn er hatte einen Spiegel gemacht, welcher die Eigenschaft besaß, dass alles Gute und Schöne, was sich darin spiegelte, fast zu nichts zusammenschwand, aber das, was nichts taugte und sich schlecht ausnahm, hervortrat und noch ärger wurde.*

H.C. Andersen

*Warum nennen Sie es Neuigkeiten?*
*Es ist doch immer das Gleiche.*

*THE NEW YORKER*

# Auftakt

Ammerund, Oslo Juli 1976

Sie log: »Das macht nichts.«

Die Nacht war drückend und schwül. In dem Wäldchen unterhalb des Wohnblocks veranstalteten die Frösche und Vögel einen Mordsradau. Als sie vor einem halben Jahr hierhergezogen waren, hatte sie den Gesang des Bächleins exotisch und bezaubernd gefunden. Wie im Dschungel. Doch inzwischen vermisste sie die vertrauten Geräusche der Stadt: das Kreischen und Rattern der Straßenbahn, das Klackern der Absätze auf den Bürgersteigen, das dumpfe Bassdröhnen der Diskothek in der Nachbarschaft, die Sirenen.

Sie saß nackt im Bett. Verlegen hatte sie die Decke um sich geschlagen.

Er hatte ihr den Rücken zugedreht. Seine Muskeln warfen im Licht der Nachttischlampe Schatten.

Die Luft war dicht, fast greifbar. Wie Samt, dachte sie, genau wie seine Haut.

Sie kicherte: »Ich hätte niemals gedacht, dass es Ann-Reidun gelingt, Rune mit zu dieser dummen Séance zu schleppen.«

Er antwortete nicht.

»Sie kriegen offenbar nie genug davon«, fuhr sie fort. Ein Schauer lief ihr über den Rücken. Durch den Fensterspalt glühte der Mond wie eine japanische Papierlampe.

Er räusperte sich; leise, kaum hörbar. Sein Gesicht spiegelte sich matt im Fenster.

Sie wollte etwas sagen, ließ es dann aber sein. Schließlich sagte sie es doch: »Du … das macht doch nichts, echt nicht …« Sie verstand sich aufs Lügen. Es hörte sich wirklich so an, als meinte sie, was sie sagte.

Endlich drehte er sich um. In seinen hellblauen Augen konnte man beinahe ertrinken. Ein süßes Schaudern durchströmte sie. Als sie schluckte, war ein Klicken zu hören. Sie schlug die Decke zur Seite, streckte sich aus und sah ihn fragend an.

*Kannst du es nicht wenigstens versuchen, bitte!!!*

»Komm«, sagte er schließlich. Fast nur ein Flüstern. »Komm, lass uns ein Bad nehmen.«

Sie kicherte. »Ein Bad?«

»Du badest doch so gerne«, sagte er.

Er ging voraus und ließ das Wasser ein. Als sie sich zögernd näherte, die Arme vor der Brust verschränkt, zog er sie an sich und küsste sie. Fest. Voller Verlangen. Sie spürte, wie sich alles in ihr löste, entspannte.

Sie presste ihren Bauch gegen seinen. Noch immer … nichts.

Er schob sie zur Wanne. »Du zuerst«, sagte er.

Sie zögerte, wusste nicht, wie sie sich hinsetzen sollte. Was wollte er von ihr? Schließlich nahm sie in der Mitte der Wanne Platz, zog die Knie an und legte die Arme darum.

»Warte«, sagte er und verschwand.

Als er zurückkam, erkannte sie zuerst nicht, was er vor dem Gesicht hatte. Es surrte.

Er schaltete ein helles Licht ein.

Sie blinzelte. Eine Schmalfilmkamera?

Mit einem lachenden Aufschrei hielt sie sich die Hände vor das Gesicht, um das blendende Licht abzuschirmen. Spritzte ihm Wasser entgegen. Zog den halbdurchsichtigen Duschvorhang zu. Durch das beschlagene Plastik erahnte sie seine Konturen.

»Lächeln!«, rief er.

»Lass das!«

»Genau wie in *Psycho*! Die Szene in der Dusche!«

Der Vorhang verzerrte seine Züge schrecklich.

»Lass das! Ich meine das im Ernst.«

Er hörte auf zu filmen. Seine Silhouette stand still, wie festgefroren.

»Macht es dir was aus?«

»Ja! Du Dummkopf! Es könnte … jemand sehen!« Mit zusammengekniffenen Augen blickte sie ihn an.

Er machte das helle Licht aus. »Ich hab nicht vor, das jemandem zu zeigen!«

»Das glaube ich dir ja. Aber ich will nicht, dass du mich filmst. Komm! Steig in die Wanne … komm schon …« Sie senkte ihre Stimme, ihren Blick und traute ihren eigenen Augen nicht: Er hatte eine Erektion. Das hatte sie noch nie gesehen. »Komm rein! Jetzt!« *Bevor es zu spät ist? Komm, komm, komm!*

Er legte die Kamera und den Scheinwerfer auf den Boden, stieg in die Wanne und glitt hinter sie. Sie lehnte sich an ihn. Schloss die Augen.

Seine Hände fanden ihre Brüste, drückten sie, hoben sie an.

*Ja, ja, o mein Gott, ja!*

»Du?«, flüsterte er.

»Hm?«

»Hast du eigentlich *Psycho* gesehen? Von Hitchcock?«

Sie schlug die Augen auf. *Mein Gott, das kann doch nicht wahr sein!* »Doch, schon«, murmelte sie. Ungeduldig presste sie seine Hände auf ihre Brüste.

Er küsste ihre Haare. Schloss seine Beine um sie. Fuhr mit seinen seifenglatten Händen in kleinen Kreisen über ihre Brüste, ihren Bauch, ihre Schenkel.

*O ja, bitte, mach weiter …*

Ihr Atem ging stoßweise.

*Weiter unten, weiter unten, ja, da!*

Dann erstarrten seine Bewegungen. Wie sie es immer taten. Als verlöre er plötzlich das Interesse.

Sie saßen regungslos da. Sie atmete schwer, keuchend. Ihr Herz hämmerte wie wild.

»Du«, sagte er, »ich habe heute Werner in der U-Bahn gesehen.«

*Was du nicht sagst! Werner? Gott, wie interessant! Ich hab auch gerade nichts Besseres zu tun, als an ihn zu denken!* »Vermisst du ihn?«, fragte sie sauer.

Der Sarkasmus ging komplett an ihm vorbei.

»Wen? Werner?«

»Werner! Die anderen! Den Klan?«

»Ach, die …«

»Viele von denen hängen heute noch zusammen rum.«

»Diese Idioten.«

Sie spürte seinen warmen, schnellen Atem in ihrem Nacken.

»Das sind keine Idioten«, sagte sie.

Seine Fingerkuppen spielten mit ihr. Er biss ihr vorsichtig in den Nacken.

»Das ist so wunderbar«, seufzte sie, »so wunderbar.« *Hör nicht auf, bitte.*

»Rutsch ein bisschen weiter vor«, flüsterte er in ihr Ohr.

Seine Finger waren überall.

*Ja … o ja … da!*

Sie schob sich nach vorn. Ihre Haut glühte und prickelte unter seinen Fingern. Sie schloss die Augen und ließ ihn weitermachen.

*Mein Gott, ich halte das nicht aus!*

Vielleicht hat er ….

Kichernd schob sie ihre Hand hinter ihren Rücken, fand seinen Nabel, glitt nach unten.

Seine Muskeln strafften sich. Hart.

»Du, das tut ein bisschen weh«, sagte sie.
Dann drückte er sie nach unten.

Sie dachte, das sei ein Spaß, eines seiner zahlreichen, gewalttätigen Spielchen. Sie kniff die Augen zusammen und hielt die Luft an, wollte mitspielen.

Aber er ließ sie nicht los.

Sein Körper umschloss sie wie eine eiserne Kralle.

Sie versuchte zu kämpfen …

… *los!* …

… versuchte, sich zu befreien.

Seine Beine verknoteten sich mit ihren.

… *los!* … *Luft!* …

Sie gab ein Gurgeln von sich, schrie … und ihre Lungen füllten sich mit Wasser.

… *los!* …

Dann wurde es still.

*

Er denkt: So schön! So unbeschreiblich schön!

Durch den Sucher der Super-8-Kamera sieht sie aus wie eine im Wasser schlafende Meerjungfrau.

Oder eine Nymphe.

So blass, denkt er, so wunderbar weiß und glatt. Wie Marmor im Regen.

Glänzend. Glatt.

Er drückt auf den Auslöser. Die Kamera summt monoton.

So unbeschreiblich schön, denkt er.

*

*Dagbladet, August 1976*

## Der Verlobte verteidigt sich: »Habe Linda nicht getötet!«

Von Gunnar Borg

»Linda fehlt mir so schrecklich! Dass mich die Polizei verdächtigt, sie getötet zu haben, macht meine Trauer nur noch schlimmer.«

Das sagte ein zutiefst aufgewühlter Rune Strøm (20) zum *Dagbladet*, als er gestern nach vier Wochen Untersuchungshaft wieder auf freien Fuß gesetzt wurde.

Strøm, der Verlobte von Linda Merethe Gabrielsen (20), die im Juli tot in der Badewanne der gemeinsamen Wohnung gefunden wurde, ist der Meinung, Linda habe einen Schwächeanfall erlitten und sei ertrunken.

»Die Behauptung, ich hätte sie ermordet, ist vollkommen krank«, so der junge Mann aus Oslo.

Er berichtet, Linda hätte gerne gebadet und sei oft in der Wanne eingeschlafen: »Ich weiß nicht, wie oft ich zu ihr ins Bad gehen und sie wecken musste.«

Da die Polizei die Anklage nun zurückzieht, geht Strøm davon aus, dass der ganze Verdacht auf Mutmaßungen und Hypothesen beruhte.

»Hätte ich Linda wirklich getötet, hätte ich sie doch nicht in der Wanne liegen gelassen und die Polizei gerufen«, so Strøm, der von der Polizei Entschädigung fordert. »Die können doch nicht einfach Leute ins Gefängnis stecken, bloß weil sie glauben, jemand wäre ermordet worden«, sagt er.

Gemeinsam mit seinem Anwalt will er Klage einreichen.

*

Er musste lächeln, als er den Artikel las.

*Die Behauptung, ich hätte sie ermordet, ist vollkommen krank.*

Das war ja zum Totlachen!

Später klebte er den Zeitungsausschnitt in sein Tagebuch und schrieb *Nummer 1* daneben.

Danach saß er noch lange da und fragte sich, warum er das geschrieben hatte.

Er hatte sich keine Gedanken darüber gemacht, es war einfach wie von selbst gekommen.

Nummer eins?

Vesletjern, Oslo

Mai 1981

Eine Schulklasse fand bei einem Ausflug die Leiche des Mädchens, die im Wasser trieb.

Sie war nur teilweise bekleidet. Für Passanten sah sie möglicherweise aus wie eine Taucherin, die tief Luft geholt hatte und am Grunde des Gewässers etwas Interessantes beobachtete.

Die Lehrerin scheuchte die Kinder weg …

*»Schnell weg hier! … Geht nach unten zur Straße! … Schnell!«*

… und watete in das eiskalte Wasser. Aber schon lange, bevor sie das Mädchen erreichte, die Finger um den dünnen Arm legte und es ihr gelang, den steifen Körper umzudrehen, war ihr klar, dass es zu spät war.

Das Mädchen war zwei Tage zuvor von einem Heim für schwer erziehbare Jugendliche als vermisst gemeldet worden.

Die Pathologen stellten fest, was alle wussten: Sie war ertrunken. Es war unmöglich zu sagen, ob das auf einen Unfall zurückzuführen war oder ob jemand sie ertränkt hatte. Man konnte nicht ausschließen, dass sie ins Wasser gefallen war. Oder sich das Leben genommen hatte.

Mit rotem Stift hatte sie (oder eine andere Person) eine Zwei zwischen ihre kleinen, spitzen Brüste geschrieben. Niemand verstand, warum.

Die Polizei durchsuchte das Gebüsch rund um den See, doch keines der Fundstücke – vergilbte Zeitungen, eine zerbrochene

Thermoskanne, ein Schnorchel, die Aluminiumfolie einer Super-8-Kassette, der Stiel eines Papierfähnchens – konnte mit dem Mädchen in Verbindung gebracht werden.

Ihre Kleider wurden nie gefunden.

Die Ermittlungen wurden noch im gleichen Herbst eingestellt.

Bankplassen, Oslo — Oktober 1986

Er betrachtete sie lange, bevor er sie rief.

Sie stand auf einer Steintreppe und versuchte, sich vor dem garstigen Herbstwetter zu schützen. Den ganzen Tag schon hatte ein böiger Wind geweht, und am Abend war dann noch Schneeregen dazugekommen. Nasse Flocken wirbelten in den Böen auf.

Sie hatte lange Beine und trug einen sehr kurzen Rock. Netzstrümpfe. Hohe Lackstiefel. Eine Pelzjacke.

Er zoomte sie heran und drückte auf den Auslöser. Vermutlich war es nicht hell genug. Aber wenn es ihm gelang, ihre Silhouette vor der Straßenlaterne einzufangen, ergab das sicher einen dramatischen Effekt. Wie in *Hiroshima, mon amour*.

Im Schutz der Dunkelheit in dem geparkten Auto beobachtete er sie. Die schmale Gestalt, ihren Atem, die immer wieder aufleuchtende Glut der Zigarette.

Er legte die Kamera auf den Boden und blinkte mit dem Fernlicht. Zweimal.

Die Zigarettenglut zeichnete einen weiten Bogen. Dann stöckelte sie ihm auf ihren hohen Absätzen entgegen.

Hübsches Mädchen. Um die zwanzig. Sicher nicht drogenabhängig.

Er kurbelte die Scheibe runter und lächelte sie an. Mit seinem Robert-Redford-Lächeln. Ihrem Blick entnahm er, dass sie ihn attraktiv fand … ganz anders als diese fetten, geilen Kerle, die sabbernd in ihren Volvos die immer gleichen Runden drehten.

»Eine Nummer?«, fragte sie geschäftsmäßig. Und fröstelte.

»Nummer drei«, sagte er. Frei heraus. Er lachte über sich selbst.

Sie sah ihn verständnislos an und neigte den Kopf.

»Ein Spaß. Vergiss es!« Er lächelte warm. Beugte sich hinüber und öffnete die Tür.

Wie eine Marktverkäuferin begann sie, ihm die Preisliste herunterzuleiern, bis er sie unterbrach und ihr einen Tausender extra bot, wenn sie für ein paar Stunden mit zu ihm nach Hause kam. Vielleicht sogar länger, sollte es zwischen ihnen funken.

Sie musterte ihn. Er hielt ihrem Blick stand. Lächelte. Ein ungefährliches, freundliches Lächeln.

»Okay«, sagte sie schließlich, zögernd.

Er fuhr mit ihr nach Hause, öffnete ihr die Tür, half ihr aus der Pelzjacke und führte sie ins Wohnzimmer.

Er legte eine Barry-Manilow-Platte auf und goss zwei Gläser Cognac ein.

Sie liebte Barry Manilow. Und Cognac.

Er sagte: »Na dann, prost. Auf Barry!«

Sie sagte ihm, ihr Name sei Mona. Sie sei eine alleinerziehende Mutter und erst seit wenigen Monaten als Prostituierte tätig. Sie brauchte das Geld, bis sie einen anderen, einen anständigen Job fände.

»Ich würde dich gerne filmen, Mona«, sagte er.

Zuerst antwortete sie nicht. Dann zuckte sie mit den Schultern und sagte: »Das kostet dich dann noch einen Tausender.«

»Geht in Ordnung. Warte, zieh dich noch nicht aus, bis ich zurückkomme.«

Er holte die Bauer-Kamera und drehte die Tausend-Watt-Birne in den Scheinwerfer. In dem grellen Licht kniff sie die Augen zusammen.

»Bereit?«, fragte er.

»*Ready when you are, babe.*«

Sie zog sich mit einer unbeholfenen Professionalität aus, die er beinahe rührend fand. Er filmte während der ganzen Zeit.

»Weißt du – du gefällst mir«, sagte sie. »Wirklich.«

Er antwortete nicht.

Sie kam nackt auf ihn zu. »Willst du dich nicht ausziehen?«, fragte sie neckisch und fingerte an seinem Gürtel herum.

Er hörte mit dem Filmen auf. Als er die Kamera vom Auge nahm, sah er unscharf.

»Ich möchte, dass wir erst ein Bad nehmen«, sagte er.

»Gerne«, erwiderte sie lächelnd.

Sie fanden sie nie.

Er hatte sich immer über Mörder gewundert, denen es nicht gelang, ihre Leichen zu verstecken. Als ob das ein Problem wäre. Wie er die Sache sah, bestand das Problem darin, dass die Mörder entweder Panik bekamen oder sich schlicht und einfach dumm anstellten.

Sie wurde im September als vermisst gemeldet. Ihr Zuhälter wurde verdächtigt und in Untersuchungshaft genommen. Die Polizei ist wirklich schrecklich fantasielos, dachte er voller Schadenfreude.

Nach vier Wochen kam der Zuhälter wieder frei. Eine Anklage wurde nie erhoben.

Einige Monate lang amüsierte er sich über die Zeitungsartikel: das »Mona-Mysterium«. Doch schließlich verloren sowohl die Polizei als auch die Journalisten das Interesse an dem Fall.

Aber er hatte ja noch den Film.

*Aftenposten, August 1992*

## Noch immer keine Spur von vermisster Osloerin

Die Polizei hat noch immer keine Spur von der vermissten Eirin Granvik (23) aus Oslo, die Ende Juli von einem Bootsausflug nicht mehr zurückkehrte.
Die verheiratete Mutter dreier Kinder war alleine im Boot, als sie verschwand. Ihr Boot wurde vertäut an einem Gästeanleger im Yachthafen von Son gefunden.
Die freikirchliche Gemeinde, zu der die Familie gehört, hat eine Belohnung von 50000 Kronen ausgesetzt für sachdienliche Hinweise, die zur Lösung des Falles führen.
Die Polizei hält es für unwahrscheinlich, dass sich die Frau aus freien Stücken abgesetzt hat. Granvik hat eine wichtige, ehrenamtliche Stellung in der Gemeinde und einen sehr engen Kontakt zu ihrer Familie.
Die Polizei geht davon aus, dass sie beim Vertäuen des Bootes ins Wasser gefallen ist.

## Grorud-Kirche, Oslo — Juli 1996

Der Lieferwagen steht im Schatten auf der Rückseite der Kirche. Sie bemerkt ihn nicht gleich. Der Splitt auf dem Asphalt knirscht unter ihren Füßen, und sie atmet die sommerlichen Düfte des Friedhofs ein. Durch das glitzernde Licht in den Baumkronen kann sie den Turm und die Kirchturmspitze sehen.

Es ist halb neun. Jetzt hat sie die Kirche zwei Stunden für sich.

Seit drei Monaten arbeitet sie als Organistin in der Gemeinde. Sie liebt die zerbrechlichen Töne der alten Orgelpfeifen. Den Widerhall in der Kirche, die Klangfülle.

»Entschuldigung?«

Sie zuckt zusammen.

Der Mann sitzt im Lieferwagen, die Beine aus der geöffneten Tür gestreckt. Er hat das Seitenfenster heruntergekurbelt und hält in der linken Hand eine Colaflasche.

»Sie scheinen hier zu arbeiten«, sagt er.

Sie meint, ihn irgendwo schon einmal gesehen zu haben. Wie ein alter Klassenkamerad, den man vergessen hat. Ein attraktiver Mann, auf dem ihr Blick vielleicht einen Moment hängen geblieben wäre, wenn sie ihn an einem Sonntagnachmittag im Gemeindezentrum gesehen hätte.

»Kann ich Ihnen helfen?«, fragt sie.

»Ich soll hier etwas liefern. Aber es ist keine Seele hier. Oh, entschuldigen Sie den Ausdruck.«

Er lacht. Sie lacht mit.

»Nur einen kleinen Augenblick«, sagt sie und tastet in ihrer Tasche nach den Schlüsseln. »Was denn liefern?«

»Die neuen Formulare.«

»Formulare?«

»Haben Sie denn nichts davon gehört? Alle Formulare müssen ausgetauscht werden. Abmeldungen, Anmeldungen, Hochzeiten, Taufen ... alles. Ich komme gerade von der Druckerei. Für den Pastor.«

Schließlich findet sie die Schlüssel. »Er ist nicht da.« Sie schließt die Tür der Sakristei auf. »Sommerferien. Aber Sie können die Kisten hier reinstellen. Ich werde Bescheid sagen.«

»Sehr gut. Woher kommen Sie?«

»Aus Dänemark. Hört man das?«

»Ein bisschen.« Er folgt ihr hinein und sieht sich um. »Hier muss ich dann in die Höhe stapeln.«

»Geht das?«

»Ich denke schon.« Er zögert. »Wäre es vielleicht möglich, dass Sie mir helfen? Die Kisten sind ein bisschen umständlich aus dem Wagen zu bekommen. Sie sind nicht sonderlich schwer, aber für einen allein ziemlich sperrig«, fügt er rasch hinzu.

»Na klar.« Sie hängt ihre Tasche an die Türklinke und geht mit ihm nach draußen.

Er hilft ihr in den Laderaum des Lieferwagens. Die Kisten stehen ganz hinten. Sie sehen weder schwer noch sperrig aus.

»Wenn Sie die obere nehmen würden ...«, sagt er und lässt sie vorbei.

Sie hebt die Kiste an. Sie ist viel zu leicht.

»Aber da ist doch nichts ...«, beginnt sie.

Der Lappen legt sich ihr über Nase und Mund. Sie richtet sich auf und stößt mit dem Kopf ans Wagendach. Die Kiste fällt zu Boden. Sie versucht, sich loszureißen.

Der beißende Gestank des Lappens ätzt und bläht sich auf ... ätzt und bläht sich auf ...

Langsam und unter Schmerzen kommt sie wie nach der Blinddarmoperation vor drei Jahren wieder zu sich.

Sie kann nicht mit Gewissheit sagen, wo die Dunkelheit aufhört und das Bewusstsein anfängt. Nur, dass etwas weh tut. Und dass hier etwas ganz und gar nicht in Ordnung ist.

Sie blinzelt, stöhnt leise.

Ein Krankenhaus?

Das Zimmer ist kahl. Weiße Wände. Ein großer Spiegel. Ein Fernseher. Eine geschlossene Tür. Eine Glühbirne an einem Kabel unter der Decke.

Sie erinnert sich an den Mann. Den Lieferwagen.

*Ich träume …*

Sie liegt auf einer Matratze. Jemand hat ihr ein steifes, weißes Nachthemd angezogen. Ihr linker Arm ist an einem Bügel in der Wand festgekettet.

*… ein Albtraum.*

Sie kneift die Augen wieder zu.

Festgekettet?

*Das kann nicht sein. Ich muss weiterschlafen.*

»Nummer fünf!«

Seine Stimme.

Das Herz explodiert in ihrer Brust. Die Muskeln spannen sich an. Sie reißt die Augen auf, holt hicksend Atem, sieht ihn nicht.

»Habe ich dich erschreckt?«

»Ja!« Ihre Stimme klingt dünn, wie die eines kleinen Mädchens.

Sie muss den Kopf nach hinten beugen, um ihn sehen zu können. Er sitzt auf einem Hocker direkt hinter ihr. An der Wand.

»Schmerzen?«

Sie schluchzt.

»Angst?«

Sie schluchzt wieder.

»Das verstehe ich, das verstehe ich gut.«

Er wird mich vergewaltigen, denkt sie. Erst vergewaltigen und dann töten. Wenn er mich am Leben lassen wollte, würde er eine Maske tragen. Oder ich eine Augenbinde.

Es wundert sie nur, dass er so nett aussieht. So normal. Genau wie … ja, wie alle.

Nur mit den Augen stimmt etwas nicht. Sie sind hellblau. Wenn man tief in sie hineinblickt, kann man … Es gelingt ihr nicht, die richtigen Worte zu finden. Aber irgendetwas dort drinnen scheint abgestorben zu sein.

*

»Ich habe dich gefilmt«, sagt er zufrieden. »Willst du mal sehen?«

Es sind ein paar Stunden vergangen. Sie sitzt aufrecht auf der Matratze und isst. Eine Scheibe Weißbrot mit Camembert und Paprika. Ein paar kleine säuerliche, grüne Trauben. Orangensaft.

Am liebsten würde sie Nein sagen, doch sie sagt: »Ja, gerne.«

Er richtet die Fernbedienung auf den Fernseher.

Sofort erkennt sie das Haus wieder, in dem sie ein Zimmer gemietet hat. Dann sieht sie sich selbst im Garten. Sie mäht im Bikini den Rasen. Ihr läuft ein Schauer über den Rücken – er muss hinter der Hecke gestanden haben!

Ein neues Bild: eine Straße. Irgendwo in Frogner. Boutiquen. Die Straßenbahn rattert vorbei. Ein Vogelnest. Bürgersteig. Sie nähert sich aus dem Hintergrund, Arm in Arm mit einem Mann.

Sie erkennt ihn nicht sofort.

Erlend?

Mein Gott, denkt sie, das war doch im Mai!

# Erster Teil

# Das erste Zeichen

## I

Der erste Brief kam an einem Montagvormittag.

Wenn sie später an diesen Tag zurückdachte, erinnerte sie sich nur noch an die unwichtigen Details. An die Sonne, die durch die verstaubten Jalousien in die Redaktion fiel. An das Knacken eines Radios, bei dem der Sender nicht richtig eingestellt war. Das Klingeln eines Telefons. Sie erinnerte sich an den Geschmack des Mentholbonbons, das sie im Mund hatte, und an den leicht verbrannten Geruch, der aus der Lüftung kam.

Es war ein großer, braungelber Umschlag. Gefüttert. Ihr Name stand mit Blockbuchstaben darauf. Rot. KRISTIN BYE. Mit zwei roten Linien unterstrichen.

Tief in ihrem Inneren war etwas zu Eis erstarrt.

Sie wog den Umschlag in der Hand. Keine Bombe, so viel war klar. Vielleicht ein paar verfängliche Bilder? Man darf die Hoffnung nie aufgeben, dachte sie kichernd.

»Kristin?«

Mit dem langen Zeigefingernagel öffnete sie den Umschlag. Wieder zögerte sie. Und schauderte. *Kristin, bitte, jetzt reiß dich aber zusammen, wirklich!* Ohne aufzusehen, schüttete sie den Inhalt des Umschlags auf die Schreibtischplatte.

Ein VHS-Band. Ein zusammengefalteter Zettel.

»Kristin!«

Sie zuckte zusammen. Am anderen Ende des Redaktionsbüros winkte der Chef vom Dienst mit dem Telefonhörer.

»Für mich?«, rief sie.

Der Chef vom Dienst verdrehte die Augen. »Ein Tipp! Ein Überfall! Wie ist deine Durchwahl?«

Unbewusst steckte sie den Zettel in die Tasche ihres Rocks. *Muss das sein*?, fragte sie lautlos mit den Lippen.

Es musste.

Niemand hatte richtig verstanden, warum Kristin Bye beim *Dagbladet* aufgehört hatte, um beim Fernsehsender Kanal 24 anzufangen. Sie verstand es ja selbst kaum. Manchmal fühlte sie sich wie eine Deserteurin.

Auf dem Weg zum Übertragungswagen im Hinterhof dachte sie mit gemischten Gefühlen daran, dass es heute auf den Tag genau vier Monate her war, dass sie die Tür der Feuilletonabteilung hinter sich zugezogen hatte. Der Abschied von ihren Kollegen bei der Zeitung war rührend gewesen; Tränen und Reden, Glückwünsche und Umarmungen, Rotwein bis weit in den Morgen. Der Chefredakteur hatte ihr einen vergoldeten Füller geschenkt und ihr versichert, die Tür vom *Dagbladet* werde ihr immer offen stehen, sollte ihr die Fernsehbranche zu hart werden. Die Nachrichtenredaktion hatte eine Zeitungsseite mit dem Titel »Toi, toi, toi, Kristin« über einem scheußlichen Bild von ihr gestaltet. Im Handumdrehen war dieser Abschnitt ihres Lebens vorbei gewesen. Sie lächelte nachdenklich; man schreibt eine Kündigung, jemand hält eine Rede, und schon wartet ein neues Leben auf einen. Ein spannendes Leben, auch wenn man das alte vermisst.

»Kristin, *pleeeeease*, quatsch mich bloß nicht tot!«

Roffern – sein richtiger Name war wohl Rolf, nur dass ihn niemand so nannte – legte die Finger um das Lenkrad und sah sie amüsiert an. Er war ein magerer Mann Ende zwanzig. Süß auf eine seltsame Weise, fand Kristin. Intensive Augen. Pferdeschwanz, zwei Goldringe im Ohr, Ziegenbart. Voller Ideen und

Enthusiasmus. Auf einem Betriebsfest hatte er ihr anvertraut, dass er gerne mal einen Spielfilm drehen würde oder wenigstens Kurzfilme oder Popvideos. Doch die letzten zwei Jahre hatte er als Kameramann und Fotograf für die Nachrichtensendung »24 Stunden!« von Kanal 24 gearbeitet.

»Entschuldigung«, sagte sie verlegen, »ich war wohl mit den Gedanken woanders…«

»…bei deinem Filmsternchen?«

»Marcus? Filmsternchen?« Die Frage kam kurz und ungehalten. Sie streckte Roffern die Zunge raus, um ihre Reaktion zu überspielen. »An den denke ich ganz bestimmt nicht.«

»Hat er viel Geld erbeutet?«

»Marcus?«

»Der Räuber, du Gans!«

»Keine Ahnung.«

»Irgendeine Aktion?«

»Ich weiß nicht. Ich war schon froh, dass mir die Polizei überhaupt die Adresse genannt hat, du Ganter!«

Es war ihr fünfter Raubüberfall für »24 Stunden!«, und sie hasste diese Aufträge. Genervte Polizisten, die immer gleichen Zettel im Fenster (wegen Raubüberfall geschlossen) und die Schaulustigen, die vor der Kamera herumrennen und die Bilder kaputtmachen mussten.

»Veitvetcenter…«, sagte Roffern. »Ich war mal mit einem Mädchen aus den Selvaag-Blocks zusammen.«

»Das bezweifle ich nicht, Roffern, wirklich nicht.«

Drci Polizeiwagen sperrten die Sackgasse vor der Postfiliale ab. In dem scharfen Sonnenlicht war das Blinken der Blaulichter kaum zu sehen. Ein Krankenwagen stand schräg auf der Straße. Die übliche Schar von Gaffern – Schüler mit Ranzen über der Schulter, rauchende junge Männer und Hausfrauen mit Kinderwagen – schlenderte um die Absperrungen.

Roffern fuhr hinter dem *VG*-Wagen auf den Bürgersteig. Er nahm die schwere Fernsehkamera mit und reichte Kristin ein rotes Mikrofon mit einer goldenen 24 darauf. TV2- und TvNorges-Übertragungswagen parkten hinter ihnen. Kristin hielt nach den Leuten von der größten Nachrichtensendung »Dagsrevyen« Ausschau. Vermutlich würden sie über diesen Raub gar nicht berichten, nicht nach der Sommerdebatte über die Nachrichtenprofile der einzelnen Fernsehsender. Eine kurze Meldung, wenn's hochkam, und nur, wenn die Beute außerordentlich hoch ausgefallen sein sollte.

Roffern zeigte auf den Polizeiwagen mit der Aufschrift *Einsatzleitung*. Ein Polizist mit grauen Haaren saß in der Tür des Wagens und sprach in ein Funkgerät.

»Rødberg. Der Einsatzleiter. Achtung, ein echter Mistkerl«, flüsterte Roffern und schob sie in Richtung des Polizisten.

Kristin nickte ihm vorsichtig zu, als er aufsah, und wartete, bis er das Funkgerät wieder in die Halterung gesteckt hatte. »Guten Tag, entschuldigen Sie? Kristin Bye von ›24 Stunden!‹ – Können Sie schon etwas sagen?«

»Nicht viel«, seine Stimme war ebenso abweisend wie sein Blick. »Rufen Sie in ein paar Stunden die Pressestelle an.«

»Der Betrag ist noch nicht bekannt?« Wenigstens das hatte sie gelernt, es dauerte immer Stunden, bis sie eine Ahnung hatten, wie viel wirklich gestohlen worden war.

»Er hat nichts mitnehmen können.«

»Nichts?«

»Der Raubüberfall konnte vereitelt werden.«

»Uih, was ist passiert?«

Er schüttelte den Kopf.

»Sind Personen verletzt worden?«

»Nein.«

Kristin warf einen fragenden Blick in Richtung Krankenwagen.

»Nichts Gravierendes, reine Routine.«

»Aber was ist passiert?«

Wieder zögerte er, bevor er sagte: »Ein Kunde hat versucht, den Täter aufzuhalten. Er wurde niedergeschlagen, nichts Ernstes. Aber der Räuber ist daraufhin abgehauen. Ohne Geld. Nichts Dramatisches, das ist keine Schlagzeile wert.«

»Ist es möglich, mit ihm zu reden? Mit dem Kunden, meine ich.«

Der Polizist seufzte ärgerlich.

»Nicht?«

Er starrte durch sie hindurch.

»Entschuldigung?« Sie blieb beharrlich. »Ich würde gerne ein Interview mit ihm machen!«

Er stand abrupt auf und sah sie an. »Junge Frau!«

Er hörte sich an wie ein alter Oberlehrer, und sie konnte ein resigniertes Lachen nicht zurückhalten. »Lieber Herr Sheriff, bitte nennen Sie mich nicht …«

Er knallte die Autotür zu. »Er hätte getötet werden können!«

»Ja, aber …«

»Und ihr Journalisten habt natürlich nichts Besseres zu tun, als einen Helden aus ihm zu machen! Einen verdammten Helden, auf dass dann irgendein anderer Dummkopf genau den gleichen Fehler begeht und erschossen wird und schließlich auf euren Titelseiten landet.«

Sie sah ihn sauer an. »Entschuldigen Sie, ich versuche nur, meine Arbeit zu machen.«

»Na, herzlichen Dank.«

»Außerdem arbeite ich für das Fernsehen …«

»Das ist doch alles der gleiche … Mist!«

»… wir haben keine Titelseiten!«

Ohne ihr zu antworten, ging er an ihr vorbei und stieg über das rot-weiße Absperrband.

»Ihnen auch einen schönen Tag!«, rief sie ihm nach.

Während Roffern die üblichen Aufnahmen machte – Einsatzfahrzeuge, Absperrungen, den besagten Zettel, die Gruppen der Schaulustigen – rief Kristin den Chef vom Dienst an und erstattete darüber Bericht, was sie bis jetzt hatten. Nicht viel. Sie hoffte, zurückbeordert zu werden, aber der Dienstchef bat sie zu warten und den Kunden zu interviewen, der den Raub verhindert hatte. Genau wie sie befürchtet hatte; nach vier Monaten beim Fernsehen konnte sie die Gedanken der Redakteure lesen, noch ehe diese sie selbst gedacht hatten. »Bähhh!«, sagte sie und fragte, ob er wirklich darauf bestand. Das tat er.

In einem Kiosk kaufte sie eine Cola light von einem Mann, der sie fragte, ob er sie möglicherweise auf TV2 gesehen hätte. Sie setzte sich neben Roffern auf den Bürgersteig. Der Krankenwagen fuhr weg. Dafür kam ein weiterer Polizeiwagen mit Blaulicht und Sirene. Ein dreizehn- oder vierzehnjähriger Junge kam zu ihr und bat um ein Autogramm. Sie wurde rot, als sie seinen Ranzen signierte.

Roffern murmelte: »*Fifteen minutes of fame.*«

Als sie vor vier Jahren beim *Dagbladet* angestellt wurde, hatte sie geglaubt, sie würde dort ewig bleiben. Trotzdem hatte sie das Angebot von Kanal 24 wie die selbstverständlichste Sache der Welt angenommen. Es war fast so, als gäbe es zwei widerstrebende Kräfte in ihr, die sie am Laufen hielten: das Bedürfnis nach Sicherheit und Stabilität und der Drang nach Veränderung und Spannung.

Trotzdem … deswegen den Traumjob beim *Dagbladet* dranzugeben?

Schon als kleines Mädchen hatte sie mit Begeisterung geschrieben. Abends hatte sie sich nach den Hausaufgaben und dem Handballtraining in ihrem Zimmer eingeschlossen und kleine Gedichte, Novellen und Skizzen zu Papier gebracht. Sie konnte sich noch gut an das Kribbeln in ihrem Bauch erinnern, als die Lokalzeitung mehr als eine halbe Seite für eine Weihnachtserzählung von ihr einräumte, die sie eingeschickt hatte. Als sie auf die weiterführende Schule ging, hatte sie abends einen Nebenjob bei ebendieser Zeitung, und als sie als Austauschschülerin in den USA war, schrieb sie für die Schulzeitung. So war sie beinahe zufällig und ohne irgendwelche Ideale oder Enthüllungswünsche zum Journalismus gekommen.

Sie hatte vier Jahre für eine Zeitung in Trondheim gearbeitet, als sie sich für die Stelle als Feature-Journalistin beim *Dagbladet* bewarb. Ein Traumjob. Gunnar Borg hatte ihr damals den Tipp gegeben. Und sie hatte die Stelle bekommen. Sie verstand nicht, warum. Sie hatte Gunnar gefragt, eine der Eminenzen der Zeitung, doch der hatte nur auf seine übliche Weise mit den Schultern gezuckt und gesagt, sie sei wohl die Beste gewesen. *Die Beste*? Okay, sie schrieb gut, war kreativ und teamfähig, aber ehrlich: Es hatten insgesamt hundertachtundsechzig Bewerbungen auf dem Stapel gelegen. Einhundertachtundsechzig! Da den gewünschten Job angeboten zu bekommen, war wie ein Sechser im Lotto, weshalb sie sich wie eine Verräterin vorgekommen war, als sie gekündigt und bei Kanal 24 angefangen hatte.

Sogar ihren Freundinnen gegenüber rechtfertigte sie sich, beteuerte, das habe nichts mit Exhibitionismus zu tun. Dabei wusste sie sehr gut, dass das einen wesentlichen Teil der Spannung ausmachte. Aber da war noch so viel mehr: die Form des Mediums … die Geschwindigkeit … Aktualität … Bildsprache … die Dramaturgie … diese intensive Nähe … und die unmittelbare Verbindung zu den Zuschauern. Die kommerziellen Sender hatten eine neue Medienepoche in Norwegen eingeleitet, an deren Entwicklung sie teilhaben wollte. Ihre Freundinnen lachten über sie. Für sie war die Fernsehbranche etwas Minderwertiges. Dabei lasen sie nicht einmal das *Dagbladet*. Aus Prinzip. Nicht dass ihre Meinung für Kristin eine Rolle spielte, sie traf sie ohnehin so gut wie nie mehr. Immer hatten sie einen giftigen

Kommentar über ihre Arbeit auf den Lippen, und Kristin fragte sich, ob sie überhaupt noch irgendetwas mit ihnen gemeinsam hatte. Im Grunde waren sie eher Bekannte als Freunde. Die alte Schulclique aus Nissen. Eine Schar perfekter, eitler und ein bisschen radikaler Mädchen aus dem ach so vornehmen Westen des Landes. Stuck-Adel. Gut situierte Rotweinsozialisten. Besessen von Literatur, Psychologie und Sex. Musik und Film. Und Sex. Umweltschutz. Der Kluft zwischen Arm und Reich. Philosophie. Gleichstellung. Und Sex.

Eigentlich nicht ihr Typ. Aber das begann sie erst jetzt so richtig einzusehen.

Der Kunde spazierte eine Dreiviertelstunde später aus der Postfiliale.

Eine Polizistin mit Pferdeschwanz schickte sich an, ihn unter dem rot-weißen Absperrband hindurchzulassen, das sie mit gespreizten Beinen und verschränkten Armen bewachte. Wie die Lemminge stürzte sich die Gruppe der Pressefotografen beinahe geschlossen in einen kleinen Busch, um den Kunden und die Polizistin auf ein Bild zu bekommen. Es klickte und summte, als sie das Absperrband anhob.

Der junge, dünne Mann sah die Journalisten gleichermaßen erschreckt und erwartungsvoll an, als sie ihn umringten. Nein, er sei gar nicht erst dazu gekommen, Angst zu verspüren. Nein, »Held« sei wohl ein bisschen zu hoch gegriffen. Nein, verletzt sei er nicht, sein Kiefer schmerze bloß ein bisschen, aber das sei alles. Doch, er sei sich bewusst darüber, wie gefährlich es gewesen war, den Räuber anzugreifen, aber Sie wissen ja, wie das ist, he, he, he.

Als die Zeitungsjournalisten fertig waren, zog Kristin ihn vor der Nase der TV2-Reporter weg. Sie sagte ihm, wer sie war, worauf er nervös lachte und sagte, das wisse er. Er würde jeden Dienstag und Donnerstag »24 Stunden!« gucken, denn danach käme immer *FBI Inc.*

Er wich ihrem Blick hartnäckig aus.

Sie ging ein Stück mit ihm über den Bürgersteig, damit Roffern das Interview mit der Postfiliale im Hintergrund filmen konnte. Während Roffern die Kamera bereit machte, plauderte Kristin mit dem jungen Mann, beruhigte ihn und machte ihn mit Mikrofon und Fernsehkamera vertraut.

Er war kein guter Redner. Er stotterte, unterbrach sich selbst, führte seine Sätze nicht zu Ende und schaute immer wieder grinsend zu den imaginären Zuschauern hinter der Kamera. Erst nach zwanzig Minuten waren Kristin und Roffern einigermaßen zufrieden.

## 2

»Eins dreißig, höchstens!«

Toralf Skaug lehnte sich auf seinem wippenden Bürostuhl zurück und sah blinzelnd auf den Ablaufplan auf dem Bildschirm. Er hatte viele Spitznamen, Diktator, Serbe, Herrgott, aber er war der Chef vom Dienst. Ein untersetzter Mann mit schütteren Haaren, rasselndem Atem und Schweißflecken unter den Achseln. Kristin hatte ihn einmal als Modell für eine Reportage über Herzinfarkt benutzt.

»Komm schon!«, nörgelte Kristin. Sie saß auf dem Rand des Layout-Tisches und wippte mit den Beinen. »Ich brauche mindestens zwei Minuten!«

»Verdammt, Kristin, du bist nicht eingestellt worden, um Spielfilme zu drehen! Die Sendung ist zu voll!« Er tippte mit dem Zeigefinger auf den Bildschirm. »Naher Osten, Ärztekrise, der Mord in Tromsø, der ganze politische Scheiß!«

»Dann musst du halt Prioritäten setzen«, gurrte sie zuckersüß.

»Meine liebe Freundin«, äffte er sie ebenso zuckersüß nach,

»genau das tue ich gerade.« Seine Stimme senkte sich wieder. »Eins dreißig! Und wir wollen dich bei der ersten Sendung gemeinsam mit Ninni im Studio haben.«

Nina »Ninni« Nilsen war die feste Sprecherin der Achtzehn-Uhr-Sendung. Die Verantwortlichen ließen sie in der Regel einen der anderen TV-Reporter über ein aktuelles Thema interviewen. Sie meinten, die Sendung werde so etwas lebendiger, außerdem gab das den Reportern ein wenig der Autorität, die sie so dringend brauchten. Die Hauptsendung um zweiundzwanzig Uhr wurde von der jungen Ninni gemeinsam mit dem gut gebauten NRK-Veteranen Arve Arnesen geleitet. Die Absicht des Chefredakteurs war es, die Zuschauer glauben zu lassen, die zwei hätten ein Verhältnis.

Skaug schnippte eine Zigarette aus der Schachtel, steckte sie in den Mundwinkel, zündete sie aber nicht an. Er hatte den oberen Hemdknopf geöffnet, und der Schlipsknoten hing schlapp auf seiner Brust.

»Eins fünfundvierzig?«, versuchte Kristin fragend.

Skaug schob seine Brille zurecht und nahm einen Pseudozug. »Fräulein Fellini, schauen Sie mir mal auf die Lippen: Eins-dreißig. *Basta!* Regieraum zwei. *Pronto!*«

Der Regisseur spulte die Videobänder im Schnelldurchlauf ab und verharrte auf einem beinahe vom Boden aufgenommenen Bild der Postfiliale mit einem Einsatzfahrzeug der Polizei im Vordergrund.

»Tolle Perspektive«, sagte er. »Beinahe wie im *film noir*. Sollen wir damit starten?«

»Okay-dokay. Wie viel kann ich bei diesem ersten Bild sagen?«, fragte Kristin.

»Deine ganze Lebensgeschichte, Baby. Vier Sekunden, maximal fünf.«

»Nimm die Zeit: Unmittelbar nach der Öffnung am Morgen stürmte ein Räuber in die Postfiliale Veitvet.«

»Sechs Sekunden. Soll das ein abendfüllender Spielfilm werden?«

»Sechs? O je, Mist!« Sie kicherte. »Versuchen wir es mal so: Überfall auf die Postfiliale in Veitvet direkt nach Geschäftsöffnung.«

»Genau vier Sekunden, wenn du ein bisschen schneller sprichst.«

»ÜberfallaufdiePostfilialeinVeitvetdirektnachGeschäftsöffnung!«

»Zwei Sekunden. Olympischer Rekord. Aber vielleicht doch nicht gaaaanz so schnell?«

Sie prusteten beide los.

So setzten sie weiter Bilder und Worte zusammen, Sequenz für Sequenz. Wie üblich musste sie einen Großteil des Textes streichen. Eine der ersten Lektionen, die sie lernen musste, nachdem sie im Fernsehen begonnen hatte, war, höchstens Platz für ein Drittel von dem zu haben, was sie eigentlich sagen wollte. Entweder hatte sie nicht genug Bilder, oder die Bilder passten nicht zum Text. Die Kameraleute versuchten sie immer damit zu trösten, dass die Bilder doch viel mehr sagten als Worte. »Ach ja?«, brummte sie dann sauer. »Dann zeig mir doch ein Bild der Zehn Gebote!«

Sie brauchten anderthalb Stunden, um die Reportage zu redigieren. Sie wurde kürzer, als Skaug es gefordert hatte: eins fünfundzwanzig.

Kristin öffnete die Tür des Regieraumes und pfiff auf den Fingern, um die Aufmerksamkeit des Chefs vom Dienst zu bekommen. »Die Reportagezeit beträgt eins fünfundzwanzig«, rief sie. »Dann habe ich morgen aber fünf Sekunden gut!«

Skaug warf ihr einen Luftkuss zu.

## 3

Ein Haus. Ein großes, weißes Haus mit einem Apfelgarten, einem schmiedeeisernen Tor und einer hohen Hecke. Etwas entfernt, eine weiß gestrichene Bank. Im Garten: eine Frau im Bikini. Die Kamera zoomt sie heran. Sie scheint etwa zwanzig zu sein. Hübsch. Sie blickt auf, in Richtung Kamera, winkt aber nicht. Dann beginnt sie, den Rasen zu mähen.

Kristin drückte auf den Stop-Knopf und spulte zurück. Sie verstand nichts.

Hinter ihr fluchte der Chef vom Dienst und rief: »Hat sich jemand nach diesem Feuer in Bærum erkundigt? Keiner? Verdammt! Caspar, kümmer du dich darum! Fahr hin, wenn was los ist.«

Kristin drückte auf die Play-Taste und sah sich die Bilder noch einmal an. Dieses Mal ließ sie das Band weiterlaufen.

Eine Straße in einer Stadt. Geflickter, grauer Asphalt, eine Bürgersteigkante. Kristin kam es irgendwie bekannt vor, sie konnte die Straße aber nicht platzieren. Frogner? Oder Briskeby?

Eine Straßenbahn. Ein Vogelnest. Der Bürgersteig.

»Die Polizei in Bærum bestätigt, dass da ein Wohnhaus brennt!«, rief Caspar. »Haben wir ein Foto?«

Die Kamera fokussiert eine Frau, die gemeinsam mit einem Mann auf die Kamera zugeht. Die gleiche Frau wie zuvor.

Das war alles.

Kristin stutzte. Sie hatte irgendeinen Höhepunkt erwartet, irgendein besonderes Bild oder Geschehnis, das erklärte, warum man ihr diese Kassette geschickt hatte. Sie winkte Ninni zu sich, die in die Redaktion gefegt kam. »Skaug, haben wir was über das Feuer in Bærum?«, rief Ninni dem Chef vom Dienst zu.

»Unter Kontrolle«, antwortete Skaug.

»Kontrolle?«, brummte Caspar sauer. »Wir haben keinen freien Kameramann!«

Kristin zog Ninni zu sich, während sie das Band zurückspulte. »Schickes Kostüm! Ist das neu? Du, schau dir das mal an, bitte!«

Schweigend betrachteten sie die Aufnahmen. Ungefähr nach der Hälfte kam Skaug und stellte sich hinter sie.

»*That's it*«, sagte Kristin. »Sagt dir das irgendetwas?«

Ninni schüttelte den Kopf.

Unten im Flur rief Caspar ungeduldig nach Roffern.

»Und was soll das sein?«, fragte Skaug.

»Kennt ihr die Frau?«

»Sollte ich?«, fragte Ninni.

Im Hintergrund begannen zwei Telefone gleichzeitig zu klingeln.

»Ich dachte, das wärst du«, sagte Skaug. »Hast du eine Schwester?«

»*Ich*? Toralf, putz dir mal die Brille!« Kristin sah zu Ninni und schnitt eine Grimasse.

»Ich denke, er will dir ein Kompliment machen«, amüsierte sich Ninni. »Willst du mir nicht mal erklären, was der Kram da soll?«

Kristin zuckte mit den Schultern. »Keine Ahnung! Das hat mir einer geschickt. Ich weiß nicht, warum. Ich dachte, ich hätte irgendetwas übersehen. Bestimmt nur ein dummer Scherz.«

»Ich hätte gern die Telefonnummer von deiner Schwester«, sagte Skaug.

## 4

»Noch fünf Minuten bis zur Sendung!«

Inmitten des Wirrwarrs aus flimmernden Bildschirmen, Kabelbündeln und ferngesteuerten Kameras versuchten Kristin und

Ninni, sich zu konzentrieren. Kristins Hände zitterten. Obgleich sie bestimmt schon zwanzigmal gemeinsam mit Ninni im Studio gesessen hatte, war sie jedes Mal aufs Neue angespannt.

Ninni schnitt eine Grimasse und babbelte unverständliches Zeug, um die Gesichtsmuskulatur um ihren Mund herum zu lockern. Auf dem Teleprompter vor der Kamera rollte ihr Text in großen Buchstaben ab. Kristin sah verstohlen zu ihrer Kollegin hinüber. Ninni hatte die seltene Eigenschaft, sich durch die Kameralinse winden zu können und zu Hause bei den Zuschauern wie eine allwissende Göttin aufzutreten. Es gab wirklich nicht viele Reporter, die genug Glaubwürdigkeit, Selbstsicherheit und fachliches Wissen hatten, um Nachrichtensprecher zu werden. Die Nachrichten lesen konnten viele, aber die wenigsten waren in der Lage, sie so zu vermitteln, als wären sie Herr dieser Nachrichten, als bestimmten sie darüber und stünden selbst im Mittelpunkt der Geschehnisse. Ninni war eine davon.

Das offene Nachrichtenstudio wurde dominiert von dem länglichen Pult mit der leuchtenden Uhr. Alles im Studio war rot. »Letzte News von der Blutbank«, hatte einmal ein Fernsehkritiker geschrieben.

»Noch vier Minuten bis zur Sendung!«, rief der Produzent. Er saß zur Linken des Programmleiters vor einer Wand von Fernsehbildschirmen und einem Kontrolltisch, der aussah, als käme er aus einer Raumfähre.

Kristin warf einen Blick auf den großen Monitor neben der Kamera und betrachtete sich selbst. Schob die Haare zurecht. Sie erkannte sich im Fernsehen nie richtig wieder. Sie wurde zu einer Fremden, einer Schauspielerin, die TV-Reporterin spielte.

Ein Journalist für Internationales kam mit einem Telegramm ins Studio gerannt, auf dem die Zahl der Toten nach dem Bombenanschlag in Beirut korrigiert wurde. Ninni notierte es auf einem Blatt, das vor ihr lag.

»Drei Minuten bis zur Sendung!«

Kristin holte ein paar Mal tief Luft. Ninni las die Headlines der Sendung mehrmals in unterschiedlichen Stimmlagen zur Probe. »Stoppte den Täter und wurde niedergeschlagen« – »Autobombe in Beirut.«

Die starken Scheinwerfer wurden eingeschaltet.

»Ich kann nicht begreifen, warum Skaug die Sendung mit diesem Kinderkram startet«, flüsterte Kristin.

»Gefühlsduselei«, sagte Ninni, »er liebt solche Sachen. Wir haben jetzt schon vier Tage lang mit Außenpolitik angefangen, da kriegt er langsam die Krise.«

»Mädels, vergesst nicht, dass ich jedes Wort höre, das ihr sagt«, kam Skaugs Stimme durch den Studiolautsprecher. »Und denkt dran, der Chef vom Dienst ist die wahre Instanz in eurem Leben, näher könnt ihr Gott nicht kommen!«

Ninni drehte sich zur Kamera und warf ihm eine Kusshand zu.

Unter dem Tisch faltete Kristin so fest die Hände, dass ihre Knöchel weiß wurden. Sie konnte sich kaum vorstellen, dass sich gleich vier- oder gar fünfhunderttausend Zuschauer hinter den schwarzen Kameralinsen befanden.

»Zwei Minuten, Ruhe im Studio!«

Mit dem Zeigefinger drückten sich Ninni und Kristin die Ohrstöpsel in die Ohren, durch die sie während der Sendung die Anweisungen des Produzenten erhielten.

»Noch eine Minute bis zur Sendung!«

Die Stille in Regie und Studio war erdrückend, aufgeladen.

Die Hauptkontrolle meldete sich über den Lautsprecher: »HK an News – dreißig Sekunden.«

Kristin füllte die Lungen mit Luft und atmete langsam wieder aus.

»Zehn Sekunden … fünf – vier – drei …«

Die brausende Fanfare von »24 Stunden!« dröhnte donnernd

aus den Lautsprechern der Regie. Auf dem Fernsehschirm leuchtete die Uhrzeit über einer metallischen Weltkarte auf.

Kamera eins fokussierte auf Ninni, die mit klarer Stimme sagte: »Willkommen in unserer Sendung ›24 Stunden!‹, heute mit diesen Themen …«

Auf dem Bildschirm entstand ein Mosaik aus kleinen Bildern, die immer deutlicher ein Bild des Mannes zeichneten, den Kristin am Vormittag interviewt hatte.

»Dieser Mann stoppte den Täter und wurde niedergeschlagen.«

Das Bild löste sich erneut in einem Mosaik auf, das dann einen Kriegsschauplatz zeigte.

»Autobombe in Beirut, mindestens acht Tote.«

Die metallische Weltkarte verwandelte sich in den Schriftzug »24 Stunden!«, und die Fanfare erstarb.

Ninni wandte sich zu Kamera zwei: »Und dann geht es in dieser Sendung auch noch um den Papagei Pharo, der heute Nachmittag während eines dramatischen Brandes in Bærum gerettet wurde. Pharos Aussage dazu«, sie flirtete mit den Zuschauern, »nun, die werden Sie später zu hören bekommen. Aber zuerst nach Veitvet in Oslo, wo ein Postkunde heute Morgen einen dramatischen Überfall vereitelt hat. Was er vielleicht besser nicht getan hätte.«

»MAZ ab«, kam die Stimme des Produzenten durch den Ohrstöpsel.

Während des Films gingen Ninni und Kristin noch einmal die Fragen durch. Beide sprachen leise und konzentriert. Ninni erinnerte sie daran, kurze Antworten zu geben. Passt mir ausgezeichnet, dachte Kristin.

Die Stimme des Produzenten: »Fünf – vier – drei – zwei …«

Die rote Lampe an Kamera eins ging an. Ninni wandte sich routiniert an Kristin.

»Kristin Bye, Sie waren vor Ort. Die Polizei war erstaunlicherweise nicht so dankbar über den Einsatz des Mannes?«

Kristin spürte, wie ihr Körper erstarrte. Die Knie unter dem Tisch zitterten unkontrolliert. Trotzdem lebten ihr Kopf, die Zunge und Lippen ihr eigenes Leben, vollkommen losgelöst vom restlichen Körper.

»Das ist richtig, Nina, was aber nicht weiter verwunderlich ist. Die Polizisten, mit denen ich heute am Tatort gesprochen habe, fürchten nämlich Nachahmer. Und das könnte früher oder später schiefgehen.«

»Sie meinen, dass die Täter Menschen, die eingreifen, einfach erschießen?«

»Genau! Die Polizei bittet die Menschen, sich bei einem Überfall ruhig zu verhalten und alles genau zu beobachten. Das Wichtigste ist schließlich, dass es keine Todesopfer gibt.«

»Es ist also nicht wert, für Geld zu sterben?«

»Auf keinen Fall!«

Ninni lachte leise. Ein kaltes, professionelles Lachen, das im Widerspruch zu ihrem fast kindlichen Kichern stand. »Danke, Kristin, dann weiter in der Sendung …« Sie löschte das Lächeln und wurde wieder ernst. »Jetzt zu den Entwicklungen im Nahen Osten.«

## 5

Kristin schloss die Tür auf und tastete nach dem Lichtschalter. Sie fühlte sich wie in einer kalten, menschenleeren Museumshalle. Jeden Abend musste sie erst eine Runde durch die Wohnung drehen, von Raum zu Raum gehen, die Lichter anmachen (obschon es eigentlich hell genug war) und die Räume mit ihrer Anwesenheit füllen.

Als Marcus noch bei ihr wohnte, rief er immer irgendetwas

Romantisches, wenn sie die Tür ins Schloss fallen ließ. Vor zwei Monaten war ihre Beziehung auseinandergegangen. Auch wenn sie wirklich froh darüber war, ihn aus ihrem Leben befördert zu haben, vermisste sie trotzdem seinen Willkommensgruß.

Sie hängte ihre Tasche und die dünne Jacke auf und ging ins Wohnzimmer. Die eine Wand stand voller Bücher, an der anderen hingen billige, wenn auch originale Grafiken. Das gediegene Ledersofa sah teuer aus, war aber von Ikea.

Sie zog die Gardinen vor und zündete drei Kerzen an. Im Schlafzimmer zog sie ihre Bluse und den engen BH aus und streifte eines von Marcus' T-Shirts über (I'M WITH SEXY). Das Bett war nicht gemacht. Die Tagesdecke war ein zerknäueltes Bündel am Fußende, und dort, wo sie üblicherweise lag, war eine Mulde in der Matratze. Auf dem Nachttischchen lag eine Taschenbuchausgabe von *Fräulein Smilla*, sie las das Buch zum fünften Mal. Das Kunstplakat an der Wand über dem Bett zeigte einen nackten, muskulösen Mann schräg von hinten. Marcus hatte dieses Bild verabscheut.

Sie öffnete das Schlafzimmerfenster einen Spaltbreit. Hundegebell und Kindergeschrei schallten aus dem Birkelundenpark zu ihr herauf. Wenn sie frei hatte, nahm sie manchmal einen gefüllten Picknickkorb, eine Flasche Wein und ein Reiseradio mit nach unten. Sie wohnte jetzt seit vier Jahren in Grünerløkka und fühlte sich wohl in diesem Viertel. Ein bisschen Greenwich Village, ein bisschen Karachi, ein bisschen Oslo. Sie blieb eine Weile am Fenster stehen und beobachtete eine Familie, die im Park Würstchen und Steaks grillte. Der verbrannte Geruch drang bis zu ihr nach oben.

In ihrem Arbeitszimmer (eigentlich ein winziges Kinderzimmer) schaltete sie den Computer ein und überprüfte, ob sie eine E-Mail erhalten hatte. Nichts. Während der letzten Monate hatte sie sich mit einem seltsamen Kauz aus Oxnard in Kalifornien geschrieben.

Sie ging in die Küche und kochte sich eine große Tasse Tee. Sie hatte die Küche selbst dekoriert, Keramikfliesen über der Arbeitsplatte verlegt. An dem schmalen Wandstück hinter der Tür hatte sie vier Mülleimer mit Rosenmalerei aufgehängt, die sie dekorativ fand. Marcus hatte sie als grüne Fundamentalistin bezeichnet. Er meinte, es sei sinnlos, in Grünerløkka Müll zu sortieren, wenn doch ohnehin alles in dem gleichen gigantischen Container im Hinterhof landete. Er hatte nichts verstanden. Der Punkt war doch, dass sie ihren Teil geleistet hatte.

Sie balancierte die übervolle Tasse ins Wohnzimmer. Dann suchte sie sich die Joan-Baez-CD heraus, setzte sich den Kopfhörer auf und drehte die Lautstärke hoch. Sie lehnte sich im Sessel zurück und schloss die Augen. Sofort sah sie Marcus vor sich. Er hatte immer in diesem Sessel gesessen. Die nackten Füße auf dem Tisch. Meist mit einem Manuskript auf dem Schoß. Enquist. O'Neill. Das Glas höchstens eine Armlänge entfernt. Sie hatte seinem Blick immer angesehen, wie viel er getrunken hatte. Und ob er Lust auf sie hatte. Was immer der Fall war. Im Tostrupkeller, der Stammkneipe der Journalisten, hatte sie einmal mitbekommen, wie er von Kollegen unter dröhnendem Lachen als Marcus der Verführer bezeichnet wurde.

Marcus war ein Scheißkerl, aber ein charmanter.

Das Ganze hatte begonnen, als sie ihn eines Abends zu einem Porträt-Interview für die Samstagsausgabe des *Dagbladet* in der ersten Etage des Continental getroffen hatte. Er hatte die Theaterkritiker und das Publikum mit seiner saloppen Interpretation von Peer Gynt verhext.

Sie hatte ihre Fragen gestellt, und Marcus hatte geantwortet, wobei er ihr die ganze Zeit über tief in die Augen geblickt hatte. Als der Zeichner fertig war und sich verabschiedet hatte, hatte er sie auf ein Glas Wein bei sich zu Hause eingeladen. Verblüfft hatte sie sich die Einladung annehmen hören.

Sie konnte noch immer nicht verstehen, was sie an diesem Abend geritten hatte. Hatte er ihr etwas in den Wein getan?

Es dauerte ein paar Wochen, bis die Kollegen von der Affäre Wind bekamen, und noch zwei weitere Tage, bis auch die Regenbogenpresse davon erfuhr.

Sie waren beinahe ein Jahr zusammen gewesen. Mehr ein Verhältnis als eine echte Beziehung. Romantische Candle-Light-Dinner mit Rotwein und Musik, lärmende Partys inmitten der Osloer Promiszene und verspielte Nächte und Sonntage im Bett. Dabei waren es die Alltage, die ihr fehlten. Die Zweisamkeit beim Nichtstun. Marcus hatte sich nie darauf verstanden. Er war ein Erlebnis-Junkie. Rastlos. Selbstverliebt. Suchte ständig neue Kicks, neue Menschen. Neue Eroberungen.

Sie fragte sich, warum sie immer auf Arschlöcher hereinfallen musste.

Sie schlürfte einen Schluck Tee und nahm die Kopfhörer ab. Die Wohnung war still. Nachdem der Hausbesitzer neue Fenster einbauen hatte lassen, hörte sie kaum mehr den Verkehr. Sie blätterte nachdenklich durch die *Newsweek*, die auf dem Sofatisch lag. Kurz vor zweiundzwanzig Uhr schaltete sie den Fernseher ein und sah sich die Nachrichten an. Ihre Reportage war von Platz eins auf Platz vier gerutscht.

Anschließend räumte sie das Wohnzimmer auf. Sie langweilte sich. Warum duschte sie nicht einfach, ging ins Bett und las ein Kapitel oder zwei?

Sie machte das Licht im Badezimmer an, zog sich das T-Shirt aus und warf es in den Wäschekorb.

Mit müder Miene betrachtete sie sich selbst im Spiegel. Mit jedem Tag, der verging, wartete sie darauf, dass aus den haarfeinen Linien an ihren Mundwinkeln und Augen Falten wurden. Sie hielt ihr Gesicht dicht vor den Spiegel, blinzelte und flüsterte: »Heute auch noch nicht, mein Mädchen.« Sie öffnete den

Spiegelschrank, nahm die Schachtel mit der Pille und drückte mit einem Seufzen eine heraus... Seit Marcus hatte sie nicht einmal einen Mann geküsst. *Nun, dann weiß ich wenigstens, wann ich meine Tage kriege...*

Im Schrank unter dem Waschbecken fand sie hinter den Frotteetüchern eine neue Seife, packte sie aus und legte sie auf die Seifenschale der Dusche.

Erst als sie den Gürtel ihres Rockes löste, fiel ihr der Brief wieder ein, den sie am Vormittag in ihre Rocktasche gesteckt hatte. *Jeezes, Kristin, kriegst du jetzt schon Alzheimer?* Sie wühlte in der Tasche herum, zog den Zettel hervor und faltete ihn auseinander.

Zwei Zeilen. Keine Unterschrift.

Blockschrift. Kleine, knotige Buchstaben. Mit so viel Kraft geschrieben, als hätte der Schreiber versucht, sie in die Unterlage unter dem Papier zu ritzen:

> Wenn sie dir nun nicht glauben und nicht auf dich hören werden bei dem einen Zeichen, so werden sie dir doch glauben bei dem andern Zeichen.

## Una

Am schlimmsten schmerzt das Handgelenk. Wenn sie auf der Seite liegt, den Arm nach hinten gestreckt, spannt sich die Kette bei jeder Bewegung. Da, wo die Handschellen reiben, ist die Haut blutig aufgescheuert, und beide Arme sind geschwollen und leicht blaugrün. Das Blut pocht in ihren Fingerspitzen.

Die Matratze ist hart, ihr fehlt ein Kissen. Sie traut sich nicht, danach zu fragen. Wenn er den Raum betritt, um ihr etwas zu essen zu bringen oder sie zu filmen, macht sie sich unsichtbar. Bis jetzt hat er sie nicht angerührt.

Bis jetzt.

Er hat ihr einen Topf gebracht, den er wortlos abholt, wenn sie ihn benutzt hat.

Neben der Matratze, kurz über dem Boden, ist ein Klingelknopf. Sie hat noch nie darauf gedrückt. Wahrscheinlich ist er dort, damit sie ihn rufen kann, wenn sie etwas von ihm will.

Sie will nichts von ihm.

Er hat ihr die Uhr abgenommen. Minuten und Stunden fließen sinnentleert ineinander. Sie schläft viel. Und betet.

Sie war nie sonderlich religiös. Mit zehn hat sie aufgehört, vorm Schlafengehen zu beten. Organistin ist sie geworden, weil es so unendlich viel schöne Musik auf der Welt gibt und weil der Klang einer Kirchenorgel ihr die Tränen in die Augen treibt.

Dennoch haben ihr Studium, die Kirchenlieder, die sonntäglichen Gottesdienste und der Umgang mit den anderen Mitgliedern der Kirchengemeinde ihren alten Kinderglauben in ihr geweckt. Seit einigen Jahren betet sie abends wieder vorm Schlafengehen.

Noch hat er sie nicht angerührt. Aber das wird er. Sie weiß, dass er es tun wird.

Sie stellt sich den Schmerz vor, den Ekel, die Erniedrigung. Sie will an etwas anderes denken, aber die Bilder kommen immer wieder: sein Gesicht, dicht über ihrem, schweißnass. Die stechend blauen Augen. Seine Lippen. Die Zunge. Sein Glied, das sie innerlich zerreißt; ein Spieß aus glühendem Eisen, der in sie stößt, bis sie nur noch eine verkohlte Höhle aus Hautfetzen und Fleischfasern und Demütigung ist.

Sie hasst ihn.

Früher hatte sie aufrichtig behaupten können, sie wäre niemals in der Lage, einen Menschen zu hassen. Sie war überzeugt davon, dass nur Liebe in ihr war.

Das war ein Irrtum.

Sie hasst ihn.

*Hasst hasst hasst.*

Sie weiß nicht, wann Tag oder Nacht ist. Es spielt keine Rolle. Sie schläft eine Stunde oder zwei, ist eine Weile wach, so vergeht die Zeit.

Sie geht alle Orgelwerke durch, die sie je eingeübt hat. Das ist eine gute Therapie. Sie sieht die Manuale vor sich, die Stufen mit den gelbweißen und schwarzen Tasten; spürt den leichten Widerstand unter den Fingern, den federnden Gegendruck des Pedals unter den Füßen. Sie hört, wie das Rauschen der Orgelpfeifen den Kirchenraum erfüllt, wie der Bass die Holzbänke zum Vibrieren bringt, wie manche Akkorde fast in den Ohren wehtun.

Oft weint sie. Dann dreht sie sich vom Spiegel weg. Sie ist

fast sicher, dass er dahinter steht und sie beobachtet. Sie will nicht, dass er ihr Gesicht sieht, wenn sie weint.

*

»Du bist so süß, wenn du schläfst«, sagt er.

Sie schlägt die Augen auf. Er steht breitbeinig über der Matratze. In der Hand die Videokamera.

*Jetzt ist es so weit!*

»Ich habe dich gefilmt«, sagt er. »Beim Schlafen.«

Sie sagt nichts.

Leise: »Du bist etwas Besonderes, weißt du das?«

Das weiß sie nicht.

»Nummer fünf«, sagt er. »Meine Glückszahl. Die Zahl fünf ist die Nabe jedes Zyklus, wusstest du das?«

Das wusste sie nicht.

»Hast du keinen Hunger?«, fragt er. »Du isst ja fast nichts.«

»Ich bin nicht sonderlich hungrig.«

»Hast du Angst?«

Die Frage weckt in ihr das Bedürfnis zu weinen. Aber sie reißt sich zusammen. »Ja«, sagt sie mit dünner Stimme.

»Angst vor mir?«

»Ja.«

Er zögert. »Niemand hat dich als vermisst gemeldet.«

»Ach ...«

»Das wundert mich, ehrlich gesagt.«

»Meine Vermieter sind verreist. Meine Eltern leben in Dänemark. Der Gemeindepfarrer ist im Urlaub. Die anderen Mitarbeiter in der Kirche kümmern sich nicht darum, was ich mache oder wann ich übe. Ich muss erst Samstag wieder spielen. Bei einer Hochzeit.« Sie holt hicksend Luft. Als hätte sie zu viel gesagt. So viel hat sie noch nie zu ihm gesagt.

»Verstehe.«

Sie sieht ihn an, versucht, in seinem Blick zu lesen. Samstag … Wird sie am Samstag noch am Leben sein? Oder wird sie tot sein, erdrosselt, erstochen, erschossen? Und draußen im Garten verscharrt?

Oder wird sie immer noch auf dieser Matratze liegen, an die Wand gekettet, nächsten Samstag und den Samstag drauf und …

Er zieht den Stuhl vor die Matratze.

»Erzähl mir was von dir«, fordert er sie auf.

»Von – mir? Wie meinen Sie das?«

»Ich will wissen, wer du bist. In dir drin.«

»Da gibt es nicht viel zu erzählen …«

»Was denkst du? Was fühlst du? Ich will alles über dich wissen. Alles!«

»Ich glaube nicht …«

»Erzähl!«

Und sie erzählt.

# … zu Blut werden auf der Erde

## I

Kristin hatte den Brief und die Videokassette längst vergessen, als sie den zweiten Umschlag bekam.

Es war ein verregneter Donnerstag; ein Schmuddelwettertag, der Lust auf heiße Schokolade und Toastbrot in ihr weckte. Die Wolkendecke hing tief über den Bergen um die Stadt. Es hatte fast die ganze Nacht gewittert und gegen Morgen wie aus Kübeln geschüttet, aber im Laufe des Vormittags hatte das Unwetter eine Pause eingelegt, als müsse es nach den Verwüstungen der Nacht erst einmal neue Kräfte sammeln.

Der Umschlag lag in ihrem Postfach, als sie atemlos von der Aerobic-Stunde kam. Es war die gleiche Art Umschlag wie beim letzten Mal. Groß, braungelb, gepolstert. Ihr Name in großen roten Lettern.

Sie stand da und starrte auf den Umschlag, während sie überlegte, wieso ihr Herz so verflucht hämmerte.

Dieses Mal las sie zuerst den Brief:

> Wenn sie aber diese zwei Zeichen nicht glauben und nicht auf dich hören werden, so nimm Wasser aus dem Strom und gieße es auf der Erde aus, dann wird das Wasser, das du aus dem Strom genommen hast, zu Blut werden auf der Erde.

Die sechs letzten Worte waren in Rot geschrieben. Billige Effekthascherei, dachte Kristin. Und schüttelte sich.

Sie schleuderte die Tasche unter ihren Schreibtisch und hängte die Jacke auf. Drüben am Layout-Tisch saß Skaug, in einen Stapel Faxe vertieft. Sie nahm den Brief und die Kassette und ging zu ihm.

»Du… Ich habe wieder einen Brief bekommen«, sagte sie leise.

Skaug blickte verwirrt auf. »Was?«

»Einen Brief! Ich habe wieder einen Brief bekommen!«

»Einen Brief? Wie schön für dich, Kristin. Wirklich! Ich meine das ganz aufrichtig, wirklich schön für dich! Ein Brief! Du meine Güte!«

»Mach dich nicht lustig!« Sie hielt ihm den Umschlag unter die Nase. »So einen Brief.«

»So einen Brief?« Er überflog das Blatt, legte die Stirn in Falten, las ihn ein zweites Mal. »Was soll das? Will dich jemand bekehren?«

»Ich glaube nicht.«

»Die neue Werbekampagne der Blutbank?«

»Skaug, das ist nicht komisch!«

»*Sorry, sorry!* Also was soll das Ganze?«

»Eine neue Kassette war auch dabei.«

»Kassette?«

»Erinnerst du dich nicht an die merkwürdige Videokassette, die ich am Montag gekriegt habe? Jetzt ist die zweite gekommen.«

»Aha?«

»Ich habe sie mir… noch nicht angesehen.« Fast hätte sie gesagt: Ich trau mich nicht, sie alleine anzusehen, ohne sagen zu können, was ihr so unheimlich war.

»Dann lass uns mal einen Blick reinwerfen«, sagte Skaug und rieb sich summend die Hände. »Vielleicht ist es ja ein saftiger Porno. Mit zwei Stortingsabgeordneten!« Er zwinkerte Kristin grinsend zu, riss sich dann aber zusammen. »Ooooops! *Sorry,* junge Frau, *bad taste, sorry*!«

Das erste Bild ist eine Nahaufnahme; nicht einzuordnen, bis der Fotograf wegzoomt und Kristin begreift, dass es sich um den Schatten einer Kette handelt. Die Kette ist in der Wand verankert. Die Kamera wandert ganz nah an den Kettengliedern entlang, bis … Kristin schnappt nach Luft … zu einer Hand.

»Oh, verdammt«, murmelt Skaug.

Die nächste Einstellung ist eine Totale. Ein kahler Raum. Auf einer Matratze liegt eine Frau. Sie trägt ein weißes Nachthemd. Mit einer Hand ist sie an die Wand gekettet.

»Herrgott im Himmel«, wispert Kristin. »Das ist die gleiche Frau.«

»Die gleiche Frau?«

»Wie auf dem ersten Video!«

Auf den ersten Blick sieht die Frau tot aus. Sie liegt mit halb geschlossenen Augen und offenem Mund da. Dann dreht sie den Kopf ein Stück zur Seite und sieht in die Kamera. Ihr Blick ist träge, gleichgültig. Wie unter Drogen.

Skaug pfeift. »Ich glaube«, sagt er und legt Kristin einen Arm um die Schulter, »ich glaube, es ist an der Zeit, dass wir uns über eine Gehaltserhöhung unterhalten.«

## 2

Der Nachrichtenredakteur Richard Wolter faltete die Hände über seinem Bauch und legte die Füße auf die Schreibtischplatte. So pflegte er sich einzurichten, wenn er über komplizierte Zusammenhänge nachdenken musste. Lässig schüttelte er sein schulterlanges Haar. Er war zweiundfünfzig, sah aber mindestens zehn Jahre jünger aus. Schlank und muskulös. Mehrere Jahre hatte er eine umstrittene, aber sehr populäre Diskussionssendung beim NRK-Radio geleitet. In Pressekreisen munkelte man deshalb, er hätte seine Seele verkauft, als Kanal 24 ihn abwarb, um ein abgespecktes Nachrichtenformat zu entwickeln.

»Es gibt zwei Möglichkeiten«, sagte Wolter nachdenklich. Er war als Zwanzigjähriger von Steinkjer nach Oslo gezogen, und ihm hing nach wie vor der Hauch des Dialektes an. »Entweder erlaubt sich jemand einen schlechten Scherz mit uns, oder ein Kidnapper hat aus unerfindlichen Gründen uns als Adressaten für Aufnahmen seines Opfers auserkoren.«

»Ein Kidnapper?«, fragte Kristin.

»Was sonst? Freiwillig wird sie ja wohl kaum dort liegen, oder?«

»Wartet mal zwei Sekunden«, mischte sich Skaug ein. Er suchte nach seiner Schachtel Prince, fand sie in der Brusttasche und angelte eine Zigarette heraus. »Soweit ich weiß, wurde niemand als vermisst gemeldet. Wenn er beabsichtigt, uns zu benutzen, um an Lösegeld zu kommen, müsste irgendjemand das Verschwinden der Frau bemerkt haben!« Er steckte sich die Zigarette zwischen die Lippen.

»Möglich«, sagte Wolter. »Aber es könnte auch sein, dass die Entführung geheim gehalten werden soll.«

»Und warum schickt er dann dieses Video an mich?«, fragte Kristin.

»Um ins Fernsehen zu kommen, natürlich.«

»Aber wieso ausgerechnet an mich? Warum hat er es nicht an dich geschickt? Oder ganz allgemein an den Sender?«

Der Gedanke war Wolter offenbar auch schon gekommen. Er blickte an die Decke, ehe er ihr ein Lächeln zuwarf, das wohl beruhigend gemeint war. »Schwer zu sagen, Kristin. Entspann dich. Vielleicht mag er dich ja?«

*»Vielleicht mag er mich ja?«*

Skaug und Wolter räusperten sich.

»Also – was passiert jetzt mit den Aufnahmen?«, fragte Skaug aufs Geratewohl, nahm einen Lungenzug von der unangezündeten Zigarette und stieß den Scheinrauch durch die Nasenlöcher aus.

Keiner sagte etwas.

Was passiert mit den Aufnahmen?, dachte Kristin. Dann platzte sie heraus: »Also wirklich! Ihr habt doch nicht vor, sie zu senden?«

»Warum nicht?«, fragte Wolter mit seinem Welpenblick.

Kristin suchte nach Argumenten. Weil sie nicht wussten, wer die Frau war. Weil das Ganze womöglich ein schlechter Scherz war. Weil die Bilder möglicherweise tatsächlich eine Frau in Gefangenschaft zeigten. Weil es sich falsch anfühlte. Aber keiner dieser Gedanken ließ sich in eine einfache Antwort umformulieren, also sagte sie: »Seid ihr verrückt, wir können das nicht senden!«

»Warum nicht?«, wiederholte Wolter. »Egal, wie, das ist eine Wahnsinnsstory!«

Die Osloer Journalisten nannten ihn den Geier.

Als »24 Stunden!« vor einem Jahr eine Aufnahme von einem Mann gebracht hatte, der vom Dach des SAS-Hotels sprang, nachdem er eine Frau und ihren kleinen Sohn erschossen hatte, schrieb ein Medienkritiker von der Akersgate, Richard Wolter wäre bereit, Leichen zu filmen, um mit den Einschaltquoten der Dagsrevy und den TV2-Nachrichten mitzuhalten. Selbst Kristin, die eher eine puritanische Einstellung zum Journalismus hatte, hielt diese Verurteilung für ungerecht und heuchlerisch. Am folgenden Tag hatten die Zeitungen ebenfalls ausführliche Bildserien des Selbstmordes gebracht. Wolter akzeptierte nicht, dass TV-Journalisten eine andere Denkweise haben oder dass sie nach anderen ethischen Grundsätzen arbeiten sollten als ihre Kollegen bei der Zeitung. Er hielt diesen Ansatz für antiquiert und überholt, für ein Relikt aus den Zeiten, als NRK noch ein staatliches Monopolunternehmen war. Die Zuschauer waren gewarnt worden, ehe der Bericht gesendet wurde, und schließlich gab es die Möglichkeit, aus- oder umzuschalten. Dennoch vertraten einige immer noch die Meinung, das Fernsehen sollte nicht mit den Tageszeitungen konkurrieren, da die Ausstrahlung von Bildern eine größere Verantwortung mit sich brachte. Wolter war anderer Meinung. Er selbst hatte das Motto von »24 Stunden!« formuliert: »Reality-TV«. In einer Fernsehdebatte über Fernsehethik, die nach der Selbstmordreportage ausgestrahlt worden war, hatte Wolter festgestellt, dass keiner der empörten Diskussionsteilnehmer auch nur mit einem Wort erwähnte, dass der Mann, bevor er sprang, kaltblütig eine Frau und ihren Sohn ermordet hatte oder dass halb Oslo abgesperrt war, während der Mörder unter den Augen Tausender Menschen auf dem Dach herumkletterte. Stattdessen waren alle ganz besorgt um das Wohl des Halbbruders und zweier Tanten des Mörders, die die Aufnahme von dem Selbstmord zehn Stunden vor dem Erscheinen der Zeitungen im Fernsehen sahen. »Die Wirklichkeit ist manchmal schrecklich«, hatte Wolter in den brodelnden Saal gerufen. »Aber wenn die Menschen die Wirklichkeit im Fernsehen nicht ertragen, sollen sie die Nachrichten eben ausschalten. Es ist immerhin die Wirklichkeit, die wir vermitteln!«

»Richard«, sagte Kristin, »das gibt nur wieder Ärger!«

»So?«

Kristin musste lächeln. Sie kannte niemanden, den die Meinung anderer so unberührt ließ wie Wolter.

»Wir wissen nichts über diese Aufnahmen!«, fuhr sie fort. »Vielleicht will uns jemand verführen, sie zu zeigen!«

Wolter hob die Augenbrauen. Sein Blick fragte: *Verführen?*

»Damit sie zum *Dagbladet* laufen und erzählen können, wie leicht einem ›24 Stunden!‹ auf den Leim geht.«

»Guter Hinweis!«

»Jungs und Mädels«, sagte Skaug und schob die Zigarette

mithilfe der Zunge von einem Mundwinkel in den anderen, »nur nicht paranoid werden! Wir dürfen die Möglichkeit nicht außer Acht lassen, dass sich die Frau tatsächlich in den Klauen eines verdammten Psychopathen befindet.«

»Herrjemine!«, platzte Kristin heraus.

Wolter und Skaug sahen sie an.

»Trotzdem verstehe ich nicht, wieso er mir die Aufnahme schickt«, wiederholte sie.

Weder Wolter noch Skaug gaben ihr eine Antwort. Vielleicht haben sie mich nicht verstanden, dachte sie.

Wolter sah Skaug an. »Menschenskind, zündest du die Zigarette auch noch mal irgendwann an?«

Skaug schüttelte den Kopf. »Ich versuche aufzuhören.«

Wolter lachte trocken und trommelte sich mit den Händen auf den Bauch. »Also gut. Höchste Zeit für ein kleines Pläuschchen mit Polizeipräsident Bastian.« Er grinste. *»Du? Und aufhören?«*

# Eine schwierige Angelegenheit

## I

Herdis war weg.

Polizeidirektor Runar Vang lehnte die Stirn gegen das kühle Glas des Bürofensters und blickte benommen über die Hausdächer. Er hatte das Gefühl, im Körper eines fremden Mannes zu stecken. In seinem Hinterkopf summte ein Chet-Baker-Song, den er nicht zuordnen konnte. Die Welt draußen war irgendwie weit entfernt, außerhalb seines Fokus, nicht wirklich. Er konnte es nicht genau benennen. Es war mehr ein Gefühl.

Das Licht war matt und warm. Träge Sommerwolken schoben sich über Bjørvika hinweg. Eine Möwe segelte im Gegenwind, zuckte mit den Flügeln und stürzte sich in halsbrecherischem Sturzflug ins Wasser. Das macht sie aus purer Lust, dachte er verdutzt. Als wäre ihm zum ersten Mal in vierundfünfzig Jahren klar geworden, dass Vögel etwas nur aus reinem Vergnügen tun konnten. Zum zigsten Mal explodierte das Bild von Herdis vor seinem inneren Auge, und da fiel ihm plötzlich ein, welche Melodie ihm die ganze Zeit im Kopf herumschwirrte. »She Was Too Good To Me.« Er lachte abgehackt. Sah auf die Uhr. Fünf nach zehn. Er war ein pünktlicher Mensch. Sie machten sich hinter seinem Rücken darüber lustig. »Oberlehrer« nannten sie ihn, wenn sie glaubten, dass er sie nicht hörte. Bloß, weil er verlangte, dass man sich an Zeiten hielt.

Das Verhör hätte vor fünf Minuten beginnen sollen. Polizeiwachtmeisterin Anne-Beth Carlsen – die junge, energische Polizistin, bei der er immer an eine Pfadfinderin denken musste – nahm wahrscheinlich an, er sei tot umgefallen oder so etwas. Hirnblutung. Herzinfarkt. Vermutlich standen Anne-Beth und die Sekretärin in diesem Augenblick vor seiner Tür und überlegten, ob sie es wagen sollten, sich dem grauenvollen Anblick zu stellen.

Er sah vor sich, wie sie hereinstürmten. Die Pfadfinderin zuerst, die Sekretärin dicht auf den Fersen. O Gott, wie furchtbar!, würden sie schreien. Er läge über dem Schreibtisch, den Kopf zur Seite gedreht, die Arme seitlich herabhängend. Einen Krankenwagen, schnell!, würde die Pfadfinderin rufen. *Dann täte es dir hoffentlich leid, Herdis!*

Normalerweise ließ er seine untergeordneten Mitarbeiter die Verhöre mit Verdächtigen führen, ohne sich einzumischen. Um ehrlich zu sein, waren sie besser als er, auf alle Fälle geduldiger, als er es jemals gewesen war. Aber dieses Verhör wollte er gerne selber führen. Vielleicht, weil er seinerzeit der leitende Ermittler in dem Mordfall gewesen war und ihn jetzt zum Abschluss bringen wollte. Vielleicht aber auch, weil ihm sein Unterbewusstsein riet, sich in den nächsten Wochen mit Arbeit einzudecken. Damit er keine Zeit hatte, an Herdis zu denken.

Aber er dachte an Herdis.

Sie hatten in der Küche gestanden. Gestern Abend. Er hatte erzählt, dass sie jetzt endlich einen Verdächtigen in dem alten Mordfall hätten, den die Zeitungen mit ihrem üblichen Einfühlungsvermögen »den Homomord« getauft hatten. »Wie schön«, hatte sie gemurmelt. Er hatte ihrer Stimme angehört, dass etwas nicht stimmte. Nach zwanzig Jahren Ehe spürte er schnell, in welcher Stimmung sie war. Aber diese Stimmung verwirrte ihn. Mit hektischer Nervosität räumte er die Geschirrspülmaschine aus. Sie hat mich nicht angesehen, dachte er. Doch dann hatte sie sich zu ihm umgedreht, die Hände an der Schürze abgetrocknet, tief Luft geholt und gesagt: »Runar, wir müssen reden. Ich glaube, ich brauche ein bisschen Zeit für mich selbst.«

*Zeit für mich selbst.*

Die Details des anschließenden Gesprächs waren verschwommen. Er hatte sich alle Mühe geben müssen, unberührt zu wirken. Er erinnerte sich, dass er sich an der Spüle abgestützt hatte, während sie redete.

Sie hätte lange darüber nachgedacht, beteuerte sie, und nach den ersten Worten war ein Schwall von Vorwürfen und Rechtfertigungen über ihre Lippen gekommen.

Wie in einem Traum hatte er einen Schritt aus seinem Körper heraus gemacht – *Das hier passiert nicht wirklich!* –, und als er wieder in ihn zurückkehrte, fühlte sich dieser kalt und fremd an.

Ich verstehe das nicht, hatte er immer und immer wieder gesagt und geklungen wie ein bettelndes Kleinkind.

Vielleicht ist das genau das Problem, hatte sie gesagt. Sie war nicht wiederzuerkennen gewesen.

Sie war noch am gleichen Abend abgefahren. Er wusste nicht, wohin. Sie wurde von einem alten VW-Bus mit einem Friedenssymbol auf der Seite abgeholt. Mit einer Menge junger Leute darin, vom Fenster aus sah er, dass sie klatschten, als sie einstieg.

Acht nach zehn. Er atmete tief ein. Sie warteten bestimmt auf ihn.

## 2

»Scheiße, Mann, ich hab ihn nicht alle gemacht!«

Er sah aus wie ein nasser Lappen auf einem Stuhl, als hätten sie ihm das Rückgrat mit einer Kneifzange gezogen, dachte Vang und musste an eine Qualle mit Armen und Beinen denken, aber ohne Hirn.

Er lächelte nicht, dabei kam ihm dieser absurde Gedanke unsäglich komisch vor. Um den Schein zu wahren, sah er Polizeiwachtmeisterin Anne-Beth Carlsen an. Die Pfadfinderin. Er fragte sich, wieso er sie so nannte. Wegen ihres Sunnmørre-Dialekts? Der schmächtigen Statur? Den kurzen, lockigen Haaren?

Sie erwiderte seinen Blick, aber es ließ sich unmöglich etwas daraus ablesen.

»Aber Sie waren an diesem Abend bei ihm zu Hause, das stimmt doch?«, fragte Vang auf gut Glück.

»Was'n, bei dem? Bei so 'ner Schwuchtel? Ich hab kein' kaltgemacht, verdammt …«

Er war jung, das Gesicht voller Narben und Flecken. Sein Wortschatz war ziemlich begrenzt. Jedes Mal, wenn Vang ihm in die Augen sah, begann sein Blick zu flackern. Sein Atem ging schwer, und er kratzte sich manisch an einer undefinierbaren Tätowierung auf dem linken Handrücken. Ein Kreuz? Ein Dolch?

Vang lehnte sich im Stuhl zurück und ließ die Stille auf sich wirken.

Sie hatten einen Tipp bekommen. Der Fall lag acht Jahre zurück, und obgleich er in regelmäßigen Abständen die Akten immer wieder hervorgeholt hatte, gab es nur wenig Hoffnung, ihn nach so langer Zeit zu lösen. Aber jetzt hatte ein Journalist von »Augenzeugen« bei TV2 die Mutter des homosexuellen Mannes interviewt, der damals mit fünfundvierzig Messerstichen ermordet worden war. Mit verweinten Augen hatte die alte Frau in die Kamera gesehen und den Mörder aufgefordert, sich zu stellen. Am gleichen Abend hatte ein Mann bei der Polizei angerufen. Ein Kumpel von ihm hätte mal im Vollrausch damit rumgeprahlt, die Welt von einem verdammten Arschficker befreit zu haben. Genauso hätte er es gesagt. Er habe das damals als das Gelaber eines Besoffenen aufgefasst. Aber ein paar bisher unbekannte Details aus dem Fernsehbericht über den Mord – ein Wort, das mit Blut auf den Spiegel geschrieben worden war, und die Stellung des Opfers – stimmten ziemlich genau mit dem überein, was sein Kumpel damals erzählt hätte. Darum wollte er der Polizei sicherheitshalber mal Bescheid geben.

Es war nicht schwierig gewesen, den Verdächtigen zu finden. Er befand sich nur wenige hundert Meter vom Polizeipräsidium entfernt. In einer Zelle des Osloer Bezirksgefängnisses.

Sie hatten nicht allzu große Hoffnung gehabt, aber da sie sicher waren, dass der Journalist sehr genau verfolgen würde, was sie in der Sache unternahmen, hatten sie einen Ermittler auf den Fall angesetzt. Nach nur einem Tag waren sie überzeugt, den Täter gefunden zu haben.

»Das Putzige ist nur«, bluffte Vang und senkte die Stimme, wie immer, wenn er log, »dass ein Zeuge gesehen hat, dass Sie um zwei Uhr nachts aus dem Hauseingang gekommen sind.«

Die Lüge war leicht durchschaubar. Aber die Uhrzeit stimmte in etwa mit dem Todeszeitpunkt überein. Die Qualle wand sich.

»Scheiße, ich will einen Anwalt!«

Gutes Zeichen.

»Selbstverständlich«, antwortete Vang.

»Haben Sie vielleicht jemand anderen in dem gleichen Hausflur besucht?«, schlug Anne-Beth Carlsen vor. Der singende, freundliche Klang ihrer Stimme flößte Vertrauen ein, dachte Vang, vielleicht nenne ich sie ja deshalb die Pfadfinderin.

Die Qualle schnupperte an dem Köder. Als er antwortete, sah er Vang an und nicht die Polizistin. »Bei einer Frau, klar!«

Vang dachte: Er hat tatsächlich angebissen! Dass er so dumm ist. So sturzdumm.

»Das erklärt natürlich einiges«, sagte Vang und lachte grob.

Die Qualle grinste und starrte auf den Boden.

»Eine Frau!«, fuhr Vang fort. »Kein Wunder, dass Sie das verschweigen wollten, als die Leiche entdeckt wurde.«

Die Qualle grinste noch breiter.

»War sie vielleicht verheiratet?«, schlug Anne-Beth Carlsen vor.

*Herdis*. Der Gedanke an sie traf ihn wie ein eiskalter Polarwind.

Die Qualle sackte noch mehr auf dem wackligen Stahlrohrstuhl zusammen und starrte auf einen Punkt zwischen Vang und Anne-Beth Carlsen. »Verheiratet, klar! Du rufst wohl kaum die Bullen an, wenn du grad 'ne verheiratete Frau nagelst, oder?«

*Zeit für mich.*

Die Qualle lachte krächzend.

Vang wechselte einen Blick mit der jungen Polizistin. Die Qualle hatte den Köder geschluckt und baumelte fett und zufrieden am Haken. Jetzt musste die Schnur nur noch eingeholt werden.

In dem Augenblick klingelte das Telefon.

Weder Vang noch Carlsen machten Anstalten, den Hörer abzunehmen.

»Für mich, oder was?«, fragte die Qualle. Er kapierte noch immer nichts.

Vang streckte den Arm aus und griff nach dem Hörer.

»Vang?« Eine raue, vage bekannte Stimme. Es gelang Vang nicht, ihr ein Gesicht zuzuordnen.

»Ja!«, bellte er.

»Tut mir leid, Sie mitten in einem Verhör zu stören!«

Vang richtete sich auf. Der Polizeipräsident.

»Schon in Ordnung«, sagte Vang kurz, pflichtschuldig. Das musste wichtig sein. Das Vorzimmer fing alle Anrufe ab und hatte sicher erklärt, dass er in einem wichtigen Verhör saß.

»Es gibt da einen neuen Fall …«, sagte der Präsident.

Vang sagte nichts.

»Ich möchte, dass Sie sich persönlich darum kümmern.«

»Ja?«

»Eine ziemlich heikle Sache.«

»Verstehe.«

»Eine Frau wurde entführt. Scheint es.«

»Was meinen Sie mit ›scheint es‹?«

»Der Entführer hat sie mit einer Videokamera gefilmt.«

Vang stieß einen Pfiff aus. »Und uns die Kassette geschickt?«

»Nicht ganz. Eben das ist das Problem. Darum möchte ich den Fall Ihnen übergeben. Er hat sie an Kanal 24 geschickt.«

## 3

In Pressekreisen war Polizeidirektor Runar Vang, was Gewaltverbrechen und Betrugsdelikte betraf, sozusagen ein Promi. Bei größeren Kriminalfällen wurde immer er vor dem Polizeipräsidium in Grønland interviewt: Vang in Anzugjacke, blauem Hemd, Krawatte und mit schütterem, unzähmbarem Haar, das ihm ständig in die Stirn fiel. Einige Kriminaljournalisten behaupteten, er sähe die Presse als eigenes Dezernat für Gewaltverbrechen und Betrugsdelikte an. So hatte er sich mit den Jahren den unverdienten Ruf eingehandelt, mediengeil zu sein. In Wahrheit war er nur derjenige aus dem Dezernat, der am wenigsten gegen Journalisten hatte.

Vang kannte den Nachrichtenredakteur Richard Wolter von diversen Anlässen. Ein harter Brocken, aber bodenständig. Mit Wolter gab es nie Ärger. Vang schätzte seine unumwundene, ehrliche Art. Die meisten Journalisten waren arrogante Besserwisser, aber mit Wolter ließ sich reden.

»Haben Sie vor, die Aufnahmen zu senden?«, fragte Vang und hielt die Tüte mit der Videokassette hoch.

Er saß mit Wolter, Kristin Bye und dem Chef vom Dienst, Toralf Skaug, an dem ovalen Sitzungstisch in Wolters Büro. Er bezweifelte keine Sekunde, dass sie sich von beiden Kassetten und den Briefen Kopien gesichert hatten. Vang hatte die Originale in durchsichtige Plastiktüten gepackt.

»Die Frage, die wir uns stellen müssen«, sagte Wolter und kippelte lässig auf seinem Stuhl, »ist, ob sich da jemand einen groben Scherz mit uns erlaubt.«

»Unmöglich zu sagen, nach dem, was wir haben.« Vang raschelte mit der Plastiktüte in seiner Hand. »Aber wir sollten die Sache auf alle Fälle ernst nehmen.«

Skaug verrührte mit einem Bleistift ein Stück Würfelzucker in seinem Kaffee. »Schöner Schlamassel, was?« Er lachte gedämpft.

Keiner fiel in sein Lachen ein.

Kristin Bye hatte die Hände auf der Tischplatte gefaltet und starrte aus dem Fenster. Vang musste wieder an Herdis denken. Herdis war zwölf Jahre jünger als er und sah aus wie ein Schulmädchen. Und manchmal benahm sie sich auch so.

Vang folgte dem Blick der jungen Reporterin zu den Bäumen und dem Park auf der anderen Straßenseite. Eine Träumerin, dachte er. Er war schnell dabei, Menschen Eigenschaften zuzuordnen. Eine dumme Angewohnheit, die seine Arbeit mit sich brachte, vermutete er. Aber Kristin Bye war ohne Zweifel eine Träumerin.

»Gibt es von Seiten der Polizei Vorbehalte, dass wir die Aufnahmen zeigen?«, fragte Wolter.

Vang wog nachdenklich die Kassette in der Hand. »Ich halte das für keine sehr gute Idee.«

Wolter suchte sich eine bequemere Position auf dem Stuhl. Er räusperte sich. »Ehrlich gesagt, kümmert mich Ihre persönliche Meinung nicht sonderlich. Ich möchte wissen, ob Sie irgendwelche juristischen Einwände sehen, die Finger von der Ausstrahlung der Bilder zu lassen?«

»Wir brauchen Zeit, um das Material genauer zu untersuchen. Und nicht zuletzt, um die Listen aller vermissten Personen durchzugehen. Wenn Sie mich schon fragen, wäre ich Ihnen sehr verbunden, wenn Sie uns ein oder zwei Tage einräumen, die Angelegenheit in aller Ruhe zu untersuchen. Sollten Sie jetzt damit an die Öffentlichkeit gehen, gefährden Sie die einleitenden Ermittlungen.«

»Damit einer Ihrer Jungs zum *VG* laufen und die Story für einen Silberling verkaufen kann«, seufzte Skaug.

Der Vorwurf versetzte Vang einen leichten Stich.

»Die Polizei will nur etwas Zeit rausschlagen, um die Aufnahmen und Briefe unter die Lupe zu nehmen«, sagte Wolter. »In aller Stille. Das ist keine überzogene Forderung. Wir wären durchaus bereit, bis morgen Abend mit der Ausstrahlung der Story zu warten. Exklusiv, selbstverständlich. Das klingt nach einem fairen Deal.«

Vang zog seine Jacke zurecht und sah Kristin an. »Sie haben keine Vorstellung, wer der Absender sein könnte?«

»Nein.«

»Haben Sie einen Verflossenen, der …«

»Also wirklich! Nein.«

»Noch nie vorher einen Brief oder etwas in der Art bekommen …«

»Nein.«

»Keine Anrufe, die …«

»Nein. Tut mir leid. Ich weiß nicht, wieso er die Sachen an mich geschickt hat.«

»Er?«

Sie zuckte mit den Schultern, als wollte sie sagen: *Was sonst?*

»Könnten Sie uns eine Liste zusammenstellen, was Sie … sagen wir mal, das letzte halbe Jahr … gemacht haben? Vielleicht findet sich ja eine Verbindung.«

»Das ist eine Höllenarbeit! Wenn das für dich in Ordnung ist …«, sagte sie an Wolter gewandt.

»Natürlich.« Wolter trommelte mit den Fingern auf der Tischplatte. »Okay, sind wir uns einig? Wir geben der Polizei bis morgen Abend Zeit, bevor wir die Aufnahmen verwerten.«

»Gut.« Vang hielt noch einmal die Tüte mit der Videokassette in Augenhöhe.

»Unter einer klaren Bedingung: Die Polizei gibt weder Bilder noch irgendwelche Erkenntnisse darüber an andere Medien weiter«, sagte Wolter.

»Natürlich nicht.« Vang sah Kristin an. »Wenn Sie mich dann bitte ins Polizeipräsidium begleiten würden, damit wir uns ausführlicher unterhalten und Ihre Fingerabdrücke nehmen können? Wer hat die Briefe und Kassetten sonst noch in der Hand gehabt?«

»Verdammt!«, sagte Skaug. »Ich! Teufel! Können Sie nicht jemanden hier raufschicken? Ich hab keine Zeit …«

»Ich hatte die Briefe ebenfalls in der Hand, als ich sie gelesen habe«, sagte Wolter. »Und einer unserer Techniker hat die Videokassetten angefasst. Das war gedankenlos von uns, tut mir leid.«

»Dann muss ich Sie leider allesamt bitten, sich Ihre Fingerabdrücke abnehmen zu lassen. Im Präsidium. Im Laufe des Nachmittags! Fragen Sie nach mir.« Er lächelte breit. »Nehmt es nicht so schwer, Kinder. Wir halten auch ein Stück Seife für euch bereit!«

# Polizeipräsidium

I

Runar Vang führte Kristin in ein unpersönliches Büro in der fünften Etage des Polizeipräsidiums. Ein geschwungener Schreibtisch stand einem runden Sitzungstisch zugewandt. Auf dem Schreibtisch thronte ein gerahmtes Foto von ihm selbst (vor einigen Jahren aufgenommen) mit seiner hübschen, jugendlichen Frau und einem Jungen im Teenager-Alter. An den Wänden hingen Diplome von norwegischen und amerikanischen Polizeiinstitutionen und ein großes Foto von einer Gruppe zivil gekleideter Männer, denen man den Polizisten schon von Weitem ansah. Er hatte zwei Safes (als wäre die Einbruchgefahr hier überdurchschnittlich hoch), aber keinen Computer. Auf einer umsäumten Filzunterlage sah Kristin ein großes Fleischermesser (sie hatte nicht das Bedürfnis, ihn zu fragen, wozu er das benutzte), und in dem Buchregal hinter dem Schreibtisch lagen ein Paar Handschellen, die Vang, wie sie annahm, schon lange, lange niemandem mehr angelegt hatte. Außer vielleicht am Wochenende der schlanken Frau auf dem Foto.

Er kam mit zwei Plastikbechern heißem Kaffee zurück. Sie setzten sich an den runden Tisch. Unter vier Augen wirkte er unbeholfen und schüchtern.

»Ihre Familie?«, bemerkte sie mit einem Nicken auf das Foto, nur um etwas zu sagen. Meine Güte, Kristin, so eine dämliche Frage kann auch nur eine Journalistin stellen.

Sein Blick verweilte eine Weile auf dem Foto, als wäre er sich nicht ganz sicher. Dann schob er einen Stapel Papiere ein paar Zentimeter nach rechts. »Gleich kommt ein Kriminalkommissar. Er wird Ihre Erklärung zu Protokoll nehmen.«

»Aber ich weiß nichts.«

Er nickte vor sich hin. »Egal … Bevor Sie bei Kanal 24 angefangen haben, waren Sie beim *Dagbladet*, oder?«

»Ja …«, antwortete sie. Sollte er sich tatsächlich ihren Namen gemerkt haben? Oder hatte er dem Büro des Verfassungsschutzes einen Besuch abgestattet und sich die dicke Akte aushändigen lassen, die es dort von ihr gab?

»Haben Sie irgendwann vielleicht etwas geschrieben, das …«

Sie hielt die Hände hoch. »Vergessen Sie es. Ich weiß, was Sie denken. Aber ich habe beim *Dagbladet* nie was mit Kriminalität oder Hard News zu tun gehabt. Ich war beim Feature.«

»Ich versuche ja nur herauszufinden, wieso er sich gerade Sie ausgeguckt hat.«

Sie schüttelte sich.

»Ich wollte Ihnen keine Angst machen!«

»Ach was, sollte ich Angst haben?«, konterte sie schlagfertig.

Er schüttelte den Kopf. »Es ist nicht ungewöhnlich, dass Verbrecher Briefe an Journalisten schicken. Der Journalist ist ihr Kanal zur Öffentlichkeit. Ein Irrer in Kalifornien, der sich Zodiac nannte, erlangte vor zwanzig, dreißig Jahren durch seine Briefe an alle möglichen Zeitungen Berühmtheit. Und vielleicht sind Sie ja alt genug, um sich noch an David Berkowitz, genannt *Son of Sam*, Mitte der Siebzigerjahre zu erinnern. Er führte einen eifrigen Briefwechsel mit dem Kolumnisten Jimmy Breslin.«

»Aber das waren Mörder«, sagte sie.

»Wohl wahr.«

»Und verrückt waren sie auch!«

»Ja, o ja.«

»Wieso hat er mich ausgesucht?«

»Sie können ihm nützlich sein. Er braucht Sie, um seine Botschaft zu verbreiten.«

»Danke schön!«

»Sie wissen, was ich damit meine. Ich versuche, Ihnen zu erklären, warum Sie keine Angst zu haben brauchen. Er wendet sich nicht an Sie als Person. Sondern an Sie als Reporterin. Er hätte jeden anderen nehmen können. Aber aus irgendeinem Grund hat er sich für Sie entschieden.«

»Das ist nicht gerade beruhigend.«

Er lächelte. »Um auf der sicheren Seite zu sein, verstärken wir in den nächsten Tagen die Polizeistreifen um das Sendegebäude und Ihre Wohnung. Wir lassen einen Streifenwagen auf dem Bürgersteig parken. Solche Dinge. Genug, um ihn abzuschrecken, falls er in der Nachbarschaft rumschnüffeln sollte.«

»Da kann ich mich dann ja ganz sicher fühlen«, sagte sie seufzend.

»Außerdem statten wir Sie mit einem Funknotruf aus. Ein schwedisches Patent, das wir in diesem Herbst testen wollen. Sie drücken einfach einen Knopf, wenn Sie sich bedroht fühlen. Damit alarmieren Sie die Einsatzzentrale, die im Handumdrehen eine Einheit zu Ihnen schickt!« Er hielt beide Hände hoch, als er ihren erschrockenen Gesichtsausdruck bemerkte. »Entspannen Sie sich, Sie werden es nicht brauchen. Mein Wort darauf!«

»Mein Gott … Was ist das nur für ein Mensch?«

»Ich weiß es nicht.« Er rieb sich die Augen.

»Jemand, der eine Frau verfolgt und sie filmt, bevor er sie entführt und an eine Wand kettet – kommt Ihnen das irgendwie bekannt vor?«

Er schüttelte den Kopf. Aber seine Augen verrieten, dass ihm das durchaus nicht neu war.

Der Kommissar klopfte wenige Minuten später an die Tür, ein Mann mit freundlichem Lächeln und feuchtem Händedruck. Er nahm Kristin mit in ein kleineres, noch unpersönlicheres Büro etwas weiter den Gang hinunter, wo er ihr tausend Fragen stellte. Sie hatte nicht geahnt, dass man jemanden, der absolut null und nichts wusste, so viel fragen konnte. Er machte jedem Journalisten Ehre. Zuerst wollte er alles über ihr Leben wissen. Insbesondere über ihre verflossenen Beziehungen. Wie viele Sex-Partner sie gehabt hatte (das hatte sie nicht einmal Marcus anvertraut) und ob sie von allen die Identität kannte. Diese Fragen gaben ihr das Gefühl, leichtsinnig zu sein. Billig. Es schien dem Mann einen Kick zu versetzen, wenn er Frauen solche Fragen stellte.

»Nach Marcus nur einen«, sagte sie.

Er lächelte sie erwartungsvoll an.

Sie krümmte vielsagend den rechten Zeigefinger. »Mit diesem hier!«

Sie wunderte sich über ihre Frechheit. Aber der Kerl provozierte sie. Und darum freute es sie umso mehr, als ihr Gegenüber knallrot wurde.

Im Verlauf der Befragung kam ein junger Kriminaltechniker und nahm ihre Fingerabdrücke. Es war wie in einem Krimi. Sie fühlte sich schuldig, ohne genau zu wissen, warum. So wie sie unschuldig wie ein Engel, aber mit einem rabenschwarzen Gewissen beim Zoll durch die grüne Tür ging.

Kristins dreiste Antwort hatte dem Kommissar den Wind aus den Segeln genommen. Er beendete das Verhör kühl und routiniert und begleitete sie wortlos zum Fahrstuhl.

## 2

Sie ging früh von der Arbeit nach Hause. Ausnahmsweise fand sie sogar mal einen leeren Platz in der Straßenbahn. Mit dem Notrufkoffer der Polizei auf dem Schoß musterte sie die männlichen Mitfahrer. Was für ein Typ das wohl war? Unsympathisch und brutal? Gut aussehend und arrogant? Grau und unauffällig? Ein Durchschnittsmensch, dachte sie. Einer, der mit der Menge verschmilzt.

Ein männlicher Fahrgast, an dem ihr Blick hängen geblieben war, zwinkerte ihr zu. Sie schaute verlegen aus dem Fenster und stellte fest, dass sie gerade ihre Haltestelle verpasst hatte.

In ihrer Wohnung angekommen, koppelte sie den Notruf an ihr Telefon an, schaltete P4 ein, drehte die Lautstärke hoch und ging ins Bad. Dort legte sie das Notrufarmband auf den Waschbeckenrand, zog ihre Kleider aus und legte sie in den Wäschekorb. Dann drehte sie das Wasser auf und stand lange in der engen Duschkabine.

Hinterher zog sie eine Jeans und ein T-Shirt an (DON'T WORRY, BE HAPPY!) und kochte sich eine Suppe, die nur nach Wasser schmeckte. Während sie aß, las sie die Abendzeitung. Die Seite mit den Geburtstagsgrüßen ließ sie an Halvor denken. Ihr Bruder wurde in wenigen Tagen vierzig. Es war schon eine Weile her, dass sie was von ihm gehört hatte. Nach dem Tod der Eltern war Halvor der nächste Verwandte, den sie hatte. Trotzdem waren sie sich im Laufe der Jahre fremd geworden. Sie telefonierten vielleicht einmal im Monat, und sie besuchte ihn ein- oder zweimal im Jahr. Aber das war's auch schon. Jetzt hätte sie ihm gern von dem Video erzählt, bevor er davon übers Fernsehen erfuhr oder es in der Zeitung las.

Nach dem Essen setzte sie sich an den Telefontisch, nahm sich das Telefonregister vor und schob den Plastikknopf auf H. Der Deckel klappte auf. Sie hatte versucht, Halvors Nummer in den Kurzwahlspeicher ihres Telefons einzugeben, war aber jedes Mal bei einem Schafbauern in Valle gelandet.

Sie wählte die Nummer und ließ es klingeln.

Halvor lebte allein. Kristin verstand nicht richtig, wieso. Er war klein und stämmig und sah alles andere als gut aus, aber er war liebenswert und hingebungsvoll – ein Traum für jede bodenständige Frau, die nicht allzu viel Spannung und Abwechslung vom Leben erwartete. Kristin hatte ihn nie etwas von einer Frau oder Freundin erzählen hören. Sie war sich ziemlich sicher, dass er noch nie mit jemandem geschlafen hatte, konnte sich ihn überhaupt nicht vorstellen, wie er eine Frau umwarb und verführte. Oder sich verführen ließ.

Nachdem sie es sicher zwanzigmal klingeln lassen hatte, legte sie auf. Wahrscheinlich war er im Stall oder draußen auf dem Feld.

Sie würde es später noch mal probieren.

Sie hatte Kopien der beiden Briefe des Entführers in ihrer Handtasche. Die breitete sie jetzt auf dem Wohnzimmertisch aus und sah sich die Schrift genauer an. Kleine, kantige Buchstaben. War er wütend, als er die Briefe geschrieben hatte? Voller aufgestauter Wut? Oder versuchte er nur, seine Handschrift so unkenntlich wie möglich zu machen? Die Handschrift eines Menschen ist fast so individuell wie sein Fingerabdruck.

Sie hielt das eine Blatt gegen das Licht, als hoffte sie, dass die Kopie einen versteckten Code oder etwas in der Art barg.

> Wenn sie dir nun nicht glauben und nicht auf dich hören bei dem einen Zeichen, so werden sie dir doch glauben bei dem anderen Zeichen.

Was um Himmels willen hatte diese schwülstige Mitteilung zu bedeuten? Hörte sich nach einem Zitat aus der Bibel oder von Edgar Allan Poe an. Ihr Großvater hatte so geschrieben, aber der war 1899 geboren. War der Entführer ein alter Mann? Kristin runzelte die Stirn. Oder war er ein junger Mann, der sich nur den Anschein geben wollte, als wäre er alt? Aber wozu das Ganze?

Sie las den zweiten Brief noch einmal.

> Wenn sie aber diese zwei Zeichen nicht glauben und nicht auf dich hören werden, so nimm Wasser aus dem Strom und gieße es auf der Erde aus, dann wird das Wasser, das du aus dem Strom genommen hast, zu Blut werden auf der Erde.

Absolut unverständlich. »Zu Blut werden auf der Erde« war mit rotem Stift geschrieben. Weil er sie für schwer von Begriff hielt?

Der Text kam ihr wirklich bekannt vor. War das ein Zitat aus einem Klassiker? Ibsen? Hamsun? Dostojewski?

Wenn ihr jemand weiterhelfen könnte, dann Gunnar. Er konnte ganze Passagen alter Werke zitieren, die er gelesen hatte. Und er hatte sie alle gelesen. Absolut alle. Seine Wohnung war die reinste Bibliothek. Oder eher noch ein Antiquariat.

Sie hatte Gunnar schon einige Wochen nicht mehr gesehen. Er hatte sicher einen guten Rat auf Lager. Nicht nur wegen der Briefe, sondern wegen der ganzen, vertrackten Situation. Und wegen des Videos. Gunnar wusste immer, was zu tun war.

Sie sah auf die Uhr. Halb sieben. Er könnte in einer halben Stunde im Beckers sein, wenn sie ihn dorthin einlud.

»Mein guter, alter Gunnar«, murmelte sie, während sie seine Nummer wählte. »Sei bitte zu Hause.«

# Ein junger, alter Mann

»Elementar, beste Kristin, das ist Moses!«

Mit selbstzufriedenem Nicken gab Gunnar Borg Kristin die zwei Blätter zurück. Er musterte sie über den Brillenrand hinweg und nahm einen großen Schluck von seinem Halbliterglas alkoholfreiem Bier. Die Kohlensäure prickelte sanft an seinem Gaumen.

»Moses?«, wiederholte Kristin.

Gunnar unterdrückte einen Rülpser. »Moses!«, polterte er und breitete die Arme aus. Vom Nachbartisch schauten zwei junge Männer zu ihm herüber. »Himmelherrgott! Der mit den Steintafeln, klickert es?« Mit oberlehrerhafter Miene schob er die Brille auf die Nasenspitze. »Mein junges Fräulein Bye, haben Sie im Religionsunterricht geschlafen, oder was? Das sind Bibelzitate!«

Sie sah auf die Kopien.

»Erstes oder zweites Buch Mose«, fuhr er fort.

Sie lächelte ihn verblüfft an, und er erwiderte ihr Lächeln. Kristin war wie eine Tochter für ihn, ein rebellisches aufmüpfiges Kind.

»Da du so allmächtig und allwissend bist, o Herr und Meister, kannst du mir doch sicher auch erklären, wieso in Gottes Namen mir jemand solche Briefe und Videobänder schickt.«

Das Glas gab einen klagenden Ton von sich, als er den Zeigefinger über den Rand kreisen ließ. Er versuchte, gleichgültig zu wirken. Was ihm nicht leichtfiel. Er machte sich Sorgen um sie. Irgendein verschrobener Irrer hatte sich Kristin ausgesucht, und verschrobenen Irren war alles zuzutrauen. Alles! Aber er wollte sie nicht unnötig beunruhigen. Also lächelte er bemüht und sagte: »Du meine Güte, Kristin, was für eine fantastische Geschichte. Fabelhaft! Die hätte ich gerne in der morgigen Zeitung.«

»Gunnar! Ich hab dein Wort!«

»Entschuldige, Kristin, in dem Fall müsste ich eigentlich den Ausnahmezustand verhängen. Alles was recht ist, das hätte ich nicht erwartet ...«

»*Gunnar!*«

»Bitte, ich spreche mit ...«

»Das wagst du nicht!«

»Ich versuche doch nur ...«

»Du hast es mir versprochen!«

»Ja. Ja. Ich weiß, ich habe es versprochen.«

»Ich vertraue dir!«

»Aber da wusste ich noch nicht, worüber du mit mir reden wolltest! Bitte?«

»Du hast es versprochen! Gunnar!«

»Ich hab's versprochen, ja, ja, ja. Aber willst du es mir nicht doch erlauben?«

»Nein.«

»Herrgott, Kristin, ich hatte keine Titelseite mehr, seit Lincoln ermordet wurde!«

»Vergiss es, Gunnar.«

»Denk dran, ich bin ein alter Mann. In wenigen Wochen trete ich ab! Hab Erbarmen mit einem scheidenden Arbeitstier.«

»*Blaaaah!* Mir machst du nichts vor.«

»Die Titel-Story in der morgigen Auflage würde ...«

»Nein!«

»Habe ich dich jemals um etwas gebeten ...?«

»Gunnar – nein!«

»Wenn das *Dagbladet* morgen früh damit kommt, garantiere ich dir, dass deine Einschaltquote ...«

»Ich – sagte: Vergiss – es!«

Er hob das Bierglas und sah sie betrübt durch die gelbe Flüssigkeit hindurch an. »Ich habe es zumindest versucht.«

»Ja, Gunnar, das hast du.«

»Hast du verstanden? Wenn die Sprache darauf kommt, sind wir uns einig, dass ich es wenigstens versucht habe?«

»Du hast es versucht.«

»Ich habe mein Bestes gegeben?«

»Du hast dein Bestes gegeben.«

»Fast mit Gewalt, oder?«

»Fast mit Gewalt, Gunnar.«

Er nahm einen großen Schluck. Zumindest hatte er es versucht.

Manchmal fühlte er sich wie eine Parodie. Die Parodie eines alten, feisten und ausgebrannten Journalisten. Desillusioniert, ohne Ziel oder Träume. Er hatte alles getan, alles erlebt.

Hatte Hemingway auf Kuba interviewt. Acht himmlische Minuten lang hatte er mit Marilyn Monroe im Hotel Bel-Air in Kalifornien gesprochen. Mit Martin Luther King. Cary Grant. Er hatte Präsident Kennedy die Hand geschüttelt und an einem Bankett in Peking teilgenommen, dessen Gastgeber Mao war. Seine Kollegen hatten ihn ein Geschichtsbuch auf zwei Beinen genannt.

In fünf Wochen wurde er siebenundsechzig. Er ließ sich das Wort auf der Zunge zergehen. Sieben-und-sechzig. Als er noch jünger war, war siebenundsechzig gleichbedeutend mit hundert. Ein alter Knacker, der mit einem Bein im Grab stand. Aber er fühlte sich nicht alt. Ein bisschen angeschlagen mit knirschenden Gelenken, aber nicht alt. Sein Gehirn lief noch wie geschmiert, und sein Blick heftete sich noch immer gern an einen hübschen Frauenhintern. Aber obgleich er sich so jung wie nie fühlte, freute er sich auf seine Pensionierung.

Er war mal ein gefeierter Reporter gewesen. Als Zeitungen

noch für die Kriegsberichterstattung verantwortlich waren. Bevor CNN die Schlachtfelder eroberte. Als die Leute noch Zeit zum Lesen hatten, einen wohlformulierten Satz zu schätzen wussten und sich mit einem Konflikt gründlich auseinandersetzten. Bevor das Fernsehen die Kampfzonen mit ihren Parabolantennen und Live-Übertragungen und Reportern überschwemmte, die begeistert über *chirurgische Kriegsführung* berichteten; kernige, junge Reporter mit Blazer und Puder und Haarspray.

Als wäre Krieg nur eine spannende Episode in einer Fernsehserie. *There's no business like showbusiness.*

Gunnar hatte mit eingezogenem Kopf auf Kampfplätzen der ganzen Welt gelegen. Er war beschossen und bedroht worden. Er war in Panzern mitgefahren, durch Dschungel gestolpert, hatte sich an Grenzposten vorbeigemogelt. Alles auf der Jagd nach einer Nachricht, einer guten Story und zu guter Letzt: nach einem Telefon. Damit er dem *Dagbladet* seine Artikel direkt in die Tastatur diktieren konnte. *Dateline*: Nordafrika, Korea, Kambodscha, Naher Osten, Vietnam, Afghanistan, Chile … Die drei magischen Worte: *von unserem Sonderkorrespondenten*. Sogar verwundet war er worden. In Vietnam. An einem sonnigen, heißen Tag, ohne einen Hauch von Tod in der Luft. Der Heckenschütze hatte im Schutz eines zugewucherten Walls gelegen. Die Verletzung war nicht lebensbedrohlich gewesen, eine Fleischwunde im Oberschenkel, aber daheim in Norwegen war er daraufhin als Volksheld gefeiert worden. Noch heute fragten ihn Kollegen von damals, in einer Mischung aus Sarkasmus und Bewunderung, ob ihm seine Kriegsverletzung noch zu schaffen mache.

Normalerweise lachte er darüber.

Als er es überhatte, Wochen und Monate unterwegs zu sein, fing er als fester Auslandskorrespondent an. Der Chefredakteur hatte ihm eine leitende Stelle in der Redaktion angeboten, aber nach einer Nacht Bedenkzeit hatte Gunnar abgelehnt. Er wollte kein Chef sein. Allzu häufig hatte er erlebt, wie es den Kollegen ergangen war, die sich von der Schreibmaschine hatten weglocken lassen. Gunnar wollte schreiben. Basta. Er war Journalist. Punktum finale.

Er hatte die Entscheidung niemals bereut. Als Korrespondent wurde ihm großer Respekt von seinen Kollegen und Lesern gezollt. Sie hörten auf ihn. Die beiden Bücher, die er über seine Jahre als reisender Reporter geschrieben hatte, verkauften sich ganz passabel. Über ihn wurde gesprochen.

Aber dann war er plötzlich in Vergessenheit geraten. Man hätte meinen können, er wäre gestorben. Mitte der Siebzigerjahre kam die Flaute. Das Leben stagnierte. Seine Artikel blieben liegen und vergilbten in den Ablagefächern. Andere Dinge waren wichtiger. Und Gunnar verstand. Er war seiner Arbeit überdrüssig geworden, und das konnte man zwischen den Zeilen lesen. Er war es leid, zu lesen, was die ausländischen Kriegsreporter schrieben, die Analysen anderer umzuschreiben und die sterbenslangweiligen ausländischen Telegramme aus der Nachrichtenredaktion zu bearbeiten. Er trank immer mehr. Und in einem Versuch fachlicher Wiederbelebung wechselte er in den einzigen Bereich der Branche, der immer noch ein gewisses Maß an Spannung zu bieten hatte: den Kriminaljournalismus.

Gunnar lernte Kristin kennen, als sie noch aufs Gymnasium ging und für die Lokalzeitung schrieb. Da er im Einzugsbereich der Zeitung lebte und noch einen gewissen Ruhm genoss, wollte der Redakteur ein Freitagsporträt von ihm bringen. Und dafür hatte er die junge Kristin geschickt.

Während des Interviews hatte sie keinen besonderen Eindruck auf Gunnar gemacht. Sie war viel zu unsicher, nuschelte und wurde zu schnell rot, um den mit allen Wassern gewaschenen Weltreporter zu beeindrucken. Aber als er drei Tage später ihren Artikel in der Zeitung las, war er verblüfft. Dieses reizende, verklemmte junge Mädchen hatte ein bissiges, ausdrucksstarkes, schlagfertiges Porträt geschrieben.

Das war der Beginn einer langen Freundschaft. Gunnar hatte sie seine Tricks gelehrt und ihre Artikel seziert. Er hatte ihr den Unterschied zwischen »Chance und Risiko« eingebläut und ihr Quellenkritik und Interview-Techniken beigebracht. Und schließlich hatte er seinen Freund, den Chefredakteur, angerufen, als Kristin sich um eine Stelle bei *Adressa* beworben hatte, und ihr so die Tür zum *Dagbladet* aufgestoßen. Darüber hatte er nie mit ihr geredet, und es war ihm auch lieber, dass sie es nie erfuhr. Ihr Talent stand felsenfest auf eigenen Beinen.

Sie hatte ihre Eltern im Teenager-Alter verloren. Zuerst ihre Mutter, dann wenige Jahre später den Vater. Gunnar fühlte sich wie ein Ersatzvater. Er war nie so weit zur Ruhe gekommen, eine eigene Familie zu gründen. In den Jahren, in denen er geduckt über die Schlachtfelder lief und ihm die Granaten um die Ohren flogen, hätte er den Gedanken nicht ertragen, dass zu Hause jemand auf ihn wartete. So nahm Kristin die Stellung der Tochter ein, die er niemals hatte. Voll väterlichem Stolz sah er die verzagte Schülerin zu einer hübschen, nachdenklichen jungen Frau heranwachsen. Er begrüßte ihre Liebhaber mit Mordlust im Blick und spendete bei jeder Beziehung, die in die Brüche ging, erleichtert Trost.

Als Gunnar vor einigen Jahren die Kontrolle über seinen Alkoholkonsum verlor, hätte Kristin ihn aufgefangen. Er hatte schon immer viel getrunken. Vielleicht, um die Nerven zu beruhigen, vielleicht, weil die Drinks und die Biere eine Art Lebensstil waren. Und ein Trost. Draußen in der weiten Welt traf man die meisten Menschen in Bars. Informanten, Interview-Partner, Kollegen, vielleicht eine Freundin für eine Nacht. Und zu Hause wartete nur die erdrückende Stille. All die Jahre war es ihm gelungen, die Flasche rechtzeitig zuzudrehen. Doch eines Tages hatte er die Grenze überschritten. Da hatte Kristin eingegriffen. Unbarmherzig. Gnadenlos. Sie hatte ihm kräftig die Leviten gelesen.

Und ihn wieder auf die Beine gebracht.

Die letzten zwei Jahre hatte er ausschließlich Wasser, Saft und alkoholfreies Bier getrunken. Er würde lügen, wenn er behauptete, nicht zwischendurch einen Drink oder ein ordentliches Pils zu vermissen. Aber er kam zurecht. Er war mit einer gehörigen Portion Glück und Willenskraft auf die Welt gekommen. Er kam immer zurecht.

»Hättest du die Aufnahmen gezeigt, Gunnar?«, fragte Kristin.

Er tauchte langsam aus seinen eigenen Gedanken auf und zog die Brille mit dem Zeigefinger auf die Nasenspitze. »Ist das Meer nass? Natürlich hätte ich die Aufnahmen gezeigt! Bist du keine Journalistin, Mädchen? Kristin, du kriegst da gerade die Jahrhundert-Story auf einem silbernen Tablett serviert! Ergreif die Chance!«

»Aber ich weiß nicht, ob es richtig ist.«

»Richtig?« Er blinzelte sie an. »Okay. Du hast recht. Ich werde es für dich tun. Morgen im *Dagbladet*. In Ordnung?«

»Gunnar!«

»Ich will dir nur helfen!«

»Weißt du was! Gunnar, du …«

»Ja, doch, ich weiß es. Ich habe es dir versprochen.«

Er fing ihren Blick ein und sah das unsichere, junge Mädchen, das ihn vor zehn Jahren interviewt hatte.

»Ich habe Angst«, sagte sie.

Auf etwas in dieser Art hatte er gewartet. Oder gehofft. Es kam ihr nicht auf seine Einschätzung an. Es war nicht sein fachlicher Rat, den sie brauchte. Sie war von genügend Menschen umgeben, die ihr mit fachlichem Rat zur Seite stehen konnten. Sie suchte Gunnar. Gunnar, den Freund. Ihren Ersatzvater.

Er streckte den Arm über den Tisch und legte seine Hand auf ihre.

# Eine gute Sache

I

»*Ladys and Gentlemen*«, sagte Richard Wolter mit dem Gesichtsausdruck eines Zirkusdirektors und knallte den Hörer auf die Gabel, »*it's show-time!*«

Kristin umklammerte mit beiden Händen die Lehne ihres Stuhls. Es wurde immer wärmer im Büro. Die Morgensonne fiel in hellen Streifen durch die zugezogenen Gardinen. Aus der Hauptredaktion war das Klingeln von Telefonen zu hören, Diskussionen, Tastengeklapper, Gelächter.

»Und?« Kristin blickte von Skaug zu Wolter. »Was hat er gesagt?«

Wolter spreizte die Finger und kämmte sich mit beiden Händen durch die Haare. Kristin fand, dass er aussah wie ein Hippie. Er fuhr sich mit der Zunge über die Schneidezähne und grinste.

»Richard!«, sagten Kristin und Skaug im Chor.

»Okay, die Sachlage ist so: Niemand, der vermisst wird, sieht so aus wie die Frau auf dem Video. Und sie haben außer unseren keine weiteren Fingerabdrücke gefunden. Die Polizei steht vor einem großen Mysterium.« Er hielt inne. »Und … wir können Vang heute Nachmittag vor dem Präsidium interviewen. Die Polizei braucht Hinweise aus der Bevölkerung. Sie werden heute Abend eine Pressekonferenz einberufen …« Er lächelte verwegen. »Irgendwann nach unserer Achtzehn-Uhr-Sendung.«

Skaug schlug sich mit der Faust in die Handfläche und platzte heraus: »*Yes! Yes! Yes!*«

Kristin kniff die Augen zu.

»Stimmt was nicht?«, fragte Wolter.

Sie riss die Augen auf und lachte nervös. »Doch, doch! Ich … das Ganze … ist ziemlich überwältigend. Ich hatte gedacht, die Polizei …« Sie schüttelte den Kopf. »Ach, vergesst es! Vergesst es einfach!«

Skaug lehnte sich zu ihr hinüber und legte ihr die Hand auf die Schulter. »Beruhig dich Kristin, du musst dich um gar nichts kümmern, ich bitte Caspar.«

Sie blickte zu Boden. Es war still im Raum. Dann sah sie ihn schräg von der Seite an. »Caspar? Glaubst du wirklich, ich überlasse diese Story diesem Arschkriecher?«

Skaug zog die Augenbrauen hoch und sah zu Wolter, der sich räusperte. »Versprich mir, vorsichtig zu sein, Kristin«, sagte er.

»Sicher doch!« *Vorsichtig? Weswegen?*

## 2

Um fünf vor drei stand Kristin gemeinsam mit Roffern vor dem Haupteingang des Polizeipräsidiums. Das lang gestreckte, geschwungene Gebäude erinnerte sie an ein gigantisches, versteinertes Urtier. Die Bäume warfen kalte Schatten auf die Rasenfläche vor dem Präsidium.

Roffern hatte die Kamera bereits auf dem Stativ montiert, als Polizeidirektor Vang durch die automatischen Türen nach draußen gehastet kam. Er gab Kristin kurz die Hand. Er trug das Fernsehsakko und den Fernsehschlips, und in dem scharfen Licht erkannte Kristin, dass er seine Tolle mit Haarspray bearbeitet haben musste, damit sie an ihrem Platz blieb.

»Gibt es Neuigkeiten?«, fragte sie.

»Nichts. Wird das ein längerer Beitrag?«

»Vier, fünf Minuten. Mein längster bisher.«

»Wie stellen Sie sich das Interview vor?«

»Ich werde Sie fragen, was die Polizei zu den Videoaufnahmen und den Briefen sagen kann, und Sie können dann damit schließen, dass Sie die Zuschauer um Unterstützung bitten.«

Vang räusperte sich und straffte seinen Schlipsknoten. Ein bekannter Rechtsanwalt grüßte ihn belustigt, als er vorbeiging.

»Roffern, bist du so weit?«, fragte Kristin.

»Gleich … könnt ihr mal was sagen, für den Soundcheck?« Er reichte Kristin das Mikrofon mit der gelben 24. »Kristin, stell dich ein bisschen weiter nach rechts. Und Herr Vang, bitte sehen Sie nicht in die Kamera. Konzentrieren Sie sich auf die Interviewerin. Kristin, ich mach jetzt 'ne Probeaufnahme.«

Kristin zählte bis zehn ins Mikro und hielt es dann zu Vang, der Hallo-Hallo-Hallo rief, bis Roffern zufrieden war. »Bereit, wenn du bereit bist«, sagte er zu Kristin.

»Dann legen wir los.«

»Band läuft!«

Kristin räusperte sich. »Was hält die Polizei von den Videoaufnahmen von der Frau, die irgendwo gefangen gehalten wird?«

»Wir nehmen das sehr ernst …«

»Stopp!«, rief Roffern. »Herr Vang, bitte nicht in die Kamera sehen! Kristin, bitte.«

Sie hielt zwei Finger hoch, um einen Neustart zu signalisieren. »Was hält die Polizei von den Videoaufnahmen von der Frau, die irgendwo gefangen gehalten wird?«

»Wie schon gesagt, wir nehmen das …«

»Moment«, sagte Kristin. »Sie dürfen nicht sagen, wie schon gesagt. Wir versuchen es noch einmal.« Sie hielt drei Finger hoch und wartete ein paar Sekunden. »Was hält die Polizei von den Videoaufnahmen von der Frau, die irgendwo gefangen gehalten wird?«

»Die Osloer Polizei nimmt diese Sache sehr ernst. Wir haben letzte Nacht und heute den ganzen Tag die Aufnahmen und Briefe analysiert, wissen aber noch nicht, wer die Frau ist.«

»Sie ist also nicht vermisst gemeldet worden?«

»Bei der Polizei jedenfalls nicht, nein.«

»Kann es sich um einen schlechten Scherz handeln?«

»Wir können natürlich nicht ausschließen, dass jemand die Aufnahmen an Kanal 24 geschickt hat, um dem Sender und der Polizei einen Streich zu spielen. Die Situation, die die Bilder zeigen, sind allerdings von derart ernster Natur, dass wir sie meiner Meinung nach als echt einstufen müssen.«

»Hat die Polizei konkrete Spuren, denen sie folgen kann?«

»Abgesehen von der Handschrift auf den Briefen und Briefumschlägen sowie der Marke der Videokassette haben wir keine Anhaltspunkte. Wir bitten deshalb die Zuschauer um Mithilfe, in erster Linie, um die Frau zu identifizieren, aber auch, um – wenn möglich – aufzuklären, warum sie gefangen gehalten wird.«

»Wie gehen die Ermittlungen weiter?«

»Wir werden das Material weiter untersuchen, erwarten im Laufe des Abends aber auch die Hinweise aus der Bevölkerung. Heute Abend um acht wird eine Pressekonferenz im Präsidium stattfinden.«

Kristin zögerte. »Dann habe ich keine weiteren Fragen. Wollen Sie noch etwas hinzufügen?«

»Glaube nicht.«

»Okay, das lief doch gut.« Sie drehte sich nach hinten um. »Bist du zufrieden, Roffern?«

»Jawohl, jetzt brauchen wir noch ein paar Bilder zum Schneiden. Herr Vang, können Sie noch mal reingehen und dann wieder rauskommen und an der Kamera vorbeigehen? Und sehen Sie bitte nicht in die Kamera.«

»Wir brauchen diese Bilder, um damit meinen Kommentar zu unterlegen«, erklärte Kristin.

»Wissen Sie, ich mache das nicht zum ersten Mal. Ich weiß nicht, wie oft ich schon zu Ehren irgendwelcher Kameraleute durch diese Tür gegangen bin.«

Er lächelte Kristin professionell zu. Sie erwiderte sein Lächeln ebenso professionell.

Als Kristin im dunklen Regieraum saß, vor sich auf jedem Monitor das Bild der Frau auf der Matratze, überkam sie Übelkeit. Diese Geschichte betraf sie auf eine ganz andere Art und Weise als all die anderen Reportagen, an denen sie gearbeitet hatte. Sie war mit den Jahren ziemlich abgestumpft. Unglücke und Tragödien setzten ihr nur selten zu. Sie errichtete einen Schutzwall aus professioneller Gleichgültigkeit zwischen sich und den Sorgen der anderen. Aber irgendwo in dieser Stadt lag diese arme Frau an eine Wand gekettet, und der Täter hatte sich in den Kopf gesetzt, dass ebensie – Kristin Bye, achtundzwanzigjährige, frisch gebackene Fernsehjournalistin – davon erfuhr.

## 3

Die erste Zeitung rief bereits während der Sendung an. Ein Reportageleiter von *VG* berichtete, ein Team sei auf dem Weg, um Kristin und Wolter zu interviewen. Kurz darauf meldeten sich *Dagbladet* und *NTB*, dann eine Handvoll Lokalradios, von denen Kristin kaum gehört hatte, und zu guter Letzt verkündete die Frau am Empfang, bei ihr stünden ein Journalist und ein Fotograf der Zeitung *Aftenposten*.

Wolter und Kristin zögerten den Moment hinaus, ehe sie alle ins Sitzungszimmer baten. Die Journalisten waren aufgeputscht und ungeduldig, professionell aggressiv, und stellten ihre Fragen wild durcheinander …

»Was wissen Sie über die Frau?«

»Wer ist der Kidnapper?«
»Warum haben Sie die Aufnahmen gezeigt?«
»Warum hat er das Video hierher geschickt?«
»Was geschieht mit der Frau?«

Sie versuchten, Kristin zu überreden, ihnen die Exklusivrechte an der Story zu verkaufen. Nach einer Weile gelang es Wolter, die Kollegen zu beruhigen. Er betonte, die Polizei untersuche den Fall und nicht der Fernsehsender, und Kristin habe in der Reportage alles gesagt, was sie wisse, sei aber sicher trotzdem gerne bereit, alles noch einmal zu erzählen, sobald der Geräuschpegel im Raum es zulasse. Nachdem Kristin ihre Geschichte wiederholt und Wolter drei oder vier Unterbrechungen abgewürgt hatte, gab er ein kurzes Statement darüber ab, was die Redaktion von »24 Stunden!« von den Aufnahmen hielt und dass man durchaus in Betracht zöge, Opfer einer gut ausgeführten Täuschung zu sein. Die Fotografen machten ihre Bilder von Kristin und Wolter, einzeln und gemeinsam.

Als der ganze Spuk vorbei war, fühlte sich Kristin matt, als hätte man ihr Blut abgenommen. Mindestens drei Liter.

Am gleichen Abend fuhr Kristin mit dem fest angestellten Kriminaljournalisten von »24 Stunden!«, Caspar Vik, zur Pressekonferenz im Präsidium. Wieder wurde sie sogleich von ihren Kollegen umringt.

Polizeidirektor Vang hatte nichts Neues zu vermelden. Mit Einwilligung von Redakteur Wolter – Vang betonte das Wort »Einwilligung« sehr deutlich, woraus Kristin schloss, dass Wolter wohl Bedingungen gestellt hatte – teilte er ein Porträt der Frau aus, das man aus dem Video kopiert hatte. Die anderen Sender protestierten lautstark, als ihnen klar wurde, dass sie keine Kopie des ganzen Videos bekommen würden. Der Vertreter der »Dagsrevyen« hob zu einem längeren Sermon über die Informationspflicht der Polizei an, bis er von seinen Kollegen von der Presse übertönt wurde. Der Reporter von TV2, den Kristin von ein paar anderen Pressekonferenzen kannte, sagte, er habe mit dieser Exklusivklausel von Kanal 24 gerechnet. Aber, flüsterte er zufrieden, es sei ja nicht verboten, jemanden zu filmen, der auf einen Fernseher schaut, in dem »24 Stunden!« läuft.

Nach der Pressekonferenz verständigte sich Kristin mit Caspar darauf, ihre Reportage nicht zu überarbeiten, sondern bloß um eine kurze Sequenz über die Pressekonferenz und die heftigen Reaktionen auf die ersten Fernsehbilder zu ergänzen. Sie rief den Chef vom Dienst an und fragte, ob es in Ordnung sei, wenn sie nach Hause ging. War es nicht. Sie wollten sie auch in der Zweiundzwanzig-Uhr-Sendung haben, und außerdem hatten mehrere Zuschauer angerufen und behauptet zu wissen, wer die Frau sei.

## 4

Erst gegen Mitternacht ebbte der Sturm der Anrufe ab. Bis dahin hatte die Zentrale fünfundsechzig Hinweise auf die Frau erhalten, die inzwischen vierzehn Identitäten hatte. Als Kristin die Hinweise sortierte, stellte sie fest, dass ein Stapel höher als die anderen war: Una Mørch, stellvertretende Organistin. Auch die Polizei hatte zahlreiche Hinweise bekommen, rechnete aber erst im Laufe der Nacht damit, die Spreu vom Weizen getrennt zu haben.

Es war Viertel vor eins, als Kristin zu Hause bei sich in der Schleppegrells Gate aus dem Taxi stieg.

Sie war müde. So müde, dass sie nicht einmal mehr Zähneputzen konnte. Sie zog sich aus, ließ die Kleider auf den Boden fallen und kroch ins Bett. Durch den Fensterspalt hörte sie die Straßenbahn die Thorvald Meyers Gate hochruckeln. Sie schlief bereits, als die Bahn unten vorbeifuhr.

# 5

Die Samstagsausgaben der Zeitungen waren ekstatisch.

Die Headline der *Aftenposten* zog sich über sechs Spalten der Titelseite: POLIZEI SUCHT NACH VIDEOOPFER. Unten war ein großes Bild der unbekannten Frau und ein kleineres Foto von Kristin. *VG* hatte den Schriftzug TV-SCHOCK über das Bild des Opfers gesetzt, während das *Dagbladet* mit dem Titel FERNSEHSTAR ERHÄLT SCHOCKVIDEO und einem großen Foto von Kristin lockte.

*Fernsehstar?*, dachte Kristin verwundert.

Die wenigen Kollegen, die Wochenenddienst hatten, klatschten und johlten, als Kristin in die Redaktion kam. Es war halb elf, Skaug hatte sie extra lang schlafen lassen, weil es am Tag zuvor so spät geworden war. Jemand hatte die Titelseiten vom *VG* und *Dagbladet* an eine Säule geklebt, und auf ihrem Schreibtisch stand ein Blumenstrauß vom Sendeleiter.

Skaug kam mit seiner unangezündeten Zigarette im Mundwinkel angeschlendert.

»Guten Morgen. Ich dachte, ich erde dich mal, ehe du noch zur Primadonna wirst.«

»*Moi?*«, sagte sie affektiert.

»Wir haben eine ganze Reihe von Hinweisen erhalten, wer die Frau sein könnte.«

»Seriöse?«

»Sagen wir es mal so: Einige Tipps sind besser als andere. Wir haben einen, der davon überzeugt ist, dass es sich um seine Frau handelt, die im letzten Jahr gestorben ist. Und ein anderer behauptet, sie sei Marie Antoinette. Zwei sind der Meinung, man habe uns einen Ausschnitt aus einem Sadomaso-Pornofilm mit Namen *The Basement* geschickt.«

»Erspar mir das!«

»Aber die interessanteren Hinweise sind de facto häufiger, danach heißt die Frau…« Skaug blätterte fieberhaft durch einen Stapel Zettel.

»Una und irgendwie weiter?«, schlug Kristin vor.

»Genau! Una Mørch. Woher weißt du das?«

»Ihr Name kam hier gestern Abend schon rein.«

»Organistin. Kommt aus Dänemark. Der glaubwürdigste Hinweis kommt vom Glöckner…«

»Glöckner?«

»Genau, Glöckner von…«, er blätterte weiter, »Glöckner von… verdammt… von Notre Dame?… Mist, wo ist jetzt wieder dieser Zettel… Hier, von der Gemeinde Grorud. Hier hast du seine Nummer. Vielleicht nimmst du Roffern mit und fährst mal hin.«

»Roffern? Muss der Arme heute auch arbeiten?«

»Der Arme? He? In der Brust dieses Überstunden-Junkies tickt doch kein Herz, sondern ein Taxameter. *Ich* sollte dir lieber leidtun.«

»Du? Als ob du mit einem Herz ausgestattet wärst!«

Der Küster war ein kleiner Mann mit schütterem Haar, einem entschuldigenden Lachen und einem hektischen Adamsapfel. Als Kristin ihn fragte, warum er glaube, die Frau sei Una Mørch, lachte er nervös und sagte: »Na, weil ich sie wiedererkannt habe.«

Er erzählte, sie sei die Vertretung des Organisten und dass er sie schon seit einigen Tagen nicht mehr gesehen habe. Was weiter nicht ungewöhnlich sei, da sie erst heute Nachmittag bei einer Hochzeit spielen müsse.

Nach dem Beitrag habe er im Laufe der Nacht und des Vormittags mehrmals versucht, sie anzurufen, es sei aber nie jemand ans Telefon gegangen. »Und sie ist ein anständiges Mädchen«, fügte er hinzu, wobei er das Wort »anständig« so betonte, dass Kristin keinerlei Zweifel hatte, wie er das meinte.

Er wollte gerne helfen, weigerte sich aber standhaft, mit Kamera und Mikrofon interviewt zu werden. Kristin brauchte zehn Minuten, um ihn zu überzeugen, dass es seine Pflicht als Christ und Mitmensch sei, ein paar nette Worte über Una zu sagen. Sie fühlte sich mies dabei, bekam aber, was sie wollte.

## 6

Das Haus lag einen Steinwurf von der Kirche entfernt.

Es versetzte Kristin einen Stich, als sie die große, weiße Villa von dem ersten Video erkannte, die hohe Hecke, das schmiedeeiserne Tor, den Garten und die Bank.

Roffern sagte kein Wort, als er die Kamera holte.

Das Tor quietschte beim Öffnen. Der Kies knirschte unter den Füßen. Die Äste der Apfelbäume bogen sich unter dem Gewicht unreifer Früchte.

Die Fenster grinsten sie wie schwarze Höhlen an. Sie stiegen die Granittreppe hoch. Kristin klingelte. Es klang hohl und fern. Sie warteten. Dann klingelte sie noch einmal.

»Keiner zu Hause«, sagte sie.

»Dann film ich eben dich, gib einen Kommentar ab«, schlug Roffern vor.

Kristin rümpfte die Nase. Sie mochte diese Stand-up-Szenen nicht. Sich selbst in Großformat in den Nachrichten, direkt vor der Kamera, das Mikrofon in der Hand und den Blick direkt in die Fernsehzimmer der Zuschauer gerichtet. Sie fühlte sich dann immer selbst wie ein Teil der Geschehnisse, über die sie berichtete. Sie zog eine gewisse Distanz zu den Zuschauern und den eigentlichen Nachrichten vor, aber manchmal war es nicht zu umgehen. Diese Aufnahmen konnten einen guten dokumentarischen und dramaturgischen Effekt in einem Nachrichtenbeitrag haben. Wie jetzt.

Sie brauchte ein paar Minuten, um die Sequenz mit Roffern zu planen. Roffern suchte eine geeignete Kameraposition unten bei den Büschen und gab Kristin ein Zeichen, als alles bereit war.

Kristin ging die Treppe hoch, klingelte und wartete einen Augenblick. Dann drehte sie sich zur Kamera um und hob das Mikrofon vor die Lippen:

»In diesem Haus hat Una Mørch eine Wohnung gemietet. Es ist niemand zu Hause, und alles deutet darauf hin, dass die junge Organistin wirklich das Opfer auf dem Videoband ist, das ›24 Stunden!‹ zugeschickt bekommen hat.«

Roffern filmte das leere Haus aus verschiedenen Blickwinkeln, während Kristin zu den Nachbarn ging und sich erkundigte, ob jemand etwas über Una Mørch wusste. Gleich mehrere beschrieben Una als eine aufgeweckte, junge Frau, zurückhaltend und still, mit der es nie irgendwelche Probleme gegeben habe. Aber nur einer war bereit, im Fernsehen aufzutreten. Sie gingen mit ihm zu dem schmiedeeisernen Tor und interviewten ihn mit dem Haus im Hintergrund.

Als sie ihr Material im Übertragungswagen verstaut hatten, näherten sich ein Polizeiwagen und ein Zivilfahrzeug. Der Volvo und der Opel hielten direkt hinter ihnen. Vang und drei Beamte in Zivil stiegen aus.

»Sie haben es also herausgefunden«, bemerkte Vang in einem Ton, der mehr als deutlich machte, dass er selbst gerne der Erste gewesen wäre.

»Ist es bestätigt, dass es sich um Una Mørch handelt?«, fragte Kristin.

»Nicht offiziell. Wir müssen noch ins Haus und alles überprüfen.«

»Können wir hier jetzt gleich ein Interview machen?«

»Lassen Sie mich erst kurz ins Haus gehen.«

»Können wir mitkommen?«

»Tut mir leid.« Er lächelte. »Der häusliche Frieden und so weiter.« Superbulle, dachte Kristin und erwiderte sein Lächeln.

Vang kam zwei Stunden später wieder aus dem Haus. Da hatten die Neuigkeiten längst auch die konkurrierenden Redaktionen erreicht, so dass Kristin inzwischen umringt von zwölf Kollegen wartete. Vang stellte sich auf die Granittreppe und räusperte sich. »Vorläufig kann ich nur bestätigen, dass Una Mørch identisch ist mit der Person auf dem Video. Mehr kann ich im Moment nicht sagen. Weitere Informationen erhalten Sie auf einer Pressekonferenz, die wir im Laufe des Tages abhalten werden.«

Während einige der Journalisten die Neuigkeiten telefonisch an ihre Redaktionen weitergaben, gingen andere gemeinsam in Richtung Kirche, um ein paar Bilder von der Hochzeit zu machen, auf der Una Mørch hätte spielen sollen.

Bald Mitternacht. Er schließt das Haus auf, stellt die Tasche an ihren festen Platz in der Ecke, zieht sich die Sandalen aus und platziert sie auf dem Schuhregal. Er hängt den Regenschirm an den Haken und die Windjacke an die Garderobe.

Der Boden knarrt, als er ins Wohnzimmer geht. Er schaltet das Licht ein. Das Zimmer ist aufgeräumt, der Boden gesaugt und gewischt. Alles ist genau so, wie er es zurückgelassen hatte.

Shere Khan kommt zögerlich zu ihm. Er hockt sich hin und streichelt den Kater hinter dem Ohr, während er sich an seine Cordhose schmiegt. Shere Khan ist nicht richtig in Form. Müde und appetitlos. Aber er ist verschmust. Bevor er aufsteht, muss er Haarbüschel von der Hose klopfen.

In der Küche stellt er eine Bratpfanne auf den Herd und schaltet die Platte ein. Er nimmt zwei Eier aus dem Kühlschrank und ein paar gekochte Kartoffeln, die er pellt. Es gibt kein besseres Nachtessen als Spiegeleier und Bratkartoffeln.

Er löffelt etwas Whiskas auf Shere Khans Teller.

Während die Pfanne heiß wird, geht er in den Keller, um nach dem Mädchen zu sehen. In der Kammer neben ihrem Zimmer hat er einen Überwachungsraum eingerichtet, damit er sie nicht ständig stören muss.

Durch den Spiegel sieht es so aus, als würde sie schlafen. Bevor er zur Arbeit gegangen war, hatte er das Nachtlicht eingeschaltet. Er will ihr nicht zumuten, im Stockfinsteren zu liegen. Er fragt sich, ob es vielleicht angenehmer für sie wäre, wenn er sie am Fuß ankettete. Es sieht nicht gut aus, wie sie mit dem verdrehten

Arm daliegt. Aber bisher hat sie nichts gesagt. Sie klagt überhaupt nie.
Das Fett brutzelt in der Pfanne, als er wieder nach oben kommt. Er brät die Eier und die Kartoffeln und liest beim Essen die Abendzeitung.
Shere Khan döst auf dem Sofa. Er rührt sein Fressen nicht an.
Als er gespült und Teller und Besteck weggeräumt hat, überlegt er einen Moment lang, wieder nach unten zu gehen und das Mädchen zu beobachten oder sich einen Videofilm anzusehen. Wie üblich entscheidet er sich für den Film.
Er hat nur wenige Bücher. Die Regale im Wohnzimmer stehen voller Videofilme. Er hat sie nie gezählt, aber es müssen Hunderte sein … vielleicht Tausende. Die Klassiker, natürlich: *Vom Winde verweht, Psycho, Casablanca, 2001 – Odyssee im Weltall, Citizen Kane …* Die großen Publikumserfolge wie *Star Wars, Der große Gatsby, E.T., Forrest Gump … Rosemaries Baby, Der Exorzist …* Und nicht wenige obskure Filme für wirkliche speziell Interessierte: *Plan 9 aus dem Weltall, Blutgericht in Texas …* Er hat sie alle gesehen, die meisten vier-, ja fünfmal; manche an die hundertmal. Nach Feierabend sieht er sich gut und gerne fünf oder sechs Filme nacheinander an. Einige kennt er auswendig. Die Schlusssätze von *Vom Winde verweht.* Teile des Monologs in *Forrest Gump.* Er wird es nie leid. Auch wenn er weiß, wie die Filme enden, bleibt die Spannung.
An diesem Abend entscheidet er sich für einen Westernklassiker: *San Fernando.*

Gegen drei Uhr geht er ins Bett. Shere Khan folgt ihm und legt sich ans Fußende. Draußen beginnt es langsam hell zu werden, und durch den Fensterspalt hört er das entfernte Rauschen auf dem Trondheimsveien.

Als er fünf Jahre alt war, hatte er einen Traum, der ihn seither jede Nacht quält. Es ist ein beißend kalter Wintermorgen. Eisiger Nebel zieht über den Boden. Er steht draußen auf einem zugefrorenen See. Das Eis sieht wie beschlagenes Glas aus. Er blickt durch das Eis und sieht seine Mutter. Er presst sein Gesicht fest gegen das Eis. Die Augen glühen. Mit ihren Händen versucht sie, Löcher in das Eis zu schlagen. Sie ruft seinen Namen, aber aus ihrem Mund kommen nur Blasen. Er sieht zu, wie sie sich die Finger blutig kratzt.

Am Vormittag macht er Frühstück für das Mädchen und legt einen Videofilm ein, damit sie sich nicht langweilt. Anschließend versucht er, mit ihr zu reden, aber sie ist nicht in der Stimmung. Ihre Antworten sind kurz. Wenn sie sich so aufführen will, bitte schön. Als er geht, legt er ihr keinen weiteren Film ein.

An dem Samstag, an dem er den ersten Videofilm und das kryptische Bibelzitat an Kristin schickt, spendiert er dem Mädchen Schokolade und Coca-Cola. Er lädt sie zu einem italienischen Videoabend ein: *Ladri di biciclette, La Strada* und *La dolce vita* hintereinander. Während der ganzen Zeit sitzt er da und beobachtet sie durch den Spiegel. Sie scheint die Filme zu mögen, insbesondere den letzten.

Spät bringt er ihr einen Teller Spaghetti und ein Glas Chianti. Der Wein löst ihr die Zunge.

Sonntag macht er einen langen Waldspaziergang in der Marka. Die ganze Zeit über denkt er an Kristin. Ihre Augen, die Stimme. Nachts träumt er von ihr. Unter dem Eis.

Er rechnet nicht damit, dass sie die Bilder des Mädchens zeigen. Der Film und das Zitat ergeben nicht genug Sinn. Trotzdem nimmt er sicherheitshalber alle Nachrichtensendungen auf und überprüft sie kurz, als er nach der Arbeit nach Hause kommt.

Zweimal – Montag und Mittwoch – sieht er Kristin Bye im Studio. Dann spult er zurück und spielt die Sequenz noch einmal ab. Wieder und wieder.

Am darauffolgenden Mittwoch sendet er ihr den zweiten Umschlag. Aber auch da zeigen sie die Aufnahmen nicht. Er hatte geglaubt, sie würden sie zeigen. Schließlich geht aus ihnen deutlich hervor, dass das Mädchen gefangen ist. Und das Bibelzitat ... er muss grinsen ... dieses Zitat muss sie doch glauben lassen, er sei verrückt, krankhaft religiös besessen. Freitagabend dann (er hatte die Hoffnung schon fast aufgegeben) zeigen sie die Bilder in der Achtzehn-Uhr-Sendung. Es ist fast zu gut, um wahr zu sein. Sie machen eine große Nummer daraus. Kristin Bye kommentiert, ein Redakteur sitzt anschließend im Studio und erklärt, warum sie sich entschlossen haben, die Aufnahmen zu zeigen.

Er öffnet eine Flasche Wein.

Danach nimmt er die Aufnahme der Nachrichtensendung mit in den Keller und zeigt sie auf dem Fernseher im Zimmer des Mädchens. Aber sie interessiert sich nicht dafür. Sie beginnt zu weinen, und fast wäre er zu ihr hineingegangen, um sie zu trösten.

Als er am nächsten Tag aus der Stadt zurückkommt, pflückt er im Garten ein Sträußchen Stiefmütterchen, bevor er in den Keller geht. Das Mädchen sitzt mit dem Rücken an der Wand. Als er die Blumen in die Vase mit Wasser stellt, sieht sie mit ihrem sonderbaren Blick zu ihm auf: diese merkwürdige Mischung aus Furcht, Wut und Gleichgültigkeit.

Er sagt: »Die Zeitungen schreiben Unmengen über uns.«

»Ach ja ...«

»Aber sie haben noch nicht herausgefunden, wie du heißt. Ist das nicht komisch?«

»Doch.«

»Wir sind auf allen Titelseiten.«

Sie schließt die Augen.

Er bleibt vor ihr stehen, weiß nicht, was er tun soll.

Eine Minute vergeht.

»Ich habe ein Geschenk für dich«, sagte er.

Sie öffnet die Augen und sieht zu ihm auf.
»Aber ich muss die Kette lösen, damit du auch Freude daran hast.«
»Na dann ...«
»Du musst mir versprechen, keinen Blödsinn zu machen.«
»In Ordnung.«
»Du weißt, was passiert, wenn ...«
»Ich werde nichts tun.«
»Wenn du nur einen ...«
»Ich tue nichts. Machen Sie die Kette ab. Bitte.«
Er öffnet die Kette. Dann holt er das Geschenk. Es ist eine elektrische Tischorgel.

# ... bis der Zorn vorübergehe

I

> Aber deine Toten werden leben, deine Leichname werden auferstehen. Wachet auf und rühmet, die ihr liegt unter der Erde! Denn ein Tau der Lichter ist dein Tau, und die Erde wird die Toten herausgeben. Geh hin, mein Volk, in deine Kammer, und schließ die Tür hinter dir zu! Verbirg dich einen kleinen Augenblick, bis der Zorn vorübergehe. Denn siehe, der HERR wird ausgehen von seinem Ort, heimzusuchen die Bosheit der Bewohner der Erde. Dann wird die Erde offenbar machen das Blut, das auf ihr vergossen ist, und nicht weiter verbergen, die auf ihr getötet sind.

Kristins Stimme versagte. Sie blickte von dem Brief auf und sah zu Wolter und Skaug. Die zwei Männer saßen reglos da, stumm.

Es war der dritte Briefumschlag. Eine Frau von der Zentrale hatte ihn nach oben gebracht, unmittelbar nachdem die Post sortiert worden war. Groß. Braungelb. Gefüttert. Genau wie die vorigen. Ihr Name in Blockbuchstaben. Mit rotem Filzschreiber geschrieben. Und unterstrichen.

Kristin legte den Brief beiseite und zog die Videokassette aus dem Umschlag.

Sie sahen einander an. Niemand rührte sich.

»Die sollten wir uns wohl angucken«, meinte Wolter.

»Das sollten wir wohl«, stimmte ihm Skaug zu.

»Sollen wir vorher nicht Vang anrufen?«, fragte Kristin.

»Lass uns erst einen Blick reinwerfen«, sagte Wolter.

Sie gingen in die Redaktion und stellten sich vor den großen Monitor. Die Kollegen witterten, dass etwas Besonderes vor sich ging, und scharten sich um sie.

Skaug steckte die Kassette in den Rekorder und drückte auf Play.

Die Frau sitzt auf der Matratze, die Hände um die Knie geschlungen. Die Kette ist gelöst. Sie trägt ein weißes Nachthemd. Sie blickt in die Kamera, und für einen kurzen Moment lächelt sie.

Sie zögert – scheint ein Zeichen von dem Mann hinter der Kamera zu bekommen –, ehe sie sich erhebt und zu einem Instrument auf der anderen Seite des Raumes geht.

Es ist eine kleine Orgel.

Sie zieht sich den Hocker unter den Po und streicht mit den Fingerspitzen über die Tastatur.

Dann beginnt sie zu spielen. Ein Kirchenlied. Kristin erkennt es erst, als die Töne die Erinnerung an die Beerdigung ihrer Mutter vor dreizehn Jahren wachrufen und sie die Kränze vor sich sieht, den weißen Sarg und ihren Vater, der schluchzend ihre Hand umklammert.

Die Orgeltöne sind dünn und brüchig. Sie muss das Lied oft gespielt haben. Sie sehen sie von hinten. Ihr Kopf bewegt sich wie im Traum von einer Seite zur anderen.

Die Szene hat etwas Unwirkliches. Vielleicht weil die Melodie so schön ist. Und weil die Frau jetzt einen Namen hat. Eine Identität. Una Mørch.

Der Schuss löst sich rechts von der Kamera und trifft sie in den Hinterkopf.

Der Körper kippt schwer vornüber auf die Tasten. Die kreischende Disharmonie klingt wie ein Schrei.

Der rechte Arm hängt baumelnd herunter. Die Hand zittert.

Dieses Zittern machte auf Kristin den stärksten Eindruck. Nicht das Blut. Nicht der Lärm der Orgel. Bis das Bild verlosch, war es das Zittern der Hand, das ihren Blick gefangen nahm.

## 2

Als Kristin von der Toilette kam, hatte sie sich das Gesicht gewaschen und den Mund mehrmals ausgespült. Ihre Hände zitterten noch immer.

Am Layout-Tisch stand Skaug und tröstete Ninni. Ein Regieassistent hatte das Band an sich genommen, um es in ein professionelles Beta-Format zu übertragen, bevor die Polizei sich das Original sicherte.

»Besser?«, fragte Wolter. Er reichte ihr eine Tasse Kaffee und legte seinen Arm um ihre Schulter.

»So was Grausames«, sagte sie.

Wolter schüttelte den Kopf, wusste nicht, was er sagen sollte. »Vang ist unterwegs. Wir sollten uns kurz im Büro unterhalten, bevor er kommt.« Er hob seine Stimme. »Skaug, bist du dabei?«

Skaug hatte die Ärmel seines Hemdes so weit wie möglich hochgekrempelt. Kristin hatte sich schon oft darüber gewundert, wie ein Mann mit derart schütteren Haaren so behaarte Oberarme haben konnte.

Wolter ließ sich auf seinen Bürostuhl fallen. »Wir sollten uns darüber im Klaren sein, was wir wollen, bevor die Polizei hier hereinschneit.«

»Wollen?«, fragte Kristin.

Skaug griff den Gedanken auf. »Ehrlich, Richard! Wir können diese Aufnahme unmöglich zeigen! Das ist, verdammt noch mal, ein Mord!«

Die Aufnahme zeigen? Dieser Gedanke war Kristin nicht einmal im Entferntesten gekommen. Wolter nahm die Beine vom Schreibtisch und trommelte sich mit den Fingern auf den Bauch. »Kristin?«

Etwas entfernt hörte sie eine Sirene. »Wir können diese Aufnahme … nicht zeigen? Das ist doch nicht dein Ernst. Das kann doch nicht dein Ernst sein, du bist ja verrückt!«

Wolter faltete die Hände und fuhr sich mit der Zungenspitze über die Lippen. »Es ist nicht der richtige Zeitpunkt, um darüber zu diskutieren. Wir stehen noch alle unter Schock.«

»Was hat das damit zu tun?«

»Lass uns später darüber reden. Unsere spontane Reaktion stört unsere grundsätzliche Einschätzung. Aber bevor die Polizei da ist, will ich euch auf jeden Fall sagen, dass ich der Meinung bin, wir sollten diese Aufnahme in irgendeiner Form zeigen.«

»Richard, die Frau wurde ermordet!«, platzte Kristin heraus.

»Ich glaube, du tickst nicht mehr richtig!«, sagte Skaug. »Das wird die reinste Hölle, ich sag's dir, die Hölle!«

Die Sirene verstummte.

Wolter nickte langsam. »Ich weiß, dass es einen Aufschrei geben wird. Aber ihr lasst euch von euren Gefühlen leiten und denkt nicht wirklich professionell darüber nach. Ihr seid schockiert und aufgewühlt! Das verstehe ich gut. Auch ich bin schockiert und außer mir! Ich habe noch nie so etwas Schreckliches gesehen. Aber wir dürfen nicht vergessen, wer wir sind und wofür wir stehen.«

»Ich glaube, ich habe das bereits vergessen«, sagte Kristin.

»Wir sind professionelle Nachrichtenjournalisten. Und das schließt auch unangenehme Pflichten mit ein.« Er machte eine Pause und musterte Kristin.

»Pflichten?«, fragte sie, bloß, um etwas zu sagen.

»Wir lassen doch auch keinen Flugzeugabsturz unberücksichtigt, weil er so tragisch ist, oder? Und wenn ein Amateurfotograf ein Flugzeug filmt, das mitten in den Vigelandspark stürzt, dann zeigen wir die Bilder, nicht wahr? Auch wenn uns dieses Unglück noch so sehr unter die Haut geht. Meine Meinung ist, dass wir diese Bilder nüchtern und professionell bewerten müssen. Das können wir nicht, solange wir unter Schock stehen. Vang wird jeden Augenblick hier sein. Ich werde mich um die Polizei kümmern. Geht und holt euch einen Kaffee, macht einen Spaziergang, beruhigt euch und denkt noch einmal darüber nach. Wir treffen uns dann hier, wenn Vang wieder weg ist.«

»Aber Richard, wirklich, wir können doch nicht …«, murmelte Kristin.

Skaug nahm ihren Arm und zog sie zur Tür. »Komm, trinken wir einen Kaffee.«

»Mein Gott, er … er hat sie getötet! Einfach so … ohne Weiteres!« Die letzten Worte gingen in einem Schluchzen unter.

Skaug blieb stehen und sah an die Decke. »Weißt du, es gibt einen Namen für so etwas. Snuff Movies. Filme, die tatsächliche Verstümmelungen zeigen, Folter und Mord. Also echte Sachen. Das ist widerwärtig. Bisher habe ich nur davon gelesen … Hätte nie gedacht, dass …«

Es klopfte. Die Frau vom Empfang steckte den Kopf zur Tür herein. »Polizeidirektor Vang steht am Empfang. Er ist ziemlich ungeduldig, soll ich ihn hereinschicken?«

## 3

Als Kanal 24 gegründet wurde, kauften die Eigner eine große, herrschaftliche Villa im Wergelandsveien, gegenüber dem Schloss, und bauten sie zu einem modernen Mediencenter um. Im Erdgeschoss lagen der Empfang, die Nachrichtenredaktion, das Studio und die Technikabteilung, im ersten Stock die Programmredaktion und die PR-Abteilung und unter dem Dach die Administration und die Finanzverwaltung (auch Wall Street genannt). Im Grunde genommen war die herrschaftliche Villa vom ersten Tag an zu klein für die wachsenden Aktivitäten, so dass bereits im Laufe der ersten beiden Jahre zahlreiche Kanal-24-Filialen in der Stadt eröffnet wurden. Jetzt fantasierten die Eigner des Senders davon, das gesamte Unternehmen nach Nydalen zu verlagern, ein abgelegenes Industrieviertel, in dem sich schon eine ganze Reihe von Medienbetrieben in dem Versuch angesiedelt hatte, ein neues Milieu aufzubauen. Kristin hoffte, dass die Redaktion blieb, wo sie war. Sie liebte die Stadt. Das Tempo. Die Nähe zu allem. Und sie liebte es, durch den Schlosspark zu schlendern, die Enten mit Brot zu füttern und der königlichen Garde einen Besuch abzustatten.

Ein Lastwagen bremste hart und hupte, als sie über den Wergelandsveien ging, ohne auf den Verkehr zu achten.

Die Ulmen im Schlosspark waren wie ein Märchenwald. Ihre Kronen filterten das Sonnenlicht und erschufen eine geisterhafte, dämmrige Stimmung. Sogar der Lärm der Stadt wurde hier ausgebremst. Mit geballten Fäusten hastete Kristin durch die Schatten und Lichtflecken.

Weit weg vom Verkehr, den Blick auf drei Enten auf einem kleinen Teich gerichtet, setzte sie sich auf eine Bank.

Sie starrte in den Himmel und dachte an ihre Mutter.

Als Kristin acht Jahre alt war, hatte die Mutter einen ihrer epileptischen Anfälle gehabt. Kristin hatte in der Küche auf einem Stuhl gesessen und gemalt, als es hinter ihr polterte. Als sie sich umdrehte, sah sie ihre Mutter zitternd zwischen Hackbällchen und Töpfen am Boden liegen. Sonst war immer ihr Vater da gewesen, wenn sie einen Anfall hatte. Jetzt war sie mit ihrer Mutter allein. Kristin hatte sich nicht rühren können. Sie wusste, dass sie ihre Bluse aufknöpfen und aufpassen sollte, dass ihre Mutter sich nicht die Zunge abbiss oder sich verletzte. Doch während des ganzen Anfalls war sie auf ihrem Stuhl sitzen geblieben und hatte zugesehen, ohne etwas tun zu können. Als ihre Mutter schließlich in einen erschöpften Schlaf fiel, glaubte Kristin, sie wäre tot. Reglos verharrte sie auf ihrem Stuhl, bis sie die Erwachsenen auf dem Hof lärmen hörte. Da war sie vom Stuhl geklettert, nach oben in ihr Zimmer gestürmt und hatte sich unter der Bettdecke versteckt.

Eine SAS-Maschine flog dröhnend über den Schlosspark. Sie blickte zu Boden, stützte die Ellenbogen auf die Knie und verbarg ihr Gesicht in den Händen. Vor sich sah sie die Frau an der Orgel sitzen, hörte den Klang des Instruments und das Knallen des Schusses. Nie zuvor hatte sie sich so allein, so hilflos gefühlt. Abgesehen von diesem Nachmittag auf dem Stuhl.

Der epileptische Anfall auf der Alm war der letzte gewesen. Danach hatten die Ärzte ihrer Mutter ein neues Medikament verschrieben, mit dem sie die Anfälle in den Griff bekam. Sieben Jahre später war sie gestorben. Gehirntumor. Kristin hatte sie gemeinsam mit ihrem Vater zu Hause gepflegt, bis die Ärzte darauf bestanden, dass sie in ein Krankenhaus kam. Die letzten Tage hatte sie im Koma gelegen. Ihre Atemzüge waren kurz und angestrengt gewesen, als ob jeder der letzte sein könnte.

Am deutlichsten waren Kristin diese Atemzüge in Erinnerung. Nicht das elektronische Piepen der Überwachungsgeräte, der Anblick des eingesunkenen Gesichts mit den blauen Adern oder der Geruch der Medikamente und des langsamen Todes. Sie erinnerte sich an die Atemzüge. Sie hatte damals gespürt, wie sich ihre Mutter mit jedem Luftholen an das Leben klammerte. Die Abstände waren immer größer geworden, und jedes Mal hatte Kristin angenommen, dass es jetzt zu Ende war, bis ein weiterer rasselnder Atemzug das Unvermeidbare noch einen kleinen Moment hinauszögerte. Doch eines frühen Morgens hatte der Abstand angedauert, war lang und länger geworden, und als Kristin ihre Mutter angesehen hatte, war es vorbei gewesen.

Eine alte Frau mit Stock schleppte sich über den Weg vor der Bank. Sie warf einen Blick auf Kristin und lächelte kurz. Eine Taube gurrte. Hinter einem Fenster oben im Schloss nahm Kristin eine Bewegung wahr; eine Reflexion im Sonnenlicht. Der König?, dachte sie automatisch.

## 4

Die Stimmung in der Redaktion war geladen. Journalisten, Kameraleute und Redakteure diskutierten lauthals. Die einen argumentierten emotionsgeladen gegen eine Ausstrahlung der Bilder, während andere resigniert die Köpfe über die weichherzigen Kollegen schüttelten, die den Nachrichtenwert des Videos nicht zu erkennen schienen. Eine dritte Gruppe rief nach Kristin, um ihre Meinung zu hören, aber sie wedelte nur abwehrend mit der Hand.

Skaug saß in Wolters Büro, und als sie Kristin durch den Türspalt erblickten, winkten sie sie eilig herein.

»Vang war stinksauer«, sagte Wolter. »Er hätte fast die ganze Redaktion verhaftet.«

»Hast du gesagt, dass du die Aufnahme zeigen willst?«

»Er hat versucht, es uns zu verbieten. Als ich ihn fragte, mit welchem Paragraphen er dieses Verbot begründen wollte, wurde er noch mürrischer. Verdammt, der Kerl glaubt wohl, die ganze Welt zu besitzen!«

Skaug zog Kristin zu sich: »Ich fürchte, er will dich noch einmal befragen.«

»Warum das denn? Ich habe ihm alles gesagt, was ich weiß.«

Skaug nickte verzagt.

Das Telefon auf dem Tisch vor ihnen begann zu klingeln. Sie starrten es wütend an, bis es verstummte. Skaug fischte sich eine Zigarette aus der Packung.

Wolter blickte von Skaug zu Kristin und zurück. »Und? Habt ihr noch einmal drüber nachgedacht?«

Beide holten tief Luft. Keiner sagte etwas.

»Toralf?«

Skaug nahm einen tiefen Zug von der unangezündeten Zigarette und atmete durch die Nase aus. »Ich bin noch immer unsicher«, sagte er und paffte weiter. »Ich sehe die grundsätzlichen Argumente, die für die Ausstrahlung sprechen. Aber mein Bauch schreit: *Nein! Nein! Nein!* Und immer, wenn ich bisher in der Scheiße gesteckt habe, dann deshalb, weil ich nicht auf meinen Bauch gehört habe.«

»Kristin?«

Sie schüttelte den Kopf. »Ich finde es nicht richtig, die Aufnahme zu zeigen. Das geht zu weit, ist zu hart! Ein Mord! Wir haben keinen guten Grund, das Video zu senden. Kein wirkliches Motiv. Die Zuschauer haben keinen grundsätzlichen Anspruch darauf, Bilder eines Mordes zu sehen.«

Wolter legte die Füße auf den Tisch. »Ich bin einverstanden, der Mord als solches ist zu harte Kost.«

Hui, dachte Kristin, bist du mit den Jahren weicher geworden?

»Aber«, fuhr er fort, »ich habe keine prinzipiellen Einwände dagegen, die anderen Bilder zu zeigen. Also die Augenblicke vor und nach dem Mord.«

»Das ist Haarspalterei, Definitionssache!«, sagte Kristin.

»Richard, das wird die reinste Hölle«, sagte Skaug. »Die Zuschauer werden uns mit Anrufen bombardieren. Die Politiker werden Amok laufen! Und die Medienkritiker werden Öl ins Feuer gießen. Auch die Zeitungen werden sich wie Haie auf uns stürzen. Es wird ein Blutbad geben, Richard, mit uns als Hauptgang. Da gibt es keine Gewinner!«

»Du denkst zu kurzsichtig.« Wolter lächelte schief. »Kannst du wirklich nicht weiter denken als bis zum Ende deiner Schicht?«

»Lass deine Argumente hören!«, bat Kristin.

»Ich denke auf zwei Ebenen, strategisch und journalistisch.«

»Mensch, das sind ja zwei Gedanken gleichzeitig«, sagte Skaug und lachte.

Wolter überhörte die Spitze. »Kommen wir erst zur Strategie: Die Ausstrahlung wird für ein gewaltiges Aufsehen sorgen. Weltweit! Wir bestimmen das Thema des Tages. Verdammt, wir sind dann das Tagesthema. Richtig, die ersten Tage werden turbulent. Es wird heftige Reaktionen geben. Viele. Aber das geht vorüber. Alles geht vorüber. Danach können wir uns der Aufmerksamkeit der Zuschauer sicher sein. ›24 Stunden!‹ wird ein Markenzeichen werden. Dann sind wir ein Sender, über den jeder eine Meinung haben wird.«

»Du zynischer Teufel!«, sagte Skaug grinsend.

»Und die journalistische Begründung?«, fragte Kristin.

»Die erkennt ihr doch wohl selbst! Es dürfte das erste Mal sein, dass ein Mörder sein Opfer während des Mordes filmt und die Bilder hinterher an einen Fernsehsender schickt. Das geht in die Pressegeschichte ein. Erinnern wir uns nur mal an die Bilder, die diese deutschen Terroristen von dem gekidnappten Industriellen gemacht haben … wie hieß der noch? … Hanns Martin Schleyer! Hätten sich die Medien weigern sollen, diese Bilder zu drucken? Aus Rücksicht auf die Angehörigen? Aus Rücksicht auf seine persönliche Würde? Verdammt, das ist Geschichte! Was glaubt ihr denn, was CNN machen würde, wenn man ihnen Bilder von einem Mord schickte?«

»Das gibt Ärger«, sagte Kristin resigniert und blickte aus dem Fenster.

»Ja und? Mit der öffentlichen Debatte müssen wir leben. Ich gebe dir recht, die selbst ernannten Gurus der Zeitungen werden über die Verkommenheit des Fernsehens und des Journalismus als solchen schwadronieren. Ich kann sie schon hören: ›Amerikanisierte Gewaltfixierung‹ und ›Informationsverpflichtung und

Ideale des Fernsehens‹. Dabei lesen diese aufgeblasenen Dreckschleudern nicht einmal ihre eigenen Zeitungen.«

»Hallo, jetzt lehnst du dich aber ziemlich weit aus dem Fenster«, platzte Skaug amüsiert heraus.

»Ich sehe das ganz deutlich vor mir. Auf Seite zwei wird *VG* allen recht geben, die das beängstigend finden, während die eigenen Journalisten sich auf den Seiten drei, vier, fünf, sechs und sieben in dem gleichen Fall suhlen. Im Radio wird es Hörer-Hotlines geben, bei denen ich mich gegen Gott und die Welt und sicher auch gegen die ach so betroffenen Redakteure von *Vårt Land* und dem *Stavanger Aftenblad* verteidigen muss. Das alles ist vorhersehbar. Ich bin nicht dumm. Aber wir können doch nicht unsere Nachrichten aus Angst vor möglichen Reaktionen beschneiden! Wir müssen eine selbstständige Analyse vornehmen. Und meiner Meinung nach werden wir damit Pressegeschichte schreiben. Wenn dieser Verrückte dort draußen weiterhin Menschen abschlachtet, wird noch in hundert Jahren von ihm in den Geschichtsbüchern zu lesen sein. Und wir könnten ein Teil dieser Geschichte sein! So gesehen spielt es für uns keine Rolle, ob irgendein journalistischer Moralapostel vom *Dagbladet* oder *Aftenposten* darüber verzweifelt, dass NRK sein Monopol verloren hat. Versteht ihr das nicht? Es ist die Wirklichkeit, die diese Menschen bearbeiten wollen!«

»Du hättest Politiker werden sollen«, sagte Kristin.

»Oder Prediger«, stimmte Skaug ihr zu.

»Ich sehe ein klares Argument dafür, die Aufnahme zu senden. Wir müssen das Publikum vor diesem Monster warnen«, sagte Skaug.

»Du, ich glaube, das kapieren die auch, ohne die Bilder zu sehen«, wandte Kristin ein.

»Aber gibt es denn wirklich einen Unterschied zwischen den Bildern der Frau in Gefangenschaft und den Bildern direkt vor ihrem Tod?«, fragte Wolter.

»Einen großen Unterschied«, sagte Kristin. »Auch die Zuschauer haben gewisse Rechte, wir können sie nicht zwingen, einen Mord anzusehen. Auf den ersten Videos lebt sie. Auf dem letzten sind wir Zeugen ihrer Liquidierung. Ich finde den Unterschied enorm.«

»Nicht prinzipiell, oder? Ich will ja auch nicht, dass wir den eigentlichen Mord zeigen. Nur die Situation, in der es zu dem Mord kommt. Und das Resultat. Du ziehst falsche Schlüsse, weil du deine moralische Verurteilung des Mordes in deine grundsätzliche Auswertung des journalistischen Bildmaterials einfließen lässt. Die Frau ist tot. Erschossen. Liquidiert. Das ist geschehen, ob wir nun darüber berichten oder nicht. Hier haben wir, zum ersten Mal in der Geschichte der Presse, eine Dokumentation der grausamen Natur eines Verbrechens. Alle Morde sind grausam. Alle! Wir haben nur nie Bilder, um zu dokumentieren, wie abscheulich und unbarmherzig ein Mord ist. Jetzt haben wir die Möglichkeit, unseren Zuschauern die Augen zu öffnen. Ihnen unmittelbar vor Augen zu führen, was für eine sinnlose Tragödie sich hinter jedem banalen Mord, der begangen wird, verbirgt.«

»Da sagst du was«, räumte Kristin ein. »Wenn auch dein Motiv etwas schwer nachzuvollziehen ist.«

»Sehr ihr das denn nicht?«, sagte Wolter. »Wir können Geschichte schreiben! Wir können die Leute wachrütteln. Die Zuschauer scheren sich nicht mehr darum. Sie akzeptieren Mord und Gewalt als einen Teil des Alltags. Das ist unsere Chance, sie aus ihrer Gleichgültigkeit zu reißen und ihnen bei sich zu Hause im Fernsehsessel eine schallende Ohrfeige zu versetzen: So sieht Gewalt aus. So sieht ein Mord aus!«

»Ja, ja, ich verstehe deinen Gedanken«, sagte Skaug. »Ich höre deine Argumente. Aber mein Bauch sagt etwas anderes.«

»Kristin?«

»Ich weiß nicht. Du konntest schon immer gut argumentieren. Am Schluss konnte ich dir aber nicht mehr so gut folgen.«

»Vermutlich, weil ich mich entschieden habe. Wir bringen das. Aber ich will niemanden zwingen. Ich führe bei der Sendung gern selber Regie, wenn du dich weigerst, Toralf. Die Achtzehn-Uhr-Sendung läuft wie gehabt, wir können das nicht ausstrahlen, wenn Kinder vorm Fernseher sitzen. Aber um zweiundzwanzig Uhr senden wir das. Mit Kommentar und allem. Kristin, Caspar ist sicher gerne bereit, das zu übernehmen. Ich respektiere dein Nein. Das meine ich ehrlich, ich will niemanden zwingen. Es ist eure Entscheidung.«

Skaug schüttelte sich. »Verdammt, Richard, ich gebe doch nicht die Sendung des Jahrhunderts an einen Nachrichtenredakteur ab.« Er drückte die unangezündete Zigarette im Aschenbecher aus.

Beide sahen Kristin an.

Sie presste ihre Handflächen gegeneinander. Sie fragte sich, ob sie im Begriff war, sich lächerlich zu machen. Vielleicht hatte Richard recht – vielleicht war es richtig, die Bilder zu zeigen. Vielleicht war es ihre Nachrichteneinschätzung, mit der etwas nicht stimmte. Vielleicht hätten sich alle Sender so entschieden, hätten sie die Bilder bekommen. Sogar »Dagsrevyen«.

Sie seufzte. »Okay. Ich bin zwar noch immer genauso unsicher wie zuvor, aber wenn du entscheidest, dass wir die Aufnahme zeigen, will ich mich selbst darum kümmern. Nur die Götter wissen, was für ein blutiges Gemetzel dabei herauskommt, wenn wir das Caspar überlassen. Doch unter einer Bedingung: Ich werde den Mord nicht zeigen. Den Augenblick des Todes, da weigere ich mich!«

Wolter und Skaug nickten.

Kristin dachte: Es war mein Entschluss. Ich durfte selbst entscheiden. Oder nicht?

# 5

Der Abend in der Redaktion war in jeder Hinsicht außergewöhnlich.

Skaug bellte seine Befehle, der Produzent schimpfte, Arve Arnesen kippte sich einen Becher Kaffee auf die Hose, und eine halbe Stunde vor der Zweiundzwanzig-Uhr-Sendung gaben beide Newsprinter den Geist auf. Alle fünf Minuten tauchte Wolter bei Skaug auf und fragte, ob er alles unter Kontrolle habe, und jedes Mal lachte Skaug theatralisch.

Doch als die roten Zahlen an der Studiowand 21:59:55 zeigten, war alles ruhig. Jetzt gab es kein Zurück mehr. Kristin saß gemeinsam mit Skaug und dem Produzenten in der Regie. Richard Wolter hatte zwischen Arve und Ninni im Studio Platz genommen.

Die Stimme des Produzenten: »Fünf – vier – drei …«

Die Erkennungsmelodie ertönte.

Kamera eins richtete den Fokus auf Ninni. »›24 Stunden!‹ – Heute Abend mit Bildern, die die Welt erschüttern werden!«

Das Mosaik formte das Bild der Frau in Gefangenschaft, aus dem dann eine Totale des Studios wurde.

Ninni blickte direkt in die Kamera. »Die dramatische Entführung von Una Mørch hat eine tragische Wendung genommen. Mein Kollege Arve Arnesen weiß mehr über die traurige Entwicklung des Falls.«

Kamera eins zoomte Arnesen heran. Seine Stimme war tief und ernst:

»›24 Stunden!‹ wird heute Abend Bilder zeigen, die nicht nur Norwegen, sondern die ganze Welt schockieren werden. Letzte Woche haben wir ein Amateurvideo erhalten, auf dem die gekidnappte Organistin Una Mørch zu sehen war. Ein neues Video zeigt, dass Una Mørch ermordet worden ist. Die Polizei hat ein Großaufgebot eingesetzt, um den unbekannten Täter zu finden.« Er machte eine Kunstpause und blickte zu Boden. »Wir machen darauf aufmerksam, dass der Film, der jetzt folgt, sehr harte Bilder zeigt.«

Kristin hatte die Reportage chronologisch aufgebaut und mit Pausen und Unterbrechungen ausgestattet. Sie fasste kurz die Hintergrundinformationen zusammen und zeigte Ausschnitte der ersten Videos. Sie hatte sich viel Zeit genommen. Als Una Mørch begann, Orgel zu spielen, schloss sie ihren Kommentar ab. Ein paar Sekunden, bevor der Schuss fiel, wurde der Bildschirm schwarz, während die Musik weiter zu hören war. Dann knallte der Schuss. Der Bildschirm war noch immer schwarz, als man Una Mørchs Körper auf die Tastatur fallen hörte.

Um den Reaktionen zuvorzukommen, hatte die Redaktion eine Liste kritischer Fragen vorbereitet, die Arve, heute ohne Pomp und den sonst üblichen Eifer, die seine Revolver-Interviews normalerweise kennzeichneten, Richard Wolter stellte. Kristins Reportage, das Interview und zwei ergänzende Beiträge, die Caspar gedreht hatte, füllten fünfzehn Minuten der Nachrichtensendung.

Es entbehrte nicht einer makabren Ironie, dass der nächste Beitrag von den fünfhundert Todesopfern eines Erdbebens in Armenien handelte.

# Die Kommission

Polizeidirektor Runar Vang schaltete den tragbaren Fernseher ab. Himmel und Hölle, dachte er, jetzt haben sie sich aber was eingebrockt, das gibt einen Mordsaufstand!

Im Vorzimmer begann das Telefon zu klingeln. Wahrscheinlich ein Journalist, der einen Kommentar haben wollte.

Vang ließ sich auf den Bürostuhl fallen und schlürfte seinen lauwarmen Kaffee. Im Stillen zählte er von zehn abwärts. Bei vier verstummte das Klingeln.

Sie hatten eine Operationszentrale im Präsidium eingerichtet, die irgendwer in einer makabren Anspielung auf die Vorgehensweise des Mörders bereits »Kinosaal« getauft hatte.

Es war lange her, dass sie es mit einem derart brutalen Fall zu tun hatten, einem Fall, der im Grunde genommen verlangte, alles andere beiseitezuschieben und fast das gesamte Personal um diese eine Ermittlung zusammenzuziehen.

Vang schaute aus dem Fenster, vor dem es dämmerte. Es würde eine lange Nacht werden.

Der Justizminister hatte bereits mit dem Polizeipräsidenten gesprochen. Ungewöhnlich früh. Normalerweise konnten sie wochenlang ungestört arbeiten, ehe das Ministerium sich einschaltete.

Vang und der Leiter der Kripo waren sich darüber einig, Aksel Antonsen die Leitung der Ermittlungen zu übertragen. Der kräftig gebaute Leiter des Dezernats für Gewaltverbrechen war ein erfahrener Polizist und eine autoritäre Führungspersönlichkeit. Nüchtern und zielstrebig. Vang war klar, dass er genau diese

Eigenschaften brauchen würde. Der Druck würde enorm werden. Alle würden ungeduldig sein, nicht zuletzt die Polizeiermittler. Und deren Kritik richtete sich schnell gegen den Ermittlungsleiter. Die einen würden ihm vorwerfen, die falsche Spur zu verfolgen. Die anderen, dass er die Mannschaften anders einsetzen sollte. So war es immer. Und früher oder später würde der eine oder andere Untergeordnete einem Journalisten eine Information zuflüstern, was einen öffentlich breitgetretenen Skandal über die Missstände bei der Polizei nach sich ziehen würde.

Und im Auge dieses Wirbelsturms musste der Ermittlungsleiter einen beständigen Kurs halten.

Aksel Antonsen hatte gemeinsam mit Polizeidirektor Vang die Ermittlungsleitung ausgearbeitet. Es war das reinste menschliche Puzzle, bei dem jedes noch so kleine Teilchen, von der Kompetenz bis zur Personenchemie jedes Einzelnen, zu einem Gesamtbild zusammengesetzt werden musste, das größer als die einzelnen Bestandteile war. Antonsen wurde Kommissar Håvard Alm als stellvertretender Befehlshaber an die Seite gestellt und Ida Sand als administrative Stabschefin. Ihnen untergeordnet waren Geir Ryvik als technischer Leiter und Elisabeth Gran als taktische Leiterin. Der Informationschef der Polizeibehörde, Hugo Aasen, wurde zum Pressesprecher der Kommission berufen. Um die großen Pressekonferenzen wollte Vang sich persönlich kümmern (Aksel Antonsens Umgang mit der Presse war hoffnungslos – entweder sagte er gar nichts oder viel zu viel), überdies sollte Vang die Schnittstelle zwischen Kanal 24 und der Polizei sein.

In einer Viertelstunde würde sich die neue Führungsriege zum ersten Mal treffen, um das taktische und strategische Vorgehen festzulegen. Antonsen sollte das Treffen leiten, aber Vang hatte gebeten, anwesend sein zu dürfen. Die beiden hatten sich bereits über die Grundzüge verständigt. Außer den Videokassetten und den Briefen hatten sie keine handfeste Spur. Keine Leiche also. In der ersten Runde hatten die taktischen Ermittlungen Vorrang. Sie mussten die religiöse Szene durchkämmen. Una Mørch war gläubig, Kirchenorganistin, und die drei Briefe beinhalteten Bibelzitate. Möglicherweise war es nur ein Bluff. Aber das war alles, was sie hatten. In der Kriminalgeschichte wimmelte es nur so von Mördern, die durch eine aufreibende Kindheit in einem religiösen Heim geprägt worden waren.

Die Videoaufnahmen konnten bedeuten, dass der Täter pornografische Aufnahmen von Una gemacht hatte, die er möglicherweise an Pornovertreiber auf der ganzen Welt zu verkaufen versuchte.

Vang notierte auf einem gelben Block, dass er mit Antonsen darüber reden musste, ob sie Professor Vidar Bryne hinzuziehen sollten. Bryne war Spezialist für Kriminalpsychologie und Experte für Persönlichkeitsprofile.

Außerdem mussten sie versuchen, anhand der Videokassetten und der technischen Analyse der Bilder herauszukriegen, welche Art Kamera der Mörder benutzte. Gelang ihnen dies, wären sie schon ein ganzes Stück weiter. Viele Importeure und Zwischenhändler saßen auf Adressregistern, zumindest dann, wenn eine Garantiekarte ausgefüllt und eingeschickt worden war.

Und hoffen durfte man ja.

Vang ertappte sich dabei, wie er das Familienfoto auf dem Schreibtisch anstarrte.

Er hatte Roger gestern zum Abendessen eingeladen, um ihm zu sagen, dass seine Mutter weg war. Der mittlerweile erwachsene Sohn war vor über einem Jahr zu Hause ausgezogen und hatte sich seitdem kaum blicken lassen, außer mit großen Abständen zu einem sonntäglichen Abendessen.

Es war ein merkwürdiges Treffen gewesen. Herdis hatte bereits mit Roger gesprochen. Der Junge wollte sich nicht dazu äußern. Er wirkte verlegen, desinteressiert. Er hatte schon immer ein engeres Verhältnis zu ihr als zu ihm gehabt.

Herdis war zwanzig gewesen, als Roger geboren wurde, Vang selbst zweiunddreißig. Sie hatten sich ein Jahr zuvor kennengelernt. Seine Uniform hatte sie beeindruckt, und sie waren ein Paar geworden. Dann wurde sie schwanger, und er hatte das einzig Anständige getan und sie geheiratet. Die alte, leidige Geschichte.

Zwanzig Jahre waren sie jetzt verheiratet. Sie hatte sich nie beschwert. Und er war die ganze Zeit davon ausgegangen, dass das, was als aufregende Affäre begonnen hatte, sich zu einer tieferen Beziehung entwickelt hätte. So hatte er es jedenfalls empfunden. Er hatte keinen Hochzeitstag vergessen. Ihr immer Blumen mitgebracht, wenn sie sich gestritten hatten. Als sie in diesem Frühjahr vierzig wurde, hatte er sie zu einem romantischen Wochenende nach Paris eingeladen.

Wann hatte sie aufgehört, ihn zu lieben?

In Paris hatten sie sich wie frisch verliebte Teenager benommen. Sie waren Hand in Hand an der Seine spazieren gegangen, er hatte Blumen von einem Straßenverkäufer für sie gekauft, und sie hatten sich jeden Abend in ihrem Hotelzimmer lange und heftig geliebt.

Was also war der Grund, dass sie ihn so plötzlich verließ?

Sein Piepser meldete sich. Er hatte ihn am Gürtel befestigt und musste ihn umdrehen, um den Text lesen zu können. »Die Sitzung ist eröffnet. Kommst du? Aksel A.«

Er vergräbt sie bei den Fliederbüschen im hintersten Winkel des Gartens. Die Erde ist nicht sonderlich hart, und er braucht nicht sehr tief zu graben. Nachdem er sie mit schwarzer Plastikfolie und Erde bedeckt hat, pflanzt er eine Reihe Tagetes, die er im Gartencenter im Angebot gekauft hat.
Das Beet sieht hübsch aus.

Er hat Spätschicht. Er hat ein Butterbrot und die Monatskarte in die Tasche gepackt. Und einen Schirm. Er geht nie ohne Schirm zur Arbeit. Man weiß nie, wann es anfängt zu regnen.
In der Innentasche seiner Jacke steckt der Brief. Er hat ihn nur einmal gelesen.
Ein einziges Mal.
Er liegt dort und brennt fast ein Loch in den Stoff.
Er versucht, nicht an ihn zu denken.

Sie steht draußen, als er von der Spätschicht kommt.
Er bleibt stehen. Im ersten Moment, bevor er den Blick scharf stellen kann, glaubt er, dass sie es ist. Was natürlich nicht stimmt.
Trotzdem bleibt er stehen und starrt sie an. Sein Herz versucht, wie ein wildes Tier aus seinem Brustkorb herauszuspringen.
Sie bemerkt ihn nicht. Sie scheint auf jemanden zu warten, der schon längst hätte kommen sollen. Sie trägt ein dünnes, geblümtes Sommerkleid und hat langes, flachsblondes Haar.
Eine Nymphe. Eine kleine Nymphe, die erwachsen geworden ist.
Er geht unbemerkt an ihr vorbei zur Bushaltestelle, von wo aus

er sie beobachtet. Alle zwei Minuten schaut sie kurz auf die Uhr. Nach zehn, fünfzehn Minuten blickt sie von links nach rechts und geht.
Er folgt ihr mit gehörigem Abstand.
Sie bewegt sich rasch, fast zornig, und er muss sich beeilen, um mit ihr Schritt zu halten. Sie hastet die Stortingsgaten entlang, überquert unmittelbar vor einer hektisch bimmelnden Straßenbahn die Straße, läuft über den Platz vor dem Storting und folgt dann der Karl Johan Gate in Richtung Egertorget. Dort geht sie die Treppe zur U-Bahn-Station hinunter.
Sie wohnt in einem Einfamilienhaus in Godlia.
Er steht draußen an der Straße und wartet. Hinter einem Fenster in der ersten Etage geht das Licht an. Sie zieht die dünnen Gardinen vor, und er sieht ihre Silhouette dahinter hin und her laufen. Er schleicht in den Garten und studiert die Namen auf den Klingelschildern. Der Name des Hauseigentümers steht auf einer gediegenen Messingplatte. Der Name des Mädchens mit einem Etikettendrucker ausgedruckt auf einem selbst gebastelten schwarzen Plastikstreifen. Anita Fjordvik. Schöner Name, denkt er.
Am nächsten Morgen sitzt er in seinem Lieferwagen, den er ein Stück weiter oben in der Straße geparkt hat, und sieht sie zur U-Bahn laufen. Es ist halb neun. Er hat drei Stunden gewartet.
Er filmt sie, ohne dass sie ihn bemerkt.
Er lässt den Wagen stehen und folgt ihr.
In Tøyen steigt sie aus und fährt mit der Linie fünf weiter nach Blindern. Von dort geht sie zu einem Hörsaal der historisch-philosophischen Fakultät. Sie kommt zu spät zu ihrer Vorlesung. *Sommerkurs – Geschichte III-IV* steht auf einem Zettel, der mit zwei Heftzwecken an der Tür befestigt ist. Durch die geschlossene Tür hört er eine Stimme über die Armenfürsorge in den Städten im achtzehnten Jahrhundert dozieren. Er setzt sich auf eine harte Bank auf dem Flur und wartet.
In der Pause verlässt sie den Saal mit zwei anderen Mädchen und

einem Jungen. Die Mädchen sind auffallend hübsch. Als sie an ihm vorbeigehen, hört er zum ersten Mal ihre Stimme. Ein sonniger Dialekt. Er schnappt auf, dass Espen nie hält, was er verspricht, und dass sie jetzt das letzte Mal … mehr bekommt er nicht mit.
Er schafft es noch, zu Hause vorbeizufahren und die Videoaufnahmen zu bearbeiten, ehe er zur Arbeit muss. In einem der ungenutzten Kinderzimmer in der oberen Etage hat er einen nahezu professionellen Redaktionsraum eingerichtet. Zwei große Fernsehbildschirme, drei Super-VHS-Player und ein gewöhnliches VHS-Gerät. Kabelbündel. Mithilfe eines Computers kann er mit den Aufnahmen so ziemlich alles machen, was er will. Die Reihenfolge der Bilder verändern. Alles Unwesentliche rausschneiden. Text und Ton unterlegen.
Hier kann er eine neue Wirklichkeit erschaffen.

Er folgt ihr eine Woche.
Begleitet sie wie ein unsichtbarer Geist, belauscht ihre Unterhaltungen, bringt es sogar fertig, die Telefonnummer ihrer Eltern im Sørland aufzuspüren. Am Ende hat er das Gefühl, sie zu kennen. Anita Fjordvik, Studentin. Hauptfach Norwegische Geschichte. Teilzeitjob in einem Vierundzwanzig-Stunden-Kiosk. Halb zusammen mit und permanent sauer auf Espen, einen langhaarigen Typen, der sie eines Abends in ihre Wohnung begleitet und erst um zehn nach drei nachts wieder geht.
Mal ehrlich … Zehn nach drei! In der Nacht!

# Streit

I

Die Reaktionen fallen noch viel heftiger aus, als er erwartet hatte.

Die ersten Anrufe gingen bereits während der Sendung ein. Fünf Minuten später war die Telefonzentrale lahmgelegt, und die direkten Durchwahlen in der Redaktion liefen heiß. Die Zuschauer waren empört. Wieder einmal kam das Wolfsrudel aus der Akersgate im Wergelandsveien angehechelt. Das konnten sich die konkurrierenden Fernsehsender doch nicht entgehen lassen.

Es war spät, als Wolter, Skaug und Kristin ihre Handys und Piepser abschalteten und ins nächtliche Oslo hinausgingen.

Für Kristin waren die nächsten Tage unwirklich, sie gingen ihr an die Substanz. Alles, was Richard Wolter vorausgesagt hatte, traf zu.

Die Medienkritiker schrieben gehässig, dass Zynismus und Profitgier die journalistische Triebkraft im Fernsehen geworden wäre. Ein Kolumnist vom *Dagbladet* nannte Wolter »den niederträchtigsten Aasfresser der Journalistik«, am selben Tag, als seine eigene Zeitung auf der Titelseite ein Farbfoto der toten Frau über der Tischorgel abdruckte. *VG* schrieb in einem Leitartikel, »dass der norwegische Fernsehalltag sich der amerikanisierten Philosophie geöffnet hätte und Kanal 24 kein Mittel scheute, um das Interesse der Zuschauer auf sich zu ziehen«. In der gleichen

Zeitung, unter der Überschrift UNAS LETZTE SEKUNDEN, waren zwei Seiten für einen detaillierten Artikel eingeräumt worden, wie der menschliche Organismus zusammenbricht, wenn er von einem Schuss getroffen wird. *Klassekampen* meinte, das Kultusministerium sollte ernsthaft abwägen, »... diesem rücksichtslosen und Gewalt verherrlichenden Sender, dessen Leitung es Vergnügen zu bereiten scheint, Unmengen Blut und Dreck in die Wohnzimmer der Fernsehzuschauer zu schütten ...«, die Konzession zu entziehen. *Aftenposten* stellte die Frage, ob sich der Fernsehsender unter dem Deckmantel, Journalistik zu betreiben, zum Werkzeug des wahnsinnigen Mörders machen ließ.

Für die Zeitungen war die Debatte, wie schon so oft vorher, ein Glücksfall.

Bei den Politikern weckte sie das Bedürfnis, die Medien für sich zu nutzen. Der justizpolitische Sprecher der Arbeiterpartei gab mit der Prinzipienfestigkeit eines Wendehalses bekannt, dass man einen Antrag für ein Verbot der Ausstrahlung von Fernsehbeiträgen stellen wollte, die »eine grobe Verletzung der Menschenwürde« darstellten. Die Zentrumspartei wollte eine Medienkommission ins Leben rufen, die alle Fernsehnachrichten überwachen und jede Übertretung der internen Organe der Medien bei den Gerichten ahnden sollte. Die Christliche Volkspartei meldete sich mit einem eigenen Gesetzesvorschlag zu Wort, der die Ausstrahlung jeglicher Art von roher Gewalt in Nachrichtensendungen untersagte. Ein frischer Repräsentant der Sozialistischen Linkspartei konnte gerade noch vorschlagen, NRK das Monopol für Fernsehnachrichten zu übertragen, bevor er auf eine umweltpolitische Studienreise nach Murmansk geschickt wurde.

Richard Wolter wurde in einer Diskussionsrunde nach der anderen in der Luft zerrissen. *Aftenposten* spürte Una Mørchs Eltern in Dänemark auf, die dem norwegischen Fernsehen vorwarfen, »den Tod ihrer Tochter als spekulative Fernsehunterhaltung auszuschlachten«. Der norwegische Journalistenverband arrangierte eine Diskussionsrunde, die in einem Tumult endete. Und die Fachzeitschrift *Journalisten* brachte auf der ersten Seite ein Bild von Wolter mit der Überschrift HENKER DER ETHIK. Die Zeitungen waren voll von empörten Leserbriefen, und an einem Nachmittag organisierte *Blitz* eine spontane Demonstration, die in einem Zusammenprall der Polizei und der Demonstranten vor dem Sendegebäude von Kanal 24 resultierte. Eine religiöse Gruppierung rief zu einem Einschaltboykott des Senders auf.

Aber die Zuschauer flüchteten nicht. Im Gegenteil. Immer mehr schalteten auf Kanal 24, um bloß nichts zu verpassen.

## 2

Während der aufgeheizten Debatte biss Kristin die Zähne mit verwegenem Stolz zusammen. Sie machte jeden Tag Aerobic, um die Spannung aus ihrem Körper zu verjagen. Sie hielt die Debatte für ungerechtfertigt und undifferenziert und die Kollegen von der Presse für Heuchler. Es wollte nicht in ihren Kopf, wieso die Zeitungen mehr an Kanal 24 interessiert waren als an dem Mörder. In den ersten Tagen legte die Presse sicher ebenso viel Augenmerk auf die Ethikdebatte wie auf die Tatsache, dass irgendwo ein gefährlicher, unberechenbarer Mörder frei herumlief.

Dreimal wurde sie zum Verhör bei der Polizei gebeten. Sie hatten eine eigene Ermittlerin dafür abgestellt, die nichts anderes tat, als sie nach ihrem Leben auszufragen. Zum Glück nicht der Typ vom letzten Mal, sondern eine sympathische, junge Frau namens Carlsen. Sie versuchte herauszufinden, ob es Begebenheiten in Kristins Vergangenheit gab, die erklären könnten, wieso die Videobänder an sie geschickt worden waren.

Sie hatte keine Ahnung.

Als die Debatte um »24 Stunden!« allmählich abebbte, ging der Presse kollektiv ein Licht auf, und sie konzentrierte sich erneut voll und ganz auf die Jagd nach dem Täter. *VG* gab ihm den Spitznamen »Video-Mörder«. Das *Dagbladet* rief eine »Tod der Gewalt«-Kampagne ins Leben und setzte eine Belohnung von hunderttausend Kronen für denjenigen aus, der durch einen Hinweis zur Verhaftung des Täters beitrug.

Kristin war überzeugt, dass er sich nicht schnappen lassen würde.

## 3

Der Dienstbesprechungssaal im Polizeipräsidium summte vor erwartungsvoller Spannung.

Kristin war früh losgegangen und hatte einen Platz in den vorderen Reihen ergattert. Während sie wartete, dass die Pressekonferenz anfing, ließ sie den Blick über die Versammlung schweifen. Die Kollegen erinnerten sie an eine Meute ausgehungerter Schlittenhunde, die einen Meter von einem frisch zerlegten Eisbären entfernt angekettet war.

Mehrere Rundfunkanstalten übertrugen die Pressekonferenz live. Die großen Zeitungen hatten ihre erfahrensten Kriminalreporter und Kommentatoren geschickt. Alle waren bis zum Bersten gespannt. Es war durchgesickert, dass die Polizei inzwischen mehr über den Täter wusste und der Durchbruch auf der Pressekonferenz bekannt gegeben werden würde. Überdies hatte man einen Professor hinzugezogen, um ein Persönlichkeitsprofil erstellen zu lassen.

In den Verhören war Kristin klar geworden, dass die Ermittler im Dunkeln tappten. Sie versuchten, sich einen Überblick über den Verkauf von Videokameras zu verschaffen, und schickten verdeckte Ermittler in Läden, in denen man Videokassetten kaufen konnte. Sie durchforsteten die Verbrecherkarteien und kontaktierten psychiatrische Anstalten. Sie überprüften Kristins Bekanntenkreis, ihre Verflossenen und Interview-Partner. Alles, was Aufschluss darüber geben könnte, wieso ausgerechnet *sie* die Videos bekommen hatte.

Ohne Ergebnis.

Sie kamen in einer Reihe hereinmarschiert. Kristin dachte amüsiert an eine Ente mit ihren Küken: an der Spitze der Polizeipräsident, gefolgt von Runar Vang und Aksel Antonsen, dahinter zwei Männer, die Kristin nicht kannte, und zuletzt der Pressesprecher des Polizeipräsidiums.

Der Pressesprecher schlug mit einem Holzhammer auf den Tisch. Es wurde still im Saal.

Der Polizeipräsident begrüßte die Journalisten, stellte sich selber und die anderen auf dem Podium vor, ehe er das Wort an Vang weitergab.

Vang zählte die Hauptmerkmale des Mordes auf, was ungeduldiges Gemurmel von Seiten der Journalisten hervorrief. Das war ihnen doch alles längst bekannt. Danach stellte Vang die wissenschaftliche Vorgehensweise vor (in Wahrheit empirische Vermutungen), die die Grundlage für das Persönlichkeitsprofil bildete.

»Wir gehen davon aus, dass der Mörder um die dreißig Jahre alt ist«, sagte Vang. »Unsere Annahme basiert unter anderem auf der Form der Blockbuchstaben, die auf die von der Schulbehörde in den Sechzigerjahren durchgeführten Versuche mit verschiedenen Schriften zurückzuführen ist, und auf der Tatsache, dass es sich bei dem Opfer um eine junge Frau handelt. Es ist ein durchgängiger Zug bei dieser Art von Morden, dass sich der Mörder Frauen sucht, die seinem eigenen mentalen Alter entsprechen, also häufig zehn, zwanzig Jahre jünger sind als er selbst.«

»Was verstehen Sie unter ›dieser Art von Morden‹?«, rief ein Reporter der *VG*.

»Glauben Sie, dass er weiter morden wird?«, rief das *Dagbladet*.

*Aftenposten*: »Steht er hinter anderen, unaufgeklärten Morden?«

Der Pressesprecher hob abwehrend die Hände. »Die Fragen bitte zum Schluss, Jungs.«

»Und Mädels!«, rief eine Reporterin.

Vang fuhr fort. »Wir gehen, wie gesagt, davon aus, dass der Täter um die dreißig ist, irgendwo zwischen fünfundzwanzig und fünfundvierzig.«

»Wie die meisten von uns«, bemerkte ein NTB-Mitarbeiter und erntete Beifall und Gelächter von seinen Kollegen.

»Wir glauben, er ist ein einsamer Wolf, nicht verheiratet. Wahrscheinlich lebt er alleine. Möglicherweise bei seinen Eltern oder einem Elternteil. Nach außen wirkt er verschlossen und verschroben, vielleicht aber auch sympathisch und hilfsbereit. Wenn wir ihn finden – und damit meine ich den Zeitpunkt, nicht die Möglichkeit –, werden alle, die ihn kennen, verblüfft sein, weil ihm niemand zugetraut hätte, der unbekannte Mörder zu sein.«

Vang machte eine Pause. Er atmete tief durch und blätterte in den Unterlagen auf dem Tisch. Es war so still, dass Kristin das Rascheln der Blätter hören konnte.

»Er kämpft mit einem schweren, persönlichen Trauma, das er nicht unter Kontrolle hat. Die Tatsache, dass er sein Opfer über einen so langen Zeitraum verfolgt und observiert hat, zeigt, wie wohlüberlegt und gründlich vorbereitet die Tat war. Unser Mann tötet nicht im Affekt oder impulsiv. Der Mord war genauestens geplant. Wir haben gute Gründe, ihm die etwas abgegriffene Bezeichnung ›Psychopath‹ anzuheften. Die Psychologen sind nicht einverstanden mit dieser Bezeichnung, aber lassen Sie uns trotzdem daran festhalten, ihn einen Psychopathen zu nennen.«

Vang ließ den Blick über die Versammlung schweifen, ehe er fortfuhr.

»Lassen Sie mich Ihnen eine genauere Definition des Terminus ›Psychopath‹ geben. Viele glauben, ein Psychopath wäre das Gleiche wie ein Wahnsinniger. Das Gegenteil ist der Fall! Ein Psychopath ist nach außen häufig ein leistungsstarker Mensch. Er sucht Macht. Er ist intelligent und häufig extrem eloquent und charmant. Oft ist er der soziale Mittelpunkt. Es kann eine ganze Weile dauern, bis seine Umgebung zu ahnen beginnt, dass etwas nicht stimmt. Er manipuliert. Er blufft. Er lügt. Er bauscht die kleinste Bagatelle zu ungeahnten Dimensionen auf. Er ist der Erste, der deinen empfindlichsten Punkt findet. Und er hat die Tendenz, die Schuld an allem auf andere zu schieben, auf dich, die Gesellschaft, das Opfer. Er kann brutal und skrupellos sein und frei von jeglichem Mitleid und Einfühlungsvermögen. Wenn der Psychopath beginnt, die Kontrolle über sich selbst zu verlieren, kann er gefährlich werden. Weil es für ihn keine moralische Bremse gibt. Intellektuell betrachtet, weiß er, dass das, was er tut, falsch ist, aber er spürt keinerlei Reue. Keine Empathie. Es sind die anderen, mit denen etwas nicht stimmt. Er betrachtet sein Opfer, wie wir eine Mücke oder eine Fliege betrachten, ehe wir sie erschlagen.«

Vang warf einen Blick auf eine eingebildete Mücke auf seiner Hand.

Ein geschickter Schauspieler!, dachte Kristin.

»Doch etwas macht diesen Psychopathen gefährlicher als die meisten anderen Mörder: Er sucht Aufmerksamkeit. Bestätigung. Herostratischen Ruhm. Er will Mittelpunkt der öffentlichen Aufmerksamkeit sein. Der Furcht der Öffentlichkeit. Und das erreicht er, indem er mordet.«

Vang schwieg und ließ erneut den Blick über die Journalistenschar gleiten. Ein Fotograf schoss in blitzartiger Folge eine Reihe Bilder.

»Unser Mann verstärkt den Effekt, indem er bewusst die Medien nutzt. Vor zehn, zwanzig Jahren hätte er Briefe und Fotos an eine Zeitung geschickt. Die Zeiten haben sich geändert. Also schickt er stattdessen Videoaufnahmen seiner Opfer an einen Fernsehsender. Er filmt sie, bevor er zuschlägt. Er filmt sie in der Gefangenschaft. Er filmt sie, während er sie umbringt. Aber er selbst bleibt anonym und damit geschützt. Während seine Taten es zu öffentlichem Ruhm bringen. Verstehen Sie? Mithilfe der Videokamera stellt er eine Distanz zu uns her. Er kann in seiner dunklen, sicheren Höhle bleiben, während er die Welt aus den Angeln hebt. Auf diese Weise kann er es genießen, im Mittelpunkt zu stehen, derjenige zu sein, der die Gesellschaft zum Handeln zwingt, der ihr Angst macht, ohne die Belastung auf sich zu nehmen, sich selbst, seine Gefühle, seine Identität auszuliefern.«

Vang holte wieder tief Luft und blätterte in seinen Unterlagen.

»Die Bibelzitate deuten auf religiöse Verwirrung hin. Entweder ist er krankhaft von einer religiösen Idee besessen, oder er nutzt die Religion nur als Werkzeug für seine Wahnvorstellungen. Durchaus denkbar, dass er religiös aktiv ist, aber wahrscheinlicher ist, dass er ein angespanntes und gespaltenes Verhältnis zu seinem Glauben hat.« Vang unterdrückte ein Lächeln. »Und wir müssen damit rechnen, dass er einfach versucht, uns an der Nase herumzuführen. Dass die Bibelzitate nur ein Bluff sind.«

Vang schob die Papiere zwischen den Händen zu einem Stapel zusammen. »Also – haben Sie noch Fragen?«

Der Saal explodierte.

Alle schrien durcheinander. Innerhalb einer Minute war das Chaos perfekt. Der Pressesprecher trommelte mit dem Holzhammer auf die Tischplatte, musste sich aber erheben, um die Versammlung endlich zur Ruhe zu bringen.

»Wir machen es wie in der Schule«, rief er. »Heben Sie die Hand, wenn Sie Fragen haben. Ich versuche, die Reihenfolge einzuhalten. *Aftenposten* zuerst!«

Die beiden Journalisten der Zeitung stritten ein paar Sekunden darüber, wer die Frage stellen durfte, bevor der eine, ein langhaariger Mann mit Jeansjacke und Cowboystiefeln, sich erhob. »Geht die Polizei davon aus, dass der Mann weitere Morde begeht?«

»Schwer zu sagen. Das ist nur eine Vermutung, aber wir befürchten, er wird die Tat wiederholen.«

»Wieso befürchten Sie das?«

»Aufgrund des Persönlichkeitsprofils des Täters. Möglicherweise ist sein Bedürfnis an Aufmerksamkeit befriedigt. Aber vielleicht ist er angestachelt, den…« Um ein Haar hätte Vang »Erfolg« gesagt, besann sich aber noch rechtzeitig. »…das Verbrechen zu wiederholen.«

»Jetzt *VG*, bitte!«

Der *VG*-Reporter trug Blazer und Schlips und sah aus, als käme er direkt von einem Treffen der Freimaurerloge. »Hat er vorher schon gemordet?«

»Das wissen wir nicht.«

»Aber Sie haben die Möglichkeit in Betracht gezogen und nachgeprüft?«

»Natürlich. Wir sind routinemäßig alle unaufgeklärten Mordfälle bis in die Siebziger durchgegangen, um nach möglichen Verbindungen zu suchen.«

»Und?«

»Wir verfolgen verschiedene Spuren.«

»Welche?«

»Das möchte ich vorläufig nicht kommentieren. Aber einige Punkte konnten für diesen Fall bereits abgehakt werden. – *Dagbladet*!«

Gunnar Borg erhob sich. Die Art, wie er die Stirn in Falten legte, ließ an einen Staranwalt in einem amerikanischen Gerichtssaal denken. Kristin versteckte ein Lächeln hinter der vorgehaltenen Hand. Gunnar hatte ihr verraten, dass er es liebte, seine Fragen in eine gute Dramaturgie zu verpacken, um ihnen mehr Gewicht zu geben.

»Was ich mich frage: Wird er wieder töten, um noch mehr Aufmerksamkeit zu bekommen?«

»Gute Frage. Und noch einmal: Wir wissen es nicht! Die treibende Kraft kann durchaus die öffentliche Aufmerksamkeit sein. Aber falls Sie mit der Frage darauf hinauswollen, dass über solche Morde nicht berichtet werden darf, ist das eine grobe Vereinfachung. Wenn die Bekanntmachung die Triebkraft des Täters ist, wird er seine Mittel so lange verschärfen, bis wieder über ihn berichtet wird.«

»Wie meinen Sie das?«

»Das nächste Mal tötet er vielleicht mehrere Menschen auf einmal. Sprengt einen Bus in die Luft. Egal, was, Hauptsache, es ist schrecklich genug, dass die Medien nicht umhinkönnen, darüber zu berichten.«

»Kanal 24!«, sagte der Informationschef.

Es wurde still.

Die Fernsehkameras schwenkten in Kristins Richtung, als sie sich erhob. Die Scheinwerfer blendeten sie. Sie räusperte sich und stellte ihre Frage so leise, dass niemand sie verstand.

»Würden Sie das bitte wiederholen?«, sagte Vang.

Kristin hob die Stimme.

»Wird er aufhören zu töten, wenn er keine öffentliche Aufmerksamkeit mehr bekommt?«

Vang sah ihr direkt in die Augen. Er sah aus, als würde er gerne sagen, was er in diesem Augenblick dachte (»Das wissen Sie doch sicher besser als wir«), aber stattdessen sagte er: »Das wissen wir nicht.«

Der Pressesprecher wimmelte Kristins Versuch ab, eine Anschlussfrage zu stellen. »Als Nächstes ist – *Vårt Land* dran!«

Der Journalist von *Vårt Land* war ein untersetzter, vollbärtiger Mann aus Kvinesdal. Als er plötzlich das Wort hatte, blätterte er hektisch in seinen Notizen, ehe ihm die Frage wieder einfiel. »Welche Bedeutung misst die Polizei der Tatsache bei, dass der Mörder alttestamentarische Zitate verwendet?« Als der Journalist sah, dass Vang die Frage nicht verstand, fügte er hinzu: »Na ja, im Gegensatz zu neutestamentarischen Zitaten?«

Von mehreren Seiten waren Lacher zu hören. Vang antwortete ernst: »Diese Problemstellung haben wir noch nicht ausgewertet.«

»Könnten die Bibelzitate ein Versuch sein, die Polizei auf eine falsche Fährte zu locken?«

»Das ist durchaus möglich. Solange wir nicht mehr über die Psychologie des Täters wissen, können wir nicht sagen, ob er berechnend genug ist, eine falsche Fährte zu legen, oder ob er in seinen Wahnvorstellungen gefangen ist. Aber wie ich vorhin bereits andeutete: Die Bibelzitate könnten ein Versuch sein, uns in die Irre zu leiten. Oder er ist religiös besessen. Noch mehr Fragen?«

Natürlich gab es noch mehr Fragen.

# Anita

Die Sonne schien grell durch das Panoramafenster der Eisdiele und zwang sie, die Augen zuzukneifen. Ihr Bananensplit fing bereits an zu schmelzen. Sie schob einen Löffel der weichen Eiskrem in den Mund, schmatzte leise und schaute auf die belebte Straße.

Anita Fjordvik hatte bereits morgens, lange vorm Aufwachen, geahnt, dass dies ein besonderer Tag werden würde. Ihr Zimmer war in sanftes Licht getaucht gewesen, die Luft voller Pollen, auf dem Fensterbrett hatten träge Fliegen gesummt, während laue Windstöße mit der Gardine spielten. Bei Sonnenschein musste sie immer an die Sommer daheim im Sørland denken. Sie sah sich dann selbst auf einer glatten Klippe, tropfnass, braun und schlank; umgeben von den Jungen aus der Stadt, die um einen Platz neben ihr kämpften. Die Sommergöttin. Der Fjord glitzerte und blinkte, Boote glitten vorbei, fröhliche Rufe von jemandem auf einer Luftmatratze. Wenn die Haut sich aufgewärmt hatte und getrocknet war, stand sie auf und lief zum Sprungbrett, die linkischen Jungs wie einen Hofstaat hinter sich herziehend, und sprang mit dem perfekten Sprung ins Wasser, einem Gleitflug, der sich in ihre Erinnerung einbrennen würde.

Mit halb geschlossenen Augenlidern genoss sie das Eis und sah die Männer an, die draußen auf dem Bürgersteig vorbeispazierten. Abschätzend. Verwerfend. Bewundernd.

Sie war auf einem Sonnenstrahl durchs Leben gesegelt. Hatte nette, wohlhabende Eltern, wenn auch ein bisschen zu religiös; war gut in der Schule gewesen und hatte viele Freundinnen, war beliebt. Mit fünfzehn waren die älteren Jungs vor der Imbissbude auf sie aufmerksam geworden. Sie erinnerte sich an die Freitagabende auf den Rückbänken der Asconas und BMWs: Guns N'Roses, lauwarmes Bier, »The Final Countdown«, Zungenkuss. Die Freundschaften hielten ungefähr ein halbes Jahr. Nie länger als bis zum nächsten Sommer. Dann kamen neue Jungs in die Ferien. Die Jungs aus der Stadt. Sie legte ein glänzendes Abitur ab und schrieb sich an der Universität in Oslo ein. Kurz nachdem sie nach Oslo gezogen war, hatte sie sich in einen verheirateten Mann verliebt. Vidar. Er hatte gerade Schluss gemacht. Aus Rücksicht auf seine Frau. Was ihr ausgezeichnet passte, denn er hatte begonnen, sie zu langweilen. Wie die meisten Männer nach einer gewissen Zeit.

Im Augenwinkel registrierte sie, wie sich jemand auf den Barhocker neben sie setzte.

»Hallo, Anita? Lässt du heute norwegische Geschichte sausen?«

Sie sah den Fremden verdutzt an. Er kam ihr vage und kribbelnd bekannt vor.

»Entschuldigung?«, stotterte sie und merkte verärgert, dass sie rot wurde. Sie dachte, das Rotwerden hätte sie überwunden. »Kennen wir uns?«

Er lachte kurz. »Das kann ich kaum behaupten, bedaure.« Seine Stimme war sanft, wie die Stimme ihres Konfirmationspastors. Er streckte die Hand aus. »Bård! Erkennst du mich nicht wieder? Ich bin Dozent an der historisch-philosophischen Fakultät. Ich hab mich schon gefragt, wieso um alles in der Welt du meinen Sommerkurs meidest.« Er sah ihr verblüfftes Gesicht und wischte den Scherz mit einem Lachen beiseite.

Er war älter als sie, anziehend. Lag wohl an seinen hellblauen Augen, dachte sie; unergründlich und mystisch.

Verlegen drückte sie seine Hand. Er verwirrte sie, weil er gut aussah, sie zum Erröten brachte und weil ihr einfiel, dass sie ihn in letzter Zeit ein paar Mal in der Uni gesehen hatte, ohne ihm weiter Beachtung zu schenken.

»Woher wissen Sie, wer ich bin?«, fragte sie und schob sich einen Löffel Eis in den Mund.

»Wenn ihr wüsstet, wie viel wir über euch Studenten wissen«, sagte er, »würdet ihr sehr viel vorsichtiger sein bei allem, was ihr tut.«

Sie errötete wieder. Was war bloß mit dem Mann? »Und Sie – Sie verfolgen also junge Studentinnen durch die Stadt?«, sagte sie kokett.

»Genau!«, sagte er ernst. »Ich folge dir schon seit einer ganzen Woche. Tag und Nacht!«

Sie sah seinen geheimnisvollen Gesichtsausdruck und prustete los. Dabei spritzte ein Tropfen Eiskrem auf sein T-Shirt. Was sie noch tiefer erröten und noch lauter lachen ließ. Als sie sich wieder unter Kontrolle hatte, wagte sie kaum, ihn anzusehen.

»Und«, fragte er, um die Konversation in Gang zu halten, »was wäre heute dran gewesen?«

»Das achtzehnte Jahrhundert.«

»Ah, die große Friedenszeit.«

»Sterbenslangweilig«, sagte sie.

»Das ist nicht dein Ernst!«

»Doch, sterbenslangweilig!«

»Im Grunde stimme ich dir ja zu. Aber um Gottes willen, verrat das bloß nicht Professor Albertsen!«

Diesmal lachten sie beide.

»Das ist ein komischer Kauz«, sagte sie.

»Aber gelehrt!«

»Wie eine Eule!«

»Ich will dir ein Geheimnis anvertrauen: Der Grund, warum er so verdammt schlau ist, ist der, dass er neunhundert Jahre auf dem Buckel und das Gedächtnis eines Elefanten hat! Er hat alles, wovon er erzählt, selbst erlebt!«

Sie kicherte. »Komisch, dass Sie mir nicht früher aufgefallen sind!«

»Finde ich auch. Normalerweise hinterlasse ich bleibenden Eindruck bei den Frauen.«

Sie lachten wieder. Sie wurde rot.

Als sie das Eis aufgegessen hatte, lud er sie zu einer Tasse Espresso in ein dunkles, enges Café mit einem femininen Kellner ein, der ständig nachfragte, ob sie mehr Zucker haben wollten. Er erzählte von seiner Doktorarbeit, von Klettertouren und Fallschirmspringen und von seiner Frau, die vor vier Jahren gestorben war. Als er sie auf ein Glas Wein zu sich nach Hause einlud, dachte sie flüchtig an Espen, der ja doch ein treuloser Mistkerl war, und nahm dankend an. Aber nur, wenn er etwas Stärkeres als Wein anzubieten hatte.

Das hatte er.

Das Haus war pedantisch aufgeräumt und wirkte fast unbewohnt. Es roch schwach nach Krankenhaus und … etwas Vergänglichem.

Sie setzte sich auf das weiche Sofa, und er stellte den CD-Spieler an. Roxy Music. So ein Zufall, wo sie doch Roxy Music so toll fand! Sie sah sich im Wohnzimmer um. Langweilig eingerichtet. Steril. An der Wand hing ein Gemälde von einer jungen Frau, die ein bisschen Ähnlichkeit mit ihr hatte.

Während er was zu trinken einschenkte, betrachtete sie ihn heimlich. Sein Gesicht war hart und weich zugleich. Als er mit den Gläsern auf sie zukam, wirkte er unentschlossen, ob er sich neben sie aufs Sofa oder auf den Sessel setzen sollte. Sie klopfte auf das Kissen neben sich und dachte: Das ist eigentlich völlig bescheuert – junge Studentin, reifer Lehrer.

Wetten, dass er ein erstklassiger Liebhaber ist, dachte sie.

Als hätte er ihre Gedanken gelesen, sagte er: »Du … ich hoffe, du glaubst nicht, dass ich, du weißt schon, meine Position ausnutze?«

Sie wusste nicht, was sie darauf antworten sollte. Ehrlich gesagt, war es genau das, worauf sie hoffte.

Er missverstand ihr Schweigen. »Du brauchst keine Angst zu haben. Ich lade sonst nie Studentinnen zu mir nach Haus ein.«

»Wer sagt, dass ich Angst habe?«, fragte sie. Diesmal wurde sie nicht rot. Und sie merkte, dass sie dabei war, die Kontrolle zu übernehmen. Die Situation hatte etwas prickelnd Unmoralisches; sie und er alleine, der Lehrer und die Studentin.

»Prost!«, sagte er und hob das Glas.

Sie nahm einen Schluck von dem Drink. Gin Tonic. Einen Hauch bitterer, als sie ihn sonst trank.

Eine magere Katze kam ins Wohnzimmer gewackelt. Sie blieb stehen, sah sie an und humpelte zu dem Mann. Er streichelte ihr über den Kopf.

»Shere Khan«, sagte er.

»Ist sie krank?«

Er antwortete nicht. Vielleicht war sie nur dünn.

»Schönes Haus«, sagte sie und dachte: Ich habe Lust auf ihn! Ich muss mir gar nichts vormachen. Wozu das anständige Mädchen spielen? Ich habe Lust, mit diesem Mann zu schlafen!

»Ganz okay«, sagte er, »wenn man alleine lebt.«

Sie nahm noch einen Schluck und schüttelte sich. »Haben Sie keine Untermieter?«

Er lachte laut. »Normalerweise nicht.«

Sie fiel in sein Lachen ein und lehnte sich an ihn.

Er verkrampfte etwas. »Prost, noch mal«, sagte er und setzte sich auf.

»Trinkzwang«, murmelte sie und trank. Mit einem Mal drehte es sich vor ihren Augen. Meine Güte, sie vertrug doch wohl mehr als drei Schluck! Sie ließ die linke Hand auf sein Knie fallen und spürte, wie er am ganzen Körper zu zittern begann. Lange her seit dem letzten Mal, dachte sie.

»Soll ich vielleicht andere Musik auflegen?«, schlug er vor.

Er ist nervös, dachte sie. Dreist und charmant bis zum entscheidenden Punkt. Dann verlässt ihn der Mut. Gut, dann muss ich das eben in die Hand nehmen. Sie nahm noch einen Schluck. »Die Musik ist super«, sagte sie leise und stellte verwundert fest, dass sie lallte. *Reiß dich zusammen, Anita!* Sie legte ihre Hand auf seinen Oberschenkel, massierte seine Muskeln mit den Fingerspitzen. Er rührte sich nicht.

»Irgendwas nicht in Ordnung?«, fragte sie sanft. Er war doch nicht etwa homosexuell? Das hätte sie doch längst merken müssen.

»Nein.« Er kriegte kaum noch Luft. »Es ist nichts.«

Hatte er vielleicht Angst? Auf dem Gymnasium war sie mit Jungs zusammen gewesen, die Panik kriegten, wenn sie zu forsch vorging und zu viele Knöpfe öffnete.

Mühevoll setzte sie sich auf, schwankte ein paar Mal hin und her, fand dann aber die Balance wieder und sah ihn an. Seine Gesichtsmuskeln zeichneten sich in der schummrigen Beleuchtung deutlich ab. Er sah ausnehmend gut aus.

*Du bist voll, Anita! Nach einem halben Drink! Du bist voll und verrückt!*

»Du«, sagte sie, »ich hätte eine Frage ...«

»Ja?«

»Darf ich dich küssen?«

Er befeuchtete seine Lippen mit der Zungenspitze.

Sie beugte sich zu ihm.

»Warte«, sagte er kurzatmig.

»Was ist?«

Er lächelte durchtrieben. »Lass uns in den Keller gehen.«

»In den Keller?«

»Ich hab da ... ein Zimmer.«

Nadelstiche wie Feuer in den Brüsten und zwischen den Schenkeln ließen sie erschaudern.

»Ein Zimmer?«, wiederholte sie kess. Sie stellte sich alles Mögliche vor: ein Schlafzimmer, ein Hobbyraum mit einer Matratze auf dem Boden, ein sadomasochistisches Horrorkabinett. Es war ihr egal. Sie wollte ihn haben, und wenn er ein perverses Schwein war, würde sie das Spiel mitspielen. Selbst perverse Schweine konnten interessant sein.

»O Gott, ich bin nicht ganz …«, nuschelte sie.

»Komm«, flüsterte er.

Ihr wurde schwindelig.

Shere Khan miaute.

# Aquarius

## 1

Der Tag in einer Fernsehredaktion beginnt gemächlich.

Die ersten Mitarbeiter trudeln gegen acht Uhr ein; verschlafen, kaffeedurstig, unmotiviert. Der eine macht einen Kontrollanruf bei einem Informanten, andere verbarrikadieren sich mit der Tageszeitung im Raucherzimmer. Im Hintergrund summen eine Regionalsendung und *Guten Morgen, Norwegen.* Am Layout-Tisch steht der Chef vom Dienst in einen Stapel Zeitungen, Faxe und Einladungen zu Pressekonferenzen vertieft.

Um neun Uhr ist Besprechung. Einige eifrige Reporter sind voller Ideen und Ansichten, während andere heimlich den Tagesplan überfliegen, um sich eine unproblematische Sache herauszupicken, an der sie arbeiten wollen. Der Chef vom Dienst versucht, eine Diskussion anzuleiern. »Was bewegt Norwegen heute?«, fragt er immer wieder. Keiner weiß so recht, was Norwegen heute bewegt. Weder Norwegen noch die Journalisten sind richtig wach. Jemand schlägt etwas vor, worüber ein anderer letzte Woche im *Arbeiderbladet* geschrieben hat. Am Ende verteilt der Chef vom Dienst seufzend die Aufträge des Tages und hakt sie auf seiner Liste ab.

Aber dann – ganz langsam, kaum spürbar – beginnt die Redaktion munter zu werden. Während der Chef vom Dienst telefoniert, scharen sich die Reporter ungeduldig um den Layout-Tisch, weil sie auf eine neue Nachricht gestoßen sind, eine Sache aus einem neuen Blickwinkel bearbeiten wollen oder ein spannendes Interview-Objekt aufgetan haben. Die Telefone beginnen zu schrillen. Im Laufe weniger Stunden hat die Redaktion die Müdigkeit abgeschüttelt.

Widerstrebend wählte Kristin die Durchwahl von Polizeidirektor Vang. Sie hasste diese regelmäßigen Kontrollanrufe, nicht nur, weil die Polizei nie etwas Neues zu berichten hatte, sondern vor allen Dingen, weil sie sich dabei wie ein Quälgeist fühlte und nicht selten mitschuldig.

Vang antwortete. Sie hörte Stimmen im Hintergrund. Sie stellte sich vor, wie Vang sich genervt vom Sitzungstisch wegbeugte, um das Telefon auf dem Schreibtisch zu erreichen.

»Kristin Bye …«, setzte sie an.

»Nichts Neues!«, fiel er ihr ins Wort. Und fügte etwas freundlicher hinzu: »Ich verspreche, eine Pressemitteilung rauszuschicken, sobald wir neue Erkenntnisse zu vermelden haben.«

»Ich ziehe trotzdem den persönlichen Kontakt vor.«

»Ja, wie der Rest Ihrer Kollegen. Für mich hat das nichts Persönliches.«

»Dann entschuldigen Sie die Störung. Ich dachte, die Polizei hätte erkannt, wie nützlich es ist, dass die Medien die Leser und Zuschauer auf dem Laufenden halten. Ich werde mich auf alle Fälle wieder melden. Auflage von meinen Vorgesetzten. Aber …«, ihre Stimme war jetzt zuckersüß, »falls ich noch mehr Briefe und Videos bekomme, werde ich es so lange wie möglich herauszögern, Sie zu belästigen.«

Es war still am anderen Ende der Leitung. »Billige Retourkutsche!«, sagte er leise.

»Oh, tut mir leid.«

»Ich habe keine Zeit für solche Plänkeleien!«

Er legte auf. Einfach so.

Kristin saß mehrere Minuten mit zusammengepressten Zähnen da, bis sie sich wieder gefangen hatte.

Sie bemerkte Skaug nicht, der neben dem Tisch stand und sie musterte. »Läuft was nicht nach Plan?«, fragte er.

»Vang! Er ... *ohhh*!«

»Vielleicht muntert dich das ja auf?« Er legte die Listen mit den Einschaltquoten und dem Rating vom Vorabend auf ihren Schreibtisch.

Kristin suchte in der Programmliste nach »24 Stunden!«. Die Achtzehn-Uhr-Sendung hatte eine Einschaltquote von 15,3 Prozent gehabt, die Zweiundzwanzig-Uhr-Sendung 20,5 Prozent!

Sie grinste Skaug an.

Damit zogen sie mit den TV2-Nachrichten gleich und bliesen der »Dagsrevyen« in den Nacken. Der Wirbel um die Videos hatte die Zuschauer neugierig gemacht.

Skaug ging vor ihr in die Hocke. »Lust, heute was ganz anderes zu machen?«

»An was denkst du?«, fragte sie.

»Etwas, das weder blutig noch gefährlich ist, sondern bellt?«

»Was hast du für mich? Einen Hund?«

Er erhob sich und grinste provozierend. »Ich brauche noch einen abschließenden Beitrag. Was richtig Knuddeliges. Welpenausstellung in Hellerudsletta! Was gibst du mir dafür?«

Kristin bohrte ihm den Zeigefinger in den Bauch. »Wenn du nicht so furchtbar hässlich wärst, würde ich dir einen Kuss mitten auf die Schnauze geben!«

## 2

Der Umschlag im Postfach war weiß und hatte das Logo der Stadtverwaltung Oslo in der linken oberen Ecke. Ihr Name und die Adresse standen maschinengeschrieben auf einem selbst klebenden Etikett. Darum beunruhigte es sie auch nicht weiter, als sie eine Videokassette aus dem Umschlag zog. Keine gewöhnliche VHS-Kassette wie die ersten zwei, sondern eine Super-VHS.

Der Brief, der mehrmals gefaltet in einem kleinen Umschlag steckte, war ebenfalls maschinengeschrieben.

*Liebe Kristin Bye,*
*auf der Pressekonferenz der Polizei wurde gefragt, ob ich schon einmal gemordet hätte. Die Antwort ist Ja, mehrere Male, aber das ist schon eine Weile her. Ich bin aus der Übung. Aber mit dem Morden ist es wie mit dem Fahrradfahren – einmal gelernt, beherrscht man es für den Rest seines Lebens.*
*Ich bin nie geschnappt worden. Beim ersten Mal war es knapp davor, aber ich bin glatt wie ein geölter Aal (wenn du verstehst). Einige meiner Opfer wurden niemals gefunden. Ich wollte es so. Aber das erste Mädchen haben sie gefunden, natürlich, ich habe nicht versucht, es zu verstecken. Es gelang ihnen nicht, mich zu fassen, obwohl sie es hätten schaffen können, wenn sie sich nur ein bisschen Mühe gegeben hätten. Inzwischen ist die Sache bald verjährt. Die Akten verstauben in den Polizeiarchiven. Aus dem Sinn und vergessen.*
*Das zweite Opfer haben sie ebenfalls gefunden. Was ihnen aber auch nicht weitergeholfen hat. Weil niemand den Zusammenhang erkannte. Weil keiner begriff.*
*Das dritte und vierte Opfer wurden nie gefunden. Weil ich es so wollte.*
*Und vielleicht sind es ja noch mehr?*

*Glaub nicht, dass die Polizei diesen Brief über den Schrifttyp der Schreibmaschine zurückverfolgen kann. Ich bin nicht dumm. Ich stehe in einem Bürofachgeschäft und probiere eine Schreibmaschine aus. Clever, was?*
*Und noch etwas: keine voreiligen Hoffnungen. Das Farbband werde ich mitnehmen.*

*Ich lege eine neue Videokassette bei.*
*Ein hübsches, junges Mädchen.*
*Ich habe sie nicht in Gefangenschaft gefilmt, diesmal nicht. Damit mache ich es euch schwerer, weil ihr nicht wisst, ob ich ein Spiel mit euch treibe. Ob ich wirklich ich bin. Oder ein makabrer Spaßvogel.*
*Vielleicht ist es doch blutiger Ernst?*
*Wenn ihr das Video in der Abendausgabe zeigt, lasse ich die Frau eventuell leben. Wenn nicht, stirbt sie.*
*Du hast die Wahl.*
*Gruß, Aquarius*

Die Aufnahmen waren fünf Minuten lang. Sie zeigten eine junge Frau auf der Straße, in einem Villenviertel und auf einem großen, kahlen Platz mit vielen anderen jungen Menschen. Blindern?, dachte Kristin. Sie schien nicht zu merken, dass sie gefilmt wurde.

Als auf dem Bildschirm Schneegestöber erschien, sahen sie sich an.

»Und was zum Teufel war das jetzt?«, fragte Wolter.

»Keine Gefangene. Kein Mord«, stellte Skaug erleichtert fest.

»Ein schlechter Scherz?«, schlug Kristin vor.

»Würde mich nicht wundern«, sagte Wolter. »Das weicht völlig von den ersten beiden Sendungen ab. Ein anderer Umschlag. Ein anderer Typ Videokassette. Ein maschinengeschriebener Brief…«

»…der nicht mehr verrät, als die Zeitungen bereits geschrieben haben«, bemerkte Kristin.

»Keine Bibelzitate«, sagte Skaug.

»Er hat sich selbst einen Namen gegeben«, gab Wolter zu bedenken.

Kristin verdrehte die Augen. »Aquarius? Ist das nicht ein Begriff aus der Astronomie?«

»Astrologie!«, korrigierte Wolter sie.

»Er verweist auf vier vorangegangene Morde«, sagte Skaug.

»So unpräzise, dass es auf alles Mögliche anspielen kann.«

Wolter wedelte mit dem Brief. »Ich glaube, da hat es jemand auf uns abgesehen, der will, dass wir uns gefährlich in die Nesseln setzen. Vielleicht einer der Journalistikstudenten, der sich über uns ereifert hat, als wir das Video gezeigt haben. Würde mich nicht wundern, wenn sie das hier fabriziert haben, um uns hereinzulegen. Damit sie morgen in der Presse damit großtun können, wie unkritisch wir sind. Er schreibt es ja sozusagen in seinem Brief. Mal sehen! Hört her: *weil ihr nicht wisst, ob ich ein Spiel mit euch treibe. Ob ich wirklich ich bin. Oder ein makabrer Spaßvogel.* Wie soll man das deuten? Würde ein Mörder so etwas schreiben?«

Skaug lachte leise. »Ein Anflug von Paranoia, gnädiger Herr!«

»Ich habe mit so etwas gerechnet. Fast schon darauf gewartet. Dass uns jemand an den Karren fahren will. Warum sollte der Mörder dieses Mal alles anders machen? Hat er sich eine neue Kamera gekauft? Seine gelben, gepolsterten Umschläge aufgebraucht? Hat er an seinem Arbeitsplatz einen Umschlag von der Stadtverwaltung geklaut? Nicht sehr wahrscheinlich, oder? Und wieso sollte er riskieren, erwischt zu werden, während er den Brief in einem Laden für Büroartikel schreibt? Das ist doch unlogisch. Ich halte das für einen ausgesprochen schlechten Scherz. Auf unsere Kosten.«

»Ich sehe auch noch eine andere Möglichkeit«, sagte Kristin. »Möglicherweise hat jemand heimlich eine Frau gefilmt, um ihr eins auszuwischen. Seine Ex, vielleicht. Ein verschmähter Liebhaber? Wenn wir die Aufnahmen senden und sie sieht sich selbst und erfährt, dass sie von einem Mörder verfolgt wird, wird sie ziemlich außer Fassung geraten.«

»Guter Hinweis! Verdammt guter Hinweis!«

»Eine andere Frage«, sagte Skaug. »Haben wir nach dem ganzen Bohei noch genügend Mumm, noch mehr von diesen Videos zu zeigen?«

Wolter und er sahen sich in die Augen. Keiner sagte etwas.

»Hast du Vangs Nummer im Kopf?«, fragte Wolter.

»O nein, müssen wir die Amöbe da unbedingt reinziehen?«, sagte Kristin.

Die Ermittler waren in knapp sieben Minuten vor Ort. Kristin hatte die Zeit gestoppt. Nach fünf Minuten hörte sie die Sirenen, und eine Minute und fünfzig Sekunden später stand die Polizei am Empfang.

Die Polizisten sahen sich die Aufnahme mehrmals hintereinander an, als handelte es sich um ein geniales Stück Filmkunst, von dem sie kein Detail verpassen wollten. Den Brief lasen sie auch mehrmals.

»Was haben Sie für einen Eindruck?«, fragte Wolter.

»Schwer zu sagen«, antwortete Vang. »Wir müssen eine technische Analyse vornehmen. Auf den ersten Blick wirkt es fast so, als stände ein völlig anderer Absender dahinter als der Mörder. Aber das ist nicht mehr als eine Vermutung.«

»Denken Sie, dass wir die Aufnahme zeigen sollten?«

Vang lachte. »Ziehen Sie mich nicht in den Kladderadatsch mit rein. Ich habe so schon Probleme genug.«

»Der Briefeschreiber kommt mit einer unverhohlenen Drohung«, sagte Kristin. »Müssen wir die ernst nehmen?«

Vang zuckte mit den Schultern. »Lassen Sie es mich so ausdrücken: Ich siedele das Ganze vorläufig nicht allzu hoch an. Wenn wir die Analyseergebnisse haben, werden wir weitersehen. Aber ich habe meine Zweifel. Gäbe es eine einzige Übereinstimmung mit den früheren Briefen, wäre es keine Frage gewesen. Aber rein persönlich glaube ich, dass Ihnen das hier jemand geschickt hat, der Ihnen einen Streich spielen will.«

»Das war auch schon unsere Vermutung«, sagte Wolter.

»Sie haben sich ja bestimmt eine Kopie von dem Video gezogen, tun Sie also, was Sie für richtig halten.«

Sie zeigten die Aufnahme nicht.

## 3

Kristin hat gerade zu Hause in ihrer Wohnung die Zweiundzwanzig-Uhr-Ausgabe gesehen, als das Telefon klingelt. Sie schaut auf die Uhr und seufzt. Eigentlich hat sie gehofft, früh ins Bett zu kommen. Entweder war es die Arbeit, was hieße, dass sie das Bett vergessen konnte, oder eine Freundin, was das Gleiche bedeutete.

»Hallo, Kristin hier…«, sagt sie, als sie den Hörer ans Ohr legt.

Stille.

»Hallo!« Ungeduldig.

Gedämpfte Geräusche.

»Wer ist da?«

Sie will gerade auflegen, als sich eine zaghafte Stimme meldet.

»Hallo?«

Eine junge Frau. Verängstigt.

»Wer ist da?«

»Ich bin's, ich…« Sie spricht kehlig.

Stille. Gedämpfte Geräusche im Hintergrund.

Der Schrei bohrt sich durch die Leitung, durchfährt Kristin wie ein schmerzhafter Stromstoß. Er hält wenige Sekunden an.

Dann klingt es, als würde jemand ein Laken zerreißen.

Kristin hickst.

Die Schreie setzten wieder ein; sie klangen fern, gedämpft, abgehackt.

Immer noch das reißende Geräusch. Als würde ein Laken in viele Streifen zerrissen.

In der folgenden Stille steht Kristin wie angewurzelt da.

»Hallo?«, ruft sie.

Der Hörer wird aufgenommen.

Kristin hört jemanden schwer atmen.

»Hallo? Mein Gott, wer ist da? Warum ... was soll das?«

Schnaufen.

*»Hallo?«*

Es vergehen ein paar Sekunden.

Ein dumpfer Schlag.

Dann wird der Hörer aufgelegt.

## 4

Anita Fjordviks Leiche wurde in einem der Becken vor dem Osloer Rathaus gefunden.

Es war ein stiller, bleicher Morgen. Die Sonne stand als diffuse Scheibe am Horizont. Ein paar Möwen stritten sich um einen toten Fisch, der auf dem Wasser trieb. Von Nesodden kamen einige kleinere Boote, eine leere Straßenbahn fuhr an Aker Brygge vorbei.

Der Straßenkehrer entdeckte sie, als die Rathausuhr sechsmal schlug.

Er hatte schon einige Minuten vorher den Fremdkörper bemerkt, aber er war zum Umfallen müde und brauchte eine neue Brille, weshalb er sie für eine Plane oder Ähnliches gehalten hatte. Drüben bei der Rathaustreppe standen seine zwei Kollegen an den gelben Lieferwagen gelehnt und genehmigten sich die zweite Morgenzigarette.

Erst, als er direkt vor dem Bassin stand, kapierte er, was das war.

Der Schock paralysierte ihn. Es war wie in einem Albtraum. Oder wie in einem Film. Die Kamera befand sich direkt hinter ihm. Er sah seinen Rücken und die Hand, die den Besenstiel hielt. Er sah die Leiche. Das blonde Haar. Den nackten Körper. Die Arme. Beine. Auf die linke Brust war eine Art Stern geritzt, mit einer Zahl drin.

Sechs.

Der Ruf verkeilte sich in der Luftröhre. Als er die Stimme schließlich wieder unter Kontrolle hatte, klang sein Rufen eher wie ein Schrei. Vom Honnørsteg flog eine Möwe auf, und zwischen Nesoddtangen und Bygdøy tauchte ein ausländisches Kreuzfahrtschiff auf.

## 5

Kristin bekam den Brief am selben Vormittag. Ein gelbbrauner Umschlag. Genau wie die vorigen. Ihr Name mit rotem Filzstift geschrieben. Eine VHS-Kassette. Ein handgeschriebener Brief mit Blockbuchstaben.

> KRISTIN!
> DU HAST MICH GETÄUSCHT UND MICH BELOGEN.
> SO SAGE MIR NUN DOCH, WOMIT KANN ICH DICH BINDEN?
> SO STEHT ES GESCHRIEBEN.
> DIE FRAGE IST: KANNST DU MEINE BOTSCHAFT LESEN – WIRKLICH LESEN UND VERSTEHEN?
>
> FALLS ES DIR EIN TROST IST, KANN ICH DIR ERZÄHLEN, DASS DAS MÄDCHEN BEREITS IN MEINER OB-

HUT WAR, ALS DU MEINEN LETZTEN BRIEF BEKOMMEN HAST.
DU HAST ALSO GEGLAUBT, ICH WÜRDE VERSUCHEN, DICH ZU BETRÜGEN? IN GEWISSER WEISE HAST DU RECHT, WENN AUCH ANDERS, ALS DU GLAUBST.
JETZT WEISS ICH, WO ICH EUCH HABE.

WENN DIE ÜBELTÄTER AN MICH WOLLEN, UM MICH ZU VERSCHLINGEN ...

AQUARIUS

Zehn Minuten später waren Vang und zwei Ermittler an Ort und Stelle. Sie versammelten sich in Wolters Büro, wo dieser in der Zwischenzeit einen VHS-Spieler an den Fernseher gekoppelt hatte.

Anita sitzt auf der Matratze. Die gleiche Matratze, auf der Una Mørch gesessen hat. Ihre Handgelenke sind zusammengebunden. Sie hat die Hände gefaltet. Wie zum Gebet, denkt Kristin.

Sie hören das Geräusch einer Tür, die aufgeht und wieder geschlossen wird. Anita schaut auf. Ein Schatten fällt über sie.

Die Kamera zoomt ihr Gesicht heran. Sie starrt in die Linse. Die Nahaufnahme geht in eine Totale des Raumes über, bevor sie wieder ganz dicht rangeht.

Links von ihr tut sich etwas. Eine Hand reicht ihr ein Telefon.

Die Frau nimmt den Hörer in die zusammengebundenen Hände.

»Hallo?«

Sie lauscht, verwirrt.

»Ich bin's, ich ...«

Die Hand schießt vor, nimmt ihr den Hörer ab und legt ihn auf die Matratze.

Die Frau schaut hoch, zur Seite. Das Gesicht verzieht sich. Dann schreit sie.

Ein nackter Arm wird sichtbar. Die Hand hält etwas. Eine Rolle Paketklebeband.

Während sie sich wehrt, wickelt er das Klebeband um ihren Kopf. Er fängt unter den Augen an. Wickelt das Band immer wieder darum. Verklebt die Nase. Immer rundum. Das Klebeband verursacht ein reißendes Geräusch. Sie schreit, schüttelt den Kopf, kämpft mit ihren gefesselten Händen, aber er ist stärker als sie. Als das Klebeband ihren Mund erreicht, reißt sie ihn so weit auf, wie sie kann. Aber er klebt den offenen Mund einfach zu. Rund und rund.

Dann lässt er sie los.

Durch ein paar Schlitze saugt sie winzige Mengen Luft ein. Aber nicht genug. Bei Weitem nicht genug.

Es vergeht eine Minute.

Anderthalb.

Ihre Finger öffnen und schließen sich. Sie lehnt den Kopf nach hinten. Sie sehen nur das Weiße in ihren Augen.

Zwei Minuten.

Zweieinhalb.

Sie kippt auf die Seite. Der Kopf trifft mit einem dumpfen Schlag gegen die Wand.

O Gott!, dachte Kristin. O mein Gott! Sie machte einen Schritt nach hinten und stieß gegen Wolter, der sie festhielt. Sie schob einen Knöchel in den Mund und biss hart zu.

»Kristin?«, fragte Skaug.

»Das bin ich!«, wimmerte sie.

Wolter und Skaug sahen sie verwirrt an. Vang machte einen Schritt auf sie zu.

»Du?«, sagte Wolter. »Das ist doch die gleiche Frau wie auf…«

»Am Telefon!«, schrie sie. »Das war ich, mit der sie am Telefon gesprochen hat!«

Auf dem Gymnasium hatte er einer Clique angehört, die sich »der Klan« nannte. Dort hatte er auch Linda kennengelernt. An den Wochenenden rauchten sie schon mal Hasch, und in warmen Sommernächten fuhren sie zum Nacktbaden an den Ingierstrand. Sie waren etwas zu jung, um Hippies zu sein, versuchten es aber, so gut es ging. Sie meditierten ein bisschen, und einige der Mädchen hatten gelernt, Horoskope zu erstellen. Manchmal hielten sie abends Séancen ab. Eines der Mädchen – er erinnerte sich gut an sie, sie hieß Ann-Reidun und war ein klapperdürres Nervenbündel – behauptete von sich, ein waschechtes Medium zu sein und in telepathischem Kontakt zu einem Geist namens Gowdie zu stehen. Oder so ähnlich. Er hatte diesen Kram nie geglaubt, war aber trotzdem von der okkulten Mythologie des Klans gefangen gewesen. Den Gedankenspielen. Der Spannung. Den monotonen Stimmen im Dunkel. Dem Duft des Rauches. Dem Hasch. Eine Zeit lang war er richtig besessen, doch dann hatte er all das hinter sich gelassen. Mit Ausnahme von Linda, natürlich.

Linda! Hübsche, dumme Linda. Sie lacht ihn von der Leinwand aus an. Versteckt ihr Gesicht, spritzt ihm Wasser entgegen, zieht den Duschvorhang zu. Die Konturen ihres Körpers durch das Plastik. Und plötzlich: die Nymphe, schlafend im Wasser, festgehalten in ihrer ewigen Jugend.
Es ist dunkel im Zimmer. Der Super-8-Projektor steht neben ihm auf dem Tisch, die Front auf vier Büchern. Die Leinwand hängt an dem wackeligen Gestell.

Diese alten Super-8-Filme haben etwas ganz Besonderes. Das knatternde Geräusch des Projektors. Der Geruch der glühend heißen Lampe. Die ruckhaften Bewegungen, wie in alten Stummfilmen.
Nach Linda kam das Mädchen im Vesletjern und dann Mona.

Nach Mona hatte er sich eine Videokamera gekauft. Einfacher zu handhaben, sicherer. Aber nicht mehr so magisch wie die Super-8-Filme.
Die Erste, die er damit gefilmt hatte, war Eirin. Seltsame, süße, liebe Eirin! Sie hatte wirklich geglaubt, ihn bekehren zu können. Sie hatte nichts verstanden. Er hatte sie gefragt, ob sie mit ihm eine Bootstour machen wolle, und sie hatte zugesagt, weil sie wohl ein bisschen in ihn verliebt war und dachte, ihn zum Glauben führen zu können. Sie hatten über Gott und die Bibel geredet, und als er sie küsste, hatte sie geglaubt, ihn überzeugt zu haben.

Er war mit Shere Khan beim Tierarzt. Der wusste auch nicht, was es sein konnte, stimmte ihm aber zu, dass der Kater krank sei. Shere Khan hat eine Woche lang nichts gefressen. Seine Augen sind matt, und er haart schrecklich. Der Tierarzt hat ein paar Proben genommen und ihm eine Aufbauspritze gegeben.
Anschließend war er mit Shere Khan im Park. Der Kater liebte den Park. Dort konnte er Tauben auflauern, sich im Gras wälzen und versuchen, Schmetterlinge zu fangen. Doch dieses Mal wollte er sein Körbchen nicht verlassen.
Er hatte es ins Gras gestellt, doch Shere Khan hatte bloß den Kopf gehoben und war dann wieder in sich zusammengesunken.
Da hatte er zu weinen begonnen. Hatte sich abgewendet und sein Gesicht verborgen, damit niemand ihn so sah. Shere Khan hatte mit seinen ausdruckslosen Augen zu ihm aufgeblickt.

# Teuflisches Spiel

## I

Der Polizeiwagen rauschte mit lauten Sirenen und Blaulicht durch die Straßen der Innenstadt. Vang hatte sich auf den Rücksitz gesetzt und darum gebeten, zurück ins Präsidium gefahren zu werden. Der Fahrer musste das als Aufforderung verstanden haben, am Grand Prix von Monaco oder irgendeinem anderen Rennen teilzunehmen.

Vang protestierte nicht. Tief in seinem Inneren freute er sich wie ein kleiner Junge darüber, mit Blaulicht durch die Stadt zu jagen.

Serienmord. Vor fünf Jahren hatte er auf einer Fortbildung auf der FBI-Akademie in Quantico einen faszinierenden Vortrag über verwirrte Menschen gehört, die einem morbiden Muster folgten, wenn sie töteten. Der Referent leitete die FBI-Abteilung *Behavioral Science and Investigative Support Units.* Eine Polizeieinheit, die im Grenzbereich zwischen Psychologie und Ermittlung tätig und an guten Tagen in der Lage war, das exakte Profil eines unbekannten Mörders zu erstellen, so dass dieser wenige Tage oder Wochen später festgenommen werden konnte.

Sie flogen an einer roten Ampel vorbei.

Trotzdem, einiges an diesen amerikanischen Stereotypen war unstimmig. Solche Mörder folgten bei ihren Morden einem bestimmten Ritual. Die Opfer waren in der Regel vom gleichen Geschlecht. Und etwa im gleichen Alter. Häufig waren sie vom gleichen Typ und sahen sich ähnlich. Sie wurden auf die gleiche Art und Weise getötet. Und zurückgelassen.

In diesem Fall folgte der Täter nicht dem Lehrbuch. Zwar handelte es sich bei beiden Opfern um junge Frauen, die vor dem Mord gekidnappt und gefangen gehalten wurden, doch Una war erschossen und Anita mit Klebeband erstickt worden. Anita war vermutlich nicht sexuell missbraucht worden. Sie wurde am Tag nach dem Mord am helllichten Tage im Zentrum der Stadt gefunden, Unas Leiche hingegen war noch immer nicht aufgetaucht.

Vang gefiel das alles ganz und gar nicht. Ein Mörder, der sklavisch einem bestimmten Muster folgte, war leichter zu finden als jemand, der variierte.

Der Polizeiwagen fuhr auf die linke Spur und zwang einen Bus beinahe auf den Bürgersteig.

Es war ein Fehler gewesen, den letzten Brief nicht ernst zu nehmen. Aber machte das wirklich einen Unterschied? Wäre Anita noch am Leben, wenn sie getan hätten, was er von ihnen gefordert hatte? Vang zweifelte daran. Und dieser Zweifel beunruhigte ihn aufs Schärfste. Seine Intuition sagte ihm, dass der Mörder ein Spiel mit ihnen trieb, ein teuflisches Spiel.

Ein paar hundert Meter vor dem Präsidium schaltete der Fahrer die Sirene aus.

## 2

Sie warteten im Büro des Polizeidirektors auf ihn.

Der Polizeipräsident und der Leiter der Kripo saßen am einen Ende des langen Sitzungstisches. Ihnen gegenüber hatten der Sekretär der Polizeiabteilung des Justizministeriums und einer der Staatssekretäre Platz genommen. Vang begrüßte rasch die externen Beamten.

Der Staatssekretär ergriff das Wort: »Wie ich bereits dem Polizeipräsidenten gegenüber zum Ausdruck gebracht habe, will sich das Justizministerium in keinster Weise in die Arbeit der Polizei einmischen.«

Gut!, dachte Vang, aber …

»Trotzdem möchte die Ministerin unterstreichen, dass sie mit größter Sorge verfolgt, welche Entwicklung der Fall genommen hat, und dass sie volles Vertrauen hat, dass die Polizei von Oslo alles in ihrer Macht Stehende tun wird, um den Täter baldmöglichst zu fassen.«

Niemand sagte etwas.

Vang dachte: Hier will sich aber auch jeder den Rücken freihalten. Gibt es Probleme, kann die Justizministerin nachweisen, sich schon früh mit der Polizeibehörde in Verbindung gesetzt zu haben. Was wohl der Polizeipräsident tun will, um sich Rückendeckung zu verschaffen?

Der Polizeipräsident räusperte sich: »Die Polizeibehörde ist natürlich ebenso besorgt wie die Ministerin«, sagte er an den Staatssekretär gewandt. Dann richtete er seinen Blick auf Vang: »In Übereinstimmung mit dem Leiter der Kripo habe ich deshalb entschieden, Ihnen die Leitung der Ermittlungen zu übertragen.«

Vang sagte: »Ich habe volles Vertrauen in Dezernatsleiter Antonsen.«

»Das haben wir alle. Aber in Anbetracht der speziellen Situation halten wir es für richtig, dass Sie die reelle und auch formale Leitung der Ermittlungen übernehmen.«

Damit der Staatssekretär seiner Ministerin mitteilen kann, der Polizeipräsident habe bereits die Leitung der Ermittlungen verstärkt, dachte Vang.

»Das ist am besten so«, sagte der Leiter der Kripo, um weiteren Argumenten den Wind aus den Segeln zu nehmen.

## 3

Er bat Aksel Antonsen in sein Büro. Vang hatte sich davor gescheut, aber Antonsen nahm die Sache gelassen. Vang nahm an, dass er froh darüber war, die Verantwortung loszuwerden.

»Natürlich wirst du mein Stellvertreter und meine rechte Hand«, sagte Vang.

»Und was ist mit Alm?«

»Er wird das Bindeglied, eine Art Liaisonoffizier zwischen den beiden Kommissionen, die ich einsetzen will. Eine verantwortungsvolle Position.«

»Was für Kommissionen?«

»Die eine kümmert sich ausschließlich um die Opfer, während sich die andere auf die Ermittlung des Täters konzentriert. Damit keine wertvollen Informationen in dem Vakuum zwischen den beiden Kommissionen verloren gehen, sind wir überdies auf eine Einheit angewiesen, die sämtliche Informationen und Theorien bündelt und nach Zusammenhängen sucht, die die einzelnen Kommissionen übersehen.«

»Vernünftig.«

»Ich will, dass sich die Führungsspitze jeden Morgen und Abend mit den jeweiligen Gruppenleitern zusammensetzt. Und ich fordere jeden Tag einen zusammenfassenden Bericht über die Ermittlungen, der an alle Gruppenleiter verteilt werden muss.«

»Wir brauchen Leute!«, konstatierte Antonsen. »Viele Leute!«

»Wir bekommen, was wir brauchen. Im Laufe von zwei Tagen werden wir über etwa siebzig Mann verfügen. In einer Woche über hundert.«

Antonsen ließ ein Pfeifen hören.

»In zwei Stunden will ich die Führungsspitze und sämtliche Gruppenleiter sprechen«, fuhr Vang fort. »Bis dahin werde ich ein Organigramm erstellen. Wir müssen in den Leben von Una

Mørch und Anita Fjordvik jeden noch so kleinen Stein umdrehen. Ihren Umgangskreis, Liebhaber, Freunde, Interessen, alles! Der Täter hat ihren Weg gekreuzt, und wir müssen herausfinden, wo. Ein Typ mit Videokamera muss auf dem Unigelände doch auffallen. Außerdem müssen wir die Spezialeinheiten personell verstärken. Ich bin mir sicher, dass das was mit Pornografie zu tun hat. Taucht in das Milieu ein! Und ich will haarklein wissen, was dieser Name bedeutet, Aquarius. Sollte es einen astrologischen Zusammenhang geben, will ich die Namen aller Astrologen des Landes hier bei mir auf dem Tisch haben. Außerdem will ich wissen, wer bei diesen Fernsehastrologen anruft. Und was zum Teufel bedeutet dieser Stern, den er in ihre Brust geritzt hat? In seinem vorletzten Brief schreibt er ziemlich ausführlich über die Morde, die er vor einigen Jahren begangen haben will. Ich will alle Fälle einsehen. Wir müssen jeden unaufgeklärten Mord analysieren, jede Vermisstenmeldung. Und dann müssen wir in die Büromärkte. Wenn er seinen langen Brief wirklich dort geschrieben hat, muss ihn doch jemand bemerkt haben! Was hat er für ein Klebeband benutzt, um Anita zu ersticken? Wo kriegt man das? Was hat er für ein Telefon? Wir haben ein Stück davon gesehen – genug, um eine Aussage über die Marke zu machen. Lass uns eine Liste aller Handy-Kunden erstellen.«

»Puh«, sagte Antonsen.

Es klopfte hart an der Tür.

Vang seufzte verärgert. »Herein!«

Der Leiter der Videogruppe steckte den Kopf durch den Türspalt. Er sah aus, als fürchtete er, in eine heftige Streiterei zu platzen. Er wusste nicht, ob er sich an Antonsen oder Vang richten sollte, und blickte beim Sprechen von einem zum anderen:

»Tut mir leid, dass ich stören muss, aber wir haben uns gerade noch einmal das letzte Video angesehen.«

»Ja?«

»Wir haben etwas entdeckt, und ich dachte, ich sag Ihnen das gleich.«

»Kommen Sie zur Sache!«, bat Antonsen.

»Das Video ist manipuliert worden.«

»Wie meinen Sie das?«, fragte Vang.

»Es ist bearbeitet worden. Nach der Aufnahme.«

»Bearbeitet?«, fragten Vang und Antonsen im Chor.

»Man sieht das an den Übergängen. Der Typ ist kein Amateur. Und er muss Zugang zu einer ziemlich guten Ausrüstung haben. Ich dachte, Sie sollten das gleich wissen.«

Vang dachte: Könnte es einer von Kanal 24 sein?

## Karussell

I

Sie zeigten keine Bilder von dem Mord an Anita. Sie diskutierten nicht einmal darüber.

Kristin und Roffern fuhren zu dem Becken am Rathaus, in dem ihre Leiche gefunden worden war. Das Wasser war abgelassen worden. Am Rand unter der Polizeiabsperrung lag ein Berg Blumen und Abschiedsgrüße.

Kristin hielt eine Kopie des Videobandes hoch, blickte direkt in die Kamera und erklärte, dass sich »24 Stunden!« entschieden habe, die Bilder nicht zu zeigen. Ein weiterer Mord, der Norwegen erschütterte, sagte sie. Anita Fjordvik. Zwanzig Jahre alt. Ermordet und dann hier in diesem Becken am Rathaus abgelegt. Irgendwann zwischen halb elf Uhr abends und fünf Uhr morgens. Der Mörder hatte den Briefumschlag spätestens kurz vor Mitternacht in den Eilbriefkasten an der Hauptpost geworfen. Die Polizei suchte nach Zeugen. Irgendjemand musste doch etwas gesehen haben. Am Rathaus. An der Post. Aber niemand meldete sich.

2

Es war wie ein nicht enden wollendes Déjà-vu-Erlebnis.

Dieses Mal kamen die Journalisten lange vor der Nachrichtensendung. Viele von ihnen hatten angerufen und nachgefragt, ob »24 Stunden!« eine Kassette bekommen habe. Wolter versuchte, Zeit zu gewinnen, bevor er das bestätigte, doch da war schon die ganze Horde unten in der Rezeption.

Erneut improvisierten sie eine Pressekonferenz im Sitzungszimmer.

Wieder bekamen sie die gleichen Fragen gestellt.

Wieder musste Kristin für die Fotografen posieren.

Anschließend ging Kristin mit Richard Wolter in dessen Büro. Er schloss die Tür, öffnete eine Schublade seines Schreibtisches und nahm eine Flasche Martell heraus.

»Ausschließlich für Notfälle«, sagte er trocken und goss den Cognac in zwei Plastikbecher.

Sie prosteten sich zu.

»Was glaubst du, werden sie schreiben?«, fragte sie.

Wolter starrte vor sich in die Luft. »Sie werden nicht so kritisch sein wie beim letzten Mal. Die Luft ist raus. Außerdem können sie uns dieses Mal keinen Vorwurf machen. Wir haben uns gefügt. Sicher werden sie noch einmal daran erinnern, wie unseriös und wenig vertrauenswürdig wir sind. Aber dieses Mal werden sie die Tür wohl einen Spaltbreit offen lassen. Damit wir später doch wieder ins Warme kommen können.«

»Du bist so zynisch.« Sie hatte seit dem Frühstück nichts mehr gegessen, und die zwei Schlucke Cognac begannen in ihrem Kopf zu kribbeln.

»Ich bin nicht zynisch, Kristin. Ich bin Realist. Denk dran, ich kenne dieses Spiel. Denn genau das ist es. Ein verdammtes Spiel!« Er hielt inne. »Du hast recht. Ich bin zynisch.«

Kristin sagte nichts. Sie sog das Aroma des Cognacs ein und spürte den Duft entlang der Nervenbahnen durch ihr Hirn strömen.

»Ein Spiel!«, fuhr Wolter fort. »Ein Kampf um Auflagen, um Methoden, um Exklusivität. Kuriositäten. Human Touch Stories. Darum, der Erste zu sein. Die ersten Bilder zu haben. Das Thema des Tages zu bestimmen. Ein verdammtes Spiel, wirklich!«

»Na dann, Prost!«

Er nippte an seinem Cognac und lächelte entwaffnend. »Ich sage nicht, dass wir nicht auch seriös sind. Dass wir mit dem, was wir tun, nicht auch etwas bewirken wollen.«

»Halleluja!«

»Und ich sage nicht, dass wir nicht auch an all dem interessiert sind, was wirklich wichtig ist. Aber es ist trotzdem ein verdammtes Spiel.«

Sie stießen noch einmal an.

»Wir sind alle ein Teil davon«, fuhr er nachdenklich fort. »Das ist die Natur des Journalismus.«

»Auf jeden Fall in der Akersgate ...«

Er schüttelte den Kopf. »Nein, da irrst du dich. Du und alle anderen. Es geht nicht nur um *VG* und *Dagbladet*. Oder die TV-Nachrichten. Es geht ebenso um *Aftenposten* und *Dagsnytt*. Um *Nordlys* und *Fædrelandsvennen*. Um die kleinen Lokalzeitungen. Und die ›Dagsrevyen‹. Sie alle stürzen sich auf das Nachrichtenkarussell, und zum Schluss dreht es sich so schnell, dass sich keiner mehr abzuspringen traut.«

»Sag mal, bist du betrunken, oder was ist los?«

Er starrte in seinen Cognac und sah sie dann an. »Nicht betrunken, Kristin. Bloß ein bisschen desillusioniert.« Er öffnete und schloss beide Hände, als versuchte er, etwas zu greifen. »Verdammt noch mal, was treiben wir da?«

Kristin fragte sich, was sie darauf antworten sollte. Sie unternahm einen Versuch: »Wir informieren. Wir halten das Publikum auf dem Laufenden. Wir kritisieren und decken auf. Bestimmen das Thema des Tages ... Soll ich weitermachen?«

»Aber weißt du, was wir eigentlich tun? Wir, die wir mit den Fernsehnachrichten arbeiten? Was unser wichtigstes Ziel ist?«

Kristin zog die Schultern hoch. »Die Zuschauer an den Sender zu binden?«

»Wir sind ein verfluchtes Ritual! Wir bestätigen, dass die Welt besteht. Abend für Abend. Rund um den Globus. Die Fernsehnachrichten sehen überall gleich aus. Wir surfen auf den Wellenkämmen. Den Höhepunkten. *Eye candy and sound bites* aus der dramatischen Welt. Kleine Fragmente der Wirklichkeit. Einer Wirklichkeit, die aus Bildern besteht. Emotionen. Engagement. Dramatik. Eine andere Wirklichkeit als die der Zeitungen oder des Radios. Aber verdammt noch mal doch auch ein Teil der Wirklichkeit. Eine Wirklichkeit, die den Zuschauern sagt, dass sie beruhigt ins Bett gehen können, weil die Sonne auch morgen wieder aufgehen wird.«

»Um ihr Licht auf neue Kriege, neue Morde, neue Tragödien zu werfen …«

»… die nur ein winziger Teil von dem sind, was wir senden.« Er verdrehte die Augen. »Mein Gott, du hörst dich an wie der Moderator eines christlichen Senders. Die Zuschauer zucken doch mit den Schultern, gießen sich Sahne in den Kaffee und kommentieren jede neue Tragödie, die über den Bildschirm flimmert mit einem lapidaren ›So was aber auch, wirklich‹, um dann ein Schlückchen Kaffee zu trinken. Schließlich betrifft es sie ja nicht wirklich. Dich nicht und mich auch nicht. Nur die anderen.«

Kristin ließ den Cognac in ihrem Becher rotieren und atmete tief ein. »Ich glaube, sie kümmern sich.« Sie nahm einen kleinen Schluck. »Aber sie können sich nicht aufraffen, sich zu engagieren.«

Wolter saß da und dachte eine Weile über ihre Worte nach, ehe er antwortete: »Wie viele sind es denn, die anrufen und sich beklagen, wenn wir blutige Bilder von irgendeinem Krieg gezeigt haben? Zehn? Zwanzig?«

»Also ungefähr so viele wie bei einem Leseraufschrei der *VG*?«

»Genau! Aber weißt du, was sie vergessen, all die, die bei sich zu Hause kein Blut auf der Mattscheibe sehen wollen? Sie vergessen, dass es diese Bilder sind, die die Welt aufwecken. Die Fernsehbilder, die sie verändern!«

Wolter stand auf und trat ans Fenster. Eine Weile blieb er stehen und sah nach draußen.

»Meinst du, die ›Dagsrevyen‹ hätte das Video gezeigt?«, fragte Kristin.

Er schnitt eine schelmische Grimasse. »Das habe ich mich auch schon gefragt. Ich weiß es nicht. In irgendeiner Form hätten sie es vermutlich getan. Sie hätten das sicher mit Gott weiß was kaschiert, aber zu guter Letzt hätten sie sich bestimmt entschieden wie wir und die Bilder genutzt. Nicht den eigentlichen Mord. Aber den haben wir ja auch nicht gezeigt. Ich tippe, sie hätten die Bilder auf einem Monitorausschnitt im Hintergrund gezeigt und im Vordergrund ein Interview mit einem Polizisten oder einem Psychiater geführt. Ich bin sicher, dann hätte es keinen Aufruhr gegeben. Die Medien hätten diese Gewichtung akzeptiert. Weil es ›Dagsrevyen‹ ist. Nicht notwendigerweise, weil ihre Reportage so viel seriöser als unsere gewesen wäre, sondern weil die ›Dagsrevyen‹ einfach die Messlatte ist.«

»Und wir?«

»Wir, Kristin, sind der rüpelhafte neue Junge in der Klasse. Der, den niemand willkommen heißen will, den aber alle ein bisschen spannend finden.«

Sie war müde und erschöpft, als sie mit einem Taxi in ihre leere, dunkle Wohnung fuhr. Drinnen ließ sie sich aufs Sofa fallen, schaltete MTV ein und schlief mit ihren Kleidern ein.

## 3

Früh am nächsten Morgen wurde sie von einem Kollegen der »Dagsrevyen« geweckt, der ihr sagte, dass sie sie gerne als Gast in ihrer Samstagssendung hätten.

Großer Gott, dachte sie, werde ich jetzt noch zu einem Promi?

Auf dem Weg zur Arbeit spürte sie, dass sie von einigen Leuten angestarrt wurde. Es gefiel ihr nicht. Als sie an einem Kiosk vorbeiging, sah sie, dass sowohl *VG* als auch das *Dagbladet* große Porträtbilder von ihr auf der Titelseite hatten.

Auch das gefiel ihr nicht.

In der Redaktion wartete ein ganzer Stapel von Interview-Anfragen von Lokalradios und Magazinen. Eines warb sogar damit, sie mit einem Reporterteam auf eine Gratisreise in die Karibik einzuladen, natürlich mit einer Begleitperson ihrer Wahl. Ein anderes Wochenblatt wollte sie als Gast in seiner neuen Serie »Vor dem Kamin«. Erstaunlich, dass sie nicht auch noch eine Anfrage von einem Männermagazin bekam, ob sie bereit sei, für fünfzigtausend Kronen ihre Kleider abzulegen.

Es war merkwürdig, diejenige zu sein, hinter der alle her waren. Jahrelang hatte sie selbst zu den Jägern gezählt, war eine der zahllosen Reporterinnen gewesen, die die Spitzenpolitiker, Wirtschaftsbosse, Promis und Sportidole anrief, um ein Statement zu bekommen, eine Meinung, einen exklusiven Kommentar. Sie hatte nie recht begriffen, warum die Promis oft so abweisend waren, so resigniert und müde. Inzwischen verstand sie es etwas besser. Schließlich bekamen sie nicht bloß einen Anruf, sondern hundert. Das Telefon klingelte unablässig. Nicht nur ein Journalist stand bei ihnen auf der Türschwelle, sondern fünfzig. Es war nicht angenehm, mehr oder weniger freiwillig in eine Kameralinse zu blicken – etwas ganz anderes aber war es, sein

Gesicht, komplett mit allen Falten und einem Krümel im Augenwinkel, mitten auf einem Titelblatt wiederzufinden.

Sie trank ihren Morgenkaffee gemeinsam mit Wolter und Skaug. Gegenseitig versuchten sie, sich davon zu überzeugen, dass Anita Fjordvik auch ermordet worden wäre, wenn sie die Bilder ausgestrahlt hätten, aber ihre Argumente waren halbherzig. Wolter räumte ein, sich von der öffentlichen Meinung unter Druck gesetzt zu fühlen, von den Medien und den Behörden. Er sagte, er sei feige geworden. Hätte er es gewagt, auf sein Herz zu hören und die ersten Bilder von Anita zu zeigen, wäre sie vielleicht noch am Leben.

»*Bullshit*«, widersprach Skaug. »Der Täter konnte sie so oder so nicht am Leben lassen. Sie hätte ihn identifiziert. Sie war vom ersten Augenblick an zum Tode verurteilt.«

Kristin war seiner Meinung. Schließlich musste auch Wolter eingestehen, dass sie vermutlich recht hatten. Skaug knallte entschieden die Faust auf den Tisch.

Und trotzdem dachten alle: Vielleicht wäre sie noch am Leben, wenn wir getan hätten, was er von uns verlangt hat …

## 4

Die Panik entstand nicht plötzlich, wie man es hätte erwarten können. Sie kam langsam, wie eine schleichende Lähmung. Als würde eine Frau nach der anderen von Furcht gepackt: *Mein Gott, ich könnte ja die Nächste sein*!

In der ersten Zeit verzeichnete die Taxizentrale mehr weibliche Fahrgäste. Dann entwickelte sich ein Phänomen, welches das *Dagbladet* als »Mädchenkette« bezeichnete. Zwei oder mehrere Mädchen oder junge Frauen gingen gemeinsam, Arm in Arm, nach Hause. Ein Witzbold machte ein kleines Vermögen durch T-Shirts mit der Aufschrift »Lass mich leben – ich bin nicht fotogen!«. Einige Wohnviertel und Wohnungsbauvereine richteten auf ehrenamtlicher Basis eine Art Bürgerwehr ein, und ein paar ganz Eifrige verfassten einen Aufruf, in dem sie mehr Polizeipräsenz auf den Straßen forderten. Dieser Aufruf wurde natürlich gleich von den rechtspopulistischen Parteien aufgegriffen, die in der aktuellen Stunde im Parlament den Justizminister bedrängten, weil der Täter noch immer nicht gefasst war.

Alle redeten davon. In den Kantinen und Büros, draußen auf der Straße, auf den Schulhöfen und am Telefon – immer ging es nur um Aquarius: Wer ist er? Wer wird sein nächstes Opfer sein?

Die Schlüsseldienste hatten wochenlange Wartelisten, und der Notruf der Polizei wurde von hysterischen Menschen blockiert, die draußen vor ihrem Haus geheimnisvolle Männer herumlungern sahen. In den Kneipen und Biergärten waren nach Mitternacht nur noch Männer zu sehen, und als die Männer bemerkten, dass sie allein waren, gingen auch sie nach Hause. Ein junger Liebhaber, der mitten in der Nacht nach einem heimlichen Stelldichein durch das Fenster seiner Liebsten wieder nach draußen kletterte, wurde von der Bürgerwehr des Viertels beinahe gelyncht. Ein amerikanischer Tourist, der im Vigelandspark einige Mädchen oben ohne mit seiner Videokamera aufnahm, wurde von zwei Passanten angegriffen und festgehalten, bis die Polizei kam. In einigen Fotoläden wollten die Verkäufer sogar den Ausweis sehen, wenn »verdächtige Männer« Videokassetten kauften. Ein religiöser Fanatiker, der auf der Straße eine flammende Predigt dafür hielt, dass die Unmoral mit Tod und ewiger Pein zu bestrafen sei, wurde überwältigt und an eine Fußstreife im Zentrum übergeben.

# 5

Anitas Beerdigung in der kleinen Sørlandskirche wurde alles andere als die private Zeremonie, die sich ihre Eltern erbeten hatten.

In der ganzen Gemeinde wehten die Flaggen auf Halbmast. Jeder nahm Anteil. Das Lokalradio spielte Trauermusik, und entlang der Route von Anitas Elternhaus zur Kirche hatten Fremde Blumensträuße an die Laternenpfähle gehängt.

Die Menschen kamen von überallher. Nicht aus Neugier oder Aufdringlichkeit, sondern um ihr Mitgefühl und ihre Anteilnahme zu bekunden. Schon eine Dreiviertelstunde vor Beginn der Trauerfeier war die Kirche überfüllt.

Aus Rücksicht auf die Angehörigen hatte die Polizei die Presse auf eine Anhöhe in gehörigem Abstand zur Kirche verbannt, jedoch nah genug, dass die Fotografen ihre Übersichtsfotos machen konnten. Im Inneren der Kirche hatten nur ein Pressefotograf und ein Fernsehkameramann die Erlaubnis von Pastor und Familie erhalten, von der Galerie aus Bilder zu machen, unter der Auflage, die Fotos und Filmstreifen auch der übrigen Presse zur Verfügung zu stellen.

Der Sarg wurde von Anitas Vater, ihren zwei Brüdern und drei Onkeln aus der Kirche getragen. Die Mutter folgte direkt im Anschluss, gestützt von ihren Schwestern. Ihr herzzerreißendes Schluchzen war bis auf die Anhöhe hinauf zu hören, auf der die Presse stand.

Als der weiße Sarg ins Grab hinabgelassen wurde, blinkte die Sonne auf den Teleobjektiven und Ferngläsern.

# Stillstand

I

Die letzten Nächte hatte er auf dem Sofa im Büro übernachtet. Nicht allein, weil sich die Arbeitstage immer länger in die Nacht hineinzogen, sondern weil ihm seine Wohnung kalt und fremd wie eine Ausnüchterungszelle vorkam. Doch heute Abend musste Polizeidirektor Runar Vang nach Hause, um zu duschen und die Kleider zu wechseln. Im Bad zog er sich aus und stopfte Hemd, Strümpfe und Unterwäsche in die Waschmaschine. Er drehte den Hahn auf, füllte Waschpulver ins Fach und blieb dann splitternackt in der Hocke sitzen und starrte entgeistert auf all die Knöpfe und Symbole.

Nach der Dusche ging er in die Küche und schmierte sich drei Brote mit braunem Käse und Leberwurst. Die Milch im Kühlschrank war sauer. Herdis hatte immer eine Kanne mit Kaffee bereitstehen gehabt, wenn er nach Hause kam, doch jetzt fand er nur das Glas mit dem Pulverkaffee.

Sie hatte ihn so gut umsorgt. Wenn er, was selten vorkam, zum Mittagessen nach Hause kam, tischte sie ihm die leckersten Delikatessen auf, und auch wenn er bis spät in die Nacht an einer Sache gearbeitet hatte, saßen sie anschließend oft noch bei einer Tasse Kaffee zusammen am Küchentisch und redeten. Manchmal zündete sie dann eine Kerze an und machte die Deckenlampe aus. Sie konnte so etwas besser als er. Wenn er müde und down war, löste sie seinen Schlips, öffnete sein Hemd und massierte ihm die Schultern, und einige Male hatte sie ihn ins

Wohnzimmer geleitet und mit ihm auf dem Sofa geschlafen. Aber natürlich erst, nachdem Roger von zu Hause ausgezogen war. Sie war ziemlich erfinderisch, was das anging.

Bin ich inzwischen zu alt für sie? Ist es das?, fragte er sich.

Sie wohnten im dritten Stock eines niedrigen Wohnblocks in Årvoll. Drei Zimmer, Küche, Bad. Ein sauberes, friedliches Fleckchen. Mit wunderbarer Aussicht über die Stadt und den Fjord. Herdis hatte der Wohnung ihren Stempel aufgedrückt. Sie erinnerte Vang an eine Hütte. Bauernmöbel aus Kiefernholz. Rot geblümte Gardinen. Ein massives, übervolles Bücherregal. Familienporträts an den Wänden. Und ein paar gerahmte Aquarelle, die Herdis als Kunst bezeichnete. Das Viertel war gleich nach dem Krieg gegründet worden, und der sozialdemokratische Geist wehte noch durch alle Treppenhäuser, Gärten und Flure. Hausgemeinschaftsarbeit dreimal im Jahr. Eine Verwaltung, die alles in Ordnung hielt. Versäumte jemand die Putzwoche, kam der Siedlungsvormann persönlich. Vang fühlte sich wohl.

Im Morgenmantel schlurfte er zu der großen Kiste, in der er seine Jazzplatten aufbewahrte. Eine Sammlung, auf die er stolz war. Der einzige Luxus, den er sich gönnte. Fast zweihundert alte Vinylplatten. Count Basie. Errol Garner. Oscar Peterson. Art Tatum. Die ganze Bande. Er mochte alten Jazz, am liebsten die Pianisten. Die Rhythmen. Die schrägen, synkopierten Akkorde und die federleichten Fluchten über die Tasten.

All die Gefühle.

Er legte eine seiner Lieblingsplatten auf. Errol Garner. Hob die Beine auf den Tisch und lehnte sich zurück. Schloss die Augen, lauschte. Es knisterte und rauschte hinter den Akkorden. Er hörte das zufriedene Grunzen von Garner.

Jede Strophe erinnerte ihn an Herdis.

Ihr Duft hing noch im Bettzeug, als er ins Bett ging. Er kroch auf ihre Seite, wo er schließlich einschlief.

## 2

Um halb sieben am nächsten Morgen fuhr er wieder ins Büro.

Der Himmel war klar und durchsichtig. Er war müde.

Als er sich an den Schreibtisch setzte und die Mappen öffnete, in denen die Resultate der verschiedenen Gruppen aufgelistet waren, war ihm klar, dass ihnen trotz der vielen Fakten, die sie zusammengetragen hatten, der Durchbruch noch nicht gelungen war. Vang wusste aus Erfahrung, dass man bei jeder großen Ermittlung recht bald an einen Punkt kam, an dem man auf der Stelle zu treten schien, trotzdem färbte die Frustration, die sich im Team breitzumachen begann, inzwischen auch auf ihn ab. Die ersten Tage einer Ermittlung waren immer von Enthusiasmus und Optimismus geprägt, einem Gefühl der Zusammengehörigkeit und Unverwundbarkeit. Aber die Freude an der Teamarbeit verging rasch. Weil sie so viele waren und weil sie so wenige Anhaltspunkte hatten, hockten sie schon bald auf einer schier endlosen Datenfülle. Ordner am laufenden Meter. Schuhkartons voller Disketten. Gebirgsketten aus provisorischen Regalen. Namen, Namen, Namen. Verhörprotokolle. Listen. Karten. Zeitungsausschnitte. Theorien.

Die Kanal-24-Spur, von der Vang im Stillen gehofft hatte, dass sie zur raschen Lösung des Falls beitragen würde, hatte keine nennenswerten Resultate gebracht. Sie hatten sehr diskret ermittelt. Vang persönlich hatte den Chefredakteur der Nachrichtenabteilung, Wolter, über die technischen und journalistischen Mitarbeiter ausgefragt, aber nicht ein einziger der Angestellten war für die Polizei von besonderem Interesse gewesen. Sie hatten eine Liste mit zwanzig Namen erstellt, die theoretisch ins Muster passten. Aber dann hatten sie einen nach dem anderen von dieser Liste streichen müssen.

»Die Jünger«, wie die Ermittler der Bibelgruppe ironisch genannt wurden, hatten ebenso wenig Glück. Es war ihnen zwar per Zufall gelungen, einen Pädophilenring innerhalb einer freikirchlichen Gemeinde auszuheben, aber die verirrten Seelen konnten rasch aus dem Kreis der Mordverdächtigen gestrichen werden. Die Videogruppe hatte einen Vertriebsweg für Pornofilme aufgedeckt, aber nichts, das sie zu Aquarius führte.

Eine achtköpfige Einheit war schon seit Tagen damit beschäftigt, alte Vermisstenmeldungen und Gewaltverbrechen durchzugehen. Alles, was auch nur im Entferntesten in Zusammenhang mit den Andeutungen im dritten Brief stehen konnte, wurde analysiert und ausgewertet. Name auf Name wurde in den Computer getippt. Es ging darum, die Maschinerie ordentlich zu füttern. Früher oder später würden sie einen Treffer landen: ein Name, der an verschiedenen Orten auftauchte, eine Person, die es wert war, genauer unter die Lupe genommen zu werden.

Und früher oder später würde dieser Name zu Aquarius passen.

## 3

Vang und Aksel Antonsen schlenderten in Richtung Oslo-Grønland, um etwas zu essen.

Die Konditorei war fast leer. Der Grund dafür lag auf der Hand. Das Lokal war kahl und kalt. Holzhocker und Plastiktische, und unter dem hohen Glastresen wimmelte es von Fliegen.

Sie kauften sich Hörnchen, Brötchen und Kaffee. Die Stuhlbeine kratzten über den Boden, als sie sich an einen Fenstertisch setzten.

»Sag mir eins, Runar«, sagte Antonsen zögernd und legte seine Finger zusammen. »Stimmt etwas nicht mit dir?«

Vang spürte seine eigene Anspannung. Er hatte niemandem

etwas von Herdis erzählt. Konnte die mitfühlenden Blicke nicht ertragen.

»Du wirkst so ... du weißt schon ...«, Antonsen räusperte sich.

»Schwieriger Fall«, sagte Vang ausweichend und blickte aus dem Fenster. Eine pakistanische Mutter schob einen Kinderwagen über den Platz. Er spürte, wie Antonsen ihn musterte. »Sehr schwieriger Fall«, sagte er noch einmal und rutschte auf seinem Stuhl herum.

»Das stimmt«, sagte Antonsen. Er sah Vang an, wollte den Faden noch einmal aufgreifen, ließ es dann aber sein. »Glaubst du, wir kriegen ihn?«

»Früher oder später ...«

»Die Frage ist also nur, wie viele er noch abmurksen wird, bis wir ihn finden?«

»Ja.«

»Bist du nicht mal bei so einem Kurs gewesen? In den Staaten?«

»Kein Kurs«, korrigierte ihn Vang. »Ein Vortrag.«

»So, und was denkst du?«

»Worüber?«

»Über ihn! Aquarius!«

»Was soll ich schon denken ...«

»Lass uns ein bisschen laut überlegen, Runar. Wie in alten Zeiten! Weißt du noch, wie wir uns einfach nur Stichworte zugespielt haben, wenn wir bei einem Fall feststeckten? Früher?«

Vang lächelte und nahm schlürfend einen Schluck Kaffee. Natürlich erinnerte er sich.

»Du fängst an!«, sagte Antonsen.

»Wie du willst ...« Vang schluckte und legte das Brötchen zurück auf den Teller. »Das sind bloß Vermutungen, aber egal: Von außen betrachtet wirkt er sehr sicher. Ruhig und beherrscht. Aber innerlich ist er ein Nervenbündel. Er ist kalt und zynisch.

Ein richtiger Teufel. Manipulierend und berechnend. Gleichzeitig bilde ich mir ein, dass er sich tief in seinem Inneren wünscht, geschnappt zu werden. Er geht immer größere Risiken ein. Wenn es stimmt, dass er früher schon getötet hat, und er sich damit nicht bloß wichtigmachen will, hat er das in aller Stille getan. Jetzt geht er Risiken ein. Ein hohes Risiko, gefasst zu werden. Er spielt mit der Gefahr, überschreitet Grenzen. Er fordert uns heraus, Aksel! Er provoziert uns.«

»Warum meldet er sich nicht, wenn er gefasst werden will?«

»Wenn es uns nicht gelingt, ihn zu fassen, wird er sich vielleicht selber stellen. Aber vorläufig ist das noch zu einfach. Das Ganze ist ein Spiel für ihn, ein verdammtes Spiel. Ein dreidimensionales Computerspiel mit der Gesellschaft als Gegenspieler. Einen Menschen zu töten, ist für ihn so bedeutungslos, wie eine Figur auf dem Bildschirm auszulöschen. Das ist Teil des Spiels. Er muss überwunden werden, er ist keiner, der von selbst aufgibt.«

»Die Bibelzitate erwecken den Anschein, als wäre er etwas verwirrt ... Wenn er selbst nicht religiös ist, kann er aber durchaus aus einem tief religiösen Elternhaus stammen. Vielleicht der Sohn eines Pastors. Oder eines Predigers der Freikirche. Vermutlich ist er als Kind misshandelt worden. Vielleicht missbraucht. Was meinst du?«

»Ich bin immer überzeugter davon, dass das alles nur ein Bluff ist. Dass er uns mit diesen Bibelzitaten bloß verwirren will.«

»Der Gedanke ist mir auch schon gekommen.«

»Er will eine Illusion erschaffen. Vom religiös besessenen Mörder. Einem okkulten Dämon. Ich glaube nicht daran. Er ist wie ein Filmregisseur, achtet auf die Dramaturgie. Wäre er wirklich religiös besessen, müsste sich das auch noch anders ausdrücken. Auf anderen Ebenen. An der Art, wie er tötet, wie er seine Opfer zurücklässt. Die Symbole.«

»Da wären diese Sterne. Und die Zahlen.«

»Ich verstehe nicht, was die symbolisieren sollen.«

»Und warum in Herrgotts Namen filmt er seine Opfer? Warum schickt er diese Filme ans Fernsehen?«

»Selbstbestätigung! Man kann ihn sehen, während er unsichtbar bleibt. Gleichzeitig. Erinnerst du dich noch an Zodiac? Hat in Kalifornien von sechsundsechzig bis Mitte der Siebzigerjahre sein Unwesen getrieben. Vollkommen verrückt. Zeichnete astrologische Symbole um seine Opfer herum. Niemand weiß, wie viele Menschen er getötet hat. Einige sagen sechs, andere neunundvierzig. Er hat über zwanzig Briefe an die Zeitung geschrieben. Er wollte nicht unsichtbar sein.«

»Wurde er gefasst?«

»Nein.«

Aksel Antonsen wippte mit dem Kopf hoch. Er hatte seine Brille über die Stirn geschoben. »Der Kerl ist schlau. Entweder liest er viele Krimis, oder er sieht viele Filme. Ungewöhnlich für so einen Typ.«

»Ungewöhnlich? Ganz im Gegenteil! Viele von denen sind ausnehmend gebildet. Intelligent. Erinnerst du dich nicht mehr an Ted Bundy?«

»Den, der auf den elektrischen Stuhl gekommen ist?«

»Zum Schluss, ja. Nachdem er jahrelang das Gerichtswesen manipuliert hat. Ein gerissener Teufel. Intelligent. Charmant. Ein Kerl, auf den die Frauen flogen. Und trotzdem … verschroben.«

»Er muss Kenntnis von diesen Fällen haben. Wenn er sich selbst so einen Namen gibt. Er versucht, sie nachzuahmen.«

»Das glaube ich auch. Er ist gebildet. Belesen. Er beherrscht die Sprache gut«, sagte Vang. »Ist redegewandt. Spielt mit der Sprache.«

»Das macht ihn nur noch erschreckender.«

Sie sahen einander an. Beide dachte das Gleiche. Er wird wieder töten.

# Oldtimer

»Du wirst das hier vermissen! Oder, *Oldtimer*?«

Redaktionsleiter Anders Langen, der von allen nur »die Schlange« genannt wurde, klopfte Gunnar, der mit verschränkten Armen dastand und über den Layout-Tisch schaute, kameradschaftlich auf die Schulter. Es war bald drei Uhr nachmittags. Gunnar sah Langen über seine Brillengläser hinweg an. Sie hatten zwölf Jahre gemeinsam als Kriminaljournalisten gearbeitet, bevor Langen Redaktionssekretär und später Leiter der Redaktion geworden war. Gunnar konstatierte missmutig, dass Langen der Einzige im Haus war, mit dem ihn so etwas wie Kameradschaft verband. Jedenfalls der Einzige, der noch lebte.

»Ja«, antwortete Gunnar halbherzig, »ich werde es vermissen.«

Er ließ seinen Blick durch die Redaktion schweifen. Noch war keiner gestresst. Ein Redakteur und ein Layouter kämpften mit einer farbigen Anzeige, die gleich abgeliefert werden musste. Der Chef vom Dienst und ein Reportageleiter amüsierten sich über einen Artikel in einem Wochenmagazin. Ein Reporter kam mit einem Stapel Papiere hereingerannt, sah sich verzweifelt um und verschwand wieder. Eine Sekretärin nahm den Hörer von einem klingelnden Telefon, blickte sich in der Redaktion um und vermittelte die Anfrage an eine andere Sekretärin weiter.

Nicht wie früher, dachte Gunnar. Es hätte sich auch um eine Bank handeln können. Ein Maklerbüro. Ein Werbebüro. Nur die Kopien der Zeitungsseiten, die an der Wand hingen, gaben ihm das Gefühl, in einer Zeitungsredaktion zu sein. Früher hatte eine Redaktionszentrale noch ausgesehen wie eine Redaktionszentrale. Verstaubt, schmutzig, unordentlich. Damals tickerten die News durch lärmende Telexmaschinen herein – Absender: *Norsk Telegrambyrå, Associated Press, Reuters, United Press International* –, und immer, wenn etwas besonders Wichtiges kam, klingelte eine Glocke. Meterweise zerknittertes Papier, das mit einem Lineal abgerissen, *riiiitsch!*, sortiert und dann auf Nägel gesteckt wurde. Schnatternde Schreibmaschinen mit einem trockenen *Pling!* am rechten Rand. Telefone, die klingelten und sich nicht wie elektronisches Spielzeug anhörten. Und trotzdem – Gunnar musste sich das eingestehen – war das Milieu noch immer unverändert. Neue Mitarbeiter, aber eben doch ein Abklatsch der Generation davor. Eine Menagerie aus Strebern und Jägern, verhinderten Künstlern, Faulpelzen, Idealisten und Zynikern. Halb volle Kaffeetassen. Notizblöcke mit unleserlichen Hieroglyphen. Der kranke Humor. Stapel alter Zeitungen und Dokumente. Einige warteten, andere jagten nach der guten Nachricht, der guten Geschichte, die die Zeitungen von Morgen prägen würde. Je mehr man sich der Deadline näherte, desto konzentrierter, dichter wurde die Stimmung. Das gute Gefühl, eine anspruchsvolle Zeitung zusammenzubasteln. Ein Gefühl der Gemeinschaft. Und die Verzweiflung, wenn die guten Themen ausblieben, wenn die Titelseite umgestaltet werden musste, weil das Thema nicht standhielt, man aber eigentlich nichts anderes hatte, das man als Aufmacher nutzen konnte. Gunnar dachte an den alten Witz: Ärzte begraben ihre Fehler, Juristen bringen sie hinter Schloss und Riegel. Aber Journalisten drucken sie. Jeden Tag ein Examen mit hunderttausend Begutachtern. Macht man einen Fehler, spitzen die Leser ihren Rotstift oder verklagen einen. Triumphierend! Norwegischlehrer, die erzürnte Leserbriefe schreiben, wenn man einen Schreibfehler gemacht oder sich gar in der Grammatik geirrt hat. Ein Astronom, der wütend anruft, weil man geschrieben hat, dass ein Jahr auf dem

Neptun zweihundert Erdenjahre umfasst, wo doch jeder Idiot weiß, dass der Umlauf um die Sonne nur 164,79 Jahre dauert. Protestierende Statistiker, wenn man wieder einmal Prozent und Prozentpunkte verwechselt hat, und Rechtsanwälte, die mit einer Klage drohten, weil man geschrieben hat, dass ihr Klient wegen eines Bankraubs verurteilt wurde, obwohl es sich doch bloß um einen versuchten Postraub gehandelt hat. Das Schlimme war, dass sie alle recht hatten. Die ideale Zeitung macht keine Fehler. Vielleicht war es daher nicht erstaunlich, dass die Stimmung in der Redaktion so rau und hart war. Ein interner, abgegrenzter Jargon. Doch, er würde dieses Milieu vermissen.

»Graut dir davor, in den Ruhestand zu gehen?«, fragte Langen.

Gunnar holte tief Luft. Er hatte die Antwort auf der Zunge. Sie lautete: Ja, es wird merkwürdig sein. Das sagte er allen, die ihn danach fragten. Und das stimmte auch. Die Wehmut. Aber das Merkwürdige war: Er freute sich auch. Es war fast eine ungeschriebene Regel, dass man sich als Siebenundsechzigjähriger vor dem Ruhestand zu fürchten hatte. Es gab noch so viele unerledigte Dinge, man hatte noch so viel zu geben, und schließlich war noch Leben in dem alten Körper. Und vielleicht konnte man ja auf einem verlassenen Flur ein Büro behalten, in dem man vor sich hin lallen und einen Artikel schreiben konnte, der dann vielleicht eines Tages auch gedruckt würde. Doch, Gunnar freute sich. Er freute sich darauf, nachts wach bleiben und den nächsten Morgen verschlafen zu können. Freute sich darauf, sich in seinen Sessel zu drücken und zu lesen. Aber am meisten freute er sich darauf, seine alte Underwood-Reiseschreibmaschine hervorzuholen und zu schreiben. Seine Memoiren, definitiv. Einen Krimi. Außerdem trug er sich schon seit er dreißig war mit dem Gedanken, einen Kriegsroman zu schreiben. Eine norwegische Variante von *Die Nackten und die Toten*, ein Buch, das er bis heute als den besten Roman aus der Zeit des Zweiten Weltkriegs erachtete. Schon mehr als zehn Figuren hatte er in seinem Kopf parat. Und auch die Handlung. Die Intrigen. Aber jedes Mal, wenn er ein weißes Blatt Papier in die Maschine schob und *Erstes Kapitel* oben auf die Seite schrieb, erstarrte alles. Der erste Satz wollte nicht kommen. Er war kein Mailer. Kein Hemingway. Aber er glaubte, dass sich alles ändern würde, wenn er erst pensioniert war. Dann hätte er die Zeit, einfach abzuwarten, bis die Worte kamen.

Zeit. Dieses magische Wort. Zeit. Magisch und voller Hinterlist.

»Gunnar?« Langen starrte ihn abwartend an.

Er brummte entschuldigend und sagte: »Ich war mit meinen Gedanken woanders! Du, ich muss dir was sagen …« Er legte seine kräftige Hand auf Langens Schulter und zog ihn zu sich. Er war wohl der Einzige in der ganzen Redaktion, der so etwas bei Langen wagte. »Ich freue mich. Doch wirklich! Ich freue mich, Anders.«

Langen zückte den gelben Bleistift, den er hinter seinem Ohr stecken hatte, inspizierte die Bissmarken und steckte ihn wie eine Zigarette in den Mund. »Hab ich mir schon gedacht.« Er rollte den Bleistift mit einer mahlenden Bewegung des Unterkiefers zwischen den Zähnen hin und her. »Träumst wohl noch immer von diesem Buch?«

Die Frage kam weder abschätzig noch belustigt. Langen schien Respekt zu haben. Gunnar stutzte. Er konnte sich nicht daran erinnern, Langen von dem Buch erzählt zu haben. Er dachte, er hätte mit niemandem darüber gesprochen. Außer mit Kristin. Das Buch war sein geheimer Traum. Wann hatte er Langen davon erzählt? Vermutlich irgendwann im Suff. Langen pflegte in solchen Momenten ein treuer Begleiter zu sein.

Gunnar sagte: »Vielleicht schreibe ich dieses Buch wirklich eines Tages, Anders. Vielleicht.«

»Nun …« Anders Langen richtete sich auf und machte Anstalten weiterzugehen, »und wenn es dann doch kein Buch gibt, dann weißt du ja, dass du hier jederzeit willkommen bist.«

Er sagte das ganz nebenbei, fast wie eine Höflichkeitsfloskel, aber die Worte trieben Gunnar trotzdem unvermittelt das Wasser in die Augen. *Verdammt Gunnar, du bist auf deine alten Tage ein sentimentaler Trottel geworden*! Er blinzelte und tat es mit einem Lachen ab. »Danke, danke, aber du weißt ja: Man kann viel über den Journalismus sagen, aber er ist auf jeden Fall …«

»… besser, als zu arbeiten«, vollendete Langen. Er klopfte noch einmal auf Gunnars Schulter. »Wir bleiben in Kontakt, Oldtimer.«

Als er durch die verschlungenen Korridore zurück zu seinem Büro ging, dachte er an Kristin.

Er hatte über manch einen Mord berichtet. Triviale Tragödien. Mord im Suff oder aus Eifersucht. Nur ausnahmsweise hatte er es einmal mit wohlüberlegten, geplanten Morden zu tun gehabt. Aber dieser Kerl jetzt, dieser Aquarius, war eine Klasse für sich. Er erinnerte an die englischen oder amerikanischen Mörder, von denen man ab und an las. Asoziale Einzelgänger. Krankhaft einseitig.

Warum hatte er sich Kristin ausgesucht?

Er schloss die Tür hinter sich und setzte sich auf seinen alten, grünen Bürostuhl, den der Betriebsphysiotherapeut schon seit acht Jahren ausrangieren wollte.

Warum Kristin?

Er konnte es nicht fassen. Sie war hübsch, das ja, aber auch nicht hübscher als viele der anderen weiblichen Fernsehgesichter. Sie drängte sich nicht in den Vordergrund. In regelmäßigen Abständen tauchte sie im Fernsehen auf, nicht mehr und nicht weniger. Ein Wochenmagazin hatte ein paar Bilder von ihr gedruckt, als sie mit Marcus zusammen war, aber sie war bei Weitem kein Promi. Warum sie?

Er hatte zwei junge Frauen getötet. Hatte sie gefilmt und seine Videos an Kristin geschickt. Und mehr Aufmerksamkeit erhalten, als er sich hätte träumen lassen. Die Zeitungen schrieben zurzeit über kein anderes Thema. Alle Medien der Stadt hatten eigene Aquarius-Abteilungen eingerichtet, die beständig auf der Jagd nach neuen Aspekten des Falls waren.

Gunnar hoffte, dass er sich endlich zufriedengab. Dass er die Aufmerksamkeit hatte, die er gesucht hatte. Er hoffte, dass der Mörder in Deckung ging, bis Polizeidirektor Vang eines Tages an seine Tür klopfte und das Spiel aus war.

Und trotzdem fürchtete er, dass das alles bloß der Anfang war.

Er hoffte bei Gott, dass es nicht noch mehr Morde geben würde.

Und dass Kristin in Sicherheit war.

Die Unsicherheit legte sich wie ein fader Geschmack auf seine Zunge und erinnerte ihn an seine Kindheit. So schmeckte es, wenn man an alten Fünf-Øre-Stücken leckte.

Sie ist erst 17 Jahre alt, sieht aber zehn Jahre älter aus. Es verwirrt ihn, dass sie so jung ist. Sie hat üppige Brüste und einen verstockten Blick. Keine Nymphe. Ganz und gar keine Nymphe.

Es war ganz einfach gewesen, wahnwitzig einfach. Er hatte ein Wochenende in den Bergen verbracht, mit Zelt und Angel, Gaskocher und allem, was dazugehört, und sie hatte etwas nördlich von Dokka am Straßenrand gestanden und den Daumen rausgehalten. In diesen Zeiten traute sich kaum jemand zu trampen, nicht einmal außerhalb von Oslo. Also hatte er, als er anhielt, um sie zu fragen, wohin sie wollte, wissen wollen, ob sie keine Angst vor Aquarius hätte.
»Ach was, so'n Quatsch!«, hatte sie in dem breiten Dialekt der Gegend geantwortet. »*Mir* passiert schon nichts. Hier doch nicht!«
Sie hatte sich neben ihn gesetzt und den Rucksack auf die Rückbank gelegt. Sie hatten sich unterhalten. Sie war nach einem Streit zu Hause abgehauen und wollte ein paar Freunde in Oslo besuchen und vielleicht eine Weile bei ihnen wohnen.
»So ein Zufall«, hatte er gesagt, »mein Untermieter ist gerade ausgezogen. Falls du Interesse hast …?«
Jesses, ja, sie war sehr interessiert. Hauptsache, es war nicht zu teuer.
Nein, er verlangte nicht viel. Hatte sie einen Job?
Hatte sie nicht. Noch nicht. Aber sie rechnete damit, im Laufe weniger Tage einen zu finden. In einem Laden oder Büro. Oder sonst wo. Garantiert.

Kurios. Er sagte, dass er eine kleine Firma hätte. Und eine Bürohilfe suchte. Telefondienst, Kaffee kochen … solche Dinge eben. Wäre das was für sie?
Volltreffer! Sie sei die weltbeste Kaffeekocherin, und ihr hätten schon mehrere Leute gesagt, sie hätte eine total schöne Telefonstimme.
»Dann komm doch am besten gleich mit zu mir und sieh dir die Wohnung an«, hatte er vorgeschlagen. »Ob sie dir gefällt.«
»Super«, hatte sie geantwortet.

So einfach war das gewesen. Und jetzt liegt sie wimmernd auf der Matratze im Keller. Marianne. Ein ganz anderer Typ als Una und Anita. Die hatten sich still und ruhig verhalten. Würdevoll. Mit Marianne gab es nichts als Ärger. Bring mich nicht um, vergewaltige mich nicht, ich tue, was du willst, aber bring mich nicht um, bitte – quengel, quengel, quengel. Jedes Mal, wenn er die Tür zu ihrem Raum öffnet, geht die Leier von vorne los. Sie geht ihm auf die Nerven. Bringt er ihr was zu essen, fängt sie an zu heulen. Und wenn er sie durch den Spiegel betrachtet, ruckt und zerrt sie an der Kette. Sie erinnert ihn an einen verzweifelten Fuchs, der in ein Fangeisen geraten ist.

Als es dämmert, nimmt er sich den linierten DIN-A4-Block vor und den Kugelschreiber. Er zieht sich die Latexhandschuhe über. Schlägt die Bibel auf.

LIEBE KRISTIN, schreibt er.
Er starrt vor sich hin. Kristin. Der Name schmeckt wie Honig. Wenn sie wüsste!
Er erinnert sich noch genau, als er ihre Stimme zum ersten Mal gehört hat. Das erste Mal, als er ihr begegnet ist. Sein Erstaunen, sie plötzlich im Fernsehen zu sehen.
Er blickt auf die fremd wirkenden Blockbuchstaben, die er so lange

geübt hat. Lässt den Blick über die winzigen Lettern auf der Bibelseite gleiten. Er atmet tief ein. Und schreibt so fest, dass die Kugelschreiberspitze fast durch das Papier drückt.

> DAS MÄDCHEN IST NICHT GESTORBEN; ES SCHLÄFT. DOCH SIE VERLACHTEN IHN. NACHDEM ER SIE ABER ALLE HINAUSGETRIEBEN HATTE, GING ER WIEDER HINEIN UND NAHM SIE BEI DER HAND; UND DAS MÄDCHEN STAND AUF.

Er lächelt vor sich hin und setzt den Stift aufs Papier.

> EIN NEUES MÄDCHEN FÜR DICH, DU WEISST NICHT, WER SIE IST. SIE KÖNNTE SONST WER SEIN. ABER SIE IST VON LILITHS GESCHLECHT. LILITHS BLUT FLIESST IN IHREN ADERN.

Er lehnt sich zurück und liest mit leiser Stimme, was er geschrieben hat. Fragt sich, wie lange es dauern wird, bis sie einen Weg aus dem Irrgarten herausfinden.

> SIE HAT EINE BITTE AN DICH. SIE WILL LEBEN. DU HAST DIE WAHL, DIE BITTE ZU ÜBERHÖREN – WIE BEIM LETZTEN MAL. ODER DU TUST, WORUM SIE DICH BITTET. UND RETTEST DAMIT MÖGLICHERWEISE IHR LEBEN. VIELLEICHT AUCH NICHT.
> IN DER SCHRIFT STEHT GESCHRIEBEN:
>
> UND LASS IHN FÜR DICH BETEN, SO WIRST DU AM LEBEN BLEIBEN. WENN DU SIE ABER NICHT WIEDERGIBST, SO WISSE, DASS DU DES TODES STERBEN MUSST UND ALLES, WAS DEIN IST.
>
> AQUARIUS

# Dämon der Nacht

I

Ihr Gesicht ist fahl und schmutzig. Das Haar hängt ihr in Strähnen in die Stirn. Die großen Augen sind vom Weinen gerötet.

»Ich heiße Marianne«, sagt sie. Ihre Stimme bebt. Sie schluchzt, befeuchtet die Lippen und sieht mit zusammengekniffenen Augen auf einen Punkt hinter der Kamera. Sie macht mehrere Ansätze weiterzureden, aber die Worte verhaken sich.

»Aber jetzt trage ich den Namen … Lilith. Aquarius hat mich gebeten, diese Worte zu sagen: ›Wenn die tausend Jahre vollendet sind, wird der Satan aus seinem Gefängnis losgelassen.‹ Die tausend Jahre sind jetzt vollendet.«

Sie zögert, sieht fragend auf einen Punkt (einen Menschen? ein Plakat?) hinter der Kamera und fährt mit tränenerstickter Stimme fort.

»Helfen Sie mir! Bitte! Zeigen Sie das hier heute Abend im Fernsehen! Damit er mich nicht …«

Die Schluchzer werden stärker. Sie fängt bitterlich an zu weinen. Ihre Hände zittern. Nach einer Weile gewinnt sie die Kontrolle zurück.

»Bitte! Tun Sie, was er sagt! Bitte!«

Kristin hatte Tränen in den Augen. Sie sah von Wolter zu Skaug. Wolter griff sich an die Stirn und massierte seine Nasenwurzel.

Keiner von ihnen sagte etwas.

Wolters Telefon begann zu klingeln. Er nahm nicht ab. Als es endlich verstummte, fragte er leise: »Haben wir eine Wahl?«

Weder Kristin noch Skaug antworteten direkt. Nach einer Weile sagte Kristin: »So was nennt man wohl Erpressung…«

»Das kannst du laut sagen«, sagte Wolter scharf.

»Ich verstehe den Sinn der Bibelzitate nicht. Und wer ist Lilith?« Kristin sah die beiden Männer an.

»Der Kerl ist doch komplett irre«, sagte Skaug.

Völlig irrational fühlte Kristin sich für die ganze Sache und ihren Ausgang verantwortlich. Als ob sie darum gebeten hätte, die Videokassetten geschickt zu bekommen, um ihre Karriere voranzutreiben.

»Wer unterrichtet Vang?«, fragte Skaug.

»Ich nicht«, sagte Kristin. »Ich sehe nach, wer Lilith ist.«

Wolter wedelte müde mit der Hand.

Kristin ging auf direktem Weg ins angrenzende Büro und rief einen alten Informanten in Blindern an, einen Dozenten in Volkskunde. Jedes Jahr zu Weihnachten und Ostern hatte sie ihn über die norwegischen Feiertagstraditionen interviewt. Warum sie Weihnachtsbäume hatten, ob der Weihnachtsmann norwegisch oder eine Erfindung Walt Disneys war, und was um alles in der Welt Eier und Kriminalromane mit Ostern zu tun hatten.

»Was weißt du über Lilith?«, fragte sie, als sie mit den Höflichkeitsfloskeln fertig waren.

»Ich hoffe, das hat nichts mit dem Aquarius-Fall zu tun«, sagte er.

»Wieso?«

»Weil Lilith die größte Xanthippe aller Zeiten war.«

Lilith. Die Böse. In der nordischen Mythologie die Urmutter der unterirdischen Wesen. Die alten Juden sahen in ihr einen nächtlichen Dämon. Es hieß, sie sei Adams erste Frau gewesen, die ihn für wollüstige Dämonen verließ.

Lilith. Die höchste der weiblichen Dämonen. Die neugeborene Kinder entführte und tötete. Die schlafende Männer verführte und ihr Blut trank.

Kristin bedankte sich für die Hilfe und legte auf. Sie kniff die Augen zu, um die Tränen zurückzuhalten. Das arme Mädchen!, dachte sie. Arme Marianne, das arme, arme Mädchen!

## 2

In Absprache mit der Polizei wurde entschieden, die ungefähr eine Minute lange Aufnahme der unbekannten Marianne zu senden. Die letzte Drohung war ernst gemeint gewesen. Sie hatten nichts zu verlieren, wenn sie der Forderung nachkamen. Natürlich wollte Wolter sich nicht erpressen lassen, aber verdammt, selbst die *New York Times* hatte ein Manifest des amerikanischen Terroristen »Unabomber« veröffentlicht, in der Hoffnung, dass er endlich aufhörte, Briefbomben zu verschicken. Das Leben eines jungen Mädchens stand auf dem Spiel, und wenn die kleinste Chance bestand, es zu retten, indem die Bilder gezeigt wurden, warf er gern seine Prinzipien über Bord.

Um einen Aufstand zu vermeiden, wollte Wolter Runar Vang nach der Ausstrahlung als Gast im Studio haben. Die Redaktion brauchte Rückendeckung. Von Angesicht zu Angesicht mit der Nation sollte Vang bitte sehr bestätigen, dass die Polizei »24 Stunden!« sozusagen angefleht hatte, Mariannes Hilferuf zu senden.

Kristin stellte den Beitrag zusammen. Sie hatte immer mehr das Gefühl, dass es ihr Fall war. Anfangs konnte sie noch so tun, als ginge sie das Ganze nichts an, als wäre sie nur zufällig die Empfängerin der Videokassetten. Aber inzwischen hatte sie eingesehen, dass das kein Zufall war. Aquarius – wer immer er sein mochte – hatte sie aus der Masse neuer Gesichter im Fernsehen herausgepickt. Sie wusste nicht, warum. Und sie konnte nichts dagegen tun.

Sie eröffnete den Beitrag mit Archivbildern der vorangehenden Fälle. Sie verwendete eine Minute, um über den Kritikersturm gegen »24 Stunden!« zu referieren, und sie interviewte Wolter, der betonte, dass sie die Aufnahme von Marianne ausschließlich in der Hoffnung zeigten, damit ihr Leben zu retten. Ehe Kristin zu dem eigentlichen Appell kam, kündigte sie an, dass nach dem Beitrag drei direkte Durchwahlnummern zur Redaktion eingeblendet würden. Die Polizei und ein Krisenpsychiater waren vor Ort, um mit den Angehörigen des Mädchens oder denen zu reden, die einen Hinweis zu dem Fall hatten.

Mariannes Mutter meldete sich eine halbe Minute nach dem Einblenden der Telefonnummern.

Sie war hysterisch. Der Polizist hörte ihr einige Sekunden zu, verdrehte die Augen und gab das Gespräch an den Krisenpsychiater weiter. Der brauchte mehrere Minuten, sie einigermaßen zu beruhigen. Unterdessen klingelten die anderen beiden Telefone: Mariannes Schwester, die in Tromsø studierte, eine Freundin aus Dokka, der eine oder andere Spaßvogel, der schnell auflegte, als klar wurde, dass die Anrufe zurückverfolgt werden konnten. Während der Psychiater beruhigend auf Mariannes Mutter einredete, nahm die Polizei Kontakt zum Wachtmeister des Ortes auf und bat ihn, in Begleitung eines Arztes zu den Eltern zu fahren. Im Laufe des Abends würden einige Ermittler dort eintreffen.

# 3

Alle – nicht nur Kristin und die Polizisten, die in dem Fall ermittelten – fühlten die gleiche Hoffnungslosigkeit, als Mariannes Leiche gefunden wurde.

Sie wurde auf dem Boden einer Plastikjolle entdeckt, die zwischen Nesodden und dem Hafenbecken von Oslo trieb. Sie war nackt. Wie sich zeigte, hatten bereits mehrere Leute sie gesehen, ohne Alarm zu schlagen. Sie hatten geglaubt, sie sonnte sich. Der Schiffer der Nesoddenfähre benachrichtigte die Polizei, nachdem er zweimal an ihr vorbeigefahren war und es nicht länger hinnehmen wollte, dass sie sich derart entblößt seinen Passagieren präsentierte.

# Hexagramm

Der Gerichtsmediziner entdeckte erst bei der Obduktion das Hexagramm, das in ihre rechte Handfläche geritzt war.

Eine Serie mit Farbfotos von der Hand der Leiche wurde mit dem Polizeimotorrad in Runar Vangs Büro gefahren. Vang schlug die gelbe Mappe auf, nahm die Fotografien heraus und starrte auf die Nahaufnahmen eines sechszackigen Sterns: ein aufrechtes und ein auf den Kopf gestelltes Dreieck, die übereinandergeschoben waren.

Wie auf Anitas Brust.

Diesmal mit einer Sieben in der Mitte.

Was war die Botschaft?, fragte er sich. Was versucht Aquarius uns zu erzählen?

Psychologische Studien aus den USA wiesen nach, dass die wenigsten Taten unmotiviert oder spontan sind, wenn jemand immer wieder mordet. Die einen schneiden ihren Opfern Organe heraus. Andere trennen ihre Köpfe ab. Einige missbrauchen die Leichen sexuell. Alles ließe sich aus der krankhaften Logik des Mörders erklären. Aber Vang war nicht in der Lage, die Symbolik des Davidsterns zu deuten. Oder die Zahlen. Es sei denn, er nummerierte seine Opfer. Aber das hieße, dass er bereits vorher viermal gemordet hätte. Undenkbar.

Er schob die Fotos zusammen und legte sie zurück in die Mappe. Das war eine Aufgabe für die drei Psychologen, die mit der Aquarius-Kommission zusammenarbeiteten. Sie würden hoffentlich eine Botschaft finden.

Ein paar Stunden später bekam er den vorläufigen Obduktionsbericht.

Marianne war ertrunken. Oder ertränkt worden. In ihren Lungen waren Süßwasser und Spuren von Seife. Luft in den Lungenbläschen. Schaum in Luftröhre, Nase und Mund. Die Schnittwunde an ihrer Hand war ihr nach Eintreten des Todes etwa vierundzwanzig Stunden vor dem Auffinden der Leiche zugefügt worden. Es gab keine Hinweise auf sexuellen Missbrauch.

Wieso missbrauchte er sie nicht?, dachte Vang. Er verfolgt sie, entführt sie, kettet sie an der Wand fest und hält sie auf der Matratze gefangen, er filmt sie. Es geht um Macht, Dominanz, darum zu beherrschen. Trotzdem vergewaltigt er sie nicht. Selbst, wenn sie tot sind, lässt er sie in Frieden. Viele Mörder sind nekrophil. Sie haben Angst vor Frauen. Haben Angst, ausgelacht oder abgewiesen zu werden. Sie fürchten sich davor, was die Frauen von ihnen denken. Die Angst macht sie impotent. Erst, wenn die Frau tot ist, wagen sie es, ihre Sexualität auszuleben. Aber Aquarius tat nichts dergleichen. Was also trieb ihn an?

Vermutlich lag das Video über den Mord bereits in einem Briefkasten irgendwo in Oslo. Zivile Fahnder hatten drei Tage lang die am stärksten frequentierten Briefkästen in den Stadtteilen, in denen die letzten Briefe aufgegeben worden waren, mit Videokameras überwacht. Es wurden verdeckte Aufnahmen von jedem gemacht, der einen Brief in den Kasten steckte. Der Inhalt dieser Kästen wurde in einen gesonderten Raum im Postamt gebracht, wo ein Angestellter der Post und ein Polizist alle Umschläge kontrollierten, auf der Jagd nach einem, der an Kanal 24 adressiert war. Wenn sich in einem der Briefkästen ein an Kristin Bye adressierter Umschlag befand, hätten sie Bilder von dem Mann. Danach mussten nur noch die Unschuldigen der Reihe nach ausgeschlossen werden. Aber die acht Briefsendungen an

Kanal 24 waren nur vier Antworten auf Preisausschreiben, eine Bewerbung, zwei Pressemitteilungen und eine Beschwerde, dass neunorwegische Moderatoren und Fernsehansager nicht untertitelt würden.

Sie ist hübscher als die anderen Mädchen. Sogar hübscher als Anita. Sie erinnert ihn an Linda.
Er sitzt auf einer Bank, im kühlen Schatten der Ulmen, als sie aus der Tür gestürmt kommt und die Treppe hinunterläuft. Kurzer Rock, lange Beine.
Er atmet den merkwürdigen Duftmix von Abgasen und Gras ein, als er ihr mit dem Blick folgt.
Gute Figur. Geschwungene Hüften.
Als sie anhält, um die Straße zu überqueren, steht er auf, schaut auf die Uhr, gähnt und schlendert hinter ihr her.

Sie hat noch ein paar Besorgungen in der Stadt zu machen. Er wartet auf dem Bürgersteig auf der anderen Straßenseite, solange sie in den Läden ist.
In der Straßenbahn ist kein Sitzplatz zu ergattern, also bleibt er, die Hand in einer Schlaufe, direkt hinter ihr stehen. Die Bahn fährt schuckelnd durch eine Kurve, und sie dreht sich kurz um. Er erschrickt, als ihre Blicke sich treffen. Er lächelt, als wären sie alte Bekannte, die sich zufällig begegnen. Sie lächelt vorsichtig zurück. Sie hat mich nicht wiedererkannt, denkt er erleichtert. Und enttäuscht.
Vor einem ausländischen Laden steigt sie aus und kauft eine Konservendose und einen halben Liter Cola light. Er geht an ihr vorbei die Straße hinauf, und als er merkt, dass sie ihm folgt, geht er mit raschen Blicken über die Schulter weiter. Er grinst. Das ist das erste Mal, dass er jemanden von vorne verfolgt.

Er läuft fast, überquert die Straße und biegt in einen Park ein.
Sie folgt ihm.
Hat sie mich gesehen?, denkt er. Das kann nicht sein.
Er ist unsichtbar. Solange er sich richtig verhält. Sie kann ihn nicht gesehen haben.
Er setzt sich auf eine Bank, neben eine alte Frau mit einem Pudel an der Leine. Er schaut zu Boden. Die alte Frau nimmt eine Plastiktüte mit altem Brot und füttert mit den Krümeln die Tauben, die sich gurrend um sie scharen.
Sie macht einen großen Bogen um die Tauben.
*Sie hat mich nicht gesehen!*
Auf der anderen Straßenseite, vor einem Mietshaus mit Ausblick auf den Park, bleibt sie stehen und geht hinein.
Er schlendert über die Straße, die Hände in den Hosentaschen. Bückt sich und bindet die Schnürsenkel zu.
Der Gehweg ist leer. In den parkenden Autos sitzt niemand. Trotzdem zieht er den Schirm seiner Kappe in die Stirn und setzt die Sonnenbrille auf.
Er bleibt vor ihrem Hauseingang stehen und studiert die Namen auf den Klingelschildern. Es ist eine sorgfältig gearbeitete Platte mit aufgeschraubten Namensschildern in poliertem Messing.
Sie wohnt im dritten Stock. Rechts. »Kristin Bye« liest er auf ihrem Messingschild.

# Der Traum

## I

In den Träumen erscheint Bø wie ein Trugbild aus uralten Zeiten. Die Blockhauswände, die von der Sonne gebleichten Rundhölzer, in denen die Fensterscheiben schwarz funkeln. Zweihundert Jahre lang hat die Almhütte im Schutz des Bergvorsprunges Wind und Wetter getrotzt.

In den Träumen ist nie ein Mensch auf der Alm.

In Wirklichkeit war sie mit vielen Menschen dort gewesen – ihren Eltern, ihrem Bruder Halvor, Freundinnen, Liebhabern –, aber in ihren Träumen ist sie immer alleine dort.

Hinter den Rundhölzern schlummern die Zimmer im Dunkel. Bei jedem Windstoß, der um die Hausecke pfeift, knarren Boden und Wände. Eine altersschiefe Standuhr tickt hohl und in ihrem ganz eigenen Tempo. In einem unebenen Spiegel formt der Mondschein diffuse Figuren.

Es gab eine Geschichte über den Spiegel in Bø. Eine der kleinen Töchter ihrer Ururgroßeltern soll in dem Spiegel gefangen sein. Das Mädchen hatte sich in dem Wald unter der blau schimmernden Felswand über der Alm verlaufen und war nicht zurückgekommen. Die Familie war überzeugt, das Bergvolk habe sie entführt. Zwei Wochen nach dem Verschwinden des Mädchens, spät in einer Herbstnacht – der Schnee schlug gegen die Scheiben –, hatte die Ururgroßmutter einen lauten Schrei ausgestoßen: Sie hatte ihre kleine Tochter in dem Spiegel gesehen und sich von diesem Erlebnis nie wieder erholt.

Als Kristin aufwachte, noch gefangen in allen möglichen wirren Träumen und Erinnerungen, wäre sie gerne noch eine halbe Stunde liegen geblieben, um sich in die Sommer ihrer Kindheit in Juvdal in der Telemark zurückzuträumen. Unten im Ort, zwischen der Reichsstraße und dem Fluss, lag der Hof ihrer Mutter. Sie kannte jeden Stein und jede Wurzel auf dem Viehpfad, der den Hang hinauf zur Alm führte.

Jetzt betrieb Halvor den mütterlichen Hof und kümmerte sich um die Almhütte.

Kristin setzte sich im Bett auf, gähnte und rieb sich die Augen. Sie hatte lange nicht mehr von Bø geträumt. Sie schielte zum Wecker. Halb zehn. Sie hatte heute frei und sich nichts vorgenommen.

Außer es kam ein Anruf aus dem Sender. Außer das Video von Marianne traf ein.

Sie hoffte inständig, dass Aquarius sie mit weiteren Videos verschonte.

Bevor sie in die Schule gekommen war, hatte Kristin die Winter in Oslo und die Sommer auf dem Hof ihrer Mutter oder oben auf der Alm verbracht. Bø war damals das Familienferienparadies gewesen. Bis ihre Mutter krank wurde. In den ersten Jahren nach dem Tod ihrer Mutter hatte sie die Alm gemieden, doch später hatte sie ihre Liebhaber dorthin mitgenommen; Knut-Olav, der sich weigerte, das Außenklo zu benutzen, weil er fest davon überzeugt war, dass ihn aus der Finsternis ein Paar tierische Augen angestarrt hatten … Sigmunn, der fest davon überzeugt war, dass es in der Hütte spukte … Kjell Rune, der sich bei dem Versuch, auf dem morschen Zaun zu balancieren, den Daumen gebrochen hatte … Per-Sverre, mit dem sie sommersüße Stunden im Heu in der Scheune verbracht hatte. Nur Marcus hatte nie mitkommen wollen.

Unter einem Felsblock gab es eine Quelle mit Trinkwasser, und im Erdkeller unter der Küche standen noch immer Konserven von 1965 und Einmachgläser mit Großmutters Marmelade.

Sie strampelte die Daunendecke weg und ging direkt unter die Dusche. Das Wasser war so eiskalt, dass sie eine Gänsehaut bekam.

Hinterher stellte sie sich ans Fenster, band den Bademantel zu und schaute auf die Straße. In einem parkenden Lieferwagen fiel ihr Blick auf zwei Hände, die auf dem Lenkrad lagen. Der Wagen stand schon eine ganze Weile dort. Ein geduldiger Mensch; auf wen der wohl wartete?

Als sie mit dem Frühstück fertig war, rief Gunnar an und lud sie zum Abendessen ein. Sie traute ihren Ohren kaum. Abendessen? Bei Gunnar? »Das muss Aquarius sein, der mich in eine Falle lockt!«, lachte sie in den Hörer.

Sie schaltete das Radio ein, kochte Kaffee und genoss es, in dem dünnen Seidenmorgenrock in der Wohnung herumzutrödeln.

Mit halbem Ohr hörte sie die Halb-eins-Nachrichten, während sie sich langsam anzog und das Haar zu einem Pferdeschwanz zusammenband.

Vielleicht, dachte sie und schnitt eine widerstrebende Grimasse, wäre es mal wieder an der Zeit, diesem Adlerhorst mit dem Staubsauger auf den Pelz zu rücken?

## 2

Gunnars Wohnung lag in einem eindrucksvollen, aber abseitigen Mietshaus in einer Seitenstraße der Bygdøy Allé. Zwischen der Hausfassade und dem Gehweg war ein zwei Meter breiter, hellgrüner Rasenstreifen. Die Eingangstür erinnerte an das Portal einer Kathedrale. Die Treppe, die in die dritte Etage führte, war breit und gefliest.

Gunnar war kein Meisterkoch. Sein Leben war von Konservendosen, Spiegeleiern und Fertiggerichten geprägt gewesen, die man nur aufwärmen musste. Aber heute Abend hatte er sich Mühe gegeben. Auf dem Tisch lag ein Tischtuch (ungebügelt, aber immerhin ein Tischtuch). Er hatte vier Kerzen angezündet. Aus der Küche zog der Duft von Lammbraten und (sie traute ihrer eigenen Nase kaum) – Knoblauch? – herüber. Gunnar hatte sich eine fleckige Schürze umgebunden und servierte ihr, nachdem er sie zum Sofa geleitet hatte, einen bereits gemixten Martini – *geschüttelt, nicht gerührt*. Er stellte das Essen auf den Tisch und zog den Stuhl für sie vor, als sie sich setzte.

Alter Charmeur, dachte sie.

»Ich habe dein Samstagsporträt gelesen. Fantastisch!«, sagte sie.

»Du meine Güte, so ein unwichtiges Meisterwerk.«

Sie sah ihn an. »Fällt es dir schwer aufzuhören?«

Er schnitt eine Grimasse, die alles heißen konnte.

Sie lachte. »Es hat mir gefallen, was du über seine bürokratischen Formulierungen gesagt hast. Wie war das noch gleich? ›Die Argumente klingen wie Paragraphen …‹«

»›Den Generalstaatsanwalt zu zitieren, ist, als malte man mit geschlossenen Augen ein Paragraphenzeichen.‹ Vermisst du das Schreiben nicht?«

»Oft.«

Der Braten war delikat. Zart und saftig. Er schaute verlegen zu Boden, als sie seine Kochkünste lobte. Schielte zu dem alten Fernseher, der mit schwarzem Bildschirm in der Ecke stand. Sie folgte seinem Blick.

»Ich hätte es, glaube ich, nicht geschafft, beim Fernsehen zu arbeiten«, sagte er.

»Warum nicht?«

»Früher vielleicht. In den Sechzigern. Das waren andere Zeiten.«

»Wie meinst du das?«

»Du bist zu jung, Kristin. Zu jung, um das zu verstehen. Der Fernsehapparat war eine Ikone! Etwas Magisches. Die Moderatoren waren Halbgötter. Aufklärer. Idealisten. Inzwischen gibt es kaum noch Ideale. – Erik Bye! Kjell Arnljot Wig! Wo seid ihr?«, rief er scherzhaft durchs Zimmer.

»Du klingst wie ein betagter Wirrkopf, Gunnar.«

»Ich bin ein betagter Wirrkopf. Vergiss nicht, ich werde langsam alt.«

Sie sah ihn im Schein der Kerzen an. Er wurde tatsächlich langsam alt.

Sie stießen mit alkoholfreiem Rotwein an, der wie saurer Saft schmeckte. Sie nahm Gemüse nach und etwas von der braunen Sauce.

»Und sonst?«, fragte Gunnar.

Sie schüttelte den Kopf. »Wir warten alle auf den nächsten Umschlag.«

»Ich mache mir Sorgen um dich.«

»Um mich? Ich bin ja wohl die Letzte, an der er sich vergreifen wird.«

»Woher willst du das wissen?«

»Ich weiß es nicht. Aber ich fühle es. Er will mir imponieren. Aus mir bislang unerklärlichen Gründen.«

Er sagte nichts mehr. Sie aßen. Sie hoben die Gläser und stießen an.

Zum Dessert gab es Milchreis ohne rote Sauce. Später, als sie ins Wohnzimmer umgezogen waren, servierte er Kaffee, Cognac und Kekse. Sie wollte keinen Cognac, aber er bestand darauf. Das waren schließlich die Gelegenheiten, für die er Cognac im Haus hatte, und wenn alle Gäste aus Rücksicht auf ihn ablehnen würden, war das Risiko viel zu groß, dass er ihn eines schönen Tages alleine trinken würde.

Als sie aufbrechen wollte, half er ihr in den Mantel. Sie stand einen Moment vor ihm und suchte nach etwas Nettem, das sie ihm sagen konnte, etwas, das ihm zeigte, was er ihr bedeutete. Aber ihr fiel auf die Schnelle nichts ein. Also sagte sie einfach: »Danke für das wunderbare Essen, Gunnar.«

»Es war mir ein Vergnügen!«

»Ich bin schwer beeindruckt! Ich hab dich immer für einen Labskaus-Mann gehalten.«

»Das Leben ist eine Illusion.«

»Wie meinst du das?«

Er lächelte schief. »Bist du bereit für das kleine Geständnis des Abends? Frau Henriksen aus der vierten Etage hat mir bei dem Braten und der Sauce geholfen.«

»Gunnar!« Kristin lachte.

»Aber die Kartoffeln hab ich allein gekocht.«

Kristin beugte sich vor und nahm ihn in den Arm. »Und die Kartoffeln waren hervorragend«, flüsterte sie ihm ins Ohr.

## 3

Die Postkarte war nicht unterschrieben. Sie lag zwischen den Briefen und Drucksachen in ihrem Postfach im Sender.

> Ich weiß, wo du wohnst.
> Wo Satan seinen Thron hat.

Sie dachte nicht weiter darüber nach. Sie bekam in letzter Zeit so viele merkwürdige Briefe. Jemand hatte sie beschuldigt, den Mörder zu ermuntern, noch mehr Morde zu begehen. Ein anderer riet ihr, sich von Satan zu befreien und Hilfe beim Herrn zu suchen. Ein paar Briefeschreiber beschuldigten sie, selbst hinter den Morden zu stehen. Sie hatte über zwanzig Heiratsanträge bekommen (einige schienen tatsächlich ernst gemeint zu sein) und acht schweinische Angebote. Eins dieser Schweine – der von Perversitäten schrieb, von deren Existenz sie nicht einmal gewusst hatte – hatte ein pikantes Polaroidbild beigelegt.

Der Tag verging wie im Flug. Sie hatte zwei Millionen Anrufe zu beantworten (größtenteils Anfragen wegen Interviews), und nach der Mittagspause standen Termine mit Skaug und Wolter und später noch mit Vang im Polizeipräsidium an.

Vang bestätigte indirekt, was sie befürchtet hatte: Die Polizei tappte im Dunkeln. Sie überreichte ihm nur zu gern die kranken Briefe, die sie bekommen hatte, und lachte über seine Reaktion auf das Polaroidbild von dem Mann mit der ausgeprägten, erotischen Fantasie.

## 4

Obgleich sie hoffte, von weiteren Aquarius-Videos verschont zu werden, ertappte Kristin sich immer wieder dabei, auf den nächsten Umschlag zu warten. Und da war sie nicht die Einzige. Auch die anderen in der Redaktion waren ungeduldig. Die Zeitungen spekulierten bereits darüber, ob Kanal 24 und die Polizei Informationen zurückhielten.

Der Mord an Marianne war irgendwie … Kristin suchte nach dem passenden Wort … unvollkommen, halb fertig, ohne Unterschrift.

Sie hatte die unangenehme Vorahnung, dass er sie auf die Folter spannte, damit das, was dann folgte, noch stärker wirkte, grenzenlos schockierte.

Worauf wartete er? Hatte er aufgehört zu filmen? War etwas passiert? Allmählich müsste der Umschlag doch kommen.

Er kam früh am nächsten Morgen.

Skaug weckte sie. Es war neun Uhr, sie hatte verschlafen. Sie solle sich ein Taxi schnappen und schneller als der Blitz in die Redaktion kommen, wo Vang und sein Team bereits auf sie warteten. Der Umschlag war von dem Polizeifahnder bei der Post abgefangen worden.

Am Empfang wimmelte es nur so von Polizisten in Zivil. Vang, Skaug und Wolter saßen im Büro des Nachrichtenredakteurs und erwarteten sie.

Vang erhob sich, reichte ihr Latexhandschuhe und gab ihr den Umschlag, nachdem sie die Handschuhe übergestreift hatte. Er lächelte undefinierbar: »Der war an Sie adressiert. Wir wollten ihn nicht aufmachen.«

Es war wie ein uraltes, religiöses Ritual, den Umschlag in die Hand zu nehmen. Er sah genauso aus wie der erste. Groß, braungelb, gepolstert, mit ihrem Namen in roten, unterstrichenen Blockbuchstaben.

Vang pfiff leise eine alte Jazz-Melodie.

Fast aggressiv riss sie das Kuvert auf und zog die Videokassette und den Brief heraus. Sie las laut vor:

> KRISTIN!
> WIR SEHEN JETZT NUR UNDEUTLICH WIE IN EINEM TRÜBEN SPIEGEL; DANN ABER VON ANGESICHT ZU ANGESICHT. JETZT ERKENNE ICH STÜCKWEISE; DANN ABER WERDE ICH ERKENNEN, WIE ICH ERKANNT BIN.
>
> KRISTIN, DU KENNST DOCH DIE GESCHICHTE VON SCHWESTER MADELEINE DE DEMANDOLX. BETRACHTE MICH ALS DEINEN BEELZEBUB.

IN DER BIBEL STEHT GESCHRIEBEN: DENN WENN EINER NUR HÖRER DES WORTS UND NICHT AUCH EIN TÄTER IST, SO GLEICHT ER EINEM MANN, DER SEIN GESICHT IM SPIEGEL BESCHAUT.

AQUARIUS

»Glasklare Botschaft, wie immer«, stellte sie fest.

Vang beugte sich vor, schnappte ihr den Brief aus der Hand und schob ihn in eine durchsichtige, verschließbare Plastiktüte.

»Wollen wir das Band ansehen?«, sagte Wolter.

Sie musste sich das nicht anschauen. Das sagte sie sich immer wieder. *Du musst dir das nicht anschauen.* Im Gegenteil, sie täte sich einen großen Gefallen damit, es nicht zu tun. Dennoch lehnte sie sich im Stuhl zurück, kniff die Augen ein wenig zusammen, wie sie es tat, wenn sie etwas Spannendes im Fernsehen sah. Sie hörte Vang ungeduldig seufzen und Skaug mit den Fingern auf die Tischplatte trommeln.

»Spielt das Band ab!«, sagte Skaug.

Wolter betätigte die Fernbedienung.

Kristin war nicht einmal überrascht, als sie sich selbst wiedererkannte. Das war irgendwie logisch. Sie hatte die ganze Zeit geahnt, dass es so enden würde.

Sie hörte Wolter wiederholt »Scheiße« murmeln und fühlte, wie sich Skaugs Hände wie Bärenpranken um ihre Schultern schlossen.

Vang presste die Lippen zusammen und schnaufte laut durch die Nase.

Die ersten Aufnahmen waren vor ihrem Haus gemacht worden. Ihr erster Gedanke war: Wo hat er gefilmt? Hinter einem Auto. Oder aus einem Auto heraus?

Die nächste Sequenz war an der Haltestelle aufgenommen, als sie auf die Straßenbahn wartete. Dann sah man sie auf dem Weg in das Gebäude von Kanal 24 im Wergelandsveien und eine längere Passage, wo sie in dem 7-Eleven in der Thorvald Meyers Gate eingekauft hatte. Der Typ war ganz schön dreist. Selbst, wenn er die Kamera in einer Tasche versteckt hatte. Hatte sie ihn womöglich gesehen? Hatte sie etwa in der Kassenschlange vor ihm gestanden, womöglich einen Blick mit ihm gewechselt?

Die letzten Bilder waren abends aufgenommen worden. An ihrer Aufmachung, dem türkisfarbenen Jogginganzug, erkannte sie, dass er sie gefilmt hatte, als sie von einer Aerobic-Stunde nach Hause kam.

Sie sah die drei ernst dreinblickenden Männer an, suchte nach einer Blödelei, um die Stimmung aufzulockern. Stattdessen brach sie in Tränen aus.

# Zweiter Teil

Sie ist älter als die anderen. Das sieht er erst jetzt. Dabei war sie ihm so jung und süß vorgekommen, als er sie entdeckt hatte –, lange, blonde Haare, große Augen, straffes T-Shirt und enge Jeans –, doch jetzt, da sie bewusstlos auf seiner Matratze liegt, sieht er deutlich, dass sie viel älter ist, als er gedacht hatte. Schmale Fältchen strahlen von Mundwinkeln und Augen aus. Und am Ansatz sind ihre Haare eine Spur grau. Dreißig, mindestens, vielleicht sogar fünfunddreißig. Himmelherrgott. Hätte er doch nur genauer hingesehen, bevor er sie in den Lieferwagen gelockt hat. Jetzt ist es zu spät.
Sie jammert, stöhnt, öffnet die Augen aber nicht. In der Regel dauert es eine gewisse Zeit, bis sie wieder zu sich kommen.
Er zieht ihr die hochhackigen, weißen Sandalen aus. Sie trägt keine Strümpfe. Ihre Zehen sind winzig, die Nägel mit rosa Nagellack lackiert, der abzublättern beginnt. Er knöpft die Hose auf, zieht den Reißverschluss nach unten und streift ihr mühsam die hautenge Jeans ab. Der rote Slip wird über die Schenkel mit nach unten gezogen. Er zieht ihn wieder hoch. Löst den breiten Gürtel, den sie sich um die Hüften gebunden hat, und zieht ihr das T-Shirt aus. Der BH hat das gleiche, durchsichtige Muster wie der Slip. Er öffnet ihn, weiß, dass Mädchen im Liegen ungern einen BH tragen.
Er hat das Nachthemd gewaschen. Es duftet frisch und gut, der Stoff fühlt sich etwas steif an. Sie ist so schlaff, dass es ihm nur mit Mühe gelingt, ihr das Nachthemd überzuziehen, doch schließlich kann er die Handschelle um ihr dünnes Handgelenk schließen.
Wie üblich zerrt er einmal an der Kette, um sicherzugehen, dass die Befestigung an der Wand hält.

Dann schließt er die Tür und geht in den Nebenraum, um zuzusehen, wie sie zu sich kommt.

Er hatte eigentlich nicht vorgehabt, sie mitzunehmen. Es war einfach so geschehen. Ohne dass er es geplant hatte.
Verdammt. Manchmal machte er wochenlang Jagd auf ein Mädchen, ohne Erfolg zu haben. Und dieses hier hatte er gar nicht haben wollen. Es … hatte sich einfach fangen lassen. Als wäre das der Sinn der Sache.

Eine Stunde später wacht sie auf.
Zuerst geht ein Zucken durch ihren Körper, dann beginnt sich der Kopf hin und her zu bewegen. Es vergehen ein paar Minuten, bis ihr bewusst wird, dass sie nicht zu Hause in ihrem eigenen Bett aufwacht. Mit einem gewaltigen Kater. Sie richtet sich auf der Matratze auf; verwirrt, voll Entsetzen.
Zerrt an der Kette, betastet das Nachthemd und sieht sich im Raum um.
Immer reagieren sie gleich. Als Nächstes wird sie zu weinen anfangen.
Sie kniet sich hin, überprüft mit der freien Hand, ob sie ihren Slip noch trägt (was denkt sie eigentlich von ihm?), und versucht, die Kette aus der Wand zu reißen. Sie ist aggressiver als die anderen. Als sie erkennt, dass die Kette solide verankert ist, setzt sie sich wieder auf die Matratze. Und dann tut sie etwas Überraschendes. Sie flucht.

Er lässt noch ein wenig Zeit verstreichen, ehe er zu ihr hineingeht. Sie starrt ihn an und presst sich an die Wand.
»Hast du Angst vor mir?«, fragt er.
»Verdammt, was glauben Sie denn?«
Ihre Wut verwirrt ihn.
»Sie sind das, oder?«, fragt sie.

»Was bin ich?«
»Sie sind doch dieser...«, sie sucht nach dem Namen, »Aquarius!«
Sie spuckt das Wort wie eine faule Kirsche aus.
Er versucht sich an einem geheimnisvollen Lächeln. Was nicht so leicht ist, denn er ist unsicher. Sonst jammern oder weinen die Mädchen immer, wenn er hereinkommt, wütend war noch keines gewesen.
»Wie heißt du?«, fragt er.
»Wie heißen Sie?«
Sie sehen einander an. Sie sagt: »Sie heißen doch nicht wirklich *Aquarius*?«
Es ist nicht die Frage, die ihn so irritiert. Es ist ihr widerliches Lächeln.
Er tritt an die Matratze, kniet sich hin und schlägt zu.
Niemals zuvor hat er ein Mädchen geschlagen, aber er hat keine andere Wahl. Er schlägt mit offener Hand. Es tut ihm ebenso weh wie ihr, bringt sie aber dazu, den Mund zu halten.
»Wie heißt du?«, fragte er wieder, als er sich sicher ist, seine Stimme wieder unter Kontrolle zu haben.
»Frøydis«, faucht sie. Ihre Augen sind aus Glas.
»Und weiter?«
»Vik.«
»Willkommen, Fräulein Vik. Wie alt bist du?«
»Was spielt das für eine R...«
Er schlägt wieder. Nicht hart. Nur um ein Zeichen zu setzen, wer hier das Sagen hat.
»Zweiundvierzig.«
Er starrt sie verblüfft an.
»Du siehst viel jünger aus«, sagt er schließlich.
Säuerlich: »Danke.«
»Viel jünger«, wiederholt er.
»Sie sehen auch nicht so aus, wie ich Sie mir vorgestellt habe«, erwidert sie.

»Wie meinst du das?«
»Ich hatte mir so einen Riesengorilla vorgestellt.«
»Gorilla?« Er kapiert nicht, wovon sie redet.
»Ich dachte einfach nicht, dass Sie aussehen, wie Sie aussehen.«
»Wie sehe ich denn aus?«
Sie zog die Schultern hoch. »Ganz normal. Ein gut aussehender junger Mann. Haben Sie vor, mich umzubringen?«
Er steht auf, etwas zu rasch, und muss sich an der Wand abstützen, weil ihm schwindelig wird.
»Werden Sie mich umbringen?«, wiederholt sie.
Er geht aus dem Raum und schließt die Tür.

Zweiundvierzig Jahre? Also wirklich – zweiundvierzig Jahre!
Sie hatte im Park gestanden, die Sonne wie Gold in den Haaren, und ihn mit leuchtenden Augen angesehen und gefragt: »Entschuldigen Sie, Fremder, Sie haben nicht zufällig einen Golden Retriever gesehen?«
*Fremder.* Sie war so süß.
Und er hatte ganz automatisch geantwortet: »Ach – gehört der Ihnen? So was, da haben Sie aber Glück. Er ist in meinem Auto, ich wollte ihn gerade zur Polizei bringen.«
Genau wie in *Der Sammler*.
»Na, so ein Glück!«, hatte sie geantwortet, mit glitzernden Augen.
Es war so einfach gewesen. Sie waren zusammen zum Auto gegangen, und er hatte die hinteren Türen geöffnet und gesagt: »Er muss sich hinter den Kisten versteckt haben.« Dann hatte er ihr hineingeholfen.
Er hatte das wirklich nicht geplant. Es war einfach geschehen.
*Zweiundvierzig? Wirklich?*

Als er ein Teenager war, war es durchaus vorgekommen, dass gleichaltrige Mädchen mit ihm zusammen sein wollten. Er hatte immer abgelehnt. Natürlich höflich. Er wollte sie ja nicht verletzen.

Sie schläft, als er mit dem Essen kommt, wacht aber sofort auf.
»Ich kenne dich kaum«, sagt er.
Da lacht sie. Er hat Lust, sie zu schlagen.
»Ich will alles über dich wissen«, sagt er.
»Das hätten Sie wohl gern …«, antwortet sie aufmüpfig.
»Hast du Kinder?« Sie sieht aus wie eine dieser Mütter, von denen niemand glaubt, dass sie Mütter sind.
Sie antwortet nicht.
»Antworte!«, schreit er.
Sie sieht ihm direkt in die Augen. Er schlägt ihr mit der offenen Hand auf die Wange.
»Hast du Kinder?«, wiederholt er.
»Ja«, sagt sie.
»Wie viele?«
»Zwei.«
»Jungs? Mädchen?«
»Jungs.«
»Wie heißen sie?«
Sie zögert. »Bjarne. Andreas.« Die Namen verändern etwas an ihrer Stimme.
»Wie alt?«
»Fünfzehn und achtzehn.«
»Wohnen sie bei dir?«
»Meistens sind sie bei ihrem Vater.«
»Was arbeitest du?«
»Werbung. AD.«
»AD?«
»AD! Art Director.«
»Warum hast du keine Angst vor mir?«
Sie sieht ihn direkt an. »Wer sagt, dass ich keine Angst habe?«
»Du siehst nicht so aus.«
»Ich will nicht sterben«, sagt sie.
»Und warum hast du dann keine Angst?«

Sie begegnet seinem Blick. Ihre Augen sind voller Trotz. Sie erschreckt ihn. Das ist ein ungewohntes Gefühl.

»Bist du verheiratet?«

»Geschieden.«

»Dann wohnst du allein?«

»Nicht ganz.«

»Wie meinst du das?«

»Ich wohne mit jemandem zusammen.«

»Wie heißt er?«

»Eva«, antwortet sie.

# Wartezeit

I

Die Wachleute der Polizei waren kräftig gebaut und hatten kurz geschorene Haare. Sie trugen graublaue Anzüge mit Sonnenbrillen in den Brusttaschen. Kalte Augen. Kristin schätzte sie beide auf etwa dreißig. Der eine hieß Patrick, der andere Claes. Sie begrüßten sie per Handschlag. Fest.

Vang unterstrich, dass der Polizeischutz keinerlei Garantie war. Kristin müsse mitspielen; sie müsse tun, was die Polizei sagte, nichts unternehmen, was sie verletzbar machte, und auf alle Einschätzungen und Risikoanalysen der Polizei hören.

Am liebsten wäre es Vang gewesen, sie hätte die Wohnung gewechselt. Wenigstens für eine gewisse Zeit, aber das lehnte sie strikt ab. Irgendwo musste die Grenze sein – sonst konnte sie ja gleich in eine Gefängniszelle ziehen, sich an der Tür festketten und den Rest ihres Lebens in Sicherheitsgewahrsam verbringen.

Sie sollte Listen für sie erstellen; alle Verwandten aufzählen, nahe und entferntere Freunde, feste Routinen. Sie wollte nicht. Obschon die Polizei nur tat, was sie tun musste, um sie zu schützen, widerstrebte es ihr, ihr Leben derart vor ihnen auszubreiten.

Einer der Beamten setzte sich unten in die Rezeption, um ein Auge auf alle zu haben, die etwas in der Redaktion zu tun hatten, während Patrick unablässig in Kristins Nähe blieb. Als sie auf die Toilette musste, blieb er draußen vor der Tür stehen.

»Meinst du, ich kann heute Abend beide mit ins Bett nehmen?«, fragte sie Wolter, als sie in sein Büro kam und die Tür hinter sich geschlossen hatte. Patrick stand draußen davor und bewachte die Tür mit verschränkten Armen. »Oder lösen sie sich ab?«

Er kicherte pflichtschuldig, humorlos.

Durch die Tür hörten sie Skaug resigniert mit Patrick diskutieren, ehe er hart an die Tür klopfte und dann den Kopf hereinstreckte. »Man könnte meinen, du wärst aus Gold«, seufzte er und verdrehte die Augen in Richtung des Beamten. »Wir haben endlich einen Theologen gefunden, der diese Schwester kennt…« Er nahm Anlauf. »Madeleine de Demandolx.« Er sprach den Namen in akzentfreiem Französisch aus.

Kristin und Wolter blickten sich an. Mit einem an Patrick gewandten »Entschuldigung, ich verspreche Ihnen, sie nicht zu töten« kam er herein und schloss die Tür hinter sich.

»Das ist echt abgedreht«, sagte Skaug und schob seinen Hintern auf den Schreibtisch. »Sie war eine von mehreren Nonnen aus Aix-en-Provence, die von Dämonen besessen waren.« Er schnitt eine vielsagende Grimasse. »Na, was sagt ihr jetzt? Dämonen! Ihr Fall wird in theologischen Schriften beschrieben, findet sich heute aber hauptsächlich in psychiatrischen Werken. Sie war anscheinend von diesem… Beelzebub besessen. Hatte wilde Träume, ich sag's euch, über Sodomie und Kannibalismus. Eine Nonne! Und bekam krampfartige Anfälle, bei denen sie sich auf den Boden warf und ihre edelsten Teile entblößte.«

»Wer ist dieser Beelzebub?«

»Der Fürst der Dunkelheit«, sagte Kristin.

Die Worte blieben in der Luft zwischen ihnen hängen.

»Ich verstehe einfach nicht, warum er mich gefilmt hat«, sagte sie.

»Weil er demonstrieren will, wie verletzbar du bist.«

»Und wie verletzbar bin ich?«

Sie sahen einander an.

## 2

Die Polizisten fuhren sie nach der Arbeit in einem schwarzen Volvo mit getönten Scheiben nach Hause. Auf dem Boden vor dem Beifahrersitz lag ein magnetisches Blaulicht.

Sie führte die Beamten durch die Wohnung. Die Männer waren wortkarg und ernst. Wahrscheinlich hatten sie diesen Auftrag als eine Art Disziplinarstrafe erhalten. Aus dem Leim gegangene Babysitter mit schusssicheren Westen. Sie überprüften Fenster und Türen, spähten mit Ferngläsern hinunter in den Park und seufzten gelangweilt.

Im Laufe des Nachmittags rief sie Halvor an und erzählte ihm, was geschehen war. Sie hörte seiner Stimme an, wie besorgt er war, und versuchte, die Bedrohung zu bagatellisieren.

»Der will so nur noch mehr Aufmerksamkeit«, sagte sie.

*Und noch mehr Aufmerksamkeit wird er bekommen, wenn es ihm wirklich gelingt – wenn er mich kidnappt, mich in ein weißes Nachthemd steckt, an der Wand festkettet und auf der Matratze filmt.*

»Willst du nicht nach Hause kommen, Schwesterherz? Hier wird er dich nie finden.«

Sie hatte den Hof nie als ihr Zuhause empfunden, nicht so, wie er es für Halvor war. Sie waren in Oslo aufgewachsen, und der mütterliche Hof in Juvdal war für sie immer nur ein Ferienort gewesen. Halvor hingegen war dorthin gezogen und hatte den Hof übernommen, als Großvater nicht mehr konnte, und inzwischen hatte er sogar den dortigen Dialekt angenommen.

Sie berichtete von den Polizisten, die auf sie aufpassten, und erklärte ihm, dass sie in der Stadt doch sicherer sei als auf einem Bauernhof in einem abgelegenen Tal. Aber sie versprach ihm zu kommen, sobald alles ausgestanden war.

Als sie auflegte, dachte sie: Wann das wohl sein wird?

Um einundzwanzig Uhr – sie registrierte etwas abwesend, dass sie auch in den TV2-Nachrichten die Hauptmeldung war – wurden Patrick und Claes von zwei jüngeren Kollegen, Gustav und Ådne, abgelöst. Sie waren vom gleichen Typ, hatten aber trotzdem mehr Feuer und wenigstens ein bisschen Humor. Gustav konnte fabelhaft pfeifen. Sie ertappte Ådne dabei, dass er sie unentwegt anstarrte, und als sie zu Bett gehen wollte, fragte er schelmisch, ob sie sich so ganz allein auch sicher fühle. Dankend versicherte sie ihm, dass sie das durchaus täte. Sosehr Ådne das auch im Spaß gesagt hatte, hatte er damit doch eine unsichtbare Grenze überschritten. Schließlich erinnerte er sie daran, dass sie eine Frau war und er ein Mann, sie verletzbar und er der Beschützer, und nicht zuletzt daran, dass die Polizei jetzt ihre rot-weißen Absperrbänder um ihre innerste Privatsphäre gezogen hatte.

Sie duschte, bevor sie zu Bett ging, dann zog sie einen Slip und ein weites T-Shirt an. Bevor sie das Rollo hinunterließ, blieb sie einen Moment am Fenster stehen und blickte über den Birkelundenpark. In der Mitte stand ein Pavillon mit griechischen Säulen.

Sie zog das Rollo nach unten, trat zwei Schritte zurück und ließ sich nach hinten aufs Bett fallen.

Die Tränen kamen plötzlich. Mit zusammengebissenen Zähnen versuchte sie, sie zurückzudrängen. Sie wollte keine Heulsuse sein. Wollte nicht zulassen, dass er ihr eine solche Angst einjagte. Aber sie konnte einfach nicht aufhören zu weinen.

## 3

Sie wusste nicht, wie lange sie geschlafen hatte, als sie die Augen aufschlug. Es war dunkel. Durch das Rollo erkannte sie die Konturen des Fensters. Irgendetwas hatte sie geweckt. Sie lag reglos da und lauschte in die Stille.

Sie dachte: Er ist gekommen.

Weniger ein bewusster Gedanke als die Erkenntnis von etwas Unausweichlichem.

Kein Laut.

War er bereits in der Wohnung? War er wie ein Vampir an der Fassade nach oben und dann durch ein Fenster in ihre Wohnung geklettert? Durch das Schlafzimmerfenster? Stand er irgendwo im Dunkeln und beobachtete sie?

Warum hatte sie nichts mit ins Schlafzimmer genommen, mit dem sie sich verteidigen konnte? Wenigstens ein Brotmesser. Oder einen Hammer. Eine Axt. Das Damenmodell einer panzerbrechenden Rakete mit Atomsprengkopf.

Sie wollte rufen. Schreien. Befürchtete aber, er würde sich auf sie stürzen, sobald sie den Mund aufmachte. Sie musste still liegen bleiben und ihn glauben lassen, sie schliefe.

Dann hörte sie etwas. Es konnte Einbildung sein. Oder das Rauschen des Bluts in ihren Ohren.

Die Polizisten mussten tot sein. Er hatte sie getötet, war mithilfe eines Tricks in die Wohnung gelangt und hatte sie mit einem großen Fleischermesser erstochen. Jetzt lagen sie in einer Blutlache im Wohnzimmer.

Während er darauf wartete, dass sie aufwachte.

In der Dunkelheit fühlte sich der Raum eng an. Sie musste sich Mühe geben, ihren Atem unter Kontrolle zu halten.

*O lieber Gott, bitte lass ihn nicht hier sein!*

Da hörte sie wieder etwas. Einen gedämpften Laut; unbestimmbar, fern.

Sie sah ihn vor sich. Ein kräftiger, grobschlächtiger Mann mit verbissenem Gesicht, struppigen, kurzen Haaren, unreiner Haut und einem glasigen, irren Blick. Starke Hände, kurze, haarige Finger, die einem das Leben aus dem Leib quetschen konnten.

Drinnen im Wohnzimmer hustete jemand. Sie zuckte zusammen.

Eine Stimme. Ådne. Er sagte etwas, über das Gustav lachen musste.

Gustavs Lachen schlug eine Saite in ihr an.

Sie schrie auf.

Im Handumdrehen waren sie bei ihr. Sie hätte ihnen nicht zugetraut, dass sie so schnell waren, in so kurzer Zeit vom Sofa aufspringen, ihre Pistolen zücken, die Tür aufreißen, das Licht einschalten und in den Raum stürmen könnten. Aber das konnten sie.

Ådne eilte zum Fenster und überprüfte das Schloss. Gustav untersuchte Badezimmer und Schrank. Grinsend blickte Ådne unter ihr Bett. Und sie lag die ganze Zeit mit bis zum Kinn gezogener Decke da und starrte sie an.

»Haben Sie schlecht geträumt?«, fragte Ådne.

»Weil Sie geschrien haben?«, ergänzte Gustav.

»Ich dachte …«, begann sie. Ihre Stimme war brüchig. Aber sie wusste nicht, was sie dachte. Sie hatte nicht geträumt. Richtig wach war sie aber auch nicht gewesen.

Ihr Blick fiel auf den Radiowecker auf dem Nachtschränkchen. Null zwei null vier in roten Leuchtziffern.

Bevor sie wieder nach draußen gingen, fragte Ådne, ob er das Licht anlassen sollte. Sie bat ihn, es zu löschen. Damit sie nicht dachten, sie sei ein ängstliches Mädchen, das sich vor der Dunkelheit fürchtete. Doch als sie die Tür geschlossen hatten, knipste sie die Nachttischlampe an. Sie lag wach, bis es hinter dem Rollo zu dämmern begann. Gegen Morgen schlief sie ein.

## 4

Patrick und Claes brachten die Post mit, als sie Gustav und Ådne ablösten. Eine Telefonrechnung, zwei Reklamebroschüren und ein Brief ohne Briefmarke.

Von der Hausverwaltung?, dachte sie. Vielleicht verwehren sie sich gegen Mieter, die Mörder anzogen.

Aber der Brief war von ihm:

> Errette mich, Herr, von den bösen Menschen;
> behüte mich vor den Gewalttätigen,
> die Böses planen in ihrem Herzen.

Er war hier gewesen. Gestern oder heute Nacht oder irgendwann am Morgen. Irgendjemand musste unten die Haustür für ihn geöffnet haben (oder er hatte sich nach jemandem hereingeschlichen; die Tür brauchte ein Vierteljahrhundert, bis sie ins Schloss fiel), und er war über die Treppe bis zu ihrem Briefkasten gegangen.

Fürchtete er denn gar nichts?

Der Tag verging langsam.

Jedes Mal, wenn unten auf der Straße ein Auto hupte oder das Telefon klingelte, zuckte sie zusammen. Alle wollten mit ihr reden. Richard. Gunnar. Halvor. Die Kollegen von den Medien. Zum Schluss zog sie den Telefonstecker heraus. Patrick wurde sauer und informierte Vang, schließlich hatten sie eine Fangschaltung eingerichtet. Für den Fall, dass er auf die Idee kam, ein Schwätzchen halten zu wollen.

Vang sagte, es sei ihre Wohnung und ihr Telefon.

Sie räumte Schränke und Schubladen auf und wischte an Orten Staub, an die sie zuvor noch nicht einmal im Traum gedacht hatte. Ruhelos lief sie von Fenster zu Fenster. Bei jedem Mann um die dreißig, den sie auf der Straße sah, dachte sie: Der ist es. Sie fühlte sich eingesperrt. Er brauchte gar nicht in ihre unmittelbare Nähe zu gelangen, um in ihr Leben einzudringen. Sie in ein Gefängnis aus Furcht und Langeweile zu zwingen. Ihre Beschützer, die Polizisten, zu Eindringlingen zu machen.

Im Laufe des Tages wurde sie immer mürrischer. Was wohl

auch daran lag, dass manch unbedachter Kommentar fiel. Einer der Polizisten blätterte ungerührt durch das Fotoalbum mit Bildern von ihr und Marcus, und die Beamten musterten sie verstohlen. Durch den Türspalt hörte sie Claes sagen, sie hätte schöne Titten.

Sie wollte keine Kommentare hören. Weder über ihre Brüste noch über ihre Wohnung oder ihr Leben.

Patrick und Claes hielten sich in Küche und Wohnzimmer auf, während sie selbst immer mehr Zeit in ihrem Schlafzimmer verbrachte. Hinter verschlossener Tür hatte sie wenigstens ihre Ruhe.

Richard Wolter rief sie auf dem Handy an und fragte, ob alles in Ordnung sei. Sie brauchte gut fünf Minuten, um ihm zu erklären, dass es ihr wahrlich schon besser gegangen wäre.

»Wir sollten uns darüber freuen, dass er seit gestern nichts mehr von sich hören lassen hat«, sagte Richard.

Sie berichtete ihm von dem Gruß im Briefkasten.

»O verdammt«, fluchte er.

Für Kristin war die Stille bedrohlich. Sie wusste, dass er sich darin versteckte. Irgendwo. Genau in diesem Moment. Er war nicht zur Ruhe gekommen. War voller List und Tücke. Und er hatte alle Zeit der Welt.

## 5

In dieser Nacht träumte sie wieder von Bø.

Sie sagte Ådne und Gustav, die halb auf dem Sofa lagen und zwischen MTV und CNN hin und her zappten, brav gute Nacht. Trotz allem war es nicht die Schuld der Polizisten, dass sie in dieser Zwickmühle steckte. Es gab wirklich keinen Grund, sich wie eine prämenstruelle Zicke aufzuführen. Bevor sie die Tür schloss, schwor sie sich, in dieser Nacht um alles in der Welt nicht wieder zu schreien. Sie kippte das Fenster und ließ das Rollo herunter. Die Nacht war warm; es war gewittrig und schwül. Sie nahm eine rasche Dusche, fühlte sich aber sofort wieder verschwitzt, nachdem sie sich abgetrocknet und ein T-Shirt angezogen hatte. Nach einer Viertelstunde streifte sie es wieder ab, wischte sich den Schweiß von Stirn und Brust und warf es auf den Boden.

Kurz darauf fiel sie in einen unruhigen Schlaf.

In ihrem Traum war sie zurück in Bø. Allein. Es war später Nachmittag, Hochsommer, die Sonne drückte sich durch die Glaswirbel in den kleinen Scheiben. Um sie herum summten Wespen und Fliegen, und ein warmer Westwind strich singend durch den Wald bis hinauf zu den Felsen.

Irgendetwas stimmte nicht mit der Standuhr.

Die hundert Jahre alte Uhr tickte nicht wie sonst, sondern erzeugte einen durchdringenden Ton. Jemand hatte das schwere Pendel durch eine elektronische Flöte ersetzt.

Sie schlug die Augen auf. Eine lange, angstvolle Sekunde lang befand sie sich noch in Bø vor der alten Uhr und rang in der klammen Dunkelheit des Schlafzimmers nach Luft.

Dann erkannte sie, dass das Handy klingelte.

Sie beugte sich hinüber zum Nachtschränkchen, schaltete die Lampe ein, kniff die Augen wieder zusammen und tastete nach dem Telefon.

Die Ziffern des Radioweckers zeigten null eins, null fünf.

Kristin blinzelte, bevor sie die Annahmetaste drückte.

»Kristin, hallo?«

Ein paar Sekunden lang war es still.

»Hallo?«, wiederholte sie.

Richard? Halvor? Gunnar? Wenn es nur nicht Marcus ist!

»Ich bin's.«

Die Stimme war leise. Fast flüsternd. Tief, maskulin.

Ich?

*Er!*

Sie richtete sich im Bett auf, plötzlich hellwach. Das Laken, das sie als Decke nutzte, rutschte über ihre Hüften nach unten.

*Mein Gott, er ist es!*

»Hast du geschlafen?«, fragte er.

Kurzatmig: »Ja.«

»Tut mir leid. Ich wollte dich nicht wecken. Aber ich ziehe es vor, ohne diese heimlich lauschenden Gorillas mit dir zu reden.«

Sie hätten vorhersehen müssen, dass so etwas geschehen würde. Ihr Handy hätte auch eine Fangschaltung bekommen müssen.

Sein gedämpftes, heiseres Lachen erinnerte sie an das Geräusch von Sandpapier auf Stein.

»Was wollen Sie?«, fragte sie.

»Ich habe eine Frage … Eine Frage, die du der Polizei stellen sollst. Frag sie …« Er verstummte für ein paar Sekunden. »Frag sie, ob sie die Symbole verstanden haben.«

»Welche Symbole?«

»Sie werden dich verstehen.«

»Wie meinen Sie das? Von was für Symbolen reden Sie?«

Sie hörte, dass er tief Luft holte. Es gab keine Hintergrundgeräusche. Sie stellte sich ihn in einem dunklen Zimmer vor. Ein Mann in einem weißen Hemd. Sie sah ihn mit einer unangezündeten Zigarette. Einem Glas Whisky. Sie dachte an ihren Vater. So stellte sie sich ihn vor. Eine Vaterfigur.

»Hast du Angst bekommen, als du den Film gesehen hast, den ich von dir gedreht habe?«

»Ja.«

»Das dachte ich mir.«

»Warum wollen Sie mir nicht erzählen, von was für Symbolen Sie reden?«

»Das spielt keine Rolle. Ich habe mich bloß gefragt, warum die Polizei sie bisher zurückgehalten hat.«

Sie umklammerte das Handy noch fester.

»Haben Sie vor, mich umzubringen?«, fragte sie.

Sie konnte ihn atmen hören.

Auf jeder Seite der Gardine schimmerte ein Streifen bleiches Licht. Der Raum war voller farbloser, kalter Silhouetten. Unten auf der Straße startete ein Auto. Weit, weit entfernt johlten ein paar Jugendliche. »Weißt du, wie ich Marianne umgebracht habe?«

Sie schluckte. »Sie wurde ertränkt. Soweit ich weiß.«

Er kicherte. Hörte sich mit einem Mal wie ein Kind an. »Ins Schwarze getroffen.«

»Ich habe keinen Film bekommen.«

»Video«, korrigierte er sie.

»Ich habe kein Video bekommen.«

»Dann freu dich doch.«

Aus dem Wohnzimmer war die Erkennungsmelodie der CNN-Nachrichten zu hören.

»Wer sind Sie?«, fragte sie.

Er lachte.

Sie hob die Stimme: »Ich habe eine Frage. An Sie.«

»Ja?«

»Warum … in Gottes Namen, töten Sie diese unschuldigen Menschen?«

Es hörte sich an, als atmete er durch die Nase. Er machte ein schmatzendes Geräusch mit den Lippen. Bestimmt unbewusst, dachte sie. Eine schlechte Angewohnheit. Etwas, das sie sich merken musste.

»Was für eine Antwort erwartest du?«, fragte er. Dann fügte er hinzu: »Typisch Journalistin! Ihr glaubt, dass es auf jede Frage eine Antwort gibt.«

Ein Motorrad beschleunigte unten auf der Straße.

»Bereitet es Ihnen Freude, Ihre Filme im Fernsehen zu sehen?«, fragte sie.

»Dir etwa nicht?«

»Würden Sie … wenn wir Ihre Filme nicht mehr zeigen würden … würden Sie dann mit dem Töten aufhören?«

»Aufhören? Kristin, es gibt andere Sender. Es gibt Zeitungen.«

Ihr Name aus seinem Mund ließ sie erschaudern.

»Mein Gott, warum tun Sie das?«

»Betrachte mich als eine giftige Schlange. Ich töte, und dann verschwinde ich wieder im Dschungel.«

»Ohne Reue«, sagte sie.

Er lachte kalt.

»Sie spielen doch!«

Er erwiderte nichts.

»Sie spielen Theater. Sie verstellen sich für mich. Tun so, als wären Sie verrückt! Das sind Sie in der Tat! Trotzdem bluffen Sie.«

Er sagte nichts. Machte aber wieder dieses schmatzende Geräusch.

»Ich weiß nicht, was Ihr Problem ist. Aber Sie brauchen sich nicht zu verstellen.«

»Du bist ja spitzfindig.«

»Sie doch auch. Also, lassen Sie uns vernünftig miteinander reden. Seien Sie Sie selbst.«

»Wenn du mich so freundlich darum bittest.«

»Können Sie mir versprechen aufzuhören?«

»Aufhören?«

»Hören Sie mit dem Morden auf. Stellen Sie sich der Polizei!«

Er lachte laut.

»Das ist nicht witzig«, rief sie. »Lassen Sie es sein. Erkennen Sie denn nicht, was Sie da tun?«

Das Lachen erstarb. Er räusperte sich. »Natürlich«, sagte er. »Ich erkenne sehr wohl, was ich tue. Aber du bittest mich, rational zu sein.«

Die Tür des Schlafzimmers öffnete sich langsam. Ådne und Gustav sahen sie an. Er?, fragte Ådne stumm mit den Lippen. Kristin nickte.

»Aber ich bin nicht rational. Ich werde von den gleichen Impulsen gesteuert wie du. Nur dass in mir gewisse Dinge stärker ausgeprägt sind als bei dir.«

Die Polizisten kamen ans Bett geschlichen. Gustav setzte sich auf die Bettkante und beugte den Kopf zum Hörer. Ådne warf ihr das T-Shirt zu, das auf dem Boden lag. Erst jetzt ging ihr auf, dass sie nur im Slip dasaß.

»Warum haben Sie mich gefilmt?«, fragte sie.

»Weil«, sagte er, und sie erkannte an seiner Stimme, dass er lächelte, »ich will, dass du weißt, wie nah ich dir kommen kann.«

»Aber warum ich?«

»Das wirst du noch verstehen.«

Es lief ihr kalt den Rücken herunter.

»Schlaf gut«, flüsterte er.

## 6

Vang war eine knappe Stunde später vor Ort. Zu diesem Zeitpunkt hatte sie Ådne und Gustav bereits mindestens viermal alles erzählt, woran sie sich von dem Gespräch erinnerte. Zuerst war sie verärgert darüber, alles wieder und wieder sagen zu müssen, doch mit jedem Mal waren ihr weitere Kleinigkeiten eingefallen, und als sie nun für Vang, unterstützt durch Gustavs Notizen, das Gespräch wiedergab, war dieses verblüffend detailliert.

»Nachdem wir genau durchgegangen sind, was er gesagt hat, konzentrieren Sie sich jetzt auf seine Stimme«, bat Vang.

»Seine Stimme?«

»Wie hört sie sich an? Welche Assoziationen hat sie bei Ihnen geweckt?«

Sie versuchte noch einmal, sich an das Telefonat zu erinnern. Als sie die Augen schloss und sich konzentrierte, hörte sie seine Stimme so lebensecht, als wäre er tatsächlich im Raum. »Ich bin mir ziemlich sicher, dass es sich um einen Mann in den Dreißigern handelt. Plus minus fünf Jahre. Er hatte eine saubere, deutliche Aussprache. Kein Dialekt. Vermutlich hier aus der Gegend um Oslo. Aus dem Westen der Stadt, tippe ich, vielleicht Bærum.«

Vang faltete die Hände und setzte sich etwas bequemer hin. »Was konnten Sie sonst noch aus seiner Stimme heraushören?«

»Tief. Maskulin. Ein bisschen heiser. Aber gleichzeitig auch – etwas kindlich? Der Tonfall war irgendwie so. Nicht ganz echt. Seine Stimme hatte einen leicht beleidigten, verwöhnten Unterton. Ich hatte ihn mir die ganze Zeit als brutales Muskelpaket vorgestellt. Wie den Bösewicht aus einem Comic, wissen Sie. Jetzt zweifele ich daran, dass mein Fantasiebild stimmt. Er sieht nicht aus wie ein Mörder. Ich glaube, der ist äußerlich ganz normal.«

Als sie zu der Frage nach den Symbolen kam, lächelte Vang nervös.

»Wir hatten eigentlich nicht vor, damit an die Öffentlichkeit zu gehen«, sagte er unwillig.

»Damit?«

»Mit diesen Symbolen. Auf den Opfern. Auf Anitas Brust. Und auf Mariannes Handfläche.«

»Was für Symbole?«

»Hexagramme. Mit irgendetwas Dünnem, Scharfem in die Haut geritzt. Einer Nadel vielleicht oder einer Messerspitze.«

»Wie sehen sie aus?«

»Ein Kreis mit einem sechszackigen Stern darin. Zwei ineinander verschachtelte Dreiecke. Wie beim Davidstern.«

Sie starrte vor sich hin. »Glauben Sie – dass die Morde einen politischen Hintergrund haben? Terrorismus? Irgendetwas mit dem Oslo-Abkommen?«

»Wir haben darüber nachgedacht. Aber dabei geht es sicher nicht um Politik.«

»Nicht?«

»Sie haben doch seine Briefe gelesen. Die stecken voller Andeutungen auf die Bibel, die Astrologie und das Okkulte. Und das Hexagramm ist ein klassisches Symbol okkulter Kraft. Wird bei Zeremonien und ritueller Magie genutzt. Schon mal vom Siegel Salomos gehört? Wir glauben, dass er seine Opfer markiert hat.«

# Der unsichtbare Mann

Polizeidirektor Vang sah an die Decke und gähnte. Er hatte versucht, auf dem Sofa im Büro zu schlafen, aber der Schlaf wollte sich nicht einstellen. Rastlos war er wieder aufgestanden und hatte die Kaffeemaschine angestellt. Nach fünf Tassen Kaffee war er angespannt und nervös.

Er ging mit der Kaffeetasse zum Fenster und schaute in die Dämmerung hinaus, über die Dächer hinweg, den morgendlichen Verkehr. Er dachte an Herdis und an Una, Anita und Marianne. Und er dachte mit einem Kopfschütteln an Kristin. Das hatte ihm gerade noch gefehlt: ein Fernseh-Star, dessen Leben bedroht war. Wieder gingen seine Gedanken zu Herdis.

Er stellte die Kaffeetasse auf den Schreibtisch, warf das Sakko über die Schulter und begab sich in den Kinosaal. Selbst so früh am Morgen herrschte dort reger Betrieb. Mit einem lang gezogenen Gähnen sah er sich in dem großen Raum um. Sie waren längst aus dem Kinosaal hinausgewachsen und hatten ein Sitzungszimmer nach dem anderen in Beschlag genommen. Aber der Kinosaal war nach wie vor das Nervenzentrum.

Ein junger Polizist grüßte ihn. Vang nickte zurück.

Der Druck begann, an den unerfahreneren Kollegen zu zehren. Jeder Tag, den Aquarius auf freiem Fuß verbrachte, war eine Niederlage. Vang konnte ihren Frust nachvollziehen. Über den unsichtbaren Wilden, der da draußen sein Unwesen trieb, während die Polizei machtlos zuschaute.

Der Mangel an Ergebnissen machte den Stab ungeduldig und gereizt. Als Vang drei Ermittler aus der Bibelgruppe abzog, um die neu eingerichtete Gruppe zu verstärken, die die okkulte Spur verfolgen sollte, hatten die »Jünger« lautstark protestiert. Einer von ihnen hatte seinem Unmut bei der Zeitung *VG* Luft gemacht. Sie befürchteten, dass ihre ganze Arbeit umsonst gewesen war und ihre Theorien wertlos. Es gab noch mehrere Spuren, die sie verfolgen wollten, diverse Anhaltspunkte, die noch zu überprüfen waren, und deswegen kam ihnen die Reduzierung der Mannschaft äußerst ungerecht vor.

Keine der Reaktionen überraschte Vang. Prioritäten zu setzen bedeutete, die einen zu enttäuschen und anderen einen Gefallen zu tun.

Er schlenderte zu der großen, u-förmig angeordneten Schreibtischabteilung, die er mit Antonsen, Alm, Ryvik und Gran teilte, auch »Hufeisen« genannt. Er saß nicht gerne so auf dem Präsentierteller.

Der Stuhl knarrte, als er sich setzte. Er sah den Stapel mit Berichten, die im Laufe der Nacht aufgelaufen waren. Um Zeit zu sparen, hatte er darauf bestanden, alle Berichte mit einer knappen Auflistung der wichtigsten Punkte einzuleiten. Genau wie der Aufmacher einer Zeitung. Den Ermittlern war das ein Graus. Aber ihm war schon zu einem frühen Zeitpunkt klar gewesen, dass in einer so großen Kommission wie dieser der Informationsfluss das größte Problem darstellen könnte. Viele Verbrecher konnten entkommen, weil wichtige Informationen in einem Chaos aus Berichten und Analysen untergingen. Darum war Vang höchst beglückt über die Nachrichtenabteilung der Aquarius-Kommission. Die Gruppe war einzig dafür da, die Berichte sämtlicher Ermittler zu durchkämmen und auf ein Konzentrat an Theorien und Schlussfolgerungen einzudampfen, um so für den Überblick über die Ergebnisse zu sorgen.

Nach wie vor war er davon überzeugt, dass die Videogruppe die größten Chancen hatte, Aquarius zu enttarnen. Darum war sie auch am stärksten besetzt. Nach langem Hin und Her hatten sie sämtliche Mitgliederlisten aller Filmgesellschaften und -clubs vorliegen. Parallel überprüften sie die Angestellten von Kanal 24 doppelt und dreifach in jeder nur denkbaren Hinsicht. Vang hatte das ungute Gefühl, dass Aquarius Kristin näherstand, als einer von ihnen ahnte.

Er gähnte kräftig.

Wenn es stimmte, was er vermutete, hätte sie allerdings heute Nacht seine Stimme wiedererkennen müssen.

Es ärgerte ihn, nicht daran gedacht zu haben, dass Aquarius sie auf dem Handy anrufen könnte. Dann hätten sie jetzt eine Tonaufnahme von seiner Stimme.

Er gähnte noch einmal. Warum gähnte er eigentlich, wenn er nicht müde war?

Im Laufe des Tages rief Roger an.

Er wollte wissen, ob er vorbeikommen könnte, um den Schlüssel für die elterliche Wohnung abzuholen. Herdis hatte ihn gebeten, ihr ein paar Dinge zu bringen.

Vang fuhr mit dem Fahrstuhl zur Rezeption runter, als der Securitas-Wachmann ihm mitteilte, dass sein Sohn gekommen sei. Sie gingen auf den Wendeplatz vor dem Eingang. Es war ein überraschend warmer, aber feuchter Tag. Vang, der sich so an die kühle Luft im Kinosaal gewöhnt hatte, hatte fast vergessen, dass Sommer war.

»Wo wohnt sie?«, fragte er beiläufig, während er an dem Schlüsselbund fingerte.

»Sie hat mich gebeten, nichts zu sagen, weißt du.«

»Kannst du denn nicht …«

»Verdammt, Papa, zieh mich da nicht mit rein. Ich finde das so schon alles ätzend genug …«

Er gab seinem Sohn den Schlüssel und bat ihn, ihn bis zum Abend beim Portier abzugeben.

Runar Vang hatte noch nie seine berufliche Stellung zu seinem eigenen Vorteil ausgenutzt. Aber jetzt gab er seine eigene Adresse an, beschrieb seinen Sohn und schickte einen Streifenwagen dorthin, der ihm folgen und ihm unmittelbar Bericht erstatten sollte.

Zum ersten Mal in seinem Leben fühlte er sich wie ein Verbrecher.

Der Bericht der Streife kam zwei Stunden später. Der junge Mann hatte einen Koffer bei einer Adresse in der Vogts Gate abgeliefert. Eine Wohngemeinschaft für Studenten und Umweltaktivisten.

# Alte Freunde

Sie wollten ihn in der Aquarius-Gruppe haben.

Er hatte abgelehnt. Klar und deutlich. So klar und deutlich, dass die Schlange persönlich kam, um ihn zu überreden.

In der Aquarius-Gruppe waren Reporter aus allen Zeitungsredaktionen versammelt, größtenteils aus der Abteilung Kriminalistik. So gesehen war es ganz natürlich, dass sie sich an ihn gewandt hatten.

Dagegen sprach allerdings, dass er die letzten zwanzig Jahre nicht mehr aufgefordert worden war, bei irgendeinem Spezialprojekt mitzuarbeiten, dass er ein Urgroßvater war, der in einem Monat in Pension ging, und dass er seit 1977 allein gearbeitet hatte.

Und vor allem, dass er Kristin Byes vertrauter Freund war.

Das Ganze war so durchschaubar. Der Leiter der Aquarius-Gruppe, einer der Nachrichtenchefs am Layout-Tisch, war in sein Büro gekommen und hatte eine Lobeshymne über ihn ausgeschüttet. Sie brauchten jemanden von seinem Format und mit seiner Erfahrung in ihrer Mannschaft. Sein Beitrag wäre unermesslich. Ein würdiger Abschluss seiner Karriere.

»Quatsch«, hatte Gunnar gesagt. »Sieh zu, dass du zurück an deinen Layout-Tisch kommst.«

Ein paar Stunden später kam die Schlange persönlich.

Er hatte sich seinen Namen redlich verdient. Er war gerissen. Und er verstand, wieso Gunnar abgelehnt hatte.

»Wir brauchen einen direkten Zugang zu Kristin Bye«, sagte er. Ohne Umschweife. Er war wenigstens ehrlich. Das schätzte

Gunnar an ihm. Aber auch seine Ehrlichkeit war ein Teil seiner Taktik. Die Schlange rechnete damit, dass Gunnar bei einer so direkten Aufforderung nur nachgeben konnte.

Trotzdem war er bei seinem Nein geblieben. Mit der Begründung, noch nie eine Freundschaft missbraucht zu haben. Und weil er ums Verrecken nicht vorhabe, sich zum Liaisonoffizier machen zu lassen. Oder zur Telefonzentrale der Aquarius-Gruppe. Wenn Kristin mit ihm reden wollte, sollte sie sicher sein können, mit einem Freund zu reden und nicht mit einem Stenografen vom *Dagbladet*.

Die Schlange verstand. Zumindest sagte er das. Doch wahrscheinlich entsprach es tatsächlich der Wahrheit. Auch wenn er liebend gern ein Dutzend *Kristin-Bye-Exklusiv-Storys* im *Dagbladet* gesehen hätte. Gunnar war wohl der Einzige bei der Zeitung, der es wagte, der Schlange etwas abzuschlagen.

Er verbrachte den Abend im Büro, da er bis zu seiner Pensionierung noch all die alten Unterlagen aufräumen wollte. Eine beachtliche Aufgabe. Er fand vergilbte Briefe und Dokumente, Artikelentwürfe, anonyme Hinweise, denen er irgendwann mal hatte nachgehen wollen (obwohl er wusste, dass »irgendwann mal« in der Praxis »nie« bedeutete), Kopien ausländischer Reportagen, die er irgendwann noch einmal aus einem norwegischen Blickwinkel schreiben wollte.

Alles wanderte ins Altpapier.

Um halb sieben begab er sich in die Redaktionszentrale, um sich die Nachrichten anzusehen. Polizeidirektor Runar Vang wurde zum fünftausendsten Mal interviewt. Im Hintergrund, etwas unscharf, war Oscar Lund zu erkennen.

Du gerissener Fuchs, dachte Gunnar verblüfft. Oscar hatte sich vor fünf Jahren verabschiedet, und mit ihm war einer von Gunnars treuesten Informationsquellen bei der Polizei verschwunden. Lund war ein anständiger, altmodischer Polizist gewesen, der sich von ganz unten hochgedient und es bis zum Polizeichef des Dezernats für Gewaltverbrechen gebracht hatte. »König der Kriminalabteilung«, wurde er genannt, nicht nur von der Presse, sondern auch von den Kriminellen.

Besonders in den Achtzigerjahren hatten Gunnar und Oscar häufig Kontakt. So häufig, das sich daraus eine zurückhaltende Freundschaft entwickelte. Sie hatten einige Angeltouren zusammen unternommen, und als Oscars Frau einen Hirnschlag erlitt und bald darauf starb, hatten sie einen zweiwöchigen Fußmarsch in den Bergen gemacht. Sie waren nie wirklich enge Freunde geworden (dazu waren beide zu eigen), aber sie mochten und respektierten einander. Als Oscar in Pension ging, hatten sie versucht, den Kontakt aufrechtzuerhalten, aber die Treffen waren immer seltener geworden. Inzwischen lag ihre letzte Begegnung sicher zwei Jahre zurück.

Als Gunnar in der Telefonzentrale der Polizei anrief, bekam er die Auskunft, in der Osloer Polizeibehörde sei kein Oscar Lund bekannt. *Wenn du das gehört hättest, Oscar!* Er bat, mit dem Aquarius-Raum verbunden zu werden, wo der Telefondienst erklärte, er habe Oscar vor einiger Zeit gesehen, könne aber nicht sagen, wo er sich jetzt aufhielt. Gunnar wählte seine private Nummer, wo er sich mit einem kurzen Bellen meldete: »Lund!«

»Das kannst du dir natürlich nicht entgehen lassen«, sagte Gunnar, ohne seinen Namen zu nennen. »Ein brisanter Kriminalfall, und du bist zur Stelle wie ein liebestoller alter Köter!«

Oscar erkannte die Stimme und knüpfte ohne zu zögern an den freundschaftlichen Ton zwischen ihnen an. »Jesses, du bist das?! Dann gibt es doch ein Leben nach dem Tod? Ich dachte, in kleingeistigen Zeiten wie unseren würden solche verstaubten Mumien wie du auf Eis gelegt?«

»In einem Monat trete ich ab. Und im Gegensatz zu dir habe ich nicht vor, als Geist durch die heiligen Hallen der Redaktion zu schweben.«

Oscar lachte sein charakteristisches, brummendes Lachen. »Ach, weißt du, es zuckt noch in dem alten Wrack, wenn es was Spannendes wittert.«

»Ich hab dich im Fernsehen gesehen. Du schiebst dich ja gern in den Vordergrund. Ermittelst du in dem Fall? Oder war das bloß dein Geist?«

»Ich helfe, so gut ich kann. Ehrenamtlich. Ohne Titel. Du weißt, wie das ist: Ich komme und gehe, wann ich will, und kümmere mich um meinen Kram.«

»Mit anderen Worten: genau wie damals, als du noch der Chef warst.«

Oscar lachte wiehernd. »Mir geht's wie der Made im Speck. Keiner fragt nach mir. Aber sobald ich auftauche, schiebt Vang mir eine Aufgabe zu.«

»Was anderes traut er sich wahrscheinlich nicht. War er nicht dein Vize, bevor er deinen Job übernommen hat?«

»Vang ist ein feiner Kerl. Und um bei der Wahrheit zu bleiben, habe ich mich noch nicht sonderlich hervorgetan. Bis jetzt habe ich vier Hinweise zu Tode geprüft, von denen Vang garantiert wusste, dass sie nichts bringen würden. Aber auch diese Arbeit muss erledigt werden. Soll ich dir was sagen, Gunnar: Wenn der alte Lund einen Scheißjob übernehmen kann, damit ein Ermittler für wichtigere Aufgaben freigestellt werden kann, dann soll es mir recht sein.«

»Es wäre nett, sich mal wieder zu treffen, Oscar. Das letzte Mal liegt eine ganze Weile zurück.«

»Juni 1994. In der Norum Bar. Du hast nur Selters getrunken. Ich war irgendwann sturztrunken und habe eine Menge Blödsinn geschwafelt. Ich wollte dich auch schon anrufen. Aber die Zeit vergeht … die Zeit vergeht. Wo wollen wir uns treffen?«

»Wie wär's mit der einfachen Variante? Zu Hause bei mir.«

»Reitest du immer noch auf der Wasserwelle?«

»So ist es. Sagen wir morgen? Gegen sechs?«

»Lieber übermorgen. Morgen ist mein Bridge-Abend, weißt du.«

»Wir werden uns einen netten Abend machen, alter Adler.«

»Nett? Ah ja? Lädst du ein paar junge Frauen ein?«

# Das rote Telefon

## 1

Er rief aus dem Büro in der Wohngemeinschaft an.

Seine Finger zitterten, als er die Nummer tippte. Er war genauso nervös wie damals, als er sie das erste Mal angerufen hatte. Da war sie neunzehn gewesen.

Es klingelte und klingelte. Endlich nahm jemand den Hörer ab. »Hallo?«, rief eine Stimme. Gereizt. Als wäre morgens um halb zehn ungnädig früh. Im Hintergrund klimperte jemand auf einer Gitarre. Sind die grade erst aufgestanden?, dachte Vang. Oder hatten sie noch gar nicht geschlafen?

»Könnte ich wohl mit Herdis Vang sprechen?«

»Hä?«

Vielleicht war die Frage zu höflich gestellt, und er sendete auf der falschen Frequenz. »Herdis! Herdis Vang!«, wiederholte er.

»Herdis? Bråthen?«

»Nein«, antwortete er spontan. Bråthen. Das war ihr Mädchenname. »Ja«, sagte er.

»Hab sie noch nicht gesehen. Pennt wahrscheinlich noch. Warte mal. Bob!«

Bob?

*Zeit für mich.*

»Bob! Weißt du, ob Herdis schon auf ist?«

Einer der Freunde seines Sohnes hieß Bob. Amerikaner. Um die dreißig. So eine Art Troubadour. Das Haar reichte ihm über die Schultern. Roger hatte ihn ein paar Mal zu Hause angeschleppt. Er hatte mit ihnen zu Abend gegessen und auf dem Sofa im Wohnzimmer übernachtet. Aber der konnte das doch wohl nicht sein.

»Schläft noch«, antwortete Bob. Zwei Worte. Aber es reichte, um den amerikanischen Akzent zu erkennen.

Vang legte auf.

## 2

Zwei Stunden später klingelte »das rote Telefon«.

Eigentlich war es gar nicht rot, sondern gelbbraun. Es stand auf einem Metallständer in der Mitte des Hufeisens und hatte seinen Namen bekommen, weil Vang erklärt hatte, dass es genauso heilig sei wie die ehemalige Hotline zwischen dem Kreml und dem Weißen Haus. Nur der Ermittlungsstab kannte die geheime Nummer. Vang hatte sämtliche Kollegen instruiert, sie nur zu benutzen, wenn es um Leben und Tod ging und alle normalen Leitungen besetzt waren. Bis jetzt hatte sich noch niemand getraut, diese Nummer zu wählen.

Vang, der an seinem Platz im Hufeisen saß und die in der Nacht und am Morgen eingegangenen Berichte der E-Gruppe durchging, starrte verdutzt auf das Telefon, ehe er abhob.

»Vang«, sagte er.

Um ihn herum verstummten alle.

Eine junge Stimme räusperte sich nervös. Polizeiwachtmeister Skogstad. Der Name sagte Vang nichts. Der Wachtmeister erklärte, er sei im Postamt, um die Post für Kanal 24 zu untersuchen. Er habe versucht, Vang auf seiner Leitung zu erreichen, doch die sei besetzt gewesen. Vang forderte ihn auf, zur Sache zu kommen. Es sei so, erklärte der Wachtmeister angespannt und berichtete dann von dem neuen Umschlag mit einer Videokassette für Kristin Bye.

Auf dem Weg zum Fernsehsender im Wergelandsveien dachte Vang darüber nach, ob das Video noch mehr Aufnahmen von Kristin Bye beinhaltete oder Aufnahmen von dem Mord an Marianne.

Er hoffte auf Letzteres. Neue Bilder könnten die Mordermittlungen vorantreiben. Und wenn sie etwas dringend brauchten, dann einen Durchbruch.

Der Fahrer schaltete die Sirene aus und fuhr auf den Bürgersteig vor Kanal 24. Gleichzeitig traf der Streifenwagen ein, der den Umschlag aus dem Postamt abgeholt hatte. Als Vang den Umschlag entgegennahm und die Treppe zum Empfang hochrannte, hörte er die Sirene von Patricks und Claes' Einsatzwagen.

Richard Wolter erwartete ihn an der Rezeption. Vang sah ihn bereits durch die Glastüren mit der großen 24; er schlug sich ungeduldig mit der Faust in die Handfläche. Vang hatte mit dem Gedanken gespielt, dass Wolter Aquarius sein könnte. Die Psychologen des Ermittlungsstabes hatten ihn davon abgebracht. Wolters einziges Motiv wäre, Aufmerksamkeit für die Nachrichtensendung zu schaffen. Gehörte Aquarius zur Belegschaft von Kanal 24, schlussfolgerten die Psychologen, müssten sie nach einem Mann zwischen fünfundzwanzig und vierzig suchen, der frustriert und bis zur Halskrempe voll unterdrückter Aggressionen steckte, der Probleme im Umgang mit Frauen hatte (was von krankhafter Schüchternheit bis zu Impotenz reichen konnte) und der alleine oder mit einer dominanten Mutter oder einem anderen, älteren (vermutlich weiblichen) Verwandten zusammenlebte.

Wolter passte in keine dieser Kategorien. Er war zu alt, verheiratet, hatte zwei Kinder. Und er wirkte ausgesprochen ausgeglichen.

Etliche Journalisten und Techniker hingegen waren leicht neurotische Junggesellen. Aber der noch wahrscheinlichste Kandidat, ein Redakteur um die dreißig, der bei seiner Mutter wohnte, war auf einem Seminar in den USA gewesen, als Una Mørch entführt und ermordet wurde.

Vielleicht jage ich ja ein Phantom, dachte Vang.

Nachdem sie sich per Handschlag begrüßt hatten und gerade Wolters Büro betraten, kam Kristin Bye mit Patrick und Claes angerannt. Ängstlich blickte sie von einem zum anderen.

»Wo ist er?«, fragte sie stockend.

Vang ahnte die Panik in ihrem Blick.

Er zeigte ihr den Umschlag. Um seine Ruhe zu demonstrieren, begann er zu pfeifen. »Moonlight Serenade«. Vorsichtig öffnete er den Umschlag, streifte Latexhandschuhe über und zog die Videokassette und den Brief heraus.

»Für Sie«, sagte er mit einem mitfühlenden Lächeln.

Dann pfiff er weiter.

# Liliths Paradies

## I

Mit klammen Fingern faltete Kristin den Brief auseinander. Als sie den Blick wieder von dem Bogen hob, musterte sie die Männer um sie herum. Wolter und Skaug saßen auf Wolters Arbeitstisch. Vang und seine Handlanger standen mit verschränkten Armen da. Ein Kameramann – der junge Yngve – war auf einen Stuhl gestiegen und machte Aufnahmen.

»Soll ich laut vorlesen?«, fragte sie. Die Frage war überflüssig, aber sie wollte ausprobieren, ob ihre Stimme trug.

Vang nickte.

Sie sah auf die gedrungenen Blockbuchstaben. Der Brief war kurz. So kurz, dass sie ihn bereits erfasst hatte, ehe ihr auch nur ein Ton über die Lippen gekommen war.

Unverständlich. Komplett unverständlich.

»Kristin?« Wolters Stimme. Ungeduldig.

Sie räusperte sich ein paar Mal.

> KRISTIN
> SIE TAPPEN IN DER FINSTERNIS OHNE LICHT,
> UND ER MACHT SIE IRRE WIE DIE TRUNKENEN.
> SO STEHT ES GESCHRIEBEN.
> LILITH IST HEIMGEKEHRT.
> BAPHOMET APPLAUDIERT!
>
> AQUARIUS

Sie sah Vang nicht an, als sie ihm den Brief reichte. Er griff danach, überflog ihn schnell und steckte ihn in eine Plastiktüte. Dann ging er zu Wolters Videoapparat und schob die Kassette hinein.

Kristin zog die Latexhandschuhe aus. Richard Wolter hielt die Luft an. Skaug kniff die Augen so weit zu, als wollte er nichts sehen. Vang stand reglos da, gefühlskalt.

Die ersten Bilder zeigen eine Blumenwiese. Im Hintergrund Klänge von Bachs »Air«.

Zwei Schmetterlinge schaukeln über das Gras. Die Blüten sehen aus wie hastig hingemalte Farbkleckse. Die Wattewolken am Himmel spiegeln sich in einem See mit Wasserlilien.

Ein Paradies, dachte Kristin unwillkürlich, er will, dass wir an ein Paradies denken.

Langsam gleiten die Bilder in ein anderes Motiv über.

Marianne sitzt in einer Badewanne. Sie trägt einen schwarzen Bikini. Sie hat Angst.

Die Füße und Hände sind mit einem Strick gefesselt, dessen eines Ende aus dem Bild herausführt. Sie schaut mit blanken Augen in die Kamera. Ihre Lippen bewegen sich, aber es ist nur die Musik zu hören.

Jemand zieht an dem Strick.

Sie stemmt sich dagegen, als sie nach vorn in die Wanne gezogen wird. Sie schreit (lautlos, sie hören nur die Musik).

Der Kopf gerät unter Wasser. Ein paar Sekunden gelingt es ihr, sich so weit aufzurichten, dass das Gesicht aus dem Wasser ragt.

Der Strick strafft sich noch mehr. Sie wird nach unten gezogen. Ein Strom von Blasen steigt aus ihrem Mund.

Sie können sie deutlich sehen unter der Wasseroberfläche. Sie reißt die Augen auf. Wirft den Kopf hin und her. Aus ihrem Mund strömen unendlich viele Blasen.

Dann werden die Bewegungen langsamer.

Es kommen noch ein paar Blasen.

Der Körper zuckt.

Die Musik verebbt.

Die Kamera verharrt einige Sekunden auf dem sterbenden Mädchen in der Badewanne. Dann gleitet das Bild wieder auf die Blumenwiese. Eine Meise flattert durchs Bild. Eine Hummel, schwer vom Nektar, landet auf einer Lichtnelke. Der Kameramann richtet die Kamera in den Himmel, wo die Sonne Säulen von Licht zwischen den Wolken formt. Langsam werden die Buchstaben vor dem Himmel sichtbar:

*The End*

## 2

Sie war am Boden zerstört. Verzweifelt. Fühlte sich schuldig. Sie saß in einem Büro und starrte mit leerem Blick aus dem Fenster.

Sie hatte darum gebeten, allein sein zu dürfen. Claes und Patrick hatten stumm genickt und mit verschränkten Armen vor der Tür Stellung bezogen.

Manche Erinnerungen bewegen sich im Kreis. Früher oder später kommen sie zurück.

Vor acht Jahren hatte sie mit einem Freund namens Jan Urlaub auf den Kanaren gemacht. Am Tag vor ihrer Abreise hatte es heftig gestürmt; die Wellen hatten sich zu zwei Meter hohen Wänden aus Wasser aufgetürmt. Gemütlich zurückgelehnt in ihrem Sonnenstuhl hatte sie zugesehen, wie die Surfer und Schwimmer den Unterströmen trotzten, als ihre Aufmerksamkeit plötzlich auf etwas hinter den Wellen gelenkt wurde. Im ersten Moment glaubte sie, einen Hai zu sehen. Den ganzen

Urlaub über hatte sie Angst vor Haien gehabt. Aber dann sah sie, dass jemand einen Mann auf den Strand zog, einen nicht mehr ganz jungen, dickleibigen Touristen. Er war äußerlich unversehrt (also kein Hai), aber sein Gesicht war blau angelaufen und der Körper ganz schlaff. Am Strand, nur wenige Meter von Kristin und ihrem Freund entfernt, versuchten sie, ihn wiederzubeleben. Mund-zu-Mund-Beatmung, Herzmassage, der ganze Spuk. Nach zwanzig Minuten kam ein Krankenwagen. Die Sanitäter warfen einen Blick auf den Mann, zogen ihm ein Laken über den Kopf und fuhren mit ihm davon. Kristin hatte während des gesamten Vorgangs reglos dagelegen. Das Taschenbuch (Stephen King? Koontz?) lag aufgeklappt auf ihrem Bauch, die Flasche mit Sonnencreme umgekippt zwischen ihren Beinen. Das Ganze war so verflucht unwirklich gewesen. Sie hatte zugesehen, wie ein Mann ertrunken war, wie sie vor ihren Füßen versucht hatten, ihn wiederzubeleben, und ihn am Ende weggebracht hatten. Es wurde langsam Zeit, den Rücken zu sonnen.

Jetzt war sie von genau dem gleichen Gefühl der Verwirrung und Hilflosigkeit erfüllt.

Sie versuchte, nicht an das Video von Marianne zu denken, aber trotzdem schoben sich die Bilder vor die Erinnerung an den toten Touristen am Strand. Hätte er sie noch eine Weile länger gefilmt, hätten sie sie blau werden sehen.

Sie machte einen kurzen Schlenker über Richards Büro, ehe sie nach Hause ging. Skaug hatte die Füße auf den Sitzungstisch gelegt, Richard auf seinen Schreibtisch. Beide rauchten.

»Wie ich sehe, wird hier schwer geschuftet«, sagte sie, um einen heiteren Ton bemüht.

Richard ging nicht darauf ein.

Skaug schnitt eine grinsende Grimasse.

»Toralf, du hast vergessen, die Zigarette nicht anzuzünden«, sagte Kristin.

Der Scherz verpuffte in der Luft. Skaug inhalierte, antwortete aber nicht, sah sie nicht einmal an.

»Wir werden die Aufnahmen nicht zeigen«, sagte Richard.

Er wirkte erschöpft. Resigniert. Allmählich schienen die Ereignisse auch an ihm zu zehren. Als sähe er langsam ein, dass die Dinge tatsächlich geschahen. Dass diese Geschehnisse nicht nur auf dem Monitor existierten.

Skaug kniff die Augen zu, massierte seine Nasenwurzel und schüttelte den Kopf.

»Gut«, sagte er.

Keiner von ihnen sagte etwas dazu.

Skaug seufzte, nahm noch einen Zug und behielt den Rauch in den Lungen.

»Wir sehen uns morgen«, murmelte sie vor sich hin. Leise zog sie die Tür hinter sich zu.

# Der Verdacht

## I

»Das ist zu einfach«, sagte Vang und sah die anderen herausfordernd an. »Viel zu einfach!«

Zu irgendeinem Zeitpunkt, der weiter zurücklag, als er sich selber gegenüber einräumen wollte, hatte er aufgehört, moralische Urteile zu fällen. Als er neu bei der Polizei war, hatten ihn alle sinnlosen Morde aufgewühlt. Er hatte sich verpflichtet gefühlt, den Täter zu fassen, um die moralische Ordnung wiederherzustellen. Aber jedem Mord folgte ein weiterer. Er hatte gelernt, dass jeder Verbrecher ein Gesicht und eine Geschichte hatte, und eines Tages – er begutachtete gerade die Leiche einer übel zugerichteten Frau auf dem Boden einer Waschküche – hatte er plötzlich erkannt, dass die Jahre seine Empörung zu einer lebensmüden Resignation abgeschliffen hatten.

Die Bilder von Marianne hatten einen Funken des alten Abscheus in ihm geweckt.

Er konnte nicht sagen, wieso ausgerechnet Marianne diesen Effekt bei ihm auslöste. Una Mørch war eindeutig die beeindruckendere junge Frau gewesen. Anita Fjordvik war hübscher. Lag es vielleicht daran, dass er in Marianne ein kleines ängstliches Mädchen in einem allzu erwachsenen Körper sah?

Jeder Mensch, jedes Leben, hat einen bestimmten Wert. So brutal ist die Wirklichkeit. Er hatte immer versucht, die Mordopfer nicht in eine Werteskala einzuordnen, was ihm aber nie gelungen war. Jede Leiche bekommt im Kopf eines Polizisten ein Preisschild angeheftet. Auch wenn er genauso viele Ermittler auf den Mord eines Obdachlosen ansetzte wie auf den Mord eines kleinen Mädchens, das Engagement war nicht das gleiche. Keiner brannte für die Sache, längst nicht alle Spuren wurden bis zum Ende verfolgt, und der Fall wurde sehr schnell zu den Akten gelegt. So einfach war das.

Zum ersten Mal im Verlauf dieser Ermittlungen war er wütend. Er hatte den Überblick verloren. Fühlte sich hilflos. Und er wusste nicht, auf wen er wütender war: auf sich selbst oder auf Aquarius.

Er versuchte, sich den Mörder vorzustellen. Das war eine Stärke von ihm, als hätte er hellseherische Fähigkeiten. Es gelang ihm zwar nie, konkrete Gesichtszüge oder andere Details heraufzubeschwören, aber zumindest bekam er so eine Innenansicht des Verbrechers, den er jagte. Eine Vorstellung von seiner Psyche und seinem Wesen. Die Vermutungen trafen verblüffend häufig zu. Aber Aquarius bekam er nicht zu greifen. Er löste keinen Sinneseindruck aus, keine Ahnung davon, wie er dachte, nichts. Er wusste nur eins: Wenn Aquarius früher oder später festgenommen wurde, würde sein Verteidiger ein psychiatrisches Gutachten vorlegen, das ihm geistige Unzurechnungsfähigkeit bescheinigte, und dann darauf plädieren, ihn in eine geschlossene Abteilung abzuschieben. Dabei wusste Vang eine Sache ganz sicher: Dieser Mann war nicht geisteskrank. Aquarius war amoralisch, rücksichtslos und brutal. Verschroben und bösartig. Ein psychopatischer und berechnender Sadist. Aber er war nicht geisteskrank.

Er weiß ganz genau, was er tut, dachte Vang. Er hört keine Stimmen in seinem Kopf. Ist nicht von Dämonen besessen.

Er weiß, was er tut.

»Vang?«, sagte Antonsen vorsichtig, wie um ihn wieder in diese Welt zurückzuholen, zurück in die prosaische Wirklichkeit, in das Büro und die Sitzung, zu der Vang alle einbestellt hatte.

Vang schaute blinzelnd auf. »Zu einfach! Viel zu einfach«, wiederholte er mechanisch.

Die Blicke von Aksel Antonsen, Geir Ryvik und Elisabeth Gran flackerten unruhig, als müssten sie sich zurückhalten, einander anzusehen.

»Nicht unbedingt«, wendete Antonsen ein. Seine Stimme hatte einen missgelaunten Unterton. »Wir haben uns etwas intensiver mit der Möglichkeit beschäftigt, dass er im Grunde genommen gefasst werden will. Vielleicht ist das seine Art, seine Identität preiszugeben.«

»Es handelt sich schließlich um einen sogenannten Signaturmord«, hakte Ryvik ein. Etwas zu eifrig.

Sie haben sich ausgetauscht, dachte Vang. Über mich. Wie ich die Ermittlungen führe.

Er blickte auf seine schlanken Finger und weiter zu den fast zwanzig Jahre alten Akten des Falls. Die obere Polizeiakte war auf einer altmodischen Schreibmaschine getippt worden und mit Stempeln, Fallnummer und Bearbeitungsziffern sowie irgendwelchen unleserlichen Krakeln am Blattrand versehen. Der Text sah aus, als wäre er Buchstabe für Buchstabe ins Papier geritzt worden.

»Trotzdem«, beharrte Vang nachdenklich. »Es ist zu einfach.«

»Immer noch besser als nichts«, seufzte Elisabeth Gran. »Ich bin auch der Meinung, dass die Lösung eventuell …«, sie räusperte sich, »… zu offensichtlich ist. Fehlt nur noch die Visitenkarte, sozusagen. Aber Kriminalfälle sind schon aufgrund einer dünneren Beweislage gelöst worden als dieser.«

Rune Strøm …

Vang erinnerte sich nur noch vage an den alten Fall. Eine junge Frau war tot in der Badewanne ihrer Wohnung gefunden worden. Ihr Verlobter war im Laufe der Nacht nach Hause gekommen und hatte sie gefunden, als er sich die Zähne putzen wollte. Behauptete er. Beim Eintreffen der Polizei war er apathisch gewesen. »Wie ein Zombie«, bemerkte ein Polizist in dem ansonsten trockenen Protokoll. Als ob »Zombie« ein juristischer oder psychologischer Begriff wäre. Der Verdacht der Ermittler konzentrierte sich rasch auf den Verlobten. Aber egal, wie hart sie ihn zur Brust nahmen, er leugnete alles. Saß einige Wochen in Untersuchungshaft, kippte aber nicht um. Schließlich weigerte sich der Staatsanwalt, Anklage zu erheben, so dass sie ihn am Ende gehen lassen mussten.

Rune Strøm.

Das klang nicht wie der Name eines Mörders.

An diesem Nachmittag waren acht Hinweise aus dem Ermittlungsstab bei Vang eingetrudelt. Und vier von außerhalb. Alle hatten ihn an den alten »Badewannenmord« erinnert.

Genau genommen war nie endgültig bewiesen worden, dass es sich wirklich um einen Mord handelte. Sie konnte genauso gut bei einem Unfall oder Übelkeitsanfall ertrunken sein.

Der Fall war der Gruppe zur Durchsicht vorgelegt worden, die sich um alte Mord- und Gewaltverbrechen kümmerte. Bis heute hatte noch niemand Rune Strøm mit Aquarius in Verbindung gebracht.

Bis heute …

Vang sah sich Rune Strøms Personenkennziffer an. Geburtsdatum war der dreißigste Januar. Er dachte nach. Der dreißigste Januar … Das Sternzeichen des Wassermanns. Aquarius.

»Was ist mit Ihnen?«, fragte Gran.

Vang schüttelte den Kopf und knetete sein Ohrläppchen. »Rein gar nichts.«

»Warum lächeln Sie dann so merkwürdig?«

Vang schloss die Augen und verscheuchte das Lächeln.

»Wir sollten ihn zu einem kleinen Plausch einladen«, sagte Antonsen.

Das einhellige Nicken um den Tisch erinnerte Vang an die Wackeldackel auf den Hutablagen mancher Autos.

»Es kann ja nicht schaden«, sagte er müde.

Elisabeth Gran blinzelte zufrieden und machte Anstalten aufzustehen. »Ich schicke zwei Einheiten los!«

»Moment noch!« Vang streckte die Hände in die Luft. »Beruhigt euch wieder! Noch haben wir den Fall nicht gelöst. Wir haben Aquarius noch nicht. Wir haben einen äußerst vagen Verdächtigen, mit dem wir uns unterhalten wollen.« Er lächelte entwaffnend. »In aller Ruhe.«

Gran ließ sich schwer auf den Stuhl fallen.

»Runar! Also ehrlich!« Antonsen war ungehalten, es fehlte nicht viel, dass ihm der Geduldsfaden riss.

»Wir werden uns in Geduld fassen, verstanden? Bevor wir in irgendeiner Weise gegen ihn vorgehen, will ich mir diesen …« Er schaute in die Akten, obwohl er sich den Namen problemlos merken konnte, »… Rune Strøm noch mal genauer ansehen.«

Zu einfach.

Nachdem die anderen gegangen waren, blätterte Vang den Aktenstapel durch. Die letzte, unverständlichste Akte, datierte von 1992. Vangs Blick flog über den mühsam lesbaren Text. Am 17. November 1992 verkündete das Osloer Gericht folgendes Urteil … Aktennummer … Laufende Nummer … Justizbehörde vertreten durch Staatsanwalt … gegen Rune Strøm vertreten durch Strafverteidiger … Strafgesetzbuch Paragraph … wegen Einbruchs …

Vang schüttelte den Kopf, konnte sich ein dümmliches Grinsen nicht verkneifen.

Im Sommer 1992 war Rune Strøm bei einem Einbruch ins Historische Museum gefasst worden. Er hatte es bis in eine haitianische Wanderausstellung über Voodoo geschafft, als er von einer Überwachungskamera erfasst wurde. Der Einbruchsversuch war amateurmäßig. In einem wartenden Auto vor dem Museum nahm die Polizei eine Frau fest, die leugnete, irgendetwas mit der Sache zu tun zu haben. Sie wurde aufs Revier gebracht und vernommen, aber nicht angeklagt. Als sie als Zeugin in dem Fall vorgeladen wurde, tauchte sie nicht auf. Rune Strøm verweigerte jede Aussage, aber die Anklage ging davon aus, dass er es auf eine der alten Voodoo-Puppen abgesehen hatte. Das Gericht sah es als mildernde Umstände an, dass er nicht vorbestraft war, verurteilte ihn dann aber doch zu einer Haftstrafe ohne Bewährung, weil davon auszugehen war, dass er versucht hatte, Kulturschätze zu stehlen, die dem Museum von einem anderen Staat zur Verfügung gestellt worden waren.

Vang raufte sich die Haare. Voodoo – das fehlte gerade noch. Wo führte das alles hin? Er brach in unfreiwilliges Lachen aus. *Voodoo!* Er suchte nach einer Verbindung, einer Erklärung, einem erlösenden Wort. Ein Zornesblitz durchfuhr ihn, und mit einem geflüsterten »Scheiße, scheiße, scheiße!« schlug er mit voller Wucht die flache Hand auf die Tischplatte. Verdutzt über seine heftige Reaktion, hielt er sich die Handfläche vor die Augen.

Sie brannte noch immer, als er erneut Rune Strøms Akte durchblätterte.

»Zu einfach«, murmelte er vor sich hin. Eine Taube flatterte am Fenster vorbei. Er zuckte zusammen und schaute in den Himmel. Oder mache ich alles komplizierter, als es ist?, dachte er.

## 2

Er verließ das Büro spätabends. Die Abendausgabe lag auf der Fußmatte seiner Wohnung (NEUES SCHOCK-VIDEO AUF KANAL 24). Er klemmte die Zeitung unter den Arm und schloss auf.

Die Wohnung war leer. Stille. Er machte Licht im Flur. In der Küche. Im Wohnzimmer. Dann legte er eine Art-Tatum-Platte auf, um die Stille zu füllen.

Kurz vor seinem Aufbruch aus dem Polizeipräsidium hatten sie noch eine Auseinandersetzung wegen der Rune-Strøm-Spur gehabt. Antonsen und Gran hatten ihm in den Ohren gelegen, eine sofortige Festnahme anzuordnen, aber sein Bauch sagte ihm, dass sie nicht übereilt vorgehen durften. Antonsen und Gran hatten ihn besorgt gefragt, was in ihn gefahren sei.

Er wusste es nicht.

In der Küche blinkte eine der beiden Neonröhren (seit ein paar Wochen). Er hatte versprochen, sich darum zu kümmern. Ihm fiel ein, dass er seit dem frühen Vormittag nichts mehr gegessen hatte. Er fand eine Dose Labskaus im Schrank und wärmte es sich im Topf auf.

Beim Essen fragte er sich, was Herdis jetzt wohl gerade machte.

Wenn Rune Strøm tatsächlich der Mörder war, schien er alles zu unternehmen, damit die Polizei auf seine Spur kam. Ein deutlicheres Zeichen hätte er ihnen nicht geben können. In diesem Fall würde er heute Nacht nicht morden. War Rune Strøm Aquarius, saß er heute Abend zu Hause und wartete auf die Polizei. Es gab keinen Grund zur Eile. Manchmal konnte übereiltes Handeln alles kaputtmachen.

Er trank ein paar Schlucke Wasser, hatte das Labskaus etwas zu großzügig gepfeffert.

Ich begreife nicht, wieso Herdis zu Bob in die Wohngemeinschaft gezogen ist, dachte er. Sie kann doch unmöglich ein Verhältnis mit ihm haben. Das hätte ich doch gemerkt. Sie konnte noch nie lügen. *Herdis und Bob?* Mein Gott, sie ist zehn Jahre älter als er. Und die Mutter seines Freundes. So was würde sie doch nicht tun.

Er sah Rune Strøm vor sich; stellte sich vor, wie er in einem Sessel in einem abgedunkelten Raum saß. Auch wenn Rune Strøm ein erwachsener Mann war, sah er ihn als verklemmten Jungen vor sich, gefangen in der Zeit.

Er schob den Teller mit dem Labskaus in die Mitte des Tisches.

Er könnte sie anrufen. Er wusste, wo sie wohnte. Er ließ sich die Worte im Mund zergehen. *Wo sie wohnte*. Als ob sie nicht hier wohnte, bei ihm, in der Wohnung in der dritten Etage, in der sie seit fünfzehn Jahren zusammenlebten. Er könnte sie besuchen, falls das was nützen würde. An die Tür klopfen und sie bitten, mit ihr reden zu dürfen. Aber das würde nur eine Szene geben. Er hasste Szenen.

Er versuchte, sich wieder auf Rune Strøm zu konzentrieren.

Hatte Herdis die Nase voll von ihm? War ihr Sexleben zu trist und vorhersagbar geworden? Ertrug sie seine langen Arbeitszeiten nicht mehr? Liebte sie ihn nicht mehr? War sie sauer, weil er vergessen hatte, eine neue Neonröhre zu kaufen?

Er schlug mit der Hand auf den Tisch. Der Teller machte einen Hüpfer. »Hol dich der Teufel!«, zischte er. Der Schmerz in der Hand trieb ihm Tränen in die Augen.

Er schlug noch einmal mit der Hand auf den Tisch. Das schien eine schlechte Angewohnheit zu werden. Und noch einmal. Noch fester.

Da klingelte das Telefon.

*Herdis!*, dachte er und sprang auf.

Aber es war das Polizeipräsidium.

## Blasen

Die Bilder schossen wie ein visuelles Echo durch ihren Kopf: *Blasen, Blasen, Blasen.*

Sie kniete über der Kloschüssel, ihr Magen drehte sich um, das Innere stülpte sich nach außen. In ihrem Bauch hatten sich Glassplitter zu einem Klumpen zusammengeballt.

Wasser spülte rauschend durch die Rohre. Draußen auf dem Flur wurden Claes und Patrick von Gustav und Ådne abgelöst. Sie lachten und machten Witze. Irgendetwas über Gustav und eine Kollegin.

*Blasen, Blasen, Blasen.*

Sie spülte und blieb mit dem Kinn auf der rosa Klobrille sitzen.

»Kristin?« Ådnes Stimme. »Alles in Ordnung?«

*In Ordnung? Hast du vergessen, wieso du hier bist? Heute Morgen habe ich zusehen müssen, wie ein junges Mädchen ertränkt wurde. Sie ist nur siebzehn geworden. Ersäuft in einer Badewanne. Kaltblütig ermordet von einem Geisteskranken, der es auf mich abgesehen hat. Mich! Und du fragst mich, ob alles in Ordnung ist?* »Ja doch …«, rief sie matt.

»Können wir uns das Fußballspiel ansehen?«

*Guckt euch doch an, was ihr wollt.* »Klar.«

Sie rappelte sich auf, trat ans Waschbecken und spülte sich den Mund aus. Das Wasser schmeckte bitter. Sie ließ es sich kalt über die Hände rinnen und wusch ihr Gesicht. Dann blieb sie stehen und betrachtete sich selbst. Das Spiegelbild war fremd, unwirklich. Wie in dem alten Spiegel oben in Bø.

Sie dachte: Ich bin nicht alt. Noch nicht. Aber auch keine Jugendliche mehr. Das erkenne ich selbst. Nicht einmal mehr eine junge Frau. Ich bin erwachsen.

Sie starrte tief in den Spiegel hinein.

Reif, dachte sie.

Es würde nicht mehr lange dauern, bis aus den ersten feinen Linien Fältchen und dann Falten wurden und ihre Haare graue Strähnen bekamen.

Falls *er* sie nicht vorher zu sich holte.

Ihr Atem hatte ihr Spiegelbild undeutlich werden lassen. Und wenn schon.

Wie lange würde dieser Albtraum andauern? Wochen? Monate? Jahre? Was, wenn es ihnen nie gelang, diesen Kerl zu schnappen? Sollte sie den Rest ihres Lebens unter Polizeischutz verbringen? Dann konnte sie ja gleich Ådne heiraten. Oder auch alle vier, egal. Nur dass sie Ådne am sympathischsten fand.

Sie war sich so sicher gewesen, dass die Polizei ihn kriegen würde. Schließlich machten mehr als hundert der besten Ermittlungsbeamten des Landes Jagd auf Aquarius. Aber was würde geschehen, wenn sie ihn nicht kriegten? Wenn er mit dem Morden aufhörte und einfach verschwand? Dann würde sie nie wieder zur Ruhe kommen. Würde bei jedem unerwarteten Geräusch zusammenzucken. Jeder Augenblick draußen auf der Straße würde sie daran erinnern, wie verletzbar sie war.

Sie putzte sich die Zähne, nahm viel zu viel Zahncreme, um den Geschmack des Erbrochenen wegzuschrubben.

In der Wohnung über ihr drehte jemand die Dusche auf.

Sie schloss die Tür auf, machte das Licht im Badezimmer aus und ging ins Wohnzimmer. Gustav und Ådne nickten ihr kurz zu und konzentrierten sich dann wieder auf die Fußballübertragung. Sie hatte keine Ahnung, wer spielte. Und es war ihr auch egal. Mit verschränkten Armen trat sie ans Fenster und blickte nach draußen in den Park. Es waren viele Leute unterwegs. War er einer von ihnen? Vielleicht der Mann, der den fetten Cockerspaniel ausführte? Oder der mit der Plastiktüte?

Ein Jet hatte einen weißen Kondensstreifen über den Himmel gezogen. Der Abend war voller Ruhe, aber die Idylle provozierte sie. Sie bekam Lust, das Fenster aufzureißen und den Menschen dort unten zuzuschreien, wer in den Schatten lauerte.

»Entschuldigung, aber ich glaube, es ist nicht sehr klug, so lange am Fenster zu stehen«, sagte Ådne.

Bevor sie zu Bett ging, nahm sie eine lange Dusche. Dieses Mal drehte sie das warme Wasser ganz auf, denn seit sie am Morgen das Video gesehen hatte, war ihr kalt gewesen.

Als sie den Kopf durch den Türspalt steckte und den Polizisten Gute Nacht sagte, waren diese in die Fernsehanalyse des Spiels vertieft. Fünf ach so kluge Experten erklärten, warum das Spiel ausgegangen war, wie es ausgegangen war. Sie wollte fragen, wer gewonnen hatte, wusste aber nicht einmal, ob es sich um ein Länderspiel oder bloß um eine normale Ligabegegnung handelte. Muss man über so etwas wirklich im Fernsehen debattieren?, fragte sie sich. Jeder Idiot weiß doch, dass die eine Mannschaft verloren hat, weil die andere mehr Tore geschossen hat. Weil sie schneller gelaufen ist, geschickter gedribbelt und besser getroffen hat.

Im Schlafzimmer ließ sie die Jalousie herunter.

Sie zog das Laken über sich und starrte an die Decke. Sie war erschöpft, fühlte sich aber nicht müde.

Sie kniff die Augen zu.

*Blasen, Blasen, Blasen …*

Wo ist er jetzt?, dachte sie. Was macht er jetzt? Jetzt in diesem Augenblick?

Sie ist sehr fotogen. Filmt er sie durch den Spiegel, zoomt er immer ihr mädchenhaftes Gesicht heran. Wenn er das Licht in ihrem Zimmer dimmt, sieht sie aus wie Ingrid Bergman in *Casablanca*. Ihre großen Augen funkeln im Halbdunkel. Als er sie in ihrem Zimmer filmen wollte, hat sie sich hässlich gemacht und unablässig Grimassen geschnitten und die Aufnahmen gestört, auch nachdem er sie, wenn auch nicht hart, mit der flachen Hand geschlagen hat. Sie liegt an die Wand gekettet da, so gesehen hätte er alles mit ihr tun können.
Alles.
Aber er geht nur dann zu ihr hinein, wenn es wirklich nötig ist.
Das Video wird nicht gut werden. Es ist unmöglich, eine Atmosphäre aufzubauen, wenn sie sich weigert mitzuspielen. Die Aufnahmen von Una und Anita waren sehr stimmungsvoll, sinnlich. Das Video von Marianne vulgär und roh wie ihr Wesen. Aber mit Frøydis war einfach nichts zu machen.
Er denkt an Eva.
*Eva.*
Es ist nicht zu glauben.
Frøydis und Eva.
Hinter dem Spiegel versucht er, sich Frøydis nackt vorzustellen, zusammen mit einer anderen Frau. Eva. Es ist nicht einfach. Aber er hat einmal einen Film gesehen. *Bilitis*. Ganz ahnungslos ist er nun auch nicht.
Aber ehrlich, sie ist zweiundvierzig Jahre alt und hat zwei Söhne. Dass so etwas überhaupt möglich ist!

Er hat nicht genau nachgerechnet, aber Linda wäre jetzt wohl etwa in Frøydis' Alter, wenn sie hätte leben dürfen. Merkwürdiger Gedanke. Für ihn ist Linda in der Zeit ihres Todes erstarrt. Sie war wie Frøydis jemand, der sich seine Jugend bewahrt, so dass man nur aus unmittelbarer Nähe erkennt, dass die Jahre ihre Spuren hinterlassen haben.

Die Erinnerungen überwältigen ihn derart, dass er den Super-8-Projektor aufbaut und die Gardine zuzieht, um sich den Film vom Abend ihres Todes anzusehen.
Still und regungslos sitzt er da und sieht zu, wie sie auf der Leinwand zum Leben erweckt wird, das stumme Lachen … die lächelnden Augen … das errötende Gesicht … die Hand, die ihm Wasser entgegenspritzt … ihre Silhouette hinter dem Plastikvorhang.
Und dann die Nymphenbilder, die göttlich schönen Nymphenbilder. Linda, die schöne, grundgütige Linda, weiß und leblos in dem klaren Wasser.
Er spult den Super-8-Film zurück und lässt ihn noch einmal laufen. Ihre Augen nehmen seinen Blick gefangen. Das lautlose Lachen steckt an.
Und dann: ihr Körper wie eine marmorne Götterstatue, gebadet in Weißwein.
Er denkt: eine Nymphe in silbrig schimmerndem Wasser.

# Der alte Fall

Gunnar Borg war unruhig, und er verstand nicht, warum.

Bevor er ins Bett ging, sah er sich die Spätnachrichten an. Sie brachten eine kurze Reportage über das letzte Video. Die Bilder zeigten, dass Marianne ertränkt worden sei, erläuterten sie, gingen aber nicht weiter ins Detail. Kristin hatte ihm alles darüber berichtet.

Sie hatte ihn im Laufe des Tages bei der Arbeit angerufen und ihm mit brüchiger Stimme beschrieben, wie Marianne ermordet worden war. Immer wieder hatte sie abgesetzt, um sich zu sammeln. Sie hatte ihm die Angst in Mariannes Augen geschildert und war dann mit der Frage herausgeplatzt: »Mein Gott, Gunnar, was geht in dem Kopf eines Mannes vor, der so etwas tut?« Als ob Gunnar das wüsste oder eine Antwort darauf geben könnte.

Wieder und wieder sprach sie von den Blasen, dass sie ja keine Ahnung davon gehabt habe, wie viel Luft in einer Lunge sei.

Ihm war klar, dass sie anrief, weil sie jemanden zum Reden brauchte. Jemanden, der zuhörte, ohne nachzufragen und weitere Informationen zu fordern. Jemanden, der sie ausreden ließ.

Er ließ sie reden, bis sie keine Worte mehr hatte, und sagte etwas Tröstendes. Leere Worte, die ebenso sinnlos waren wie die Äußerungen eines Pastors nach einem Todesfall. Trotzdem genau das, was sie in diesem Moment brauchte.

Bevor sie auflegten, bedankte sie sich bei ihm. Mit dünner Stimme. Er sagte, dass sie ihm dafür nicht zu danken brauchte.

Das Gespräch quälte ihn. Und es verwirrte ihn nur noch

mehr. Er war mit den Jahren so hart geworden, so abgestumpft. Ein Mord mehr oder weniger berührte ihn nicht nennenswert. Ehrlich gesagt, war ihm der Mord an Anita Fjordvik, die langsam mit Klebeband auf Nase und Mund erstickt worden war, viel näher gegangen als der Mord an Marianne. Trotzdem hatte Kristins Beschreibung eine Saite der Angst in ihm angerissen. Und es ärgerte ihn, dass er sich nicht erklären konnte, wieso.

Diese rastlose Angst machte ihn so durstig. So verdammt durstig auf etwas ganz Bestimmtes.

Gunnar las eine halbe Stunde in Tolkiens *Herr der Ringe*, ehe er das Lesezeichen wieder ins Buch legte und die Lampe auf dem Nachtschränkchen ausknipste.

Wenn er nicht schlafen konnte, versuchte er sich häufig vorzustellen, wie seine Gliedmaßen eine nach der anderen schwer wie Stein wurden. Manchmal tat er so, als hätte er eine Schlaftablette genommen, aber es gab auch Tage, an denen ihm nichts anderes übrig blieb, als die Lampe wieder einzuschalten und weiterzulesen.

Diese Nacht war eine solche Nacht.

Stundenlang wälzte er sich wach im Bett herum. Er lauschte den Autos unten auf der Straße und dem Ticken der Wanduhr im Wohnzimmer. Er dachte an Kristin. Mit klopfendem Herzen. Studierte die Schatten an der Zimmerdecke und fragte sich, ob er im Begriff war, einen Herzanfall zu bekommen. Oder einen Gehirnschlag.

Zu guter Letzt drehte er sich auf die Seite, streckte die Hand aus und fand das Kabel mit dem Lichtschalter. Mit dem Daumen knipste er das Licht an. Er klappte das Buch auf, und als er mit den Augen die Seite nach der Stelle absuchte, an der er mit dem Lesen aufgehört hatte, kam ihm der alte Fall in den Sinn.

# Die verwunschene Villa

## 1

Er wohnte in einer verwunschenen Villa in einer stillen Nebenstraße in Grefsen. Das Haus lag zurückgezogen in einem großen Garten. Dunkle Fenster, zugezogene Gardinen. Die weiße Farbe blätterte von den Wänden. Das Anwesen musste einmal vornehm und gepflegt gewesen sein, doch jetzt war es dem Verfall preisgegeben; Löwenzahn und Beifuß sprossen in den Ritzen zwischen den Steinplatten, die Beete waren von Brennnesseln und Wegerich überwuchert, und die stattliche Grasfläche war schon lange nicht mehr gemäht worden. Ein verbeulter, grüner Briefkasten mit Rostflecken hing schief am Maschendrahtzaun. Jemand hatte mit der Hand »Strøm« daraufgekritzelt.

Polizeidirektor Runar Vang war bereits einmal an dem Haus vorbei bis zum Ende der Straße gegangen. Jetzt drehte er um und kam zurück. Er war allein. Er hatte niemandem gesagt, wohin er wollte. Manchmal musste er mit eigenen Augen sehen und sich mit all seinen Sinnen selbst einen Eindruck verschaffen, eine eigene Meinung bilden. Er stellte sich vor, tatsächlich seherische Fähigkeiten zu haben. Doch dieses Mal klappte es nicht. Keine vagen Vibrationen, kein Gespür für irgendetwas.

Etwas oberhalb des Hauses nahm er sein Handy und den Zettel mit Rune Strøms Telefonnummer aus der Tasche. Er ließ es dreißigmal klingeln, ehe er das Telefon ausschaltete.

*

Eine Hecke und ein paar alte Apfelbäume schirmten das Haus vor den Nachbarn ab. Er hielt sich dicht an der Wand, als er sich im Garten umsah. Obgleich niemand auf seinen Anruf reagiert hatte, verspürte er eine kindliche Angst, dass dort drinnen im Haus ein Komplize hocken könnte. Ein verkrüppelter Zwilling oder so was in der Art. In den amerikanischen Taschenbüchern, die er immer am Flughafen kaufte, hatten die bestialischen und verrückten Mörder gern einen verkrüppelten Zwillingsbruder, der immer dann auftauchte, wenn man dachte, die Gefahr sei vorüber. Aber er sah nichts Auffälliges; keine frisch ausgehobenen Gräber, keine blutgetränkten Kleider, keine versteckten Köpfe – bloß Gras, Unkraut und verfaulte Äpfel. Eine verbeulte Öltonne auf einem stählernen Gestell. Eine morsche Leiter. Das rostige Skelett einer Hollywood-Schaukel.

Er dachte: Ein Garten ist nichts für dich, Rune Strøm!

## 2

Als Vang die alte Frau am Fenster des Hauses vis-à-vis entdeckte, zuckte er zusammen, als hätte sie ihn auf frischer Tat bei etwas Ungesetzlichem ertappt. Die Frau trat rasch einen Schritt zurück, um aus Vangs Blickfeld zu verschwinden. Eine Spannerin, dachte er, die Informationsquelle der Nachbarschaft.

Vang blieb einen Moment lang unschlüssig stehen, ehe er die Straße überquerte und bei ihr klingelte.

Zuerst wollte ihn die Alte nicht hereinlassen. Sie hatte die Sicherheitskette vorgelegt, starrte Vang misstrauisch durch den Spalt an und drohte damit, die Polizei zu rufen, wenn er nicht augenblicklich verschwand. Erst als er ihr seinen Dienstausweis entgegenstreckte, löste sie die Kette.

»Sie sind von der Polizei? Gott im Himmel, warum haben Sie das denn nicht gleich gesagt?« Sie bat ihn einzutreten. »Sie haben doch sicher Kaffeedurst? So früh am Morgen. Die Polizei, so etwas.«

Die Alte war eine adrette, spatzenartige Frau mit silbergrauen Haaren und haselnussbraunen Augen. Sie führte Vang in ein übermöbliertes, altmodisches Wohnzimmer und bat ihn, auf dem weichen Sofa Platz zu nehmen, ehe sie in der Küche verschwand.

»Und ich dachte, Sie wären ein Einbrecher«, rief sie durch die offene Küchentür. Vang hörte sie hantieren und mit Geschirr klappern. Kurz darauf kam sie mit einem Tablett wieder, auf dem Tassen und Teller, Kuchen, Plätzchen und Kaffee standen.

»Ein Einbrecher?«, amüsierte sich Vang.

Sie goss ihnen beiden Kaffee ein. »Nicht dass Sie so aussehen würden, Gott bewahre, nein, aber wem kann man denn heute noch trauen? Sie wissen ja, wie das ist, Sie sind ja von der Polizei.«

Der Kaffee duftete so wie der von Herdis. Die Tassen und Teller waren aus handgemaltem Porzellan, und das Gebäck auf dem Silberteller sah selbst gebacken aus.

Vang lächelte und nickte. »Ich ermittle in einem speziellen Fall und muss das Nachbarhaus unter Aufsicht halten. Der Mann, der dort wohnt, könnte ein wichtiger Zeuge für uns sein.« Er hob die Kaffeetasse an die Lippen.

»Rune? Der Arme, in was hat er sich denn jetzt wieder verstrickt? Ach je, nimmt das denn nie ein Ende?« Nach jedem Satz spitzte sie die Lippen.

»Vermutlich hat er selbst überhaupt nichts getan«, versicherte ihr Vang halbherzig. »Aber es ist möglich, dass er uns als Zeuge wichtige Informationen geben kann. Nur als Zeuge!«

Ein leiser Luftzug ließ den Kronleuchter an der Decke klirren.

»Bitte, gehen Sie behutsam mit ihm um. Der arme Junge!« Die Alte beugte sich vor und senkte die Stimme: »Es geht ihm nicht gut. Wissen Sie, er hat vor vielen Jahren seine Verlobte verloren. Eine fürchterliche Geschichte! Fürchterlich! Sie ist ertrunken, wissen Sie! In ihrer Badewanne. Das arme Mädchen. Rune kam ins Gefängnis!« Sie schnaubte. »Ausgerechnet Rune! Dabei kann er keiner Fliege was zuleide tun! Ins Gefängnis.« Die Lippen spitzten sich wieder. »Aber guter Mann, so bedienen Sie sich doch!«

»Danke, danke!« Er legte sich ein Stückchen Sandkuchen auf den Teller. »Er war nur in Untersuchungshaft. Das ist eine reine Routinemaßnahme. Und er wurde schließlich nie verurteilt.«

Aber die Alte hatte keinen Platz für solche Feinheiten. »Das hat ihn kaputtgemacht, wissen Sie. Das Gefängnis. Zerstört! Anschließend ist er zurück nach Hause gezogen. Davon hat er sich nie mehr ganz erholt! Der gute Junge. Kaputtgemacht hat es ihn! Wissen Sie, als er noch zur Schule ging, hat er mir immer den Rasen gemäht.«

»Ach ja? Dann ist er hier in Grefsen aufgewachsen?«

Sie schob den Teller mit dem Gebäck zu ihm hinüber. »Bedienen Sie sich doch, ich vertrage kein Gebäck. – Ja, Rune hat all die Jahre hier gewohnt. Abgesehen von dem halben Jahr, in dem er verlobt war. Sein Vater starb im gleichen Sommer. Das Herz. Danach zog er zurück zu seiner Mutter. Sie haben sich wirklich umeinander gekümmert. Das können Sie mir glauben. Er nahm das mit Linda, seiner Verlobten, schrecklich schwer. Wurde nie wieder der Alte. Früher war er immer ein lieber, netter Junge, aber nach diesen Geschehnissen hat er nie wieder gelächelt. Zog sich zurück. Ein Eigenbrötler. Das ist nicht gesund. Nicht für einen erwachsenen Mann. Das Gefängnis hat ihn kaputtgemacht, wissen Sie. Furchtbar.« Ihre Augen füllten sich mit Tränen. »Der arme Rune.«

»Dann hat er nie eine neue Frau gefunden?«

»Eine Frau? Nicht, dass ich wüsste. Aber ich spioniere ihm ja auch nicht nach.« Die Alte kniff die Lippen zusammen und bohrte ihren Blick in Vang. »Aber Ragnhild hat ja auch nie etwas erzählt.«

»Ragnhild?«

»Seine Mutter. Ragnhild! Gottesfürchtig wie ein Engel. Pastorentochter aus dem Odal. Eine solche Jugend bleibt nicht ohne Konsequenzen, wissen Sie. Sie war eine gläubige Kirchgängerin. Keine einfache Frau, diese Ragnhild, streng, aber rechtschaffen.«

Eine gewaltige Wanduhr begann einen mehrstimmigen Glockenschlag.

»War er nachts viel unterwegs?«, fragte Vang und schlürfte seinen Kaffee.

»Nachts? Woher soll ich das denn wissen? Da schlafe ich.«

»Haben Sie häufig Kontakt zu seiner Mutter?«

»Ragnhild? Gott sei ihr gnädig. Ja, wissen Sie das denn nicht? Der arme Rune.«

»Wie meinen Sie das?«

Sie senkte die Stimme wieder. »Eine fürchterliche Tragödie. Noch so jung, die Gute. Sie wurde kaum sechzig. Gehirnschlag. Ich glaube, sie ist im Juli gestorben.«

# Morgenstunde

Sie schlief viel zu lange.

In der Nacht hatte sie von einer unterseeischen Ruinenstadt mit Meerjungfrauen und Krokodilen mit Menschenaugen geträumt, während ihre Träume gegen Morgen eine Landschaft mit Zypressen und griechischen Tempeln geformt hatten, in denen jemand ihren Namen gerufen hatte. Sie war wach geworden, als Gustav und Ådne von Patrick und Claes abgelöst wurden, hatte sich aber nur umgedreht, die Decke über den Kopf gezogen und war wieder eingeschlafen.

Als sie endlich wach wurde, kämpfte sie sich wie durch Teer an die Oberfläche.

Sie hatte einen Geschmack nach rohem Fleisch im Mund. Die Sonne, die den kleinen Spalt zwischen Rollo und Fensterrahmen gefunden hatte, explodierte wie ein Lichtblitz in ihren Augen. Mit einem Stöhnen wälzte sie sich auf die andere Seite des Bettes und sah blinzelnd auf den Radiowecker.

Halb zwölf. So lange hatte sie nicht mehr geschlafen, seit sie ihre nächtlichen Eskapaden durch die Stadt aufgegeben hatte. Vor einer Million Jahren.

Sie taumelte aus dem Bett und zog eine Jeans und ein uraltes Schlabber-T-Shirt (Boy Toy) an. Fuhr sich mit den Händen durch die Haare.

Sie sah bestimmt völlig zerstrubbelt aus. Als sie barfuß ins Wohnzimmer schlurfte, starrten Patrick und Claes sie an und lachten.

»Sie sind gerade aufgewacht, oder?«, bemerkte Patrick.

»Euch auch einen Guten Morgen, Jungs«, sagte sie gespielt munter.

»Beruhigend, dass Fernsehstars morgens wie normale Menschen aussehen«, sagte Claes mit einem Grinsen.

Sie duschte lange und schminkte sich sorgfältig. Nahm sich viel Zeit, um den Nagellack aufzutragen. Patrick hatte Kaffee aufgesetzt, und nach einer Stunde fühlte sie sich schon fast wieder wie ein Mensch.

Sie aß ein halbes Knäckebrot mit Käse, während sie durch die *Aftenposten* blätterte. Zwei ganze Seiten waren dem Fall gewidmet. In erster Linie ging es um den Film mit Mariannes Ermordung. Die Polizei hatte die Bilder auf einer Pressekonferenz gezeigt und den Medien vier erschütternde Schwarzweißbilder zur Verfügung gestellt, die auch die *Aftenposten* gerne mit ihren Lesern teilte. Unten auf der gleichen Seite stand in einem Kommentar, dass der Sturm der Entrüstung über »24 Stunden!« inzwischen auch Richard Wolter zur Vernunft gebracht habe.

Das Telefon klingelte. Sie hatte eine neue, geheime Privatnummer, die nur die Polizei, ihre Vorgesetzten bei der Arbeit und Gunnar kannten. Und Halvor. Er war es, der anrief. Er hatte gerade in der Lokalzeitung etwas über das neue Video gelesen. Sie entschuldigte sich, dass sie ihn dieses Mal nicht vorbereitet hatte.

Sie sprachen über alltägliche Dinge. Darüber, welche Bücher sie in der letzten Zeit gelesen hatten und womit sie sich die Zeit vertrieben. Er sprach von dem goldenen, fast reifen Getreide. Und dass er abends zu einer Gemeindeversammlung gehen wollte, auf der sie über den Verlauf der neuen Regionalstraße informiert werden sollten. Über die neuen Wirte des Cafés am Ort. Die ganze Zeit über sah sie das Dorf vor sich, die steilen Hänge und die kleinen Felder zwischen den Felskuppen, die dichten Fichtenwälder, die Laubwäldchen und den Fluss, der schäumend weiß aus dem Mårsjø entsprang. Sie konnte den Wald beinahe riechen.

Wieder einmal nahm sie sich fest vor, dorthin zu fahren, sobald Aquarius gefasst war.

*Wenn* er denn gefasst werden sollte.

Danach.

# Verblasste Erinnerungen

Er hieß Rune Strøm.

Gunnar Borg saß in seinem engen Büro. Vor ihm auf dem Schreibtisch lag ein zerknitterter, gelber Umschlag. Er schwitzte. Die Wärme war erdrückend. Er hatte den Schlips gelockert und die zwei oberen Knöpfe seines Hemdes geöffnet. Eine Fliege flog immer wieder gegen die Scheibe des gekippten Fensters. Warum spürt die die Zugluft nicht und fliegt einfach raus?, fragte sich Gunnar. Unten auf der Straße wurde etwas Schweres aus einem Lkw entladen, die Leute stöhnten und dirigierten sich gegenseitig. *Wenn sie versuchen würde, einen anderen Weg als direkt durch die Scheibe zu finden, zum Beispiel nur ein paar Zentimeter weiter links, wäre sie seit Langem frei.* »Blöde Fliege«, murmelte er, senkte den Blick und starrte auf die Zeitungsausschnitte und seine zitternden Hände.

Rune Strøm.

Er hatte die dünnen Ausschnitte aus dem Umschlag gezogen und auf dem Tisch ausgebreitet. Einige davon trugen seine Signatur.

Heute werden alle Artikel elektronisch archiviert, so dass man sie mithilfe einiger weniger Tastenkombinationen auf den Bildschirm holen konnte. Doch vor zwanzig Jahren schnitten die Archivare noch immer jeden Artikel aus der Zeitung aus, markierten ihn und legten ihn in den entsprechenden Umschlag.

Rune Strøm hatte damals einen eigenen Umschlag bekommen. Er war nicht sonderlich dick. Der älteste Ausschnitt war eine Notiz: *Frau tot in der Badewanne gefunden.* Danach waren einige Tage vergangen, ehe die Redaktion erwacht war: *Rätselhafter Tod durch Ertrinken: Mord oder Unglücksfall?* Dann kam der erste Artikel, den er selbst geschrieben hatte: *Tod in der Wanne: Verlobter unter Mordverdacht.* Es folgten ein paar Artikel über die Untersuchungshaft sowie eine Aussage von Strøms Rechtsanwalt und als Letztes Gunnars Exklusiv-Interview: *Verlobter kommt zu Wort: Ich habe Linda nicht getötet*!

Er fragte sich, warum er sich nicht an diesen alten Fall erinnert hatte, als Kristin ihm erzählt hatte, wie Marianne zu Tode gekommen war. Und er glaubte, die Antwort zu kennen.

Journalismus ist flüchtig. Fälle kommen und gehen, und jeden Tag beginnen die Journalisten aufs Neue. Dann ist der vergangene Tag bereits im Nebel des Vergessens verschwunden. Die Zeitung ist eine leere Tafel. Eine neue Wirklichkeit soll definiert, dargestellt und analysiert werden. Im Laufe eines Jahres schreibt ein Journalist mehrere hundert Artikel. Die meisten davon sind schnell wieder vergessen.

Deshalb war es eigentlich seltsam, dass er sich überhaupt an die Reportage erinnerte, die er vor zwanzig Jahren über Rune Strøm geschrieben hatte.

Er faltete das Interview auseinander. Das Zeitungspapier löste sich in den Knicken bereits auf. Vorsichtig breitete er die große, alte *Dagblad*-Seite auf dem Tisch aus.

Das Bild von Rune Strøm war vier Spalten breit. Ein grobkörniges Raster, und auch der Fotograf schien nicht einen seiner besten Tage gehabt zu haben. Trotzdem war Rune Strøms Blick voller Intensität und Leben.

Gunnar starrte auf das Bild. Er sah Rune Strøm in die Augen.

*Bist du Aquarius?*

Er las: »*Linda fehlt mir so schrecklich! Dass mich die Polizei verdächtigt, sie getötet zu haben, macht meine Trauer nur noch schlimmer!*«

Hatte er geblufft? Höhnisch gelacht, nachdem Gunnar gegangen war?

*»Die Behauptung, ich hätte sie ermordet, ist vollkommen krank.«*

Krank? Wer war hier eigentlich krank?

Und warum hatte die Polizei diesen alten Fall nicht wieder aufgerollt? Nahm man sich nicht normalerweise als Erstes die alten, ungeklärten Fälle noch einmal vor? Hatten sie, wie er, die ganze Sache vergessen? Es wurde nie eine Anklage erhoben, und so war er auch nie verurteilt worden. Das bedeutete aber doch wohl nicht, dass die Polizei keinen Überblick über ältere Fälle hatte?

Oder war der Fall eventuell falsch archiviert worden?

Ihm fiel plötzlich ein, dass Oscar Lund ihn am Abend besuchen würde. Der musste das doch wissen.

Vielleicht sollte ich Kristin anrufen und sie bitten, auch zu kommen, dachte er. Sie sollte das ebenfalls wissen. Dann weiß sie wenigstens, dass ich an sie denke. Und alles tue, was in meiner Macht steht.

Er griff zum Telefon und wählte Kristins Nummer. Während es klingelte, sah er aus dem Fenster. Die Fliege war verschwunden.

# Banshees

I

Er war unsicher. Ein ungewohntes, unangenehmes Gefühl für Runar Vang.

Der Abstecher in Rune Strøms Nachbarschaft hatte ihn verwirrt. Der Anblick des verfallenen Hauses und die Auskünfte der alten Dame legten ein paar weitere Gewichte auf die Waagschale mit der Aufschrift »schuldig«. Aber sein Bauch sagte ihm mit aller Macht, dass Rune Strøm nicht Aquarius war. Diese Lösung wäre viel zu einfach, zu klar.

Sein Problem war aber, dass die anderen in der Kommission die richtigen Schlüsse zogen. Natürlich war Rune Strøm jemand, den sie sich näher ansehen mussten. Vermutlich hatte er 1976 seine Verlobte in der Badewanne getötet, ohne dafür zur Rechenschaft gezogen worden zu sein. Was die Ermittler damals über den Fall zu sagen hatten, stand schwarz auf weiß in der Polizeiakte. Viele psychopathische Mörder halten jahrelang still, ehe irgendein Geschehnis in ihrem Alltag die alte Sucht nach Blut wieder anstachelt und sie erneut zuschlagen lässt. Eine Scheidung, eine Kündigung, ein Todesfall …

*Furchtbare Tragödie. Noch so jung. Kaum sechzig. Gehirnschlag. Starb im Juli*, hallte die zerbrechliche Stimme der Alten in seinem Kopf wider.

Es passte alles zusammen!

Dennoch … Er verabscheute das Wort »dennoch«. Ein Begriff voller Zweifel und Wankelmut.

Und dennoch …

Dennoch fühlte er sich verdammt unsicher.

Rune Strøms Charakter stimmte mit dem psychologischen Profil überein, das sie erstellt hatten. Er war ein Eigenbrötler, der am Rand der Gesellschaft lebte. Jemand, der sich anders fühlte. Und vielleicht tatsächlich anders als die anderen war.

Der Tod der Mutter im Frühsommer des gleichen Jahres konnte gut *the stressor* sein, wie man das beim FBI nannte – der plötzliche psychologische Faktor im Leben eines Täters, der die Lust zu morden auslöste.

Dennoch …

Etwas an der raffinierten Vorgehensweise von Aquarius sagte ihm, dass er der Polizei niemals eine so deutliche Spur legen würde, indem er einen Mord auf identische Weise beging wie vor zwanzig Jahren. Wenn er gefasst werden wollte, würde er schlauer vorgehen, erfindungsreicher. Vielleicht hätten die neuen Opfer das gleiche Alter wie sein erstes Opfer. Vielleicht sähen sie dem ersten Opfer ähnlich oder hatten den gleichen Vornamen. Spuren, die nicht offensichtlich waren, die aber auf denjenigen warteten, der sich die Zeit nahm, alle Zusammenhänge akribisch zu untersuchen. Mit dieser Art von Spielchen mit der Polizei rechnete er bei Aquarius. Diskrete Hinweise, raffinierte Andeutungen, mit dem blutigen *touch of class* des wahren Connaisseurs. Er würde seine Identität nicht mit einer Spraydose an eine weiße Betonwand sprühen.

Doch wenn Rune Strøm Aquarius war, hatte er genau das gerade getan.

Er versammelte die Leiter der Ermittlungsgruppen um dreizehn Uhr in seinem Büro.

Allem Anschein nach hatten sie sich in ihrer Argumentation abgesprochen, um Vang zu überreden, Strøm vorläufig festzunehmen. Antonsen erdreistete sich zu der Äußerung, es würde einen Skandal geben, sollte Strøm schuldig sein und später herauskommen, dass die Polizei über Tage hinweg seinen Namen kannte, ohne zu reagieren.

»Okay«, sagte Vang schließlich. Wenn Strøm unschuldig war, würde sich das rasch und schmerzlos herausstellen. So war es beinahe immer. Und sollte er schuldig sein, wäre Vang der Erste, der seine eigene Skepsis bedauerte.

Sie schienen nicht verstanden zu haben, was er meinte.

»Dann holt ihn her«, sagte er.

Er bemerkte, wie die anderen Blicke wechselten.

## 2

Rune Strøm war ein groß gewachsener Mann mit markanten Gesichtszügen und Augen, die ihrem Gegenüber auswichen, als würden sie von einem Magnet abgestoßen.

Sie befanden sich in Elisabeth Grans Büro. Vang, Antonsen und Gran saßen auf hohen Stühlen hinter dem von Mappen übersäten Schreibtisch. Rune Strøm saß auf einem niedrigen Stuhl auf der anderen Seite. Er hatte die Arme verschränkt und die Beine übereinandergeschlagen. Vang kam er vor wie ein verängstigtes Kind in einem viel zu großen Körper.

Er ist es nicht, dachte er.

»Sie verstehen vielleicht, warum wir Sie zu dieser Befragung gebeten haben?«, begann Elisabeth Gran. Sie hatte eine psychologische Ausbildung gemacht und war wie kaum jemand sonst in der Abteilung befähigt, Verhöre zu leiten.

Strøm breitete die Arme aus, um anzudeuten, dass er keine Ahnung hatte, das aber wohl auch keine Rolle spiele.

»Sie haben bestimmt von dem letzten Aquarius-Video gehört …«

Die drei Polizisten starrten ihn an. Er verzog keine Miene.

*Er ist es nicht!*

Gran fuhr fort: »In diesem Video wird der Mord an einem jungen Mädchen gezeigt. Marianne.«

»Wie lautet die Frage?«, wollte Strøm wissen.

»Sie wurde ertränkt«, sagte Gran. Ihre Stimme wurde härter; spitz und kalt: »Sie. Wurde. Ertränkt. Hören Sie? Ertränkt! In einer Badewanne.«

Strøm presste die verschränkten Arme fester aufeinander und schob den rechten Fuß hinter das linke Bein. Ein menschlicher Knoten, der sich immer weiter zuzog. *»Oh, boy«*, murmelte er.

»Da verstehen Sie doch sicher, dass wir mit Ihnen sprechen wollen.«

Grans Stimme klang wieder freundlich. Mütterlich. Verständnisvoll. Als wollte sie nichts lieber, als ihm aus der Klemme zu helfen, in der er sich befand. »Sie werden nicht verdächtigt. Aber wir müssen mit Ihnen reden. Das verstehen Sie doch. Wir reden mit so vielen Menschen«, sagte sie. »Sie müssen keine Angst haben. Das ist ein ganz natürlicher Teil der Ermittlungen.«

*Natürlicher Teil der Ermittlungen, also bitte. Pass auf Junge, gleich geht sie dir an die Kehle!*

Sie legte eine Hand auf einen der Stapel auf dem Schreibtisch. Zuoberst lag Rune Strøms Akte. Vang sah, dass sie sich ihre langen Nägel lackiert hatte. Der Anblick verblüffte ihn. Die Nägel waren glänzend rot und sehr spitz. Zuvor waren ihm Elisabeth Grans Nägel nie aufgefallen.

»Verstehen Sie?«, fragte Gran.

*Er ist es nicht!*

Rune Strøm räusperte sich. »Ich würde gerne mit einem Anwalt sprechen.«

Verdammt, dachte Vang.

Karianne Li war eine knappe Stunde später zur Stelle. Vang kannte sie flüchtig von ein paar anderen Gewaltdelikten. Sohn schlägt Mutter, Mann schlägt Frau, Mann schlägt Liebhaber der Frau. Solche Sachen. Sie war eine stille, effektive Anwältin; ein unauffälliger Typ, aber immer mit irgendeiner Trumpfkarte im Ärmel. Verdammt tüchtig. Sie sah wie eine Dreißigjährige aus, aber er schätzte sie trotzdem auf gut vierzig. Vielleicht sogar noch ein bisschen älter.

Vang wies sie schnell in den Fall ein.

»Ich verstehe nicht … Was haben *Sie* gegen ihn in der Hand?«, fragte sie, als Vang fertig war.

*Okay, here we go!* Vang räusperte sich. »Die Osloer Polizeibehörde hat eine ganze Reihe guter Gründe, um mit Ihrem Klienten sprechen zu wollen.« Er wusste, dass er übertrieb. Und dass sie das wusste. Und dass er die Osloer Polizeibehörde in ihrer ganzen Wichtigkeit vor sich herschob, in der Hoffnung, dass sie sich davon beeindrucken ließ. Wenigstens ein bisschen.

Aber sie ließ sich nicht einschüchtern. Natürlich nicht. »Eine ganze Reihe guter Gründe?«, wiederholte sie skeptisch. »Lassen Sie hören!«

Er schluckte. Er hätte Gran diese Anwältin überlassen sollen. »Nun … das Ermittlungsverfahren 1976 wegen des vermeintlichen Mordes. Das Persönlichkeitsprofil, das erstaunliche Übereinstimmungen aufweist. Der Tod der Mutter, der etwas ausgelöst haben könnte … Das alles zusammen ist …«

»*Bullshit!*«, fuhr sie ihm ins Wort. »Sie haben nichts! Null und nichts! Haben Sie mir nicht gerade mitgeteilt, dass das Verfahren 1976 eingestellt wurde? Und dass nie sicher geklärt werden konnte, ob es sich tatsächlich um einen Mord gehandelt hat? Wenn Sie keine Informationen zurückhalten – und davon gehe ich aus«, sagte sie scharf, »haben Sie mir gerade gesagt, dass Sie meinen … Klienten«, sie musste einen Blick in die Papiere werfen, um sich an den Namen zu erinnern, »Rune Strøm hierher geschleppt haben, weil er vor zwanzig Jahren unter Verdacht stand, einen eventuellen Mord begangen zu haben, der an den letzten Mord von Aquarius erinnert. *That's it!* Also ehrlich, Vang …«

»Nun«, er schluckte wieder. »Die Osloer Polizeibehörde sieht das nicht ganz so.« *Obwohl ich das genauso sehe.* Er fand sie hübsch, was ihm vorher nie aufgefallen war. »Zum gegebenen Zeitpunkt wollen wir nur mit ihm reden. Er steht noch nicht unter Verdacht.«

»Unter Verdacht?« Sie lachte kurz, als wollte sie unterstreichen, dass sie ihren eigenen Ohren nicht traute. »*Be my guest.* Verdächtigen Sie ihn, kommen Sie mit einem Haftbefehl! Machen Sie mir die Freude! Das wäre …«, sie suchte ein paar Sekunden nach dem richtigen Bild, »ebenso löchrig wie ein Schweizer Käse.«

Warum sind die anderen nicht hier?, dachte er, sie sagt doch genau das, was ich meine.

Karianne Li bat darum, ungestört mit ihrem Klienten reden zu können, bevor die Befragung fortgesetzt wurde. Vang, Antonsen, Alm und Gran blieben draußen stehen. Keiner von ihnen sagte etwas. Als Li eine Viertelstunde später wieder herauskam, schien sie nicht zu wissen, ob sie lachen oder die Augen verdrehen sollte.

»Er hat ein Alibi«, sagte sie kurz.

Vang sagte nichts. Sollten sich doch die anderen darum kümmern.

»Alibi?«, fragte Antonsen, als wüsste er nicht, was dieses Wort bedeutete.

»Alibi!«, wiederholte Li.

»Für welchen Mord?«, fragte Gran.

»Für die meisten, nehme ich an. Rita Quist. Eine Freundin von ihm. Oder Geliebte. Eine Frau, die sich ein bisschen um ihn kümmert, was weiß ich. Sie hat einen Laden im Markveien.«

»Wie schön für ihn«, sagte Antonsen.

Während Vang, Antonsen und Alm die Befragung von Rune Strøm fortsetzten – jetzt mit Karianne Li als seufzende und stöhnende Beisitzerin –, rief Gran bei Quist an. Als sie zurückkam, nickte sie den anderen kurz zu. Der Blick bestätigte, was die Rechtsanwältin ihnen gesagt hatte. Quist gab Strøm ein Alibi. Aus der Befragung war ohnehin bereits die Luft raus. Die vier Polizisten zogen sich in Vangs Büro zurück.

Vang trommelte mit den Fingern auf die Tischplatte. »Ich will ja nicht sagen ›Was habe ich gesagt‹, aber bitte …«

»… *was habe ich gesagt*?«, riefen die anderen im Chor.

»Wir müssen diese Quist genauer unter die Lupe nehmen«, sagte Gran. »Und damit meine ich wirklich genau. Sie hörte sich reichlich verwirrt an.«

»Aber sie hat das bestätigt?«, fragte Alm.

»Ich glaube, sie würde auch bestätigen, dass sie auf dem Mond waren und Hinkekästchen gespielt haben, wenn das nötig wäre«, sagte Gran. »Ich würde vorschlagen, wir laden sie mal zu uns ein und nehmen sie in den Schwitzkasten … hart!« Bei diesen Worten grinste sie wie ein Gestapo-Offizier. »Ich habe das Gefühl, das Alibi kriegt dann ein paar hässliche Kratzer.«

»Können wir einen Haftbefehl gegen ihn beantragen?«, fragte Alm.

»Auf welcher Grundlage?«, fragte Vang spontan.

»Ich würde sagen, wir haben einen berechtigen Verdacht, der unter den gegebenen Umständen …«

»Vergiss es«, unterbrach Vang ihn. Alm wurde immer so bürokratisch, wenn er unsicher war. »Jetzt hör mal zu: Es wäre eine Katastrophe, Strøm zu verhaften, bevor wir sicher sind, dass er wirklich unser Mann ist. Denkt doch mal nach! Die Presse würde Amok laufen. Und Karianne Li wird uns vor dem Haftrichter den Arsch aufreißen – entschuldigt den Ausdruck. Wir haben nichts in der Hand! Und sollte es uns aller Wahrscheinlichkeit zum Trotz doch gelingen, würde sie auf der Stelle Berufung einlegen. Wir können uns ja wohl alle ausmalen, wie die Sache ausgeht, wenn wir mit dieser vagen Anschuldigung vor die Große Strafkammer müssen. Nein, wenn wir in diesem Fall einen Verdächtigen verhaften wollen, müssen wir uns wirklich sicher sein, dass er der Täter ist. Sicher! Wir dürfen auf keinen Fall den Eindruck erwecken, dass wir jeden festnehmen, der uns in die Quere kommt, jeden, hinter dem wir Aquarius vermuten! Zuerst müssen wir wirklich etwas gegen ihn in der Hand haben. Irgendetwas, das vor Gericht standhält.«

»Ich weiß, dass er es ist!«, sagte Antonsen leise. »Ich weiß das so sicher, wie die Erde rund ist.« Er blickte auf. »Dann liegt die Beweislast also bei uns.«

»Na, dann viel Glück«, seufzte Vang.

Rune Strøm verließ das Präsidium am gleichen Tag um sechzehn Uhr in Begleitung seiner Anwältin Karianne Li.

Acht Minuten später parkte ein ziviler Einsatzwagen mit getönten Scheiben zwanzig Meter oberhalb der Einfahrt seines Hauses.

## 3

Vang wurde eine Viertelstunde später zum Polizeipräsidenten, einem überraschend kleinwüchsigen, schmächtigen Mann, zitiert. In den Medien wirkte er immer groß und kräftig mit dunklem Blick und tiefer Stimme, aber Uniform und Kamerawinkel waren trügerisch. Er war ein Zwerg, wenn auch ein Zwerg mit Autorität, jemand, den alle respektierten.

Vang hatte keine Angst vor ihm. Aber er fühlte sich in der Gegenwart des Präsidenten unwohl. Als Vang den Stuhl zurückzog und sich setzte, schoss ihm ein Bild durch den Kopf: ein ungehorsamer Schüler beim Direktor.

Der Polizeipräsident hatte Wind davon bekommen, dass sie einen Verdächtigen hatten – »den ersten Verdächtigen«, bemerkte er derart zweideutig, dass Vang nicht wusste, ob es als Kritik oder Lob aufzufassen war. Vang bekundete sein Bedauern, den Präsidenten nicht früher informiert zu haben, aber das sei darauf zurückzuführen, dass die Strøm-Spur noch sehr frisch und vermutlich nicht wirklich tragend sei. Er unterrichtete seinen Vorgesetzten über die aktuelle Entwicklung und ließ seine eigenen Zweifel nicht aus.

Der Polizeipräsident lehnte sich zurück, fuhr sich über den schwarzen Bart und seufzte theatralisch. Es überraschte Vang, als er erkannte, dass der Blick seines Vorgesetzten belustigt war. »Ja, ja, ja, Vang… Sie wissen ja, wie das ist. Der Staatssekretär aus dem Justizministerium ruft mich zweimal täglich an, um zu erfahren, wie es aussieht. Jedes zweite Mal betont er, wie sehr dem Minister daran gelegen ist, dass wir unsere Ressourcen richtig einsetzen. Ha ha! *VG* hat eine neue Serie begonnen. Unter der Überschrift: *Fragen, die der Polizeipräsident nicht beantworten will,* aber das haben Sie ja bestimmt selber gelesen. Ich werde zu allen möglichen Nachrichtenjournalen und Talkshows eingeladen und von sämtlichen Lokalradiosendern belagert. Wenn ich also ungeduldig wirke, dann nicht, weil ich nicht verstehe, wie mühsam die Ermittlungsarbeit in dem Fall ist. Herrgott, Vang, ich habe genug schwierige Fälle hinter mir, um zu wissen, in welcher Klemme Sie stecken. Aber wenn wir einen Verdacht haben – und sei er noch so klein –, sollten wir diesem wirklich auf den Grund gehen. Wir müssen zeigen, dass wir etwas tun, jeden Stein umdrehen, nicht im Dunkeln tappen.«

»Natürlich.« *Genau das tun wir doch.*

»Hat er schon einen Rechtsanwalt?«

»Karianne Li.«

»O mein Gott! Das Fräulein Förmlich! Eine schreckliche Frau. Scharf und alles andere als verhandlungsbereit.«

»Das habe ich schon bemerkt.«

»Was hat sie gesagt?«

»Sie hat gelacht und praktisch darum gebeten, dass wir Strøm verhaften. Ich glaube, sie würde sich freuen, uns vor dem Haftrichter wiederzusehen.«

»Typisch Karianne.« Der Präsident hätte beinahe etwas gesagt, verkniff es sich aber. »Wie sieht die weitere Strategie aus?«

»Wir haben vor, Rita Quist für morgen ins Präsidium zu bestellen, Strøms Alibi. Wollen sie in die Mangel nehmen, um zu sehen, ob nicht vielleicht etwas Spannendes dabei rauskommt. Sollte sich zeigen, dass sie gelogen hat, wird Strøm sofort verhaftet und eine Hausdurchsuchung anberaumt. Wir werden ihn unter Druck setzen.«

»Sie haben sein Haus noch nicht unter die Lupe genommen?« Die Frage klang wie ein Vorwurf.

»Im Moment haben wir noch keinen Grund für einen Durchsuchungsbefehl. Noch nicht.«

Der Direktor dachte nach. Seine dunklen Augen schweiften ruhelos durch den Raum. »Stimmt. Es ist sicher wichtig, sachlich vorzugehen. Wenn wir mit der Tür ins Haus fallen, ohne zu wissen, was wir tun, kriegen wir ein Problem mit den Medien.«

»Genau das habe ich auch gedacht.«

»Trotzdem würde ich empfehlen, Priorität auf die Strøm-Spur zu legen. Etwas deutlicher als bis jetzt.«

»Wenn Sie meinen …«

»Sie scheinen nicht überzeugt zu sein, dass er unser Mann ist?«

»Ich …« Vang breitete die Arme aus.

»Warum warten Sie mit der Vorladung von Rita Quist bis morgen?«

Die Frage kam unerwartet. Typisch. Im einen Augenblick ist er dein Kamerad, im nächsten ein skrupelloser Inquisitor.

»Nun«, sagte Vang. Er hatte keine Antwort. »Wir haben heute Abend noch viel zu tun, nur deshalb.«

»Denken Sie darüber nach, die Sache ein wenig zu beschleunigen, ja? Es ist ja möglich, dass sie lügt.«

»Natürlich.«

Sie sahen einander an. Der Blick des Präsidenten sagte: *Sie haben meine volle Unterstützung, Vang, Hauptsache, Sie schnappen diesen Aquarius möglichst bald!* Vang hatte keine Ahnung, was seine eigenen Augen sagten. Sicherheitshalber sah er weg.

## 4

Vang fuhr allein zu Rita Quists Laden, um sich einen Eindruck von dieser Frau zu verschaffen.

In seinen Tagträumen gefiel ihm das Bild von sich als einsamer Ritter der Osloer Polizei. Der Clint Eastwood des Polizeipräsidiums. Der Revoluzzer, der Ordnung schaffte und allen Autoritäten und jeder Hierarchie trotzte. Natürlich waren das nur dumme Fantasien. Verdammt, er war Polizeidirektor! Er war an die Regeln gebunden. Trotzdem erlaubte er sich seine kleinen Revolutionen. Ganz im Verborgenen. Zum Beispiel indem er Ermittler bevorzugte, die der Polizeipräsident nicht mochte, oder der Zeitung Hinweise zuspielte, für die er hinterher vor dem Präsidenten geradestehen musste. Kleinigkeiten nur. Auf eigene Faust zu einem Zeugen zu fahren, einem Verdächtigen, ohne sich abzumelden. Dirty Harry light.

Der Laden hieß »Banshees«. Er hatte gedacht, das sei der Name einer Popband. Sein Sohn hatte ein großes Plakat an der Wand, als er noch zu Hause wohnte.

»Wir öffnen gegen zehn Uhr und schließen, wenn uns danach ist«, stand auf einem handgeschriebenen Schild an der Tür.

Banshees? Was war das für ein Name? Er versuchte, sich an das Plakat seines Sohnes zu erinnern. Was hatte dort gestanden? Irgendetwas mit Indianern. Roger hatte ihm einmal eine Platte vorgespielt. Nicht gerade Erroll Garner.

Er dachte an das Kinderzimmer. Nach seinem Auszug hatten sie ein Fernsehzimmer daraus gemacht. Herdis' Strickzeug lag in einem geflochtenen Korb hinter dem Sofa. Mit allen Magazinen, aufgeschlagen auf den Seiten mit den Kreuzworträtseln.

Eine Glocke, die an einer Feder hing, klingelte munter, als Vang die Tür öffnete. Der enge Ladenraum roch schwer und süß nach Räucherstäbchen und Kräutern.

»Momentchen!«, sang eine Stimme aus dem Hinterzimmer.

Es war nicht leicht zu sagen, was man in diesem Laden eigentlich kaufen konnte. Es gab Regale mit New-Age-Literatur und antiquarischen Büchern. In dem Glastresen lagen selbst gemachte Armbänder, Ringe und Ketten; altmodisch und rustikal. An einem Kleiderständer hingen hippie-inspirierte Kleider, Hemden und Westen. Er sah ein Regal mit allen möglichen Räucherkerzen und -stäbchen und eins mit losem Tee. Kerzen, getrocknete Pflanzen, handgewebte Deckchen, kleine Messingdosen und -kästchen und ein Eimer voller Fingerhut. An der Wand hingen Plakate. Auf einem war ein Hexagramm.

»So«, sagte die Frau, die aus dem Hinterzimmer kam und sich eine Schürze umband. »Kann ich Ihnen helfen?«

Rita Quist war eine lebhafte Frau mit langen, rötlichen Haaren und einem blassen Gesicht voller Sommersprossen. Ihre Augen fokussierten einen Punkt neben dem Gesicht ihres Gegenübers. Ihr Alter war unbestimmbar: irgendwo zwischen dreißig und fünfzig. Dann erinnerte sich Vang, dass sie 1957 geboren worden war. Sie trug unbeschreiblich große Ohrringe, eine Halskette, deren Anhänger in dem Spalt zwischen ihren schweren Brüsten verschwand, und zahllose Ringe, fast an jedem Finger einen.

»Ein spezieller Laden …«, sagte Vang vorsichtig.

»Danke! Wir haben hier so ziemlich alles. Und was wir nicht haben, können wir besorgen.«

Sie blieben eine Weile stehen und musterten sich.

»Suchen Sie nach etwas Bestimmtem?«, fragte Quist.

»Ich weiß nicht, aber ich wurde neugierig, als ich sah, was Sie hier alles haben.«

»Spannend, nicht wahr? Wenn man sich für so etwas interessiert.« Ihr Blick folgte den Konturen von Vangs Körper, von den Füßen bis zum Kopf und wieder zurück. *Erkennt sie mich wieder?*

»So etwas?«

»Ach, Sie wissen schon … New Age, Mystik, Okkultismus, Östliche Philosophie und Weisheiten.«

»Ach so …«

»Aber man muss sich nicht unbedingt dafür interessieren, um hier etwas zu finden. Nur die wenigsten meiner Kunden sind wirklich auf der Suche nach etwas Bestimmtem. Dem Rest gefällt einfach …«, sie wedelte mit den Händen durch die Luft, »… die Aufmachung, die Kulisse, der Duft, der Geschmack. Für mich ist das völlig in Ordnung. Man muss ja auch nicht Bauer sein, um Gemüse zu mögen, oder?« Die letzte Phrase klang ziemlich eingeübt.

»Was ist das für ein Symbol?«, fragte Vang und deutete auf das Plakat mit dem Hexagramm.

Rita Quist trat zu dem Plakat und fuhr mit ihrem langen Zeigefingernagel über den Umriss des Sterns. Es gab ein klagendes Geräusch. »Ein Hexagramm!« Sie musterte Vang, als fragte sie sich, ob er es wirklich wert war, mehr zu erfahren. »Ein uraltes Symbol, das okkulten Magikern Schutz und Stärke geben sollte.« Sie ging zurück zum Tresen. »Darf es etwas sein?«, fragte sie, plötzlich ungeduldig.

Vang griff spontan nach einer Kerze, die in einem Korb auf dem Tisch lag. »Ich nehme so eine.«

Sie legte den Kopf auf die Seite. »Ich kenne Sie doch irgendwoher …«

Vang tastete nach seiner Geldbörse. »Ich glaube nicht, was kostet die?«

»Fünfzehn Kronen. Ich vergesse nie ein Gesicht. Namen und Daten kann ich mir nicht merken, Gesichter dafür umso besser.«

*Namen und Daten?* Vang trat von einem Bein auf das andere. »Der Name des Ladens ist interessant.«

Rita Quist begann, die Kerze in Packpapier einzupacken. »›Banshees‹, das stammt aus der keltischen Mythologie. Eine Art Elfenfrau, deren Schreien und Heulen in der Nacht ein Vorbote des Todes für die schottischen Klans war.« Sie lächelte entschuldigend und reichte Vang die Kerze. »Ein ungewöhnlicher Name für einen Laden, finden Sie nicht?«

Vang drehte die eingepackte Kerze zwischen den Fingern. »Sehr spannend«, sagte er.

## 5

Gegen acht war er zurück im Präsidium.

Håvard Alm und Antonsen warteten aufgeregt vor seinem Büro auf ihn. »Wo bist du gewesen?«, fragte Antonsen, ohne die Antwort abzuwarten. »Håvard und seine Jungs haben ein Muster gefunden!«

Alm und Antonsen starrten Vang wie zwei Welpen an, die auf Lob warteten.

»Muster?«, fragte Vang und bat sie in sein Büro. Keiner setzte sich.

»Linda Gabrielsen wurde im Juli 1976 getötet.« Antonsen hielt inne. »Una Mørch wurde im Juli 1996 gekidnappt.«

»Und das soll ein Muster sein?«, fragte Vang verständnislos.

»Lass uns ausreden!«, sagte Antonsen. »Håvard, erklär du!«

Håvard Alms Hände zitterten. »Im Mai 1981 wurde ein junges Mädchen im Vesletjern im Groruddal gefunden, erinnerst du dich an den Fall? Er wurde zu den Akten gelegt. Vermutliche Todesursache: Ertrinken.«

»Ich erinnere mich dunkel, aber damals war nie die Rede davon, dass sie ermordet worden ist, oder?«

»Wir gehen weiter. Oktober 1986. Erinnerst du dich?«

Vang dachte nach. »Mona?«, fragte er. »Die verschwundene Prostituierte?«

»Richtig. Nächstes Stichwort: Juli 1991.«

»Da fällt mir kein ungelöster Mordfall ein.«

»Eirin Granvik. Wurde vermisst gemeldet. Diese Frömmlerin. Ihr Boot wurde in Son gefunden.«

»Ach ja, die. Das wurde aber doch auch nicht als Mordfall eingestuft? Wurde sie jemals gefunden?«

Alm und Antonsen schüttelten lächelnd die Köpfe.

»Okay, wir haben vier oder fünf Frauen, die verschwunden sind oder ermordet wurden. In allen Fällen wurde ermittelt. Aber wo ist das Muster?«

»1976«, sagte Alm langsam. »1981, 1986, 1991, 1996.«

Vang sagte nichts. Antonsen nickte wieder. Alm streckte zwei Finger hoch.

»Alle fünf Jahre eine …«, sagte Vang.

»Genau. Eine junge Frau, jedes fünfte Jahr.«

»Oh, verdammt«, sagte Vang leise.

»Verdammt, ja!«, stimmte Antonsen lächelnd zu.

# Frøydis

Sie hatte Todesangst. Noch nie hatte sie solche Angst gehabt. Nicht einmal bei Bjarnes Geburt, als sie im leichten Lachgasrausch überzeugt gewesen war, vom Schritt bis zum Kinn aufzureißen. Diesem Mann war alles zuzutrauen. Das hatte er ausführlich unter Beweis gestellt. Alles. Sie sah es in seinem Blick. Er hatte schöne Augen, aber in diesen Augen fehlte etwas. Leben. Hinter der Angst vor den Schmerzen und dem Leid, das er ihr womöglich zufügte, lauerte die Gewissheit, dass er sie früher oder später umbringen würde. Erschießen. Erdrosseln. Ertränken wie ein Katzenjunges. Vergiften.

Trotzdem war sie nicht bereit, sich der Furcht unterzuordnen. Jedenfalls nicht, wenn er bei ihr war. Sie wollte ihm so lange in die toten Augen schauen, bis er den Blick abwandte.

Das Zimmer war ungemütlich. *Zimmer? Das ist eine Zelle, Frøydis, eine Todeszelle!* Bei dem Gedanken an all die Frauen, die vor ihr auf dieser Matratze gelegen hatten, wurde ihr übel. Sie hatten auf dieselben Einrichtungsgegenstände gestarrt: den Fernseher, in dem er die merkwürdigsten Filme abspielte, den riesigen Spiegel, den kleinen Tisch mit der Häkeldecke und die Vase mit den Plastikblumen. Man konnte fast meinen, er hätte versucht, es ein bisschen gemütlich zu machen.

*Gemütlich? Na ja … Nicht gerade wie im IKEA-Katalog, Frøydis! Aber über Geschmack lässt sich streiten …*

Sie fragte sich, wieso er sich solche Mühe mit dem Essen machte. War das noch wichtig?

Sie hatte die Mordfälle nicht sehr aufmerksam verfolgt. Es

hatte sie nicht interessiert und fast ein bisschen mit Abscheu erfüllt, mit welcher Sensationslust sich die Medien auf die tragischen Geschichten gestürzt hatten. Warum schweigen sie solche Sachen nicht einfach tot?, hatte sie gedacht. Sie war und blieb nun mal eine Moralistin. Jetzt bereute sie es, die Sache nicht aufmerksamer verfolgt zu haben. Denn dann wüsste sie, wie lange er seine Opfer normalerweise gefangen hielt, ehe er sie umbrachte. Ein paar Tage? Eine Woche?

Eva musste sie inzwischen doch als vermisst gemeldet haben?

Der Gedanke an ihre Geliebte trieb ihr Tränen in die Augen. Nach der Scheidung vor fünf Jahren war sie mit ein paar Männern zusammen gewesen, ehe sie sich, ausgerechnet, in Eva verliebte. Sie hatte ja keine Ahnung gehabt, dass es sie zu Frauen hinzog. Aber dieses Ziehen war nachhaltig und süß zugleich; als hätte sie einen bislang unbekannten Körperteil von sich entdeckt. Sie war unsicher gewesen, wie die Jungen es aufnehmen würden – sie waren in einem schwierigen Alter –, aber offenbar spielte es für sie keine Rolle, ob ihre Mutter das Bett mit einem neuen Mann oder einer neuen Frau teilte. Sie waren nett zu Eva, verbrachten jedes zweite Wochenende bei ihnen, aßen Chips und tranken Cola, rülpsten und betrachteten die neu entdeckte Leidenschaft ihrer Mutter als peinliche Kuriosität.

Frøydis brachte sich in eine angenehmere Position auf der Matratze.

Sie fragte sich, was Aquarius antrieb. Was ging im Kopf eines Mannes vor, der Frauen gefangen hielt, ehe er sie tötete? Sie erinnerte sich nicht, etwas von Vergewaltigung gelesen zu haben. Das hätte eine Erklärung sein können. Auch wenn die Tat dadurch nicht verständlicher wurde, Gott bewahre, aber immerhin wäre es eine Erklärung. Oder lag die Lösung womöglich genau im Unerklärlichen, in der Sinnlosigkeit?

Mitte der Siebziger war sie mit ihrem Freund Asle durch Lateinamerika gereist und dabei Augenzeugin einer Liquidierung geworden. Ein Jeep mit einem Offizier und fünf Soldaten war vor einem Fiat in die Bremsen gestiegen, die Soldaten waren aufgesprungen und hatten das Feuer eröffnet. Als die Maschinengewehrsalven verstummten, war der Fiat durchlöchert wie ein Sieb und die Scheiben blutverschmiert. Die Soldaten hatten sich gesetzt, und der Jeep war einfach weggefahren. Frøydis und ihr Freund waren auf dem Gehweg stehen geblieben, vor Schock wie gelähmt, während das Leben um sie herum wieder in Gang kam. Sie hatte nie aufgehört, sich über dieses unwirkliche Gefühl, das für sie mit diesem Ereignis verbunden war, zu wundern. Es war das gleiche Gefühl, das jetzt ihre Nerven betäubte.

Ihr war klar, dass sie ihrem Wächter ausgeliefert war. Das Unabwendbare der Situation hatte in gewisser Weise aber auch etwas Beruhigendes. Sie konnte nichts tun. Er konnte sie umbringen, und sie konnte nichts dagegen tun. Nur ihre Selbstachtung und Würde konnte er ihr nicht nehmen. Zu ihren Gedanken hatte er keinen Zugang. Ihren Blick konnte er nicht steuern. Er konnte sie umbringen, das schon, aber um ihrem Blick zu entgehen, musste er ihr schon die Augen ausstechen.

Besser, das nicht laut vor ihm zu äußern. Er war der Typ, der sie beim Wort nahm.

# Die Entlarvung

## 1

Gunnar Borg wartete im Türrahmen, als Kristin die Treppe heraufgehastet kam. In der Gegensprechanlage hatte er kurz angebunden und abweisend geklungen, aber als sie um den letzten Treppenabsatz bog, sah sie, wie sich der bittere Zug um Augen und Mund in einem Lächeln auflöste. Sie blieb auf der vorletzten Stufe stehen und schnappte übertrieben nach Luft.

Ådne überholte sie, schüttelte Gunnar die Hand und fragte, ob es in Ordnung sei, wenn er sich die Wohnung ansah.

Gunnar ließ ihn mit einem Brummen vorbei, fing Kristins Blick ein und schüttelte betrübt den Kopf. Dann strich er ihr mit seinen rauen Fingerkuppen über die Wange und das Haar. »Mein armes Mädchen«, murmelte er.

Kristin hörte Ådne im Wohnzimmer mit jemandem reden.

Sie betraten den Flur. Kristin sah nur Ådnes Rücken, während er mit einem Mann sprach, der sich ihrem Blick entzog. Gunnar ging ins Wohnzimmer und legte eine Hand auf Ådnes Schulter. »Da die Ordnungsmacht bereits anwesend ist, darf ich Sie bitten, nebenan im Esszimmer zu warten, damit wir uns ungestört unterhalten können.«

»Aber …«

»Ist schon in Ordnung«, bollerte die fremde Stimme.

»Seien Sie so gut und machen Sie die Tür hinter sich zu«, bat Gunnar und winkte Kristin herein. »Du kennst Oscar Lund noch nicht, nehme ich an?«

Oscar Lund war ein Riese von einem Mann; breitschultrig, muskulös und fast kahlköpfig. Trotz seiner mindestens siebzig Jahre sprang er vom Stuhl auf, um Kristin mit einem Handschlag zu begrüßen. Er stellte sich mit einer Stimme vor, die so tief wie das sonore Brummen eines Lastwagenmotors war.

Das Wohnzimmer roch nach Staub und Büchern.

»Oscar ist ein alter Freund von mir«, erklärte Gunnar.

»Freund?« Oscar Lund schlug sich auf den Oberschenkel. »Teufel, gut, dass ich das weiß!«

Gunnar überhörte ihn einfach. »Oscar ist pensionierter Polizeichef. Dezernat für Gewaltverbrechen. Er hilft im Polizeipräsidium aus.«

»Die meiste Zeit stehe ich bloß im Weg rum«, gluckste er.

Gunnar schenkte ihnen Kaffee aus einer großen Thermoskanne ein. »Wie ich bereits am Telefon erwähnte«, sagte er feierlich und sah abwechselnd von Kristin zu Oscar Lund, »habe ich vermutlich etwas herausgefunden, das für die Ermittlungen von erheblicher Bedeutung sein könnte.«

»Ach ja?«, brummte Lund. Sogar wenn er leise sprach, klang seine Stimme wie fernes Donnergrollen.

»Was hast du herausgefunden?«, fragte Kristin.

»Ich glaube, ich habe ihn«, sagte Gunnar.

Er ging zu einem alten Sekretär, öffnete eine Schublade und drehte sich um. In der Hand hielt er einen Stapel DIN-A4-Kopien.

»Ich weiß es nicht«, sagte Gunnar, plötzlich zurückhaltend. »Es ist nur eine Vermutung. Intuition. Aber heute Nacht ist mir mit einem Mal ein Mann eingefallen, den ich vor Ewigkeiten interviewt habe. Ein seltsamer Kauz. Man sieht es ihnen an den Augen an, wisst ihr. Dass da etwas nicht ganz stimmt.«

Er legte die Blätter vor Kristin und Oscar Lund auf den Tisch. Alte Artikel. Sie zogen die Blätter zu sich heran. Sie waren fast zwanzig Jahre alt. Die meisten mit Gunnar Borgs Unterschrift.

Oscar Lund fluchte leise. »Da hätte ich auch drauf kommen können!«, platzte er heraus.

»Das muss am Alter liegen«, frotzelte Gunnar.

Kristin überflog die Artikel.

Im Juli 1976 wurde eine junge Frau, Linda Merethe Gabrielsen, tot in der Badewanne ihrer Wohnung in Ammerud gefunden. Die Polizei konnte nicht mit Sicherheit sagen, ob sie ertrunken war oder ertränkt wurde. Nach einigen Tagen wurde ihr Verlobter festgenommen und unter dem Verdacht des Mordes in Untersuchungshaft genommen. Vier Wochen später wurde er wieder freigelassen, weil die Polizei ihm nichts nachweisen konnte. In einem Interview mit Gunnar sagte der Mann, durch den Verdacht der Polizei wäre die Trauer noch schwerer zu ertragen. »Zu behaupten, ich hätte sie umgebracht, ist doch krank. Wenn ich Linda wirklich umgebracht hätte, hätte ich sie doch nicht in der Wanne liegen lassen und die Polizei alarmiert.«

Kristin las immer wieder seinen Namen.

Rune Strøm.

Rune Strøm.

Rune Strøm.

»Ich denke«, sagte Oscar Lund, »es ist an der Zeit, Vang zu informieren.«

## 2

Kristin wählte Vangs Durchwahl. Oscar Lund war soeben mit den zusammengerafften Zeitungsartikeln unterm Arm zur Tür rausgestürzt.

Eine Vorzimmerdame antwortete. Mit unterkühlter, abweisender Stimme sagte sie, Vang sei leider gerade nicht erreichbar, sie solle es bitte am nächsten Tag noch einmal probieren.

Kristin sah sie vor sich. Eine Frau mittleren Alters in einem beigefarbenen Kostüm. Graue Haare, streng, korrekt. Formell. Ein Eiszapfen. Der sich immer mit der letzten Reihe bei der Polizei hatte begnügen müssen. Pflichtbewusst. Voller Angst, einen Fehler zu machen.

Kristin stellte sich vor und bestand darauf, auf der Stelle mit Vang verbunden zu werden.

»Bedaure«, sagte der Eiszapfen, »Herr Vang hat darum gebeten, unter keinen Umständen gestört zu werden.« Was ihrem Verständnis nach auch – Kristin war nicht sicher, ob sie sich den Hauch der Verachtung oder Herablassung in ihrer Stimme nur einbildete – Anrufe von Kristin Bye einschließe.

»Ich bin überzeugt, dass er mit mir sprechen will«, sagte Kristin.

Kühl: »Was Sie nicht sagen!«

»Ich glaube, ich weiß, wer Aquarius ist.«

Pause. »Einen Augenblick«, sagte der Eiszapfen.

Die Leitung war eine ganze Weile lang stumm. Dann meldete Vang sich unvermittelt. Sein »Ja« klang wie ein Peitschenschlag.

»Kristin Bye hier.«

Ungeduldig, gereizt: »Was wollen Sie damit sagen, Sie wüssten, wer Aquarius ist?«

»Ich habe nicht gesagt, ich wüsste, wer er ist. Ich sagte, ich glaube zu wissen, wer er ist.«

»Ja?« Das klang wie ein Befehl.

»Ich kann Ihnen einen Namen geben.«

»Lassen Sie hören!«

Sie hielt einen Augenblick inne, ehe sie sagte: »Rune Strøm.«

Die Stille schwoll im Ohr.

Sie hörte ihren eigenen Atem. Gunnar, der direkt vor ihr stand, kratzte mit den Fingernägeln über seine Bartstoppeln.

»Sind Sie noch da?«, fragte sie.

Seine Stimme klang weit weg, als er antwortete. »Wie kommen Sie auf Rune Strøm?«

Sie lächelte Gunnar an.

*Wie kommen Sie auf Rune Strøm?*

Nicht: *Wer ist Rune Strøm?*

Nicht: *Wie war der Name?*

Nicht: *Rune Strøm, meinen Sie den, der Mitte der Siebziger verdächtigt wurde, seine Verlobte ertränkt zu haben?*

Nicht: *Nun machen Sie aber mal halblang! Rune Strøm?!*

Nein, einfach nur: *Wie kommen Sie auf Rune Strøm?*

»Wir sind auf ein paar alte Zeitungsartikel gestoßen«, sagte sie.

»Und dann?«

»Das war so auffällig …«

»Wir haben keine Zeit, bei jeder auffälligen Kleinigkeit zu ermitteln. Aber danke für den Hinweis, ich befinde mich gerade in einer Sitzung.«

Er legte auf.

»Was hat er gesagt?«, fragte Gunnar.

»Danke für den Hinweis.« Nachdenklich legte sie den Hörer auf.

»Danke für den Hinweis?«

»Ich glaube, er kennt die Spur bereits. Er weiß von Rune Strøm. Jedenfalls war er nicht überrascht.«

Sie setzten sich an den Tisch. Kristin schenkte ihnen Kaffee nach.

»Das wäre naheliegend«, sagte Gunnar, tunkte einen Würfelzucker in den Kaffee und saugte daran. »Wahrscheinlich haben sie jeden Mord nach dem letzten Weltkrieg neu aufgerollt. Bestimmt gibt es ellenlange Listen potenzieller Verdächtiger. Daran hätte ich denken müssen. Das war dumm von mir.«

»Das ist nicht dumm, Gunnar. Ich glaube, wir sind da auf eine heiße Spur gestoßen. Vang war so – merkwürdig.«

»Er hat viel um die Ohren. Rune Strøm ist nur einer von hundert Namen für ihn.«

»Und zufällig einer, der seine Verlobte in der Badewanne ertränkt hat?«

»Er wurde nie verurteilt. Ihm konnte die Tat nie nachgewiesen werden.«

»Trotzdem ...«

»Das sind Profis, Kristin. Sie wissen, was sie tun. Wir haben jedenfalls getan, was wir tun konnten.«

»Nicht ganz. Wo hast du dein Telefonbuch versteckt? Ich will wissen, wo der Kerl wohnt.«

## 3

Gustav parkte die Zivilstreife mitten auf dem Bürgersteig vor Gunnars Hauseingang. Ådne setzte sich vorne hin, sie hinten.

»Ich möchte nach Grefsen«, sagte sie.

»Wir sind doch kein Taxiunternehmen«, sagte Gustav scherzhaft.

Sie nannte ihm die Adresse. Keiner der beiden reagierte. Gustav fuhr auf die Straße und beschleunigte.

Rune Strøm wohnte in einer Seitenstraße eines vornehmen Villenviertels. Gustav bog von der Hauptstraße ab und rollte langsam an einer Reihe parkender Autos entlang.

Das alte, verfallene Haus mit dem verwilderten Garten erinnerte an ein unbewohntes Spukschloss.

Kristin hätte den Wagen überhaupt nicht bemerkt, wenn Gustav Ådne nicht ein verstecktes Zeichen gegeben hätte. Zwischen zwei anderen Wagen ein Stück weiter die Straße hoch stand ein weißer Opel mit verdunkelten Scheiben. Darin waren zwei Silhouetten zu erkennen. Und zwei Antennen.

Gustav und Ådne schauten demonstrativ in die andere Richtung, als sie an dem Wagen vorbeifuhren. An der nächsten Kreuzung bat Kristin Gustav anzuhalten. »Ich muss einen Anruf machen«, sagte sie. Sie öffnete die Tür, worauf beide Männer sich blitzschnell umdrehten. »Sorry, Jungs, privat«, sagte sie zuckersüß. »Ich betreibe nebenher ein Sex-Telefon, ihr wisst ja, wie das ist.«

Sie knallte die Autotür zu.

Ein chemischer Kurzschluss im Hirn schaltete ihr Nummerngedächtnis komplett aus, aber glücklicherweise hatte sie Richard Wolters Handynummer gespeichert. Er antwortete sofort. Im Hintergrund waren Tafelmusik und Klirren zu hören.

»Kristin hier!«, sagte sie schnell. »Wo bist du?«

»Im Theatercafé. Abendessen mit der Geschäftsleitung. *Qué pasa?*«

»Such dir einen Platz, an dem du ungestört reden kannst.«

Sie hörte, wie Richard sich entschuldigte. Kurz darauf war seine Stimme wieder in der Leitung. Ein Auto hupte.

»Ich steh jetzt draußen auf dem Bürgersteig. Was ist passiert?«

»Ich glaube, ich habe ihn gefunden.«

»Ihn?« Richard schien sich auf einem komplett anderen Stern zu befinden.

»Aquarius!«

»Was sagst du da? Du hast Aquarius gefunden?«

»Das ist eine lange Geschichte. Vielleicht ist er auch nur verdächtig – ich weiß es nicht. Das war Gunnar – du weißt, Gunnar vom *Dagbladet*? –, dem eine alte Geschichte wieder eingefallen ist, als er …«

»Moment mal! Sie haben einen Verdächtigen?« Wolter schrie nahezu in den Hörer. »Verdammt, das ist ein Riesending, Mädchen! Lass hören!«

»Also, er heißt Rune Strøm und wohnt in Grefsen. Um die

vierzig. 1976 wurde er des Mordes an seiner Verlobten verdächtigt, aber niemals verurteilt.«

»Was für ein Fall war das?«

Kristin konnte sich ein Grinsen nicht verkneifen.

»Du wirst es nicht glauben.«

»Jetzt sag schon!«

»Sie wurde ertränkt.«

»Ertränkt? Wirklich? Jesses!«

»In der Badewanne.«

»Er hat sie ertränkt?«

»Er hat sie ertränkt!«

»In der Badewanne?«

»In der Badewanne, Richard!«

»Nimmst du mich auf den Arm? Das ist doch ein Scherz! Was? Nicht? Ha, das ist zu gut, um wahr zu sein. Verdammte Kiste! Was sagt die Polizei dazu?«

»Nichts. Ich habe Vang informiert, und er hat sich für den Hinweis bedankt. Völlig desinteressiert. Außer dass er ganz offensichtlich weiß, wer Rune Strøm ist.«

»Aber sie haben ihn noch nicht gefasst oder angeklagt oder so was?«

»Das weiß ich nicht. Zuerst dachte ich, Gunnar und ich würden die Spur vielleicht überbewerten. Aber dann hab ich meine Bodyguards gebeten, mich nach Grefsen an Strøms Haus vorbeizukutschieren. Und glaubst du's, da steht doch tatsächlich eine Zivilstreife davor!«

Stille. Kristin hörte die laute Stimme eines Passanten, der an Richard vorbeiging.

»Das ist der Hammer, Kristin. Der erste Verdächtige!«

»Vorläufig weiß ich noch nichts Genaues …«

»Ich würde sagen, wir wissen genug.« Sie hörte an seiner Stimme, dass er lief. »Ich bin in fünf Minuten in der Redaktion. Wir dürfen jetzt keine Zeit mehr verlieren!«

»Müsstest du dich nicht von der Geschäftsleitung verabschieden?«

»Zur Hölle mit der Geschäftsleitung.«

Sie drehte sich zu dem Polizeiauto um. Ådne starrte sie an. Gustav telefonierte.

»Richard, was brütest du aus?«

»Noch ein paar Stunden bis zur Sendung. Wir können es gerade noch schaffen, dort oben eine Live-Crew zu positionieren.«

»In Grefsen? Richard, vielleicht irre ich mich ja auch!«

»Ich werde mit Vang reden.«

»Was, wenn wir ihnen in ihre Ermittlungen pfuschen? Vielleicht beschatten sie ihn, weil …«

»Der Zug ist abgefahren, Kristin. Das weiß das *Dagbladet*, und das wissen wir. Es ist kein Geheimnis mehr. Das *Dagbladet* wird einen Teufel tun, diese Information zurückzuhalten. Ich werde Vang vorwarnen. Ein echter Hammer!«

Er sitzt im Wohnzimmer auf dem Sofa und denkt unmögliche Gedanken.
Fragt sich, was Dunkelheit ist. Das Gegenteil von Licht? Oder eine Ewigkeit, in der das Licht ein Eindringling ist? Vielleicht ist Zeit am Ende nur die Dauer eines Lichtstrahls im unendlichen Dunkel? Eine Sonne, die aufleuchtet und verlöscht. Eine Galaxie, die entsteht und vergeht. Kann Zeit überhaupt in ewiger Dunkelheit existieren?
Solche Gedanken gehen ihm durch den Kopf.
Er ist verwirrt, ratlos. Darum wird er auch von diesen sinnlosen Hirngespinsten infiziert. Was ist Dunkelheit? Was ist Zeit? Was ist der Tod? Pathetische Fragen, die in ihm mahlen, Fragen ohne Antworten, die ihn genau aus dem Grund heimsuchen.
Shere Khan miaut leise. So leise, dass er fast glaubt, es sich einzubilden. Der Laut holt ihn zurück in die Wirklichkeit. Er blinzelt. Das Wohnzimmer liegt im Dunkeln. Die schwindende Abendsonne vergoldet die Wände. Draußen, durch die Jalousien, sieht er ein Liebespaar auf dem Weg zum Waldsee.
Er weiß nicht, was er mit ihr machen soll.
Mit den anderen war es so einfach. Aber Frøydis bereitet ihm nur Probleme. Sie provoziert ihn. Maßlos. Was zum Teufel hatte sie in dem Park verloren? Warum musste sie ausgerechnet ihn nach dem Hund fragen? Und wieso hat er nicht einfach mit den Schultern gezuckt? Er hätte sagen können »Tut mir leid, ich habe keinen Hund gesehen« und hätte sich damit eine Menge Ärger erspart. Dann läge sie jetzt nicht wie ein unwillkommener Gast auf der

Matratze im Keller, und er müsste sich nicht ihre Giftigkeiten anhören, ihren Blick ertragen und diesen permanenten Schmerz.
Er pfeift nach Shere Khan. Der Kater hört nicht.
Er sieht Frøydis vor sich. Ihren Augenaufschlag im Park. Warum hatte sie ihn so tief in seinem Innern berührt?
Ich muss sie einfach nur umbringen, redet er sich ein.
Aber so einfach war das nicht. Damit bringt er das zugrundeliegende Muster durcheinander. Den Rhythmus.
»Miez, Miez, Miez«, flüstert er in den Raum und reibt lockend Daumen und Zeigefinger aneinander. Shere Khan rührt sich nicht.
Er lehnt den Kopf in den Nacken und atmet schwer durch die Nase. Nichts ist mehr wie vorher. Kristin Bye geht nicht mehr auf Sendung und wird rund um die Uhr bewacht. Wie gut, dass wenigstens *das* Problem bald gelöst sein wird. Er schnauft zufrieden. *Bald.*
Soll er Frøydis vielleicht als Trumpf in der Hinterhand behalten? Den er an dem Tag für sich nutzt, an dem die Wächter Kristin verlassen?
Wenigstens etwas, worüber er nachdenken kann.
»Miez, Miez!«, flüstert er.
Frøydis hat sicher ihren Platz in dem Ganzen. Er muss nur rausfinden, welchen, den tieferen Sinn ergründen.
In der Zwischenzeit muss er sich ruhig verhalten. Den Dingen ihren Lauf lassen. Es kann nicht mehr lange dauern, bis etwas passiert. Außer sie stellen sich komplett dämlich an. Aber das sind sie nicht.
Natürlich könnte er ein Video von ihr an den Sender schicken. Nur, um sie daran zu erinnern, dass es ihn noch gibt. Und dass er sie jeden Tag von Neuem überlistet. Aber es ist nicht mehr das Gleiche, seit Kristin Bye nicht mehr die Moderation macht.
Die Luft im Wohnzimmer ist muffig und von der Sonne aufgeheizt. Mit geschlossenen Augen atmet er ein und lässt den Atem langsam wieder ausströmen und mit ihm all die schwarzen Gedanken.

Er will alle Schlacke aus sich herausschwemmen, um mit seinen inneren Strömungen in Kontakt zu kommen.
Schlägt die Augen auf. Lächelt.
Bald, denkt er erwartungsvoll. Bald werden all die losen Fäden zusammenlaufen. Einer nach dem anderen.
Und dann wird er hoffentlich wissen, was er mit Frøydis machen soll.
»Miez!«, sagt er etwas lauter.
Er füllt seine Lungen mit goldener Luft. *Bald*.
Endlich erhebt sich Shere Khan und humpelt auf ihn zu.

# Das Alibi

I

»Jetzt bricht die Hölle los«, sagte Elisabeth Gran.

Aus einem unerfindlichen, perversen Grund hatte Vang das Bedürfnis zu lächeln, entgegenkommend und freundlich.

Gran ließ sich vor ihm auf den Stuhl fallen. Wieder wanderte sein Blick zu ihren rot lackierten Fingernägeln. Ob sie ihrem Mann beim Sex den Rücken zerkratzt?, fragte er sich.

»Ådne hat angerufen. Er wollte uns mitteilen, dass Kristin Bye bei einem dubiosen Treffen mit Gunnar Borg war, der vom *Dagbladet*, du weißt schon. Oscar Lund war auch da.«

»Oscar?«

Sie nickte vielsagend. »Ådne sollte im Nebenzimmer warten, damit sie sich ungestört unterhalten konnten. Aber jetzt kommt das Schärfste: Nach dem Treffen hat sie die beiden aufgefordert, sie zu Strøms Adresse in Grefsen zu fahren, wo Ådne und Gustav zu ihrem Erstaunen eine Einheit beobachtet haben, die …«

»… die sehr diskret dort parkte, nehme ich an.«

»Ådne hat den Wagen wiedererkannt. Er glaubt nicht, dass Kristin Bye ihn bemerkt hat. Aber die entscheidende Frage ist doch: Wie hat Kristin Bye von Rune Strøm Wind bekommen? Haben wir ein Leck bei uns? Hat jemand mit Oscar über Strøm gesprochen?«

»Kristin Bye hat mich vor Kurzem angerufen. Gunnar Borg hat ein paar alte Artikel ausgegraben. Vermutlich ermitteln sie auf einer parallelen Schiene und denken in den gleichen Bahnen wie wir.«

»Journalisten?«, sagte Gran verächtlich.

Die Sekretärin klopfte an und steckte den Kopf zur Tür herein. »Nachrichtenredakteur Richard Wolter von Kanal 24 besteht darauf, mit Ihnen zu sprechen«, flüsterte sie.

Er hob abwehrend die Hände.

»Ich habe ihm gesagt, dass Sie keine Gespräche annehmen, aber er lässt nicht locker. Er meint, es wäre im Interesse der Polizei, dass Sie mit ihm reden. Er ist extrem – penetrant.«

Vang stieß einen lang gezogenen Seufzer aus. »Stellen Sie ihn durch.«

Es wurde ein kurzes Gespräch. Wolter informierte ihn, ihm sei bekannt, dass die Polizei einen konkreten Verdächtigen hätte und dass er die Neuigkeit in der Zweiundzwanzig-Uhr-Sendung bringen wollte. Vang versuchte anfangs noch zu dementieren, drohte dann aber, dass es Folgen haben würde, wenn Kanal 24 mit der Ausstrahlung dieser Nachricht die Ermittlungen gefährdete. Wolter gab zu bedenken, dass das *Dagbladet* die Neuigkeit so oder so am nächsten Morgen drucken würde. An dieser Stelle hätte Vang mit einem schlagenden Argument aufwarten müssen, um Wolter davon abzuhalten, die Nachricht zu senden. Aber Vang hatte kein schlagendes Argument. Er konnte bloß vorbringen, dass Strøm lediglich jemand war, den sie genauer unter die Lupe nehmen wollten, was Richard Wolter allerdings vollkommen reichte.

Vang sah auf die Uhr. Zwei Stunden bis zur Sendung.

»Was wollte er?«, fragte Elisabeth Gran.

Vang gab in kurzen Worten wieder, was Wolter gesagt hatte.

»Der Drecksack«, zischte sie.

Vang trommelte mit den Fingern auf den Tisch. Ehrlich gesagt, gefährdete Kanal 24 die Ermittlungen nicht wirklich, wenn er von dem Verdacht erzählte. Strøm wusste, dass er verdächtigt wurde. Wenn rauskam, dass er überwacht wurde, würde er sich vermutlich ruhig verhalten. Und gesetzt den Fall, Strøm war tatsächlich Aquarius, würden sie ihn so oder so irgendwann überführen. Niemand konnte derart viele Morde begehen, ohne eine Spur zu hinterlassen; ein Haar, eine Hautfaser, ein Souvenir, das der Täter mitgenommen hatte.

Nein, am meisten fürchtete sich Vang vor der Reaktion der Öffentlichkeit. Presse und Publikum wären nicht in der Lage, rational zu urteilen, wenn bekannt wurde, dass die Polizei einen Verdächtigen hatte. Sie würden verlangen, den Mörder ans Kreuz zu schlagen.

»So wie die Dinge liegen, würde ich dir zu einer baldigen Festnahme raten«, sagte Gran.

Er sah sie von der Seite an.

»Kannst du dir den Wirbel vorstellen, wenn das bekannt wird? Sie werden Rune Strøm belagern. Ihn lynchen. Lassen wir die Medien auf ihn los, wird herzlich wenig für uns übrig bleiben. Wir sollten ihn noch heute Abend abholen und irgendwo weit weg von allen Fernsehgeräten und Zeitungen unterbringen.«

»Ich weiß nicht«, murmelte Vang.

In dem Augenblick flog die Tür auf, und Oscar Lund stürmte ins Zimmer. »Jetzt haben wir ihn!«, rief er atemlos und knallte den Stapel alter Zeitungsartikel vor Vang auf den Schreibtisch. »Hier hast du deinen Mann! Rune Strøm!«, posaunte er stolz hinaus.

## 2

Rita Quist wartete im Verhörraum auf sie.

Sie seufzte, als ihr Blick Vang fand. »Ach, Sie!«, sagte sie nur.

»Ich, ja.«

Rita Quist legte die Hände zusammen und verschränkte die

Finger ineinander. »Geht es schon wieder um Rune? Ich hab's der Polizistin doch schon gesagt: Wir waren zusammen! Wieso müsst ihr immer wieder in den alten Geschichten herumwühlen, sobald ein Mord passiert?«

»Sie haben mit mir gesprochen«, sagte Elisabeth Gran. »Die Sache ist die: Einzig und allein das Alibi, das Sie Strøm gegeben haben, hindert die Polizei daran, ihn festzunehmen.«

»Gott sei Dank, kann ich nur sagen!«

»Und Sie behaupten also, dass er bei jedem Mord mit Ihnen zusammen war?«

Unsicher: »Ja.«

»Dabei wissen nicht einmal wir genau, wann die einzelnen Morde exakt begangen wurden.«

»Wir sind momentan viel zusammen ...«

»Wann wurde Una Mørch ermordet?«

Sie lächelte einfältig. »Ich weiß nicht ... Im Juli, August, zum Monatswechsel oder so.«

»Und Sie waren jeden Tag zusammen?«

»Ja, sozusagen.«

Weder Vang noch Gran noch Antonsen sagten etwas.

Rita Quist schwieg ebenfalls.

»Und an welchem Datum ...«, sagte Gran schließlich.

»Jetzt hören Sie mir mal zu!«, sagte Rita Quist und erhob sich halb von ihrem Platz, wobei sie den Stuhl mit einem kreischenden Geräusch nach hinten schob. Sie stützte sich mit den Händen auf dem Tisch ab und lehnte sich nach vorn. Aus dem üppigen Spalt zwischen ihren Brüsten rutschte ein Anhänger. »Was ist ein Datum? Ein Datum ist nichts anderes als eine Zahl auf einem Stück Papier. Ein Punkt im Universum, den irgendein Idiot beziffert hat. Als ob Zeit eine Linie von chronologischen Abschnitten wäre. Zeit vergeht nicht. Zeit ist ein Zustand. Nur Uhrmacher versuchen, die Zeit einzufangen und in kleinere Einheiten zu zerlegen.«

Die Polizisten tauschten genervte Blicke. Gran verdrehte die Augen.

Vang stellte fest, dass Rita Quist keine Uhr trug. Ihr Armband stellte eine Schlange dar, die sich um ihr Handgelenk wand.

»Welches Datum haben wir heute?«, fragte er.

In ihrem Mundwinkel zuckte ein Muskel. »Ist das wichtig? Sie sollten die Zeit aus einer größeren Perspektive betrachten. Wir stehen früh im Zeichen der Jungfrau. Es ist immer noch August. Ende August. Das hat überhaupt keine Bedeutung.«

Antonsen meldete sich erstmals zu Wort. »Sie waren also mit Rune Strøm zusammen, als die drei Frauen ermordet wurden.«

»Ja doch. Für zwei von ihnen habt ihr ja wohl einen Mordzeitpunkt, oder nicht? Und bei den beiden weiß ich definitiv, dass ich mit Rune zusammen war. Zu dem bedauernswerten Mädchen, das nie gefunden wurde, kann ich herzlich wenig sagen. Jedenfalls war ich in der Zeit, in der all diese grauenvollen Dinge passiert sind, so gut wie jeden Tag mit Rune zusammen. Er hatte gerade seine Mutter verloren, war ziemlich aufgewühlt, das können Sie sich ja vielleicht vorstellen!«

»Wo waren Sie?«

»Wir waren in den Bergen. Zusammen. Rune und ich waren in den Bergen.«

»Welche Berge?«

»Welche Berge, welche Berge? Was ist denn das für eine Frage? Das ist doch egal! Wir waren zusammen. In seiner Hütte. In Valdres.« Ihr Blick bekam etwas Träumerisches. »Wir haben im Dunkeln vor der Hütte gesessen und uns den Himmel angeschaut. Man sieht die Sterne in den Bergen viel klarer, wussten Sie das?«

»Ja doch, aber …«

»Der Blick wird nicht durch die Lichter und die Luftverschmutzung der Stadt getrübt. Man sieht deswegen viel mehr Sterne …«

»Hören Sie …«

»Ja, man schaut tief ins Universum! Das ist fantastisch. Wir saßen draußen und schauten in den Weltraum, und das war wie ein Blick in die Ewigkeit. In die Unendlichkeit.«

»Hat Rune eine Hütte?«

»Es ist doch wohl unwichtig, ob die Hütte Rune gehört. Oder ob er sie gemietet hat. Es spielt keine Rolle. Ich glaube, er hatte sie gemietet. Was ist denn schon Besitz? Mehr als Worte auf einem Stück Papier? Kann man einen Wald besitzen, einen Berg? Wirklich besitzen? Was können wir anderes tun, als in einem Haus zu wohnen? Ich möchte Ihnen dringend ans Herz legen, die Schriften des Indianerhäuptlings Geronimo zu lesen!«

»Wann genau …«, setzte Gran an.

»Wann, wann, wann! Versuchen Sie doch zu begreifen … Daten, Uhrzeiten – das sind die Geißeln des Menschen von heute. Ich habe mich von alldem befreit. Es hat keine Bedeutung mehr für mich. Ich erinnere mich an alles, was wichtig ist! Den Duft des Kamins, das Gefühl des Holzbodens durch meine Strümpfe. Fragen Sie mich Dinge, an die es sich zu erinnern lohnt! Ich weiß noch, wie die Hütte aussah, ein zweistöckiges Holzhaus mit schräg abfallendem Dach unter einem Felsvorsprung. An einem See. In dem haben wir gebadet. Es war eiskalt. Aber wunderbar. Das Wasser aus den Bergen spült allen Dreck aus einem heraus. Sie sollten das auch mal probieren.«

Vang räusperte sich mit Nachdruck. »Sind Sie sich sicher, dass es das Wochenende war, an dem Anita Fjordvik ermordet wurde?«

Rita Quist schien mit einem Mal einzufallen, wieso sie eigentlich gekommen war. »O ja!«

»Wie können Sie sich da so sicher sein?«

»Ist es so schwer zu akzeptieren, dass Rune niemandem auch nur ein Haar krümmen könnte? Rune ist endlich zur Ruhe gekommen. In der Verbindung zum Universum.«

»Ich will nur sichergehen, dass wir Sie richtig verstanden haben?«

»Ich weiß, dass wir an dem Wochenende zusammen waren, okay? Ich erinnere mich, dass ich eine Woche später von dem Mord gehört habe.«

»An Anita Fjordvik?«

»Ja! Auf jeden Fall war es eine Frau. Hach, fürchterliche Sache! Ein so kaltblütiger Mord. Und dann verdächtigt die Polizei ausgerechnet Rune! Den liebenswerten, gutherzigen Rune!«

Antonsen fingerte an seinem Kugelschreiber herum. »Woher kennen Sie Rune?«

»Von früher. Das ist lange her. Wir waren in der gleichen Clique. Ich war mit seiner Verlobten befreundet.«

Vang und Gran schauten gleichzeitig auf.

»Meinen Sie Linda?«, fragte Vang.

»Ja. Linda Gabrielsen.«

»Sie waren Linda Gabrielsens Freundin?«

Sie bewegte den Kopf hin und her, unsicher, ob sie etwas verraten hatte, das sie besser für sich behalten hätte.

»Waren Sie Lindas Freundin?«

»Ja …?«

»Hatten Sie ein Verhältnis mit Rune Strøm? Damals?«

Sie schlug sich auf die Brust. »Sind Sie verrückt? Rune? Und ich? Als Linda lebte? Sind Sie denn völlig verrückt?«

## 3

Håvard Alm wartete ungeduldig vor dem Verhörraum, als Vang, Gran und Antonsen herauskamen.

»Wie ist es gelaufen?«, fragte Alm.

Vang sah ihn, milde gesagt, entnervt an. »Bei der ist doch eine Schraube locker!«, platzte er heraus.

»Zustimmung!«, sagte Gran.

Alm steckte Vang eine Akte zu. »Denke, das wird Sie interessieren. Ist vor ein paar Stunden eingegangen. Eine Vermisstenanzeige.«

»Eine neue Frau?«

»Eine neue Frau. Frøydis Vik. Älter als die anderen. Zweiundvierzig. Lebt mit …«, er räusperte sich, »einer Ärztin zusammen. Zwei Söhne aus einer früheren Ehe. AD, bei Pen & Paint.«

»Was ist sie?«

»Art Director. In einer Werbeagentur.«

»Wie lange wird sie schon vermisst?«

»Ein paar Tage. Etwas unsicher – die Partnerin war einige Tage verreist.«

»Vierzig Jahre alt – zu alt, eigentlich. Er hat sich bisher immer an junge Frauen gehalten.«

»Den gleichen Gedanken hatte ich auch. Aber die Freundin hatte ein Bild dabei …«

Alm reichte ihm ein vergrößertes Farbfoto. Frøydis Vik war eine extrem gut aussehende Blondine. Vang wusste nicht, wann das Foto aufgenommen worden war, aber auf dem Bild konnte man sie locker für Ende zwanzig halten.

»Hat sich gut gehalten«, sagte Alm voller Bewunderung. Er seufzte: »Meine Frau ist zwei Jahre jünger als sie, sieht aber zehn Jahre älter aus.«

»Was glauben Sie?«, fragte Vang.

»Natürlich kann sie auch bloß einen Ausflug nach Kopenhagen gemacht haben …«

»Das sagen Sie jedes Mal, wenn eine hübsche Frau vermisst wird.«

»Aber dieses Mal bin ich mir fast sicher, dass Aquarius dahintersteckt.«

»Wissen wir, wo sie verschwunden ist?«

»Nein.«

»Hat sie etwas von zu Hause mitgenommen?«

»Scheint nicht so. Aber ihr Hund ist weg. Wir haben ein paar Leute zu der Mitbewohnerin geschickt, die die Wohnung durchkämmen.«

»Im Grunde genommen bleibt uns also gar nichts anderes übrig, als von der Hypothese auszugehen, dass Aquarius sie entführt hat.«

»Ich sehe das nicht anders.«

»Und wenn sich herausstellt, dass Rune Strøm tatsächlich Aquarius ist …«

»… müssen wir davon ausgehen, dass sie sich bei ihm zu Hause befindet«, führte Alm den Satz zu Ende.

»In Lebensgefahr«, bemerkte Antonsen, der das Gespräch mit angehört hatte.

»Okay, ich geb's auf. Wir nehmen ihn fest. Heute Abend noch«, sagte Vang.

Er sah auf die Uhr. »Noch anderthalb Stunden, bis ›24 Stunden!‹ anfängt.«

»Wir sollten die Bereitschaftstruppe einsetzen«, sagte Antonsen. »Die Festnahme muss so schnell wie möglich vonstattengehen, damit sich keine Geiselnahme daraus entwickelt.«

»In Ordnung. Sie trommeln die Truppe zusammen!«

»Wird gemacht!«

»Punkt zweiundzwanzig Uhr wird die Aktion eingeleitet! Bevor er ›24 Stunden!‹ sehen kann.«

Sie machten einen Uhrenvergleich.

»*Go, go, go!*«, rief Antonsen lächelnd.

# Nichts zu verlieren

Sie war zum Tode verurteilt. Das war eine Einsicht, die wie ein Klumpen glühendes Blei in ihrem Magen lag. Sie würde sterben. Sie hatte die ganze Zeit versucht, sich etwas anderes einzureden, aber die Hoffnung war eine verzweifelte Lüge. Nichts sonst.

Frøydis, redete sie sich selbst zu, du bist genauso zum Tode verurteilt wie ein Schwarzer im Todestrakt eines amerikanischen Südstaatengefängnisses.

Das große Haus war still. Es war lange her, dass sie seine weichen Pantoffelschritte auf den Bodendielen über sich gehört hatte. An den Schritten und dem Knarren der Treppe, wenn er ihr was zu essen brachte, schloss sie, dass sie sich in einem Keller befand. Manchmal knarrte die Treppe auch, ohne dass er zu ihr reinkam, weshalb sie sich fragte, ob es hinter dem Spiegel einen Raum gab, aus dem er sie beobachten konnte. Wundern würde es sie nicht.

Er war nie aufdringlich geworden. Anfangs hatte sie befürchtet, er wollte sie vergewaltigen, aber so war er nicht. Offensichtlich nicht. Aber sie traute ihm durchaus zu, auf der anderen Seite des Spiegels zu stehen und sie zu beobachten.

Er hatte irgendein Problem. Ganz offensichtlich. *Gratuliere, Frøydis, du hättest Psychologin werden sollen! Du bist ja soooo clever!* Mein Gott, so war das nicht gemeint, sagte sie zu sich selbst. Er hat ein Problem mit Frauen. Darum entführt er sie. *Uns.* Und bringt sie um. *Uns.*

Sie fragte sich, was er machte, wenn er nicht zu Hause war. Ging er einer Arbeit nach? Führte er ein Doppelleben?

Ich kann mich nur auf mich selbst verlassen, dachte sie.

Niemand wusste, wo sie war. Niemand wusste, wer *er* war. Sie hatte nur sich selbst. Was ihr wenig weiterhalf, solange sie mit einer Kette an eine Wand gefesselt war. Sie musste das Beste aus der Situation machen.

Sie musste ihn irgendwie überlisten. Ihn mental überrumpeln. Ihm einen psychischen Knock-out versetzen. Sie musste den Nerv in ihm treffen, der am verletzlichsten war. Mit ein bisschen Glück könnte sie ihn psychisch ausschalten.

Sie musste ihn weichklopfen. Zu ihm durchdringen.

Sie wusste, dass sie ihr Leben riskierte. Gefahr lief, das wackelige Gleichgewicht zwischen ihnen zu zerstören. Die kleinste Irritation konnte ihn provozieren.

Ja und?, dachte sie. Früher oder später wird er mich so oder so umbringen. Ich habe nichts zu verlieren.

# Auf Sendung

## I

»Alles klar, die Bilder sind in der Regie!«

Der technische Leiter trommelte mit der Handfläche gegen das Mischpult. Richard Wolter schaute auf die Uhr. »Gut!« Er sah sich zu Kristin und dem Kriminalreporter Caspar Vik um. Sie saßen im hinteren Teil des mobilen Übertragungswagens von Kanal 24, einem roten, amerikanischen Van mit Satellitenschüssel auf dem Dach. Die große Parabolantenne war himmelwärts ausgerichtet. Vorne und hinten waren schwere Stative angeschraubt. Kristin fand, dass der Wagen eher wie ein hochtechnologisches Laser-Fahrzeug aussah.

Sie hatten an der Kreuzung oberhalb von Rune Strøms Haus geparkt. So wenig Personal wie möglich mitgenommen. Zwei Techniker, einen Kameramann, Richard, Caspar und Kristin.

»Was sagt Vang dazu?«, fragte Caspar.

»Begeistert ist er nicht«, antwortete Wolter. »Aber er hat auch nicht gesagt, dass wir die Ermittlungen gefährden. Ich hatte den Eindruck, er wollte Zeit schinden, weil er sich nicht sicher ist. Was«, er verdrehte die Augen, »allerdings sein Problem ist.«

»Es ist aber auch durchaus möglich, ich meine rein hypothetisch, dass Rune Strøm der falsche Mann ist«, gab Kristin zu bedenken.

»Natürlich. Und darum …«, Richard zeigte auf Caspar, »… ist es auch so wichtig, dass du immer wieder darauf hinweist, dass es sich um einen Verdächtigen handelt. Nicht um einen Mörder.

Keine Namen! Ich habe mit dem Kameramann abgesprochen, auf keinen Fall das Haus zu zeigen. Uns interessiert die Nachbarschaft. Das Umfeld.« Er verstellte seine Stimme. *»Hier, im idyllischen Grefsen, wohnt der Mann, den die Polizei im Aquarius-Fall verhören will.*«

»Ist eine Liveschaltung nicht ein bisschen übertrieben bei den wenigen Informationen, die wir haben?«, fragte Caspar.

»Übertrieben?«, sagte Wolter verschnupft. »CNN hat live gesendet, als das FBI bei dem Security-Mann anklopfte, der ihrer Meinung nach die Bombe im OL-Park deponiert hatte.«

»Was, wenn er die Sendung sieht?«

»Das wiederum ist ein Problem der Polizei.«

»Ehrlich gesagt, Richard …«, setzte Kristin an.

Er wimmelte die Einwände mit einer ungeduldigen Handbewegung ab. »Dazu ist jetzt keine Zeit! Es ist meine Entscheidung und meine Verantwortung. Wir nennen ihn nicht beim Namen! Sein Haus wird nicht zu sehen sein! Wir stellen nur fest, dass …«, er verstellte wieder die Stimme, »in dieser netten Nachbarschaft in Grefsen in Oslo ein Mann wohnt, den die Polizei möglicherweise als Aquarius verdächtigt und so weiter und so fort. Caspar, du und Arve seid alle Fragen noch mal durchgegangen?«

»Yepp. Und ich habe nicht eine einzige Antwort!«

»Hört mal – es geht weniger darum, was wir sagen, als darum, dass wir die Ersten sind. Die Sache wird uns spätestens morgen von allen Titelblättern anspringen. Wir sagen nicht mehr, als wir wissen. Ein Mann, der vor etlichen Jahren verdächtigt wurde, seine Verlobte in der Badewanne ertränkt zu haben, ist wieder im Visier der Polizei. Nicht mehr und nicht weniger. Dass wir live senden, ist einzig und allein eine Frage der Dramaturgie.«

»Und wenn der Kerl mit einer Schrotflinte aus dem Haus gestürzt kommt?«

Der Gedanke war Wolter offensichtlich noch nicht gekommen. Er warf einen Blick auf die Uhr und sah Caspar in die Augen. »Dann, Caspar, gehst du in Deckung und sagst was Schlaues!«

»Und so weiter und so fort«, schloss Caspar.

Als die Tonverbindung mit dem Studio hergestellt war, ging Caspar nach draußen und machte Trockenübungen vor der Kamera. Kristin und Richard blieben im Übertragungswagen sitzen. Kristin sah Caspar auf drei kleinen Monitoren. Ein Techniker stattete ihn mit einem kabellosen Mikrofon und einem Ohrstöpsel aus, über den er mit dem Produzenten und dem Programmleiter im Studio verbunden war.

Caspar stellte das Mikrofon ein und gab Bescheid, dass er so weit war. Der technische Leiter, der direkt vor Kristin saß, justierte die Lautstärke. In einem anderen Lautsprecher war Arve Arnesens Stimme zu hören, der im Studio saß und die Schlagzeilen des Tages übte.

»Noch sieben Minuten«, sagte Richard. Er erhob sich vornübergebeugt, ging zum Mischpult und drückte eine Taste unter einem fest installierten Mikrofon.

»Hallo, alle zusammen, hier spricht Richard. Versteht ihr mich?«

Arve, Caspar und der Produzent aus der Studioregie bejahten die Frage im Chor. Auf den Monitoren sahen sie, dass der Kameramann mitsamt Kamera nickte.

»Noch einmal zur Erinnerung. Wir nennen keine Namen. Wir zeigen keine Bilder des Hauses. Arve, stell die Fragen so allgemein wie möglich, da wir herzlich wenig wissen. Bring den Reporter nicht in Verlegenheit. Caspar, wenn du eine Frage bekommst, die du nicht beantworten kannst, dann sag ganz ehrlich, dass du es nicht weißt. Verstrick dich nicht in was, aus dem du nicht wieder rausfindest. Es ist jetzt fünf Minuten vor zehn. Viel Glück euch allen!«

## 2

Als die Polizei anrückte, ging alles ganz schnell.

Drei Minuten vor zehn bremsten zwei Polizeiwagen am oberen Ende der Straße neben dem Übertragungswagen. Zeitgleich kamen zwei zivile Fahrzeuge und blockierten Strøms Ausfahrt.

»Zum Teufel«, sagte Richard, »die haben doch nicht etwa vor, uns alles zu vermasseln?«

Um zwei vor zehn fuhr mit hohem Tempo ein ziviler Opel vorbei. Kristin konnte einen Blick auf Vang, Antonsen und zwei Männer werfen, die sie nicht kannte. Die beiden Polizeifahrzeuge neben dem Übertragungswagen rollten langsam die Straße hinunter.

Richard Wolter schnappte sich das Mikrofon. »Hier spricht Richard. Die Polizei startet soeben irgendeine Aktion. Entweder gegen das Haus oder gegen uns. Wir gehen vor wie geplant. Wenn sie vorhaben, uns aufzuhalten, sollen sie das, verflucht noch mal, *live* tun!«

Um exakt zehn Uhr, als Kristin die »Kanal 24!«-Erkennungsmelodie im Ohr hatte, beschleunigten die zivilen Polizeifahrzeuge in Richtung Haus. Wie aus dem Nichts tauchten noch vier weitere Polizeiwagen auf, das militärisch anmutende Einsatzfahrzeug der Bereitschaftstruppe und ein Van mit blinkendem Blaulicht.

Richard beugte sich zum Mikrofon vor. »Scheiße, Caspar und Kamera! Das wird eine Festnahme! Geht so dicht ran, wie ihr könnt! Die Anweisung, weder das Haus noch irgendwelche Verdächtigen zu zeigen, ist hinfällig! Nehmt auf, was ihr kriegen könnt! Sie wollen ihn festnehmen!«

Der Kameramann nickte mit der Kamera, Caspar streckte den Daumen in die Luft. Dann liefen beide zu Rune Strøms Haus.

Über die Lautsprecher hörten sie, wie Arve die Abendsendung ankündigte. »Die Polizei hat einen Verdächtigen in den Mordfällen. ›24 Stunden!‹ berichtet live!«

Die Polizeiwagen kamen vor Strøms Haus zum Stehen.

Arves Stimme war ganz ruhig. »Zu Beginn der heutigen Sendung die neueste Entwicklung in den Mordfällen, die Norwegen in den letzten Wochen erschüttert haben. Zuverlässige Informationen, die ›24 Stunden!‹ erhalten hat, deuten darauf hin, dass die Polizei erstmals im Laufe der Ermittlungen einen konkreten Verdächtigen hat. Wir schalten live zu unserem Reporter Caspar Vik. Caspar?«

Caspar sah direkt in die Kameralinse. »Danke, Arve. Ich befinde mich in diesem Augenblick in dem idyllischen Stadtteil Grefsen in Oslo, wo der Verdächtige wohnt. Vor wenigen Sekunden hat der Fall eine dramatische und überraschende Wendung genommen. Gerade, als wir auf Sendung gehen wollten, hat die Polizei eine völlig unerwartete Aktion gegen das Wohnhaus des Verdächtigen gestartet. Es ist noch unklar, was hinter mir vorgeht, aber wie wir sehen, haben Einsatzkräfte der Osloer Polizei das Haus des Verdächtigen umstellt und sind dabei, sich Zugang nach drinnen zu verschaffen.«

»Caspar, geht die Polizei davon aus, dass der Mann bewaffnet ist?«

»Also, das kann ich nicht sagen. Die Polizeiaktion kam, wie gesagt, völlig überraschend für uns. Aber ich gehe davon aus, dass die Polizei kein Risiko eingeht. Ich kann sehen, dass die Einsatzkräfte der Bereitschaftspolizei, die Delta-Kommandotruppe – eine sogenannte Antiterroreinheit, die jetzt im Haus ist –, bewaffnet und mit schusssicheren Westen und Helmen ausgerüstet sind. Arve?«

»Wie ist die Situation bei euch in diesem Moment, Caspar?«

»Mist, Caspar ist höllisch nervös«, flüsterte Richard Kristin zu.

Das kann ich gut verstehen, dachte sie.

»Also, Arve, ähm, wie bereits gesagt, hat die Polizei soeben diese völlig, ähm, überraschende Aktion gestartet. Wir werden sehen, ob es den Beamten gelingt, den Verdächtigen festzunehmen, genau wie wir voller Spannung abwarten müssen, ob die Polizei im Haus konkrete Spuren findet.«

»Was können Sie uns über den Verdächtigen sagen, Caspar?«

»Ich möchte noch einmal hervorheben, dass es sich nur um einen Verdächtigen handelt und dass ich nicht im Detail weiß, worauf sich der Verdacht der Polizei gründet. Aber so viel lässt sich sagen: Der Mann kam 1976 in Untersuchungshaft, weil er des Mordes an seiner Verlobten verdächtigt wurde. Wie Aquarius' letztes Opfer ertrank auch sie in einer Badewanne. Der Verdächtige wurde aus der Untersuchungshaft entlassen, die Anklage niedergeschlagen. Ich nehme an, dass die Polizei wegen der Ähnlichkeit zwischen den beiden Todesfällen die Festnahme veranlasst hat. Aber ich gehe ebenfalls davon aus, dass ihr noch andere Informationen vorliegen, wenn sie so massiv vorgeht.«

Während er redete, näherten sich Caspar und der Kameramann der Eingangstür. Im Haus war alles still. Ein Polizist scheuchte sie weg. Irgendwo rief jemand etwas im Inneren des Hauses.

»Arve, es scheint, als hätte die Polizei jemanden gefasst. Ich erkenne mehrere Personen hinter der Tür, und jetzt, falls die Kamera es zwischen den Bäumen hindurch einfangen kann, sehen wir, dass die Polizei den Verdächtigen aus dem Haus führt. Das hieße, dass die Festnahme, von unserem Standpunkt aus zu urteilen, ruhig und undramatisch vonstattengegangen ist.«

Auf dem Monitor sah Kristin, wie schwer bewaffnete Polizisten Rune Strøm aus dem Haus führten. Am Fuß der Treppe nötigten sie ihn, sich bäuchlings auf dem Kies auszustrecken.

Mein Gott, dachte sie, warum sitze ich hier und gucke mir das im Fernsehen an?

Sie stürzte aus dem Übertragungswagen und lief die Straße hinunter. Ein Polizist wollte sie aufhalten, aber als er sah, wer sie war, ließ er sie passieren. Hinter dem Kameramann und Caspar blieb sie stehen.

»…auf jeden Fall«, sagte Caspar, »ist jetzt die Spurensicherung im Haus auf der Jagd nach konkreten Beweisen, mit denen einer oder mehrere der Morde nachgewiesen werden können. Sollten sie keine Spuren finden – zum Beispiel weil er die entführten Frauen in einem anderen Haus gefangen hält –, muss man sich fragen, ob die Indizien vor Gericht ausreichen werden. Es muss noch einmal betont werden, dass die Polizei noch ganz am Anfang ihrer Ermittlungen steht und dass es dem Gericht obliegt zu entscheiden, ob er schuldig ist oder nicht.«

Im Hintergrund nahmen die Polizisten eine Leibesvisitation an Strøm vor und zerrten ihn auf die Beine. Zwei kräftige Polizisten zogen ihn hinter sich her. Als sie durch die Toreinfahrt kamen, drehte sich Strøm zu dem Kamerateam um. Sein Blick suchte Kristin. Eine kurze Sekunde lang hakte sich sein Blick in ihrem fest.

Ein undefinierbarer Blick. Sie fühlte nichts. Absolut nichts.

Ohne eine Miene zu verziehen, wandte er sich ab. Ein Polizist schützte seinen Kopf mit der Hand vor dem Türrahmen, als er auf die Rückbank des Polizeiwagens geschoben wurde.

# Beweis

## I

Sie fanden Frøydis nicht.

Während Geir Ryvik mit seinen Leuten von der Spurensicherung hektisch damit beschäftigt war, das Haus zu sichern, gingen Vang und Antonsen von Raum zu Raum. Sie sahen aus wie frischgebackene Väter auf der Säuglingsstation. Beide trugen enge Latexhandschuhe, Operationshauben und Plastikhüllen über den Schuhen. Ryvik hatte darauf bestanden. Sein aktueller Lieblingsausdruck war »verschmutzter Tatort«.

Nichts deutete darauf hin, dass dieses Haus einem erwachsenen, allein lebenden Mann gehörte.

An den Wänden hingen selbst gewebte Läufer und Reproduktionen von Malereien mit christlichen Motiven. Auf dem Sofa im Wohnzimmer lagen Berge von Kissen, die Ragnhild Strøm bestickt hatte. Die Tischlampen hatten rosa Schirme. Alle Tische waren mit Spitzendeckchen verziert, und auf dem Boden lagen dicke, sehr staubige Teppiche. In der Küche hing ein Kalender vom Luther Verlag. Rune Strøm hatte sich nicht einmal darum gekümmert weiterzublättern. Der dreiundzwanzigste Juli war angekreuzt. »Mama Krankenhaus« stand daneben. Zwei Tage später hatte er ein Kreuz gemalt.

»Wann ist Una Mørch verschwunden?«, fragte Antonsen.

Vang antwortete nicht. Das war nicht notwendig.

»Er hat nach dem Tod seiner Mutter nichts verändert«, sagte Vang. »Das ist doch nicht normal, oder?«

Antonsen sah sich im Zimmer um. »Wirklich unangenehm«, sagte er zu sich selbst.

Nur das Kinderzimmer – Vang sah darin ein Kinderzimmer, obgleich der Mann mehr als vierzig Jahre alt war – zeugte davon, dass auch Rune Strøm in diesem Haus wohnte.

Das Bett stand mitten im Raum. King Size. Schwarze Bettwäsche. Dunkle Gardinen und Tapeten. Kiefernboden.

Sie inspizierten die Kommoden und warfen einen Blick in den Kleiderschrank.

Die Schublade des Nachtschränkchens war verschlossen. Antonsen rief jemanden von der Spurensicherung zu sich, der sie in nur einer halben Minute öffnete. Die Schublade war voller Pornohefte und Videos. Vang verschaffte sich kurz einen Überblick. Bondage und SM.

»Auf jeden Fall liest der Junge gern«, bemerkte Antonsen trocken.

»Sie ist nicht in diesem Haus«, sagte Vang, als sie aus dem Keller wieder nach oben kamen.

»Jedenfalls nicht, wenn sie noch lebt.«

»Wo kann er sie gefangen halten?«

»Wir wissen noch nicht sicher, dass er sie gefangen hält.«

»Wie auch immer, irgendwo muss diese Zelle sein. Dieses Gefängnis. Nur eben nicht hier.«

»Haben wir bei Rita Quist nachgeguckt?«

»Oder in der Hütte, von der sie erzählt hat?«

In der Küche war die Spurensicherung dabei, die Mülleimer in mit Plastikfolie ausgeschlagene Pappkartons umzufüllen.

»Na dann viel Spaß«, rief Antonsen auf dem Weg nach draußen.

Keiner lachte. Aber als sie im Auto saßen und zurück zum Präsidium fuhren, musste Vang lächeln.

## 2

»Eine diskrete, stille Verhaftung«, konstatierte Karianne Li gereizt.

Vang drehte die Handflächen nach oben, um ihr seine Machtlosigkeit zu demonstrieren. »Wir haben die nicht eingeladen. Das Fernsehteam war einfach da, als wir kamen.«

»Rein zufällig, natürlich.«

»Hören Sie, sowohl Kanal 24 als auch das *Dagbladet* wussten über Rune Strøm Bescheid. Die haben ganz allein den Zusammenhang erkannt. Von uns hatten die das nicht. Was sollte uns das nützen, dass uns die Fernsehleute zwischen den Füßen herumspringen?«

Karianne Li nickte mit geschlossenen Augen, als wollte sie zu verstehen geben, dass auch ihr klar war, dass es bei diesem Spiel nur Verlierer gab. »Egal, mein Klient wird für alle Zeiten als Hauptverdächtiger abgestempelt sein. Und Sie wissen ebenso gut wie ich, dass ein Verdächtiger in den Augen der Öffentlichkeit bereits verurteilt und schuldig ist. Wenn morgen die Zeitungen herauskommen, werden sie sein Leben umgekrempelt und allen Mist auf die Titelseiten geschaufelt haben.« Sie seufzte. »›24 Stunden!‹ hat ihn in den Dreck gezogen, und jetzt ist er auch für alle anderen vogelfrei.« Sie schloss wieder die Augen.

»Ist Ihnen nicht vielleicht auch einmal der Gedanke gekommen, er könnte schuldig sein?«, fragte Antonsen.

Karianne Li schlug langsam, wie nach einem tiefen Schlaf, die Augen auf. Sie sah Antonsen an, antwortete aber nicht.

Rune Strøm saß reglos da. Er drehte sich nicht einmal um, als sie den Raum betraten. Starrte auf einen Punkt an der Wand. Vang folgte seinem Blick und erkannte einen winzigen Fleck.

Sein mentaler Fluchtpunkt, dachte er.

Sie befanden sich in Vangs Büro. Karianne Li nahm neben ihrem Klienten Platz. Vang, Antonsen und Gran gingen um den Schreibtisch herum, blieben aber stehen.

»Wo ist sie?«, fragte Vang ohne Umschweife.

Strøms Kiefermuskeln spannten sich immer wieder an.

»Wo ist wer?«, fragte Karianne Li.

»Frøydis Vik«, sagte Gran. »Sie wird vermisst.«

»Was, jemand wird vermisst? Es hat mich niemand informiert, dass …«

»Wir haben die Meldung erst heute Abend erhalten«, fiel ihr Vang ins Wort. »Rune?«

Seine Kiefermuskeln spannten sich wieder.

Vang sagte: »Das Spiel ist aus. Sehen Sie das doch ein. Wo haben Sie die Frau versteckt?«

Er starrte unablässig auf den Punkt an der Wand.

»Sie müssen nicht so tun, als wären Sie verrückt«, sagte Antonsen.

»Mein Klient …«, begann Li.

Rune Strøm beugte sich vor und schlug mit der Stirn hart gegen die Schreibtischkante.

»Versuchen Sie, uns etwas zu sagen?«, fragte Antonsen.

Gran: »Halten Sie ihn auf, bevor er sich noch verletzt!«

Karianne Li legte Rune Strøm die Hand auf die Schulter. Er schüttelte sie ab.

»Es reicht«, sagte Vang scharf.

»Sie wollen doch wohl nicht weitermachen?«, fragte Li. Als keiner antwortete, fuhr sie fort: »Sie sehen doch selbst, in welcher Verfassung mein Klient ist! Wir müssen das Verhör aussetzen, bis er von einem Arzt untersucht worden ist!«

»Er spielt doch nur«, sagte Antonsen.

»Frøydis! Frøydis Vik!«, sagte Vang laut und mit allem Nachdruck. »Wo ist sie, Rune? Wo haben Sie sie versteckt! Helfen Sie uns, sie zu finden! Wo ist sie?«

Rune Strøm erstarrte. Riss seinen Blick von dem Punkt an der Wand los und sah Vang direkt in die Augen.

*Er ist verrückt!*

Rune Strøm begann zu schreien.

3

Vang wurde eine Stunde später aus dem Verhör geholt. Geir Ryvik stand mit einer durchsichtigen Plastiktüte vor der Tür. Vang konnte nicht erkennen, was sie enthielt.

»Ein Slip«, erklärte Ryvik. »Von einer Frau. Pikante kleine Sache. Und eine Strumpfhose.«

»Wo habt ihr das gefunden?«, fragte Vang und hielt die Tüte ins Licht.

»Du wirst es nicht glauben. In einem Milchkarton unter lauter Essensresten. Im Mülleimer unten am Weg.«

»Amateur.«

»Ich weiß nicht ... Der Milchkarton lag in einem zusammengeknoteten Müllsack. Voller gammeliger, alter Sauce und verfaulter Kartoffeln.«

»Und du fragst dich, warum wir anderen lieber in der taktischen Ermittlung arbeiten?«

Ryvik grinste.

»Ist es möglich festzustellen, wem ... du weißt schon, dieser Slip gehörte?«

»Darum kümmern wir uns als Nächstes. Es sind ein paar Härchen dran.« Er nickte mit dem Kopf in Richtung Tür. »Und, kommt ihr weiter?«

Vang schüttelte den Kopf.

»Nimm ihn hart ran!«

Vang schnitt eine Grimasse. »Du bist wohl nie Karianne Li begegnet.«

Das Verhör war die reinste Parodie.

Sie versuchten, es am Abend fortzusetzen, aber Rune Strøm wirkte immer apathischer und abwesender. Es war unmöglich festzustellen, ob er nur spielte. Über lange Phasen saß er einfach stumm da und starrte durch sie alle hindurch. Dann fing er plötzlich an zu schreien: »Ich erinnere mich nicht!« oder: »Ich weiß es nicht!« Karianne Li forderte, das Verhör abzubrechen und einen Arzt zu rufen. »Es ist doch offensichtlich, dass er psychische Betreuung braucht!« Aber Vang wollte nicht nachgeben.

Es war kurz nach Mitternacht, als Geir Ryvik laut an die Tür klopfte, sie öffnete und die Kollegen zu sich rief.

»Er ist es!«, sagte er außer Atem, als sie die Tür hinter sich geschlossen hatten. Seine Stimme zitterte.

»Was sagst du?«, fragte Vang.

»Die Haarprobe aus dem Slip stimmt überein!«

»Stimmt überein?«, fragte Vang. Er wagte nicht daran zu glauben, dass sie wirklich den Durchbruch geschafft hatten.

»Der Slip hat Marianne gehört!«

Sie sahen einander an.

»Mein Gott«, flüsterte Elisabeth Gran und hielt ihre geballten Fäuste hoch.

Vang hatte das Gefühl, als hätte ihm jemand einen Stöpsel aus dem Bauch gezogen, so dass alle Luft aus ihm entwich.

»Stimmt überein?«, wiederholte er.

»Stimmt überein!« Ryvik lächelte, wurde plötzlich ernst und lächelte dann wieder. »Er ist es, Runar! Dieser Teufel! Wir haben Aquarius geschnappt! Wir haben ihn!« Seine Stimme zitterte fast. »Verdammt, er ist es, Runar!«

Vang dachte: Er nennt mich doch sonst immer nur Vang.

# Zwölf Wochen

## 1

Das Presseaufgebot war enorm. Alle großen Zeitungen und Rundfunkstationen hatten gleich mehrere Reportage-Teams im Osloer Gerichtsgebäude. Auch an die zwanzig ausländische Journalisten und Kameraleute waren da. Blitzlichter und Scheinwerfer blinkten. Ein Wald aus Mikrofonen erhob sich, sobald sich eine Tür öffnete oder einer der Kommissare vorbeihastete und wie ein Mantra das immer gleiche »Kein Kommentar« wiederholte. Die Presseleute protestierten beleidigt und lauthals, als ihnen ein Sprecher verkündete, der Angeklagte verlange, die Vorführung vor dem Haftrichter unter Ausschluss der Öffentlichkeit vorzunehmen. Aus Mangel an einer sinnvolleren Tätigkeit begannen einige der Journalisten, sich gegenseitig zu interviewen.

Während Journalisten und Kameraleute ungeduldig auf das Ergebnis warteten, gratulierten die Kollegen Kristin und klopften ihr auf die Schulter. Sie wurde von amerikanischen, dänischen, schwedischen und deutschen Fernsehsendern interviewt. Anwälte in teuren Anzügen hasteten vorbei. Ein bekannter Strafverteidiger versuchte sich an einer spitzen Bemerkung und sprach von einem »gefundenen Fressen für die Hyänen«, woraufhin er auf der Stelle ausgepfiffen wurde.

Kristin hielt vergeblich nach Gunnar Ausschau. Keine der Reportagen im *Dagbladet* trug seine Handschrift, und als sie einen der jüngeren Reporter der Zeitung fragte, wo sich Gunnar befand, erntete sie nur ein Schulterzucken.

Rune Strøm kam für zwölf Wochen in Untersuchungshaft, und es wurde ihm eine Post- und Besuchssperre auferlegt.

Nach der Verhandlung improvisierte Karianne Li eine Pressekonferenz auf der Treppe in der Lobby: erst auf Norwegisch, dann in fehlerfreiem Englisch mit amerikanischem Akzent. Sie charakterisierte die Verhaftung ihres Klienten als einen Hexenprozess. Die Wortwahl war nicht zufällig. Die Indizien und der sogenannte DNS-Beweis gegen Rune Strøm seien, wie sie betonte, ebenso vage und emotional aufgeladen wie die Indizien gegen die Frauen, die im Mittelalter der Hexerei angeklagt waren.

»Es gibt zwei Dinge, die gegen meinen Klienten sprechen«, rief sie über die Ansammlung der Pressevertreter hinweg, »zum einen, dass seine Verlobte vor zwanzig Jahren ertrunken ist, und zum anderen, dass seine Persönlichkeit mit dem Fantasiebild der Medien übereinstimmt.«

Sie ließ ihren Blick über die Anwesenden schweifen, so dass jeder den Eindruck bekam, sie blicke ihm oder ihr direkt in die Augen.

»Und was ist mit dem Slip?«, rief einer der Reporter.

»Also mal ehrlich! Der wurde in seinem Mülleimer gefunden! Draußen vor dem Haus!«, antwortete sie wütend.

»Ja und?«

»Das bedeutet nicht zwangsläufig, dass er ihn dort entsorgt haben muss!«

Die meisten Journalisten waren der Meinung, dass sie ihren Job gut machte. Auch Kristin war beeindruckt. Obschon es Karianne Li nicht gelungen war, auch nur eines der Indizien, die gegen Strøm sprachen, zu torpedieren, war es ihr doch gelungen, ihnen die Kraft zu nehmen.

Nach der Pressekonferenz standen Kristins Kollegen Schlange, um ihre Reaktion auf die Festnahme zu bekommen. Kristin betonte, es sei nicht ihre Aufgabe, ein Urteil zu sprechen, sie hoffe aber, der Albtraum habe nun endlich ein Ende. Weiter sagte sie, dass sie Lis Kritik respektiere, schließlich sei es in unserem Rechtswesen die Pflicht eines jeden Verteidigers, all die mildernden Umstände zu finden, die für seinen Klienten sprachen.

## 2

Ein Polizeiwagen brachte Kristin mit Blaulicht ins Präsidium. Zwei Beamte führten sie durch die Flure zum Aufzug und danach in Vangs Büro.

Er lächelte breit, als er ihr entgegenkam. Er war nicht wiederzuerkennen. Es fehlte nicht viel, und er hätte sie umarmt.

»Das war's dann wohl«, sagte er.

Sie schüttelten sich lange die Hände. Er schien sie gar nicht mehr loslassen zu wollen.

»Hat er gestanden?«

Vang schüttelte den Kopf. »Er redet kein Wort mit uns. Verweigert die Aussage. Scheint aber draufloszuplappern, sobald seine Anwältin mit ihm allein ist.«

»Und wie geht's jetzt weiter? Mit mir und Ådne und den Hardy-Jungs?«

»Genau deshalb wollte ich Sie sprechen. Um Ihre Meinung zu hören.«

»Meine Meinung?«

»Wollen Sie den Polizeischutz behalten? Wenn Sie sich noch unsicher fühlen und Schutz haben wollen, bis Strøm offiziell verurteilt ist, kommen wir diesem Wunsch natürlich nach. Gleichzeitig haben meine Männer allerdings den Eindruck geäußert, Sie seien nicht sonderlich begeistert darüber, sie in der Wohnung zu haben.«

»Wann wird die Sache offiziell verhandelt?«

»Oh, es ist noch reichlich Ermittlungsarbeit zu erledigen. In einem Dreivierteljahr vielleicht. Oder in einem Jahr. Ich habe keine Ahnung. Das ist nicht meine Entscheidung.«

»Und da fragen Sie, ob ich weiterhin rund um die Uhr zwei Polizisten um mich haben will – vielleicht noch ein ganzes Jahr?«

»So wie die Sache derzeit aussieht, sehe ich eigentlich keine Notwendigkeit mehr für eine kontinuierliche Überwachung …«

»Und das kommt mir sehr entgegen.«

Er nickte zufrieden. »Vorsichtshalber sollten wir aber ein gewisses Sicherheitsniveau halten. Dort draußen laufen jede Menge Verrückte herum. Sie behalten natürlich den Funknotruf. Und wir werden in regelmäßigen Abständen einen Streifenwagen bei Ihnen vorbeischicken.«

»Ich habe eine Frage.«

»Nur zu.«

»Diese vermisste Frau haben Sie nicht gefunden, oder?«

Er schüttelte den Kopf. »Nicht bei ihm zu Hause. Wir untersuchen, ob er über weitere Immobilien verfügt. Außerdem ist es ja nicht sicher, dass es da wirklich einen Zusammenhang gibt. Sie kann auf einer Sauftour in Kopenhagen sein. Oder mit gebrochenem Bein in der Nordmarka liegen.«

## 3

Richard Wolter wartete ihr mit einer Torte und Champagner auf, als Kristin zurück in die Redáktion kam.

Ihre Arbeitskollegen standen in Reih und Glied da und applaudierten. Kristin kicherte und wurde rot, als sie sich ein Stück Sahnetorte abschnitt. Richard hielt eine flammende Rede über die unermüdliche Jagd der Journalisten nach der Wahrheit und der guten Story. Er lobte Kristin für die hervorragende Berichterstattung im erschütterndsten Kriminalfall der norwegischen Geschichte. Sie prosteten sich mit Champagner zu, und einige der Kollegen trugen Kristin im Chefsessel zweimal um den Schreibtisch, während alle anderen johlten und schrien.

Unten in der Rezeption wartete eine Gruppe Journalisten.

Nachdem sie die Tortenreste, die Pappteller und die leeren Flaschen weggeräumt hatten, führten sie die Kollegen in das Sitzungszimmer. Keiner wollte eine gemeinsame Pressekonferenz, und da Kristin in ihren Reportagen auch immer einen eigenen Touch suchte, gab sie den größeren Medien jeweils fünfzehn Minuten für ein Interview unter vier Augen.

Als sie die Interviews hinter sich hatte, musste sie direkt in die Maske und dann ins Studio. Sie sollte während der gesamten Reportage über die Untersuchungshaft Ninnis Gast im Studio sein. Draußen in der Redaktion wurde eifrig gewettet. Schaffte »24 Stunden!« dreißig Prozent Einschaltquote?

## 4

Es war bald drei Uhr nachts, als sich Kristin nach all dem Trubel die Treppe zu ihrer Wohnung hochschleppte. Sie war angetrunken und müde, und im Halbdunkel bemerkte sie die Gestalt auf den Stufen nicht, bis sie vor ihrer Wohnungstür stand und nach ihren Schlüsseln suchte.

Er saß auf der Treppe neben der Tür. Kopf und Schultern an die Wand gelehnt. Neben ihm auf der Treppenstufe stand eine halbleere Flasche Branntwein. Er hatte auf die Treppe gekotzt.

Sie zuckte zusammen und trat einen Schritt zurück. Dann sagte sie leise: »Gunnar?«

Er rührte sich nicht.

»Gunnar ...«, sagte sie etwas lauter und berührte seine Schulter.

Seine Augen öffneten sich langsam. Er hob den Kopf und sah sie blinzelnd an.

»Mein Gott, Gunnar…«

Er räusperte sich. »Du… warst nicht zu Hause.«

Sie blickten beide auf die Flasche.

»Komm mit rein!«, sagte sie.

»Nein, nein, nein, es ist zu… spät. Viel zu spät.«

»Du bist betrunken, Gunnar! Komm mit rein!«

»Nein, nein, zu spät.«

»Warum hast du getrunken?«

Er versuchte, sich aufzurappeln und auf die Beine zu kommen. Als ihm das gelang, kostete es ihn einige Mühe, seinen Blick auf Kristin zu richten. »Ich hab mich… lächerlich gemacht.«

»Dich lächerlich gemacht?«

»Zu alt, weißt du!«

»Wovon redest du?«

»Es ist mir gar nicht in den Sinn gekommen. Der Zeitung einen… Tipp zu geben.« Er sah sie an. »Du hast… mir nichts gesagt. Über das… was passieren sollte. Da oben. Dass ihr das… live bringt. Und ich hab nix gesagt. Der Zeitung, meine ich.«

»Das ging alles so schnell, Gunnar. Ich hatte keine Ahnung, dass…«

»Ich hatte keine… weißt du, Kristin… keine Titel… keine Titel-Story mehr seit… hundert Jahren. Was für ein… Journa… list bin ich nur?«

»Ich wusste nichts von der Verhaftung! Glaub mir, Gunnar! Wir wollten einen Beitrag darüber drehen, dass die Polizei einen Verdächtigen hat, und plötzlich tauchen die da auf. Komm mit, komm mit rein…!«

»Du hättest… anrufen können. Mich. Dann hätte ich… einen Tipp… für die Redaktion. Bevor sie das… Im Fernsehen. Nicht wahr? Schließlich…« Er hatte Schluckauf. »Arbeiten wir doch… zusammen.«

»Mein Gott, Gunnar, ich wollte doch nicht… Entschuldigung! Glaub mir, Gunnar! Komm jetzt mit rein, dann können wir reden.«

Er schüttelte müde den Kopf. »Hätte ich nur…« Die Worte erstickten.

»Gunnar, ich hatte keine Ahnung… Komm jetzt mit rein, nur für einen Augenblick. Bitte!«

»Ich glaube, ich muss… heim.«

»Kannst du nicht hier schlafen? Ich kann dir ein Bett machen.«

»Ich glaube, ich muss heim.«

»Ach, Gunnar…«

»Jetzt bloß kein Mitleid!« Sein Blick wurde hart. »Was du willst. Aber kein Mitleid! Mitleid… mit mir!«

»Gunnar…«

»Glückwunsch auch, für den… Erfolg.« Er war jetzt kaum mehr zu verstehen. »Aber ich muss jetzt… gehen.«

»Sei doch nicht so, du kannst…«

Er reichte ihr die Flasche. »Du bist doch so gut… mit so…«, er taumelte, »was… kannst du die für mich… recyceln?«

Sie nahm ihm die Flasche ab. Stufe für Stufe schwankte er nach unten. Er blickte sich nicht um.

»Gunnar!«, rief sie ihm ein letztes Mal nach.

Sie schloss die Tür auf und trat in ihrer Wohnung ans Fenster. Nach einer Weile sah sie ihn. Mit kurzen, unsicheren Schritten schlurfte er über den Bürgersteig der leeren Straße. Ein alter Mann, dachte sie.

Als er im Schatten des Parks verschwunden war, blieb sie stehen und starrte in die Nacht. Auf die dunklen Fenster der Häuser in der Straße, die Silhouette des Turms der Pauluskirche und die Taxis, die die Toftes Gate entlangrasten. Und in den Himmel, an dem weder Wolken noch Sterne zu erkennen waren, nur die Leere der Unendlichkeit.

Jetzt bin ich müde, dachte sie. Müde und traurig und wohl auch ein bisschen angetrunken.

Sie ging ins Bad und zog sich aus. Dann schminkte sie sich ab und putzte die Zähne. Sie überlegte kurz, ob sie eine Dusche nehmen sollte, konnte sich aber nicht dazu aufraffen. Sie kroch in das große Bett und dachte vor dem Einschlafen: Ich sollte stolz und glücklich sein. Warum bin ich nicht stolz und glücklich?

Dann schlief sie ein.

# Dritter Teil

# Bø

## I

Die Schafe auf dem Grashang unterhalb der Almhütte blökten aufgeregt, als Kristin aus dem Laubwald gestapft kam, der die Berglehne bis zum Dorf hinunter bedeckte. Sie blieb stehen, pflückte einen Grashalm und schob ihn zwischen die Zähne. Von hier unten sah Bø wie ein verwunschener Königshof in einem Märchen aus, eingerahmt von Felsblöcken und Gestrüpp. Ein süßes Gefühl des Wiedererkennens durchrieselte sie. Hier hatte ihr Traum seinen Ursprung; an dieser Stelle, wo der Waldpfad auf die Wiese mündete. Dahinter, einen halben Tagesmarsch entfernt in dem Fichtenwald, der von Schluchten und Bergkuppen zernarbt war, thronte grau und gewaltig der große Felsen.

Bedächtig, genüsslich, atmete sie den Duft von Berg und Sumpf und Dickicht ein.

Sie hatte einen schweren Rucksack und einen Koffer dabei. Obgleich sie die Windjacke und den Pullover ausgezogen hatte, war sie völlig nass geschwitzt. Halvor hatte ihr angeboten, ihr mit dem Gepäck zu helfen, aber sie hatte abgelehnt. Diese erste Etappe wollte sie alleine zurücklegen.

Um das Haus wiegten Weidenröschen und Lupinen in dem sanften Wind. Fliegen surrten. Großvaters alter Schleifstein lag umgekippt in einem Brennnesselflecken vor der Scheunenwand. Sie fühlte sich um zwanzig Jahre zurückversetzt. Es hätte sie nicht gewundert, ihren Großvater um die Ecke humpeln zu sehen und ihr fröhlich zurufen zu hören: »Da bist du ja endlich, mein Mädchen!« Oder Vater und Mutter hinterm Küchenfenster zu sehen, wie sie ihr zuwinkten. Eine Taube gurrte. Sie spuckte den Halm aus, lächelte vor sich hin und sagte leise: »Willkommen, Kristin!«

Die Fensterläden waren geschlossen. Sie machte eine Runde um das Haus, schloss die Vorhängeschlösser auf und befestigte die Läden mit Haken an der Wand.

Sie schloss die Eingangstür mit dem Schlüssel auf, den ihr Großvater vor dem Krieg geschmiedet hatte. Er lag in einer Plastiktüte unter einem Stein bei der Fahnenstange. Sie öffnete die schwere Tür und trat ein.

Der Geruch von Bø war unverwechselbar. Hinter der Türschwelle blieb sie stehen und schnupperte. Es roch nach altem Holz und Kindheit, nach Teer und abgestandener Luft, es duftete nach Sommer, nach einer Zeit, die stillstand.

Sie stellte den Rucksack im Flur ab und ließ die Tür offen stehen.

Die Sonne fiel durch die kleinen Sprossenfenster in die Stube. Ihr Blick glitt über die Einrichtung: die Schlafbank, den robusten Tisch aus Kiefernholz, an dem sie ihre Mahlzeiten zusammen eingenommen hatten, die alte Standuhr, den buckligen Spiegel an der schmalen Wand, die Öllampen unter der Decke und an den Wänden, die Regale mit den uralten Zeitschriften und Readers-Digest-Heften.

Sie ging durch die Stube zu der alten Standuhr. Der Boden knarrte. Sie öffnete die Holztür und zog die beiden Gewichte bis zum Anschlag nach oben. Dann stieß sie mit dem Zeigefinger das Pendel an.

Das Ticken war gleichmäßig. Wie Herzschläge, dachte sie.

Sie öffnete die Glasscheibe vor dem Zifferblatt und stellte die Uhr: zehn vor zwei. Das Uhrwerk ging pro Tag etwa zehn bis fünfzehn Minuten nach, aber man hatte zumindest einen ungefähren Richtwert. Zeit war hier oben auf Bø nicht so wichtig.

In der Küche packte sie die Lebensmittel aus – Tütensuppen, einige Konserven, Knäckebrot, Salami, Käse – und nahm den Rucksack mit in ihr Schlafzimmer auf dem niedrigen Dachboden.

Die beiden Betten standen an den gegenüberliegenden Wänden unter den Dachschrägen, so dass man dazwischen einigermaßen aufrecht stehen konnte. Sie konnte sich nichts Heimeligeres vorstellen, als im Bett zu liegen und zuzuhören, wie der Regen auf das Schieferdach prasselte.

Sie machte den Rucksack auf und breitete ihre Kleider auf dem freien Bett aus: Unterhosen, Socken, T-Shirts, zwei warme Pullover, eine Levi's, zwei Jogginganzüge.

Sie stellte das Transistorradio auf den Nachttisch.

Sie holte Bettwäsche aus dem Schrank und hängte sie zum Lüften auf.

Danach nahm sie ein paar Eimer und schaute nach, wie viel Wasser in diesem Jahr in der Quelle war.

Der Verlag hatte sie tags zuvor angerufen. Einen Tag nach der Festnahme. Den ganzen Vormittag schon war sie mit einem unangenehmen Ziehen im Bauch herumgelaufen. Als der Verlagslektor anrief und sich erkundigte, ob sie eventuell Pläne habe, ein Buch über ihre Erlebnisse zu schreiben, hatte sie sich anstrengen müssen, nicht zu übereifrig zu klingen. Ein Buch! Natürlich! Wieso war sie nicht selbst auf diese Idee gekommen? Ein richtiges Buch mit festem Einband und ihrem Namen auf dem Cover. Sie hatte sich noch am gleichen Nachmittag mit dem Lektor getroffen, um über das Angebot zu sprechen. Und im Laufe der folgenden zwölf Stunden hatte sie den Vertrag unterschrieben, in der Redaktion zwei Wochen unbezahlten Urlaub durchgeboxt, einen Rucksack und einen Koffer gepackt, ein

Paket Schreibmaschinenpapier mit Wasserzeichen gekauft und sich auf den Weg nach Bø gemacht.

Sie war nachmittags im Dorf angekommen, steif nach der stundenlangen Bahnreise und der anschließenden Fahrt im Taxi. Der Himmel war klar und silberblau. Der Mårvatnsee glänzte schwarz zwischen den Bäumen. Über dem Wiesenkerbel und dem hohen Gras auf dem Randstreifen schwirrten ganze Wolken von Kriebelmücken. Die Wimpel vor dem Rimi-Markt baumelten schlaff in der Wärme. Eine Gruppe Jugendlicher hatte sich um einen Opel Ascona geschart und folgte dem Taxi mit neugierigen Blicken.

Halvor kam gerade mit dem Trecker vom Acker, als das Taxi auf den Hofplatz bog. Er war kleiner als Kristin, stämmig und rotwangig, als hätte seine Mutter ihn mit einem anderen Mann gezeugt. Als er vom Trecker sprang, stellte sie fest, dass er seit ihrem letzten Treffen einen Bauch bekommen hatte. Sie standen sich gegenüber und nahmen einander fest in den Arm. Dann gingen sie zusammen in die Küche und tranken Kaffee, während sie ihm die letzten Neuigkeiten erzählte. Bevor sie sich verabschiedete, versprach sie, in den nächsten Tagen mal zum Abendessen runterzukommen.

Bø lag ungefähr eine Stunde Fußmarsch über dem Dorf. Der Weg dorthin hatte es in sich. Der Pfad begann hinter dem Vorratshaus des mütterlichen Hofes und schlängelte sich die steilen Hänge hinauf; durch Laubwald und Dickicht, an riesigen Felsen und moosüberwachsenen Geröllhalden vorbei. Jeder Stein und jede Wurzel weckten Erinnerungen in Kristin.

Sie warf den Gaskocher an und kochte sich einen Becher Tee, den sie mit auf die kleine Veranda hinausnahm, die Halvor vor der Hütte gezimmert hatte. Von hier hatte sie Aussicht über den nördlichen Teil von Juvdal. In der Ferne konnte man den weißen Kirchturm zwischen den Bäumen erahnen und ein kleines

Stück der Straße, die aus dem Ort herausführte. Und sie sah den Fluss, der wie ein silbernes Band vom Mårvatn wegströmte. Die Weiden strahlten auf der gegenüberliegenden Talseite unter dem schwarzen Wald wie ein Flickenteppich aus verschiedenen Grüntönen.

Als es zu dämmern begann, holte sie die alte Schreibmaschine aus dem Verschlag.

## 2

Die Dunkelheit senkte sich langsam über Bø. Zuerst wurde die Landschaft graublau und flach. Kristin war in ihrem Kämmerchen gewesen und hatte sich den Wollpullover geholt. Jetzt stand sie auf der kleinen Plattform und genoss die Dämmerung.

Unten im Ort und auf dem gegenüberliegenden Berghang gingen immer mehr Lichter an. Über dem Bergkamm tauchte der Mond auf. Ein einzelner Stern blinkte einsam vor sich hin. Sie vergaß immer, welcher es war. Venus? Jupiter?

Sie ging hinein, schloss die Tür ab und ließ den Schlüssel von innen stecken. Dann nahm sie eine Packung Kekse und aß ein paar, während sie die Zeitschriften von 1968 durchblätterte. Die Öllampen gaben ein warmes, weiches Licht ab.

In der ersten Nacht schrieb sie bis um zwei Uhr morgens. Nichts störte sie. Sie hatte ein klares Konzept im Kopf, und im Grunde wurde sie nur durch die Macken der Schreibmaschine gebremst. Das Manuskript war kein Meisterwerk, aber jetzt ging es erst einmal darum, ihre Gedanken und Worte in einer einigermaßen akzeptablen Reihenfolge zu Papier zu bringen. Danach würde sie das Ganze ohnehin noch mehrmals umschreiben. Sie hatte noch reichlich Recherchen vor sich, und es standen auch noch jede Menge Interviews aus, aber sie hatte keine Eile. Der

Verlag wollte das Buch an dem Tag auf den Markt werfen, an dem Rune Strøm verurteilt wurde, und es würde wahrscheinlich Monate dauern, bis der Fall vor Gericht kam. Das Wichtigste war, ihre Eindrücke und Empfindungen festzuhalten, ehe sie verblassten. Die Details würden mit der Zeit verwischen, wie die Angst, die Unruhe und die Erleichterung, als Rune Strøm in den Polizeiwagen geleitet wurde und der Albtraum endlich ein Ende hatte.

Sie schob die Beine unter den Tisch, verschränkte die Hände hinter dem Kopf und streckte sich. Ihre Fingerkuppen und die Unterarme schmerzten von der ungewohnten Schreibhaltung.

Der Fußboden knarrte, als sie zu dem alten Spiegel ging. Ihr Spiegelbild war platt und verzerrt, und ein Fleck auf dem Glas ließ es so aussehen, als hätte sie einen Knutschfleck am Hals. Wenn dem doch nur so wäre! Mit einem kindischen Grinsen streckte sie sich die Zunge raus, und ihre Zunge traf auf eine Krümmung, die sie doppelt so lang erscheinen ließ. Kristin, das Chamäleon! Sie kicherte und versuchte, den gleichen Punkt noch einmal wiederzufinden, aber es gelang ihr nicht. Zwischendurch fragte sie sich, ob der Spiegel vielleicht wirklich verhext war.

Draußen war es stockdunkel. Sie musste noch mal aufs Plumpsklo, bevor sie ins Bett ging, weshalb sie sich eine Taschenlampe schnappte und nach draußen ging. Inzwischen war der Nachthimmel übersät von weißen Sternenpunkten. Als Kind hatte sie Angst gehabt, im Dunkeln auf das Klo zu gehen. Eigentlich fühlte sie sich heute nicht viel anders. Es war weniger die Befürchtung, dass dort eine Gefahr auf sie lauerte, sondern eher eine undefinierbare Angst vor der Dunkelheit, die so gewaltig war, dass sie sich bis tief in den Weltraum erstreckte.

Aus alter Gewohnheit verschloss sie die Klotür von innen mit dem Haken.

Sie leuchtete mit der Taschenlampe über die Wände mit dem

vergilbten Porträt von König Olav, den großbusigen Frauen, die Halvor dort angepinnt hatte, den Bleistiftzeichnungen und den Spinnweben.

Danach lief sie eilig zurück ins Haus, und als sie sich beim Abschließen fest mit der Schulter gegen die Tür lehnte, musste sie über sich selber lächeln.

Sie löschte die Öllampen und kletterte rasch über die schmale Treppe nach oben. Sie öffnete das kleine Fenster in dem Kämmerchen, schüttelte die Decke auf, zog sich aus und kroch ins Bett.

Sie zitterte. Jetzt jemand, der einen wärmen könnte, dachte sie träumerisch. Das letzte Mal war ziemlich lange her.

Sie fummelte an dem Transistorradio herum, bis sie endlich einen Sender gefunden hatte und Nachrichten hören konnte. Nichts Neues.

Sie schaltete das Radio und die Taschenlampe aus und sagte leise: »Gute Nacht!« Mit einem Gähnen zog sie die dünne, raue Decke über sich.

# Der Tag danach

## I

Gunnar Borg wurde langsam wach.

Weit, weit weg klingelte etwas. Er bekam nicht auf die Reihe, wo er war oder was nicht stimmte. Nur, dass etwas Krach machte und klingelte und ihn aus seinem tiefen, dunklen Schlaf gerissen hatte. Er versuchte, die Augen zu öffnen. Das Klingeln war infernalisch, das Geräusch kratzte an einem Nerv, der von den Ohren über den Nacken verlief. Das war das Telefon! Natürlich. Er stöhnte. Bei dem Gedanken, sich aus dem Bett zu wälzen und in den Flur zu kriechen, um zu antworten, wurde ihm schwindelig. Sein Mund war trocken. Die Zunge klebte am Gaumen. Er hatte den Geschmack von vergammeltem Fleisch, fauligen Zwiebeln und altem Kohl im Mund. Das Stechen in seinem Kopf wanderte über die Schläfen und um beide Augen herum. Ihm war schlecht. Seine Hände zitterten.

Endlich verstummte das Schrillen.

Er blinzelte und stöhnte. Er lag auf dem Sofa. Im Wohnzimmer. Auf dem Wohnzimmertisch ein umgekipptes Glas. Die Flasche mit dem guten Cognac war fast leer. Eine Zigarette hatte ein Loch in die Tischdecke gebrannt.

Er sah auf die Uhr. Halb elf. Dann schaute er aufs Datum. Er traute seinen Augen nicht. Mein Gott. Er war drei Tage lang im Vollrausch gewesen.

Er rieb sich die Augen und versuchte, sich zu erinnern. Die letzten Tage waren ausradiert.

Alles, woran er sich erinnern konnte, war der Tag, an dem es ihn aus der Kurve geschleudert hatte. Rune Strøms Festnahme. Das unwirkliche, stolze Gefühl, Kristin im Fokus aller Kameras zu sehen. Kristin, die ihn in der Menschenmenge vor dem Gerichtsgebäude gar nicht bemerkt hatte. Das hektische Treiben in der Redaktionszentrale. Er hatte versucht, seine Dienste anzubieten. Er hatte dem Reportageleiter eine Story hinter den Kulissen vorgeschlagen, war aber mit den Worten abgewimmelt worden: *Kommen Sie an einem anderen Tag wieder*. Gunnar hatte sich wie ein alter Mann gefühlt, der allen im Weg stand. Danach war er zum Redaktionsleiter gegangen und hatte vorgeschlagen, einen Kommentar zu schreiben – einen kurzen –, aber das hatte der Chefredakteur bereits selbst erledigt.

*… wie ein alter Mann, der allen im Weg stand …*

Gunnar war in sein enges Büro gegangen und hatte die Tür hinter sich zugemacht. Er hatte lange mit der Stirn an die Fensterscheibe gelehnt dagestanden und in den Hinterhof gestarrt. Dann war er zu dem Regal gegangen. Hinter Band acht und neun der Großen Norwegischen Enzyklopädie stand eine ungeöffnete Flasche Branntwein. Bereits seit zwei Jahren. Sie hatte da nur zur Sicherheit gestanden. Und als Beweis.

Er hatte das Gefühl, neben sich zu stehen, als er die verstaubte Flasche nahm, sich den Mantel anzog und sie in die Innentasche steckte.

Er ging durch die Redaktionszentrale nach draußen. Normalerweise nahm er einen anderen Weg, aber er hoffte, von jemandem zurückgehalten zu werden: He, Gunnar, kannst du das noch mal kurz nachprüfen, bevor du gehst?

Wie ein Geist schlich er durch die geschäftige Redaktionszentrale und hinterließ einzig einen kalten Hauch. Ein Geist auf der Suche nach seinem Grab, dachte er.

Draußen, auf einer halb von einem Busch verdeckten Bank, hatte er die Flasche geöffnet.

Was war danach geschehen? Er erinnerte sich nur noch bruchstückhaft. War nicht mehr ganz sicher, was Realität oder Fantasie war. Der Besuch bei Kristin – die kleine Ewigkeit, die er schlafend vor ihrer Tür verbracht hatte, und die beängstigenden Sekunden, als ihr klar wurde, dass er betrunken war. Blasse Schattenbilder, die ebenso gut ein Traum sein konnten.

Er kämpfte sich vom Sofa hoch, schwankte ins Bad und klatschte sich kaltes Wasser ins Gesicht. Dann beugte er sich über die Kloschüssel und erbrach sich, spülte den Mund aus und nahm drei Paracetamol aus dem Badschrank, die er schnell schluckte.

Mit mechanischer Effektivität räumte er den Wohnzimmertisch ab, leerte den Aschenbecher auf der Tischdecke aus und warf die Flaschenverschlüsse dazu. Dann packte er das Tuch an den vier Ecken, knotete es zusammen und stopfte das Ganze in den Mülleimer.

Den restlichen Cognac goss er in die Spüle.

Die ganze Zeit zitterten seine Hände wie verrückt. Sein Kopf dröhnte und fühlte sich wie ein Fremdkörper an.

Er räumte das Wohnzimmer auf und putzte, er befreite den Kühlschrank von alten Essenresten, übergab sich noch zweimal, machte das Bett und goss die Blumen. Dabei vermied er es, in den Spiegel zu sehen. Er lüftete und schlief schließlich auf dem Sofa ein.

Wieder war es das Telefon, das ihn weckte. Im Halbschlaf torkelte er auf den Flur zu dem wimmernden Ungeheuer.

Es war Kristin.

Er war schlagartig wach.

Es war schon beschämend genug, dass er rückfällig geworden war, doch noch unerträglicher war es, diese Niederlage mit ihr teilen zu müssen.

Er antwortete kurz angebunden und abweisend. Versicherte ihr, nüchtern zu sein. Er ertrug jetzt kein Mitleid. Nicht heute.

Wollte mit niemandem reden. Heute wollte er in Ruhe gelassen werden und alleine sein.

Kristin teilte ihm mit, dass sie in Bø war.

»In Bø?«, rief er. »Was machst du dort?«

»Ich schreibe ein Buch.«

»Ein Buch?«

»Über den Fall. Vorgestern kam das Angebot. Ich habe versucht, dich zu erreichen.«

»Ich hatte ziemlich viel zu tun.«

»Das wird ein richtiges Buch«, wiederholte sie. »Ist das nicht super?«

»Ja, super«, sagte er. »Freut mich.«

»Bist du wirklich nüchtern?«, fragte sie. Scharf.

»Ja«, antwortete er. Genauso scharf.

Sie zögerte kurz, und ihre Stimme war brüchig, als sie sagte, dass sie sich am nächsten Tag noch mal melden wollte.

Er sagte nichts darauf. Weil seine Stimme versagte.

Er lief rastlos durch die Wohnung. Von der Arbeit rief niemand an. Er trank ein Glas Wasser nach dem anderen. Seine Hände wollten nicht aufhören zu zittern.

Jetzt hatte es ihn also aus der Kurve geschleudert. Er war rückfällig geworden. Hatte sich volllaufen lassen. Nenn das Kind beim Namen, Gunnar!, dachte er. Du bist ein Alkoholiker. Warst immer einer und wirst immer einer bleiben. Aber er war wieder auf den Beinen und funktionierte wieder! Schließlich hatte er den restlichen Cognac weggegossen und den lieben langen Tag nichts anderes als Wasser getrunken.

Du bist ein Idiot, Gunnar! Aber du wirst es schaffen! Du bist entgleist, aber du wirst schon wieder auf die Spur kommen!

Trotzdem sah er ein, dass er ein Säufer war und bleiben würde.

# Das Kettenglied

## I

Ein Kettenglied.
Das Erste, was ich auf den Bildern erkennen konnte, war eine Kette aus kalten Eisenringen. Die Kette warf einen dunklen Schatten auf die gipsweiße Wand. Eine innere Stimme – ich kann es nach wie vor nicht besser beschreiben – warnte mich, dass etwas Schreckliches bevorstand. Meine Zunge gab einen schnalzenden Laut von sich, und obwohl ich vorbereitet war, schnappte ich nach Luft, als ich die Hand sah.
Die Frau lag auf einer Matratze in einem ansonsten leeren Raum, an die Wand gekettet wie ein wildes Tier, und in ihrem viel zu großen Nachthemd sah sie aus wie eine Teilnehmerin an einem unwirklichen Kostümball. Ich glaube, ich schluchzte auf, als die Frau kopfschüttelnd in die Kamera schaute. Geschockt und verwirrt blickte ich auf den Brief in meiner Hand.
Was hatte er geschrieben? Ich las die letzten Zeilen noch einmal:
Und das Wasser, das du aus dem Strom genommen hast, wird zu Blut werden auf der Erde.

Die Walze blockierte, als Kristin das Blatt aus der Schreibmaschine zog. Die alte Remington war der reinste Klapperkasten; die Os und Ms verkeilten sich jedes Mal, wenn sie nicht fest genug auf die Tasten hämmerte, und die Leertaste drohte jeden Augenblick abzufallen. Aber sie liebte diese Maschine. Sie hatte ihre ersten Erzählungen darauf geschrieben, im Alter von neun oder zehn Jahren, wenn sie sich an verregneten Sommertagen gelangweilt hatte.

Sie legte das Blatt auf einen Stapel neben der Schreibmaschine und lehnte sich im Stuhl zurück. Im Fensterrahmen surrten träge ein paar Fliegen. Durch die verschmierten Scheiben sah sie die Schafe auf dem Grashang weiden. Der Sommer neigte sich dem Ende entgegen. Die gegenüberliegende Talseite verfärbte sich allmählich gelb, die Luft wurde eine Ahnung kühler, der Morgennebel dichter.

Mit einem Unheil verkündenden Scheppern und Rasseln der Zahnräder und Federn kündigte die alte Standuhr an, dass es sieben oder vielleicht auch acht Uhr war. Sie sah auf ihre Armbanduhr – zehn vor zwölf – und lächelte wehmütig über die alte Uhr; ein standhafter Soldat, der sich zu sterben weigerte. Die spröden, mehrstimmigen Schläge zu jeder vollen und halben Stunde waren ihr seit Kindertagen vertraut. Ihre Großmutter hatte immer gesagt, die Uhr werde sie noch in den Wahnsinn treiben. Beim Großvater war es wie ein Reflex, bei jedem Läuten zog er die Taschenuhr heraus, um die Zeit zu vergleichen.

Mit beiden Händen steckte sie ein leeres DIN-A4-Blatt unter die Walze und zog es ein.

Anfangs wollte ich auf keinen Fall eine Reportage über die Frau auf der Matratze machen. In mir sträubte sich alles.
Ich wusste instinktiv, dass dies die größte Story war, die mir als Journalistin je unter-

gekommen war, aber trotzdem war es mir zuwider. Erst im Nachhinein ist mir klar, wieso: Ich wollte nichts mit dem Schicksal der Frauen zu tun haben.

Sie seufzte unzufrieden. Die Formulierungen waren holperig, farblos. Egal. Der Verlagslektor hatte ihr geraten, sich alles von der Seele zu schreiben. Um den Feinschliff konnte sie sich hinterher kümmern.

## 2

Später am Tag machte sie einen ausgiebigen Waldspaziergang, an dem Moor vorbei bis zu dem Berg, in dem, wie ihre Ururgroßeltern glaubten, die Unterirdischen lebten. Sie badete nackt in einem eiskalten Kolk, rieb ihren Körper mit Moosbüscheln ab und legte sich zum Trocknen auf einen von der Sonne aufgeheizten Felsen.

Sie dachte an Gunnar. Sie machte sich Sorgen um ihn. Als sie ihn am Vormittag endlich erreicht hatte, hatte sie seiner Stimme angehört, dass es ihm dreckig ging. Gunnar war ein offenes Buch für sie. Hinter der vorgeschobenen Aggressivität schämte er sich wie ein kleines Kind. Sie hatte ein schlechtes Gewissen. Eigentlich sollte sie jetzt bei ihm sein. Typisch Frau, so etwas zu denken, dachte sie. Als wäre es ihre Schuld, dass es so gekommen war. Er war schließlich nicht ihr Sohn oder Geliebter oder sonst was. Meine Güte, der Mann wurde bald pensioniert!

Aber das half ihr auch nicht viel weiter.

Auf dem Rückweg entdeckte sie viele Blaubeeren und aß sich satt. Ein Eichhörnchen huschte einen Baumstamm hinauf, und sie wartete mehrere Minuten reglos ab, ob es sich noch einmal blicken ließe. Direkt oberhalb der Hütte blieb sie eine Weile bei dem riesigen Felsblock stehen, den der Gletscher dort zurückgelassen hatte. »Denkstein« hatte sie ihn getauft.

## Was wäre, wenn ...

Er schlief die ganze Nacht fest durch und erwachte überraschend ausgeruht. Es war ein klarer, warmer Tag. Er blieb noch eine Weile im Bett liegen und sah sich im Zimmer um, während er darauf wartete, dass sich der Durst meldete, die Selbstverachtung, das Selbstmitleid.

Nichts.

Er stand auf, briet sich zwei Spiegeleier zum Frühstück, setzte sich ans Fenster und wartete erneut. Auf die lähmenden Gefühle.

Sie kamen nicht.

Dann ging er in die Redaktion. Langsam schritt er durch die Redaktionszentrale, damit alle sehen konnten, dass er wieder bei der Arbeit und nicht mehr betrunken war. Aber keiner von ihnen hatte überhaupt bemerkt, dass er rückfällig geworden war. Warum sollten sie auch? Ihnen war ja noch nicht einmal aufgefallen, dass er die letzten Tage nicht da gewesen war.

Ein paar der älteren Kollegen schauten von ihrer Arbeit auf und murmelten »Hallo, Gunnar«.

Selbst das wärmte.

Er sammelte die Oslo-Zeitungen der letzten Tage ein und nahm sie mit in sein Büro. Er hängte den Mantel auf. Stellte Band acht und neun der Enzyklopädie zurück ins Regal. Wie erwartet, waren die Meldungen überwältigend. GEFASST stand in Riesenbuchstaben auf der Titelseite des *Dagbladet*. Das gleiche Wort brüllte ihm von der *VG* entgegen. Lang lebe die Vielfalt, dachte Gunnar. Selbst die *Aftenposten* räumte dem Fall acht Spalten ein: *Verdächtiger im Aquarius-Fall festgenommen.*

Er las die Berichte und notierte sich alle neuen Erkenntnisse. Es ging hauptsächlich um Rune Strøm. *VG* hatte spitzgekriegt, dass Kristin auf die Almhütte wollte, um ein Buch zu schreiben. Kanal 24 verzeichnete einen Zuschauerrekord, und der Chef der »Dagsrevyen« warf Richard Wolter Verantwortungslosigkeit vor, weil er die Festnahme live übertragen hatte. Alles beim Alten, dachte Gunnar.

Was bedrückte ihn dann? Er konnte es nicht benennen. »Ein Bauchgefühl« hatte man früher gesagt, oder »Spürsinn«. Frauen nannten es »Intuition«.

Was ist, wenn sie den falschen Mann gefasst haben?

Nach der Mittagspause, die er allein in seinem Büro verbrachte, versuchte er, die Informationen über Rune Strøm und die Morde systematisch zu ordnen. Er kam nicht sonderlich gut voran. Er richtete eine Datei ein, die er aus Versehen löschte, nachdem er drei Stunden damit verbracht hatte, alle möglichen Details aus den Zeitungsberichten zusammenzutragen. Vor Wut trieb es ihm Tränen in die Augen. Er hasste Computer. Er hatte sich das Schreiben mit zwei Zeigefingern auf einer altmodischen Royal-Schreibmaschine beigebracht, weshalb er noch heute fest und unverdrossen auf die erheblich sensiblere Computertastatur einhämmerte. Während die Redaktion auf Computer umstellte, hatte er darauf bestanden, seine manuelle Reiseschreibmaschine zu behalten, seine treue Begleiterin auf all seinen Reisen. Aber schon nach wenigen Wochen hatten die Grünschnäbel am Layout-Tisch sich geweigert, seine Papiermanuskripte anzunehmen. Da hatte er allmählich eingesehen, dass die Entwicklung dabei war, ihn abzuhängen. Er hatte sich damals geschworen, den Übergang zum Computer mindestens so gut hinzukriegen wie die aufgeblasenen Frischlinge von der Journalisten-Hochschule. Zweimal hatte er an den intern angebotenen Computerkursen teilgenommen, aber er benahm sich noch immer wie ein

Tölpel. Begriff einfach nicht, wie das mit den Dateien und dem Speichern und den E-Mails funktionierte. Und er vermisste seine Schreibmaschine. Mit den federnden Tasten. Dem Klicken. Dem lustigen *Pling* beim Zeilenumbruch.

Stöhnend lehnte er sich nach hinten. Die positive Hochstimmung des Morgens war verschwunden. Er war müde, genervt, verwirrt. Und er hatte Durst. Das war das Schlimmste.

Am späteren Nachmittag zog er seinen Mantel an und spazierte durch den Schlosspark und Homansbyn nach Hause. Er suchte sich ein gutes Buch aus dem Regal, setzte sich in den lederbezogenen Ohrensessel, wo er sitzen blieb, bis es Zeit war, ins Bett zu gehen.

# Krähen

## I

Die Krähen kamen im Morgengrauen.

Die Wolken hingen tief und nassgrau über den Hängen. Depriwetter, dachte Kristin. Noch benommen vom Schlaf zog sie sich an und schlurfte nach unten ins Erdgeschoss. Die Scheiben waren beschlagen, und die Luft hatte etwas Raues.

Sie hörte die Krähen, als sie auf dem Weg zum Klohäuschen war.

Zuerst erkannte sie das mehrstimmige Geräusch nicht, doch dann entdeckte sie die schwarze Vogelwolke, die vom Wald herübergeflattert kam. Der Schwarm landete in der toten Eiche auf der anderen Seite der Weide.

»Fliegt weiter, ihr dummen Vögel«, murmelte sie.

Aber sie flogen nicht weiter. Lärmend hockten sie auf den kahlen Ästen und warteten.

Sie stellte den dampfend heißen Teebecher auf den Tisch neben die Schreibmaschine, stützte das Kinn in die Hände und starrte auf die Zeilen des nur zur Hälfte beschriebenen Blattes.

Sie näherte sich dem Ende des Kapitels über Una Mørch, aber sie kam mit dem Schreiben nicht recht voran. Die Worte sperrten sich, und jeder Satz schien erst durch ein enges Nadelöhr gezogen werden zu müssen.

Der Tag verging langsam. Vergeblich wartete sie auf den Regenschauer. Gegen Nachmittag senkte sich die Wolkendecke noch tiefer und hüllte die Landschaft in Nebel. Jetzt konnte sie nicht einmal mehr bis zum Waldrand blicken.

Sie verschloss die Tür und ging von Fenster zu Fenster, ruhelos und beklommen. Ein paar Minuten saß sie an der Schreibmaschine und starrte durch das Fenster nach draußen. Dann begann sie, eine Patience zu legen, versuchte, wieder zu schreiben, blätterte durch ein Magazin, stapelte die Karten übereinander und starrte erneut aus dem Fenster.

Mittags kochte sie sich eine Fleischbrühe. Als sie gegessen hatte, zog sie den alten Regenmantel an, der im Flur hing, und ging durch den Nebel zu der Quelle, wo sie zwei Eimer mit Wasser füllte.

Irgendwo in der grauen Leere konnte sie noch immer die Krähen hören.

## 2

Die Dämmerung brach früh herein. Der Nebel ließ das Dunkel zu einer dicken, fast fühlbaren Masse werden. Schließlich brach sie einen ihrer Vorsätze und holte das Handy hervor, um Halvor anzurufen und zu fragen, ob es unten regnete. Ein Vorwand, das wusste sie. Aber der Akku war leer.

Sie zog die Gardine vor, denn sie fürchtete, plötzlich ein Gesicht zu sehen, das sich von außen an die Scheibe drückte. Dann goss sie sich einen Whisky aus Halvors Flasche aus dem Eckschrank ein und begann eine Patience. Sie wollte nicht aufgehen. Schließlich gönnte sie sich noch einen Drink. Als sie spürte, dass sie aufs Klo musste, stand sie lange da, die Hand am Schlüssel, ehe sie sich über einen leeren Eimer in der Küche hockte.

Erst als sie ins Bett gehen wollte, bemerkte sie, dass die alte Standuhr stehen geblieben war. Sie stellte sie und zog sie auf.

Dann trat sie vor den alten Spiegel.

Das Spiegelbild war mit den Jahren noch matter geworden. Stand sie zu weit links, sah sie aus wie eine deformierte Mutantin. Und stand sie rechts, schien sie an einer fortgeschrittenen Variante der Beulenpest zu leiden. Nur genau in der Mitte war das Spiegelbild einigermaßen gerecht, aber auch nur, wenn sie sich nicht bewegte.

Wie oft hatte Halvor Kristin in ihrer Jugend mit diesem Spiegel Angst gemacht. Obgleich sie nicht an die seltsame Familiensage über das kleine Mädchen, das im Spiegel gefangen sein sollte, glaubte, hatte sie Stunden vor der matten Fläche verbracht: starrend, träumend … wartend.

Sie schaltete das Licht aus, knipste die Taschenlampe an und ging nach oben ins Schlafzimmer. Sie machte kein Fenster auf. Diese verfluchte Stille! Sie legte den Pullover, das Flanellhemd und den BH auf einen Haufen, die Levi's, die Strumpfhose und den Slip auf einen anderen. Es war ein bisschen kühl, so dass sie wieder ihr altes, unförmiges Nachthemd anzog. Dann kroch sie ins Bett und zog sich die Decke bis zum Kinn.

# Kein Kommentar

In dieser Nacht träumte er wieder von Vietnam.

Die Sonne scheint. Er steht auf der grasbewachsenen Ebene unweit des Dschungels und flachst mit einem Kollegen von der *New York Times* herum. Er hört den Schuss nicht. Als er den Schmerz spürt, glaubt er, ein giftiges Insekt habe ihn in den Schenkel gebissen. Verständnislos registriert er die abgehackten Befehle des farbigen amerikanischen Sergeants und sieht, wie sich die Soldaten und anderen Journalisten ins Gras werfen. Dann hört er das Knattern der Maschinengewehre der Patrouille. Er wirft sich zu Boden. Erst jetzt begreift er, dass er von einem Schuss getroffen wurde. Der Kollege von der *New York Times* robbt zu ihm und reißt ihm die Hose auf. Nickt beruhigend, *Don't worry, buddy*. Nur eine Fleischwunde. Aus dem Dschungel hört er schrilles Rufen in einer fremden Sprache. Jemand schreit in Todesangst. Schüsse.

Wie gewöhnlich sind es die Schüsse, die ihn wecken.

Er nahm ein spätes Frühstück und fuhr mit einem Taxi direkt zu Rita Quists Laden »Banshees«. Er war geschlossen. Er brauchte ein paar Stunden, um Oscar Lund im Präsidium aufzutreiben, aber auch der wusste nichts Neues zu erzählen. Rune Strøms Rechtsanwältin war erst ab vierzehn Uhr zu sprechen.

Als er eine Minute vor zwei wieder anrief, wurde er von der Vorzimmerdame der Anwältin widerstrebend durchgestellt. Gunnar stellte sich vor. Sein Name hatte einst wie eine Zauberformel gewirkt, ein Sesam-öffne-dich, bei dem es seinen Gesprächspartnern am anderen Ende regelmäßig den Atem verschlagen hatte – Gunnar Borg? Das war lange vorbei. Niemand erinnerte sich mehr an ihn, und diejenigen, die ihn einmal bewundert hatten, hielten ihn für tot.

Die Anwältin Karianne Li klang abweisend und desinteressiert. »Um was geht es konkret?«

Gunnar holte seine staatsmännische Stimme hervor. »Ich würde gerne mit Ihnen sprechen, wenn sich das einrichten lässt.«

»*No way*, es gibt wohl keinen Journalisten in Oslo, der mich nicht bereits angerufen und um das Gleiche gebeten hat. Ich habe ganz einfach keine Zeit für so etwas. Um was für ein Interview dreht es sich denn?«

»Kein Interview. Nicht notwendigerweise. Ich hätte gerne ein paar Informationen.«

»Wer nicht? Klären Sie mich auf. Sie sind der vierte Journalist vom *Dagbladet*, der mich anruft, und ich habe bereits ausdrücklich gesagt, dass ich keinen Kommentar abzugeben habe. Was wollen Sie?«

Er sagte: »Um ehrlich zu sein: Ich bin nicht sicher, ob die Polizei den richtigen Mann hat.«

Die Anwältin wurde still. Dann pfiff sie leise in den Hörer. »Gratuliere!«, sagte sie gereizt, zweifelnd. »Das ist das erste Mal, dass ich so etwas von einem Journalisten höre. Darf ich fragen, warum?«

»Das ist eine lange Geschichte. Haben Sie ein paar Minuten Zeit?«

»Okay, wenn es wirklich so ist, dass endlich jemand von Ihnen bereit ist, gegen den Strom zu schwimmen. Aber vor morgen geht es nicht. Mein Terminkalender quillt über.«

# Erinnerungen

I

Am nächsten Morgen waren der Nebel und die Krähen verschwunden.

Vormittags ging sie zu Halvor hinunter, um ein Schwätzchen zu halten und den Akku ihres Handys aufzuladen. Auf dem Weg dorthin pflückte sie ein paar Wiesenblumen. Er hatte gern ein paar Blumen in der Küche.

Halvor war nicht zu Hause, aber sie wusste von dem Ersatzschlüssel im Werkzeugschrank in der Scheune.

Während der Akku lud, blätterte sie durch ein paar Ausgaben der Lokalzeitung (sie sah noch immer so aus wie in ihrer Kindheit) und der Jagd- und Männermagazine, die Halvor abonnierte. Er war ein begeisterter Jäger und Fliegenfischer. In einer Zeitung fehlten ein paar Seiten, und als sie im Inhaltsverzeichnis nachschlug, entdeckte sie, dass dort das Model der Woche abgedruckt gewesen war.

Als die Akkulampe grün leuchtete, schrieb sie ihm einen Zettel, dass sie im Haus gewesen war. Sie schloss die Tür ab und hängte den Schlüssel wieder an den Nagel im Werkzeugschrank.

Fast den ganzen Weg hinauf zur Alm legte sie im Laufschritt zurück, so dass sie ganz verschwitzt und außer Atem oben ankam. Sie vermisste eine Dusche. Ehe sie mit dem Schreiben begann, wusch sie sich in der Küche die Haare und den Oberkörper mit kaltem Wasser.

## 2

An diesem Abend holte sie eine von Halvors Flaschen mit selbst gemachtem Johannisbeerwein aus dem Erdkeller. Nach nur wenigen Stunden war die Flasche leer. Der sanfte Rausch erfüllte sie mit stillem Glück.

Ihr Blick glitt über die unebenen Linien der nur halb beschriebenen Seite in der Schreibmaschine. Der Gedanke, dass diese Worte irgendwann einmal in einem Buch abgedruckt sein würden, war merkwürdig. Wann würde ihr Leben endlich wieder normal sein? Überhaupt jemals? Nach Ende der Beurlaubung musste sie sofort mit dem Dokumentarfilm über die Morde beginnen. Richard Wolter wollte eine fünfteilige Serie. Sie sollte Freunde und Nachbarn von Rune Strøm interviewen, mit den Angehörigen der Opfer sprechen und die Bilder der Nachrichtenreportagen über die Morde nutzen. Es würde Monate dauern. Und in ihrer Freizeit – so sie denn überhaupt noch Freizeit hätte – musste sie an dem Buch weiterarbeiten. Würde sie in den nächsten Jahren überhaupt noch Zeit für Freunde und Bekannte haben? Oder für einen neuen Mann?

Sie schob die Schreibmaschine etwas weiter auf den Tisch und ging nach draußen in die Dunkelheit.

Durch die Bäume blinkten ihr die Lichter des Dorfes entgegen.

Die Bergluft strich ihr eisig über das Gesicht. Wald und Felsen erhoben sich wie eine schwarze Wand. Weit entfernt kläffte ein Hofhund. Das Rauschen des Waldes schlug eine Saite in ihrem Inneren an und versetzte sie in die Zeit zurück, in der sie mit Mutter und Vater hier oben gewesen und wie jetzt im Dunkeln gestanden hatte, um einmal ein bisschen allein zu sein. Wie alt mochte sie damals gewesen sein? Dreizehn? Vierzehn? Sie war alleine durch die Dunkelheit geschlendert und hatte endlich einmal keine Angst gehabt. Bis ganz nach oben zu dem Felsen war sie gegangen, ihrem Denkstein, wie sie ihn nannte, war hinaufgeklettert und hatte oben dem Nordwind gelauscht. Dieser Abend hatte einen ganz besonderen Zauber gehabt. An diesem Abend hatte sie ihre Kindheit abgeschlossen. Von der Spitze des Denksteins aus hatte sie über das dunkle Tal geblickt, über die vereinzelten Lichter, die Silhouetten der Berge vor den Sternen. An diesem Abend hatte sie eine Erzählung geschrieben, mit der sie besonders zufrieden war. Alle hatten sie gelesen und sie dafür gelobt, und oben auf dem Denkstein war ihr zum ersten Mal bewusst geworden, dass ihre Zukunft in den Worten lag. Die Erkenntnis, plötzlich zu wissen, was sie mit ihrem Leben anfangen wollte, war wie ein prickelndes Zittern durch ihren Körper gefahren. Als sie wieder nach unten kletterte und durch das hohe Gras zurück zur Alm watete, tat sie das als junge Frau. Ihren Eltern oder ihrem Bruder, die gemeinsam Karten spielten, sagte sie nichts davon. Sie suchte sich ein Buch und kauerte sich in die Sofaecke. Dann sagte sie Gute Nacht, bevor sie aufgefordert wurde, ins Bett zu gehen, und ging in ihr Zimmer, wo sie sich auszog. Ehe sie das Nachthemd überstreifte, blickte sie an ihrem mageren Körper nach unten, und zum ersten Mal schämte sie sich nicht für ihre knospenden, kleinen Brüste.

Am nächsten Morgen dachte sie nicht mehr viel über das nach, was am Abend zuvor geschehen war. Trotzdem war dieser Abend irgendwie verzaubert gewesen. Den Rest des Sommers hatte sie sich nicht mehr für ihre alten Spielchen interessiert, und im Herbst darauf war sie mit einem Jungen aus dem Freizeitclub gegangen. Der Erste von – wie vielen?

*

Sie trat vor das Haus und setzte sich auf die graue Bank. Ein Schaf blökte. Der Geruch der Blumenwiese hing schwer in der Luft. Die Bank knirschte, als sie sich zurücklehnte und die Arme auf die Rückenlehne legte. Weit unten im Dorf war eine Autohupe zu hören.

Hier oben fühlte sich alles so unwirklich an. All das, was sie das letzte halbe Jahr beschäftigt hatte. Hatte sie sich ihr Leben so vorgestellt, als sie nur halb so alt wie jetzt dort oben auf ihrem Denkstein gesessen hatte?

Auf einem Hof auf der anderen Seite des Tales gingen die Lichter aus.

Sie blieb noch ein paar Minuten grübelnd sitzen, ehe sie aufstand und in die Almhütte ging. Sie verschloss die Tür und setzte sich an die Schreibmaschine. Es war bald halb zwölf. Sie zog die Schreibmaschine näher zu sich und starrte eine Weile auf die altmodische Tastatur, ehe das unregelmäßige Hämmern der Tasten den Raum erfüllte.

## 3

Sie schrieb bis drei Uhr morgens und schlief dann tief und fest bis gegen elf. Als sie wach wurde, konnte sie sich nicht daran erinnern, ob sie geträumt hatte. Die Luft im Schlafzimmer war warm und muffig. Sie öffnete das Fenster, das sie zu kippen vergessen hatte, suchte sich Slip und Strümpfe und zog den gleichen Pullover wie am Vortag an.

Das Gras vor dem Klohäuschen war nass, und als sie die Tür öffnete, tropfte es ihr vom Rahmen eiskalt in den Nacken.

In der Küche legte sie ein paar Birkenscheite in den gusseisernen Ofen und kochte sich einen Becher Tee mit Honig zum Frühstück. Sie hörte die Nachrichten. Dann rief sie Halvor an, um seine Stimme zu hören.

Sie fragte sich, ob sie auch Gunnar anrufen sollte, scheute aber davor zurück.

Es verging eine weitere halbe Stunde, bis sie sich widerwillig der Schreibmaschine näherte. Es überraschte sie, welche Überwindung es sie kostete, in Gang zu kommen. Wenn sie erst dabei war, konnte sie stundenlang schreiben, ohne zu merken, wie die Zeit verging. Aber den Motor zu starten, war alles andere als leicht.

Sie überflog die letzten Seiten von gestern, ehe sie ein leeres Blatt einlegte. Die Formulierungen, die ihr in der Nacht so gut gefallen hatten, klangen jetzt, im Tageslicht, überladen und künstlich.

Sie starrte vor sich hin auf das weiße Blatt und die Tasten der Schreibmaschine. Dann tippte sie langsam:

> Der Fall änderte sich, als die Leiche von Anita im Wasserbecken vor dem Osloer Rathaus gefunden wurde.

Sie flüsterte: »Nein, also wirklich, Kristin!« Mit verkrampften Fingern hämmerte sie mit der X-Taste über den gesamten Satz und unternahm einen neuen Versuch:

> Die Sonne war gerade erst aufgegangen, als ein Mann von der Stadtreinigung Anita im Wasserbecken vor dem Osloer Rathaus entdeckte. In dieser idyllischen Morgenstunde nahm der Fall eine Wendung: Zum ersten Mal hatte die Polizei mehr als nur Videobilder und handgeschriebene Briefe.
> Sie hatte eine Leiche.

Draußen blökten die Schafe unruhig. Sie sah aus dem Fenster. Hoch am Himmel kreiste ein großer Vogel – Adler? Habicht? Sie folgte ihm mit den Augen, bis er aus ihrem Blickfeld verschwand. Der Rauch von einem Feuer, das auf der anderen Talseite irgendwo versteckt zwischen den Bäumen brannte, stieg senkrecht auf, ehe der Wind ihn in rastlose Wirbel zerlegte. Sie beugte sich vor und versuchte, den Vogel zu erblicken. Die Schafe verstummten.

Die Stunden entglitten ihr, während sie schrieb.

Der Manuskriptstapel neben der Schreibmaschine wuchs Blatt für Blatt. Sie saß konzentriert da, den Blick auf das weiße Papier oder die Tasten geheftet.

Sie schrieb, bis ihr der Magen vor Hunger knurrte. In der Küche wärmte sie sich ein italienisches Tütengericht auf, das nicht gerade überzeugend schmeckte. Dann nahm sie einen Becher Tee mit nach draußen und setzte sich auf die Treppe. Obgleich die Sonne wärmte, war der Wind eisig. Sie fragte sich, ob es im Hochgebirge bereits schneite.

Eine Viertelstunde blieb sie auf der Treppe sitzen, schlürfte Tee und spuckte Teeblätter aus, die an ihrer Zunge kleben blieben. Den letzten Rest kippte sie ins Gras.

Dann ging sie in die Hütte und holte das Handy, um Gunnar anzurufen.

# Die alte Clique

I

Karianne Li wirkte zu Beginn recht kühl. Sie taute dann aber zusehends auf, und Gunnar stellte verwundert fest, dass er sie sehr anziehend fand. Auf den Bildern in den Zeitungen und im Fernsehen hatte die Anwältin geschäftsmäßig und grau gewirkt wie eine Maus. Er war überrascht darüber, wie attraktiv sie sein konnte, wenn sie wollte. Während er über den Grund seines Besuches sprach, ließ sie ihn nicht aus den Augen.

Sie wollte wissen, wie sie ihm helfen konnte, und er versicherte ihr, er werde kein Interview machen. Aus Erfahrung wusste er, dass Anwälte ihres Kalibers sich leichter öffneten, wenn sie sich sicher waren, nicht zitiert zu werden. Was er brauchte, erklärte er, seien Hintergrundinformationen, gute Tipps und gerne auch Namen von Personen, die dazu beitragen könnten, etwas mehr Licht auf Rune Strøm zu werfen. Am liebsten alte Freunde. »Aus der Zeit, in der Linda getötet wurde«, erklärte er.

»*No problem*«, sagte sie und holte ein paar Akten aus ihrem Archivschrank. »Er gehörte damals einer Clique an.« Sie schaute mit zusammengekniffenen Augen in ihre Papiere und lächelte ihn an: »Diese Namen haben Sie natürlich nicht von mir: Rita Quist, sein Alibi, wohnt und arbeitet im Markveien. Werner Schwartz, Kunstmaler, Atelier und Wohnung im Parkveien, hieß damals übrigens Per Hansen. Ann-Reidun Skard, Sozialfall, Patientin in der Psychiatrie von Solvik bei Drammen. Tor Berg. Zahnarzt, Praxis im Stovnercenter.«

Gunnar notierte die Namen auf einem Block. »Werden Sie im Prozess auf nicht schuldig plädieren?«, fragte er.

»*You bet!*«

»Und Sie glauben auch, dass er unschuldig ist?«

»Ich richte mich nach dem, was er mir erzählt. Und er beteuert, nie einen Menschen umgebracht zu haben. Warum glauben *Sie*, dass er unschuldig ist?«

Gunnar sah an die Decke und dachte nach. »Ehrlich gesagt, ich weiß es nicht. Ich folge einfach meinem Instinkt. Vielleicht erscheint mir das alles einfach zu … gestellt? Zu klar? Ich weiß nicht. Haben Sie mal den Eindruck gehabt, er könnte lügen? Dass er womöglich doch schuldig ist? Und dass Sie in Wahrheit ein Monster verteidigen?«

»Gunnar Borg … Sie sind ein erfahrener Mann«, sagte sie mit einer Zweideutigkeit, über die sie beide lächeln mussten. »Sie kennen meine Rolle als Anwältin. Wir lassen uns nicht von Gefühlen leiten.« Wieder sah sie ihn herausfordernd an. Er blickte zu Boden. Sie fuhr fort: »Auch der grausamste Verbrecher verdient vor Gericht eine gerechte Verhandlung, und es ist die Pflicht seines Anwalts, alles nur Erdenkliche für ihn zu tun. Glaubt man aber, dass einem ins Gesicht gelogen wird, ändert sich die Sache ein bisschen. Ein Anwalt sollte zu seinem Klienten Vertrauen haben. Man ist unter Umständen nicht bereit, jemanden zu verteidigen, der einem nicht die Wahrheit sagt. Nicht wegen der Verbrechen, sondern weil der gegenseitige Respekt fehlt. Ich persönlich habe nie jemanden vertreten, von dem ich angenommen habe, dass er mich belügt. Aber in Rune Strøms Fall ist das kein Problem. Ich glaube nicht, dass er lügt.«

»Und was ist mit den Kleidern, die in seinem Mülleimer gefunden wurden?«

»Die muss jemand da deponiert haben.«

»Deponiert?«

»Natürlich.«

»Wer?«

»Das ist doch klar! Der Mörder! Aquarius!«

Er lachte. »Sie wirken so sicher.«

Sie nickte.

»Das bedeutet, dass der Mörder – vorausgesetzt, es ist wirklich nicht Rune Strøm – irgendeine Verbindung zu ihm haben muss?«

»Vielleicht. Aber nicht notwendigerweise. Er kann in der Zeitung über den alten Fall gelesen haben.«

»Oder ihn kennen.«

Sie nickte.

»Was ist Rune für ein Mensch?«

Die Andeutung eines Lächelns kräuselte ihre Lippen. Gunnar ertappte sich dabei, wie er ihr auf den Mund starrte, auf den Lippenstift, der die Lippen schmaler machte, als sie waren.

»Speziell«, sagte sie. »Sehr speziell. Als wir uns das erste Mal trafen, sagte er zu mir, ich hätte eine sinnliche Aura. *Jeezes!* Man hört ja so manches, wenn ein Klient registriert, dass seine Strafverteidigerin eine Frau ist.« Sie zögerte einen Moment, um die Worte wirken zu lassen. »Aber ›sinnliche Aura‹, das war wirklich Spitze! Aber so ist er! *Off the record,* der Mann hat wirklich ein Problem…« Sie tippte sich an die Stirn. »Wenn ich ihn frage, wo er zu einem gewissen Zeitpunkt gewesen ist, redet er von Sternenzeiten und Dimensionen. Ich möchte den Richter sehen, der es akzeptiert, wenn ein Angeklagter auf unschuldig plädiert, weil er sich zum Tatzeitpunkt in der achten Dimension befunden hat.«

Sie lachte kokett und fuhr sich mit der Zungenspitze über die Lippen, schnell und unauffällig, aber die Wirkung war explosiv. Verblüfft stellte Gunnar fest, dass er im Begriff war, eine Erektion zu bekommen. *Himmel, es gibt also doch ein Leben nach dem Tod!* Er schlug das eine Bein über das andere. Es war über sieben Jahre her, dass er zuletzt mit einer Frau geschlafen hatte.

»Haben Sie mit ihm über den Einbruch ins Historische Museum gesprochen?«

Sie schnitt eine resignierte Grimasse. »Belanglos! Aus denselben Gründen. Okkulter Fanatismus. Er wollte nichts darüber sagen, aber seine Geliebte – oder was immer Rita ist – hat mir erzählt, dass Rune diese Voodoo-Puppen stehlen wollte, um sie ihren rechtmäßigen Besitzern wiederzugeben. Also irgendeinem haitianischen Priester oder Gott, was weiß ich.«

»Sie glauben aber nicht, dass er so verrückt ist, tatsächlich einige dieser Morde begangen zu haben?«

Sie schüttelte langsam den Kopf, hielt seinem Blick stand und befeuchtete ihre Lippen.

Verdammt, das macht sie doch mit Absicht, dachte er.

»Er hat nicht alle Tassen im Schrank«, sagte sie, »aber das macht ihn noch lange nicht zu einem Mörder. Und es ist bloß eine Frage der Zeit, bis das auch der Polizei aufgeht.«

»Dann bedeutet das, dass der wirkliche Mörder noch frei herumläuft…«

»*Yes Sir,* der befindet sich definitiv irgendwo dort draußen.«

Als er wieder auf der Straße stand, versuchte er, Kristin anzurufen, aber sie ging nicht ans Telefon. Vermutlich machte sie einen Spaziergang im Wald. Gunnar war besorgt. Wenn Rune Strøm unschuldig war, hatte Aquarius freies Spiel.

## 2

Gunnar lief direkt zurück in die *Dagbladet*-Redaktion. Aus seinem Büro rief er Rune Strøms alte Freunde an. Der Erste, den er erreichte, war Werner Schwartz. Er sagte, er arbeite gerade an einem Bild, aber Gunnar dürfe gerne bei ihm vorbeischauen, wenn er glaube, dass ihm das nütze.

Das Atelier lag in einem Loft im Parkveien. Es sah genauso aus, wie Gunnar sich ein Atelier vorgestellt hatte. Große Fenster zum Himmel. Eine Riesenstaffelei. Auf dem Bett ein nacktes Paar in inniger Umarmung. Und Werner Schwartz selbst: groß, hager, mit strähnigen Haaren und Farbklecksen auf dem Hemd.

Gunnar war verlegen wegen der nackten Modelle, aber weder Schwartz noch das Pärchen schienen sich daran zu stören. Der Anblick der Frau – eine rubenssche Verlockung mit blassrosa Haut – lockte erneut die Sexualhormone hervor.

»Es geht also um Rune Strøm«, sagte Gunnar und versuchte, sich auf den groß gewachsenen Kunstmaler zu konzentrieren. Er roch nach Terpentin und Ölfarbe.

»Armer Rune. Ich habe darüber gelesen. Fürchterlich!« Er lispelte. »Ich glaube nicht, dass er das getan hat. Schon damals habe ich das nicht geglaubt, bei Linda.«

»Die Polizei hat Kleidungsstücke bei ihm gefunden.«

Er zuckte mit den Schultern, eine Bewegung, die wohl vermitteln sollte, dass solche Trivialitäten in seiner Welt nicht allzu viel bedeuteten. »Ich kenne Rune. Das heißt, ich kannte ihn. Es ist schon eine Weile her, dass ich ihm zuletzt begegnet bin.«

»Woher kennen Sie ihn?«

»Wir gehörten damals im Gymnasium zur gleichen Clique. Waren in der gleichen Klasse.«

»Und Sie glauben nicht, dass er Linda getötet hat?«

»Er kann das einfach nicht getan haben. Rune ist ein sensibler Kerl. Einmal ist er mit einer angefahrenen Katze bis nach oben zur Veterinärschule gefahren. Er beschäftigt sich mit geistigen Fragen. Mit höherem Bewusstsein. New Age nennt man das, glaube ich.«

»Wurden Sie nach dem Mord an Linda verhört?«

»Mord? Ich bin überzeugt, dass sie ertrunken ist. Vermutlich hat sie einen Joint geraucht und ist in der Wanne eingeschlafen. Sie hat ständig gebadet, die dumme Ziege! Entschuldigung! Aber nein, ich bin damals nicht verhört worden. Warum sollte ich?«

»An was erinnern Sie sich?«

»Ich erinnere mich, dass Rune vollkommen fertig war. Das war ein paar Jahre nach unserer Schulzeit. Unsere Clique hing aber noch immer zusammen. Nach Lindas Tod war Rune völlig verändert. Er verschloss sich vollkommen, verstehen Sie. Zog zurück zu seiner verrückten Mutter. So eine Mutter könnte jeden zu einem geisteskranken Mörder machen. Aber nicht Rune. Er zog sich von uns anderen zurück. Nur von Rita nicht. Sie waren dann wohl auch ein paar Jahre zusammen. Könnte sogar sein, dass die heute noch zusammen sind. Aber Rune geriet – wie soll ich das sagen – ins Abseits. Jemand, der am Rand des wirklichen Daseins lebt. Wenn Sie verstehen. Ich drücke mich oft so kompliziert aus. Haben Sie von seinem Einbruch gehört? Dass er versucht hat, diese Voodoo-Puppen aus dem Historischen Museum zu klauen. Das ist typisch Rune! Er hatte immer solche fixen Ideen. Aber deswegen ein Mörder? Nein. Nicht Rune. Dafür ist er viel zu gutmütig.«

Gunnar blickte verstohlen zu der nackten Frau hinüber, ehe er sich bedankte. Es sah aus, als wäre sie eingeschlafen.

## 3

Er hörte das Klingeln des Telefons, als er den Treppenabsatz der ersten Etage erreichte.

Gunnar hastete weiter die Treppe hinauf, fummelte mit den Schlüsseln herum … »Komm schon, los, jetzt komm schon!« … schloss die Tür auf … »Leg nicht auf!« … stürmte hinein und riss den Hörer von der Gabel. »Hallo?«, keuchte er.

»Hast du geschlafen?«

Die Verbindung war schlecht, aber es war Kristins Stimme. Da gab es keinen Zweifel.

Er war so außer Atem, dass er ihr kaum antworten konnte. »Oh, Gott sei Dank … ich hab versucht … dich … heute früh … anzurufen …« Er rang nach Atem. »Ich bin … gerade … nach Hause gekommen.«

»Gunnar? Kriegst du gerade einen Herzinfarkt, oder was?«

Stille.

»Hallo? Gunnar?«

»Ich lebe, ich lebe! Muss nur erst mal Luft holen.«

Wieder Stille.

»Warum hast du heute früh angerufen?«, fragte sie.

»Ich war bei der Anwältin von Rune Strøm …«

»Ach ja?«

»Es ist nur …« Er zögerte.

»Was?«

»Kristin, ich habe kein gutes Gefühl.«

»Kein gutes Gefühl? Wieso? Was?«

»Ich habe mit einigen Leuten gesprochen. Bekannten von Rune Strøm.«

»Ja und?«

»Du, ich habe mir gedacht …« Er fragte sich, wie er es sagen sollte, dann nahm er Anlauf: »Ist dir nie in den Sinn gekommen, dass Rune Strøm vielleicht gar nicht Aquarius ist?«

Sie wurde still. Dann sagte sie. »Nein, wirklich nicht, im Gegenteil. Ich weiß, dass er es ist, Gunnar!«

»Aber Kristin … findest du nicht, dass das alles ein bisschen zu … glatt wirkt?«

»Wie meinst du das?«

»Das Mädchen, das in der Wanne ertränkt wurde. Rune Strøms Sternzeichen Wassermann. Die Kleider aus dem Mülleimer, die der Polizei auf einem Silbertablett serviert wurden. Sind diese Spuren nicht ein bisschen zu … deutlich?«

»Die Polizei war da anderer Meinung.«

»Vielleicht hat sie das Gesamtbild übersehen?«

»Gunnar«, sagte sie kalt, »verzeih mir, wenn ich ein bisschen herzlos wirke, aber ist es nicht so, dass ein Delirium bei manchen Leuten Verfolgungswahn hervorruft?«

»Ich … Kristin, es gefällt mir nicht, dass du da oben ganz allein bist.«

Er hörte ihr Lachen im Hörer. »Entspann dich! Und wie auch immer, Gunnar – die Alm ist der friedlichste Platz auf Gottes Erden. Die liegt meilenweit entfernt von allem anderen! Ich könnte nirgends sicherer sein!«

Er sagte: »Nicht wenn er noch auf freiem Fuß ist und es auf dich abgesehen hat.«

»Ach, hör auf, Gunnar!«

»Aber Kristin …«

»Ich habe gesagt, du sollst aufhören!«

Er seufzte. »Ich werde dich nicht weiter bedrängen.« Pause. »Also, warum rufst du an?«

»Ich wollte wissen, wie es dir geht.«

»Du meinst, ob ich nüchtern bin?«

»Ist doch eigentlich witzig, oder. Du machst dir Sorgen um mich, und ich mache mir Sorgen um dich.«

»Dass ich wieder anfangen könnte zu trinken?«

»Sei nicht so gereizt. Ich wollte nur hören, wie es dir geht.«

Wieder dauerte es eine Weile, bis er antwortete. »Entschuldigung«, sagte er. »Es ist nicht deine Schuld, dass ich …« Er blickte in den dunklen Flur. »Es ist so jämmerlich, Kristin. So jämmerlich!«

»Ich fühle mich verantwortlich, Gunnar!«

»Das bist du nicht. Es ist ganz allein meine Schuld!«

»Ich wollte dich nicht außen vor halten. Das ist wirklich wahr. Ich dachte, du hättest der Zeitung Bescheid gegeben. Ich hatte nie …«

»Du brauchst dich nicht zu rechtfertigen, Kristin.«

Es wurde einen Moment still. Aber es war keine kühle Pause.

»Also, wie läuft's mit dem Buch?«, fragte er.

Sie erzählte ihm vom Schreiben, wie weit sie gekommen war, und vom Leben auf der Alm. Während sie sprach, betrachtete Gunnar sich die ganze Zeit über in dem länglichen Spiegel, der im Flur über dem Telefontischchen hing. Nur, dass es Kristin war, die er dabei sah.

»Sei vorsichtig«, sagte er, bevor er auflegte.

# Das Mädchen im Spiegel

## 1

Gegen Mitternacht löschte sie die Öllampe und nahm die Taschenlampe mit nach oben ins Schlafzimmer. Die Schultern und das rechte Handgelenk schmerzten vom Schreiben.

Bevor sie sich auszog, legte sie die Kleider heraus, die sie am nächsten Tag anziehen wollte. Sie schlotterte. Hüpfend zog sie ihr Nachthemd an, kletterte ins Bett und zog die Decke bis zur Nasenspitze hoch.

Während sie auf den Schlaf wartete, dachte sie an Mutter und Vater.

## 2

Auch nach dem Einschlafen kreisten ihre Gedanken im Traum um ihren Vater. Sie waren gemeinsam in Bø, ein stockfinsterer Abend voller Regendunst und flüsternder Stimmen. Das Haus knarrte und knackte; Türen gingen auf und schlossen sich, vorsichtige Schritte huschten über den Boden. Aber sie sahen niemanden. Sie standen im Wohnzimmer vor dem alten Spiegel. Ihr Vater fragte sie, wer das Mädchen im Spiegel sei, und sie lachte, weil er nicht erkannte, dass sie das war. Er erkannte sie nicht. Sie hielt ihr Gesicht direkt vor den Spiegel und entdeckte, dass es tatsächlich nicht sie war, sondern eine Fremde. Erschrocken trat sie einen Schritt zurück, doch das Mädchen im Spiegel folgte ihr. Ihr Gesicht und ihre ausgestreckten Hände pressten sich von hinten gegen das Glas, und der Spiegel legte sich wie eine Gummimembran über die Fremde, während sie versuchte, sich zu befreien.

Kristin wollte weglaufen, aber ihr Vater hielt sie fest. Sie versuchte zu schreien, doch es gelang ihr nicht, und als sie zu ihm aufsah, war auch ihr Vater zu einem Fremden geworden. Er lachte sie aus. Ein trockenes, heiseres Lachen.

Das Mädchen im Spiegel packte sie mit kalten Händen. Kristin sah der Fremden tief in die Augen.

Und erkannte sich selbst.

Endlich löste sich der Schrei.

Sie schreckte aus dem Schlaf auf.

Der Raum war dunkel, eine Dunkelheit, die sich dick und klamm anfühlte. Sie hatte die Hände zu Fäusten geballt.

Das Schlimmste an Albträumen ist das Aufwachen allein in einem dunklen Raum. Sie hatte eine kindliche Angst vor diesen Träumen. Wenn sie neben jemandem schlief, schmiegte sie sich nach einem solchen Traum immer dicht an den anderen.

Dann hörte sie das Geräusch.

Es war nicht sonderlich laut. Wäre es draußen windig gewesen, hätte sie es kaum wahrgenommen.

Der Boden unten vor der Treppe hatte geknirscht.

Ihre Gedanken klärten sich in einer Reihe elektronischer Explosionen in ihrem Hirn:

Sie träumte nicht!

Sie war wach!

Sie war in Bø!

Unten im Haus war jemand!

*Halvor?*

Wie im Reflex richtete sie sich auf und schwang die Beine aus dem Bett.

Sie kniff die Augen zusammen (obgleich es stockfinster im Raum war) und fragte sich, ob es etwas gab, womit sie sich verteidigen konnte.

Draußen krächzte eine Krähe. Sie zuckte zusammen und fasste sich an die Brust.

*Mein Gott!*

Ohne etwas zu sehen, tastete sie sich bis zum Kleiderschrank hinter der Tür vor. Als kleines Mädchen war sie dort immer hineingekrochen, wenn sie mit Halvor Verstecken gespielt hatte. Sie tastete mit den Händen an der schrägen Decke entlang, bis sie die Schranktür fand. Die linke Hand glitt an der Innenseite nach unten, bis sie sich um den runden Holzriegel legte. Sie musste ihn etwas anheben, um die Tür aufzubekommen. Vorsichtig steckte sie die Hand in den Schrank. In einer angstvollen Sekunde dachte sie: Er versteckt sich dort drinnen! Sie jammerte, als ihre Hand gegen etwas stieß.

Eine Jacke! Die alte Strickjacke von ihrem Großvater, die immer dort gehangen hatte. Sie roch nach nasser Wolle, Heu und Schafen.

Hatte da nicht die Tür geknarrt?

*O mein Gott, himmlischer Vater!*

Sie stellte das rechte Bein in den Schrank. Ihr nackter Fuß stieß gegen Schuhe und Sandalen. Sie fand das Gleichgewicht wieder, beugte sich vor und versuchte, zwischen Jacken, Einlagebrettern und Schuhen Platz zu finden.

Es war eng. Wenn sie den Rücken gegen die eine Wand lehnte und die Füße gegen die andere presste, konnte sie es vielleicht schaffen, eine Weile so zu hocken.

Sie rutschte nach unten. Es ging. Einigermaßen. Das Kinn fast an den Knien, kauerte sie am Boden des Schrankes und zog die Schranktür zu. Sie schloss sich mit einem leisen Geräusch.

*O mein Gott!*

Sie hielt den Atem an.

Würde er nach ihr suchen? Sie lauschte auf seine Schritte, seine Hand auf dem Holzknauf des Schrankes. Das blendende Licht seiner Taschenlampe, wenn er die Schranktür öffnete.

Sie musste pinkeln. Verdammt, sie musste derart pinkeln, dass es wehtat.

Sie kniff die Augen zusammen.

Die Zeit verging … eine Minute … eine Stunde … ein Jahr.

*Lieber Gott, lass das einen bösen Traum sein, o lieber Gott!*

Ein Geräusch!

Sie konnte nicht erkennen, woher es kam. Die Luft war zum Schneiden und voller Staub und herber Gerüche.

*O Gott, lass ihn mich nicht finden, bitte, lass ihn mich nicht finden!*

Sie schluchzte.

Noch ein Laut.

Schritte.

*Lieber, lieber Gott, bitte lass ihn mich nicht finden!*

Die Schranktür ging auf.

## 3

Sie schrie nicht.

In dem dunklen Zimmer kam er ihr wie ein riesenhafter Schatten vor. Nicht wirklich. Wie aus einem Traum entstiegen. Ein Fantasiebild ihrer eigenen Furcht.

»Hier steckst du also!«, sagte er.

*Er ist nicht wirklich, er ist nicht wirklich, ist nicht wirklich.*

Lange stand er in der Türöffnung und starrte auf sie herab. Das Dunkel verbarg seine Gesichtszüge.

*Geh weg! Verschwinde! Du bist nicht wirklich!*

Schluchzend kroch sie noch tiefer in den Schrank.

*Ich träume! Das ist ein Albtraum … ein Albtraum, bei dem man nicht weiß, ob man wach ist oder schläft.*

Aber er löste sich nicht auf, verschwand nicht.

»Halvor?«, jammerte sie.

Er bewegte sich nicht.

Ihr Atem stockte, ging ins Leere, und ihr Herz hämmerte so hart, dass es in ihren Ohren rauschte.

»Halvor? Bist du das? Halvor?«

Er machte ein schnalzendes Geräusch mit den Lippen.

Sie faltete die Hände vor der Brust. Zitterte wie unter Krämpfen.

*O mein Gott, lass es Halvor sein … unten auf dem Hof ist etwas Schreckliches geschehen … ein Feuer! … und er ist mitten in der Nacht hier heraufgekommen, um mir das zu erzählen …*

»Halvor?«

*O Gott, o Gott, o Gott, es ist nicht Halvor … ein Landstreicher! Ein Einbrecher! … Und jetzt steht er vor einer Frau … einer einsamen Frau … mein Gott! Niemand wird mich hören, wenn ich schreie, und er weiß das, wird mich gleich vergewaltigen, o mein Gott!*

Aber er sagte noch immer nichts. Stand einfach da; eine gewaltige Kontur im Dunkel, unwirklich, mystisch.

Erst jetzt kam ihr der Gedanke: Mein Gott … kann das … kann das *er* sein?

Shere Khan war tot. Der Tierarzt hatte gesagt, es gebe keinen anderen Ausweg, als ihm eine Spritze zu geben. Er hatte zu weinen angefangen. Peinlich. Er hatte vor dem Tierarzt gestanden, die rechte Hand auf dem mageren Rücken von Shere Kahn, als ihm die Tränen gekommen waren. Sogar der Tierarzt war verlegen geworden.

Shere Khan würde nur unnötig leiden, sagte der Tierarzt, und das mache doch keinen Sinn. Er war der gleichen Meinung gewesen. Er hatte Shere Khan auf dem Schoß, als der Tierarzt ihm die Spritze gab, und er hatte ihn gestreichelt, bis er spürte, dass der Kater nicht mehr atmete.

»Wer sind Sie?«, jammert sie.

Er öffnet die Schranktür ganz. Blickt auf die zusammengekauerte Gestalt hinunter.

Weiß sie das wirklich nicht? Ist sie so dumm? Kann sie nicht eins und eins zusammenzählen?

»Ich bin's«, sagt er.

Sie stößt eine Art kindliches Jammern aus, mit dem Frauen kommen, wenn sie Angst haben. Er kann sie im Licht des Mondes, das durch die Dachluke hereinfällt, kaum erkennen. Sie ist so klein, verwundbar; erinnert ihn an eine der Porzellanpuppen seiner Mutter.

Er spürt den Revolver hart und kalt auf der Haut. Hofft, dass er ihn nicht benutzen muss. Das wäre so vergeudet. Mit ihr muss alles nach Plan ablaufen.

Er streckt die Hand aus, und sie greift automatisch danach. Er spürt, wie sehr sie zittert. Er hilft ihr auf, und sie taumelt an ihm vorbei und stolpert aufs Bett.

»Ich bin's«, sagt er noch einmal.

»Oh, mein Gott«, haucht sie.

»Hast du Angst?«

Er hört nur ihren Atem.

Ihm fällt ein, dass er zu filmen vergessen hat. Dabei wollte er doch ihre Reaktion aufnehmen! Er schnauft ärgerlich, während er die Kamera einschaltet und die Taschenlampe anknipst.

Das grelle Licht blendet sie. Sie hält sich den Unterarm vor die Augen. Er leuchtet mit der Lampe auf den Boden, so dass das Licht sie nicht blendet, und filmt.

Als ihr endlich aufgeht, dass es eine Videokamera ist, die er vor sein Gesicht hält, verschränkt sie die Arme vor der Brust und schluchzt.

»Mama!«, jammert sie unter Tränen, wie ein kleines Mädchen. Dann reißt sie sich zusammen. »Aber wie …«, beginnt sie. Sie holt tief Luft. »Wer sind Sie?« Ihre Stimme ist laut.

»Ich bin's«, antwortet er.

Er schweigt, während sie von einer Flutwelle aus Eiswasser überspült wird.

»O mein Gott … sind Sie ausgebrochen?«

»Ausgebrochen?«

Es vergeht eine Weile, bis er versteht, was sie meint. Manchmal ist er wirklich langsam! Er richtete den Schein der Lampe auf sich selbst, und sie blinzelt zu ihm empor.

»Aber … wer sind Sie?«, fragt sie wieder.

Sie erkennt ihn nicht wieder. Das war wohl nicht anders zu erwarten. Trotzdem ist er enttäuscht.

»Für wen hast du mich denn gehalten?«

»Ich dachte, Sie wären … er.«

»Er?«

»Strøm! Rune Strøm.«
»Das dachte ich mir.«
»Wer sind Sie?«
Er lacht.
»Was machen Sie hier?«
»Dich besuchen.«
»Mein Gott, bitte … bitte!«
»Ich wollte dich endlich kennenlernen!«
»Aber mein Gott, warum?«
»Das wirst du schon noch erfahren.«
Sie atmet schnell. Und in ihrer Stimme hört er ihren Herzschlag.
»Wer sind Sie?«, fragt sie zum dritten Mal.
»Ach, du weißt doch, wer ich bin.«
Sie ist lange still. Er lässt sie in Ruhe denken. Spürt, wie die Steinchen an ihren Platz fallen, einer nach dem anderen.
»Aber … Rune Strøm …«, murmelt sie.
Er lacht und schnalzt mit der Zunge. »Rune, der arme, dumme Rune …«
Sie verstummt wieder. Er filmt sie.
»Wer sind Sie? Sein Bruder?«
Er lacht. »Nein, nein, nein …«
Dann sagt sie: »Aber Sie kennen ihn?«
»Jetzt nicht mehr.«
»Wie meinen Sie das?«
»Früher.«
»Früher?«
»Wir gehörten zur gleichen Clique.«
»Zur gleichen Clique …«, wiederholt sie mechanisch.
Er lacht kurz. »Ich hatte mal was mit seiner Freundin.«
Jetzt hört er wieder nur noch ihren Atem. Merkwürdig, wie man an dem Atem eines Menschen hören kann, was er denkt.
»Seiner Freundin?«
»Genau.«

»Der Verlobten von Rune Strøm?«
»Psst! Verrat das niemandem«, flüstert er geheimnisvoll.
»Linda?«
»Ein hübsches Mädchen!«
»O mein Gott«, stammelt sie.
Keiner von beiden sagt etwas. Er fummelt an der Lampe herum und sieht sie an. Ohne Schminke ist sie noch hübscher.
»O mein Gott«, wiederholt sie. »Gütiger Gott!«
»Nimm es nicht so schwer. Diesen Fehler hätte wohl jeder gemacht.«
Sie starrt ihn an.
»Alles war im Grunde richtig«, sagt er. »Alles, was die Polizei und ihr anderen über Rune herausgefunden habt. Alle Schlussfolgerungen, alles, abgesehen von einem kleinen Detail. Der Prämisse, wenn du so willst.«
»O Gott ...«
Er hält inne. »Es war nicht Rune, der Linda getötet hat.«
Sie sitzt steif da, regungslos, atmet nicht.
»Es stimmt! Er bekam die Schuld, aber er war es nicht.«
»Mein Gott ...«
»Niemand wusste von uns. Da hat sie genau aufgepasst. Sie fand es wohl ein wenig peinlich, dass ich jünger war als sie. Mädchen sind so, weißt du. Und Rune hätte sie umgebracht, wenn er das über uns herausgefunden hätte.«
»Sie waren das ...«
Er macht die Kamera aus und legt sie aufs Bett. Dann stellt er die Taschenlampe auf das Nachttischchen. Das Licht fällt kalt auf das gerissene Holz der Decke.
»Ja«, sagt er, »ich war das.«
»Sie! Die ganze Zeit!«
»Ja«, wiederholt er, »ich, die ganze Zeit.«

# Azuria

I

In der Nacht, in der ihre Mutter starb, befanden sich Kristins Gedanken in einem hauchdünnen Heliumballon, der nur noch über eine dünne Nervenbahn mit ihrem Körper verbunden war.

Genauso war es in dieser Nacht. Ein Teil ihres Gehirns sah ein, wie verletzlich und hilflos sie war. Er konnte mit ihr tun, was er wollte, sie hatte ihm nichts entgegenzusetzen. Gleichzeitig hatte ein anderer Teil ihren Körper verlassen, um zu beobachten, zu analysieren, zu reflektieren. Sie hörte seinen Atem; ruhige Atemzüge durch die Nase, als würde er schlafen. Im Schein der Taschenlampe sah sie sein schmales Gesicht und die klarblauen, ziemlich großen Augen, die sie an ein trauriges Kind erinnerten. Die Augenbrauen wuchsen über der Nasenwurzel fast zusammen. Er sah nett aus. Attraktiv. Völlig anders, als sie ihn sich vorgestellt hatte. Er saß auf Halvors Bett und bediente die Videokamera. Seine Finger waren lang und schmal, die Nägel gepflegt. Er trug keine Ringe. Hatte er Geschwister, Freunde, eine Geliebte? Sie versuchte, sich vorzustellen, was für ein Leben er lebte, wenn er keine Frauen verfolgte und tötete. Saß er an einem Esstisch und unterhielt sich mit Frau und Kindern, mit Eltern, Geschwistern, Tanten, Bekannten? Wechselte er morgens an seinem Arbeitsplatz ein paar freundliche Worte mit der Sekretärin? Vielleicht war er ja Fußballtrainer für kleine Jungs?

Während sie ihn betrachtete, wurde die aufkeimende Sympathie von den Bildern seiner Opfer verdrängt, all der unschuldigen Frauen, die er gefilmt und ermordet hatte, gefilmt und ermordet, gefilmt und ermordet.

»Überlegst du, wie du mich überwältigen und entkommen kannst?«, fragte er.

Seine großen Augen waren gefühllos. Er sah bedrohlich aus. Wie ein Tier.

»Nein…«, sagte sie abwehrend.

»Versuch es gar nicht erst!«

Mehr sagte er nicht. Er sah sie nur an.

Sie konnte den Schluchzer nicht unterdrücken, der in ihr emporstieg.

Ein mildes Lächeln breitete sich auf seinem Gesicht aus. »Hast du Angst?«

Sie brach in Tränen aus. Dabei wollte sie nicht weinen, wollte keine Angst zeigen. Aber ihre Augen flossen über, und die Tränen hinterließen einen brennenden Streifen auf der Wange.

»Werden Sie mich umbringen?« Ihre Stimme war brüchig und voller Luftblasen. Was für eine dumme Frage… *dumm!… dumm!… dumm!…* Aber die Worte waren einfach aus ihrem Hirn auf die Zunge gepurzelt und ausgesprochen, ehe sie sie zurückhalten konnte. »Bitte, ich flehe Sie an, töten Sie mich nicht…«

Es war, als spräche eine fremde Stimme aus ihr. Sie wollte nichts sagen, ahnte, dass es das Beste wäre, den Mund zu halten, aber die Worte mogelten sich an jeder Schranke vorbei ins Freie.

Er schien ihr nicht zuzuhören.

Sie schluchzte noch einmal.

»Es dämmert bald«, sagte er.

Sie fragte sich, ob sie den neuen Tag noch erleben würde. Oder ob er sie hier und jetzt umbringen würde. Jetzt verstehe ich, was die Leute damit meinten, wenn sie erzählten, dass die Todesangst sie gelehrt hat, Kleinigkeiten zu schätzen. Die Sonne. Den Wind. Das war ihr immer so banal vorgekommen, aber jetzt begann sie zu begreifen.

»Zieh dich an«, befahl er.

Die Worte lösten zwei widersprüchliche Gefühle in ihr aus. Erleichterung darüber, dass er sie offenbar nicht sofort töten wollte; Widerwillen, dass sie vor seinen Augen die Decke aufschlagen musste.

Sie drehte den Oberkörper zur Seite und hielt inne.

Er sah sie an.

»Ist noch was?«, fragte er ungeduldig.

»Mich anziehen?«, murmelte sie.

Er beugte sich vor und riss ihr die Decke weg.

»Willst du vielleicht so gehen?«, fragte er mit einem Blick auf ihr Nachthemd.

Sie verharrte, auf einen Ellbogen gestützt, in einer Position zwischen Sitzen und Liegen.

»Ich habe gesagt, dass du dich anziehen sollst!« Seine Stimme war nicht mehr gereizt. Ganz im Gegenteil, höflich. Vielleicht kam ihr deshalb der Ton besonders drohend vor.

»Sie sitzen auf meinen Kleidern«, sagte sie.

Er lachte, hob das Hinterteil und zog die Kleider darunter hervor.

Sie hatte gehofft, dass er sich abwenden oder wenigstens wegschauen würde, aber er blieb sitzen und filmte sie weiter.

Sie begann mit dem Slip, aber er forderte sie mit einer Handbewegung auf zu warten.

Zuerst sollte sie das Nachthemd ausziehen.

Die Angst breitete sich wie ein Netz aus eisigen Feuerfäden vom Bauch über den ganzen Körper aus. Er wollte sie vergewaltigen! Jetzt begriff sie. Er wollte sie vergewaltigen, aber nicht grausam und brutal, wie er tötete. Langsam und sanft, als wären sie ein Liebespaar. Er würde sie küssen und liebkosen und nur Gewalt anwenden, wenn sie sich widersetzte.

Der Slip entglitt ihren Fingern. Fiel zu Boden.

Die Angst ballte sich zu einem harten Klumpen zusammen. Ihre Hände begannen zu zittern, das Kinn und die Unterlippe bebten.

»Reiß dich zusammen!«

Sie setzte sich im Bett auf, zog das Nachthemd über den Kopf, verschränkte die Arme vor den Brüsten und blickte auf die Knie. Inzwischen zitterte sie am ganzen Körper. Sie sah ihn nicht an.

»Leg dich wieder hin«, sagte er leise. Zum ersten Mal hörte sie so etwas wie Unruhe in seiner Stimme.

Arme und Beine wollten ihr nicht gehorchen. Aber dann löste sich ein Knoten, und sie kippte nach hinten aufs Bett.

Sie starrte an die Zimmerdecke, die trockenen Holzbalken, die Risse in den Brettern, die Astlöcher.

Der Klumpen in ihrem Bauch wuchs und schwoll an. Wenn er mich jetzt anfasst, kotze ich ihm mitten ins Gesicht.

Sie drehte den Kopf zur Seite. Er saß reglos da. Sein Blick glitt über ihren Körper.

Plötzlich bewegte er sich.

Jetzt fällt er auf die Knie und fasst mich an. *O Gott!*

Im Reflex presste sie die Schenkel zusammen und ballte die Hände zu Fäusten.

Jetzt kommt er, dachte sie.

Er beugte sich vor. Hob den Slip vom Boden auf. Warf ihn auf ihren Bauch.

»So! Jetzt zieh dir was über!«

Sie blieb liegen. Glaubte, sie müsse sich verhört haben, dass das eine Falle war, eine dreckige Falle. Aber als sie zu ihm hinsah, war er bereits wieder mit seiner Videokamera beschäftigt. Das rote Lämpchen leuchtete. Ohne ihn aus den Augen zu lassen, setzte sie sich auf. Zog den Slip an. Den BH. Die Strümpfe. Das Flanellhemd. Die Jeans. Die ganze Zeit filmte er sie. Und das rote Lämpchen leuchtete wie das Auge des Bösen.

## 2

Sie saßen in der Küche und tranken Tee, als die Dämmerung den Bergkamm erklomm. Er hatte die Hände um den Becher gelegt, als wollte er sich daran wärmen, und blies vor jedem Schluck, den er nahm, in den Tee. Kristin gab sich Mühe, unbeschwert zu wirken, aber jedes Mal, wenn sie den Becher hochhob, zitterte ihre Hand so heftig, dass sie sie mit der anderen stützen musste.

Und die ganze Zeit konnte sie an nichts anderes denken als daran, wann er sie wohl umbringen würde.

Es überraschte sie, was für ein anziehender Mann er war. Sehr schöne Augen. Schmale Nase und schmale Lippen. Nicht ihr Typ, aber einer von diesen Männern, von denen man sich leicht angetrunken gern in einem Nachtclub abschleppen lässt.

Ihr Blick fand das Brotmesser.

»Das wäre nicht sehr schlau«, sagte er.

Sie starrte aus dem Fenster. Ein Schaf blökte.

Er nahm den Becher hoch, blies hinein und nahm schlürfend einen Schluck. Behutsam stellte er den Becher wieder ab.

»Natürlich kannst du versuchen zu fliehen. Oder mich zu töten.« Er grinste. »Aber das wäre dumm. Entsetzlich dumm, Kristin.«

Ihr Name aus seinem Mund jagte ihr einen Schauer über den Rücken.

Seine Hände schoben sich unter seinen Pullover und zogen einen Revolver hervor. Einen großen, schweren Revolver.

»Soll ich dir zeigen, wie dumm das wäre?«

Sie schüttelte den Kopf. Der Revolver war stahlblau.

»Nein! Nicht nötig …! Ich werde nichts dergleichen tun. Bitte …«

»Ich bin nicht sicher, Kristin. Ich weiß, wie verlockend es ist, es wenigstens zu versuchen. Du hast Angst. Du fragst dich, was ich mit dir vorhabe. Ob ich dich umbringen werde. In ein paar Minuten. Oder Tagen. Ober ob das nur eine leere Drohung ist. Du fragst dich, ob ich dich quälen werde. So lange, bis du es nicht mehr aushältst. Du denkst, dass ich krank im Kopf bin und so viel Böses getan habe, dass es dich keine moralische Überwindung kosten würde, mich umzubringen. Nicht, wenn du damit dein eigenes Leben retten kannst. Aber so einfach ist das nicht, stimmt's? Du hast noch nie jemanden getötet. Du bist nicht sicher, ob du es schaffen würdest. Aber du weißt, dass du es schaffen kannst, wenn es sein muss. Wenn dein Leben davon abhängt. Gleichzeitig ängstigt dich der Gedanke, was passiert, wenn dein Versuch fehlschlägt. Drehe ich durch? Was werde ich mit dir anstellen, wenn du es versuchst?«

Er sprach deutlich, wie ein geduldiger Lehrer, der einem begriffsstutzigen Schüler etwas zu erklären versucht. Kristin war klar, dass er kein Hellseher sein musste, um zu erraten, was in ihrem Kopf vor sich ging. Trotzdem war es erschreckend, die eigenen Gedanken aus seinem Mund zu hören.

Er stand auf, schob den Revolver zurück unter den Pullover, holte das Brotmesser und setzte sich wieder. Er musterte sie ausgiebig. Dann hielt er ihr das Messer vor die Augen.

»Weißt du, was ich damit alles machen könnte?« Er fuhr in kleinen Kreisen mit der Spitze vor ihrem Gesicht herum. »Ich könnte dich töten. Aber es gibt so unendlich viel mehr Möglichkeiten. Denk mal darüber nach, Kristin. Du lebst davon, dein Gesicht zu zeigen.« Er streckte den linken Arm vor und ritzte sich in die Handfläche. Ein dünner Streifen Blut wurde sichtbar. »Überleg mal, was ich alles mit dir anstellen könnte. Und was ich mit dir anstellen werde, falls du Anstalten machst, mich zu überwältigen. Denk darüber nach.«

»Ja, ja!«

»*Denken*, hab ich gesagt!«

»Ich denke ja, ich denke!«
»Kristin! Du denkst nicht! Halt die Klappe und denk nach!«
Sie hielt die Klappe. Und dachte nach.

## 3

»Ich will dich mit auf eine Reise nehmen«, sagte er.

In ihrer Kindheit, als sie noch so jung war, als alles möglich war, stellte sie sich in ihren Tagträumen vor, auf einer Insel in der Südsee zu leben. In den Regalen des Großvaters standen Bildbände vom Stillen Ozean. Sie stellte sich ihre Insel mit einem Vulkan und einem von Palmen gesäumten weißen Strand vor und selbstredend mit einer Lagune. Auf der Insel wartete ein junger Mann auf sie; ein Königssohn mit goldenem Teint. Sie sah ihn am Korallenstrand stehen, während sie sich in ihrem Kanu näherte. »Azuria« hatte sie die Insel genannt. Sie hatte eine Karte von Azuria gezeichnet, die sie in der Schreibtischschublade versteckte, und sich einen königlichen Stammbaum und eine stürmische Geschichte ausgedacht. In der siebten Klasse, als der Geografie-Lehrer sie aufforderte, über ein fremdes Land zu schreiben, schrieb sie einen Aufsatz über Azuria. Sie hatte ein »sehr gut« dafür bekommen.

Azurias Magie verblasste mit den Jahren, aber sie bewahrte sich ein Körnchen Korallensand in ihrem Herzen. Azuria wurde ihr geheimes Paradies. Und noch später im Leben dachte sie an Azuria als das Land, in das sie nach ihrem Tod kommen würde.

Deshalb sah sie auch Azuria vor sich, als er sagte, sie wollten eine Reise machen. Sie stellte sich den Strand vor, den gezackten Vulkan und die Palmen, die sich im warmen Wind neigten.

Dann verzog sich der kindliche Rausch, und sie überlegte, was er vorhatte. Eine Reise? Wohin? Und warum sollte sie ihn begleiten?

»Wo wollen wir hin?«, fragte sie und gab sich Mühe, demütig zu klingen.

Manche Fragen provozierten ihn mehr als andere, sie hatte keine Ahnung, warum.

»Dort, wohin der Weg uns führt«, antwortete er kurz.

Sie fragte nicht weiter.

Ein wenig später erhob er sich und trat ans Fenster.

»Sind das deine Schafe?« Er tippte mit dem Finger gegen die Scheibe.

»Sie gehören zum Hof«, antwortete sie ausweichend.

»Zu welchem Hof?«

»Zu dem auch die Hütte hier gehört.«

»Wo ist der Hof?«

»Unten im Ort…«

»Kennst du den Bauern?«

»Ein wenig…«

Sie hatte nicht mit seiner Schnelligkeit gerechnet. Im einen Augenblick stand er noch am Fenster, im nächsten packte er sie und schleuderte sie gegen die Wand. Sie war zu perplex, um zu schreien, aber ihr Gesicht verzog sich in einer Grimasse.

»Lüg mich nicht an!«, fauchte er sie an. Sein Gesicht war so nah vor ihrem, dass sie seinen Mentholatem roch. »Lüg mich nie, nie wieder an. Nie wieder! Hast du verstanden? Nie wieder!«

Sie schluchzte unkontrolliert.

»Hast du mich verstanden?«

Sie nickte hektisch.

»Nie wieder!«

Sie schüttelte den Kopf.

Er ließ sie los. Sie blieb an die Wand gelehnt stehen und schnappte nach Luft.

»So«, sagte er ruhig. »Wem gehören die Schafe?«

»Meinem Bru-bru-bruhu-bruder«, schluchzte sie.

»Halvor?«

Sie nickte. Dann fasste sie sich ans Gesicht. Woher kannte er seinen Namen? Er wusste von Halvor. Er hatte ihn umgebracht! Er hatte Halvor umgebracht!

Er ging wieder zum Fenster. Wandte ihr den Rücken zu und blickte über das Tal.

*Nicht Halvor …*

Neben ihr auf der Spüle lag das Brotmesser.

*Mein Bruder, mein geliebter großer Bruder, Halvor!*

Sie starrte das Messer an. Starrte seinen Rücken an.

Sie könnte es schaffen. Wenn sie jetzt das Messer schnappte und sich auf ihn stürzte, hätte er keine Chance, sich umzudrehen. Sie *könnte* es schaffen! Sie hatte das Messer. Sie hatte die Oberhand.

»Hübsche Schafe«, sagte er entspannt.

Als er sich umdrehte, umspielte ein kühles Lächeln seine Lippen, spöttisch, wie das Lächeln eines Siegers. Er sah ihr in die Augen. Dann auf das Messer. Und lächelte erneut.

# Verwirrung

Runar Vang wachte in aller Herrgottsfrühe auf.

Er war noch nie ein Langschläfer gewesen. Selbst an den Wochenenden war er Stunden vor den übrigen Nachbarn wach. Dann lief er durch die Wohnung und dachte über die Fälle nach, in denen er gerade ermittelte, ab und zu legte er eine Jazzplatte auf (so leise, dass die Musik kaum zu hören war) oder schlich zu Herdis ins Zimmer und atmete den Duft ihrer vom Schlaf warmen Haut und des verblassten Parfüms vom Vortag ein.

Er drehte den Kopf zur Seite. Am Vorabend hatte er beide Betthälften frisch bezogen und wie in einem magischen Ritual Herdis' Bett gemacht. Trotzdem roch der Raum nach wie vor nach ihr. Er sah ihren Kopf auf dem Kissen, wie sie die Decke um sich feststeckte.

Bei ihrer Heirat war sie erst zwanzig gewesen. Praktisch noch ein Kind. Tat alles, worum er sie bat. Unterwarf sich. Ließ ihn bestimmen. Die ersten Jahre hatten ihr Zusammenleben geprägt.

Er hatte sich nicht großartig verändert. Sie dagegen schon. Nur dass er das nicht bemerkt hatte.

Er setzte sich im Bett auf. Es war halb sechs.

Mit einer steifen Bewegung – wann hatte er angefangen, so unbeweglich zu werden? – schwang er die Beine über die Bettkante, wo die Füße automatisch die Pantoffeln fanden.

Sie hatten sämtliche Häuser durchsucht, die in irgendeiner Form mit Rune Strøm in Verbindung gebracht werden konnten. Nichts. Keine Spur von Frøydis Vik. Keine Zelle. Nicht der kleinste Anhaltspunkt.

Wo mochte er sein Versteck haben?

Er war sicher, dass Frøydis Vik in Aquarius' Gewalt war. Auch wenn er den Zeitungen etwas ganz anderes erzählte. »Noch ist alles offen.« »Nicht unwahrscheinlich, dass sie plötzlich auftaucht.« Die übliche Suada, auf die sich die Presseleute so gierig stürzten und die sie unkritisch über die Zeitungsseiten auskotzten.

Dabei war er sich sicher, dass Aquarius sie irgendwo versteckt hielt.

*Nur wo?*

Fast der gesamte Ermittlungsapparat arbeitete an dem Fall. Über hundert Leute! Sie hatten sämtliche öffentlichen Register durchforstet, alle seine Bekannten aufgesucht (ein schnell erledigter Job, da er kaum welche hatte), sie waren bei Rita Quist gewesen, sogar seine frühere Wohnung hatten sie aufgesucht, den Tatort in Ammerud.

Nichts. *Nada!*

Er schlurfte ins Bad, pinkelte, setzte Kaffee auf, schaltete das Radio ein, rasierte sich und zog sich an.

Es machte ihm Sorge, dass er sich mit der Rune-Strøm-Spur so geirrt hatte. Niemals zuvor hatte seine Intuition ihn derart im Stich gelassen. Er hatte sich mehr als einmal gefragt, ob sie Frøydis Vik gefunden hätten, wenn er Strøm eher hätte festnehmen lassen. Ein sinnloser Gedanke, der sich aber hartnäckig in seinem Kopf eingenistet hatte.

Auf der Küchenuhr war es zehn vor sieben. Plötzlich wurde die Zeit doch wieder knapp. Normalerweise war er der Erste im Büro. Er mochte es, das Licht einzuschalten, die Kaffeemaschine anzuwerfen und zu hören, wie seine Leute eintrudelten.

Er dachte an Kristin Bye. Eine hübsche Frau. Während der Ermittlungen hatte er nicht weiter darüber nachgedacht. Aber jetzt, da das Ganze vorbei war, ging sie ihm nicht mehr aus dem Kopf. Mit Verliebtheit hatte das nichts zu tun. Sie war einfach nur verdammt hübsch.

# Hotel California

## I

Das Tragegestell des Rucksacks drückte gegen ihre Hüfte, als sie den Pfad hinunterliefen. Es war noch früh. Das Gras war bereift und nass und die Steine glitschig. Sie ging ein paar Schritte vor ihm. Hörte seinen Atem und das Quietschen der Sohlen seiner Sportschuhe, sobald er den Fuß aufsetzte.

Die Morgensonne war grell, aber fern und kalt. Das Sonnenlicht wurde von den Tautropfen zerstreut. Sie hörte den Bus, der mit laufendem Motor unten im Ort vor der Post parkte, und das entfernte Brummen einer Motorsäge. Aus den Schornsteinen einiger Höfe stieg Rauch. Die Landschaft duftete nach Spätsommer oder frühem Herbst.

Sie kannte sich besser aus als er. Wenn sie den Rucksack abwerfen und wie der Teufel den Pfad hinunter oder durchs Unterholz davonrennen würde, könnte sie ihm entkommen.

Es war die Angst, die sie zurückhielt. Angst davor, dass er schoss oder sie einholte. Angst davor, was er mit ihr tun würde, wenn er sie einholte.

Aus dem Laubwald klang das Gluckern des Bergbaches. Ihr war nie aufgefallen, dass man den Bach bis zum Pfad hörte.

»Nicht so schnell«, sagte er keuchend.

Bei dem Riesenfelsen, der anzeigte, dass sie die halbe Strecke geschafft hatten, legten sie eine Pause ein. Als Kind war Kristin immer vorgelaufen, um auf genau diesem Stein auf die Eltern zu warten. Bei der Erinnerung daran musste sie schlucken.

Er stocherte mit einem Stock in der Moosschicht, mit der der Felsen überzogen war. Dabei pfiff er eine Melodie, die ihr vage bekannt vorkam.

»Wohin wollen wir?«, fragte sie.

Er pfiff weiter. Im Dickicht flog ein Vogel auf. Sie wurden von einem Schwarm winzig kleiner Insekten umschwärmt.

Sie blinzelte die Tränen weg und drehte sich zu ihm um. Er stand lässig da und sah sie an. Pfeifend.

»Was ist das für ein Lied?«, fragte sie.

Die Frage ließ ihn lächeln, weswegen er nicht mehr pfeifen konnte. Aber die Antwort blieb er ihr schuldig. Bald hatte er alles Moos vom Stein gekratzt. Er schleuderte den Stock ins Dickicht.

»Weiter!«

Sie hatten fast Halvors Stall erreicht, als er ihr ein Zeichen gab, stehen zu bleiben, und dann nach rechts zwischen die Bäume zeigte. Sie sah ihn verdutzt an, aber er scheuchte sie mit einer ungeduldigen Handbewegung weiter. Sie folgten ein paar hundert Meter einem zugewachsenen Viehpfad. Sie musste sich ständig ducken, um Ästen und Zweigen auszuweichen. Er ging weit genug hinter ihr, um nicht von den zurückpeitschenden Zweigen getroffen zu werden. Sie versuchte, sich zu orientieren. Wo lag jetzt der Hof?

An dem steilen Hang einer Schlucht, die sich in den Wald hineinzog, mussten sie sich die Hand geben, um nicht aus dem Gleichgewicht zu geraten, als sie abwärts schlitterten. Sie folgten dem Bach, und als sie zwischen den Bäumen hervortraten, wusste Kristin wieder, wo sie waren. Sie erkannte die alte Straße. Hierher fuhren die Jugendlichen, wenn sie ungestört in ihren Autos sein wollten. Teilweise verborgen vom Gras und Gestrüpp am Wegrand lagen Zigarettenkippen, Kondome und leere Flaschen.

Er führte sie weiter die Straße entlang, an dem zerschossenen Schild vorbei, auf dem einmal »60« gestanden hatte, und dann wieder zwischen die Bäume.

Sie sah den Lieferwagen erst, als sie direkt davorstand. Es sah aus, als wäre er mit hohem Tempo direkt ins Unterholz gefahren worden. Als er allerdings begann, das Gestrüpp wegzuräumen, erkannte sie, dass er den Wagen nur getarnt hatte. Er schien nicht zu erwarten, dass sie ihm behilflich war. Sie stand reglos daneben, bis er alles Grünzeug entfernt hatte, unter dem der parkende Wagen verborgen gewesen war.

## 2

Der Wagen springt sofort an. Er ist erleichtert. In letzter Zeit hatte er häufiger Probleme, wenn der Motor im Kalten oder Feuchten gestanden hatte, und er hatte schon die ganze Nacht überlegt, was er machen würde, falls der Motor nicht startete. Er fährt rückwärts auf die Straße, wobei er das Mädchen nicht aus den Augen lässt.

Sie hat die Hände zwischen die Knie geklemmt und starrt auf einen Punkt vor der Windschutzscheibe. Er hat sie dazu gebracht, sich anzuschnallen, damit sie nicht plötzlich auf die Idee kommt, sich aus dem fahrenden Auto zu stürzen. Die Dummdreistigkeit von Mädchen kennt keine Grenzen.

Er schiebt die Kassette mit »Hotel California« ein. Bevor er den Wagen abgeschlossen hat, hat er das Band genau bis an den Anfang dieses Liedes zurückgespult. Aber sie hört nicht zu.

»Eagles«, sagt er.

Sie zuckt zusammen und braucht eine Weile, in die Realität zurückzufinden. »Wie bitte?«

Er zeigt mit einem Nicken zum Kassettenrekorder.

Sie folgt seinem Blick.

»Eagles!«, wiederholt er.

Endlich scheint sie zu begreifen. Zumindest lächelte sie dümmlich.

Das Gitarrensolo pfeift er mit, fast lautlos. Er schielt zu ihr hinüber. Aber sie scheint mit den Gedanken ganz woanders zu sein.

Die Straße, die aus Juvdal herausführt, ist schmal und kurvig. Eintönig. Nackte Felsbuckel und unendliche Kiefernwälder. Dunkle Seitentäler, Kahlschläge, verzauberte Waldstücke unter Felsvorsprüngen. Die Teerdecke ist grau und rissig, die gestreifte Mittellinie von der Zeit verblichen. Bei dem Anblick muss er an *Thelma & Louise* denken. Wie er diesen Film gehasst hat. Abgesehen vom Ende, vielleicht.

Er kurbelt die Seitenscheibe ein paar Zentimeter herunter. Wundert sich, dass ihnen keine anderen Fahrzeuge begegnen.

»Verraten Sie mir, wohin wir unterwegs sind?«, fragt sie mit gedämpfter Stimme.

Aggression wallt in ihm hoch und verebbt genauso schnell wieder. Wie ein Streichholz, das im Windzug aufflammt, denkt er. Die gleiche Frage hat sie schon einmal gestellt, und er hat ihr nicht darauf geantwortet. Sie hat offensichtlich Angst zu fragen, Angst, ihn zu nerven.

Er könnte ihr sagen, dass er sie mit zu sich nach Hause nimmt, was ja sogar stimmt. In das Haus in der Stadt.

Beim Gedanken an Frøydis beginnen seine Gedanken, Karussell zu fahren. Er wird die Frauen niemals verstehen! Niemals! Er hatte geglaubt, sie zu kennen, geglaubt, sie zu verstehen, dabei hatte er rein gar nichts verstanden.

Dass sie es gewagt hatte!

Er sah Kristin von der Seite an. Früher oder später würden sie nach Hause fahren. Aber vorher würden sie noch einen kleinen Ausflug machen.

## 3

Während er fuhr, beide Hände am Steuer, die Augen auf die Straße und die Landschaft gerichtet, schien er fast vergessen zu haben, dass sie neben ihm saß. Er hatte ein paar Kassetten aus den Siebzigerjahren, die er immer wieder spielte. Einige der Lieder wie »Hotel California« spulte er sogar mehrmals zurück, um sie noch einmal zu hören. Auf der Klappe des Handschuhfaches klebten ein roter Nichtraucher-Aufkleber und ein weiterer Aufkleber, der verkündete, wie tödlich das Rauchen sei. Den Zigarettenanzünder in der Armatur hatte er entfernt.

Als sie sich räusperte und leise hervorpresste, dass sie mal pinkeln müsste, fuhr er an die Seite und ließ sie hinter einem Busch verschwinden. Er forderte sie auf, laut zu zählen, damit er sicher sein konnte, dass sie keine Dummheiten machte.

Obgleich sie die Strecke schon hundertmal gefahren war, kam sie ihr länger und noch eintöniger vor als früher. Alles war, wie es immer gewesen war. Die dunklen Baumstümpfe und Wurzelballen, die Tümpel, die zwischen den Stämmen glänzten, die summenden Stromleitungen, die Streukästen der Straßenmeisterei.

Die Angst war einer Art benommener Resignation gewichen. Sie sann darüber nach, sich aus dem Auto fallen zu lassen, sobald sie in eine dichter besiedelte Gegend kamen, wusste aber im Grunde genommen, dass sie sich das niemals trauen würde. Sie könnte Zeichen geben, falls sie an Menschen vorbeiführen, die Scheibe runterkurbeln und um Hilfe schreien. So einfach wäre das. Aber sie würde es nicht tun. So einfach war das.

Vor einem der Kahlschläge fuhr er an den Rand und zog die Handbremse an. Ihr Körper versteifte sich. Jetzt passiert es, dachte sie. Jetzt bringt er mich mitten in der Einsamkeit um.

Er hielt ihr die Beifahrertür auf und führte sie zu einem Stapel frisch gefällter Tannen. Dort forderte er sie auf, sich zu setzen, während er sie filmte. Er bat sie zu winken und zu lächeln. Sie winkte und lächelte. Als er genug hatte, fuhren sie weiter durch den Wald.

## 4

An der Reichsstraße biegt er rechts ab, nicht in Richtung Oslo. Er merkt, dass sie ihn ansieht, sagt aber nichts.

Etwas später fragt sie: »Fahren wir ins Fjell?«

Auch diese Frage lässt er unbeantwortet.

Auf dieser Straße ist mehr Verkehr; er befürchtet, dass sie den anderen Autofahrern Zeichen geben könnte. Aber sie sitzt reglos neben ihm. Er hat ihr einen Hut und eine Sonnenbrille gegeben, mit denen sie niemand erkennen kann. Sie könnte ohne Weiteres seine Frau sein, zum Beispiel. Er lacht leise vor sich hin.

Oben bei den Bøverfossfällen biegt er auf einen leeren Rastplatz ab und geht mit ihr ein Stück am Fluss entlang, um sie zu filmen. Sie ist verkrampft und ängstlich. Er will, dass sie sich auf einen Felsen am Flussufer setzt. Mit dem weiß schäumenden Wasserfall im Hintergrund gibt das ein paar wunderbare Aufnahmen. Er bittet sie, den Hut und die Brille abzunehmen, und sie winkt und lächelt.

Beim Fahren hängt er seinen Tagträumen nach. Seine Sinne sind auf den Weg konzentriert, aber in Gedanken ist er ganz woanders. Er fährt gerne Auto.

Sie sitzt schweigend neben ihm. Er hätte mehr Widerstand von ihr erwartet, lauteren Protest, tiefschürfende moralische Argumente, aber sie schweigt. Aus Angst. Das ist gut. Solange die Angst da ist, kommt sie hoffentlich nicht auf dumme Gedanken. Sie scheint Zeit zu brauchen. Aber früher oder später wird sie sich auf seine Seite schlagen. Ihn unterstützen. Ihm helfen. Sich wahrscheinlich in ihn verlieben. Das Stockholm-Syndrom. Klassische Psychologie.

Wie bei Frøydis. Seine Finger klammern sich um das Lenkrad, er merkt, wie er sich verkrampft.

Sie war genau wie die anderen Mädchen. Es hatte ein paar Tage gedauert, bis er das eingesehen hatte. Er glaubte immer das Beste von den neuen Mädchen. Aber sie sind alle gleich! Und Frøydis war genau wie alle anderen.

Mit den Blicken fing es an. Lange, tiefe Blickc. Wenn er ihr das Essen brachte, wusste er irgendwann nicht mehr, wo er hingucken sollte. Für wen hielt sie ihn eigentlich – *Eva*? Es war ihm immer mehr zuwider, zu ihr reinzugehen. Selbst, wenn er hinter dem Spiegel stand, für sie unsichtbar, machte sie ihn an. Als wüsste sie, dass er sich dort befand.

Nach einem Blick auf den Tachometer geht er etwas vom Gas. Er will nicht riskieren, wegen überhöhter Geschwindigkeit angehalten zu werden.

Er war mehrmals kurz davor gewesen, sie aus dem Weg zu räumen. Nur, um dem Ganzen ein Ende zu bereiten. Aber dann hatte er es doch wieder verschoben … Sie gehörte nicht zu seinem Plan. Er konnte sie doch nicht einfach abknallen! Wenn er sie umbrachte, musste das in das Gesamtbild passen.

Ach, wäre er ihr doch nur nie in diesem Park begegnet!

Wenn er sie durch den Spiegel betrachtete, fragte er sich, ob sie wirklich besessen von ihm war. Bei dem Gedanken durchrieselte es ihn bis in die Fingerspitzen. Auszuschließen war es nicht. Wenn man jemanden ganz intensiv fürchtet und hasst, ist es nicht weit bis zu den gegenteiligen Gefühlen. Er hat eine Menge darüber gelesen, aber es bisher noch nie selber erlebt.

Am Ende war es bis ins Lächerliche ausgeartet. So wie gestern Morgen …

Er hatte mit dem Frühstückstablett vor ihr gestanden. Sie hatte sich mit ihrem Blick an ihm festgesaugt. Ein Blick, der ihm Schwindel und Übelkeit bereitete.

»Stimmt was nicht?«, hatte sie gefragt. Mit dieser widerwärtig säuselnden Stimme. Der Vamp-Stimme.

Er war nicht in der Lage gewesen, sich zu rühren.

»Du?«, hatte sie gesagt. Gefällig, drängend. Als wären sie ein Liebespaar. *Du?* Er wusste genau, was auf ein solches *Du* folgen würde.

Er hatte sich umgedreht und den Raum verlassen. Das Frühstückstablett hatte er mitgenommen und die Tür abgeschlossen. Danach war er wieder nach unten gegangen und hatte sie durch den Spiegel beobachtet. Und dann war ihm der Gedanke gekommen: Ich fahre weg!

Ein Lächeln breitete sich in seinem Gesicht aus.

Es war alles ganz einfach. Er musste sie nicht umbringen. Er brauchte einfach nur wegzufahren. Und den Rest seinen Gang gehen lassen. Ohne Wasser hatte sie keine Chance.

Wahrscheinlich würde es ein paar Tage dauern. Was ihm nur recht sein sollte. Mehr als recht. Er brauchte ein paar Tage zusammen mit Kristin, ehe sie bei ihm einziehen und die Matratze übernehmen konnte.

## 5

Sie passierten kantige Felsvorsprünge und verkrüppelte Kiefern, die sich in den Spalten festkrallten.

Ich könnte ihn umbringen, dachte sie. Stünde er am Rande eines Abgrunds, würde ich ihn stoßen.

Ein merkwürdiger Gedanke für eine Pazifistin – zugegeben. In den frühen Achtzigern war sie bei Demonstrationsmärschen gegen Gewalt und Atomwaffen mitgelaufen. Ein Leben war für sie immer etwas Unantastbares gewesen. Sie hatte nie einen Pelzmantel besessen (wobei ihr Idealismus immer stark durch ihr Budget unterstützt worden war). Es gab eine Phase in ihrem Leben (zwei Wochen, okay), in der sie sich als Vegetarierin versucht hatte.

Trotzdem wusste sie, dass sie in der Lage wäre, ihn zu töten, wenn sich die Gelegenheit dazu ergab.

Die Angst lähmte sie. Sie hoffte, dass sich alles lösen würde, ohne dass sie etwas tun musste. Dass er plötzlich heulend zusammenbrach und sie gehen ließ. Oder dass die Polizei auftauchte und ihn überwältigte. Egal, was, Hauptsache, sie musste nicht aktiv werden.

Sie zog sich in ihre Gedanken zurück, versuchte, ihn auszuschließen.

Um die Mittagszeit klingelte das Handy.

Es lag im Rucksack, zwischen den Kleidern, die sie eingepackt hatte. Sie sah ihn fragend an.

Er nahm den Revolver heraus.

»Geh dran!«, sagte er.

Sie fischte das Handy zwischen den Sachen hervor und drückte die Gesprächstaste.

»Hallo?«, rief sie.

Mit einem scharfen Blick entsicherte er die Waffe.

»Hallo, ich bin's.«

Gunnars Stimme. Wie von einem Planeten am anderen Ende des Weltraums.

»Warst du unterwegs?«, fragte er.

»Ich …«

»Kristin? Hallo?«

»Ich bin noch da. Die Verbindung ist etwas schlecht.«

»Wollte doch mal hören, wie es dir da oben in deiner Hütte geht?«

»Wunderbar.«

»Ich mach mir Sorgen um dich, weißt du.«

»Ja.«

»Ist es nicht zu kalt?«

»Ach was.«

»Stör ich dich? Bist du am Schreiben?«

»Gar kein Problem.« Jedes Wort war wie ein Widerhaken, der sich in ihren Hals bohrte.

»Kristin? Schwächelt dein Akku? Du bist zwischendurch kaum zu verstehen.«

»Ich hab ihn gestern erst aufgeladen. Bei Halvor.« Gleich würde sie anfangen zu weinen.

Er fuchtelte wütend mit dem Revolverlauf vor ihrem Gesicht herum.

»Na dann.« Er klang verwirrt. Sie war sonst nie so kurz angebunden. Bestimmt glaubte er, dass sie enttäuscht war. »Ich will dich nicht bei deiner Schreiberei stören. Dann mach's mal gut!«

»Bis bald!«, flüsterte sie.

Sie schaltete das Handy aus und kniff die Augen zusammen.

»Braves Mädchen«, sagte er.

## 6

Ein paar Kilometer weiter fährt er an eine Norol-Tankstelle, um zu tanken. Er steckt seine Karte in den Automaten, tippt die PIN ein und nimmt den Zapfhahn. Er lässt sie nicht aus den Augen, doch sie rührt sich nicht. Er hat ihr angedroht, sie und die Leute an der Tankstelle zu erschießen, wenn sie schreit. Als der Tank voll ist, hängt er den Zapfhahn wieder ein. Er winkt dem Mann zu, der in der Tankstelle steht und ihn durch die Scheibe betrachtet. Der Mann grüßt zurück. Wäre das ein amerikanischer Film, würde ich jetzt reingehen und ihn abknallen, denkt er.

»Braves Mädchen«, sagt er wieder, als er den Motor startet und auf die Straße fährt.

Sie erwidert nichts.

»Warst du schon mal hier?«, fragt er.

»Nicht, dass ich wüsste.«

»Ich schon«, sagt er.

»Wie haben Sie mich gefunden?«

»Es stand doch in der *VG*, dass du hier raufwolltest, um ein Buch zu schreiben.«

»Sie wissen ja eine Menge über mich«, sagt sie.

Und er beginnt zu erzählen. Wie er sie observiert hat. Wie er, freundlich und umgänglich, direkt vor der Sendung, in der Redaktion angerufen hat: »Hallo, hier ist Halvor, Kristins Bruder. Wir planen eine Überraschungsparty für einen gemeinsamen Freund, und ich hab dummerweise Kristins Handy-Nummer verbummelt. Sie haben sie nicht zufällig da?« Er war glücklicherweise an einen ahnungslosen, hilfsbereiten Kollegen geraten.

Er lacht, ein stolzes, selbstzufriedenes Lachen.

»Und Sie kennen also Rune Strøm?«, sagt sie.

Sein Lächeln löst sich auf, der Griff ums Lenkrad wird fester. Wie oft will sie ihn das eigentlich noch fragen?

»Seine Freundin kannte ich besser«, sagt er ausweichend. Er will lachen, es klingt aber eher wie ein Husten.

»Sie haben Mariannes Kleider in Rune Strøms Mülltonne gefunden …«, sagt sie. Das ist wahrscheinlich als Frage gemeint, aber er antwortet nicht.

»Die haben Sie dort deponiert«, fährt sie fort. »In der Mülltonne. Sie haben Mariannes Kleider in seine Mülltonne gelegt.«

»Es ist schon fast peinlich, wie leicht es ist, andere zu manipulieren. Das ist wie mit einer Modelleisenbahn. Der Zug fährt, wohin man will. Manchmal auch aufs Abstellgleis.«

»Woher wussten Sie, dass die Polizei ihn verdächtigen würde?«

»Weil ich es so wollte.«

»Weil Sie es so wollten?«

»Kristin, jetzt enttäuschst du mich aber.«

»Aber …«

»Wieso, glaubst du, habe ich Marianne in der Badewanne ertränkt?«

Sie ist einige Sekunden still. Dann entschlüpft ihr ein Schluchzer.

Sie fahren ein paar Kilometer.

»Hören Sie auf? Wenn er verurteilt wird?«, fragt sie.

Er antwortet nicht gleich. Sein Blick ist auf die Straße geheftet. Dann sieht er sie an. »Nein. Früher oder später würde ich ein neues Mädchen umbringen.«

# Der Liebhaber

## I

Der Zahnarzt Tor Berg gewährte Gunnar ein kurzes Gespräch zwischen zwei Patienten.

Er war ein energischer Mann mit schütterem Haar, flaumigem Bart und langen, spitzen Fingern. Es schien ihm unangenehm zu sein, in die Sache hineingezogen zu werden, zugleich war aber auch seine Neugier geweckt. Er kannte Rune vom Gymnasium, erzählte er, danach brach der Kontakt allerdings ab. Er hatte keine Ahnung, wieso sein Name nach so vielen Jahren plötzlich wieder aufgetaucht war. »Ich war nie wirklich ein aktives Mitglied der Clique. Mehr sporadisch. Hab mich nach dem Abitur ganz zurückgezogen. Zahnarztstudium, Kredite zurückzahlen, Frau und Kinder. Sie wissen, wie das ist. Als ich von Lindas Tod gelesen habe, gehörte ich eigentlich schon längst nicht mehr zum *inner circle.* Wenn Sie verstehen.«

Gunnar verstand.

Er hatte jede Menge Fragen, aber Tor Berg konnte keine davon beantworten. Nach zehn Minuten bedankte sich Gunnar für die Hilfe und lächelte beim Hinausgehen der wartenden Patientin voller Mitgefühl zu.

## 2

Er fuhr mit einem Taxi vom Stovnercenter ins Stadtzentrum und bat den Fahrer, über den Markveien und am Laden von Rita Quist vorbeizufahren. Als er sah, dass der Laden geöffnet hatte, forderte er den Fahrer auf zu halten.

Rita Quist stand wie eine Matrone hinter dem Tresen, als Gunnar unter der Türschelle in das schwere Duftpotpourri trat. Sie nickte ihm freundlich zu. Als er sich aber hoffnungsfroh mit der abgenutzten Zauberformel vorstellte – *»Borg mein Name. Vom* Dagbladet*! Gunnar Borg!«* –, verengten sich ihre Augen. »Zur Hölle mit Ihnen!«, fuhr sie ihn an.

Er zuckte zusammen, erschrocken über die unerwartete Aggressivität.

»Ihr verdammten Lügner, alle miteinander! Ihr schreibt, wie es euch passt. Von mir erfahren Sie nichts. Raus hier!«

»Sie missverstehen mich«, sagte er mit tiefer, großväterlicher Stimme, legte beide Hände auf den Tresen und beugte sich zu ihr vor. »Ich bin hier, um Ihnen zu helfen.«

Sie zögerte einen Augenblick, ehe sie die nächste Schimpfsalve auf ihn abfeuerte.

»Ich glaube nicht, dass Rune schuldig ist«, sagte er.

Sie stand reglos da, groß und wuchtig wie eine Vigeland-Statue, und glotzte ihn an. »Was wollen Sie damit sagen?« Ihre Stimme war eine Spur freundlicher, aber immer noch misstrauisch.

»Ich glaube nicht, dass Rune der Mörder ist«, sagte er.

»Sie glauben nicht, dass Rune der Mörder ist …« Skeptisch.

»Ich glaube, dass die Polizei den falschen Mann gefasst hat. Aber ich brauche Unterstützung, um das zu beweisen. Ihre Unterstützung.«

»Unterstützung? In welcher Form?«

Er war alt genug, um sich ein Zwinkern herauszunehmen. »Zuerst einmal – in Form Ihrer Kooperationsbereitschaft?«

»Und wo ist der Haken? Ich kenne euch Journalisten. Ihr lügt das Blaue vom Himmel herunter! Warum sollte ich Ihnen glauben?«

Er zuckte mit den Schultern, als wollte er sagen: Einem ergrauenden Ehrenmann wie mir kann man doch nur vertrauen.

Argwöhnisch musterte sie ihn vom Kopf bis zu den Zehen. Vielleicht studiert sie ja gerade meine Aura, dachte er amüsiert.

»Sie haben eine dunkelgrüne Aura«, sagte sie prompt.

»Jesses«, sagte er. »Dunkelgrün? Du liebe Zeit.«

»Was kann ich für Sie tun?«

»Erzählen Sie mir einfach, woran Sie sich erinnern. Was Rune und Sie in der Zeit gemacht haben, für die Sie ihm ein Alibi gegeben haben. Was Sie der Polizei gesagt haben. Alles, woran Sie sich erinnern.«

Sie holte tief durch die Nase Luft. »Stört es Sie, wenn ich rauche?«, fragte sie, ohne seine Antwort abzuwarten. Sie nahm eine selbst gedrehte Zigarette und zündete sie mit einem altmodischen Feuerzeug an. Und dann erzählte sie. Von dem Ausflug in die Hütte im Fjell und dass sie nicht wüsste, wie der Ort hieß, weil ihr solche Dinge nicht wichtig waren. Einzig und allein die Essenz des Ausflugs war von Bedeutung, nicht, was auf irgendwelchen Schildern an irgendwelchen Bahnhöfen stand. Das klang vielleicht an den Haaren herbeigezogen, aber es war nun einmal so. Sie hatte diese Angewohnheit entwickelt, weil sie an Dyslexie litt, an Wortblindheit. Namen, Daten, all diese Dinge blieben ihr nicht im Gedächtnis haften. Gesichter, Gefühle, Stimmungen speicherte sie dagegen über lange Zeiträume. Rune Strøm sei ein liebenswerter, rücksichtsvoller Mann, der niemals, *niemals!,* auf die Idee käme, einen Menschen zu töten, sagte sie. Sie erzählte von ihrem Besuch bei der Polizei, wie verunsichert sie sich gefühlt habe und dass sie sich prompt in Halbwahrheiten verstrickt habe, weil die Polizisten so aufdringlich gewesen seien. Außerdem habe sie die ganze Zeit befürchtet, etwas Falsches zu sagen, etwas, das Rune belastete. Sie erinnerte sich daran, wie am Boden zerstört Rune nach Lindas Tod und seiner Festnahme gewesen war – jetzt war es noch schlimmer.

»Erzählen Sie mir von damals«, bat Gunnar.

»Als Linda starb? Oje, das ist so lange her.«

»Sie gehörten einer Clique an?«

»So könnte man es sagen ...« Sie lächelte sehnsüchtig. »Wir waren eine Clique auf der Kathedralschule. Die meisten von uns waren ziemlich verrückt. Rune. Linda. Ich. Zehn, fünfzehn Leute, ungefähr. Wir wollten uns von den anderen Gruppierungen an der Schule abgrenzen. Den Sozis. Den Freaks. Den AKPlern. Also gründeten wir eine eigene Gruppierung und nannten uns ›Der Klan‹. Ziemlich pathetisch. Wir begannen mit Meditation. Ein bisschen Hasch am Freitagabend, völlig harmlos. Dann fingen wir an, uns für Astrologie und Okkultismus zu interessieren. Wir erstellten Horoskope, veranstalteten spiritistische Séancen. Das wurde zu einer Art Lebensstil.«

»Warum haben Sie niemandem davon erzählt?«

»Wozu? Was spielt das für eine Rolle? Es hat ja auch keiner danach gefragt ...«

## 3

Die Nachmittagssonne blendete ihn, als er die Treppe zur psychiatrischen Tagesklinik Solvik hochlief. Er öffnete die schwere Tür und trat in einen Flur, der zu einem Aufenthaltsraum führte, in dem acht bis zehn Leute saßen.

»Ann-Reidun Skard?«, fragte er aufs Geratewohl.

Ohne ihn anzusehen, erhob sich eine magere Frau; mechanisch, wie ein Roboter, der darauf programmiert war, auf einen Namen, ein bestimmtes Wort, ein Geräusch zu reagieren. Ihr Gesicht sah aus wie ein mit Haut überzogener Totenschädel. Die Trainingsjacke hing über ihren Schultern wie an einem Kleiderbügel.

Die arme Frau! Ein Hautsack voller Knochen und Nerven, dachte er.

»Danke, dass Sie eingewilligt haben, mich zu treffen«, sagte er.

Sie nickte kurz, räusperte sich, sah ihn aber nicht an.

»Gibt es einen Platz, an dem wir uns ungestört unterhalten können?«, fragte er.

Sie führte ihn den Flur entlang in einen leeren Raucherraum. Dort nahm sie auf einem Stuhl Platz und knetete nervös die Hände.

»Wie lange ist es her, seit Sie Rune zum letzten Mal gesehen haben?«, fragte er.

Sie räusperte sich erneut. »Lange, mein Gott, Jahr und Tag ist das her. Bestimmt zehn Jahre.« Ihre Stimme war heiser und gequetscht, fast tonlos.

»Sie kennen ihn also nicht besonders gut?«

»Nicht mehr. Wissen Sie … Aber früher waren wir viel zusammen.«

»Sie sind auf die gleiche Schule gegangen wie er?«

»Woher wissen Sie das? Ich war in der gleichen Klasse wie Rune und Linda. Wir gehörten zur gleichen Clique …«

»Sie meinen den Klan?«

»Mein Gott, dieser Humbug. Wo haben Sie das aufgeschnappt? Das war ein Spiel von Jugendlichen. Die Faszination am Übernatürlichen. Nichts Ernstes.«

»Wie gut kannten Sie Linda?«

Der magere Körper begann zu zittern. »Ach, wissen Sie …« Sie räusperte sich; ihr Räuspern hatte etwas Manisches.

»Waren Sie Freundinnen?«

»O ja, beste Freundinnen.«

»Was haben Sie gedacht, als sie starb? Haben Sie Rune für den Mörder gehalten?«

Wieder geriet der ganze Körper in Wallung, als sie den Kopf schüttelte.

»Wie konnten Sie sich so sicher sein?«

»Sicher? Doch, ja ...« Wie ein Eichhörnchen begann sie, an den Nägeln zu kauen, obwohl kaum noch etwas davon übrig war.

»Warum?«, hakte er nach.

»Ich wusste es einfach, klar?«

»Aber woher wussten Sie es?«

Sie seufzte, räusperte sich und seufzte erneut. »Weil ich ihn an jenem Abend von zu Hause weggelockt habe, klar?«

»Wie meinen Sie das?«

»Er war mit mir zusammen. Bei einer Séance. Linda hatte mich darum gebeten.«

»Das verstehe ich nicht ...«

»Sie hatte einen Freund, klar? Von dem Rune nichts wissen sollte. Sie wissen schon ... Ich habe ihr geholfen, indem ich ab und zu mit Rune ausging, klar?«

»Sie hatte einen Freund? Einen Liebhaber?«

»Was heißt Liebhaber ... Wie auch immer, es war ihre Entscheidung, klar?«

»Wer war er?«

Sie breitete die Arme aus. »Das wollte sie nicht sagen. Nicht einmal mir.«

»Warum haben Sie der Polizei nichts davon erzählt?«

Sie zuckte zusammen, als hätte er ihr ins Gesicht geschlagen. Es sah aus, als wollten ihr gleich die Augen aus den Höhlen treten. An der Schläfe pochte eine dicke Ader.

»Ich war nicht ganz bei mir, klar? Ungefähr zeitgleich mit Lindas Tod begann das hier ...« Wie zur Erklärung streckte sie die skelettartigen Arme vor. Es kostete sie Mühe, die Beherrschung wiederzugewinnen. »Als Linda starb, hatte ich einen … Zusammenbruch. Die Nerven. Ich wurde eingewiesen. Als ich wieder gesund war …«, sie lachte ironisch, um zu unterstreichen, dass *gesund* vielleicht nicht ganz der treffende Ausdruck war, »… stand Rune längst nicht mehr unter Verdacht. Der Fall war abgeschlossen. Linda hatte mir ein Geheimnis anvertraut. Und ich sah keinen Grund, an etwas zu rühren, das … das ihr Andenken besudelt hätte. Außerdem wusste ich ja nicht einmal, wer ihr Freund war. Ich hätte auch nicht weiterhelfen können! Verstehen Sie?«

Die letzte Frage klang fast wie ein Flehen.

Er nahm ihre Hand in seine. Sie war kalt und knochig.

»Probieren Sie trotzdem, sich zu erinnern«, sagte er. »Hat sie nie etwas über ihn erzählt? Über sein Aussehen? Seinen Namen? Irgendetwas?«

»Sie tat sehr geheimnisvoll. Aber sie sagte, dass er gut aussähe. Und dass sie nie … Sie wissen schon …«

Er sah sie fragend an.

»Sie hatten nie … klar?«

»Ich verstehe nicht ganz …«

Sie räusperte sich und senkte die Stimme. »Sie wissen schon. Miteinander geschlafen.« Sie kicherte verlegen wie ein junges Mädchen.

»Ach so.«

»Nicht richtig, jedenfalls.« Sie verschränkte die Finger ineinander.

»Hat sie gesagt, wieso sie nicht …?«

Sie blickte zu Boden. »Sicher nicht, weil Linda nicht wollte. In der Hinsicht war sie ziemlich draufgängerisch. Was Jungs betraf. Sie wissen schon …«

»Sie waren mir eine große Hilfe, Ann-Reidun. Super! Erinnern Sie sich sonst noch an etwas?«

»Ich weiß nicht. Eine Kleinigkeit, vielleicht. Falls es überhaupt von Bedeutung ist. Als Linda und Rune zusammen nach Ammerud gezogen sind, hat sie gesagt, dass sie jetzt viel häufiger Besuch bekommen könnte. Von ihrem Freund. Ich ging davon aus, dass er wohl in der Nähe wohnte. Oder nicht allzu weit weg, klar?«

»Fabelhaft! Aber Sie wissen nicht, wo? Etwas genauer?«

Sie schüttelte den Kopf. Er konnte die Kopfhaut unter ihrem schütteren Haar erkennen. Er nahm noch einmal ihre Hand, und als er sie leicht drückte, verzog sich ihr Gesicht, als hätte sie Schmerzen. Er ließ sie sofort los.

»Es tat gut, mit jemandem darüber zu sprechen«, sagte sie leise. »Wirklich! Das bedrückt mich schon lange. All die Jahre. Wissen Sie, es tat gut, es auszusprechen.«

# Vierter Teil

# Der letzte Tag

## 19 Uhr 05

Jøkulfoss Camping & Hytteland wurde nie der große Erfolg, den sich die lokalen Investoren und die Gemeinde erhofft hatten.

Die Anlage lag prachtvoll an einem schwach geneigten Hang oberhalb der breiten Stromschnellen unweit des Wasserfalls. Einen Steinwurf nördlich des Gemeindezentrums begann der Langvatnsee, der sich bis Skarbu und zu den Lyngskjervhöhen hinzog.

Schon im letzten Jahrhundert kamen Touristen aus der ganzen Welt, um den majestätischen Wasserfall zu bewundern. Aber Jøkulfoss Camping & Hytteland wurde trotzdem kein Touristenmagnet. Die Ausländer reisten in Wohnmobilen mit mitgebrachten Lebensmittelvorräten an, und die norwegischen Touristen parkten wie früher oben in der Gemeinde und gingen mit Thermoskanne und Proviant hinunter zum Wasserfall, ehe sie ein paar Stunden später weiterfuhren. Die Rafter, die laut Freizeitberatungsunternehmen nur so auf die Anlage strömen würden, fanden die Stromschnelle nicht attraktiv genug und blieben aus, und die wenigen, die sich eine Hütte mieteten, begnügten sich mit einer Nacht.

Jøkulfoss Camping & Hytteland wurde 1986 erbaut, ging 1988 Konkurs, wurde 1989 von privater Hand übernommen, ging 1991 erneut pleite und wurde nun von einer halb kommunalen Gesellschaft betrieben, die immer mehr Geld in den Betrieb pumpte.

Leif Bryn musterte das Auto, das sich dem Kiosk näherte.

Als er die Geschäftsführung des Campingplatzes übernommen hatte, war er sich nicht darüber im Klaren gewesen, dass er von nun an jeden gottverdammten Tag in dem Schuppen hocken würde, der als Rezeption und Kiosk diente, und auf Touristen wartete. Er hatte gedacht, ein »Geschäftsführer« sei jemand, der herumlief und darauf achtete, dass alle anderen ihre Arbeit taten, und ganz sicher niemand, der alles selber erledigen musste. In Wahrheit war er nichts anderes als ein unterbezahlter Platzwart und Pförtner. Er verwaltete über zwanzig Campinghütten, ein Gelände mit Platz für fünfzig Wohnwagen und einen Zeltplatz, auf dem nie ein Zelt stand. Und er langweilte sich.

Das Auto, ein alter Lieferwagen, hielt vor dem Schuppen. Ein Mann und eine Frau saßen darin. Der Mann stieg aus. Leif schob das Fenster auf und beugte sich über den Tresen.

»Guten Abend«, sagte der Mann höflich. Etwas zu höflich, so redeten die Snobs aus der Stadt mit den Leuten vom Land, wenn sie vorzugeben versuchten, sich selbst auf einer Stufe mit der örtlichen Bevölkerung zu sehen.

»'n Abend«, antwortete er. Die Frau im Auto saß so, dass er unmöglich erkennen konnte, ob sie hübsch war oder nicht. Aber dem Mann nach zu schließen, war sie es.

»Haben Sie eine freie Hütte?«

Er hätte dem Mann am liebsten ins Gesicht gelacht. *Freie Hütte?* Hier gibt es so viele freie Hütten, Kamerad, dass du ein Asylantenheim aufmachen kannst, antwortete er für sich. Aber er sagte nichts, holte das grüne Buch und fuhr mit dem Zeigefinger über die leeren Kolonnen. Von den zwanzig Hütten waren vier vermietet. Die Saison war bald zu Ende, und in wenigen Wochen würde der ganze Campingplatz schließen. »Jaha«, sagte er mit einem unergründlichen Lächeln, »ich werde wohl noch ein Plätzchen für Sie finden.« Er lachte über seinen eigenen Witz. »Wie lange wollen Sie bleiben?«

»Nur über Nacht.«

Nur über Nacht. Als könnte sich überhaupt irgendjemand vorstellen, zwei Nächte in diesem gottverlassenen, landschaftlichen »Kleinod« zu verbringen.

»Viele Touristen zurzeit?«, fragte der Mann.

Leif musste den Blick heben, um sicherzugehen, dass ihn der Mann nicht auf den Arm nahm. *Viele Touristen – ha!* »Ziemlich ruhig im Moment«, antwortete er. *Im Moment!* Es reichte jetzt wirklich.

»Gut«, sagte der Mann.

Etwas an der Art, wie er sprach, weckte Leifs Interesse. Ihm fiel auf, dass der Mann keinen Ehering trug. Das musste nicht unbedingt etwas bedeuten, konnte aber heißen, dass er mit seiner neuen Freundin einen kleinen Ausflug machte.

»Nummer sechs ist frei«, sagte er. »Unten am Fluss.«

Nummer sechs gab er immer den spannenden Pärchen. Ein Spalt in der Lüftungsluke erlaubte es, draußen am Wäldchen zu stehen und direkt auf das Bett zu schauen.

»Ausgezeichnet«, sagte der Mann. *Ausgezeichnet.* Als wäre er ein vornehmer Direktor oder so etwas. Wenn er so vornehm war, warum ging er dann nicht oben im Dorf ins Hotel? Und warum mietete er eine billige Campinghütte und fuhr in einem Wrack von Lieferwagen herum, statt in einem Mercedes 500 SLC?

Er holte den Schlüssel der Hütte, während der Mann sich eintrug. Der Name war total unleserlich. Außer er hieß wirklich D@xy#kjqwe Réwymscxa oder so ähnlich. Der Mann bezahlte bar. Leif reichte ihm den Schlüssel und zeigte in Richtung Hütte. »Unten am Fluss, die Nummer steht an der Tür, Sie können direkt dahinter parken.«

Der Mann bedankte sich. Leif versuchte, einen Blick auf die Frau zu werfen, aber sie trug eine Sonnenbrille. Dabei war die Sonne nicht wirklich ein Problem. Er freute sich darauf, bald einen Blick durch den Spalt der Lüftungsluke zu werfen.

## 19 Uhr 20

Die Campinghütte war größer, als sie gedacht hatte. Rechts von der Tür befand sich eine Küchenecke mit Kochplatte, Kühlschrank und Waschbecken. An der einen Wand standen ein Sofa und ein Tisch, an der anderen ein Doppelbett.

Er schloss die Tür hinter ihr.

»Gemütlich«, sagte sie tonlos.

»Findest du?«

Sie lachte nervös. *Ich hasse ihn, ich hasse ihn, ich hasse ihn!*

Er verriegelte die Tür und überprüfte die Fenster. Sie legte den Rucksack aufs Sofa.

»Jetzt machen wir es uns gemütlich«, sagte er.

»Gemütlich? Wir? Uns?«

»Ja, ich dachte schon.«

»Gemütlich? Wir?«

»Wir können reden. Einen Spaziergang machen. Ein bisschen Schokolade essen. Ich habe Stratos und Schokotaler. Hast du Lust?«

Sie schüttelte den Kopf.

»Was sollen wir hier?«, fragte sie dann.

»Was wir hier sollen? Irgendwo müssen wir doch schlafen.«

»Aber wohin fahren wir? Was tun wir hier?«

Er lächelte sie an, als wollte er ihr sagen, das sei ein Geheimnis, das er ihr leider nicht verraten könne.

## 19 Uhr 35

Sie waren nicht so heiß aufeinander, wie er gehofft hatte. Leif Bryn fluchte innerlich. Einige der jungen Pärchen, die eine Campinghütte mieteten, schafften es kaum noch, die Tür zu schließen, bevor sie sich die Kleider vom Leib rissen. Oi, oi, oi, was er schon für saftige Einblicke durch den schmalen Spalt der Lüftungsluke gehabt hatte. Aber heute Abend war keinerlei Leidenschaft zu spüren. Die Frau saß auf dem Sofa, das Gesicht von ihm abgewandt. Der Mann hockte auf dem Bett. Sie redeten. Er konnte nicht verstehen, was sie sagten, aber das war ihm egal. Wenn sie ihm keinen Sex zu bieten hatten, konnten sie seinetwegen über Aktienkurse oder bodennahes Ozon reden.

Vielleicht warteten sie ja, bis es Schlafenszeit war und das Licht gelöscht wurde, damit sie die Decke über sich schlagen und wie ein müdes Missionarspaar loslegen konnten? Solche Leute machten ihm keinen Spaß.

Oder gehörten sie zu denen, die den Morgen vorzogen? Manch einer brauchte erst mal eine Mütze Schlaf, ehe er sich einen Fick gönnte. Leif grinste – er würde morgen früh noch einmal vorbeischauen. Jetzt hatte er keine Lust mehr, noch länger da zu stehen und zu spannen. Zu Hause warteten wenigstens ein paar Videos und Zeitschriften.

## 21 Uhr 45

Das Rauschen der Stromschnellen erfüllt ihn mit Ehrfurcht. Statt des gepflasterten Wegs wählt er den Naturpfad, der sich dicht am Fluss entlang nach unten zum Wasserfall windet. An einigen Stellen ist der Pfad so schmal, dass er sie führen muss, damit sie nicht das Gleichgewicht verliert und in den Fluss stürzt. Es ist ein magisches Gefühl, ihre Hand zu halten und ihre Haut zu spüren, die Wärme; zu fühlen, wie sie ihre Muskeln anspannt, um nicht den Halt zu verlieren. Ein Prickeln, das sich von der Hand in seinen ganzen Körper ausbreitet.

Irgendwann müssen sie zurück auf den gepflasterten Weg, um dann über die Schiefertreppe zu der Plattform zu gelangen, von der aus man den Schwindel erregenden Wasserfall einsehen kann. Von dort aus kann man beobachten, wie sich die herabstürzenden Wassermassen teilen und in einer Gischtwolke auflösen. Die Aussichtsplattform ist mit fünf dicken Betonsäulen verankert, die schräg über dem Abgrund stehen. Wenn man sich über das Geländer lehnt, kann man senkrecht nach unten schauen.

Das Gefühl behagt ihm.

Er filmt sie am Geländer, aber das Licht ist bereits grau und matt, so dass er sich entschließt, mit den weiteren Aufnahmen bis zum nächsten Tag zu warten. Gegen Mittag, wenn das Licht scharf ist, kann er mit ihr vielleicht bis zum Fuß des Wasserfalls hinuntergehen. Er zieht sie mit sich zu der Reihe von Tischen aus grob zugehauenen Stämmen. Sie sind allein. Das Dröhnen des Wasserfalls ist beruhigend, ewig während.

»Bist du hier noch nie gewesen?«, fragt er.

Sie schüttelt den Kopf.

»Ich war schon mal hier«, sagt er. »Vor langer, langer Zeit.« Er weiß nicht, ob das stimmt oder bloß ein Traum ist. Aber er hat ein ganz deutliches Bild von seiner Mutter an einem Geländer vor einem Wasserfall im Kopf.

»Warum filmen Sie mich die ganze Zeit?«, fragt sie.

Die Frage kommt überraschend. Er ist irritiert. Er mag keine überraschenden Fragen.

Weil ich einen Plan habe, hätte er sagen können. Weil ich vorhabe, dich mit in meinen Keller zu nehmen, zu der Matratze, die dort auf dich wartet. Du hast sie ja bereits auf den Videobändern gesehen. Dann werde ich die Videokassetten an deinen Sender schicken. Mit Aufnahmen von dir. Eine nach der anderen, eine ganze Serie. Das ganze Land soll es sehen. Die große Jagd auf Kristin Bye. Wo sie heute wohl ist? Ja, wenn man das nur wüsste! Mutter, bring Kaffee und Plätzchen, jetzt kommen die Nachrichten mit dem Rätsel des Tages! Die Aufnahmen sollten möglichst schwer zu lokalisieren sein. Wald und Berge.

Das könnte überall sein. Andere dürfen ruhig etwas mehr verraten. Der Wasserfall. Eine Bergspitze. Ein Bauernhof. Kennst du den Wettbewerb in der Sendung »Quer durch Norwegen«? Stell dir so eine Show vor. Mit dem Leben als Spieleinsatz und dir als Hauptperson.

All das hätte er ihr sagen können.

Aber er sagt nichts.

»Haben Sie vor, mich zu töten?«, fragt sie.

Er sieht ihr in die Augen. »Wenn du solche Fragen stellst, bekomme ich sehr große Lust, das zu tun.«

Er sagt das eher im Spaß, sieht ihr aber an, dass sie es ernst nimmt.

## 22 Uhr 10

Gemächlich wie ein Liebespaar schlenderten sie vom Wasserfall zurück.

Der Abend war mild, der Wald voller Geräusche. Dieses Mal wählten sie den breiten Weg, aber trotzdem nahm er ihre Hand. Er wollte wohl, dass sie wie Verliebte aussehen, sollte ihnen jemand entgegenkommen. Aber seit sie bei diesem untersetzten Kerl am Kiosk den Schlüssel geholt hatten, war ihnen niemanden mehr begegnet.

Es fühlte sich seltsam an, Hand in Hand mit einem Mann zu gehen, der Gott weiß wie viele Frauen umgebracht hatte. Sie schielte zu ihm hinüber. Wie konnte man nur in dem einem Augenblick so nett und verletzbar wirken und sich im nächsten in einen rücksichtslosen Folterer und Mörder verwandeln? In jemanden, der das Leiden seiner Opfer verlängerte, indem er sie gefangen hielt und filmte, auf bestialische Weise ermordete und ihre Andenken durch das Ausstrahlen der Bilder im Fernsehen in den Dreck zog?

In den wir sie dann noch tiefer treten, dachte sie.

In einigen der Hütten brannte Licht. Sie standen da und blickten über den Campingplatz; die Silhouetten der Spielgeräte, die dunklen Hütten und die große, offene Wiese ohne Zelte. Ein zur Neige gehender Sommer …

Sie schlossen die Tür der Hütte auf, gingen hinein und machten das Licht an. Beide waren hungrig. Sie hatten mittags und am Spätnachmittag jeweils ein Würstchen mit Brot gegessen, doch er hatte an einer Tankstelle Eier, Gemüse und Brot gekauft und briet jetzt ein Omelett für sie.

Nach dem Essen nahmen sie ihre Stühle und setzten sich nach draußen. Es war dunkel geworden, und der Wasserfall klang noch näher. Sie sahen keine Sterne.

»Es gibt etwas, das ich gerne wissen würde«, sagte sie.

Er sah sie fragend an.

»Warum haben Sie mir diese Videoaufnahmen geschickt?«

»Du bist Journalistin. Im Fernsehen«, sagte er ausweichend.

»Aber warum mir?«

»Du warst mein Werkzeug.«

»Sie verstehen nicht … Warum gerade mir? *Mir*?«

Er lächelte schüchtern, und sie war sich ganz sicher, dass er rot wurde.

»Vielleicht weil ich dich mag?«

Er meinte das sicher als Kompliment, für sie hörte es sich aber an wie eine Drohung.

Er räusperte sich. »Erinnerst du dich nicht an mich?«, fragte er. Er versuchte, seine Stimme gleichgültig klingen zu lassen, doch die Worte kamen recht gequält.

Sie sah ihn an. *Erinnern? Mein Gott, sollte ich ihn wiedererkennen? Habe ich ihn denn schon mal getroffen?*

»Sie kommen mir tatsächlich irgendwie bekannt vor …«, log sie.

»Versuch es gar nicht erst. Du erinnerst dich nicht an mich!«

»Doch, irgendwoher, ich kann das nur nicht zuordnen.«

Er hielt inne. »Du hast mich interviewt, erinnerst du dich?«

Ihn interviewt? *Mein Gott, ich soll* IHN INTERVIEWT *haben*?

»Richtig!«, sagte sie und schnippte ein paar Mal, als wollte sie ihrem Gedächtnis damit auf die Sprünge helfen. »Jetzt kommt es langsam …«

»Letztes Jahr im Mai«, half er ihr.

*O je, im Mai, letztes Jahr … da war ich noch beim* Dagbladet … *Mai! Mai! Mai! …*

»Genau! Sie waren an dieser Reportage beteiligt über …« Sie schnippte wieder, als läge ihr das Wort auf der Zunge.

»… die besten Filme aller Zeiten«, schloss er.

Sie sah ihn an. Wusste schlagartig, welche Reportage er meinte. Die zwei Seiten in der Sonntagsausgabe.

Aber sie erinnerte sich noch immer nicht an ihn.

»Genau!«, platzte sie heraus.

»Du erinnerst dich nicht«, sagte er frei heraus. Er wirkte nicht wütend oder enttäuscht. Aber er sah sie nicht an, als er das sagte.

Sie versuchte nicht noch einmal, ihn zu belügen.

»Du musst nicht so tun als ob«, fuhr er fort.

Sie sagte nichts.

»Es war am zwanzigsten Mai«, redete er weiter. »Du hast mich bei der Arbeit angerufen, weil dir jemand im Filmclub den Tipp gegeben hatte, dich bei mir zu melden. Weil ich ein bisschen Ahnung habe. Tags darauf kamst du mit deinem Cowboy-Fotografen anmarschiert. Wir haben geredet, und dieser Cowboy hat einen Haufen Bilder gemacht. Aber ihr habt keins davon benutzt.«

*Der*! Ganz entfernt erinnerte sie sich an die Episode. Sie hatten in dem dunklen Maschinenraum eines Kinos gestanden. Das Riesen-Vorführgerät lief summend, und der Ventilator rauschte.

»Ich habe viel an dich gedacht, anschließend.« Er lachte geniert: »Hab dir sogar ein paar Briefe geschrieben. Nur abgeschickt habe ich die nie.« Er trat vorsichtig in den Boden. »Du kannst mir glauben, ich war ganz schön überrascht, als ich mitbekam, dass du bei ›24 Stunden!‹ angefangen hast. Beim Fernsehen!«

Sie schloss die Augen und lehnte sich zurück. Ließ den Kopf nach hinten kippen. *Ich verstehe nur nicht, warum er …*

»Was hast du gedacht?«, fragte er. »Als du die ersten Videos gekriegt hast?« Er stützte die Unterarme auf seine Schenkel und beugte sich zu ihr herüber. »Und als du die Bibelzitate gelesen hast?«

»Ich … weiß nicht.«

»Doch! Sag es!«

»Ich dachte, dass Sie ein Mann … mit Problemen sein müssen.«

»Ein Verrückter?«

»Ich dachte nur, Sie wissen schon, dass Sie vielleicht ein bisschen … verwirrt sind.«

Er presste die Handflächen aneinander und wiegte den Oberkörper vor und zurück. Er erinnerte sie an einen tibetanischen Mönch im Gebet.

Er saß lange so da und starrte sie an. Wie in Trance. Dann brach er plötzlich in Gelächter aus. Erwartungsvolles Gelächter.

*Er glaubt, ich bin beeindruckt!*

»Mein Gott«, rutschte es ihr heraus.

Seine Augen leuchteten im abendlichen Dunkel auf. Eisblau und magnetisch.

»Ein bisschen verwirrt, was?«, höhnte er.

»Was sollte ich glauben?«

»Gibt es nichts, was du über mich wissen willst?«, fragte er.

*Nichts? O doch, mein Lieber, es gibt einiges, das ich wissen will.*

Sie sagte: »Bei Ihrem Anruf neulich haben Sie mich darum gebeten, die Polizei auf gewisse Symbole anzusprechen.«

Er sagte nichts.

»Also habe ich gefragt«, fuhr sie fort. »Sie haben mir gesagt, es handele sich um Hexagramme.«

»Es wundert mich, dass nichts darüber berichtet wurde. Ich dachte, das würde einen Riesenaufstand geben.«

»Aber was sollen sie symbolisieren?«

»Furcht! Unsicherheit! Sehnsucht!«

»Ich verstehe nicht ...«

Er beugte sich zu ihr hinüber. »Hast du dich jemals gefragt«, sagte er, »was einen Menschen dazu treibt, einen anderen zu töten?«

Dieses Mal war sie nicht wie vor Angst gelähmt, denn die Frage klang weder bedrohlich noch gefährlich. Trotzdem antwortete sie nicht. Sein intensiver Blick durchbohrte sie.

»Zufälle«, sagte er. »Gefühlsausbrüche. Wut. Eifersucht. Wenn du alle Mörder in den norwegischen Gefängnissen in eine Reihe stellen würdest, wärest du überrascht darüber, wie viele ganz gewöhnliche Männer du findest. Keine kahl rasierten, narbigen Muskelprotze, sondern ganz normale Menschen. Die sich einfach nicht beherrschen konnten.«

»Das ist doch wohl keine Entschuldigung ...«

»Nicht für die Opfer. Aber jeder Mord hat zwei Opfer.« Er lachte leise. »Jetzt glaub aber nicht, dass das in irgendeiner Weise eine Entschuldigung sein soll.«

Sie schielte zu ihm hinüber. »Aber, warum?«

»Warum ...?« Er breitete die Arme aus, als hätte er vor, einen ganzen Roman zu erzählen, sagte dann aber nur: »Warum nicht?«

»Warum?«, wiederholte sie noch einmal für sich selbst.

»Erinnerst du dich an unser Telefonat? Als ich mich mit einer Schlange verglichen habe?«

Sie starrte vor sich hin.

»Ich wollte ein Bild erschaffen, eine Vorstellung. Es ist eine intellektuelle Herausforderung, etwas zu konstruieren. Zu manipulieren. Das Hexagramm war bloß ein Teil des Gesamtkonstrukts. Ein Puzzle-Steinchen, mit dem ich noch mehr Furcht und Verwirrung stiften wollte.«

»Ein Spiel!«, platzte sie hervor. »Ist das für Sie wirklich nur ein Spiel! Ein verfluchtes Spiel?!«

Er sah sie überrascht an. *Ja und?,* schien sein Blick zu sagen.

»Ein Spiel!«, wiederholte sie.

»Vielleicht. Alles ist ein Spiel. Die ganze Maschinerie unserer Gesellschaft. Ist nicht die ganze Welt ein gigantisches Brettspiel? Bei dem die Politiker und Generale die Regeln bestimmen?«

»Mein Gott, was für ein dummer Vergleich! Sie glauben ja gar nicht, wie banal das klingt!«

»Oder die Beziehung zwischen Mann und Frau. Ist nicht auch die ein einzigartiges, großes Spiel? Ein Spiel um Gefühle, um Macht.«

Sie stöhnte resigniert. »Sie reden in Klischees.«

Er fuhr fort: »Und du, nimmst nicht auch du an einem Spiel teil? Ist denn die Nachrichtenvermittlung etwas anderes als ein Spiel? Manipulation? Ihr sucht euch aus der Fülle von Informationen und Schicksalen etwas ganz Bestimmtes heraus. Entscheidet euch für einen besonderen Blickwinkel. Manche Sachen blast ihr auf, während andere unter den Tisch fallen. Als wolltet ihr Gott spielen und bestimmen, was wichtig ist und was nicht. Ihr spielt euch auf, macht euch wichtig. *Meinungsfreiheit!*, schreit ihr. *Kritische Berichterstattung* … Mir klingt es noch in den Ohren. Dabei nehmt ihr doch alle an diesem Spiel teil. Glaubst du, ich weiß das nicht? Glaubst du, ich hätte es nicht geschafft, euch für meine Zwecke zu nutzen? Angst zu stiften? Massenhysterie? Durch die Medien. Die Medien sind doch der eigentliche Schlüssel.«

»Aber warum?«

Er lachte glucksend. Im Schein der weit entfernten Straßenlaterne formte sich sein Gesicht aus Schatten und Kontrasten.

Irgendwo schlug eine Autotür.

»Und was ist mit mir?«, fragte sie. »Was haben Sie mit mir vor?«

Sein Lachen erstarb.

»Wollen Sie mich umbringen?«

Er lehnte sich zurück.

Das Rauschen des Wasserfalls klang wie ein Fernsehapparat nach Sendeschluss. Sie merkte, dass er sie musterte.

»Du hast sicher nie Schmerzen empfunden«, sagte er. »Tiefe, seelische Schmerzen.«

Sie fing seinen Blick ein. Holte tief Luft. Sagte aber nichts.

Aus dem Dunkel des Waldes war der halbherzige Gesang eines Vogels zu hören. Hinter der Anhöhe zwischen dem Campingplatz und der Hauptstraße beschleunigte ein Auto.

»Bist du müde?«

»Ja.«

»Sollen wir ins Bett gehen?«

Die Frage klang arglos, vollständig ungefährlich. Trotzdem gefror etwas in ihrem Körper. *Sollen wir ins Bett gehen?* Eine Frage, die man sich unter Paaren stellte. Unter Geliebten. Unter Menschen, die einander etwas bedeuteten. Aus seinem Mund klang das wie ein Todesurteil.

Sie nahmen die Stühle mit hinein. Er verschloss die Tür und zog den Schlüssel ab.

»Es war ein langer Tag«, sagte sie und starrte beunruhigt auf das Doppelbett.

Er folgte ihrem Blick. »Du kannst hinten liegen«, sagte er, »an der Wand.«

*Er wird es nicht tun… er wird es nicht tun… er wird es nicht tun…*

Sie zog Hose und Strümpfe aus, nicht aber das Hemd, und kroch ins Bett. Setzte sich dicht an die Wand.

»Wird dir das nicht zu warm? Mit dem Hemd?«, fragte er. Seine Stimme hatte plötzlich etwas Warmes.

»Ich friere nachts leicht.«

»Ich muss dich leider fesseln.«

Sie unterdrückte ein Schluchzen.

Er holte zwei Nylonseile aus seiner Tasche, wickelte ihr Lappen um die Handgelenke, ehe er die Seile darum schlang und sie an das Bettgitter fesselte. Sie konnte die Arme etwas bewegen, sich aber nicht umdrehen.

*Ich bin hilflos ... er kann mit mir machen, was er will ...*

Er machte das Licht aus.

In der Dunkelheit sah sie seine Konturen, als er sich auszog und die Kleider ordentlich zusammengelegt auf dem Stuhl platzierte. Das Bett knarrte, als er sich auf den Rand setzte.

*Er wird es nicht tun ... er wird es nicht tun ... er wird es nicht tun ...*

Er legte sich hin. Sein Oberarm streifte sie.

*Mein Gott, bitte, bitte lass es ihn nicht tun ...*

Er holte tief Luft, zitternd.

»Gute Nacht«, flüsterte er.

Es dauerte eine Weile, bis es ihr gelang einzuschlafen.

## 23 Uhr 30

Der Tipp von Ann-Reidun Skard brachte ihn nicht weiter.

Gunnar hatte den ganzen Abend darauf verwendet, die verschiedenen Quellen aufzuspüren, mit denen er bereits über Rune Strøm gesprochen hatte, doch keiner von ihnen kannte jemanden, der in der Nähe von Ammerud wohnte. Der Einzige, den er nicht erreicht hatte, war Tor Berg. Dabei war ihm aufgefallen, dass die Zahnarztpraxis im Stovnercenter nicht weit von Ammerud entfernt war, weshalb Berg eine gewisse Verbindung zu dieser Gegend hatte und damit sogar selbst Linda Gabrielsens früherer Geliebter und der gefürchtete Täter sein könnte.

Dennoch … Das passte nicht wirklich. Tor Berg war nicht der Typ dafür. Er war definitiv nicht Aquarius.

Gunnar erreichte ihn schließlich zu Hause, nachdem er den ganzen Abend bei ihm angerufen hatte. Berg erklärte, er sei gerade von seinem Schachabend zurückgekommen. Sonst würde er mit Sicherheit schon lange schlafen.

Gunnar räusperte sich. Er war müde und erschöpft und wusste nicht recht, wie er es formulieren sollte. »Es ist nur ein Schuss ins Blaue«, sagte er mit heiserer Stimme. »Ich rufe Sie an, um mich zu erkundigen, ob Sie jemals von einer Person im Bekanntenkreis von Rune und Linda gehört haben, die in der Nähe von Ammerud wohnte?«

»Nein«, antwortete Berg spontan. Dann verstummte er. »Moment mal.« Er lachte kurz. »Witzig, dass Sie das fragen. Ich habe hier im Center mal jemanden getroffen. Eine der Randfiguren der Clique. Das muss letztes Jahr gewesen sein. Wir sind ins Gespräch gekommen. Er sagte, er wohne in Rødtvet. Und das ist nicht weit von Ammerud entfernt. Als wir noch zur Schule gingen, hab ich mich nicht weiter für ihn interessiert. Er war ein verschlossener Typ. Ein bisschen seltsam. Hitchcock. Ein gut aussehender Kerl. Freundlich und nett. Aber irgendwie extrem distanziert. Als lebte er in seiner eigenen Welt. Auf einem anderen Planeten. Keiner kannte ihn richtig.«

»Hitchcock? Hieß er wirklich Hitchcock?«

Tor Berg lachte. »Natürlich nicht, so haben wir ihn nur genannt, weil …«, er hielt die Luft an, und Gunnar Borg hörte förmlich, wie ihm mit einem Mal alles klar wurde, »… weil er immer und überall am Filmen war.«

## 00 Uhr 30

Die Fenster waren dunkel.

Ein braun gebeiztes, zweigeschossiges Haus aus den Fünfzigerjahren, umgeben von einem gepflegten Garten voller Rosen, Beeren und Obstbäume. Der Kiesweg von der Straße bis zur Treppe war geharkt. Zwei gepflasterte Streifen führten zu der geschlossenen Garage. Zwischen den Pflastersteinen wuchs Gras. Gerade geschnittene Hecken, frisch gemähter Rasen. Am Giebel des Hauses hing eine große Parabolantenne.

Das Haus lag in einem stillen, etwas abseits gelegenen Viertel am Ende einer Sackgasse, die an einem Wäldchen oberhalb des Hügels zwischen Rødtvet und Vesletjern endete. Durch den Wald waren es zu Fuß höchstens fünf Minuten bis nach Ammerud.

Wurde im Vesletjern nicht auch ein ertrunkenes Mädchen gefunden?, dachte Gunnar.

Er schlich sich dicht an der Fliederhecke entlang in den Garten. Blieb regungslos stehen. Spähte zu den dunklen Fenstern. Suchte die Gegend mit wachsamem Blick ab. Die Apfelbäume hingen voller Früchte. Die Johannisbeersträucher leuchteten förmlich vor Beeren. Die Rosenbeete waren gejätet, und der dunkle Mulch schien frisch untergehoben worden zu sein.

Er hastete hinüber zu einem Apfelbaum, hockte sich hinter einen Johannisbeerstrauch und eilte dann über den Rasen bis zum Haus. Lauschte. Nichts. Dicht an die Wand gedrückt, bog er um die Hausecke. Stille. Dunkel. Er versuchte, durch ein Fenster hineinzuschauen, kam aber nicht hoch genug.

Also kniete er sich hin, um durch ein Kellerfenster zu blicken. Als er sein eigenes Spiegelbild sah, zuckte er zusammen. Schließlich legte er die Stirn direkt ans Glas und schirmte seine Augen mit den Händen ab. Aber er konnte nicht hineinblicken. Die Fenster waren auf der Innenseite beklebt.

Er stand auf und wischte sich den Sand von den Knien.

Er ist es, dachte er. Er wusste nicht, was ihn so sicher machte. Natürlich konnte er sich wieder irren, aber er fühlte: Dieses Mal irre ich mich nicht! Jetzt habe ich ihn!

## 00 Uhr 40

Sie träumte unruhig.

Für Kristin war es keine gute Nacht. Bei jedem Versuch, sich umzudrehen oder an der Nase zu kratzen, wachte sie auf.

Sie wusste nicht, was sie geträumt hatte, aber die Träume ließen sie mit einem schmerzenden, klaustrophobischen Gefühl zurück.

Sie hatte einen trockenen Mund. Durst. Zu Hause hatte sie immer ein Glas Wasser auf dem Nachtschränkchen stehen.

Wenn sie den Kopf drehte, starrte sie direkt in das Gesicht des Mannes, der neben ihr lag. Er schlief fest mit gleichmäßigen Atemzügen und auf dem Bauch gefalteten Händen.

Sie dachte: Ich weiß nicht einmal, wie er heißt.

## 3 Uhr 44

Runar Vang weigerte sich, etwas zu unternehmen.

Gunnar traute seinen Ohren nicht. Er hockte auf einem unbequemen Stahlrohrstuhl in einem der Ermittlungsräume. Vang thronte hinter seinem Schreibtisch. Oscar Lund, den Gunnar zu Hause abgeholt hatte und der dafür gesorgt hatte, dass Gunnar zehn Minuten Audienz bei Seiner Heiligkeit erhielt, lehnte an der Wand.

»Aber das ist doch alles ganz offensichtlich«, stotterte Gunnar verwirrt. Er hatte von den Gesprächen mit Rune Strøms Freunden erzählt, davon, wie ein Puzzle-Steinchen nach dem anderen an seinen Platz gefallen war und ihn veranlasst hatte, zu diesem Haus in Rødtvet zu fahren.

Vang schüttelte den Kopf und machte Anstalten, sich zu erheben. Sein Gesicht war angespannt, die Augen rot vor Schlafmangel. »Interessanter Hinweis«, sagte er, »Sie vergessen aber, dass die Polizei bereits jemanden verhaftet hat, der in Untersuchungshaft sitzt.«

»Aber das ist der Falsche!«

Vang nahm einen großen Schluck aus seiner Kaffeetasse und zeigte mit dem Finger auf Gunnar: »Hören Sie, Herr Borg, lassen Sie mich erklären«, sagte er mit rauer Stimme. »Eine Polizeiermittlung ist eine mühsame, methodische Arbeit. Wir folgen einer Hauptspur und beleuchten diese von den unterschiedlichsten Blickwinkeln aus. Parallel zu dieser Hauptspur verfolgen wir aber auch noch andere Spuren. In diesem Fall können wir uns vor Hinweisen kaum retten. Einige passen. Andere sortieren wir gleich aus. Wieder andere legen wir zur Seite, um sie später zu überprüfen, wenn wir mit den vorrangig behandelten Spuren nicht weiterkommen. Es ist nicht so, dass wir für jeden heißen Tipp alles stehen und liegen lassen und gleich zur Tür rausstürzen. Was haben Sie mir heute Nacht noch gleich gesagt? Dass eine alte Freundin von Linda Gabrielsen, eine Freundin, die in der Psychiatrie untergebracht worden ist, behauptet, Linda habe einen Geliebten gehabt. Und wenn schon? Damit sind wir möglicherweise ein klitzekleines bisschen näher an der Lösung des Gabrielsen-Falls, sollte diese Ermittlung denn jemals wieder aufgenommen werden. Ihr Geliebter hat in der Nähe von Ammerud gelebt, sagen Sie? Nun, das trifft auch auf fünfzigtausend andere zu. Eine Person, die in den Siebzigerjahren eine Verbindung zum Freundeskreis der Kathedralschule hatte, erinnert sich daran, dass einer in der Gruppe immer mit einer Schmalfilmkamera herumrannte und deshalb Hitchcock genannt wurde. Na und? Und weil dieser Filmamateur in Rødtvet wohnt, leiten Sie SIMSALABIM! ab, den Fall gelöst zu haben. Sie behaupten, Linda Gabrielsens Mörder und Aquarius entlarvt zu haben. Was Sie da vorbereiten, ist ein Justizmord. Und von mir erwarten Sie, dass ich aufgrund dieser vagen Erkenntnisse ohne auch nur eine Spur von Beweisen eine Einsatztruppe mobilisiere und mitten in der Nacht in ein Haus eindringe. Tut mir leid. So arbeitet die Polizei nicht. Ich kann Ihnen aber Folgendes versprechen: Morgen werde ich einen der Ermittler bitten, Ihrem Hinweis einmal nachzugehen. Denn mehr ist es nicht. Ein Hinweis. Wie hundert andere. Nur dass es Ihrem Hinweis erspart bleiben wird, unter einem Stapel anderer Hinweise zu verschwinden.«

Er stand auf, schwankte kurz und stützte sich dann mit der Faust auf der Tischplatte ab. »Meine Herren, es war ein langer Tag. Wenn Sie mich entschuldigen würden …«

Er ging aus dem Zimmer. Gunnar starrte Oscar Lund an.

»Er hat mir nicht geglaubt!«, sagte er. »Da serviere ich ihm Aquarius auf dem Silbertablett, und er glaubt mir nicht!«

Oscar Lund verschränkte die Arme vor der Brust. »Das hat er nicht gesagt, Gunnar. Er hat bloß gesagt, dass er aufgrund einer so löchrigen Grundlage nicht schon heute Nacht aktiv werden will. Und er hat vollkommen recht, weißt du. Viel ist das nicht, was du in der Hand hast. Ich hätte es genauso gemacht wie er!«

»Mein Gott …«

»Sie haben einen Verdächtigen in Untersuchungshaft. Und Vang ist erschöpft. Er hat in der letzten Zeit jeden Tag fünfzehn bis zwanzig Stunden gearbeitet. Die Art Polizeiaktion, die du dir vorstellst, verlangt einen gewaltigen Polizeiapparat. Da müssen viele Register gezogen werden. Es ist bald vier Uhr nachts, Gunnar.«

»Der Mörder wohnt in diesem Haus, Oscar!«

Er nickte nachdenklich.

»Und da sollen wir uns zurücklehnen und ein paar Tage warten? Während er diese Frøydis womöglich noch immer gefangen hält, Kristin in Gefahr ist und ein Unschuldiger im Gefängnis sitzt? Nur um Vang die Zeit zu geben, das alles bestätigt zu bekommen?«

Oscar Lund holte tief Luft. »Du weißt das, Gunnar, offiziell bin ich hier nicht mehr angestellt.«

»Ja und?«

»Was hältst du davon, wenn wir zwei Alten mal auf eigene Faust einen Blick riskieren?«

## 4 Uhr 55

Es begann gerade zu dämmern, als Oscar Lund die Haustür mit einem Dietrich öffnete. Das Werkzeug hatte er sich von einem jungen Beamten der Kripo ausgeborgt.

Sie hatten mehrmals angerufen. Zuletzt aus Oscars Auto, als sie bereits unten auf der Straße standen. Beim letzten Mal hatte Oscar es fünfzigmal klingeln lassen, ehe er aufgelegt hatte.

Dann hatten sie an der Tür geklingelt, lange.

»Entweder ist er nicht zu Hause«, flüsterte Oscar, »oder er steht hinter der Tür und wartet schon auf uns.«

Gunnar musste sich zusammennehmen, als er antwortete: »In unserem Alter sind wir ja praktisch ohnehin schon tot.«

Oscar brauchte weniger als eine Minute, um die Tür zu öffnen. Wie im Film zog er eine Pistole und drückte die Tür auf.

Niemand.

Sie schlichen hinein, schlossen die Tür lautlos hinter sich und lauschten.

Gunnar war wie gelähmt vor Angst.

Es klirrte laut, als Oscar den Satz Dietriche in die Tasche fallen ließ.

Das ist doch nicht wahr, dachte Gunnar, das kann doch alles nicht wahr sein!

Hinter dem winzigen Entree gelangten sie in einen Flur. Linker Hand führte eine schmale Treppe nach oben in den ersten Stock und eine weitere hinunter in den Keller. Rechterhand war eine Tür mit Herzchen. Geradeaus lagen das Wohnzimmer und die Küche. Sie schlichen sich ins Wohnzimmer. Gunnar war beeindruckt über die Bücherwände. Er fühlte sich fast wie zu Hause. Doch dann bemerkte er, dass es keine Bücher, sondern Videofilme waren, die in den Regalen standen.

Der Wohnzimmertisch war abgeräumt. Es sah aus, als wäre gerade die Putzfrau da gewesen.

Die Küche war wie geleckt, leer.

Oscar deutete nach oben.

Stufe für Stufe schlichen sie die Treppe hoch, in der Hoffnung, sich nicht durch ein Knarren zu verraten.

Drei Türen.

Oscar öffnete vorsichtig die erste. Ein altes Kinderzimmer, von einem Jungen, erstarrt in der Zeit, seit Jahren nicht genutzt. Von der Decke hingen Modellflugzeuge an Angelschnüren. Vor der Wand stand ein Spielkran, auf dem Schreibtisch ein Mikroskop.

Eine andere Tür führte in ein kleineres Zimmer voller Fernsehbildschirme. Dazwischen waren ein Mischpult und ein Computer aufgebaut.

Sie sahen einander an. Nickten.

Dann lag hinter der letzten Tür das Schlafzimmer.

Oscar drückte die Klinke vorsichtig mit der linken Hand nach unten. In der anderen hielt er die Waffe.

Er sah durch den Türspalt.

Leer.

Das Doppelbett war gemacht. Die Tagesdecke straff über die Bettdecke gezogen. Auf dem Nachtschränkchen lag neben einem auf den Kopf gedrehten Glas eine Bibel.

»Der Keller«, flüsterte Oscar.

Sie schlichen die Treppe wieder runter und weiter in den Keller. Ein Gang mit Verschlägen auf jeder Seite. Oscar knipste die Taschenlampe an. Hinter den Türen auf der rechten Seite standen Ski, Koffer und Kleider.

Eine der Türen auf der linken Seite war mit vier Yale-Schlössern gesichert. Die andere stand offen. Sie blickten hinein.

Die Kammer war klein, kaum größer als ein Kleiderschrank. Sie sahen einen Barhocker. Eine Videokamera auf einem Stativ. Ein längliches Fenster.

Sie blickten sich wortlos an und betraten die Kammer.

Es war Gunnar, der als Erster durch das Fenster blickte.

## 5 Uhr 28

Die Landschaft rund um den Jøkulfoss veränderte in der Dämmerung ihren Charakter. Das diesige Morgenlicht verwischte die verwunschenen Konturen. An wolkenlosen Tagen bildete sich immer ein Regenbogen in der Gischt vor dem Wasserfall. Oben im Dorf starteten die ersten Autos.

Leif Bryn war ein Frühaufsteher.

Er hatte es noch nie geschafft, bis mittags im Bett zu bleiben. Er wachte früh auf und liebte die stillen Morgenstunden, wenn er im Haus herumfuhrwerkte, Radio hörte oder Frühstücksfernsehen sah und seinen Kaffee trank. Schon mehrmals hatte er dabei am Waldrand Elche erblickt.

Er stand mit der Kaffeetasse in der Hand da und lehnte die Stirn ans Fenster. Draußen war kein Mensch zu sehen. Die Blockhütten und Wohnwagen lagen im Dunkeln.

Er spürte ein süßes Ziehen im Unterleib, als er sich an das Pärchen erinnerte, das die Hütte Nummer sechs gemietet hatte. Sie würden sicher bald aufwachen.

Er schnallte sich immer den Werkzeuggürtel um, wenn er runter zur Sechser ging, um zu spannen. Damit er notfalls behaupten konnte, er wolle etwas reparieren, falls er auf frischer Tat ertappt wurde. Wobei das noch nie passiert war. Er war vorsichtig.

## 5 Uhr 32

Überall waren Sirenen zu hören.

Neugierige, verschlafene Nachbarn beobachteten durch ihre Gardinen den Strom der Polizeiwagen und Krankenwagen, die sich auf der schmalen Villenstraße stauten.

Gunnar hatte die Redaktion informiert, nachdem er den Notruf der Polizei gewählt hatte. Triumphierend registrierte er, dass der Reportagewagen vom *Dagbladet* als Erster auf der Bildfläche erschien. Aber der Triumph war nur von kurzer Dauer: Fünfzehn Minuten später waren sie alle da.

Während die Polizisten den Tatort durchsuchten, versuchte Gunnar, Kristin zu erreichen. Er saß auf dem Rücksitz von Oscars Auto und probierte, sie mit dem Handy anzurufen, das er von der Zeitungsredaktion bekommen hatte. Er verabscheute diese winzigen, unpraktischen Geräte.

Obwohl er pausenlos ihre Handy-Nummer wählte, bekam er keinen Kontakt. Diese verfluchte neumodische Technik!

Zwei mit Maschinenpistolen bewaffnete Polizisten rannten mit schusssicheren Westen an ihm vorbei. Immer mit der Ruhe, Jungs, dachte Gunnar, er ist doch gar nicht da.

Über die Auskunft erfuhr er die Telefonnummer von Kristins Bruder. Es klingelte gut zwanzigmal, ehe er es aufgab. Als er die Polizeidienststelle in Juvdal anrief, wurde ihm von einem Anrufbeantworter die Handy-Nummer des diensthabenden Beamten genannt. Gunnar wählte. Eine verschlafene Stimme antwortete. Gunnar stellte sich vor und erklärte langsam und mit Nachdruck, dass Kristin Bye oben auf der Alm war und möglicherweise in Lebensgefahr schwebte. Der Polizist schien ihn nicht ernst zu nehmen. Oder er verstand nicht, worum es ging. Gunnar befürchtete schon, der Mann könne das Gespräch für einen Traum halten, als der Beamte versprach, sich darum zu kümmern.

An einer der Polizeiabsperrungen entdeckte Gunnar den Hippiefotografen von Kanal 24 – wie hatte Kristin ihn noch genannt? –, Roffern! Er stieg aus dem Auto und tippte dem Kameramann auf die Schulter. Roffern drehte sich verärgert um, doch als er Gunnar erkannte, hellte sich sein Gesicht auf.

»He, hab schon gehört, dass wir Ihnen das zu verdanken haben!«, sagte Roffern. »Super! Das ist eine Story!«

Gunnar trat mit der Schuhspitze in den Boden. Die Anerkennung eines jüngeren Kollegen tat ihm gut.

»Haben sie ihn geschnappt?«, fragte Roffern.

Gunnar zog ihn ein Stück zur Seite. »Er war nicht zu Hause. Ich mache mir Sorgen um Kristin. Der Kerl war gestern noch hier, aber jetzt ist er spurlos verschwunden.«

»Ist Kristin denn nicht oben auf der Alm?«

»Eben.«

»Aber dann .... ach so ... Sie meinen ... Verdammt!«

»Ich habe vor, zu ihr zu fahren. Mir ein Wasserflugzeug zu chartern. Dachte, Sie hätten vielleicht Lust mitzukommen. Die Rechnung können wir uns dann hinterher teilen.«

»Absolut. Lassen Sie mich das nur kurz mit meinem Chef abklären.«

»Abklären? Das würde ich nicht tun. Hinterher die Absolution erteilt zu kriegen, ist sicher leichter, als vorher grünes Licht einzuholen! Das ist wirklich eine gute Story!«

Roffern nickte abwesend. »Eine gute Story«, wiederholte er.

## 6 Uhr 05

Leif Bryn schlenderte leichten Schrittes zur Sechser. Die Geräusche, die er machte, wurden von dem Tosen der Stromschnelle übertönt. Er schlich durch das Dickicht hinter der Hütte bis unmittelbar an die Wand mit der Lüftungsklappe. Mit klopfendem Herzen schaute er ins Innere.

Im ersten Moment war er enttäuscht. Sie schliefen noch. Der Mann mit nacktem Oberkörper, die Frau mit Slip und Hemd und den Händen über den Kopf gestreckt. Komische Haltung zum Schlafen, dachte er. Dann entdeckte er, dass sie gefesselt war.

Der elektrische Stoß, der ihm in den Unterleib fuhr, ließ ihn nach Luft schnappen. Darüber hatte er schon mal was in einer Pornozeitschrift gelesen. Ungewöhnlich.

Hatten sie es in der Nacht getrieben, nachdem er gegangen war? Oder hatten sie Pläne für den Vormittag?

Er sah sich die Frau noch einmal genauer an. Irgendwie kam sie ihm bekannt vor. Aber er wusste nicht, woher. Wahnsinnig sexy, jedenfalls. Das Gesicht kannte er. Definitiv.

## 6 Uhr 20

Steril. Kalt und steril.

Vang stand mitten im Wohnzimmer. Sie hatten ihn zu Hause angerufen. Das Klingeln des Telefons hatte ihn geweckt. *Herdis!*, war sein erster Gedanke gewesen, als er den Hörer abnahm.

Aber es war nicht Herdis.

Er war sicher, dass sich jemand einen üblen Scherz mit ihm erlaubte, als er dem Wortschwall des diensthabenden Wachtmeisters lauschte.

*… Frøydis Vik … in einem Haus gefunden … Gefängniszelle im Keller … in Rødtvet in Groruddalen … moderne Videoausrüstung … Gunnar Borg und Oscar Lund … Aquarius … nicht Rune Strøm … ein Auto ist unterwegs, um Sie abzuholen …*

Die Worte waren noch nicht ganz bis zu seinem Gehirn durchgedrungen.

Ein Einsatzwagen hatte ihn vor dem Wohnblock abgeholt und ihn über den Trondheimsveien zur Trabantenstadt Rødtvet gefahren. Allmählich begann er zu begreifen.

Dann hatte er also die ganze Zeit über recht gehabt. Rune Strøm war nicht Aquarius. Sein Instinkt hatte ihn nicht getäuscht.

Aber das gute Gefühl wollte sich nicht einstellen.

Der Schlaf ließ sich nicht abschütteln, die Müdigkeit lag wie Watte um seinen Kopf.

Das Haus unterschied sich komplett von dem Rune Strøms. Strøms Haus hatte trotz allem bewohnt gewirkt. Unordentlich, aber bewohnt. Hier war alles aufgeräumt. Steril. Wie auf einem Bild in einem zwanzig Jahre alten Möbelkatalog. Ein ausländisches Filmmagazin war akkurat an die Kanten der Tischdecke angelegt. Die Flaschen mit Spülmittel, Speiseöl und Blumendünger standen aufgereiht auf dem blitzeblanken Spültisch. Als er die Kühlschranktür öffnete, rechnete er fast damit, einen abgeschnittenen Kopf vorzufinden, aber es standen nur die üblichen Dinge darin: Milch, Aufschnitt, Ketchup, Gemüse. Nicht zufällig hineingeschoben wie bei ihm, sondern ordentlich einsortiert.

Aus irgendeinem Grund wirkte das unheimlich auf ihn.

Das Haus roch sauber. Ich hab die Wohnung seit Herdis' Auszug nicht mehr geputzt, dachte er. Noch nicht einmal Staub gesaugt.

Er folgte dem Kriminaltechniker in die obere Etage und blieb lange in dem Videoraum stehen. Bildschirme, Kabel, alle möglichen Geräte. Das Spielzimmer eines modernen Magikers.

## 7 Uhr 00

Wie immer wird er langsam wach.

Liegt eine Weile mit geschlossenen Augen da. Lauscht. Das Mädchen atmet gleichmäßig.

Er blinzelt. Es ist hell im Zimmer; durch die Vorhänge fällt ein grünliches, milchiges Licht.

Er dreht sich auf die Seite und sieht das Mädchen an. Sie liegt mit dem Kopf auf dem linken Oberarm. Ihr Mund ist leicht geöffnet. Ein Speichelfaden zieht sich über ihr Kinn. Ihr Hemd ist hochgerutscht. Er stützt sich auf den Ellenbogen und starrt auf ihren beigen Slip, der vorn eine Art Spitzenmuster hat. Durch den Stoff sind die Konturen ihres Schamhaars zu erahnen. Das Hemd spannt über ihren Brüsten, zwischen Hemdkante und Slipsaum ist ein schmaler Streifen Haut.

Er schlägt die Decke zur Seite und steht auf. Pinkelt ins Waschbecken. Er kippt das Fenster an und inhaliert die kühle, frische Morgenluft. Dann dreht er sich um und sieht sie an. Sie hat lange Beine.

Er gibt sich Mühe, keinen Lärm zu machen, als er Wasser in den Kessel laufen lässt und ihn auf die Herdplatte stellt. Einer ihrer Vorgänger hat ein halb volles Glas Pulverkaffee dagelassen. Als das Wasser kocht, gießt er zwei Becher auf. Er sieht nach, ob sie schon aufgewacht ist. Aber sie schläft noch.

Er kniet sich auf die Matratze, um die Nylonstricke zu lösen. Als ihr rechter Arm nach unten rutscht, wird sie wach. Nicht langsam wie er. Sie schlägt die Augen auf und schnappt nach Luft.

»Guten Morgen«, begrüßt er sie.

Sie antwortet nicht.

»Das wird ein schöner Tag«, sagt er und öffnet den Knoten um ihr linkes Handgelenk.

Sie rutscht zum Fußende, wobei ihr Hemd noch weiter hochrutscht, und reibt sich die Arme.

»Hast du gut geschlafen?«, fragt er.

»Nein.«

Ein Morgenmuffel, denkt er. Wie viele Mädchen. Unausstehlich.

»Ich habe uns einen Kaffee gemacht«, sagt er.

Sie setzt sich auf. Krabbelt an ihm vorbei. Der Slip über ihren Pobacken ist etwas verrutscht. Er kann den Blick nicht losreißen. Sie zieht ihre Hose und die Strümpfe an, steckt das Hemd unter den Bund und zieht den Reißverschluss hoch.

»Ich muss mal«, sagt sie gereizt.

Er weiß nicht recht, was er darauf antworten soll. »Ich dachte, wir könnten heute zum Fluss spazieren und ein bisschen filmen«, sagt er.

»Ich hab gesagt, ich muss mal!«

Oje, denkt er, ein richtiger Morgenmuffel. Da kann ich ja nur froh sein, dass ich nicht mit ihr verheiratet bin.

## 7 Uhr 30

Leif stand in seinem Kiosk und blätterte das *Dagbladet* von gestern durch, als er plötzlich drauf kam, wer die Frau in der Sechs war.

Kristin Bye! Die Frau aus dem Fernsehen! Die den irren Frauenmörder aus Oslo hinter Gitter gebracht hat!

Er hob den Blick und schaute über den Campingplatz. Es kam nicht häufig vor, dass er Promis zu Besuch hatte. Genau genommen hatte sich noch nie ein Promi hierher verirrt. Mal abgesehen vom Bürgermeister. Seine Laune hob sich. Kristin Bye! Da war es ihm im Nachhinein ja fast peinlich, dass er ihnen hinterherspioniert hatte. Solche Promis mussten ja auch mal ungestört in die Federn hüpfen können. Das war sicher nicht anders als bei normalen Menschen.

Er trommelte mit den Fingern auf den Tresen.

Er hatte das dringende Bedürfnis, jemandem davon zu erzählen, aber es fiel ihm niemand ein, mit dem er die Neuigkeit hätte teilen können. Der Tourist-Information war das garantiert schnuppe. Und seine Kumpels waren alle auf dem Weg zur Arbeit. Wie wär's mit der Lokalzeitung? Das wäre doch eine Spitzen-PR für Jøkulfoss' Camping & Hytteland?

Er schaute in die Zeitung, die aufgeschlagen vor ihm auf dem Tresen lag.

Zahlten die Zeitungen in Oslo nicht tausend Kronen für einen Hinweis? Ein kurzer Artikel im *Dagbladet*, dass Kristin Bye in Jøkulfoss' Camping & Hytteland abgestiegen war, wäre die Werbung schlechthin. Und bescherte ihm obendrein vielleicht noch tausend Kröten!

Eifrig blätterte er zu der Telefonnummer der Zeitungsredaktion.

## 7 Uhr 40

Die Zelle stank nach Urin.

Sie war kleiner, als Vang sie sich vorgestellt hatte. Er hatte den Raum so oft auf Aquarius' Videoaufnahmen gesehen und ihn sich viel größer vorgestellt. Dabei war es nicht viel mehr als ein Verschlag.

Auf dem Boden lag eine Matratze. Eine zweite lehnte an der Wand.

In einer Ecke, auf einem Gestell, war ein Fernsehbildschirm montiert. Die Kabel führten in den Raum nebenan, in dem hinter dem durchsichtigen Spiegel der Barhocker und das Videogerät standen.

Er zerrte an der Kette, die in der Wand verankert war. Sah sich die vier Schlösser an der Tür noch einmal an.

Er zog die Tür hinter sich zu und versuchte, sich vorzustellen, was die Frauen wohl empfunden hatten, während sie auf der Matratze auf ihren Tod warteten.

Wie lange hatten sie gewusst, was ihnen bevorstand? Wahrscheinlich hatten sie alle gehofft, dass er sie verschonen würde. Dass die Polizei sie fand oder dass er weich werden und sie freilassen würde. Während sie wussten, dass er vorhatte, sie zu töten.

Immerhin, Frøydis konnten wir retten, dachte er.

*Wir? Ich bitte dich, Runar! Wir?*

Gunnar Borg und Oscar Lund.

Er hatte nicht auf sie hören wollen. Hatte Gunnar Borg keinen Glauben geschenkt. Hatte ihn abgefertigt wie einen übereifrigen, alten Journalisten, dem die Fantasie durchgegangen war.

Er fragte sich, wie die Zeitungen ihm das auslegen würden, wenn herauskam, dass er Gunnar Borg hinauskomplimentiert hatte, als der ihm die Lösung auf dem silbernen Tablett servierte.

Er schob den Gedanken beiseite. Jetzt galt es, Aquarius zu finden. Antonsen ließ ihn bereits über Interpol suchen. Für den Fall, dass er sich ins Ausland abgesetzt hatte.

Der Pressesprecher der Kommission, Hugo Aasen, bereitete eine Pressekonferenz im Polizeipräsidium vor, die von NRK, TV2, TvNorge und Kanal 24 live übertragen wurde. Der genaue Zeitpunkt stand noch nicht fest. Vang hatte die Nachrichtenagentur und Funk und Fernsehen gebeten, die Neuigkeit zurückzuhalten, bis die Polizei das Startzeichen gab. Es bestand immerhin die Möglichkeit, dass Aquarius noch nicht wusste, dass er entlarvt war, und wieder nach Hause kommen würde. An allen Straßenecken in der Umgebung waren zivile Streifenwagen platziert und warteten auf ihn.

*Fat chance*, dachte Vang.

Er schloss die Augen.

Wo steckte er?

Wohin hätte *er* sich zurückgezogen, wenn er Aquarius wäre?

*Auf die Jagd.*

Der nächste Gedanke traf ihn wie eine eiskalte Dusche: *Kristin Bye*!

## 7 Uhr 45

Sie vertrug eigentlich keinen Kaffee auf leeren Magen, aber er war so stolz, dass er ihr einen Becher gemacht hatte, dass sie ihn annahm. Sie setzte sich aufs Sofa, schlug die Beine übereinander und nahm einen Schluck. Der Kaffee war viel zu stark.

»Lecker«, sagte sie.

Er lächelte verlegen.

Sie sah zu ihrem Handy. Er folgte ihrem Blick.

»Erwartest du einen Anruf?«, fragte er.

Sie schüttelte den Kopf. »Nein.«

Seine Augen verengten sich. »Schalte es ein!«

»Aber der Akku ...«

»Du hast es mit Absicht ausgemacht! Damit sie merken, dass was nicht in Ordnung ist!«

»Wer?«

Er antwortete nicht.

Sie schaltete das Handy ein.

Zehn Minuten später klingelte es.

Sie sah ihn an.

»Siehst du«, sagte er nur.

»Soll ich drangehen?«

Er nickte. »Aber bei dem kleinsten Versuch ...«

»Ich werde nichts versuchen.« Sie drückte die Annahmetaste.

»Kristin?«

»Gott sei Dank«, sagte eine bekannte Stimme.

»Gunnar?«

»Hier Vang! Polizeidirektor Runar Vang.«

Sie war sich nicht sicher, ob Aquarius verstehen konnte, was gesprochen wurde.

»Wer ist das?«, flüsterte er.

*Gunnar Borg!*, formte sie mit den Lippen.

»Guten Morgen«, sagte sie.

»Wo sind Sie?«, fragte Vang.

»Auf dem Fjell«, sagte sie.

*Auf der Alm!*, formte er stumm mit den Lippen.

»Auf der Alm«, korrigierte sie sich.

»Es hat eine Wendung gegeben.«

»Ach so?«

»Rune Strøm ist nicht der Mörder.«

»Was wollen Sie damit sagen?«

»Rune Strøm ist nicht Aquarius.«

»Nicht?«

»Das scheint Sie nicht sehr zu überraschen.«

»Nein. Ja, doch, also …«

Vang zögerte.

»Wie ist das Wetter in Oslo?«, fragte sie.

»Das Wetter?«

»Hier ist es sehr schön!«

*Keine Mätzchen!*, formten seine Lippen.

»Sie haben doch verstanden, was ich gesagt habe? Über Rune Strøm?«

»Aber ja. Ein wunderschöner Morgen!«, antwortete sie munter.

»Dann wissen Sie auch, dass Sie möglicherweise in Lebensgefahr schweben.«

»Verstehe. Aber zum Glück ist wenigstens das Wetter gut!«

»Ich möchte, dass Sie so schnell wie möglich die Alm verlassen und die Polizeidienststelle in Juvdal aufsuchen. Haben Sie verstanden? Die Polizeidienststelle in Juvdal! Ich werde unmittelbar nach diesem Gespräch dort anrufen und Ihren Besuch ankündigen!«

»Das passt im Augenblick gar nicht gut …«

»Passen? Ich glaube, Ihnen ist der Ernst der Lage nicht ganz bewusst.«

Sie sah Aquarius an. Er stellte sich dicht neben sie und legte das Ohr an den Hörer.

»Also gut!«, sagte sie. »Okay! Alles klar!«

»Wahrscheinlich besteht gar kein Grund zur Sorge …«

»Alles klar«, fiel sie ihm ins Wort.

Er zögerte wieder. »Hab ich mich deutlich genug ausgedrückt …?«

»Klar und deutlich!«

»Gut … dann melde ich mich wieder, sobald …«

»Wunderbar!«

»Dann haben wir also eine Abmachung?«

»Sicher! Tschüss!« Sie beendete das Gespräch.

»Wer war das?«, fragte er.

»Gunnar. Ein guter Freund von mir aus Oslo. Gunnar Borg.«

»Was wollte er?«

»Er hat sich Sorgen gemacht, weil er gestern den ganzen Abend vergeblich versucht hat, mich zu erreichen.«

»Sorgen, weswegen?«

»Dass mir etwas zugestoßen sein könnte.«

»Und warum meinte er dann, es gäbe keinen Grund zur Sorge?«

»Er hat Probleme mit dem Herzen und denkt, alle befürchten, er könnte jederzeit tot umfallen.«

»Was meinte er mit der Abmachung?«

Sie kicherte. »Er hat mich ermahnt, ordentlich zu essen und mich warm anzuziehen.«

»Und weswegen will er sich noch mal melden?«

»Er hat einen Termin beim Arzt. Wegen seines Herzens. Er will nicht, dass ich mir Sorgen mache.«

»Und das hat er alles in der kurzen Zeit gesagt?«

»Natürlich nicht! Das meiste ist mir schließlich bekannt. Haben Sie keine Freunde, mit denen Sie nur kurze Stichworte austauschen müssen?«

»Nein«, sagte er.

## 8 Uhr 02

Kristin Bye war am Leben und in Sicherheit. Das war das Wichtigste. Aber davon abgesehen war das das merkwürdigste Gespräch, das Vang seit Langem geführt hatte.

Die Plastiktüten um seine Schuhe knisterten, als er aus dem Wohnzimmer in den Eingangsbereich ging. Aksel Antonsen war gerade eingetroffen. Er war von einer Traube Ermittler umringt.

Stand sie vielleicht unter Drogen? Oder hatte sie was getrunken?

Sie hatte überhaupt nicht erstaunt geklungen. Als ob sie das nichts anginge. Als wäre das verdammte Wetter wichtiger.

Er begrüßte Antonsen durch die offene Tür. Antonsen schüttelte langsam den Kopf.

Runar Vang überlegte, an welchem Punkt der Ermittlungen alles schiefgelaufen war. Wann hätte er merken müssen, dass die Dinge anders lagen als gedacht?

Sie waren geleimt worden. Gründlich und effektiv. Nach Strich und Faden. Das war alles Teil von Aquarius' Plan gewesen, und sie waren ihm wie ein paar Volltrottel direkt auf den

Leim gegangen. Aquarius hatte die Polizei und die Medien wie Schachfiguren benutzt, und keiner von ihnen hatte geschnallt, was eigentlich vor sich ging.

Nachdenklich schob Vang das Handy in die Innentasche. Ein Wachmann wollte etwas von ihm. Er gab ihm ein Zeichen, dass er schon unterwegs sei, und sah auf die Uhr. Höchste Zeit, die Kollegen in Juvdal auf den prominenten Gast vorzubereiten.

## 9 Uhr 57

Der Pilot setzte so sanft mit dem Wasserflugzeug auf dem Mårvatn auf, dass nur ein kurzes Vibrieren und das zähe Gefühl des Wasserwiderstandes verrieten, dass sie sich nicht mehr in der Luft befanden. Gunnar löste den strammen Sicherheitsgurt. Hinter ihnen formten die Schwimmer zwei v-förmige Kielwasserwellen, die das Schilf am Ufer ins Schwingen brachten. Der Pilot steuerte das Flugzeug auf einen Ponton zu. Der Taxifahrer, den sie vom Flug herbestellt hatten, hatte an die Motorhaube gelehnt die Landung beobachtet. Jetzt schlenderte er über den schwimmenden Anleger und half beim Vertäuen.

Die Polizeidienststelle befand sich in einem niedrigen Einkaufszentrum aus Glas und Beton. Gunnar und Roffern stießen die Tür auf und traten in ein kahles Bürolokal mit einem Empfangsschalter und ein paar Sitzgelegenheiten. Ein junger, uniformierter Polizist kam heraus, sah Rofferns schwere Kamera und verschwand wieder. Gleich darauf kam ein älterer Polizist auf sie zu.

Gunnar stellte sich und Roffern vor und sagte, sie seien gekommen, weil sie sich Sorgen um Kristin Bye machten.

»Alles in bester Ordnung«, beruhigte ihn der Beamte. »Polizeidirektor Vang vom Osloer Polizeipräsidium hat vor nicht allzu langer Zeit persönlich mit ihr gesprochen.«

»Gott sei Dank!«

»Ich erwarte sie im Laufe des Vormittags hier in der Dienststelle. Wie haben Sie es denn so schnell hierher geschafft?«

»Mit dem Wasserflugzeug«, sagte Roffern.

»Ist sie allein oben auf der Alm?«, fragte Gunnar.

»Wie gesagt, ich erwarte sie im Laufe der nächsten Stunden. Mit dem Wasserflugzeug? Jesus!«

»Darf ich?«, fragte Gunnar mit einem Nicken zum Telefon auf dem Tresen. Er wählte mehrmals nacheinander ihre Nummer, aber es ging niemand dran.

Gunnar und Roffern tauschten Blicke.

»Wenn wir schon mal so weit gekommen sind, können wir sie doch auch oben abholen«, sagte Roffern.

»Und ihr Geleitschutz geben«, fügte Gunnar hinzu.

»Sie werden ihr sicher auf halbem Weg begegnen!«, sagte der Polizeibeamte.

Der Taxifahrer setzte sie an der Grundstücksgrenze von Halvor Byes Hof ab.

Der Hof lag traumhaft am Fuß des Berghangs. Ein weißes Wohnhaus und ein roter Stall, umringt von goldgelben Feldern. Wie in einem Werbefilm für Toastbrot, dachte Gunnar.

Aus dem Viehstall klang unruhiges Brüllen herüber. Das Taxi setzte rückwärts vom Grundstück und verschwand hinter der Kurve.

»Hübsches Fleckchen Erde«, sagte Roffern. »Glaubst du, er geht mit uns hoch?«

Gunnar antwortete nicht.

Auf den Stufen vor der Haustür saß eine Katze und maunzte.

Gunnar klopfte an die Tür. Fest.

Sie warteten eine Minute, zwei. Aus dem Dickicht schallte Vogelgezwitscher herüber. Sie hörten das ferne Rauschen eines Baches.

»Scheint nicht zu Hause zu sein«, bemerkte Roffern.

Gunnar sah auf die Uhr. Drückte die Klinke runter. Die Tür war offen.

»Hallo? Halvor Bye?«, rief er in den Flur. »Hallo? Ist jemand zu Hause?«

»Auf dem Land schließt doch keiner ab«, murmelte Roffern.

»Das ist nicht …« Gunnar schüttelte den Kopf und sah Roffern an.

»Vielleicht ist er auf dem Feld?«

»Hallo?«, rief Gunnar noch einmal. »Hallo?«

Sie gingen hinein.

Er erkannte den Geruch sofort. Den süßlichen, metallischen Duft, bei dem sich der Speichel im Mund verdickte. Der Gestank von Kriegsschauplätzen.

»Mein Gott«, flüsterte er, hauptsächlich zu sich selbst. Sein Magen krampfte sich zusammen.

»Oh!«, platzte Roffern heraus. »Hat der Schlachtfest oder was?«

Er hat es noch nicht begriffen, dachte er.

»Roffern, wollen Sie vielleicht lieber draußen warten?«

»Warum?«

»Ich glaube, hier ist was passiert. Der Geruch …«

»Schon in Ordnung«, sagte Roffern. Aber Gunnar glaubte, dass er immer noch nicht verstanden hatte.

Auf einer Kommode im Flur stand ein gerahmtes Foto von Kristin. An der Wand entdeckte Gunnar ein Jagdgewehr.

An den Wänden im Wohnzimmer hingen ein paar ausgestopfte Tierköpfe.

Halvor Bye lag auf dem Küchenboden auf dem Bauch in einem schwarzen See aus gestocktem Blut. Sein Gesicht war ihnen zugewandt, als schaute er ihnen entgegen. Seine Augen waren offen. Sein Mund ebenfalls. Die Zunge hing heraus.

Er war von Fliegen bedeckt.

Gunnar stützte sich stöhnend am Türrahmen ab.

Hinter ihm drehte Roffern sich um und erbrach sich.

## 10 Uhr 30

Der Wasserfall war traumhaft schön im Sonnenschein.

Sie waren in die Felsschlucht unterhalb des Wasserfalls hinabgeklettert und starrten wie zwei Zwerge den Schwindel erregend steilen Abhang hinauf. Die Wassermassen dröhnten. Feine Tropfen legten sich wie ein feuchter Film auf ihre Hände und Gesichter.

Er hielt ihre Hand, als sie über die glatten Steine balancierten. In einem Stromwirbel sah Kristin einen Fisch. Die Steine am Ufer waren mit einer nassen Moosschicht überzogen. Eine knorrige Birke schien mitten aus dem Wasser herauszuwachsen.

Er hatte die Videokamera mitgenommen, und sie musste posieren, während er sie aus verschiedenen Winkeln vor dem Wasserfall filmte. Er war vollauf mit der Filmerei beschäftigt. Mit der freien Hand dirigierte er sie hin und her, einen Schritt noch, so, ja!

»Probier mal!«, rief er ihr durch das Rauschen zu.

Sie hielt die Hand hinters Ohr. »Was?«

»Probier es mal! Das Wasser!«, rief er lauter.

Er filmte sie, wie sie sich hinkniete, mit den Händen eine Schale formte und daraus trank. Das Wasser war eiskalt und schmeckte metallisch.

»Gut?«, rief er.

»Eiskalt!«

Auf der anderen Seite des Flusses flitzte ein Eichhörnchen einen Stamm hinauf, verharrte kurz und war verschwunden.

Sie umrundeten einen Felsvorsprung, und das Dröhnen des

Wasserfalls wurde leiser. Die Stromschnelle verbreiterte sich und floss in gemächlicherem Tempo weiter ostwärts.

»Wohin sind wir unterwegs?«, fragte sie.

»Nirgendwohin. Ich wollte nur ein paar Aufnahmen von dir machen.«

Sie nickte, als ob sie verstehen würde.

»Und danach?«, fragte sie.

»Heute Nachmittag fahren wir weiter.«

Sie nickte wieder. Es schien ihr am sichersten, ihm nicht zu widersprechen.

»Und wo wollen wir hin? Danach?«

Er sah sie an, und sie hielt seinen Blick fest, bis sie wegschauen musste. Sie fühlte sich, als würde flüssiges Eis durch ihre Adern gepumpt.

## 11 Uhr 15

Sie waren außer Atem und schweißgebadet, als sie oben am Hang endlich Bø entdeckten.

Wir kommen zu spät, dachte Gunnar.

Entweder ist er hier oder er hat sie bereits abgeschlachtet, wie er Halvor und all die anderen Frauen abgeschlachtet hat.

Sie gingen in dem Dickicht unterhalb der Hütte in Deckung. Roffern benutzte ein Zoomobjektiv, um das Haus, die Fenster und die Umgebung abzusuchen.

»Ich kann niemanden sehen«, flüsterte Roffern.

Gunnar drehte sich um und schaute den steilen Pfad hinunter. »Wann kommt der Rest, was glauben Sie?«

»Der Sheriff sagte, er hätte drei Mann losgeschickt. Ich tippe mal, die sind sportlicher als wir!«

Gunnar seufzte ungeduldig. »Ich halte es nicht aus, hier zu warten und Däumchen zu drehen.«

»Sind Sie wahnsinnig?«

»Ich geh rauf und seh nach.«

»Wäre aber sicherer zu warten!«

»Ich geh kein Risiko ein. Will nur wissen, ob da jemand ist.«

»Soll ich mitkommen?«

»Nein, warten Sie hier. Bis ich ein Zeichen gebe. Das ist das Beste.«

Roffern war nicht schwer zu überreden.

Gunnar machte einen Umweg durch das Dickicht, um sich nicht auf der offenen Fläche der Hütte zu nähern. Er schlich sich bis an die rauen Holzwände heran, die nach sonnenwarmem Teer rochen. Er lugte um die Ecke, lauschte.

Ein Vogel zwitscherte. Im Gras blitzte ein Sonnenstrahl in einer Glasscherbe auf.

Er ging um die Ecke herum, schaute durch ein Fenster ins Innere der Hütte. Probierte vorsichtig, ob die Tür offen war, und zuckte zurück, als sie aufglitt.

Er lauschte. Machte einen vorsichtigen Schritt hinein. Schnupperte.

Er wagte einen Blick in die Küche.

Auf der Wachsdecke standen zwei Teebecher – einer leer, der andere halb voll.

*Er war hier.*

Er starrte auf die Becher und musste mehrmals schlucken, um den bitteren Geschmack der Angst loszuwerden.

Das muss nichts bedeuten, redete er sich selbst ein. Vielleicht hatte sie Besuch. Von wem auch immer. Vielleicht machen sie einen Spaziergang im Wald.

Er schlich in die Stube. Die Sonne sickerte weich durch die gewölbten Scheiben. Auf dem Tisch am Fenster stand eine uralte Remington-Schreibmaschine. Daneben lag Kristins Manuskript.

Sein Blick fiel flüchtig auf ein verzerrtes Bild von sich selbst in einem zerbeulten Spiegel. Vor der Standuhr, die ausgetickt hatte, blieb er stehen. Seine Fingerkuppen fuhren über das trübe Glas vor dem Zifferblatt.

*Er hat sie mitgenommen.*

Die Hand an dem wackeligen Geländer, schlich er die knarrende Treppe nach oben.

In dem kleinen Schlafzimmer lagen ein paar Socken und ein Haufen Unterwäsche auf einem der Betten. Das andere Bett war zerwühlt. Ihr Nachthemd lag auf dem Boden.

Einen Koffer oder Rucksack sah er nirgends.

Er war hier, dachte er. Er war hier und hat sie mitgenommen.

Noch einmal durchsuchte er alle Räume, bevor er das Küchenfenster öffnete und nach Roffern rief.

»In der Küche stehen zwei Becher«, sagte er, als der Kameramann die Hütte betrat. »Sie scheinen überstürzt aufgebrochen zu sein. Die Tür war nicht abgeschlossen. Wir sind zu spät gekommen.«

Während Roffern in der Hütte und auf dem Grundstück filmte, setzte sich Gunnar mit der Zeitungsredaktion in Oslo in Verbindung. Er ließ den Reportageleiter aus einer Sitzung holen.

»Gunnar, wo steckst du? Hier ist die Hölle los, und du bist nirgends zu finden …«

»Er hat sie. Ich rufe aus Juvdal an. Er hat sie.«

»Von wo rufst du an? Ich denke, du bist in Rødtvet?«

»Juvdal! In der Telemark.«

»Telemark? Wie um Himmels willen bist du dahin …«

»Mit einem Wasserflugzeug. Er hat sie!«

»Wasserflugzeug? Verdammt, Gunnar, wer hat dir dafür grünes Licht …?«

»Junger Mann, hörst du nicht, was ich sage? Er hat sie! Er hat ihren Bruder umgebracht, und jetzt hat er sie in seiner Gewalt!«

»Wer hat wen? Umgebracht, sagst du? Wovon redest du, Gunnar?«

»Der Mörder! Aquarius! Er hat Kristin Byes Bruder umgebracht. Und jetzt hat er sie entführt!«

Am anderen Ende wurde es still. »O Scheiße, Scheiße, Scheiße.« Er schnappte nach Luft. »Jetzt mal langsam, Gunnar! Kristin Bye … Da kam vorhin ein Hinweis rein. Und er hat ihren Bruder umgebracht? Scheiße, Scheiße, Scheiße. Ich hab den Hinweis nicht weiter ernst genommen … Dachte mir, die Gute kann es doch treiben, mit wem sie will, ohne dass wir uns einmischen, ist es nicht so? *Oh shit.* Wie hat er ihren Bruder umgebracht?«

»Ein Hinweis?«, rief Gunnar. »Was für ein Hinweis?«

Gunnar hörte, wie sich der Reportageleiter über den Tisch beugte. »Warte mal, hier ist es. Irgend so ein Kauz hat heute Morgen gegen acht Uhr das Tipp-Telefon angerufen. Von einem Campingplatz in Jøkullfoss oder so was. Gibt es einen Ort, der so heißt?«

»Ja, ja! Jøkullfoss! In der Telemark!«

»Der Typ wollte, dass wir jemanden vorbeischicken, weil Kristin Bye sich mit einem Kerl in einer seiner Hütten eingemietet hätte. Wie gesagt, wir wollten nicht …«

»In Jøkullfoss? Zusammen mit einem Mann?«

»*Yes.* Wahnsinnsstory, oder? Verdammt … Hältst du es für möglich, dass das …?«

»Hör zu, wir fliegen weiter nach Jøkullfoss. Du informierst die Polizei. Frag direkt nach Runar Vang! Richte ihm einen Gruß von mir aus und sag ihm, es ist ernst. Jetzt geht es um Leben und Tod!«

In dem Augenblick sah er durch das Laubwerk die drei Polizisten auf dem Pfad.

## 11 Uhr 33

Er hatte Kristin. Er hatte ihren Bruder umgebracht und sie gekidnappt.

Runar Vang schämte sich. Er hatte nichts begriffen. All die merkwürdigen Dinge, die sie am Telefon gesagt hatte, waren versteckte Signale gewesen. Mit denen sie ihm klarmachen wollte, dass sie in Gefahr schwebte.

Und er hatte nichts begriffen.

Er rief sich ins Gedächtnis, was genau sie gesagt hatte. Was es bedeuten könnte.

Ich kann es noch mal probieren. Jetzt, wo ich es weiß.

Er wählte ihre Nummer. Aber dieses Mal antwortete sie nicht. Das Telefon klingelte und klingelte.

Der Redakteur vom *Dagbladet* hatte gesagt, Kristin Bye wäre in Jøkullfoss in der Telemark gesehen worden. Solange ihr Handy eingeschaltet war, bestünde eine Chance, das nachzuprüfen. Håvard Alm war bereits dabei, eine richterliche Verfügung zu besorgen, dass Kristin Byes GSM-Handy geortet werden konnte. Das war eine reine Formsache, aber Netcom GSM bestanden grundsätzlich auf einer richterlichen Verfügung, bevor sie Informationen an die Polizei weitergaben. Solange das Handy eingeschaltet war, gingen in regelmäßigen Abständen Funksignale an die nächste Basisstation. Darüber konnte man ein Handy bis auf wenige hundert Meter Abweichung in der Stadt und ein paar Kilometer auf dem Land orten.

Vang lehnte sich im Stuhl zurück. Er saß mit den anderen Ermittlungsleitern im Hufeisen. Alle Blicke waren erwartungsvoll auf ihn gerichtet. Er hatte die Verantwortung. Er war derjenige, der für Ordnung sorgen musste.

»Wir können davon ausgehen, dass sie noch in der Telemark sind«, sagte er mit vor Müdigkeit schleppender Stimme.

»Wieso?«, fragte Antonsen gereizt.

»Weil sie dort gesehen wurden!«

»Willst du damit sagen, dass wir aufgrund eines Tipps an das *Dagbladet* eine Aktion starten?«

»Das ist alles, was wir haben. Und«, fügte er hinzu, »alles, was Gunnar Borg uns bisher mitzuteilen hatte, hat sich als zutreffend erwiesen.«

»Trotzdem …«

»Wir trommeln die Delta-Truppe in Fornebu zusammen! Und hoffen, dass wir eine Bestätigung von GSM bekommen, bevor wir aufbrechen.«

»Fornebu?«, sagte Gran.

»Antonsen, kannst du einen Helikopter requirieren, der die Truppe dorthin bringen kann?«

»Einen Helikopter? Das dauert normalerweise, bis wir …«

»Einen Helikopter! Einen großen! Entweder von der Luftwaffe oder vom Rettungsdienst! Richte ihnen einen Gruß von mir aus und sag, es ginge um einen S.E.F.!«

»Okay!«

»S.E.F.?«, fragte Gran. »Was ist denn das für ein Code?«

»Scheiß eiliger Fall!«

## 12 Uhr 35

Wenn er im Technikraum des Kinos steht, in dem er arbeitet, und durch die schmalen Sehschlitze in den Kinosaal guckt, stellt er sich vor, wie sich die Zuschauer in den Film einleben. Auf der Leinwand entsteht eine neue Wirklichkeit. Im Dunkel des Kinosaals löst deine Identität sich auf. Die Atmosphäre auf der Leinwand belegt deine Sinne und infiziert dein Gehirn. Du vergisst, wer du bist, wo du bist. Du denkst *Töte ihn! Töte ihn! Töte ihn!*, bis dein Mund sich mit einem metallischen Blutgeschmack füllt. Angst erfüllt dich, Begehren. Erst, wenn das Licht im Saal angeht, kehrst du in die Wirklichkeit zurück. Aber es dauert eine Weile, bis du ganz wieder du selbst bist. Du meidest die Blicke der anderen Leute im Kinosaal. Beschämt ziehst du den Mantel fester um dich, in dem Gedränge durch den neongrünen Betondarm, der auf die Straße mündet.

Früher, als er in diesem Job noch neu und das Kino noch anständig und kein cinematografischer Supermarkt mit mickrigen Sälen war, kaum noch größer als ein Wohnzimmer, hatte er das Licht im Maschinenraum gelöscht und sich durch die kleine Luke vor dem Projektor den Film angesehen, wenigstens die ersten Minuten. Aber es war nicht das Gleiche, wie im Saal zu sitzen.

Der Brief war vor einigen Wochen gekommen. Obwohl er ihn nur einmal gelesen hatte, konnte er ihn auswendig. *Aufgrund der Notwendigkeit betrieblicher Einschränkungen sehen wir uns leider gezwungen … Große Einnahmeverluste im ersten Halbjahr … Tätigkeit rationalisieren … Die Konkurrenz auf dem Videomarkt und die stetig wachsende Senderzahl im Fernsehen zwingt uns leider … Wir möchten die Gelegenheit nutzen, uns für eine lange und treue Zusammenarbeit …*

Als ihm bewusst wird, dass er vor ihr steht und ihr in die Augen sieht, wendet er hastig den Blick ab.

»Frierst du?«, fragt er. Um irgendetwas zu sagen.

»Ja«, erwidert sie. Obwohl ihr eigentlich warm ist.

»Wollen wir zurückgehen?«

Sie antwortet nicht. Sieht ihn an. Wieder weicht er ihrem Blick aus. Sie schaut an den Himmel. Kleine Schäfchenwolken treiben in dem gelblichen Licht nach Westen. Aus südlicher Richtung nähert sich ein Flugzeug. Zuerst ist sie nicht ganz sicher, woher das Geräusch kommt, aber gleich darauf gleitet das Wasserflugzeug direkt über ihnen über die Baumspitzen, ehe es hinter dem Wasserfall verschwindet.

Er greift nach ihrer Hand. Sie ist warm und weich. Er drückt sie leicht, aber der Druck wird nicht erwidert.

## 12 Uhr 55

Aus den restlichen Eiern machte er Rührei. Wirklich originell, dachte sie lakonisch. Das Brot war ziemlich trocken, aber das kümmerte sie nicht. Sie hatte Hunger.

»Sie mögen Eier, oder?«, sagte sie. Vielleicht entwickelte sich ja ein Gespräch daraus.

An seiner Haltung sah sie, dass er nachdachte.

»Ja«, sagte er schließlich. »Eier sind gut.«

Na ja, dachte sie, das war ja schon fast so etwas wie eine Unterhaltung.

Nach dem Essen stellten sie die Teller und das Besteck ins Abwaschbecken. Er überprüfte etwas an der Videokamera und streckte die Hand nach ihr aus.

»Komm«, sagte er.

»Wo wollen wir hin?«

»Wir gehen spazieren.«

## 13 Uhr 05

Vang befand sich im militärischen Teil des Flughafens in Fornebu, als die Bestätigung bei ihm einging, dass Kristin Byes Handy in der Umgebung von Jøkullfoss in der Telemark geortet worden war.

Der Wind, der von den umliegenden Höhen herunterfegte, war erstaunlich schneidend. Er packte sich fester in den Mantel ein, während er ungeduldig nach dem großen Helikopter Ausschau hielt, der jede Minute ankommen konnte. Weit entfernt war das Dröhnen der startenden und landenden Passagierflugzeuge zu hören.

Kaum hörbar begann er »Misty« zu pfeifen.

Hinter ihm wartete die Mannschaft der Einsatztruppe. Einige Männer gingen ihre Ausrüstung noch einmal gründlich durch. Ein paar der älteren Jungs kannte er bereits, aber die Jüngeren waren ihm fremd. Einige der Männer hatten eine Bank im Windschatten okkupiert und rauchten. Andere lagen ausgestreckt auf der Asphaltdecke, die Rucksäcke unter den Kopf geschoben.

Antonsen war als Vangs Stellvertreter im Polizeipräsidium geblieben. Ryvik leitete die technischen Ermittlungen in dem Haus in Rødtvet. Und Elisabeth Gran war verantwortlich für die äußerst wichtige Vernehmung von Frøydis Vik.

Vang rief Antonsen an und bat ihn, der Polizei in Jøkullfoss seinen Besuch anzukündigen.

»Und wenn du schon mal dabei bist«, sagte Vang, »vergiss nicht, den Präsidenten auf dem Laufenden zu halten. – Damit das Ministerium vorbereitet ist, falls wir plötzlich Unterstützung von dieser Seite brauchen«, fügte er leise hinzu.

Er steckte das Handy in die Mantelinnentasche und suchte erwartungsvoll den Himmel ab. Nach einer Weile hörte er das Knattern der Rotoren, und gleich darauf schwebte der Schatten des großen Helikopters über ihnen.

## 13 Uhr 10

Der private Pkw, den sie oben am Langvatn angehalten hatten, machte eine Vollbremsung vor dem Kiosk von Jøkullfoss' Camping & Hytteland. »Fragen Sie nach Leif«, sagte der Fahrer, als Gunnar ihm ein großzügiges Trinkgeld zusteckte.

Roffern lud die Kameratasche und die Fernsehkamera aus, als Gunnar bereits in dem Kiosk verschwand.

»Sie haben die Sechs gemietet!«, sagte Leif Bryn eifrig, als sie auf den asphaltierten Platz vor dem Kiosk hinaustraten. Er zeigte zu den Stromschnellen. »Ganz da unten!«

Gunnar folgte seinem Blick zu einer der Campinghütten am Flussufer.

»Der Polizeichef hat zwei Polizisten in Zivil positioniert«, fuhr er fort.

»Sie warten auf die Einsatztruppe! Schätze, die werden bald da sein«, sagte Gunnar.

Leif nickte einem Mann zu, der etwas abseits an einem Holztisch auf dem Grillplatz saß und Zeitung las. »Das ist der eine. Der andere hat ihre Verfolgung aufgenommen.«

»Wohin?«

»Zum Wasserfall, nehme ich an. Wohin sonst?«

»Hauptsache, er …« Gunnar fuhr sich mit den Fingern durchs Haar. »Bleiben Sie mit der Kamera hier«, sagte er zu Roffern und ging los.

»Wo soll …?«, setzte Roffern an, schwieg aber, als ihm klar wurde, dass er keine Antwort kriegen würde.

Gunnar war gerade an der Sechs vorbei, als er langsamer wurde. Direkt vor ihm, auf dem Weg, kam Kristin Hand in Hand mit einem fremden Mann auf ihn zu.

Er war groß und schlank. Aquarius, durchfuhr es Gunnar schaudernd.

Er sah anders aus, als Gunnar ihn sich vorgestellt hatte. Unauffällig. Ein gewöhnlicher, gut aussehender Mann mit feinen Gesichtszügen und einem aufmerksamen Blick.

Gunnar blieb stehen, schaute über die Stromschnellen und streckte sich wohlig, wie nach einer langen Autofahrt.

»Tach auch«, grüßte er sie gut gelaunt, als sie an ihm vorbeigingen. »Herrliche Aussicht!«

»Tag!«, murmelte der Mann.

Kristin sagte nichts. Aber er ahnte ihre aufgerissenen Augen hinter der großen Sonnenbrille.

## 13 Uhr 20

Was in aller Welt machte Gunnar denn hier? Jetzt? Wie hatte er sie gefunden?

Sie nahm die Sonnenbrille und den Hut ab und setzte sich aufs Sofa.

Sie versuchte, ihre Gedanken zu ordnen. Wie hatte er herausbekommen, dass sie hier war? Ausgerechnet hier? Er achtete darauf, dass sie außerhalb der Hütte die Sonnenbrille und den Hut trug, mit denen sie nicht zu erkennen war. Also wie, um Himmels willen, hatte er sie aufgespürt?

Irgendjemand musste sie unterwegs wiedererkannt und die Polizei verständigt haben.

Ein Gefühl der Erleichterung durchströmte sie.

Er zog die Tür zu und schloss ab. Lief nervös durch den Raum.

»Hast du das Wasserflugzeug gesehen?«, fragte er.

»Welches Wasserflugzeug?«, fragte sie scheinbar desinteressiert zurück. »Nein, hab ich nicht.«

»Seltsam …« Er starrte nachdenklich auf einen Punkt über ihr.

»Was ist so Besonderes an einem Wasserflugzeug?«

»Was hat es hier verloren?«

»Wieso? Es sind täglich Tausende von Flugzeugen in der Luft. Das eine oder andere wird wahrscheinlich auch hier rüberfliegen. Was ist daran seltsam?«

Sein Blick senkte sich zu ihr herunter.

## 13 Uhr 30

Vang saß ganz vorne im Helikopter. Die Jungs aus der Bereitschaftstruppe hatten sich hinten verteilt. Die an den Fenstern blickten träge auf die Landschaft, die unter ihnen vorbeizog; ein Flickenteppich aus Feldern, Waldstücken, Seen und Bergkuppen. Die anderen starrten mit leerem Blick auf den Boden oder vor sich in die Luft. Das Vibrieren der Rotorblätter pflanzte sich bis in den Körper fort.

Trotz der Anspannung musste Vang sich konzentrieren, um nicht einzuschlafen. Auch diese Nacht hatte er nur wenig Schlaf bekommen, und das monotone Dröhnen des Helikopters hatte eine einschläfernde Wirkung auf ihn.

»Misty« ging ihm nicht wieder aus dem Kopf. Erroll Garners Musik samt dem Rauschen und dem Knacken der Platte rotierte in seinem Kopf.

Er versuchte, sich Aquarius vorzustellen. Von Oscar Lund hatte er gelernt, dass ein guter Polizist in der Lage sein sollte, sich in die Gedanken eines Verbrechers hineinzuversetzen, um seinen nächsten Zug vorherzusehen. Vang schloss die Augen. Aquarius hatte die Polizei zu Rune Strøm geführt – möglicherweise, um die Polizei abzulenken –, aber wieso? Und warum hatte er Kristin Bye mit nach Jøkullfoss genommen? War das von Anfang an so von ihm geplant gewesen? Vang glaubte nicht daran. Es war ein Zufall, dass Kristin nach Bø gefahren war. War Aquarius also jemand, der den Zufall bestimmen ließ? Und gab es in der Summe aus Zufällen ein System oder Muster? Und wenn ja, welches?

Was hatte er mit ihr vor?

Wollte er sie den Wasserfall runterstürzen?

## 13 Uhr 35

Gunnar seufzte ungeduldig. Er warf einen Blick auf die Uhr. Bald halb zwei. Wo blieb nur der Helikopter? Er sah zu Leif Bryn hinüber, der steif wie ein Stock hinter seinem Tresen stand.

»Passiert wohl nicht so viel hier, oder?«, fragte Gunnar, um ein bisschen Konversation zu treiben.

Leif Bryn schüttelte den Kopf. »Vorletztes Jahr haben sie oben an der Landstraße einen Autodieb geschnappt, nach 'ner richtig wilden Verfolgungsjagd. Das war'n Ding. War'n sogar Bilder in der Zeitung, anschließend.«

»So was aber auch.«

Leif wollte etwas sagen.

»Ja?«

»Nur eine Sache.«

»Na los, raus damit.«

»Sie kommen doch vom *Dagbladet*?«

»Richtig.«

»Ich hab da angerufen, um denen das zu sagen …«

»Das war klasse, wirklich!«

»Ich frag mich bloß, ob's für den Tipp nicht vielleicht 'ne Belohnung gibt, 'nen Tausender oder so?«

## 13 Uhr 45

Er weiß nicht, was ihn so beunruhigt.

Etwas in ihrem Blick? Dieser teuflische Trotz, der plötzlich da ist?

Oder das Wasserflugzeug?

Als müsste man sich wegen eines Wasserflugzeugs Sorgen machen?

Er läuft in der Campinghütte auf und ab. Dann bleibt er plötzlich stehen und lässt sich auf einen Stuhl fallen. Im Zoo hatte er einmal einen Geparden beobachtet, der immer auf und ab lief, auf und ab, und dabei exakt an der gleichen Stelle den Kopf drehte und die Besucher anblickte. Dieses Bild hatte er nie mehr aus dem Kopf bekommen.

## 14 Uhr 10

In der Ferne war das Knattern eines Helikopters zu hören.

Für Kristin klang es wie Applaus. Wie jubelnder, triumphaler Beifall.

Er richtete sich auf, runzelte die Stirn, lauschte.

Das gleichmäßige Knattern kam näher, das abgehackte Klatschen der Rotoren wurde mit jeder Windböe deutlich zu ihnen getragen.

Er sprang auf und stürzte ans Fenster.

»Hörst du das?«, fragte er. Etwas Hellwaches, Dunkles war plötzlich in seiner Stimme.

»Ja«, sagte sie.

»Ein Helikopter.«

»Ja.«

Er sah sie an. Fragend. Drohend.

»Ein Helikopter«, sagte sie ohne jede Aufregung. »Was ist damit?«

Es wurde still.

*The eagle has landed*, dachte Kristin.

## 14 Uhr 15

Obgleich sich die Rotorblätter mehrere Meter über ihm befanden, beugte Runar Vang die Knie und zog den Kopf ein, als er sich vom Helikopter entfernte.

Die Luft war scharf, aber erfrischend. Er sog die kühle Bergluft ein, fühlte sich fast berauscht.

Aus der Luft hatte er gefürchtet, der Helikopter könne in dem hügeligen Gelände keinen Landeplatz finden, aber natürlich hatte auch dieses Dorf einen Sportplatz. Schließlich war man ja in Norwegen.

Ein kräftiger Kerl in Uniform kam auf ihn zugelaufen. Der örtliche Dienststellenleiter. Vang erinnerte sich dunkel daran, ihn einmal auf einem Kongress oder Seminar getroffen zu haben. Sie begrüßten sich mit Handschlag.

»Ich habe zwei Mann vor Ort«, sagte der Polizist. »Alles ist ruhig. Die beiden sind in der Hütte.«

»Viele Touristen?«

»Zum Glück nicht. Die wenigen, die da waren, haben wir evakuiert.«

»Weiß er, dass Sie da sind?«

»Es hat nicht den Anschein. Sie waren draußen und haben einen kleinen Spaziergang gemacht. Vor ungefähr einer Stunde sind sie wieder zurückgekommen. Seitdem sind sie in der Hütte.«

Der Bus, den sie für die Mannschaft requiriert hatten, rollte auf den Rasen und entlüftete die Bremsen.

»Sie haben die Instruktionen vom Präsidium erhalten?«

Der Polizist nickte.

»Gut. Von jetzt ab übernehme ich formell das Kommando und die Verantwortung für diese Operation.«

»Verstanden!«

»Ich würde es begrüßen, wenn Sie mein Vize wären.«

Ein Leuchten ging über das Gesicht des Dorfpolizisten, als wäre das mehr, als er erwartet hatte.

»Wir brechen auf, sobald das Material im Bus verstaut ist.«

## 14 Uhr 20

»Hast du den Mann bemerkt?«

Er steht am Fenster. Hat die Gardine vorgezogen und späht durch den Spalt.

»Welchen Mann?«

Er winkt sie zu sich. Sie blickt nach draußen.

»Den da!«, sagt er.

Der Mann sitzt vor einer der Hütten und liest Zeitung. Der Wind spielt mit den Seiten. Er blickt zu ihrer Hütte hinüber und richtet den Blick dann wieder auf die Zeitung.

»Was soll mit dem sein?«, fragt sie wie nebenbei. *Das ist ein Polizist! Der ist zusammen mit Gunnar gekommen!*

»Der sitzt da schon eine Ewigkeit.«

Sie zuckt mit den Schultern.

»Wie lange dauert es eigentlich, eine Zeitung zu lesen?«, fragt er.

»Das kommt auf die Zeitung an«, sagt sie.

»Das *Vest-Telemark-Blad*?«, sagt er.

»Oh«, sagt sie. »Eine Ewigkeit.«

## 14 Uhr 22

Er holt den Revolver heraus. Eine schwere Waffe, die aber gut in der Hand liegt. Ein Colt. Er hat sogar eine Lizenz dafür. Ist Mitglied in einem Club oben im Sørkedal. Deshalb musste er

Una nach dem Mord vergraben. Wäre sie gefunden worden, hätten sie ihn im Laufe nur weniger Tage geschnappt.

»Was wollen Sie damit?«, fragt sie angespannt.

Was für ein Hasenfuß sie doch ist. Sie kann sich gut verstellen, so tun, als ob nichts wäre, die Mutige spielen. Aber tief in ihrem Inneren hat sie Angst.

Er blickt wieder durch den Spalt zwischen den Gardinen.

Der Mann mit der Zeitung ist verschwunden.

Er bleibt stehen und starrt ins Leere. Er war sich so sicher gewesen, dass der Mann ein Polizist ist. Dass er dort saß und auf die Verstärkung wartete, die mit dem Helikopter gekommen ist.

Er ist nicht dumm. Kann zwei und zwei zusammenzählen. Ein Wasserflugzeug… ein Helikopter. Das kann kein Zufall sein!

Doch jetzt ist die Hütte mit einem Mal verwaist.

Er flucht innerlich.

## 14 Uhr 23

Ich könnte es schaffen, denkt sie.

Er steht am Fenster. In Gedanken versunken. Der Blick ist abwesend. Es sieht aus, als hätte ihn jemand ausgeschaltet. Den Stecker gezogen.

*Ich wage es nicht!*

Wenn sie sich jetzt überraschend auf ihn stürzte, könnte es ihr gelingen. Darauf ist er nicht vorbereitet. Er würde niemals erwarten, dass sie so etwas tut. Sie hat das Überraschungsmoment auf ihrer Seite.

*Kristin Bye, hast du vollkommen den Verstand verloren?*

Wenn sie sich direkt auf ihn stürzt…

*Du bist verrückt! Er wird dich töten!*

…und ihm dabei den Revolver entreißt, hat sie eine echte Chance.

*Ich wage es nicht! Er wird mich töten!*

Er wird es nicht schaffen, rechtzeitig zu reagieren.

Er bringt mich doch sowieso um. Wenn die Polizei an die Tür klopft, wird er den Lauf der Waffe auf meine Schläfe richten. Vielleicht erschießt er mich gleich. Vielleicht nimmt er mich als Geisel, um so noch einmal davonzukommen. Aber töten wird er mich auf jeden Fall.

Es ist ihre einzige Chance. Das sieht sie ein. Er hat nichts zu verlieren, ob er sie nun tötet oder nicht. Außerdem war das die ganze Zeit über sein Plan. Das Große Ziel. Die Polizisten können sagen und tun, was sie wollen. Von diesem Plan wird ihn nichts abbringen. Nicht einmal eine Kugel.

*Du wagst das nicht, Kristin! Bist viel zu feige!*

Er wird gewinnen. Auch wenn er von der Polizei erschossen wird, wird er den Sieg davontragen. Sie mit in den Tod nehmen. In die herostratische Hall of Fame der Verbrecher. Der Mann, der Kristin Bye tötete.

*Du traust dich nicht, du Feigling!*

## 14 Uhr 24

Sie ist schnell. Schnell wie eine Tigerin. Ist über ihm, ehe er noch registriert, was los ist. Wie eine Wildkatze springt sie ihn an, hart, so dass er das Gleichgewicht verliert, die Hände ausstreckt und spürt, wie ihm der Revolver aus den Fingern rutscht. Er kippt rückwärts über den Stuhl und sieht, wie sie in Richtung Revolver hechtet.

Er dreht sich herum und tritt blitzschnell zu, aber sie ist schneller. Sie hat den Revolver mit beiden Händen gepackt, steht breitbeinig da und zielt auf ihn.

»Nicht bewegen«, schreit sie und geht seitwärts zum Sofa. Sie zittert so stark, dass der Lauf des Revolvers vibriert.

»Hinsetzen!«, brüllt sie.

Ihr Gesicht hat sich zu einer angsterfüllten Grimasse verzogen, ganz ähnlich wie bei einigen der Mädchen, kurz bevor er sie umgebracht hat.

Er setzt sich.

»Sitzen bleiben!«, kommandiert sie. Es klingt fast wie ein ersticktes Flehen.

»Du traust dich doch ohnehin nicht zu schießen«, sagt er ruhig.

Sie macht eine abrupte Bewegung mit dem Revolver. Zielt auf ihn. Er zuckt zusammen.

»Du traust dich nicht …«

»Halt's Maul!«, schreit sie.

Sie schiebt sich rückwärts zur Tür.

»Du hast also doch Temperament! Das hab ich ja gar nicht erwartet. Aber vermutlich ist es bloß der Revolver, der dir Mut macht. Du glaubst jetzt, die Übermacht zu haben. Ein gefährlicher Irrtum, Kristin. Denn du traust dich nicht zu schießen.« Seine Stimme klingt sanft und freundlich.

Er sieht, wie die Panik sie zu übermannen droht.

»Kristin«, sagt er und streckt beide Hände aus, »verstehst du denn nicht? Das ist es ja gerade, was dich von mir unterscheidet. Ich habe kein Gewissen. Keine Moral. Du hingegen würdest nicht mit der Gewissheit leben können, jemanden getötet zu haben. Nicht einmal mich.«

»Ich schieße!«, wimmert sie und stößt mit dem Rücken gegen die Tür.

»Kristin, du hast das nicht in dir. Ich stehe jetzt auf und nehme dir den Revolver ab. Und du wirst es nicht schaffen abzudrücken. Er geht schwer. Sehr schwer. Du wirst das nicht schaffen.«

Ihre linke Hand findet den Türgriff, drückt die Klinke nach unten.

Er steht auf.

Sie lässt die Klinke los und hält den Revolver wieder mit beiden Händen.

»Stehen bleiben!«

Er gehorcht.

Erneut gleitet ihre linke Hand zum Türgriff. Rüttelt daran. Sie flucht. Die Tür geht nicht auf. Sie versteht nicht, dass sie verschlossen ist und sie nur den Schlüssel zu drehen braucht.

Er macht einen Schritt auf sie zu.

»Stopp!«, schreit sie.

»Du wirst nicht schießen. Das hast du nicht in dir. Du weißt nicht, wie es sich anfühlt, wenn sich ein Schuss löst. Hast nie den Schmerz gespürt, wenn der Schuss knallt und der Rückstoß des Projektils in deinen Arm fährt.« Er macht einen weiteren Schritt. »Hast du jemals den Gestank des Pulvers gerochen? Oder den frischen Blutes?« Seine Stimme ist hypnotisierend, befehlend. »Es ist dir nicht möglich, den Abzug zu drücken und das Blut aus meiner Brust spritzen zu sehen. Wie ich auf den Boden falle, mich vor Schmerz winde, blute … Zuzusehen, wie das Leben aus meinem Körper entweicht, und zu wissen, dass es deine Schuld ist, dass du dafür verantwortlich bist. Du hast das nicht in dir.«

Er macht einen weiteren Schritt auf sie zu. Sie zittert so stark, dass sie keine Kontrolle mehr über ihre Hände hat.

Er ist nur noch einen Meter entfernt.

»Überlass sie mir, Kristin«, sagt er.

## 14 Uhr 27

Kristin sieht, wie sich seine Hand nähert, die schmalen Finger mit dem Siegelring, der ihr vorher nicht aufgefallen ist. Sie hebt den Blick und sieht ihm in die Augen.

*Das geschieht doch nicht wirklich.*

»Gib ihn mir«, sagt er.

*Das ist doch nicht wahr!*

Seine Hand…

Sein Blick…

Sie kneift die Augen zusammen und strafft den Zeigefinger.

## 14 Uhr 27

Der Bus hält mit einem Ruck auf dem großen Parkplatz hinter dem Rezeptionsgebäude. Die Bremsen pfeifen.

Vang sammelt seine Leute in einem Halbkreis um sich und seinen Vize. Er weist sie kurz in die Situation und das Ziel der Aktion ein. Dann überlässt er es seinem neuen Kollegen, das Gelände zu beschreiben. Der Polizist zeichnet eine Karte in den Kies. Parkplatz, Campinghütten, Stromschnelle, Wasserfall. »Hier liegt die Hütte Nummer sechs«, sagt er und steckt einen Zweig in die Erde.

Vang sieht auf die Uhr. »Um Punkt 14 Uhr 30 schlagen wir zu. Gruppe Zulu sichert das Objekt und nimmt ihre Positionen ein. Gruppe Foxtrott macht sich bereit, auf meinen Befehl einzugreifen. Gruppe Charlie bildet einen äußeren Zirkel. Die Einsatzzentrale richten wir in der Rezeption ein. Funkverbindung über Kanal vier, ich wiederhole, Kanal vier. Noch Fragen?«

Es gab keine Fragen.

## 14 Uhr 28

Der Knall ist ohrenbetäubend. Beißender Pulvergestank steigt ihr in die Nase. Ihre Hände werden nach oben gedrückt, und der Druck pflanzt sich in ihrem Körper fort. Sie lässt den Revolver mit einem Aufschrei fallen.

Er krümmt sich zusammen.

Mein Gott, ich habe auf ihn geschossen, denkt sie. Ich habe ihn erschossen, ihn getötet, ich habe es wirklich getan.

Sie taumelt nach hinten, presst sich gegen die Wand.

*Mein Gott, ich habe ihn erschossen, und jetzt stirbt er!*

Er hält sich stöhnend die Hände vor die Brust.

*Ich habe ihn erschossen!*

Sie steckt sich die Fingerknöchel in den Mund und beißt zu.

Plötzlich richtet er sich wie eine zusammengepresste Sprungfeder auf; breitet die Arme aus, wirft sich brüllend wie ein Wilder auf den Boden und greift sich den Revolver.

Sie schreit.

## 14 Uhr 28

Vang zuckt zusammen, als er den Schuss hört. Er ist auf dem Weg in die Rezeption, wo Gunnar Borg und der langhaarige Kameramann warten, den sie Roffern nennen.

Der scharfe Knall lässt alle zusammenzucken und zur Hütte unten am Fluss blicken.

»Mein Gott«, sagt Gunnar.

Der Kameramann schüttelt sich und hebt sich die schwere Kamera auf die Schulter.

Vang greift das Mikrofon seines Walkie-Talkies. »Kontrolle an Zulu, Foxtrott, Charlie! In der Hütte ist ein Schuss gefallen, ich wiederhole: In der Hütte ist ein Schuss gefallen. Nehmen Sie Ihre Positionen ein. Halten Sie Ihre Waffen bereit! Zulu, nur auf meinen ausdrücklichen Befehl oder in absoluter Lebensgefahr schießen! Rapportieren Sie mir sofort jede Bewegung im Objekt. Foxtrott und Charlie, verhalten Sie sich ruhig. Bestätigen!«

Es knackte im Lautsprecher.

»Zulu – verstanden.«

»Foxtrott – verstanden.«

»Charlie – verstanden.«

## 14 Uhr 29

»Verdammt«, sagt er. »Das hab ich dir doch tatsächlich nicht zugetraut.«

Sie schluchzt.

Er steht auf. Überprüft den Revolver.

»Dann sind wir uns wohl doch ziemlich ähnlich. Ganz tief im Inneren. Das freut mich. Wirklich. Du kannst töten. Wenn du ruhiger gewesen wärest und nicht so schrecklich gezittert hättest, hättest du vermutlich sogar getroffen. Außerdem hilft es, wenn man die Augen offen hält. Dann sieht man, worauf man zielt und ob sich das Ziel duckt oder zur Seite bewegt. Aber das ist nicht das Wesentliche. Entscheidend ist, dass du treffen wolltest. Dass du töten wolltest. Ich werfe dir das nicht vor. Ganz im Gegenteil. Das macht dich mir ähnlicher, als ich zu hoffen gewagt hatte.«

Sie weint unkontrolliert. Rutscht mit dem Rücken an der Wand zu Boden.

Vor der Hütte hört sie Stimmen, kurze Befehle, schnelle Schritte.

Er blickt kurz nach draußen.

»Da sind sie also«, sagt er und schnalzt mit der Zunge.

Er zerschlägt eine Scheibe und schießt. Draußen wird alles still.

Sie kauert sich auf den Boden, versucht, sich zu einem Bündel zu verschnüren, einem festen Knoten, einer Auster, die niemand öffnen kann.

»Die Polizei«, sagt er.

Sie ist nicht erleichtert. Es ist ihr gleichgültig. Sie können ohnehin nichts machen.

Nichts.

Merkwürdigerweise beruhigt sie diese Erkenntnis aber auch. Sie können nichts machen, und auch sie selbst ist machtlos. Sie hat es versucht. Hat alles probiert, ihn zu stoppen. Ohne Erfolg. Aber sie hat es wenigstens versucht. Sie war nicht feige, hat den Versuch gewagt. Jetzt liegt das Kommando wieder bei ihm. Und das kann niemand ändern. Sie nicht. Die Polizei nicht. Niemand.

Die Tränen versiegen, und ihre Muskeln entspannen sich. Sie versucht, ruhig und tief zu atmen.

»Gut«, sagt er. »Es ist ziemlich anstrengend, wenn du so hysterisch bist.«

Sie sieht zu ihm auf. Er steht dicht an der Wand.

»Können Sie nicht einfach aufgeben?«, fragt sie. »Bitte …?«

Er grinst. Ein abstoßendes, boshaftes Grinsen.

## 14 Uhr 38

Wenn sie nur mehr Zeit und eine bessere Ausrüstung hätten …

Vang blickt auf sein Handy und das Megafon. Mehr hat er nicht. Vorläufig.

Er weiß nicht, ob Kristin am Leben ist. Sollte sie tot sein, könnte er einfach die Hütte umzingeln und warten, bis er sich ergibt oder selbst erschießt.

Er hofft, dass sie lebt.

Der Schuss zeugt nicht gerade von Kooperationsbereitschaft. Aber es war bloß ein Schuss in die Luft – im wahrsten Sinne des Wortes. Er hat nicht gezielt. Wollte nur ein Statement abgeben.

Wenn Vang doch nur einen Wärmedetektor hätte wie seine Kollegen in den USA, könnte er die beiden durch die Wände hindurch lokalisieren!

Aber ihm stehen nur ein Handy und ein Megafon zur Verfügung, mehr nicht. Er beißt die Zähne zusammen, als er Kristin Byes Handynummer wählt.

## 14 Uhr 40

Das Telefon klingelt.

Beide zucken zusammen und sehen einander an. Es ärgert ihn, dass er so schreckhaft ist. Was muss sie von ihm denken?

Das Handy liegt auf dem Tisch. Er starrt es an. Es klingelt. Er beugt sich vor, nimmt es in die Hand und drückt den Knopf.

Er sagt nichts.

Ein paar Sekunden ist es still. »Hallo?«, ruft eine Stimme.

»Hallo«, antwortet er.

»Mit wem rede ich?«

»Stellen Sie sich nicht dumm.«

»Mein Name ist Runar Vang. Ich bin …«

»Polizeidirektor der Osloer Polizeibehörde«, vollendet er.

»Gut, dann wissen Sie ja, wer ich bin.«

»Was Sie umgekehrt wohl nicht behaupten können.«

»Seien Sie sich da nicht so sicher. Wir waren bei Ihnen zu Hause.«

»Sie bluffen.«

»Wir haben Frøydis Vik in Ihrem Kellerverschlag gefunden. Oder in der Zelle, wenn Sie so wollen … Ich weiß ja nicht, wie Sie den Raum nennen.«

*Sie bluffen, sie haben keine Ahnung, wer er ist!*

»Ich habe keine Lust, mit Ihnen zu reden, solange Sie lügen.«

Vang nannte seine Adresse.

Und dann, nach einer kleinen Pause, seinen Namen – als wollte er Salz in eine offene Wunde streuen.

Die Kälte beginnt irgendwo hinter der Stirn und breitet sich von dort durch den Körper nach unten aus. Ein prickelndes Gefühl von Frost und Finsternis. Sie wissen, wer er ist! Wo er wohnt! Sie waren zu Hause bei ihm. In seinem Haus. Haben Unordnung gemacht! Sind mit ihren Schuhen über seinen Boden gelaufen. Sie haben Frøydis gefunden. Weiß der Himmel, was sie sonst noch gefunden haben! In seinem Haus. Seinem Zuhause.

Vangs Stimme wie aus einem anderen Sonnensystem: »Hallo?«

Wie wimmelnde Ameisen sind sie in sein Haus eingedrungen und haben seine Sachen durchwühlt! Unordnung gemacht! Schubladen geöffnet, durch Tagebücher geblättert. Mein Gott, die *Tagebücher*!

»Sind Sie noch da?«

Er legt auf.

Atmet schwer.

Nach einer halben Minute klingelt das Telefon erneut. Er hat diese Zeit gebraucht, um sich zu sammeln.

»Ich bin noch nicht verschwunden«, sagte er gespielt munter.

»Ich weiß«, antwortet Vang, »ich habe die Hütte unter Beobachtung. Kann ich mit Kristin Bye reden?«

»Warum?«

»Ich will nur sichergehen, dass sie noch lebt.«

»Sie ist unverletzt.«

»Das würde ich gerne von ihr selber hören.«

»Vertrauen Sie mir nicht?«

Lachend: »Würden *Sie sich* an meiner Stelle trauen?«

»Sie ist unverletzt«, wiederholt er.

»Wir haben einen Schuss gehört.«

»Das war sie. Sie hat versucht, mich zu erschießen. Ich war ein bisschen unvorsichtig. Es wird nicht wieder vorkommen. Nehmen Sie per Telefon Anzeigen entgegen? Ich würde sie gerne wegen versuchten Mordes anzeigen.« Er lacht.

»Lassen Sie mich mit ihr reden!«

»Nein.«

»Können Sie sie mir am Fenster zeigen?«

»Warum?«

»Verkomplizieren Sie die Sache nicht.«

»Sie ist unverletzt. Sie müssen mir glauben.«

»Werden Sie sie gehen lassen?«

»Sind Sie verrückt?«

»Warum nicht?«

»Sie gehört mir.«

Pause. »Wie meinen Sie das – Ihnen?«

»Mir«, flüstert er.

»Wollen Sie Geld?«

»Ja«, lügt er. »Eine Million Kronen und einen Helikopter.«

Zögernd: »Ich werde sehen, was sich machen lässt.«

»In einer Stunde!«

»Wir brauchen mehr Zeit. Eine Million ist viel Geld. Und hier oben in den Bergen stehen die Helikopter nicht gerade Schlange.«

»Sie sind mit einem gekommen!«

Pause. »Sie müssen uns mehr Zeit geben. Ich habe nicht die Befugnis, Ihnen irgendetwas …«

»Unsinn! Der Justizminister hat Ihnen alle Vollmachten übertragen, um mich aufzuhalten.«

»Sie sind gut unterrichtet …«

»Ich bin nicht dumm, Vang …«

»Ich weiß.«

»Eine Million. Und ein Helikopter. Bis vier Uhr. Sonst erschieße ich sie. Und mich auch.«

Er legt auf.

»Was hat er gesagt?«, fragt sie.

Er grinst. »Sie brauchen mehr Zeit …«

»Aber geht das denn nicht?«

»Sei nicht dumm. Die werden niemals darauf eingehen und uns mit einem Helikopter und einer Million Kronen laufen lassen. Bist du verrückt?«

»Aber warum haben Sie das dann gesagt?«

»Weil«, sagt er und zieht eine Grimasse, »weil mir danach war.«

## 14 Uhr 55

»Natürlich, Frau Minister, selbstverständlich!«, sagt Vang.

Er stöhnt leise und resigniert, als er das Gespräch beendet hat. Seine Finger hinterlassen einen glänzenden Abdruck auf dem Handy. Die Justizministerin war in ihrer Äußerung glasklar gewesen:

Es werden keine Bedingungen erfüllt! Keine!

Kein Geld! Nicht eine Krone!

Kein Helikopter! Kein Auto! Kein Fahrrad!

Es muss alles getan werden, um Kristin Byes Leben zu retten! Alles! Und damit meine ich alles!

Auch wenn das bedeutet, den Geiselnehmer unschädlich zu machen!

Genau so hatte sie es ausgedrückt: unschädlich machen. Ein ungefährliches Wort, neutral, nichtssagend. Vang denkt: Was sie meint, ist viel konkreter: *Töten. Erschießen. Eliminieren. Liquidieren. Kaltmachen. Ausrotten.*

Die anderen sehen ihn an. Als wüsste er die Antwort, die Lösung.

Er wählt Kristin Byes Handynummer.

## 14 Uhr 56

*»Hello again«*, sagt er.

»Hier spricht Vang.«

»Wer sonst?«

»Es geht um Ihre Forderungen.«

»Ja?«

*Wir brauchen mehr Zeit.*

»Es ist nicht ganz einfach, wir brauchen mehr als eine Stunde.«

»Nein.«

Die Bank im Ort hat nicht so viel Geld vorrätig.

»Und der Helikopter ist nicht das einzige Problem. Wir haben grünes Licht für die Million Kronen erhalten, aber hier in der Gemeinde ist nicht so viel Geld vorrätig. Wir haben das mit der Bank überprüft. Es geht ganz einfach nicht! Wir müssen das Geld aus Kristiansand holen, und das dauert mindestens …«

»Lassen Sie sich das Geld mit dem Helikopter bringen!«

Wir arbeiten daran, haben aber noch keinen Helikopter gefunden.

»Das ist das zweite Problem. Wir haben einen freien Helikopter für Sie lokalisiert. Aber den will niemand fliegen!«

»Das ist sehr bedauerlich.«

»Wir arbeiten daran.«

»Schade für Kristin, meine ich.«

»Bleiben Sie ruhig, wir werden das hinkriegen.«

»Ich baue auf Sie, Vang!«

»Das dürfen Sie gerne tun. Kann ich jetzt mit ihr reden?«

»Nein.«

Er drückt Vang weg. Das Telefon klingelt unmittelbar darauf erneut.

»Was gibt's denn noch?«, seufzt er.

Er hört jemanden schlucken. »Ähh, hier ist Henriksen, von den P4-Nachrichten, ich – ähh, wollte fragen, ob Sie – ähh – oder Kristin vielleicht ein Interview geben möchten über die – ähh – aktuelle Situation?«

Er blickt zu Kristin, ehe er das Gespräch beendet und das Telefon ausschaltet.

## 15 Uhr 00

»Was hat er gesagt?«, will sie wissen.

»Das war ein Kollege von dir, der uns interviewen wollte.«

»Er wollte uns interviewen?«

»Live, fürs Radio.«

»Die sind doch verrückt!«

Er lächelt sie an und reicht ihr die Hand. »Und jetzt machen wir beide einen kleinen Spaziergang!«

»Raus? Einen – Spaziergang?«

Er zieht sie auf die Beine. Dreht sie um und stellt sich dicht hinter sie. Sie fühlt seinen Körper an ihrem, den warmen Atem hinter ihrem Ohr. Sein linker Arm schiebt sich um ihre Taille. Wie eine Liebkosung. Im nächsten Augenblick spürt sie den Revolverlauf unter dem Kinn, hart, spitz und kalt.

»Wer rastet, der rostet«, sagt er und öffnet die Tür.

Sie hatte Polizisten hinter Sandsäcken und mit Beton gefüllten Tonnen erwartet. Mit Gewehren, Maschinenpistolen und Granatwerfern bewaffnet.

Aber sie kann niemanden sehen.

Das Laub raschelt im Wind. Ein Wimpel knallt. Die Stromschnelle rauscht.

Da entdeckt sie sie. Einen hinter der Umrandung des Sandkastens. Einen hinter der Ecke einer Campinghütte.

Beim Kiosk, hinter einer Absperrung, neben einer Gruppe Polizisten, haben sich ein paar Schaulustige versammelt.

Einer von ihnen hat eine Kamera auf der Schulter. Roffern!

Er räuspert sich neben ihrem Ohr. Sie merkt, dass er ihrem Blick folgt.

Irgendwo lädt jemand ein Gewehr durch.

»Ich schieße!«, ruft er so laut, dass es in ihren Ohren klingelt.

Es kratzt und rauscht in einem Lautsprecher, ehe eine Megafonstimme über den Platz schallt: »BLEIBEN SIE STEHEN! HIER SPRICHT DIE POLIZEI! SIE SIND UMSTELLT!«

Die Stimme kommt ihr vage bekannt vor.

»Ich knall sie ab!«

»LASSEN SIE DIE FRAU GEHEN!«, ruft die metallische Stimme. »SIE SIND VON BEWAFFNETEN POLIZISTEN UMSTELLT! LASSEN SIE DIE FRAU FREI!«

Kristin hat den Mann mit dem Megafon ausgemacht. Er steht halbwegs geschützt hinter einem Jeep. Es dauert einen Augenblick, bis sie ihn erkennt. Er sieht fremd aus mit der Sturmhaube und der schusssicheren Weste. Aber das ist Polizeidirektor Runar Vang.

»Geh weiter!«, flüstert er ihr ins Ohr.

Sie bewegen sich ruckartig über den Weg. Sie fühlt sich wie ein siamesischer Zwilling mit vier Beinen. Sein Atem in ihrem Nacken. Der linke Arm um ihre Taille. Sein Unterleib an ihrem Po. Bei jedem Schritt.

Nach ein paar Metern wird ihr klar, wo er hin will.

Zum Wasserfall.

## 15 Uhr 15

Es ist vorbei.

Das ist ihm schon eine ganze Weile klar.

Er wusste es in dem Augenblick, als Vang seinen Namen aussprach. Als er den Helikopter gehört hatte. Das Wasserflugzeug sah. Als er Kristin in dem dunklen Schlafzimmer in der Almhütte in die Augen blickte. Ihr das erste Video schickte. Als er sie das erste Mal im Fernsehen sah. Als er Linda ertränkte. Das war der Anfang vom Ende, und jetzt war es da.

Ihr Haar duftet frisch. Er drückt die Nase gegen ihren Hinterkopf und saugt den Duft ein. Durch den Hemdstoff fühlt er ihre Rippen unter seiner linken Hand und das Pochen ihres Herzens.

In diesem Augenblick hat er eine Idee. Mit dem Duft ihres Haares in der Nase und dem Blick auf eine üppig grüne Zitterpappel ist ihm schlagartig klar, was er tun muss. Hinterher werden alle glauben, er habe das die ganze Zeit so geplant.

Er dreht vorsichtig den Kopf zur Seite. Die Polizei folgt ihnen. Solche Einsätze haben sie trainiert. Etappenweises Aufrücken. Gegenseitige Deckung.

Natürlich haben sie Geiselsituationen wie diese trainiert. Verzweifelter Mann, der seine Waffe auf den Kopf der Geisel richtet. Er weiß, was sie denken. In jeder Sekunde hat einer von ihnen ihn im Visier. Wenn er den Revolver auch nur den Bruchteil einer Sekunde von ihr abwendet, schießen sie.

Sie hören den Wasserfall. Polternd, fauchend. Die Luft wird feuchter.

»Schneller!«, flüstert er in ihr Ohr. Obgleich es alles andere als einfach ist, so zu gehen. Und obgleich sie eigentlich keine Eile haben.

Sie geht schneller.

Er dreht sich immer wieder um. Nimmt hastige Bewegungen aus dem Augenwinkel wahr. Sie wissen, dass er nicht versuchen wird, auf einen von ihnen zu schießen. Sobald er den Revolver von ihr abwendet, werden sie ihn wie eine Ratte abknallen. Sie sind überall. Und sie sind unsichtbar.

Um ein Haar wäre sie über einen lockeren Randstein gefallen. Sie stolpern mit kurzen, unsicheren Schritten vorwärts, ehe sie das Gleichgewicht wiederfinden. Das war knapp.

Sie werden sein Leben auf den Kopf stellen. Die Zeitungen und Zeitschriften. Das Fernsehen und das Radio. Schulkameraden von früher werden Fotos von Klassenausflügen verkaufen. Es wird ganze Bildserien in den Zeitungen über ihn geben. Dokumentationssendungen im Fernsehen. Psychologen und Psychiater werden ihn analysieren und sezieren. Er kann es sich lebhaft vorstellen. Die Schlagzeilen. Die Fernsehbeiträge. Aufnahmen von seinem Haus. Interviews mit Nachbarn, Kollegen aus dem Kino, Mitschülern. *Erschütternd, ausgerechnet er! So ein netter Mann! Das hätte ich nie gedacht! Niemals!* Innerhalb weniger Tage wäre er Allgemeinbesitz. Umgekrempelt und verurteilt.

*Ist das nicht entsetzlich?*, werden sie sagen. *Wir haben ihn immer für einen netten jungen Mann gehalten. Nicht zu glauben.*

Sie gehen die Schiefertreppe hinunter zu der Plattform vor dem Wasserfall.

## 15 Uhr 20

Wie es sich wohl anfühlt, jeden Augenblick mit dem Tod rechnen zu müssen, denkt Vang.

Ein ganzes Stück vor sich, zwischen den Bäumen, sieht er Kristin Bye. Es erstaunt ihn, wie ruhig sie wirkt. Unbeteiligt. Viele andere an ihrer Stelle wären längst eingeknickt, umnebelt vor Todesangst.

Er hat dem Tod nie direkt ins Auge geblickt. Ihm hat nie jemand einen Pistolenlauf in den Bauch gedrückt, kein Desperado hat ihm je mit einem Messer vor der Nase rumgefuchtelt. Er kann nicht sagen, wie er reagieren würde. Aber er ist sicher, dass er nicht so unberührt wäre wie Kristin Bye.

Er ist seit über dreißig Jahren vom Tod umgeben, aber nie persönlich betroffen gewesen. Er hat den Schrecken in den leblosen Augen gesehen. Der Tod kommt immer überraschend, denkt er. Selbst wenn man ihn fürchtet und weiß, dass er auf einen lauert. Wirklich vorbereitet ist man nie.

Er schaut durch das Fernglas zu Kristin Bye.

*Arme Frau!*

## 15 Uhr 25

»Ich möchte, dass du mich interviewst«, sagt er in ihr Ohr.

Jetzt ist er übergeschnappt, denkt sie. Ihn interviewen? Hier? Jetzt? Glaubt er, wir wären in einem Fernsehstudio?

»Das geht nicht!«

»Ich habe einen Kameramann gesehen«, fährt er fort, seine Stimme ist kaum mehr als ein Flüstern. »Er soll hierher kommen, damit du mich interviewen kannst.«

Es ist ihm ernst, dachte sie. Tatsächlich! Er will, dass ich ihn interviewe.

»Warum?«, fragt sie.

»Frag nicht. Tu einfach, was ich sage.«

Er bewegt seinen Kopf ein Stück weg von ihrem und ruft den Polizisten zu, dass er mit jemandem reden will. Nach einer Weile kommt ein hoch gewachsener, kräftiger Polizist mit Oberlippenbart und Igelschnitt zu ihnen. Er trägt einen durchsichtigen Schild vor sich her und bleibt am oberen Ende der Treppe stehen.

Kristin hört ein Glucksen in ihrem Ohr. »Ist der Schild auch schusssicher?«, ruft er.

Der Polizist reckt sich hinter dem Schild. »Sie wollten reden?«

»Der Kameramann vom Fernsehen soll kommen.«

»Kommt nicht infrage.«

»Sofort!«

»Unmöglich! Die Situation ist so schon ernst genug ...«

»Er soll uns filmen. Wenn sie mich interviewt. Holen Sie ihn!«

»Begreifen Sie doch, dass wir nicht riskieren können ...«

»Ich werde ihn nicht umbringen! Er kann dort oben stehen. Hinter dem Baum.«

»Ich verstehe nicht, wieso ...«

»Sie müssen das auch nicht verstehen!«

»Wir können nicht riskieren ...«

»Sie riskieren überhaupt nichts. Beschützen Sie ihn mit so vielen Polizisten, wie Sie wollen! Hauptsache, er filmt.«

»Das geht nicht ...«

»Wenn Sie den Kameramann nicht holen, erschieße ich Kristin.«

»Hören Sie, welche Chancen rechnen Sie sich aus, wenn Sie sie töten?«

Zuerst sagt er nichts. Dann fängt er an zu lachen. Ein leises, glucksendes Lachen, das ihr im Ohr kitzelt.

»Es geht hier nicht um mein Leben«, sagt er. »Sondern um ihrs. Also holen Sie ihn! Ich gebe Ihnen zehn Sekunden.«

»Hören Sie doch ...«

»Oder ich knall sie ab.«

»Lassen Sie uns darüber reden ...«

»Zehn!«

»Halt! Ich kann nicht akzeptieren ...«

»Neun!«

»… auf diese Weise …«
»Acht!«
»… erpresst zu werden …«
»Sieben!«
»Also wirklich! Warten Sie!«
»Sechs!«
»Halt! Lassen Sie uns darüber reden!«
»Fünf!«
»Lassen Sie uns reden, sage ich!«
»Vier!«
»Hören Sie mir nicht zu? Lassen Sie uns …«
»Drei!«
»… darüber reden!«
»Zwei!«
»Okay! Okay!«
»Sind wir uns plötzlich einig?«
»Ich werde ihn holen! Entspannen Sie sich, ganz ruhig!«
Der Polizist zieht sich zurück.

Eine Viertelstunde später kommt Roffern. Umringt von fünf bewaffneten Männern der Einsatztruppe.

Kristin lächelt, als sie ihn sieht. Sie haben ihn in eine Uniform gesteckt. Über der Uniform trägt er eine schusssichere Weste. Er sieht aus wie der Soldat einer Kommandotruppe. Mit Pferdeschwanz und Ring im Ohr.

Für einen kurzen Augenblick haben sie Blickkontakt.

Sie platzieren ihn hinter einem Baum. Nur die Schulter mit der Kamera ragt hervor.

Ein Polizist mit Schild kommt die Treppe runter und wirft ihnen ein kabelloses Mikrofon zu.

Sie macht einen Soundcheck. »Test, eins, zwei, drei! Hörst du mich, Roffern?«

Eine Hand kommt hinter dem Baumstamm vor und winkt.

Die Stimme in ihrem Ohr.

»Kennst du ihn?«

»Wir arbeiten zusammen.«

»Ach.«

»Worüber sollen wir reden?«

»Frag mich nicht! Du bist die Journalistin.«

»Eine Sache nur …«

»Ja?«

»Es ist schwierig, jemanden zu interviewen, der hinter einem steht.«

»Soll ich mich woanders hinstellen?«

»Am besten vor mich. Damit ich das Mikrofon zwischen Ihnen und mir hin und her bewegen kann.«

»Du führst doch was im Schilde …«

»Entspannen Sie sich! So werden Interviews geführt. Oder haben Sie jemals ein Interview gesehen, bei dem der Interview-Partner hinter dem Journalisten steht?«

Er lacht leise. Vorsichtig lockert er die Klammer um ihre Taille. Den Revolver auf ihren Kopf gerichtet, bewegt er sich langsam um sie herum.

»Nicht so weit«, sagt sie. »Der Wasserfall muss im Hintergrund sein. Am besten zwischen uns beiden.«

Du meine Güte, an was sie alles dachte.

»Wehe, du heckst was aus!«

»Wer von uns sitzt am längeren Hebel?«

»Du hast am meisten zu gewinnen.«

»Und am meisten zu verlieren!«

»Das kann ich nicht beurteilen.«

»Sind Sie bereit?«

»Ja!«

»Bereit, Roffern?«

Die Hand hinter dem Baum winkt.

»Okay«, sagt sie. »Dann fangen wir an!«

Sie dreht sich in Richtung Kamera. Das wird rund um den Globus ausgestrahlt, denkt sie unbeteiligt. Selbst wenn ich sterbe – *erst recht*, wenn ich sterbe! Diese Bilder werden in jeder Nachrichtensendung im abgelegensten Kaff der Welt zu sehen sein.

Sie schaut in die ferne Kameralinse.

»Dieser Mann«, sagt sie mit zitternder Stimme, die wie die eines kleinen, ängstlichen Mädchens klingt. »Dieser Mann hat in den letzten zwei Monaten drei Frauen getötet«, sagt sie, und ihre Stimme knickt ein klein wenig weg, sie räuspert sich und holt tief Luft, »und die Frage, die die meisten Zuschauer sich stellen, lautet: *Warum?*«.

Warum?

Er wisse es nicht, sagt er. Und das ist nicht gelogen.

Sie fragt ihn, ob er seine Taten bereut.

Reue, sagt er, ist nichts als verzögertes Gewissen.

Ob er kein Gewissen habe?, fragt sie.

Nein, sagt er, er habe kein Gewissen.

Ob er je an die Opfer gedacht habe?, fragt sie.

O ja, das habe er. Jedes Mal.

Und das mache ihm nichts aus?, fragt sie.

Nein, sagt er, das mache ihm nichts aus. Wir müssen alle sterben. Früher oder später.

Aber mein Gott, warum?, fragt sie erneut.

Vielleicht, weil er keine Wahl gehabt habe, sagt er. Das klingt unsinnig, er hört es selbst, er hat keine Antwort darauf, und das scheint durch.

Was ist mit den Angehörigen?, fragt sie. Den Eltern? Geschwistern? Partnern?

Was soll mit denen sein?, entgegnet er provozierend.

Ob er denen vielleicht etwas sagen wolle?

Was er ihnen denn sagen solle?

Sie sind wahnsinnig, sagt sie.

Eine interessante Frage, erwidert er.

Das ist keine Frage.

Er fängt an zu lachen.

Und wenn er heute nicht aufgespürt worden wäre?

Hätte er weitergemacht. Bis sie ihn irgendwann gefasst hätten.

Und jetzt?

Jetzt ist Schluss, sagt er.

Ob er vorhat, sie umzubringen?, fragt sie.

Er sieht sie an. Keiner von beiden sagt etwas. Er versucht, ihr etwas mit dem Blick zu erklären. Aber sie versteht es nicht.

Er zwinkert ihr zu. Seine Lippen bewegen sich. Sein Lächeln ist kokett, ironisch.

Sie sagt nichts.

Er sieht sie an.

Die Hand, in der er den Revolver hält, zittert. Er richtet ihn auf ihren Kopf. Sie verkrampft sich, und er senkt ihn wieder.

»Lassen Sie die Waffe fallen!«, ruft eine scharfe Stimme.

Er reagiert nicht.

Jetzt erschießt er mich, denkt sie.

Sie hebt den Blick zum Himmel. Sieht einen Vogel, eine Wolke.

Sie kneift die Augen zu und denkt an Azuria. Den Strand, den Vulkan, die Palmen.

Ihre Hand schließt sich fester um das Mikrofon.

Gleich schießt er, denkt sie und sieht ihn an.

Seine Augen sind erstaunlich ruhig. Furchtlos. Fast zärtlich.

Er lächelt sie an.

Er wird mich nicht umbringen, denkt sie erleichtert und macht einen Schritt von ihm weg. Er mag mich. Er will mir nichts tun!

Sie lächelt zurück.
Da schießt er.

Der Schuss trifft sie wie ein Hammerschlag. Es reißt sie herum, sie taumelt nach hinten. Gleichzeitig knallt es oben bei den Bäumen viermal. Vier Schüsse, die so dicht aufeinander folgen, dass es sich wie eine Explosion anhört. Die Schüsse schlagen mit solcher Wucht in seinen Körper ein, dass er nach hinten gegen das Geländer geschleudert wird und darüberkippt. Eine Zehntelsekunde lang sieht es so aus, als würde er auf der Geländerkante liegen und balancieren. Er sieht sie an. Dann fällt er. Ohne einen Laut stürzt er in die Schlucht und verschwindet aus ihrem Blickfeld. Er ist tot, denkt sie. *Mein Gott, er hat auf mich geschossen!* Sie schnappt nach Luft und macht einen Schritt nach hinten. Der Schmerz ist bohrend und schneidend. Ihre Schulter brennt. Wie im Reflex dreht sie sich zu Roffern um, der mit einigen Polizisten zu ihr gerannt kommt. Er hält immer noch die Kamera auf der Schulter. Das rote Lämpchen leuchtet. Er hat tatsächlich auf mich geschossen!, denkt sie ungläubig. Sie blickt an ihrem Flanellhemd hinab, auf dem eine rote Rose blüht. Ihre Knie geben nach, sie sackt zusammen. *Mama*, denkt sie, *er hat auf mich geschossen*. Sie sieht direkt in die schwarze, seelenlose Linse von Rofferns Kamera. Ihr geht durch den Kopf, dass sie den Beitrag irgendwie abschließen muss: »Für ›24 Stunden!‹. Aus Jøkullfoss in der Telemark – ich bin Kristin Bye!«

Aber als sie das Mikrofon hochnehmen und den Mund öffnen will, kommt kein Laut. Sie starrt in das schwarze Auge der Kamera, und als sie erneut etwas zu sagen versucht, kommt nur ein jämmerliches Wimmern. Das Mikrofon rutscht ihr aus der Hand. »Jetzt helft ihr doch!«, hört sie jemanden rufen. Hände greifen nach ihr, drehen sie auf die Seite, drücken ein Stoffstück auf das Feuer in ihrer Schulter, streichen ihr übers Haar. Und Roffern filmt die ganze Zeit, mit zusammengekniffenem linkem Auge, wie immer. Er tröstet sie nicht, filmt einfach nur, und durch den zähen Schleier aus Schmerz denkt sie, dass er nur seine Pflicht tut, er filmt, weil er filmen muss. Sie will die Männer wegstoßen, die sie festhalten, sie kennt sie nicht, das sind fremde, gesichtslose Riesen mit schusssicheren Uniformen. »Gunnar!«, ruft sie schluchzend. »Wo ist Gunnar?« Jemand hebt sie auf eine Trage, ihr Körper krümmt sich vor Schmerzen, sie blickt verzweifelt um sich. Roffern hebt die Kamera von der Schulter und nimmt sie in die linke Hand. Dann kommt er zu ihr und greift nach ihrer Hand. Sie sieht ihm an, dass er nicht weiß, was er sagen soll. Das macht nichts. Er drückt ihre Hand. Seine Augen glänzen, er sucht nach tröstenden Worten, etwas, das weder dumm noch banal ist, aber ihm fällt nichts ein. Eine Träne löst sich, dann eine zweite. Er hält ihre Hand ganz fest; er läuft neben der Trage die Treppe hoch, hoch zum Weg, bis zum Krankenwagen. Und die ganze Zeit hält er ihre Hand. Er lässt sie erst los, als sie die Trage in den Krankenwagen schieben. Die Schmerzen sind unerträglich. Die Tür knallt zu. Sie wimmert. Jemand presst ihr eine Sauerstoffmaske über Nase und Mund; einen Augenblick hat sie das Gefühl zu ersticken und wirft den Kopf hin und her. »So, so«, sagt eine Stimme. Jemand schneidet das Hemd auf. Durch die Tränen und das matte Glas sieht sie Gunnars Gesicht, das sich von außen an die Scheibe drückt. »Gunnar!«, schluchzt sie in die Sauerstoffmaske. »So, so«, sagt die Stimme. Sie sieht Rofferns verschwommene Silhouette. Er hebt die Kamera auf die Schulter. Der Krankenwagen beschleunigt und wirbelt eine grauschwarze Staubwolke auf. Gute Schlusssequenz, denkt sie, als die Sirenen losheulen.

# Nachspiel

An dem Tag, an dem Halvor beerdigt wurde, pflückte sie frühmorgens einen Strauß Wiesenblumen auf einer Lichtung über der Almhütte.

Das war ein verzauberter Morgen. Das diesige Dämmerlicht zwischen den dunklen Stämmen im Wald war durchzogen von Lichtfäden. Ein moderig süßer Geruch waberte vom Sumpf herüber. Der feuchte Boden schmatzte, wenn sie mit den Gummistiefeln auftrat. Tief im Wald kollerte ein Auerhahn.

Sie wusste genau, wo die Wiesenblumen wuchsen. In einer sonnenüberfluteten Talmulde, wo sie glaubten, es sei Frühling, bis der erste Herbstfrost sie dahinraffte. So spät im Jahr gab es nicht mehr viele. Aber für einen Strauß würde es reichen. Sie hatte ein Band und eine Plastiktüte mit einem nassen Wattebausch dabei.

Zwei Tage zuvor war sie aus dem Krankenhaus entlassen worden.

Alle hatten sie besucht. Gunnar und Roffern. Die Kollegen aus der Nachrichtenredaktion. Richard Wolter, voller Pläne und Ideen für eine Dokumentation. Er hatte sie schon im Voraus an achtzehn Länder verkauft. Unter dem Arbeitstitel: *Aquarius: Der Killer unter uns*. Der Chefredakteur bot ihr die Stelle als Sendeleiterin des neuen Sendeplatzes »24!« am Samstag an. Der Verlagslektor kam vorbei, um sich zu vergewissern, dass sie das Buch fertig schreiben würde. Runar Vang kam in Begleitung von Ådne. Sogar Marcus, den Arm voller Rosen und Zeitschriften, wartete auf dem Gang, dieser Arschkriecher.

Die Schussverletzung an der Schulter war nicht lebensbedrohlich. Eine Fleischwunde, mehr nicht. Aber die Schmerzen waren unerträglich. Besonders nachts.

Halvor wurde an einem Donnerstag beerdigt.

Es war ein grauer Tag, der verkündete, dass der Herbst im Anmarsch war. Die weiße Kirche war voll. Kristin hatte nicht gewusst, dass Halvor so viele Bekannte hatte. Sie saßen dicht gedrängt auf den harten Holzbänken, in Stille gehüllt, überwältigt von der Tragödie, die einen aus ihrer Mitte getroffen und ihren abgelegenen, unschuldigen Flecken Erde ins Rampenlicht gestellt hatte. Schweigend und in sich gekehrt blätterten sie in ihren Gesangbüchern oder blickten zu dem Sarg. Jedes Räuspern oder Husten hallte in der ganzen Kirche wider.

Der Pastor hielt eine lange Gedenkrede. Er las mit zitternder Stimme von einem handgeschriebenen Manuskript ab.

Als Kristin ans Mikrofon trat, wurde es ganz still in der Kirche.

Sie hatte kein Manuskript. Sie wunderte sich, wie leicht die Worte zu ihr kamen, wie natürlich es sich anfühlte, sich in dieser Weise von Halvor zu verabschieden. Sie erzählte von den Sommern in Bø. Wie ihr Halvor, ganz der große Bruder, mit dem Spiegel in der Hütte Angst eingejagt hatte. Über sein Lachen. Und dass er für sie da gewesen war, als ihre Eltern starben.

Ihre Stimme versagte an keiner Stelle. Ihre Hände waren ganz ruhig. Jedes Mal, wenn sie aufschaute, klickten die Kameras der Pressefotografen oben auf der Galerie.

Als sie nichts mehr zu sagen hatte, stand sie eine Minute schweigend vor dem Sarg, ehe sie die Wiesenblumen auf den

Sargdeckel legte und sich zurück zu ihrem Platz auf der Bank begab.

Gunnar hielt ihre Hand, als sie aus der Kirche gingen. Die Wolkendecke begann aufzureißen. Hoch oben am Hang, wie Flecken zwischen den Birkenblättern, konnte sie Bø sehen.

Fast alle kamen, um ihr zu kondolieren. *Schrecklich, das mit Halvor. Wirklich schrecklich!* Und dann drückten sie ihre Hand und schauten ihr in die Augen. Wie um den Augenblick in ihrem Gedächtnis zu speichern.

Gunnar blieb bei ihr am Grab stehen, bis das letzte Auto und die letzten Presseleute abgefahren waren. Der Pastor hatte ihnen beiden die Hand geschüttelt und war gegangen.

Gunnar drehte sich zu ihr um und sah sie an. »Ich mach mich dann auch langsam mal auf den Heimweg.«

Sie nickte.

»Ich nehme dich gerne mit, falls du …«

Sie schüttelte den Kopf.

»Bist du ganz sicher?«, fragte er.

»Ja.«

»Ist dir das nicht zu einsam dort oben?«

»Doch«, sagte sie. Und lächelte.

»Wann kommst du zurück?«

»Wer weiß? Wenn das Buch fertig ist?«

Er stieß sie an. »Du würdest gerne hierbleiben, stimmt's? Am liebsten würdest du gar nicht mehr zurückkommen, hab ich recht?«

»Ich weiß es nicht, Gunnar.«

»Norwegen wartet auf dich, Mädchen! Die Welt! Du bist jetzt ein Star!«

»Ich weiß …«

»Sämtliche amerikanischen TV-Sender haben dein Interview gebracht.«

»*Mein* Interview war das ja nun wahrlich nicht.«

»Tu nicht so, als wärst du nicht stolz darauf! Das Foto von dir und dem Teufel vor dem Wasserfall ist in dieser Woche auf der *Times*.«

»Ich hab's gehört.«

»Dir gehört die Welt, Kristin!«

Sie lächelte. »Ich weiß nicht, ob ich sie haben will.«

Sie sahen sich lange an.

»Weißt du«, sagte Gunnar, »in vier Tagen werde ich pensioniert.«

Sie nickte. »Ich dachte ...«, setzte sie an.

»Ja?«

»Ich werde Hilfe brauchen. Bei dem Buch. Und da dachte ich, ob ich mich vielleicht an dich wenden könnte?«

Er drückte ihre Hand. »Du willst nur nett sein zu einem alten Wrack wie mir.«

»Das ist mein Ernst!«

»Ich weiß.« Er zog sie an sich. »Ich weiß, dass du es ernst meinst, Kristin. Und falls du tatsächlich Hilfe brauchen solltest, weißt du, wo du mich findest.« Er strich ihr übers Haar. »Aber du wirst das ganz alleine schaffen. Und wer weiß, vielleicht habe ich ja selber Pläne, ein Buch zu schreiben?«

Sie sah ihn überrascht an. Aber er sagte nicht mehr dazu.

Sie griff nach seiner Hand und begleitete ihn zu dem Leihwagen, den er unter der alten Eiche geparkt hatte. Sie nahmen sich in den Arm. Seine Bartstoppeln kratzten an ihrer Wange. Er setzte sich hinter das Steuer und wendete den Wagen mit unsicheren Bewegungen. Als er die Straße hinunterfuhr, winkte er durchs offene Seitenfenster. Sie stand am Straßenrand und erwiderte sein Winken, bis das Auto hinter der Kurve verschwand.

Dann überquerte sie die Straße und ging zu dem Pfad, der nach Bø hochführte.

Sie war verschwitzt, als sie die Alm erreichte.

Sie stapfte durch das halb trockene Gras, riss einen Halm ab und schob ihn zwischen die Zähne, atmete den Duft des Spätsommers ein und ging einfach drauflos. Sie dachte nicht darüber nach, wohin sie ging, bis sie vor dem riesigen Felsen stand.

Der Denkstein.

Das letzte Mal war sie mit dreizehn oder vierzehn Jahren dort hinaufgeklettert. Jetzt tat sie es wieder. Es dauerte eine Weile, weil die linke Hand immer noch nicht wieder richtig einsatzfähig war.

Alte Erinnerungen durchrieselten sie, als sie sich in die Mulde auf der Spitze setzte. Vor ihr breitete sich Juvdal aus. Breite Sonnenstreifen ergossen sich weich über die Landschaft. Das neue Kupferdach der Kirche blinkte. In der Ferne waren die Berggipfel bereits von Schnee gekrönt. Der Mårvatn war ein dunkler Spiegel, und der Wind zauste durch den blauschwarzen Wald.

Sie könnte hierher ziehen. In aller Ruhe ihre Bücher schreiben. Die Welt aussperren.

Sie wusste nicht, was sie wollte. Sie war ehrlich gewesen, als sie Gunnar geantwortet hatte. Sie wusste es nicht.

Es würde sicher ein paar Wochen dauern, ehe sie sich entscheiden würde. Zuerst einmal wollte sie das Buch fertigstellen, so viel war sicher. Und sie wollte eine Dokumentation drehen. Sei es nur, um ihn damit endgültig aus ihrem Leben zu verbannen.

Und danach?

*Norwegen wartet auf dich, Mädchen! Die Welt! Du bist jetzt ein Star!*

Sie dachte an den Tag, an dem sie den ersten Umschlag bekommen hatte. Die Sonne hatte schräg und silbrig durch die verstaubten Jalousien in die Redaktion geschienen. Das Radio hatte gerauscht, und das Telefon klingelte. Sie hatte ein Mentholbonbon gelutscht und den leicht verbrannten Geruch aus der Lüftungsanlage in der Nase.

*Die Welt gehört dir, Kristin!*

Sie erinnerte sich an seine Stimme, die Augen, den Duft seines Atems.

Sie spürte keine Trauer über seinen Tod. Aber auch keine Freude.

Aber sie fühlte sich endlich wieder sicher. Und das war auch schon etwas.